# 晚清文人的風月陷溺與自覺

——《品花寶鑑》和《海上花列傳》

莊仁傑・著

# 花　事

## 代謝誌

　　本書原題《晚清文人寓於風月之牆的陷溺與自覺——《品花寶鑑》與《海上花列傳》研究》，為筆者碩士論文，於 2008 年正式完成。關於其背後長達三年的創作過程，實為痛苦多過於快樂，但若它的完成能夠呈現任何一些動人的光采，則亦多因其背後痛苦的催動，而少自快樂所能給予的成就。

　　撰寫本書的學思途中，除了文章本身為求盡美，曾歷經撤題重寫、另起爐灶的巨大變動之外，外公與祖父的相繼離世、父母分別遭遇公司惡性歇業的失業危機……都曾教寫作歷程一度產生曲折。然而，現實無奈的挫折並未導致撰稿躊躇，反而從此成為筆者檢討自身學識、收拾惰性，轉奮於沉潛文字的生命動力。這絕非仁傑具有過人的堅毅，而都來自家人的無怨支持，以及老師朋友們的全面鼓勵。

　　首要致謝的對象，便屬我的指導教授。挑燈執筆的漫長熬練裏，張麗珠老師授予我的，不僅於撰文形式與內容上鉅細靡遺的析辯探討——老師作為我瞻望學術高度的一種理想指標——她教我深刻體會，身為知識份子面對學術應具的謙卑與自重；於人格養成上，需要建立的品德與修養；以及遭逢生活困境時，如何檢視自我的正確態度以及處理方式。老師身兼嚴父般確切指教及若慈母的無私關懷，對學生從身教至言教無不悉心指點，實著令人感佩。

　　另外必須答謝的，還包括黃宗潔老師和顧正萍老師，她們與張麗珠老師同樣身為豐沛學養、兼具花貌氣質的女性學者，以其亦師亦友的智慧與情誼，毫不藏私地賜予我許多珍貴意見。同樣謝謝蘇珊玉老

i

師、徐秀慧老師在仁傑撰書完成之際，提供許多珍貴的專業檢視與經驗分享。齊表致意的並包括商琭學姊的鼓勵，李振弘、蔡文晟、廖恆賢等好友的一路陪伴。

　　至於父母的恩澤，則是我永遠的後盾與難以回報的感念。

　　記得回馬公奔喪至奠祭時，啟靈後蜿蜒的葬列隨著師公嗩吶與銅鑼哀樂聲，緩慢行進於年假至末的冷冽冬北季風之中。當時親屬每人各執百合、菊、蘭等類花卉於沿途紛落，而竟鋪成一條哀豔之道——我不禁聯想陳森與韓邦慶敘寫花海當下所承受的失意心情是如此痛苦抑鬱；但也非要透過這樣的苦難洗鍊，才能於褪盡花瓣骨肉之餘，粹留花神魂魄，令作者於耽溺中反身自省，熟成《品花寶鑑》與《海上花列傳》這樣兩本不朽碩果——誠如張麗珠老師再三叮囑學生，學術事業作為一種透過知識探究，反映個人書寫的生命體現，同樣須於人生旅程中堅信理念以至勇於抉擇、落實自我。

　　即教我在慶幸能入其門下、得諸教誨之餘，並期勉自己於日後持續努力，好隨其逐步學術花園，在有限的人生花季裏，留住繽紛絢爛的生命意義、結實成纍的智慧甜果。

莊仁傑

2008 年 6 月於新莊輔大

# 暗　香

## 出版序

退伍之後，夜半入夢我仍能感覺海，但已少再夢見 W 了。

回想七月仍在東北海域隨湧飄搖，終於克服嘔吐與暈眩的艦艇兵，孤身待在堆滿餿餘、窄仄油膩的洗碗間，面對周而復始的三餐飯後、永無止境操作著倒食與刷洗，最末竟還能夠亂哼幾些記憶底處殘存的零星旋律──但不能精確分辨這是自甘習慣於環境，還是無奈同化於體制的緣故──身體與意志，在時間感覺失序恍惚的窒閉空間裏，形成一種自我放棄的怔忪狀態。又或者應該如此解釋：這種無邊無際無所著落的寂寥感，是「道」被迫於屎溺的一種修行。

當時 W 已告知我文藝會補助詩集未果的消息，失望之餘，同時對現實產生莫名的恐懼。面對台灣出版事業窘困、市場經濟蕭條的閱讀環境，創作者在焦心生計之餘，又還能如何從現實擠縮的壓力裏堅持己志？之後卻也與 W 在某些波折裏暫斷了消息。約莫也多考量著各自為錢奔波、周旋於生活等務實原因。

然而人生自有幽微轉折之處，如同暗香隱寓透露著冥冥，軍旅期間詩作集結未酬，退伍之後卻透過指導教授，接獲這本論文可望出版的消息。

與張麗珠老師的聚餐，約在她暫放下手邊工作的午後。問我從此是否還有搖晃之感，也談她近期埋首著作的英譯大計──自碩論完稿、畢業一年過後的如今，師徒兩人頗具默契的各瘦一圈，卻在她持續的拼搏與我反覆的焦慮之間別成差距。

「您怎能如此拼命？」我問。

老師嫣然有神的答道:「因為那是我的天命。」

那抹充滿光彩的微笑藏在無較利害、看淡人言的決然態度裏。任憑現實環境如何艱鉅,有天命的人擎執住她的自信與韌性,去作一件永無止息的志業。不去追究利益得失之間如何償足,也不去盼想歷史將能如何雕刻成就,只問自己能否搶在每個稍縱即逝的當下,實踐自己的生命意義。

我再問她,如何無懼那宛若獨行於險陡棧道,並經歷重層關卡的孤寂?

老師則說,你得「認命」。

認識自己的天命,認知自己攀峰徹寒所要臨面的孤寂。

張愛玲曾經這樣預言自己:「除了發展我的天才外別無生存的目標。」

絲山秋子對撰著亦有形容:「在一般人眼中看來毫無勝算的事,卻能把它當作自己的天職來做,在世界上或歷史裡也是有例可循的。即使這樣做會無名以終也沒辦法,這不是那件事的錯,也不是時代的錯。」

好友文晟自嘲「Loser」,為求一個藝術夢,隻身前往了法國。

W捎來的簡訊:「有些路只能自己去走,我們都要各自努力。」

邀請母親為我畫朵簡單的花當作本書封面。但她卻說:「沒有一朵花是簡單的。」

生命如此繁複奧妙,從它的樣態到內在,也從它曾是種子的前身,到如今綻放的過程,卻也還有更多層次的可能,關於殉道凋零、結果熟成的未來。

出版我人生第一本著作,自有欣喜,但還轉成一種「雖千萬人吾往矣」期勉自勵的勇氣,即是預見更多值得拼命的前景、更多尚待突圍的困境需要努力。

感謝張麗珠老師的鼎力推介、秀威出版社的慧眼支持。並且感激父母無怨無悔的養育之恩,以及上天交付於我的人生課題。

莊仁傑<br>2009 年 11 月於桃園龜山

# 目　錄

# 第一章　緒論


　　魯迅《中國小說史略》獨立提出「狹邪」一系專以倡優為題材的小說類型，不但注意到中國現代化影響下，倡優書寫於清代社會所產生的改變，其中更包含文化特質與文人心態的時代異變。[1]尤其陳森《品花寶鑑》作為「溢美」、韓邦慶《海上花列傳》作為「近真」的階段性代表著作，無論於小說史或者文化史上都難掩其特殊的意義。[2]但如吳繼文指稱「《品花寶鑑》卻一直不見有人加以彰顯……從頭到尾描寫男性之間的情誼，一般論者也實在很不方便肯定它的成就」，[3]陳森小說非但至今依然鮮見學術論著，除了少數幾則單篇文章的評介，大部分也只在主題式的類書範疇裡，呈現聊備一格的補充說明；至於《海上花列傳》雖然經過胡適大力推廣與張愛玲的悉心語譯，卻也似陳永健表示，於其 1996 年首自香港出版《初挈海上花》之前，「沒有一本專書甚至很少評論文字介紹」[4]——而於學術圈正式拓展兩著研究之前，藝文圈卻已醞釀著關注焦點——如此反觀吳繼文、侯孝賢、虹影……現代創作者，以改寫或翻拍等「再創作」的形態，重現《品花

---

[1]　誠如陳平原所稱：「魯迅談『狹邪小說』……顯然是注意到進入『家庭』與徘徊『青樓』的妓女之差異以及各自不同的文學傳統。『狹邪小說』不只是寫妓女，更包含一套特殊的敘述語調、視點與結構技巧。」參考陳平原：〈魯迅的小說類型研究〉，《小說史：理論與實踐》（台北：淑馨出版社，1998），頁 231。

[2]　魯迅：〈清之狹邪小說〉，《中國小說史略》（台北：明倫出版社，1969），頁 269-283。

[3]　吳繼文：《世紀末少年愛讀本》（台北：時報出版社，1996），頁 350。

[4]　陳氏更稱此現象為「現代文壇的荒誕與失收」。參考陳永健：《初挈海上花》（台北：大地出版社，1997），頁 152。

寶鑑》與《海上花列傳》的時代意義與藝術價值，不僅印證魯迅將此
兩作視為狹邪小說重要代表、張愛玲重譯《海上花列傳》等伯樂先知
之明，也為晚清狹邪小說於學界亮起明燈，進一步提醒學者於兩著開
發研究的可能。

　　本書並列、比照陳森《品花寶鑑》與韓邦慶《海上花列傳》兩部
狹邪小說代表作，正是體認此兩說部內蘊光采的文藝價值，及其銜續
晚清現代化歷程的時代意義——《品花寶鑑》標誌「溢美」，對應《海
上花列傳》於「近真」階段的代表性，誠如陳平原強調狹邪題材作為
「言情小說之轉折」觀點，其作品不僅「可以獨立」，「具體論述只
留待日後」努力凸顯——[5]更何況兩書價值並不僅止為中國小說史上的
里程，一旦透過研究陳、韓兩著，別以不同敘事手法、不同隱喻方式、
不同價值立場，對照此一則重於情理、一則臻於物欲的狹邪著作，則
能凸顯其蘊含衰世文人複雜曲折的感情與思想隱寓，亦可藉文本反映
陳、韓兩作者耽溺倡優文化的創作心路，折射出文人自傳統中逐漸反
省、衝突、蛻變的自覺歷程。由此體會作者生命情境如何與歷史環境
深刻地重疊、為時代思想反映具體的動向，則能進一步省察晚清小說
作為現代性文學傳衍之起點，正視狹邪小題材以聲色犬馬的邊緣文
化，反映價值觀念的異變與都市經驗的發展。於此，筆者更獨特聚焦
於「背景」、「場域」以及「身體」三大議題，試為兩部異色作品揚
舉與探討，以便銜接出一條屬於中國現代化歷程的文化反映。

　　首先，於寫作的歷史背景上，強調兩部作品於狹邪小說史及倡優
文化史上的代表性，尤其在作者對聲色議題的側重書寫，及於社會現
象的忠實反映上，凸顯兩部作品於中國現代化過程中極具標誌性、卻
也備受壓抑的文藝意義；其次，針對場域書寫的主題，筆者從文本「所

---

[5]　魯迅首先提出「狹邪小說」，且細分特色為「溢美」、「近真」，並別舉《品
　　花寶鑑》與《海上花列傳》各為代表，可參考魯迅：〈清之狹邪小說〉，《中
　　國小說史略》，頁 269-283。陳平原語，則見陳平原：〈魯迅的小說類型研
　　究〉，《小說史：理論與實踐》（北京：北京大學出版社，1993），頁 216。

寫」的空間描述，探討小說中人我互動的關係及隱喻，呼應作者「所見（所處）」的倡優環境，試圖以場域關係釐析衰世變化對文人身分、處境、人情關係以及文化現象上所造成的種種影響；最後，在小說於身體議題的表現上，強調社會「性別」於生理之「性」的影響，對照《品花寶鑑》與《海上花列傳》各具特色的性別書寫，觀察狹邪小說家於男權體制下之陰性書寫與女性形象的實驗特色，聯繫出封建體制深刻影響時人、卻又漸隨時代瓦解的現代化過程，進而呼應衰世文人於時代蛻變之中，既矛盾又徬徨的迂曲心理。

由此探討溢美男旦的《品花寶鑑》與寫實女倡的《海上花列傳》——於寫作歷史背景的強調下，凸顯狹邪小說之場域書寫，同時作為創作影響與時代隱喻的重要對象，以及身體書寫反映審美評價、性別認同等思想觀念，於時代夾層間所展生的過渡變化——即於晚清狹邪題材的耽溺書寫中，反映文人自歷史夾層與文藝實驗裏的自覺歷程，及其代表時人一面隱於衰世、一面耽於逸樂；一面承受傳統影響、一面朝向商業現代化進展中徬徨且矛盾的城市現象。

## 第一節　作者傳略：陳森與韓邦慶

陳森（約 1796-1870），字少逸，號采玉山人，又號石函氏，毗陵（今江蘇常州）人。本為江南名宿，自應第蹉跎，遊居京師，便開始沉溺梨園生活，即見陳森自稱「及秋試下第，境益窮，志益悲，塊然塊壘於胸中而無以自消，日排遣於歌樓舞榭間」，而當花叢經驗累積約至道光六年，受同里某比部勸督，開始撰寫《品花寶鑑》。但方成十五回即因入粵西某太守幕而停筆，直至八年後返京途中才繼續書寫，見其自序「舟行凡七十日……秉燭疾書，共得十五卷」，此時陳森年已逾四十，又在農部某君勸囑下才正式完成此書全六十回，創作

歷時之久，讀者悉念且遠播，正是陳森自嘆「曠廢十年，而功成半載」，[6]從年少輕狂到白髮蒼茫的歲月筆劃。

　　相較於陳森面對幾次應考挫折，於北京來回奔波，斷斷續續間插著小說創作；韓邦慶則是在功名未遂後，即返回故鄉留居上海，全神投入文藝事業之中。

　　韓邦慶（1856-1894），字子雲，號太仙，江蘇松江（今屬上海）人。舉人不第後，從此淡薄功名，轉於花叢。〈南樓留別〉中自稱「渺渺前程，如醉如夢，海天風月，非復曩時情景」，已表明他1885年考後離京所難捨青樓悱惻之綿情。[7]返滬之後耽色性情變本加厲，更由於韓氏食癮鴉片以至家貧如洗，因而自稱「於是年少無識，多病無聊，溺於宴安，耽於逸樂者，皆沉迷陷溺於其中而不知返」。[8]日後經歷父執謝某官召為幕僚，在豫數年，輾轉京師，最後仍然回到上海，轉為《申報》館撰稿，才開始韓氏具有代表性的文藝生涯──韓邦慶於《申報》其間，為報社發行的文藝刊物擔任筆政，並於1892編輯出版了國內最早的個人文學雜誌《海上奇書》，同時連載他的長篇小說──直到1894將《海上花列傳》六十四回單行本正式出版，而韓邦慶卻也於同年辭世，年僅三十九歲。

# 第二節　論述主題與研究方法

　　陳森於道光年間撰成小說《品花寶鑑》（1826-1849），被魯迅稱為「狹邪小說之始」，[9]強調他專寫社會邊緣的優伶姿態與梨園生活；

---

[6]　引文參閱石函氏：〈品花寶鑑序〉，《品花寶鑑》（台北：三民出版社，1998）。

[7]　韓邦慶：〈南樓留別〉，原載於《申報》，輯錄自方迎九：〈韓邦慶佚詩佚文鈎沉〉，《明清小說研究》（南京：明清小說研究，2002年），第2期，總期64，頁233。

[8]　韓邦慶：〈戒烟說〉，原載於《申報》，輯錄自方迎九：〈韓邦慶佚詩佚文鈎沉〉，《明清小說研究》，頁233。

[9]　魯迅：〈清之狹邪小說〉，《中國小說史略》（台北：明倫出版社，1969）。

而其引發吳繼文投射同志身分與情感改寫《世紀末少年愛讀本》的創作影響，則令此著被王德威稱作「近代同志文學的鼻祖」，[10]可視為酷兒（Queer）思潮呼應陳森通篇盡寫名士與乾伶間的感情交誼，突破過去戲曲說部對同性性行為的獵奇描寫，轉而強調男性精神層面的曖昧關注，[11]於狹邪次文化題材添列同志愛情意識萌動的現代性演化。

　　至於韓邦慶強調專寫倡家人事的《海上花列傳》，於人物對話上特以上海方言撰成，得到胡適「吳語文學的第一部傑作」的讚響；[12]更在張愛玲奉為珍品的愛護下，除被稱為「第一個專寫妓院，主題其實是禁果的果園，填寫了百年前人生的一個重要的空白」，[13]提出《海上花列傳》中女性自決與自由愛情的現代焦點，更引發張愛玲興趣為它逐字譯為京語與英文，為其國際內外的推廣不遺餘力；直至 1998 侯孝賢根據朱天文劇本翻拍電影《海上花》，表現出倡院裏「女性政治」的環境氛圍，[14]以至於種種後出的評論研究中，不但重新追溯起晚清小說對鴛鴦蝴蝶、海派文學，甚至於現代文藝的萌發及影響，更

---

[10] 參考王德威：〈近代同志文學的鼻祖：論品花寶鑑〉，收自吳繼文：《世紀末少年愛讀本》（台北：時報出版社，1996）。

[11] 以晚明文士孌童遍養、小唱盛行的社會時尚作為獵奇記錄的小說《龍陽逸史》、《弁而釵》、《宜春香質》為例相比，《品花寶鑑》非但於篇幅上的長篇體制，超越了中短篇形式的合輯，於小說內容上，也跳出艷情性事的蒐集，轉入精神層面的戀愛描寫——從行為現象的獵奇，轉入愛情關係的釐清；從同性「淫」的桃色事件，轉入同性「戀」的心境梳理——可視為同性戀現象面對中產消費文化興起時的一大轉進。縱然陳森仍以道德教化為體制依歸、以性別扮裝的越界形態為偷渡，但作為未臻完全的同志意義，《品花寶鑑》可貴之處，更在於它流露出文人於男性審美視域上的階級自省、同志意識自覺於社會體制上的妥協……等複雜迂迴的心理處境，請參閱筆者於第四章處的分析探討。

[12] 胡適：〈海上花列傳序〉，收入胡適：《胡適作品集‧中國古典小說研究》（台北：遠流出版社，1986）。

[13] 參考張愛玲：〈國語本海上花譯後記〉，收自《張愛玲全集‧海上花落》（台北：皇冠出版社，1998 年 9 月九刷）。

[14] 參考侯孝賢、朱天文、蔡正泰著：《極上之夢：海上花電影全記錄》（台北：遠流出版社，1998）。

呼應王德威所提出「被壓抑的現代性」，[15]於《海上花列傳》中勢利倡女的愛情交易中預見當今社會的現代情景。

一旦理解兩著於現代性議題上的探討空間，筆者即以三大研究主題為論述架構，在狹邪小說鮮明於寫作背景、場域書寫、身體隱喻的特色分析中，比較陳森《品花寶鑑》與韓邦慶《海上花列傳》在文學影響與歷史漸進間的交互關係。

# 一、論述主題：「背景」、「場域」與「身體」

筆者從小說寫作歷史「背景」的考察上，延伸狹邪作者反映當時環境的現實意義，進而探討《品花寶鑑》與《海上花列傳》中的空間隱喻，透過「場域」涉及空間以及物我關係的複雜概念，接續考察「身體」於城市空間的互動，接續提出性別政治及自我意識的議題，以深入作者於城市空間的感知所反映充滿隱喻與想像的美學精神，與現代化進程中價值觀念的嬗變意義。

---

[15] 「鴛鴦蝴蝶」作為發端於 20 世紀初上海洋場的一種文學潮流，因魯迅〈上海文藝之一瞥〉形容當時文人風尚「相悅相戀，分拆不開，柳蔭花下，像一對蝴蝶，一雙鴛鴦」而得此名，其以言情為主，爾後規模漸大，內容逐漸森羅萬象，以適應洋場「五方雜處，三教九流」的需求，成為一種迎合有閒階級和市民通俗口味為主的都市文學。「海派文學」同樣以租界文學、洋場文學為代表，是以「上海」作為特定地域文化為依託的文學現象，它概括「民國初年鴛鴦蝴蝶派」未脫古典文學傳統書寫，而雜採世紀末的感傷情調、「三十年代現代主義流派」向外國小說取法，開始深入都市中人深層意識的情狀、「四十年代新海派」融合言情傳統和現代主義的上海小說……交融都市文化、市民意識、與文人意識，屬於從傳統轉近現代，一條地域特色極為鮮明的文學歷程。參閱魯迅：《二心集・上海文藝之一瞥》（台北：風雲時代出版社，1989）；楊義：〈論海派小說〉，《中國現代文學研究叢刊》（1991年），第 2 期，頁 167-181；景秀明：〈試論海派小品的多重文化意識〉，《中國現代文學研究叢刊》（1996 年），第 3 期，頁 245-257；吳福輝：〈作為文學商品生產的海派期刊〉，《中國現代文學研究叢刊》（1994 年），第1 期，頁 1-15。反觀韓邦慶同樣深入「租界」、「洋場」進行描繪，《海上花列傳》早自清末，便已顯露其多重且新穎的文化意識與現象。

首先，析論「背景」觀念。

論及小說構成的基本要素，楊昌年《小說賞析》曾清楚指出三點：情節、人物、背景。[16]其中對時空場景的重視，在一般文學理論中，或者僅被視為一種旁涉的要件。[17]然若將此「背景」的意義擴充——除針對文本中所呈現的時空場景與事物鋪設之外，更廣泛思考於作者背景對文學創作所造成的影響性——則能自作者所見與作品所寫之中，察覺創作環境與小說背景間密不可分的關聯。胡尹強指出小說不同於其他文類，即在於背景書寫上的特別意義：

> 小說的景物描寫是為了表現人物活動於其間的環境，渲染特定的氣氛，以烘托人物，這種景物描寫是放置在特定的時空構架上的。[18]

由此可知，詩人、散文家以景抒情，或者傾向於一種廣泛而普遍的意象塑造；小說家勾勒場景，則必須建立在確實而具體的經驗之上。即張堂錡申明小說「場景」，應當隱含作者「生活的歷史背景、社會文化背景、自然地理環境和起居活動的空間」，而「背景」透過小說具體的設計與描繪，則能投影「時代風貌與社會環境」以及「人物思想言行與矛盾衝突的聯繫關聯」。[19]可知小說創作透過特定景況的描繪，

---

[16] 楊昌年：《小說賞析》（台北：牧童出版社，1979），頁8。

[17] 佛斯特《小說面面觀》提出小說七個層面，而於此對小說虛構特質的強調中，並不特意強調小說對背景的鋪設；而羅盤《小說創作論》即區別出主要元素（主題、人物、故事）與相關元素（時間、地點、景物）兩類，算是中和了佛斯特與楊昌年說法；張堂錡據以發揮，在《現代小說概論》中提出小說六要素（主題、人物、情節、場景、語言與視角），但仍表示「場景」如「綠葉般襯托人物、情節等紅花」。參閱（英）佛斯特（E‧M‧Forster）著、李文彬譯：《小說面面觀：現代小說寫作的藝術》（台北：志文出版社，1976）；羅盤：《小說創作論》（台北：東大圖書有限公司，1980）；張堂錡：《現代小說概論》（台北：五南圖書，2003）。

[18] 胡尹強：《小說藝術：品性與歷史》（上海：上海文藝書版社，1993），頁12。

[19] 張堂錡：《現代小說概論》，頁11。

反映現實社會中「人與人的生活」，寄蘊小說家對的特定時空背景下的感受、理解、發現與認識。

因此析辨狹邪小說與中國歷來感時傷懷的抒情寫作殊異，則不能不去省察晚清末世的歷史背景──本章針對《品花寶鑑》與《海上花列傳》兩種說部，反映於文學史、政治史、倡優史……文化現象，以及小說出版之際面對的閱讀環境著手，試圖以「背景」、「環境」為作者所見與作品所寫之間相互定義，為此兩部狹邪小說的文學價值與陳、韓兩位作者的歷史背景訴諸說明──即見狹邪小說作為晚清文藝中一種異色而繁盛的文學表現，高度凝鍊了當時文人於時代夾層中複雜處境與心態，非但能由《品花寶鑑》特立狹優風尚的小說題材，到《海上花列傳》近於寫實社會的文藝情調，顯示出狹邪小說前承後繼的進程與徘徊，更可藉由陳森與韓邦慶兩人分別身處的創作時空與筆下描繪的聲色場域，呈現背景印於紙頁宛若鏡像兩面的投影，反映中國傳統由盛入衰與現代化方興未艾中，社會現象與文化思想上的諸多變異。

繼而，延伸探討「場域」議題。

筆者自小說寫作的歷史背景分析文本中具體呈現的場域隱喻，即於時間、空間的向度交織裏，據以社會性的文化觀察，[20]進而釐清作者、作品與晚清社會之間，內／外、私我創作／公共傳統之間分立與越界的關係，進而整合創作意識與場域環境之主／從、主體思索／客觀省察間的相互定義──而能從《品花寶鑑》與《海上花列傳》瑣碎描繪人際場域與生活景況的語句中，闚見時代環境的氛圍；從狹邪小

---

[20] 筆者提出「時間、空間的向度中，據以社會性的文化觀察」，即依據愛德華‧索雅釐析人類生活在多樣性與同時性、現代性與後現代性概念的一般化認知下，「空間性（spatiality）、歷史性（historicity）與社會性（sociality）」互為辯證的三元關係（trialectic），必須被「相互決定」和「對立整合」（mutual determination and oppositional unity）的正視。參閱（美）愛德華‧索雅（Edward W‧Soja）論著，殷寶寧、王志弘等譯：〈後現代地理學和歷史主義批判〉，《台灣社會研究季刊》（1995年6月），第19期。

說家創作意識的自覺強化中，輔以歷史環境的客觀證明；從倡優場域私密幽晦卻又公然反映於社會的文化特性中，凸出晚清文人游移於邊緣且牽動傳統過渡至現代化的變遷——使其所見／所寫、現實反映／創作主旨之間，得以相互定義以及價值互顯。

　　一旦對比《品花寶鑑》中別出宅院、半開放於社會的園林空間，與《海上花列傳》裏提供商紳經商買辦的倡家酒館；北京京師逐漸開放的市井，以及上海洋場寬闊的馬路街景——透過文學背景與倡優環境的析論，可知狹邪小說興盛自文化的盛世／政治的衰時；工商業現代化中的興新社會／封建體制崩坍所形成的憶舊情懷；傳統道德的既有圭臬／燈紅酒綠的耽樂風尚……衝突與融合間的歷史進程——《品花寶鑑》至《海上花列傳》以風月場域，呈現晚清文人陷溺與自覺、隱匿與解放的一體兩面，搓揉文人與倡優兩種迥異而關係密切的文化觀念，反映狹邪小說家自我認同的迂曲心路與擺盪處境，展示中國文學與社會文化於時代嬗變間的現代化階段，一種個體乃至於群體的蛻變歷程。

　　最後，析論城市中人的「身體」意義。

　　誠如布爾迪厄（Pierre Bourdieu）析論文學場域時表示，現代社會除商品經濟外的另一特點，即為人的身份角色多元和場域的多變。[21]身體與城市的關聯性，尤其在現代化商業環境的物化傾向裏得諸彰顯——筆者接續於場域部份後，討論空間中的物我關係；於窺看／被看的物欲立場上，強調性別政治的權力發展——即以身體論述，分別觀察《品花寶鑑》的男伶與《海上花列傳》的女旦，探討男女倡優如花容顏，與其蘊藏複雜的時代隱喻與價值意涵。

　　透過身體於空間中的具體描寫，思考作者隱藏的欲望想像與價值評判，及其代表時人認知現代世界的方式，進而突破傳統性別政治的

---

[21]（法）皮埃爾‧布迪厄（Pierre Bourdieu）著、劉暉譯：《藝術的法則‧文學場域的生成與結構》（北京：中央編輯，2001 年）。

階級立場，展示現代傾向的自覺行為──《品花寶鑑》對比紅、黑相
公，在美德教化的傳統審美訴求下，強調身體接觸於宗法體制的壓抑，
而將乾旦性別越界中隱藏的同志意識，委屈於傳統理想的心靈烏托
邦，可見陳森在觀望現代之後回歸傳統，保守兩全的作法；《海上花
列傳》則盡乎寫實筆調，強調女性角色於生存現實上的掙扎，不惜以
身體籌碼兌換物欲，卻也在別立一種倡院勢利的買賣規則中，翻轉了
傳統性別政治的主從地位，呈現現代化物欲價值觀的商業現象。呼應
桑內特（Richard Sennett）所說：

> 「身體」的支配形象在都市空間中展現了權力……在社會上發
> 展成一種將個人權力合理化的學說，使個人權力超越了國家
> 主張。[22]

可見狹邪小說以倡優形象反映為「平時為大商埠，亂時為極樂園」聲
色娛樂的營利情場，[23]身體逐漸自主、解放於傳統性別政治的權力掌
控，個人私欲於商業環境的生存訴求中逐漸突破、甚至凌駕於道德意
識與封建體制之際，小說中的身體意象已投影出晚清逐步商業化、現
代化的城市現象。

　　從陳森筆下的純情乾旦到韓邦慶描繪勢利現實的女伎；從《品花
寶鑑》男伶多為被動賞玩的品鑑形態，到《海上花列傳》女倡對個人
身體自主的形象包裝──狹邪小說中陰性書寫所呈現文人審美特質，
正逐步將「物化」的意義，從父權體制中釋放，進而呈顯商業社會中
超越性別階級，身體資本的經濟現象──從外表裝扮到內在價值、從
身體隱喻到社會狀態、從創作心境到文化影響，透過《品花寶鑑》
與《海上花列傳》的文藝表現，在在顯示時代自傳統轉入現代的逐漸
演化。

---

[22] （美）理查・桑內特（Richard Sennett）著、黃煜文譯：《肉體與石頭：西
方文明中的人類身體與城市》（台北：麥田出版社，2003），頁487。

[23] 姚公鶴：《上海閒話》（上海：上海古籍出版社，1989），頁60。

## 二、比較方法與理論應用

　　本書並列與比照陳、韓二著，應對比較文學方法與理論上的應用，既具備影響的意義，也有其相呼應的關係──文學比較法可概分為「法國派」與「美國派」兩種派別，其間並非壁壘分明的對立，而在於理論緣起及其側重對象於程度上的差別──前者強調實證分析，觀照作者歷史；後者則重於美學概念，關注作品本身。誠如亨利雷馬克（Henry H・H・Remak）〈比較文學的定義及其功能〉，以美國派的立場傾向，對兩說提出精略的說明：

> 法國學者一般上喜歡傾向研究一些能夠以事實證據（經常牽涉到個人的文獻）解決的問題。他們多數將文學批評從比較文學的區域裡排除出去……他們似乎忘記我們這門學問是叫做「比較」文學，不是「影響」文學。[24]

兩說植入東方之後，前者發展成所謂的「影響論」，後者則呈現作「新批評」。[25]若再深入觀察此兩種研究理論及其發展趨勢，即可知前者

---

[24] 亨利・雷馬克（Henry H・H・Remak）：〈Comparative Literature, Its Definition and Function〉（比較文學的定義及其功能），原選自於《Comparative Literature: Method and Perspective》（比較文學之方法及其內涵）論文集中。筆者引用此中譯本，則收錄自王潤華編、林綠編：《比較文學理論集》（台北：成文出版社，1979），頁4、5。

[25] 「影響論」的研究對象們，必有其文化淵源的歷史線索可追循；「新批評」研究對象之間，則非必要存在實有的歷史關聯。「影響論」的研究方法，是透過考察史料的關係脈絡，尋求直接或間接的影響證據；「新批評」的研究方法則藉由平行的比對（Contrast）與類比（Analogy），即使毫無影響因果或時空關聯的交集，作品之間也可在異同歸納中，體現文學、美學的普遍原理原則。「新批評」如（美）韋勒克（Rene Wellek）、華倫（Austin Warren）等著；王夢鷗等譯：《文學論：文學研究方法論》（台北：志文出版社，2000）。此論影響且反映在王夢鷗本身的文學理論上，參閱王夢鷗：《中國文學理論與實踐》（台北：時報文化，1995）。

側重不同創作個體間，彼此文化現象的歷史淵源和影響；後者則強調
文學作品本身對照於形式、內容等方面後，所呈現的異同關係。[26]而
陳森《品花寶鑑》與韓邦慶《海上花列傳》，非但在中國小說歷史的
脈絡上，具有「影響」意義的文學淵流，同時更復兼備文本對照間，
相互「呼應」的互顯價值。以小說歷史背景而言，兩著皆被魯迅稱為
狹邪者流，且前者承襲人情小說呈現「溢美」風格、後者則演變為「近
真」筆法影響日後諷刺小說的發展；而就凸出聲色主題與性別意義的
兩相呼應來看，更能以陳、韓分寫清季倡優、各具文化風格的現代化
特質中，比對出文人於時代漸進中的迂曲歷程。而本書以三大主題入
手，強調作者生命經歷與所處環境的時代意義，尤其適合添用「接受
美學」與「新歷史主義」的研究方法與批評態度，[27]於文學與人生、
文本與歷史、虛構與史據等互涉關係裡進行思辨，透過政治權力、意
識形態、文化霸權等角度對文本實施一種綜合性的解讀。

　　應用文本於「影響」與「呼應」的兩種比較態度，強調「文學想
像」與「歷史文化」的連結，《品花寶鑑》與《海上花列傳》即於下
列三種比較層次中，佐社會文化、歷史材料等考據以助思辯，呈現筆
者比較研究中的要義：

---

26　整理兩種影響理論在國內比較法上的趨勢變化，可參考劉笑敢：《兩種自
　　由的追求──莊子與沙特》（台北：正中書局，1994 年）。劉氏引用比較
　　文學方法於比較哲學上，在前言中略述比較文學的兩種趨勢。筆者延續其
　　中思考，而將劉氏所謂「異民族」之間的比較，修正為「創作個體」之間
　　的比較，以趨回文學比較的脈絡。

27　「接受美學」與「讀者反應批評」等強調讀者對文本詮釋的文學批評策略，
　　在「新歷史主義」崛起之後，轉向匯入於其中。「新歷史主義」作為後現
　　代主義和後結構主義式微之後的新興理論與批評方法，強調一種與歷史發
　　生虛構、想像或隱喻聯繫的語言文本和文化文本的歷史主義，對閱讀文本
　　帶有明顯的批判性、消解性和顛覆性等後現代特徵，凸出主體對歷史的敘
　　述樣態，使得文本詮釋產生多維而開闊的跨學科研究空間。參考朱立元：
　　《接受美學》（上海：人民出版社，1989）；盛寧：《新歷史主義》（台
　　北：揚智，1995）；張京媛主編：《新歷史主義與文學批評》（北京：北
　　京大學出版社，1993）。

　　首先，陳森專寫乾旦，以陰性筆調溢美「男伶」於性別上的模糊越界，呈現「偽佳人」美麗可憐的姿態；韓邦慶專寫倡伎，以具揭露性質的近真筆法描繪「女倡」，反映「真倡伎」趨於現代化商業的現實勢利的嘴臉與心態。前者凸出一種色藝才情兼備的傳統審色眼光與封建道德標準，用盡「才子佳人」式的敘述格套與美學典式，卻偏偏錯置為一種同性曖昧又無逾矩的特殊情感；後者則以「最弱化敘事者」的寫實筆法，不但剝除傳統書寫名伶出泥不染的形象，更強調倌人們各據姿色技藝、交際手腕、物資口才……甚至於靈肉情欲作為情場生意間的鬥爭籌碼，具體反映出都會市儈裏，物欲勢力相對於人際關係的滲透與擠壓──從《品花寶鑑》對比於《海上花列傳》；從「溢美」手法對比於「近真」筆調；從書寫「柔弱男色」對比於「勢利女性」的描繪；從陳森寫「伶」對色情活動的美化，對比於韓邦慶講「倡」視情場等於商場的現實揭發──相競成趣的文藝呈現，宛如一場晚清文人於歡場情境中的雙向對話。更加上陳森於清盛轉衰的時間點，反映北京梨園的繁盛風情；韓邦慶在晚清將亡的上海租界地，添附洋場摩登的商業氣息。由清季到清末的時間連續，呼應一北一南殊異的行政地理，於社會文化上亦能凸顯兩種文本並呈互顯的參照意義。

　　再者，當兩本小說對比出如此多元而豐富的面向時，即能藉晚清狹邪書寫，探討傳統轉進於現代之間的變化──無論在社會文化風尚或是文人思想及心理轉折，都能反映出倡優環境盛於衰世，作為時人「隱匿」與「耽溺」兼具的情色烏托邦──故見陳森小說塑造徐子雲「怡園」為雅士名伶薈萃所，屬於清季嚴禁倡伎的北京城區中的變相時尚，卻還強和於風雅情懷、道德倫常，形成一座物色愛美但又高蹈不淫、理想臻於幻想的富麗花園；韓邦慶寫盡書寓飯局裡杯觥交錯、城市街道上車水馬龍的滬上風景，而以「穿插」、「藏閃」的文學筆法，強調上海租界於清廷律法上作為「國中之國」、「化外之地」的時髦城市，其中人情交際的流動性與物質傾向的人我關係，而將時政

13

將敗的歷史存亡於個人化的視域與觀點中全然覆蓋，將滬上青樓呈現
為一種避世而至厭世、頹廢耽溺以至於現代性寓言的烏托邦情境。卻
是在前者強調回歸宗法理想，後者崇尚商業文化，文人於時代夾層的
徘徊衝突中所選擇極不相同的抉擇方向。

　　最後，即能深入探討小說反映文人於此衰世變化中，投射於色域
歡場間矛盾迂曲的思想與情感──《品花寶鑑》中為迎合傳統理想，
過於高蹈且呈弔詭性的幻想情節，在「名士與名伶」的關係上，呈現
過於超凡的柏拉圖式同性情誼，狀似前衛大膽，實則乖順服膺於體
制倫常；《海上花列傳》中以「商紳與倡人」論金據價的靈肉交易，
彷彿說透了倡伎事業的物欲本質，實則拆穿中國自古道貌岸然的風
雅偽裝，以現實筆調顛覆了男權抑制下「才子佳人」的愛情神話
──陳森小說中的男男相戀缺乏身體上的觸碰，只存於精神性的交
流，書寫梨園風情但不揭實色域實況，弔詭為一種合於禮教、宗於
倫理的士伶相惜，正如理想之高蹈於現實生活中難以兌現的幻想；
反觀韓邦慶小說裡的男女公開偕手、乘車陪酒、吃睡同行的相好關
係，表面無不狀似親暱，實際卻是各懷心機，反將身體視為一種寡
情假意的生意工具。前者在迎向物欲與色域之際，罔顧現實趨變，
將中心思想回歸於傳統理想與封建價值評判之上，成為一則情節弔
詭、現代化未竟完成的文學實驗；後者則棄置傳統歸趨，在其選擇
客觀寫實物欲橫流、商業掛帥的都市經驗與社會現況之際，卻也同
時承受作為現代性自覺主體，面對社會階層前所未有的流動變異與
其價值規範脫序之間失據徬徨。可見陳、韓別立出傳統文人過渡至
現代，於社會階層、價值觀念、思想情感上繁複的變動與掙扎，交
互折射出都市發展中，現代性主體於身體演至心理間欲望啟蒙、自
覺形塑的過程，共同印證了中國接受現代化洗禮、沉澱所留下的深
刻軌跡。

# 第三節　前人研究概況

　　由於情色題材的邊緣特質，學界對這類「描繪柔情，敷陳艷跡」作品的漠視與批判已久，加上「狹邪小說」立於晚清，既不符合傳統文以載道的書寫傳統，也不流行於「新小說」派強調針砭時事的政治要求——它以作者舉世沉淪的耽溺本性，在封建寥落與現代化進程之間，幽微折射清末詭譎多變的時代異動——卻要等待歷史揚塵逐漸隨時間沉澱，直到近年，才漸得世人客觀而深入的挖掘。

　　關於《品花寶鑑》研究的專著，除 1998 年齊秀玲的碩論《品花寶鑑之戲曲資料研究》以《品花寶鑑》為題名（但將小說視為晚清戲曲研究的文本佐證）之外，[28]其它就小說本身為研究主題者，則多將陳森小說納為其研究範圍的部分章節，例如何滿子《中國愛情小說中的兩性關係》於中國愛情故事類形研究中，爬梳陳森小說作為同性戀情的補充說明，多成為宏觀視野下概念性論述的例證；[29]王德威《小說中國：晚清到當代的中文小說》、《被壓抑的現代性：晚清小說新論》等著，則在強調晚清小說的現代意義中，別出篇幅陳述狹邪小說中陳森對同志書寫的貢獻以及侷限。[30]至於單篇文章，如王方宇〈關於野叟曝言的兩篇文章兼及品花寶鑑〉、矛鋒〈斷袖：漫談紅樓夢、品花寶鑑中的同性情愛〉、施曄〈明清的同性戀現象及其在小說中的反映〉……大致點出陳森小說於中國小說情色題材與同志議題上的特殊地位；[31]而於傅及光〈從品花

---

[28] 齊秀玲：《品花寶鑑之戲曲資料研究》（台北：淡江大學中國文學研究所碩論，1998）。

[29] 何滿子：《中國愛情與兩性關係》（台北：台灣商務印書館，1995）；何滿子：《中國愛情小說中的兩性關係》（上海：上海書店，1999）。

[30] 王德威：《小說中國：晚清到當代的中文小說》（台北：麥田出版社，1993）；王德威：《如何現代，怎樣文學：十九、二十世紀中文小說新論》（台北：麥田出版社，1998）；王德威：《被壓抑的現代性：晚清小說新論》（台北：麥田出版社，2003）。

[31] 王方宇：〈關於野叟曝言的兩篇文章兼及品花寶鑑〉，《國立中央圖書館館刊》（1994，6 月）；矛鋒：〈斷袖：漫談紅樓夢、品花寶鑑中的同性

寶鑑探討清代相公之研究〉與王照璵〈從清代燕都梨園史料與品花寶鑑看清代中葉以後北京劇壇優伶品評文化〉等篇，則能針對文本本身進行分析，除釐析小說中優伶形象、名士心理之外，亦輔佐戲曲文化的歷史證據，分論幾種男男戀情的文化模式與時代背景；[32]張瀛太〈照花前後鏡，情色交相映：品花寶鑑中的男色世界〉強調作者處理兩性性別關係的方式與意義；張體〈同志的言說：對比閱讀品花寶鑑和東宮西宮〉、張靄珠〈性別反串、異質空間、與後殖民變裝皇后的性別認同〉等篇，則更具體地銜接現代表演藝術，整理出《品花寶鑑》影響下，持續發展的同志敘事模式、性別越界等文化意義……[33]專挈陳森小說的研究趨勢，實可續勢成形。

反觀《海上花列傳》於近年的研究成果超乎《品花寶鑑》許多，陳永健《初挈海上花》即表示自張愛玲風潮興起之後，連帶推動《海上花列傳》逐漸受到重視，陳氏著書亦在韓邦慶複雜交錯的小說敘事中，整理胡適、劉半農、張愛玲、趙景深、水晶等人過去對韓氏小說的意見，點明幾個值得探討的重點情節與期待發展的研究方向。而在王德威《被壓抑的現代性：晚清小說新論》、韓南（Patrick Hanan）《中國近代小說的興起》幾本雖非以《海上花列傳》為主的晚清小說研究著作中，亦能提供西方文藝的評論角度與科學性的邏輯思考，探討小說人物典型與作者創作環境，給予《海上花列傳》極高肯定的小

---

情愛〉，《聯合文學》（1997，2 月）；施曄：〈明清的同性戀現象及其在小說中的反映〉，《明清小說研究》（南京：明清小說研究出版社，2002），第 63 期。

[32] 傅及光：〈從品花寶鑑探討清代相公之研究〉，《嘉義大學通識學報》（2004，12 月）；王照璵：〈從清代燕都梨園史料與品花寶鑑看清代中葉以後北京劇壇優伶品評文化〉，《中極學刊》（2005 年，12 月）。

[33] 張瀛太：〈照花前後鏡，情色交相映：品花寶鑑中的男色世界〉，《中國文學研究》（1999 年 5 月），13 期；張體：〈同志的言說：對比閱讀品花寶鑑和東宮西宮〉，《二十一世紀》（2004 年 10 月），85 卷；張靄珠：〈性別反串、異質空間、與後殖民變裝皇后的性別認同〉，《中外文學》（2000 年 12 月），第 29 卷，第 7 期。

說定位以及具體而明朗的研究方向。因而能在學位論文上相對反映出
成果，除像李慧琳《晚清狹邪小說海上花列傳研究》、李季娥《海上
花列傳對晚清狹邪小說的承繼與開創》於小說史與狹邪題材的源流進
行文本定位的探討；[34]黃淑貞《韓邦慶海上花列傳人物研究》對小說
人物的形象、性格以及情節發展進行歸類分析；江江明《從性別政治
論海上花列傳中的娼妓生存》則以女性觀點對男權宰制的社會結構作
為觀察，提出性別政治的觀點於《海上花列傳》中男女關係的歸類分
析；呂文翠《現代性與情色烏托邦：韓邦慶海上花列傳研究》更是徵
引大量的狹邪史料，尤其以倡院的文化型態與城市意義，為韓邦慶小
說拓展現代性意義。[35]至於單篇文論方面，如方迎九〈韓邦慶佚詩佚
文鉤沉〉搜羅統整韓邦慶其餘散作，顯示韓邦慶受到學界日益重視的
拔躍趨勢；欒梅健〈論海上花的現代性特質〉、袁進〈略談海上花列
傳在小說城市化上的意義〉以及羅崗〈性別移動與上海流動空間的建
構：從海上花列傳中的馬車談開去〉……[36]篇更以細部情節的分析探
索，凸顯各種韓氏小說的獨特意涵，以強化《海上花列傳》有別傳統
小說而反映出上海城市現代化上的文化意義。

---

[34] 李慧琳：《晚清狹邪小說海上花列傳研究》（台中：中興大學中國文學系研究所碩論，2002）；李季娥：《海上花列傳對晚清狹邪小說的承繼與開創》（宜蘭：佛光大學文學研究所碩論，2006）。

[35] 黃淑貞：《韓邦慶海上花列傳人物研究》（新竹：玄奘大學中國語文研究所碩論，2005）；江江明：《從性別政治論海上花列傳中的娼妓生存》（嘉義：南華大學碩論，2003）；呂文翠：《現代性與情色烏托邦：韓邦慶海上花列傳研究》（台北：輔仁大學比較文學研究所博論，2004 年 7 月）。

[36] 方迎九：〈韓邦慶佚詩佚文鉤沉〉，《明清小說研究》（南京：明清小說研究編輯部，2002 年），64 期；欒梅健：〈論海上花的現代性特質〉，《政大中文學報》（2006 年 6 月）；袁進：〈略談海上花列傳在小說城市化上的意義〉，《明清小說研究》（2005 年），第 4 期，總期 78；羅崗：〈性別移動與上海流動空間的建構：從海上花列傳中的馬車談開去〉，《華東師範大學學報‧哲學社會科學版》（上海：華東師範大學學報期刊社，2003），第 1 期，總 165 期。

　　本書首開陳、韓兩說部比較研究之專著，深究兩位作者藉「耽溺」
表「自覺」、以「所見」應「所寫」，反映狹邪小說於「背景」上的
書寫歷史意義之外，尤其首以「空間」與「身體」兩大主題，對《品
花寶鑑》與《海上花列傳》進行個別與對比、微察與宏觀的大篇幅
分析。

　　筆者立足前人研究成果之基礎，於晚清小說通論的縱述史觀之上
確立專著價值，尤其在前人點出小說中情色議題與倡優文化的特質之
外，深入分析此等「次文化」現象在陳、韓筆下的不同風韻以及時代
意義，即在宏觀視野與歷史證據的搜羅中，鎖定焦點於作者於作品的
創作特質，彰顯《品花寶鑑》與《海上花列傳》獨特形式與深邃內涵。
在反映豐富的文化意義、細膩的藝術美感之外，更為陳森與韓邦慶，
釐析其以邊緣環境呼應迂曲心理，而於文學創作上所形成的時代影響
性，試圖突破小說類型上的泛論，探索狹邪小說於「背景」意義上的
必要特質，並以小說家與其創作行為，印證陳、韓兩著於現代化文藝
發展中的必要反映。

　　而在前人主題式研究的論述中，筆者匯聚且融通近現代小說書寫
的隱喻特性。尤其透過優伶、園林、城市、性別、政治等觀點，檢視
《品花寶鑑》、《海上花列傳》中的細處描寫──例如在場域論題上
藉物化空間，對《品花寶鑑》中的園林文化進行討論；以倡館飯局與
公共交通的種種現象，去理解《海上花列傳》裡人情關係與權力物欲
的互動；透過身體的容貌姿態、衣飾裝扮等分析陳森書寫男旦、韓邦
慶描繪女倡的箇中隱喻……並嘗試應用各種周邊資源，例如透析陳森
小說中園林配置，核印於當時京師城池的地圖；參照韓邦慶情節於吳
友如畫派插圖的空間陳設；深入前人對陳森同志議題的理解，以性別
越界與扮妝文化的概念還原晚清同志處境及其自覺萌興；拓展前人對
韓邦慶性別政治的分析，將女性自主的概念，呼應倡優活動於商業化
城市意義等等──透過解析陳、韓兩著呈現於「空間」與「身體」意
義上的成熟隱喻與想像特質，筆者實以微觀的態度檢閱文本，結合且

拓展學界於研究方法及對象中，尚未論及或是有待深究的層面，進而
反映狹邪小說以其異色背景所凸顯衰世人情關係與價值判斷的異變歷
程。實見晚清小說現代性價值的探掘，即在兩著並呈的比較與對照下，
顯現寫作意識交互顯揚的時代精神與藝術光輝。

# 第二章 《品花寶鑑》與《海上花列傳》的寫作歷史背景

　　本章擬由兩方面探討陳森《品花寶鑑》（1849）與韓邦慶《海上花列傳》（1894）兩部狹邪小說的歷史背景：首先，觀察小說自「人情」轉入「狹邪」此發展脈絡中的意義，為兩部小說找尋定位；其次，針對晚清為傳統跨入現代的過渡時期，探討《品花寶鑑》與《海上花列傳》所受到的種種評議，反映兩作品出之於清季太早、傳之於五四卻嫌太晚的窘境。

　　前者著重《品花寶鑑》與《海上花列傳》在小說史上的發展階段及其定位，強調小說家創作歷程上的傳承、創新，及其與創作環境間的關係；後者則關注小說於傳播上形成的影響作用，透過讀者的反應，探究作品流傳的意義與現代性。

## 第一節　兩部特殊的狹邪小說：
## 《品花寶鑑》與《海上花列傳》

　　狹邪小說定義始於魯迅 1924 年正式出版的《中國小說史略》，[1]是指 19 世紀中期至 20 世紀初，自人情小說系統中所別出的一種小說流

---

[1]　魯迅：《魯迅小說史論文集・中國小說史略》（台北：里仁書局，1992 年 07 月），第 26 篇，頁 235-247。對魯迅作品翻譯精良的楊憲益、（英）戴乃迭（Gladys Yang）夫婦，則將「狹邪小說」譯為"novels about prostitution"。

派，它承襲人情小說對世態炎涼的掌握，專以伎家梨園中的人際交流
與愛情故事為描寫題材，與當時社會現況有相當密切的關聯。故論狹
邪小說之前，需先參看魯迅對人情小說的界定：

> 當神魔小說盛行時，記人事者亦突起，其取材由宋市人小說之
> 「銀字兒」，大率為離合悲歡及發迹變態之事，間雜因果報應，
> 而不甚言靈怪，又緣描摹世態，見其炎涼，故或亦謂之「世情
> 書」也。[2]

明朝人情小說的代表作是《金瓶梅》，而待清朝《紅樓夢》一出，即
標誌出人情小說的高度成熟。[3]此系統與其他類型小說不同處在於，人
情小說作者特意取材於人世情感與現實生活並直接反映至文本，相較
於過去的說史與神魔小說，它的現實性與真實感特別濃厚，於作者見
聞經驗的提取與讀者生活處境的共鳴也相對直接許多。[4]誠如清人劉廷

---

[2] 魯迅：《魯迅小說史論文集‧中國小說史略》，第19篇，頁161。

[3] 魯迅提出「人情小說」一詞，強調此類小說（明有《金瓶梅》、《平山冷燕》
等；清有《紅樓夢》等）如實描繪「人情世態」的特性。日後學界則提出「世
情小說」一詞統而稱之，凸顯其社會現實層面的內涵反映之外，並以此廣涉
其它小說類型。誠如向楷對「世情」的定義：「記人事者一類中『講史』『公
案』『英雄傳奇』『公案俠義』之外的所有其他小說總稱，它包含魯迅《中
國小說史略》中列入『人情』『諷刺』『譴責』『狹邪』等篇目中的諸種小
說在內」，形成一個擴展「人情」概念的聾統稱謂。但筆者強調「狹邪」一
派的特色，主要選以「人情」一詞作為源流比照，而不以「世情」為題，即
站在微觀的意義上，較能凸出世情之間的別異與殊立。印證如趙孝萱論辨「世
情小說」作為一種廣闊的文學概念，其中細別晚清「狹邪小說」與民初「社
會小說」的各自特色與影響關係。本書秉持同樣態度，以凸出「狹邪」於倡
優書寫的特色作為前提，即提出學界較少使用的「人情」作為對比，偶爾輔
用廣涉「人情」與「狹邪」的「世情」佐為說明，試圖在宏觀與微觀之間達
到兼具與平衡的意義。參考向楷：《世情小說史》（杭州：浙江古籍出版社，
1998），頁3；趙孝萱：《世情小說傳統的承繼與轉化：張恨水小說新論》
（台北：台灣學生書局，2002），頁82、83。

[4] 根據李悔吾：《中國小說史漫稿》（武漢：湖北教育出版社，2001 三版）
中對明清小說的研究，提出人情小說在小說史上進步的特徵有五：一、作
者為獨立文人；二、取材現實生活，並直接反映；三、寫普通的人與實際

璣《在園雜志》對《金瓶梅》人情特色的評述：「深切人情世務……其中家常日用，應酬世務，奸詐貪狡，諸惡皆作，果報昭然」；[5]羅浮居士為《蜃樓志》題序中亦說人情小說之妙在於：「其事為家人父子日用飲食往來酬作之細故，是以謂之小；其辭為一方一隅男女瑣碎之閑談，是以謂之說」。[6]可見評論者凸出人情小說的意義，為其脫離史傳與神魔故事中的幻想情節後，進而落實於當下的人間社會。[7]此文學發展的轉換過程，是人情小說將歷史小說中的民族意識與英雄崇拜、神魔小說中的佛道玄理與靈怪奇談，皆盡褪去以後，大力著眼於家庭生活及男女情愛的題材，並在獨立創作的作者意識抬頭下，形成小說發展至清的昌盛局面，從形式上的敘述修辭到內涵上的情感思想等，皆呈現豐富多元的發展。

　　而清季狹邪小說作為人情系統內部一種發展類型，自有它繼承自人情小說而與其殊異的地方——或如《品花寶鑑》還留有才子佳人的愛情模式，卻已無法歸作兩性常規所設定的戀愛婚姻；[8]或如《海上花

---

　　而普遍存在的事；四、注重人的生活，寫人的七情六慾；五、強調生活瑣事與藝術細節（頁 492）。另可參照李悔吾：《中國小說史》（台北：洪葉文化，1995）。
5　（清）劉廷璣：《在園雜志》（台北：文海出版社，1966），卷 2，頁 104-105。
6　（清）羅浮居士：《蜃樓志・蜃樓志小說序》（濟南：齊魯書社，1988）。
7　關於人情小說凸出於過去小說的特徵與轉變，在齊裕焜：《中國古代小說演變史》（蘭州：敦煌文藝，2002 三刷）中歸納有七：一、從寫歷史、神怪轉為寫現實；二、從寫帝王將相、英雄豪傑、神魔鬼怪轉寫現實生活中人，官僚衙役、公子小姐、幫閑無賴、三教九流各色人等；三、從英雄品格轉寫廣闊的人性；四、從外部情節轉寫內心世界；五、從民間集體創作轉為文人獨立書寫；六、從男性中心轉為女性中心；七、從對封建外在體制的抗議，轉進到封建內在價值觀上的批判（頁 367-369）。
8　以「才子」與「佳人」作為言情故事主人翁的小說被稱作「才子佳人」小說，其特性是高蹈理想的愛情配合上團圓的結局，此類型小說興盛於明末清初，延伸及於清末，與人情小說雖有本質上的不同，然其模式卻深植其中。參見胡萬川：《話本與才子佳人小說之研究・談才子佳人小說》（台北：大安出版社，1994），頁 207-226；以及林保淳：《古典小說中的類型人物・春濃花豔佳人膽》（台北：里仁書局，2003），頁 251-289。

列傳》在人際關係的情節描寫中，偶爾添上幾名親族同胞的人物角色，卻更著重社群交際場中送往迎來的利益交換──狹邪小說將故事場域搬離家庭生活，而把人情關係鎖定在論情計價的娛樂場上，它教人情小說所強調的時代感與真實性重新聚焦於次文化的邊緣地帶，並強化獨立創作者與其創作環境間的聯繫，使之關係更加緊密。

故阿英縱論狹邪小說為「晚清小說之末流」，卻既有「嫖客伎女相互間的勾引欺騙」的勾勒，又有「特殊悲慘的社會陰影」的描繪；[9]陳節表示這些窮境志悲、日溺聲色的狹邪作家雖不失「末世文人的心靈寫照」，卻又躲進煙花巷弄間粉飾太平，假意不視於傳統封建的日漸倒塌；[10]呂文翠反說那萎靡的都市現象何嘗不是個「現代性與情色烏托邦」；[11]而林薇稱此為「作家主體精神的張揚」，遂能將才子佳人局勢別開生面，「將身世之感打入艷情，於風花旖旎之中蘊蓄幾許人事滄桑」；[12]關愛和則另指，小說間還透露著官紳游人在歡場關係與性別角色上的支配慾望……[13]故相較於人情小說，狹邪小說隨著封建社會與古典小說發展從鼎盛到衰頹，是趁傳統終結之前，以衰世作者的觀點與立場，對倡優交際場進行取材，於其逸樂與淪亡、歡愉與徬徨之間，呈顯出一種更為幽微曲折的末世現象。

# 一、小說由「人情」轉入「狹邪」的意義

「別闢情場於北里」的狹邪小說演變自人情小說，魯迅以為那是「用了《紅樓夢》的筆調，去寫優伶和伎女之事情，場面又之為一

---

[9] 阿英：《晚清小說史》（北京：東方出版社，1996），第 13 章，頁 198-199。
[10] 陳節：《中國人情小說通史》（南京：江蘇教育出版社，1998），頁 261、267。
[11] 呂文翠：《現代性與情色烏托邦：韓邦慶海上花列傳研究》（輔仁大學比較文學研究所博論，2004 年 7 月）。
[12] 林薇：《清代後期的世情小說》（鄭州：大象出版社，2000），頁 76。另參林薇：《清代小說論稿》（北京：北京廣播學院出版社，2000）。
[13] 關愛和：《19 至 20 世紀中國文學思潮史：悲壯的沉落》（河南：河南大學出版社，1992），頁 209。

變」，[14]讀者無不可視作《紅樓夢》影響焦慮與當時社會環境改變下的一種變奏。就拿臥雲軒老人在《品花寶鑑》上的題詞來看：「從前爭說《紅樓》豔，更比《紅樓》豔十分」，[15]可見陳森作品能與曹雪芹互爭「艷」趣；至於《海上花列傳》更得到張愛玲讚嘆，認為韓邦慶小說是《紅樓夢》這高峰所形成的斷層之後的另一個高點。[16]

故就歷史背景上，我們需先理解狹邪議題別出於人情小說的演化意義，以及狹邪小說在創作現象上的反映，爾後才好續論《品花寶鑑》與《海上花列傳》這兩部狹邪小說的特殊之處及其研究的價值。

## （一）「狹邪」小說的定義

「狹邪」之名由來甚早，在《樂府詩集・長安有狹斜行》即見：「長安有狹斜，狹斜不容車」、南朝沈約〈麗人賦〉也有：「狹斜才女，銅街麗人」，是以「狹斜」代稱居於小街窄巷的伎院倡館；[17]而至唐人白行簡〈李娃傳〉寫道：「此狹邪女李氏宅也」，[18]除將「狹斜」正式改作「狹邪」，也將此場地代名詞泛指為倡優事物，可見倡優文化與中國文學間關係密切且悠久。然「狹邪小說」之名稱確立，則始見魯迅定義：

---

[14] 魯迅：《魯迅全集・中國小說的歷史的變遷》（北京：人民文學出版社，1981），頁338。

[15] （清）陳森：《品花寶鑑》（台北：三民書局，1998）。

[16] 語出張愛玲〈國語本海上花譯後記〉：「百廿回《紅樓夢》對小說的影響大到無法估計……發展到《紅樓夢》是個高峰，而高峰成了斷層。但是一百年後倒居然又出了個《海上花》。《海上花》兩次悄悄的自生自滅之後，有點什麼東西死了。」見張愛玲：《海上花落》（台北：皇冠出版社，1998年9月九刷），頁724。

[17] 古辭〈長安有狹斜行〉，錄見（宋）郭茂倩編輯《樂府詩集》（台北：臺灣商務，1968），卷35；沈約：〈麗人賦〉，錄見（南朝）歐陽詢等編撰《藝文類聚》（台北：新興，1960），卷18，頁520。

[18] （唐）白行簡：〈李娃傳〉，錄自（宋）李昉等輯《太平廣記》（北京：中華書局，1961新一版），雜傳記，卷484，頁3985。

> 唐人登科之後，多作冶遊，習俗相沿，以為佳話，故伎家故事，
> 文人間亦著之篇章，今尚存者有崔令欽《教坊記》及孫棨《北
> 里志》。自明至清，作者尤夥。明梅鼎祚之《清泥蓮花記》，
> 清余懷之《板橋雜記》尤有名。是後則揚州，吳門，珠江，上
> 海諸艷跡，皆有錄載；且伎人小傳，亦漸侵入志異書類中，然
> 大率雜事瑣聞，並無條貫，不過偶弄筆墨，聊遣綺懷而已。若
> 以狹邪中人物事故為全書主幹，且組織成長篇至數十回者，蓋
> 始見於《品花寶鑑》，惟所記則為伶人。[19]

就小說發展史而言，唐傳奇中已見許多以青樓女子為要角的故事如〈霍
小玉傳〉、〈李娃傳〉等佳作，然魯迅為「狹邪小說」定義，卻以清
季長篇小說《品花寶鑑》甫為始例，因此令人推想到幾個問題：若「狹
邪」題材於文學中早有涉及，為何要到清季陳森《品花寶鑑》才算正
式成體系？而魯迅推溯「狹邪小說」的源流，自唐至清眾多與倡優相
關的故事中，又為何取《教坊記》、《北里志》、《清泥蓮花記》與
《板橋雜記》四部作為「先驅」代表？

　　故在狹邪小說定義上，後世小說研究者雖多站在魯迅的基礎上
加以擴充，但仍有略為相異的立場：或在範疇上，不以《品花寶鑑》
為狹邪作品之首，如侯運華、武潤婷等以為只要涉及倡優人物為小
說角色者皆當歸於狹邪作品；[20]或在分類上，不獨立細述狹邪主題

---

[19] 本書對「狹邪小說」的定義僅採魯迅說法，即學界論「狹邪小說」多站於
魯迅定義的基礎上，或有範疇上的擴展、例證上的補充、價值判斷上的評
議……但關於定義本身的爬梳，僅有體會與釋義上的深淺不同，而未見太
多的分歧。狹邪定義參見魯迅：《中國小說史論文集・中國小說史略》（台
北：里仁書局，1992 年 07 月），頁 235。

[20] 此類意見如侯運華的《晚清狹邪小說新論》（河南：河南大學出版社，2005）、
武潤婷《中國近代小說演變史》（濟南：山東人民出版社，2000）等認為
自唐宋即有狹邪小說。此論將魯迅定義之範疇改設為太廣，在陳平源《小
說史：理論與實踐》強調晚清狹邪文化的背景，與辛明芳《晚清狹邪小說
研究》（政治大學中文研究所碩論，2001）強調作品對狹邪主題的針對性

的特殊，如方正耀單以「人情小說」為統稱、林薇只用「世情小說」
為總括、關愛和統合清季小說兩大主題作「俠伎小說」等；[21]以及
專注狹邪小說的聲色議題，而進行類稱上的改制，如王強將狹邪小
說改稱作「淫佚小說」、謝無量與郭昌鶴等主張在狹邪小說之外續
分「淫穢小說」……[22]諸多意見，皆待回歸對魯迅狹邪小說定義上
作釐清。

　　魯迅定義狹邪小說源流時指出，在狹邪小說完成體系以前，曾歷
經「錄載艷跡」到「雜事瑣聞」再到「偶弄筆墨，聊遣綺懷」的過程，
並強調伎家故事的傳寫隨著揚州、吳門、珠江、上海等都市娛樂興起
而盛，故此過程不只因緣於小說文體的成熟，更催化自狹邪文化的成
熟，及其對小說創作造成「寫盡青樓千百事，映現浪子溫柔夢」的影
響。[23]於此，陳平原以為《教坊記》、《北里志》、《清泥蓮花記》
與《板橋雜記》之所以成為魯迅狹邪小說定義中的先驅，即在於它們
要比〈霍小玉傳〉、〈李娃傳〉等言情之作更能「抓住士子冶遊成
佳話這一文化習俗」，[24]由此可知，魯迅定義「狹邪」之名的內涵，

---

　中已遭到反駁。
[21] 魯迅於《中國小說的歷史的變遷》、《小說大略》等演講稿中有將狹邪小
　說歸源於人情小說的概念，被方正耀在《晚清小說研究》（上海：華東師
　範大學，1991）中視為重點，於其著《明清人情小說研究》裡更擴大解釋，
　把明末《金瓶梅》至清末《青樓夢》約莫百種的作品全歸作「人情小說」
　的派別（頁14-15）；林薇《清代後期的世情小說》則以「世情小說」為總
　括，將世情、人情、狹邪等類型都納為範疇（見此書目錄）；關愛和《悲
　壯的沉落》把狹邪與俠義小說合併稱作「俠伎小說」（頁186-243）。
[22] 王強：《遮蔽的文明》（台北：文津出版，2003）依茅盾說法，概稱所有
　與情色相關之小說為「淫佚小說」；陳平原亦指出謝無量《明清小說論》
　（1927）、郭昌鶴《佳人才子小說研究》（1934）都主張在狹邪小說之外，
　續分「淫穢小說」等其他類型，參閱陳平原：《小說史：理論與實踐》，
　頁231。
[23] 「寫盡青樓千百事，映現浪子溫柔夢」為吳禮權對狹邪小說所標立的意義，
　閱見吳禮權：《中國言情小說史》（台北：台灣商務印書館，1995），頁329。
[24] 陳平原：《小說史：理論與實踐》（台北：淑馨出版社，1998年10月），
　頁225。

不僅止於挑選幾則特出女主角為狹邪身分的愛情故事，而更強調清
季社會蓬勃發展下，倡優場域所形成的文化意義及其對創作者所形
成深度的影響。

　　於是狹邪小說所凸顯的意義不單標誌出故事裡角色的倡優身分，
更彰顯出倡優文化發展至清季已成為一種普及的社會現象，它藉商業
蓬勃與都市新興之姿，較中國過去所有朝代都還要盛大，甚至成為一
種「制約著作家創作心態的文化習俗」。[25]故見狹邪小說雖發展自人
情小說的體系，而有別於人情小說的範疇，更延伸出一套專屬於狹邪
小說特有的內容與形式。零散紀錄青樓雜聞艷跡的《教坊記》、《北
里志》等，即預告了這種文化趨勢，而陳森的《品花寶鑑》則首次通
篇而有規模的表現了這些特徵，[26]至於狹邪小說中藝術成就最高的《海
上花列傳》，更代表狹邪文化發展到極致的表現。[27]

　　若無法體會到這個層面，就只能把狹邪小說當為「嫖界指南」、
「花叢歷史」而無法在小說歷史中正視它，[28]或如徐君慧等稱「狹邪
小說描寫糜爛生活，只有建設性的糟粕」；[29]或如陳節等判定狹邪小
說違背了《紅樓夢》反抗封建的創作精神，「沒能將人情對社會的

---

[25] 陳平原：《小說史：理論與實踐》，頁 225。

[26] 陳森《品花寶鑑》目前得見最早刊本為道光己酉年本，關於它是否為狹邪
小說首部著作，有待另闢篇章專門考據，但無礙《品花寶鑑》身為狹邪小
說開山時期的著作，故本書暫不處理。

[27] 趙景深為《花月痕》作跋時，曾將晚清幾部重要的狹邪小說排位，他首推
《海上花列傳》為狹邪之冠，認為《花月痕》雖有勝過《品花寶鑑》之處，
但仍不及《海上花列傳》。參見趙景深：〈花月痕跋〉，收入（清）魏秀
仁：《花月痕》（台北：河洛圖書出版社，1980），頁 450。

[28] （清）張春帆《九尾龜・第 33 回》自稱：「並不是閒著筆墨，曠著功夫，
去做那嫖界的指南、花叢的歷史」；陳平原則嘆道：「可批評家們偏偏不
領情，幾乎眾口一辭認定這《九尾龜》就是『嫖界的指南，花叢的歷史』。」
可見閱讀者道德主觀的態度對狹邪小說造成的壓抑。參見張春帆：《九尾
龜》（台北：三民書局，2001），頁 284；以及陳平原：〈說九尾龜〉，
《中國古代近代文學研究》（1989 年 3 期），頁 264。

[29] 徐君慧：《中國小說史》（南寧：廣西教育出版社，1991），頁 544。

批判結合起來」；[30]或甚至在小說史上根本避而不談。然如陳平原所言：

> 就小說傳統而言，由言情小說轉入狹邪小說，是個很重要的轉折……這個轉折主要源於時勢的轉移與青樓的演變。[31]

此語除表示狹邪小說於人情系統中的轉變是一種不容忽視的客觀事實，有其必然的背景與價值之外，更點明「狹邪」意義強調於倡優環境對小說家造成的影響性，甚至遠比小說中倡優身分的設定更為重要。亦如王德威指出：

> 在古典小說史上我們很難找出另一個時期（甚至晚明亦難與相比），曾有如此眾多的文人競以長篇鉅製描寫歡場生活，兼及遐想與焦慮……這些作者讀者更自覺的讓種種聲色主題、角色和成規，相互衝突媾合，因此瓦解私人領域與公共領域間舊有的界線。[32]

故讀者理當客觀地視「狹邪」為一種對作家創作態度形成制約作用的文化氛圍──它在對晚清小說進行歸類的同時，實呈現出一種殊於以往的末世現況；在代表一套小說特有的敘述語調、視點與結構技巧之外，也反映了當時社會價值觀的改變以及新舊時代替換的趨向──於是狹邪小說能在形式上，如受漢學家韓南（Patrick Hanan）以敘事論點表示「這是一個頗富實驗的時代」；[33]在內容上，則被王德威稱

---

[30] 陳節：《中國人情小說通史》，頁 262、267。

[31] 陳平原：《小說史：理論與實踐》，頁 264。

[32] 王德威：《被壓抑的現代性：晚清小說新論》（台北：麥田出版社，2003），頁 86。

[33] （美）韓南（Patrick Hanan）：《中國近代小說的興起》（上海：上海教育出版社，2004 年 05 月），此書提到 19 世紀晚清小說在「敘述聲音」上的實驗有四種，一為《花月痕》等為代表，有「個人化的說書人」；二是《品花寶鑑》等為代表，有個「虛擬的作者」；三是《海上花列傳》所代

為「開拓中國情慾主體的想像」、「被壓抑的現代性」,[34]等高度的
評價。

　　作者透過小說創作,無疑揭示晚清士人耽溺於倡優場所、夾處新
舊時代劇變之中,其享樂背後的失落與絕望。反之,要對狹邪小說進
行研究,則不能不先理解清季社會現象與當時發展至盛的倡優文化,
及其對小說家投諸狹邪寫作所造成的影響。

## (二)狹邪小說所反映的創作態度

　　青樓文化於中國歷朝非獨清季專有,然其於市鎮風行的盛況與士
人沉溺的程度在清季無疑卻是空前。這與商業社會逐漸汰換傳統封建
的現象,有相當程度的關連,而狹邪小說適恰反映出這段現代化的歷
程。[35]故以狹邪小說作為當時文人於創作環境中的反映,即可查見兩
種鮮明的特色:其一是小說家本身皆於倡優場域沉浮,所寫之事物多
自親身見聞與經歷所據;其二則在小說文本中描寫倡優場域隨著商業
文化興起,許多傳統價值觀遭逢瓦解的同時,新時代也被預告即將到
來,這些「避世的烏托邦」超越了道德成俗的規範,有它們新一套於

---

表「存在弱化的敘事者」;最後是《花柳情深傳》、《海上名伎四大金剛
奇書》等代表的「親身介入的作者」,這些敘述方式的實驗多與狹邪小說
有關。

[34] 王德威:《如何現代,怎樣文學?》(台北:麥田出版社,1998 年 10 月),
頁 34。

[35] 根據王書奴:《中國娼妓史》(北京:團結出版社,2004)、嚴明:《中
國名伎藝術史》(台北:文津出版社,1992)、孫康宜:《古典與現代的
女性闡釋》(台北:聯合文學,1998)等關於中國女性與伶伎的文化研究
中指出,「狹邪」作為職業與文化,其萌芽形式可追溯至春秋戰國,六朝
以前的倡優伶伎缺乏獨立空間從事活動,只能成為官伎、家伎或是樂戶轉
來賣去,直到唐朝以後,狹邪場所才有確切的地理意義,至晚明即標誌出
狹邪文化在社會上的顛峰,晚清則延續且推升此顛峰,非但私倡盛行,更
以固定的空間,標誌出當時最新的社會、文化與商業力量等「現代意義」
的交橫狀況。

新興都市生活中生存的關係與辦法，那甚至超越了五四文人高揭洋化旗幟的現代性，並對二十世紀小說造成不容小覷的影響力。[36]

　　首先，試就狹邪環境對小說創作者造成的影響力來看，明顯可以察覺狹邪小說家幾乎確實身處倡家伎院且都閱歷豐富，他們作品中呈現的人物事件也多半為親身見聞與經歷，無怪乎韓南稱道清季描寫烟粉的狹邪小說「都是對那個時代的空前而清晰的參照，作者都具有高度自覺的立場」。[37]狹邪小說的作者深化了人情小說對真實環境的自覺部份，誠如西周生《醒世姻緣》書中「其事有據，其人可徵」，[38]以及鴛湖烟水散人為《珍珠舶》序中所稱「皆出於耳目見聞，鑿鑿可據」……[39]諸類人情小說家據見聞以書寫的強調，在狹邪作者身上更表明為親身經驗的生命驗證。陳森《品花寶鑑》序言自稱「日排遣於歌樓舞榭間」，[40]而《海上花列傳》作者韓邦慶更是「未及二十，即已染上鴉片癮，又耽迷女色，出入滬上青樓，將資產揮霍殆盡」，[41]又有眠花宿柳猶歷三十餘年之久的邗上蒙人，特意強調「今吾此書是吾眼見得幾個人做的些真情實事」，其寫《風月夢》更是「常戀煙花場中，幾陷迷魂陣裡，……回思風月如夢，因而戲撰成書」；[42]創作《九尾龜》的張春帆亦有「歷閱歡場，頗多聞見，於杯酒塊壘，綺夢鴛花」的豐富歷練；[43]魏秀仁尤其把自己寫進了小說，化身成《花月痕》主

---

[36] 關於晚清小說超越五四文人的論點，可參閱王德威作品如《被壓抑的現代性：晚清小說新論》（台北：麥田出版社，2003）、《如何現代，怎樣文學：十九、二十世紀中文小說新論》（台北：麥田出版社，1998）、《小說中國：晚清到當代的中文小說》（台北：麥田出版社，1993）等相關著作。

[37] 韓南（Patrick Hanan）：《中國近代小說的興起》，頁 39。

[38] 語出（清）東嶺學道人為《醒世姻緣傳》所題〈凡例〉，錄自（清）西周生：《醒世姻緣傳》（台北：三民出版社，1999），上冊。

[39] 語出（清）鴛湖烟水散人《珍珠舶·序》，錄見於林海編校：《中國古代小說珍品》（北京：華齡出版社，1997），第 1 卷。

[40] 此語引自石函氏（即陳森號）為《品花寶鑑》所作之序。

[41] 姜漢椿：《海上花列傳·引言》（台北：三民書局，1998）。

[42] （清）邗上蒙人：《風月夢·自序》（台北，漢源文化，1993），頁 9、21。

[43] 此語出自鄭逸梅對張春帆的記述，引自張春帆：《九尾龜》（台北：三民

人公韋癡珠，將他現實人生中與豔伎佳人風流哀怨的悲歡離合投諸小說筆墨之中……狹邪小說「時人寫實事」的特點所讓人留意的，並不止於小說家焠鍊人生經驗於創作題材的應用，更是倡優環境於十九世紀中葉以後，顯然成為一種潛移默化的文化作用，它引導晚清作家對於聲色領域上進行挖掘，進而促成有如群體創作般的文學現象。

其次，就狹邪小說文本來看，其內容泰半蘊藏作者對傳統觀念的質疑及徘徊。縱使文中仍表警世為旨意與對淫思色欲的批判，但筆墨之間無不流露對日規常矩的倦怠，以及倫常道德於城市文化中的頹勢，表示身陷倡優場域的作者在價值觀上已生變化，對倡優文化中的欲望遊戲產生同意，甚至合法化的傾向。

就拿「伎女從良」作為事例：唐傳奇中的李娃求得正果，是以智慧賢淑嫁進官宦之家、授封為汧國夫人；而明代《警世通言》裡的杜十娘抱憾殉死，則因識人不清，斷絕她洗淨風塵的希望……文人即便窮落仍當執著功名、婦女縱使蒙塵依舊盼望從良，可見清季以前的作品中，即使設定了角色身分的邊緣性、增添了徵逐自由情愛的渴望，但其至終目的，都還依循著封建政治與倫理常德的正軌。[44]然而到了清季的《品花寶鑑》，卻在「褒譏勸懲」的題旨下，[45]出現一套「伶人理應作為伶人」的說法，反為邊緣處境成立一種自甘與慰藉的說解：

---

書局，2001），上冊，頁08。

44 林明德對唐傳奇研究中，曾指出崔鶯鶯、霍小玉與李娃代表中國戀愛故事的典型人物，都需經歷「愛情的煉獄（Purgatory）」的道德考驗，從中獲得淨化與救贖而能達到最終的理想幸福。參見林明德：〈愛情的煉獄〉，《人物類型與中國市井文化》（台北：台灣學生書局，1995），頁20-21。同以這個思考模式看待明清言情作品，如杜十娘與林黛玉等戀愛故事的典型，卻在作者對現實處境艱辛險惡的強調下，都已無法度過煉獄難關，而她們無以救贖的處境更甚造成理想失落的無奈。而至狹邪作家手上，這考驗愛情的歷程反而被視為一種自我沉淪的耽溺，其中苦難與理想都被新興價值觀的說詞重新釋義，淨化與救贖都不再成為重點，小說情節也就不再符合傳統取向的戀愛模式了。

45 閱見陳森：《品花寶鑑》題詞與序言部份。

> 琴官這個美貌，若不唱戲，天下人也不能瞻仰他、品題他，他
> 也被埋沒了，所以使其墮劫梨園，以顯造化遊戲鍾靈之意也未
> 可知……好花供人賞玩不過一季，而人之顏色可以十年。惟人
> 勝於花，則愛人之心，自然比愛花更當勝些。誰想天下人的眼
> 界，竟能相同。[46]

此語把賞人等同為賞物，非但同意狎伶賞優為正當行為，且還將過去
視風塵為淪落的態度，轉換成美色理當供人賞玩的認同，甚至推究其
為上天造化之意。而這番看似為自身旦癖說解的狎客之語，卻竟出自
對伶人杜琴言極度鍾情與尊敬的梅子玉之口，反教「佳人蒙塵」的實
然等同為應然了。

　　因此《海上花列傳》故事角色中，除有從良之後依然私通的張蕙
貞，還有以贖身當作籌碼於老鴇與恩客之間量價周旋的黃翠鳳等等，
作者將她們剝除了過去小說戲曲為倡伎角色所賦予「出淤泥而不染」
的隱喻，進而還予真實於俗世的人性。至於拿著清倌人（雛伎）身分
全盤賭注在恩客朱淑人身上的周雙玉，最後甚至不惜以死威脅男方給
她明媒正娶的大房地位，從「一種風韻，可憐可愛」的羞澀形象反轉
成「柳眉倒豎，星眼圓睜」的潑辣漫罵，[47]卻又在眾人勸議下故作退
讓，反敲朱淑人一筆大大的竹槓。其中傳統價值觀的顛覆，可見「從
良」已由一種人生崇尚正軌的道德理想，轉換成倡優據為身價的說法，
甚至最後變作倡女與狎客間鬥法的利器，更落得生意上的討價還價。

　　於是我們從狹邪小說的作者與其作品中，可以確認清季狹邪環境
殊異於過往。此時倡樓伎院非但興盛異常，背後的人際關係也更加複
雜，它所顯示的是一種傳統朝向現代化嬗變的價值觀，也是商業與都
市發達至某種高度才會出現的文化現象。

---

[46] 陳森：《品花寶鑑》，第七回，頁 109。

[47] 引文兩句皆出於《海上花列傳》，前者見第三回，頁 29；後者則在第六三
回，頁 616。

　　王德威論及晚清小說之「被壓抑的現代性」時，曾指出清季說部的作者們也許產生了「自甘頹廢、憊懶因襲的徵兆，但也可能是他們不耐傳承藩籬，力圖顛覆窠臼的訊號」——[48]但是這種現代性壓抑的情形，除就文本本身，為評論家認為五四運動崇尚西化及文學實用性，對中國本位所造成的忽視之外，[49]事實上也是晚清文人面臨封建遭逢瓦解、新興商業蓬勃的末世之際，壓抑於內心的矛盾衝突——所謂「半生詩酒棋琴客，一個風花雪月身」，[50]這份時代驟變所造成的壓抑感，偏偏卻只能魂歸新興都市裡的遊樂場。狹邪小說反映出的耽溺，正是狹邪作家們將自我的身體與心靈投諸繁華似錦、艷光四射的倡館梨園中，與身世浮沉的倡優伶伎同為「尋不出一條道路，竟是一大片浩淼蒼茫、無邊無際的花海」，[51]表面上是個避世逃困的烏托邦，實質上卻帶有極為深層的淪落與絕望。於此形成文人所見與所寫如同鏡面交映的創作關係，將作家內在心境與外在環境、真實人生與虛構小說於錯綜映照間互為體現。

## 二、《品花寶鑑》與《海上花列傳》在狹邪小說中的代表性

　　若以 1849 年《品花寶鑑》初刻本算起，狹邪小說的存在已有百餘年的歷史，而道光至晚清結束的六十多年間，據刊印統計就有四十多

---

48　王德威以「被壓抑的現代性」，指稱先於五四「新小說」而被比較為「舊」的晚清小說。參閱王德威：〈沒有晚清，何來五四？〉，《如何現代，怎樣文學？》，頁26。

49　就狹邪小說的發展來看，在鴛鴦蝴蝶派興盛以前，梁啟超發起的小說界革命造成了言情小說的全面絕跡。阿英：《晚清小說史》（北京：東方出版社，1996）便曾說到：「兩性私生活描寫的小說，在此時期不為社會所重，甚至出版商人，也不肯印行。雜誌新小說、繡像小說，所刊載作品，幾無不與社會有關」（頁5）。然而，就算等到後來鴛鴦蝴蝶派興起盛況，晚清狹邪小說反而受鴛鴦蝴蝶派之弊所影響，繼續不受重視，南方朔便表示這是「用了一種先入為主的觀點來看，不被『現代派』文人所欣賞。」此語引自陳永健：《初挈海上花》（台北：大地出版社，1997），頁164。

50　（清）余達：《青樓夢》（台北：廣雅出版社，1984），第14回，頁101。

51　此語為花也憐儂的夢境寓意，出自《海上花列傳》，第1回，頁02。

部長篇狹邪小說問世。[52]在這為數不小的狹邪小說之流，筆者從中特取陳森《品花寶鑑》與韓邦慶《海上花列傳》作為研究文本，即基於兩者皆為狹邪小說中成就凸出、影響較大的作品，無論在狹邪小說發展歷史上，或是針對狹邪小說作為探討當時倡優文化的代表性現象，《品花寶鑑》與《海上花列傳》都有其備受肯定的歷史地位及具示範性的研究價值。

而將陳森與韓邦慶並列，更能互顯兩部小說的地位與價值。除如蛻庵曾言「未到上海者而與之讀《海上花》，未到北京者而與之讀《品花寶鑑》」，兩作品分別代表清季兩座大型都市的倡優文化，具有強烈的城市地域（空間）的特質之外。[53]透過並陳比較，更能從對兩部作品於狹邪題材上不同風情與獨到見地的探討，繼以狹邪文化的歷史（時間）脈絡，推展出倡優題材於清季文人創作影響上的演進變化。

本章節即從《品花寶鑑》與《海上花列傳》於小說發展的歷史定位切入，進而探討兩部狹邪小說創作上的特殊議題。

## （一）從《紅樓》到「青樓」：《品花寶鑑》、《海上花列傳》於狹邪小說發展間的定位

後世批評家大多同意曹雪芹《紅樓夢》在人情小說史上的顛峰地位，也都認同魯迅以為狹邪小說產於《紅樓夢》的影響之下，或多或少都承襲有曹雪芹的影子。[54]故無論研究者試圖探究狹邪小說之源

---

[52] 參閱侯運華：《晚清狹邪小說新論》（河南：河南大學出版社，2005），頁 05。其中可見侯運華對謝肇淛研究成果的補充。

[53] 蛻庵之語同梁啟超等人的小說意見共同發表於〈小說叢話〉，錄自阿英編纂：《晚清文學叢鈔・小說戲曲研究卷》（台北：新文豐出版社，1989），卷 4，頁 310。

[54] 肯定《紅樓夢》於傳統小說之顛峰成就者眾多，甚至有像石昌渝等人表示：「《紅樓夢》是中國古代小說藝術的頂峰，也是中國古代小說藝術的終結。」語見石昌渝《中國小說源流論》（北京：生活讀書新知三聯書店，1994 年），頁 389。此態度於張愛玲〈國語本海上花譯後記〉即指出，曹雪芹在古典

流，或想要論述狹邪小說的演進，皆不可避免地回歸《紅樓夢》文本
進行比照。而從前人研究的比照之中，自能凸顯狹邪小說於人情小說
的發展過程裡，陳森《品花寶鑑》與韓邦慶《海上花列傳》兩部作品
於《紅樓夢》上的繼承，及其反諸自身創作上的演變與拓展。

　　《品花寶鑑》被魯迅首推為狹邪小說開山之作，對《紅樓夢》的
傳承與改造尤其顯而易見，如《側帽餘談》對陳森小說的評論：

> 《品花寶鑑》一書，為記明僮濫觴，所載皆乾嘉時人，承平歌
> 舞，稱為極盛，主持風雅者，又多名公鉅卿、王孫公子。其所
> 敘者，雖不能無溢詞，然尚不失雅人風範。[55]

可知《品花寶鑑》對人情小說風雅典範的承襲，頗受當時讀者推崇。
而《夢華瑣簿》分析《品花寶鑑》開展出來的獨立特色，針對陳森在
《紅樓夢》上進行的「變體」則更表讚許：

> 《紅樓夢》敘述兒女子事，真天地間不可無一、不可有二之作。
> 陳君乃師其意而變其體，為諸伶人寫照。吾每謂文人以擇題為
> 第一義，正謂此也。[56]

此語提示《品花寶鑑》之所以代表狹邪風氣的變換，是於繼續師法人
情小說立意上的溫婉綿長之外，更進一步以梨園伶人之寫照替換了《紅
樓夢》中的兒女家常，[57]足表文人於影響底下的創造性。誠如魯迅所

---

小說上的成功，反而造成讀者對古典小說嗜好的限定，導致讀者喪失對其
他小說趣味的探掘。《紅樓夢》影響的焦慮，由此亦能可見一斑。

[55] 見（清）苕溪藝蘭生：《側帽餘譚》，收入張次溪編纂：《清代燕都梨園
史料》（北京：中國戲劇出版社，1988），頁 609。

[56] 見（清）楊懋建：《夢華瑣簿》，錄於魯迅編纂《中國小說史論文集・小
說舊聞鈔》，頁 367。

[57] 石昌渝論及明清人情小說的共通性，即在於「家庭」，其言：「《紅樓夢》
和《金瓶梅》都寫一個家庭。《金瓶梅》寫一個市儈家庭，《紅樓夢》寫
一個貴族家庭。」語出石昌渝：《中國小說源流論》，頁 380。

言：「以狹邪中人物事故為全書主幹，且組織成長篇至數十回者，蓋始見於《品花寶鑑》，惟所記則為伶人。」[58]我們看到了作家焦點的轉移，是從家族生活變換為冶遊聲色的情場關係，此即陳森開啟「狹邪」之門最關鍵之處——小說於角色設定上，把「兒女子事」變作了「倡優伶人」；在空間場所上，從「家族庭園」走進了「梨園倡館」；於人際關係上，則是突破具有親戚血緣、宗族網絡的「常人之家」，邁進一個論商議價、錙銖計算的「北里歡場」——這次文化的邊緣場域，竟教陳森以過去人情小說的筆法與章回結構的篇幅，借屍還魂般從此被鋪張地呈現在讀者眼前。

爾後狹邪小說的發展即是遵循《品花寶鑑》「改求佳人於倡優」、替換大觀園「別闢情場於北里」的模式持續進行，[59]對倡優場域與商業性歡場的文化沉溺益深，距離《紅樓夢》講述的人情故事也就越加疏遠了。王韜曾對汪瑗評論狹邪小說一事的記載：「嘗聞其評《花月痕》，謂大旨從《品花寶鑑》脫胎，與《紅樓夢》不相合」，[60]正說明了狹邪小說自陳森《品花寶鑑》之後體系遂漸成立。然而正式教「《紅樓夢》在狹邪小說之澤，亦自此而斬也」的作品，則還尚待韓邦慶《海上花列傳》「乃始寫實伎家，暴其奸謠」的出現。[61]

魯迅論及這層蛻變的歷程，曾在〈中國小說的歷史的變遷〉文中說到：

> 《紅樓夢》而後，續作極多……直到道光年中，《紅樓夢》才談厭了……《品花寶鑑》是專敘乾隆以來北京底優伶的。其中

---

[58] 魯迅：《魯迅小說史論文集・中國小說史略》（台北：里仁書局，1992年07月），頁235。

[59] 魯迅：《魯迅小說史論文集・中國小說史略》，頁243。

[60] 此語出自王韜〈海上塵天影敍〉，其中另外說到：「章回說部中，《石頭記》以細膩勝……《品花寶鑑》以含蓄勝，《花月痕》以情致勝」。錄見（清）司香舊尉（鄒弢）：《海上塵天影》（南昌：百花洲文藝出版社，1993）。

[61] 魯迅：《魯迅小說史論文集・中國小說史略》，頁243。

> 人物雖與《紅樓夢》不同,而仍以纏綿為主;所寫的伶人與狎
> 客,也和佳人與才子差不多……到光緒中年,又有《海上花列
> 傳》出現,雖然也寫伎女……卻以為伎女有好有壞,較近於寫
> 實……這樣,作者對於伎家的寫法凡三變,先是溢美,中是近
> 真,臨末又溢惡。[62]

魯迅以「溢美」、「近真」與「溢惡」標明狹邪小說自人情小說延伸
而出的階段及發展特性,亦凸顯寫實性與批判力在狹邪小說進程裏的
備受重視的層次。此三個時期不但在時間上前後相承,更是都市化聲
色場所與狹邪小說發展上同步對於倡優文化的反映。故歷經《品花寶
鑑》所代表狹邪小說「溢美」的階段之後,狹邪作者終於正視到自身
「以過來人現身說法」對現實環境的自覺與體認,才在《海上花列傳》
中展現「記載如實,絕少誇張」的「近真」特性。

　　故當魯迅把《品花寶鑑》視為《紅樓夢》更換場景、顛鸞倒鳳下,
然與曹雪芹其實「精神所在,實無不同」的作品;[63]《海上花列傳》
則更一頭栽進狹邪場域的文化裡,正式脫離了人情小說的氛圍,進而
展現屬於狹邪小說自身的現實意義。如同陳節所言,陳森時期是「抒
情意濃,更多的是表現了作者的身世之感和個人理想」,而韓邦慶時
期則「更多的是表現伎院的現實生活,近代生活的氣息較濃」,[64]足
比對出狹邪小說逐漸成熟的歷程與特性。

---

[62] 魯迅:《魯迅全集‧中國小說的歷史的變遷》,頁 338-339。其中可見魯迅
以《品花寶鑑》、《青樓夢》為狹邪小說於《紅樓夢》未脫化完全之「溢
美」代表;《海上花列傳》則為「近真」的唯一代表;至於張春帆的《九
尾龜》與當時譴責、黑幕小說的風潮襲衫同趨,是被魯迅批評為「故意誇
張,漫罵」、「污穢,詭詐的器具」的「溢惡」代表。這三種對狹邪小說
進程發展與寫實特性上的分類,向來為近代學界所延用,不過也有研究者
新出的意見,表示在狹邪早期亦有「近真」的作品,此說目的多半意欲藉
附《海上花列傳》指標性的成就來推高其他小說的地位。如參辛明芳:《晚
清狹邪小說研究》(政治大學中文研究所碩論,2001),即以魯迅此三種
類別,對晚清狹邪小說進行概略性的歸類。

[63] 魯迅:《中國小說史略》,頁 243。

[64] 陳節:《中國人情小說通史》(江蘇:江蘇教育出版社,1998),頁 272。

《海上花列傳》中作者以花也憐儂為代稱，亦於〈例言〉中闡述他寫作狹邪小說的態度：

> 或謂書中專敘伎家，不及他事，未免令閱者生厭否？僕謂不然……如《水滸》之強盜，《儒林》之文士，《紅樓》之閨娃，一意到底，顛倒數陳，而不嫌其瑣碎。彼有以忠孝、神仙、英雄、兒女、贓官、劇盜、惡鬼、妖狐，以至琴棋書畫、醫卜星相，萃於一書，自謂五花八門，貫通淹博，不知正見其才之窘耳。[65]

可見韓邦慶對狹邪議題之正統性的申明與強調，甚至認為題材多元薈萃的駁雜之作反而無法呈現文學專才。韓氏且以他自謂一套專述伎家有如列傳、「穿插」與「藏閃」的寫作技巧，褪去人情小說的傳奇色彩與浪漫情調，把秦淮風月詩情雅韻的一面汰換作瑣碎生活真實慘澹的揭示。在此，韓邦慶已不再如過去小說家對倡門艷事投以旖旎與夢幻的描寫，他毫不掩飾的公開伎女與恩客間金錢與慾望的交易，亦不表示泛道德性的嚴格批評或者過度浪漫化的同情，而是以近乎客觀且旁觀的態度執筆。如同齊裕焜所言，《海上花列傳》書寫狹邪雖是「傳統題材在長篇中的再現」，卻「不是封建文人理想化的描寫」、「嫖客們也決不妄想在伎院中遇到像林黛玉那樣多情的女子」，[66]於此得知，人情的異化與淪落隨著十九世紀末上海開埠而越益嚴重，中國封建社會的穩固結構終將面臨鬆動瓦解，[67]而那確已不是人情小說與溢美時期的狹邪作品可以交代的社會與人生。

---

[65] 韓邦慶：〈例言〉原分別刊載於《海上奇書》每期封底，可視為韓邦慶創作概念之自我闡述，集錄見於《海上花列傳》（台北：三民書局，1998），頁 02-03。

[66] 齊裕焜主編：《中國古代小說演變史》（蘭州：敦煌文藝出版社，2002 三版），頁 467。

[67] 關於「中國封建社會的超穩定結構」，是由「封建政治」結合「儒家思想」與「小農經濟」所建成，此三要素相互支撐與補足，呈現其難起劇變的社

　　韓邦慶表明《海上花列傳》之創作「其形容盡致處,如見其人,
如聞其聲」,[68]其旨意透露《海上花列傳》的寫實特長,即突破在人
情與溢美的浪漫傳統之後,而收斂於「辭氣浮露,筆無藏鋒」譴責小
說嚴苛的現實批露之前。韓氏將這半封建、半殖民的冶遊場所刻畫而
下,小說世界裡不但引領讀者留連於高級伎女的延席場所(如長三書
寓、么二堂子等),也不避諱遊走至下等低級的倡寮(如臺基、花煙
間等),更透過不斷的飯局對話與交誼來往,將流通其間的人際網絡
展現無遺。王德威於是稱許此作的寫實性不僅對「某一社會階層的習
俗及道德所作的忠實暴露」,亦含作者企圖「打破狎邪小說的敘事常
規而生的真實效果。」[69]是一個由內容到形式、從當時社會真實反映
的倡優文化到寫作技巧上的美學構成,渾然呈現的作品。無怪魯迅要
稱《海上花列傳》「平淡而近自然」,[70]胡適也要讚嘆「富有文學的
風格與文學的藝術」,[71]張愛玲更認為韓邦慶藉由倡院裏情色貿易的
曖昧情愫,準確切中了傳統中國小說中無人提及的愛情本質,她說:
「《海上花》第一個專寫妓院,主題其實是禁果的菓園,填寫了百年
前人生的一個重要的空白。」[72]種種美譽甚是,於日後中外學者專家
的研究著述中亦得輝映。[73]

---

會結構。但在其一要素鬆動時,便會產生整體結構瓦解的危機。在現代化
趨勢不可抵擋的潮流中,此結構裡的小農經濟逐漸被蓬勃的商業行為所替
換,間接影響封建政治及道德價值觀的瓦解。此概念參見金觀濤、劉青峰
合著:《興盛與危機:論中國社會超穩定結構》(台北:風雲時代,1991
再版)。

[68] 韓邦慶:《海上花列傳‧例言》,頁 1。
[69] 王德威:〈寓教於惡:三部晚清狎邪小說〉,《小說中國:晚清到當代的
中文小說》(台北:麥田出版社,1993)‚‚頁 117。
[70] 魯迅:《中國小說史略》,頁 247。
[71] 胡適:〈海上花列傳序〉,錄於《張愛玲全集‧海上花開》(台北:皇冠
出版社,2001 十一刷),頁 16。
[72] 張愛玲:〈國語本海上花譯後記〉,收錄自《張愛玲全集‧海上花落》,
頁 711。
[73] 劉復:〈讀海上花列傳〉,《海上花列傳》(台北:天一出版社,1974);

　　綜上可知，狹邪題材於清季小說發展上的特色，無論由《紅樓夢》影響來論人情小說轉進狹邪主題的流派發展，或就狹邪小說本身「溢美」、「近真」到「溢惡」的發展階段作為觀察，陳森《品花寶鑑》與韓邦慶《海上花列傳》皆足具代表意義。故若續就小說文本的創作特質分析，亦能反映出作品於流派發展中的繼承與轉進，試以《品花寶鑑》與《海上花列傳》中的倡優形象的特色為例，透過作者於角色上的塑造，可見《品花寶鑑》在「溢美」氣圍裡的官紳男伶相應於才子佳人模式的偽裝與顛覆，充分凸顯出小說中愛情與道德的理想，夾處現實環境及作者幻想之間的矛盾特質；而《海上花列傳》中「近真」的倡女形象，亦在人情小說的浪漫訴求與狹邪小說的寫實特色之間，反映出自傳統過渡於現代的潛在意義。

## （二）「偽佳人」與「真倡伎」：《品花寶鑑》、《海上花列傳》倡優特色下的現代性

　　從《品花寶鑑》對人情小說的繼承與對狹邪小說的開創，到《海上花列傳》標立狹邪小說「近真」風格的高度文學成就，即能窺見兩部狹邪小說於文學發展上的代表性地位，以及各自流露出的文學特色。本小節即試以陳森與韓邦慶小說分別代表狹邪小說「溢美」與「近真」兩種階段，以兩部小說中倡優形象反映出的特色繼續進行分析。

---

劉半農：《劉半農文選・讀海上花列傳》（台北：洪範書店，1978），頁81-100；劉大杰：《中國文學發展史》（上海：上海古籍出版社，1998 二刷），下冊，頁1413，其中讚譽作者於人物個性描寫的用力；趙景深：《小說戲曲新考》，其狹邪小說部分錄見《花月痕》（台北：河洛圖書，1980），頁 450-452；孟瑤：《中國小說史》（台北：傳記文學社，1969），頁 667-669；（日）長尾光之：〈都會之夜：海上花列傳的世界〉，輯自（日）內田道夫編：《中國小說世界》（上海：上海古籍出版社，1992），頁 312-314；吳禮權：《中國言情小說史》（台北：台灣商務，1995），頁 340-343；何滿子：《中國愛情小說中的兩性關係》（上海：上海書店，1999），頁 184-189。

　　前文提到苕溪藝蘭生的《側帽餘譚》讚譽陳森承襲人情小說的典雅風情，而楊懋建《夢華瑣簿》則稱道《品花寶鑑》將家庭故事換至倡優場所的焦點轉移，然《品花寶鑑》除為狹邪小說開創次文化題材的探掘，更基於當時「京師狎優之風冠絕天下」的環境，[74]描寫出京城裡男扮女裝、紳客與男伶相戀的狹邪故事，把原本位居邊緣的倡優身分，更極致地推向了身體與性別的邊緣。王德威即表示《品花寶鑑》這部影響了「開拓中國情欲主體想像」的狹邪之首：

> 總結了古典以來餘桃斷袖的主題，竟向《紅樓夢》與《牡丹亭》借鑑，敷衍成一大型浪漫說部。假鳳虛凰，陰陽交錯。男歡女愛的至情從未如此大規模的被顛覆過。[75]

此語除了提出《品花寶鑑》於形式上承人情小說之先、啟狹邪小說之後的關鍵性地位，更讚揚陳森小說內容以伶優的性別議題，為人情小說作了一種實驗性的突破，亦代表狹邪小說於文學現代性上的啟迪之功。

　　故當我們檢視《品花寶鑑》承襲的形式與創新的題材，可以發現更多繁複的討論空間。於是細看這則貌比佳人、實為男兒的「像姑」故事，《品花寶鑑》雖然顛覆了愛情故事中性別設定，畢竟還是假男伶為女色，以「男身女相」作為政府取締狹邪之下偷渡風月的變相之法、將梨園聽戲作為賞芳聞色的隱藏，此醉翁之意背後，女容女貌甚至女才女德仍然是戲子性別裝扮中被判定的審美標準。尤其小說第二回，士紳梅子玉是以《牡丹亭》中杜麗娘的形象來認識優伶杜琴言：

> 有一個唱閨門旦的叫琴官，十五歲了。他的好處，真教我說不出來。要將世間的顏色比他，也沒有這個顏色；要將古時候的

---

[74] 乾旦文化最主要而直接的影響，來自於明清政令對官優公伎的禁令，尤以位居中央的北京控管最嚴，反而變相造成北京乾旦的盛行。引文出自邱煒萲所作《菽園贅談》，語錄自阿英編纂：〈客雲廬小說話〉，《晚清文學叢鈔‧小說戲曲研究卷》（台北：新文豐出版社，1989），卷4，頁398。

[75] 王德威：〈沒有晚清，何來五四？〉，《如何現代，怎樣文學？》，頁34。

美人比他，我又沒見過古時候的美人。活在世上的活美人，是在沒有這樣好的。就是畫師畫的美人，也畫不到這樣的神情眉目。他姓杜，或者就是杜麗娘還魂？[76]

《品花寶鑑》表面上缺席的女性角色，實質上被魂似女性的弱勢男性所取代，陳森且不斷以人情小說擅用詩詞戲劇的典故、陰性修辭的隱喻等等，附加於這類性別扮裝的「偽佳人」之上，使其筆下優伶身為男兒卻有佳人才貌，無佳人之本質卻比佳人更勝其職，亦在情節中符合「才子佳人」的故事模式——[77]於此顛龍倒鳳的逆轉中，非但狹邪文化依然歸順於政治發展，性別意識更仍舊屬於異性戀體制與審美評判——男男相戀的本質遂發展成男女至情的理想追尋。

也就是說，陳森創新題材的背後無疑仍然受制於異性戀式的傳統道德典範，它造成小說中情愛革命的幻想故事狀似大膽，實為處處迎合政治現實與道德理想的合法性之考量。[78]陳森一方推託政府禁伎於

---

[76] 陳森：《品花寶鑑・第二回》，頁 31。

[77] 才子佳人小說的固定情節模式被研究者統稱作「三圓」，即「私定終身後花園、多情才子中狀元、坎坷歷盡慶團圓」。概念可見於魯迅：〈中國小說的歷史演變〉與蘇興：〈天花藏主人及其才子佳人小說〉，《西遊記及明清小說研究》（上海：上海古籍出版社，1989），頁 212-229 等論述。扼要概稱為此三程序，則見許道軍：〈「才子佳人」模式及其在革命文學裡的置換變形〉，《安慶師範學院學報》21 卷 4 期（2002 年 7 月），頁 49-51，以及林保淳：〈春濃花豔佳人膽〉，《古典小說中的類型人物》（台北：里仁書局，2003），頁 267。

[78] 王德威雖對陳森淪於異性戀審美觀與其著的異性戀家庭倫理結局表示不滿，卻依然推《品花寶鑑》為「同志小說的鼻祖」。故筆者思考陳森小說對傳統道德與禮教體制的服膺，著眼於同志意識在異性戀體制中的妥協意義，並深入探討作者寄於作品的迂曲心路（參閱本書第四章，對陳森創作概念提出三種層次的推展與分析）。尤其明清社會異裝癖好十分風行，將男子「粉妝玉琢如女子一般」於胡同梨園等優伶身上尤其昌盛，吳存存即指出「這些絕對女性化的男性，寄託著許多觀眾對男性的審美理想……應該承認，中國戲曲在清中葉以後的極大繁榮是與當時社會的男性同性戀風氣密切聯繫在一起的」——扮裝現象既是同性戀意識於性別越界的偷渡，卻又是強化異性戀機制上的一種變形——看似兩種極端的意見，其實正凸

是可以狎優，一方又教耽溺聲色的官紳伶優強演作克己復禮的才子佳人，使得《品花寶鑑》自形式至內容，無不充斥著無以著落的矛盾與糾結，宛若現代自傳統過渡間一則弔詭的注解。[79]於是在陳森「性趣與性別的越界、舞台與人生的錯亂、法律與情慾的媾合」此大膽放肆的小說構成之下，[80]《品花寶鑑》的故事情節卻依然延續才子佳人的模式發展，將倡優戀情理想化、有情人終成團圓的結局收場；文字風格亦延續人情小說感傷哀情的傳統，求風雅為主、以纏綿見長。彷彿在表面上翻轉了傳統愛情的模式，於精神處卻無不忠實的依順著傳統理想。

因此當我們分析《品花寶鑑》小說形式，表現出狹邪小說承襲、模仿自人情傳統的背後，其實潛在一個錯置而弔詭的倫理。其循於傳統又顛覆傳統、建立跨性的情慾幻想卻又立基在傳統道德模式之上，以至《品花寶鑑》在敘事手法、修辭風格等表現於內容上造成的不協調性與嘲諷感——與其說是陳森作品不自覺地對傳統造成譌仿，倒還

---

顯傳統與現代之交，同性戀與異性戀借由戲曲曖昧，互起波瀾的模糊時期。正是筆者提出《品花寶鑑》既寫男優扮裝又寫同性相戀、既寫陰性美色但不忘尊其男身、既寫男男情摯卻又歸回禮制……衝突與妥協並起的弔詭情景，認為《品花寶鑑》既突破了扮裝意義上的男性審美觀點，亦不流於同性性行為的小說描寫，其所強調同性「戀愛」的精神崇拜，雖然在其回歸道德禮教與家庭體制的結局上顯得不切實際，卻不失作為男男戀愛超越身體肉慾、同志意識妥協於異性戀體制、現代性自覺過渡自傳統社會中的權宜之法。參閱王德威：《被壓抑的現代性：晚清小說新論》（台北：麥田出版社，2003）；吳存存：《明清社會性愛風氣》，頁280。

[79] 小說內在的弔詭亦反映在評論家的批評上，如在性別議題上的研究就可見「補充」與「限囿」兩筆說法：何滿子稱《品花寶鑑》的同性戀情是男性「自戀傾向的外化」甚而擴充為「婚外戀的畸形的補充」；張瀛太卻說陳森小說是在呼籲男性推翻「生理決定論」的自覺強調中，反而產生「排女」作用，對「其他（多元）性愛模式」造成棄揚。參見何滿子：《中國愛情小說中的兩性關係》，頁176、180；張瀛太：〈照花前後鏡，情色交相映：品花寶鑑中的男色世界〉，《中國文學研究》13期（1995年5月），頁20-21。

[80] 王德威：〈沒有晚清，何來五四？〉，《如何現代，怎樣文學？》，頁102。

不如看作當時倡優文化添置小說傳統之上，對作者造成的錯亂與徬徨。反而在刻意浪漫的形式之中，不加刻意地透露了現實生活裡的情況——教這份同性愛戀的背後，蘊藏著清廷敕令造成乾旦文化蓬勃局勢的影響、也有《離騷》以來香草美人為失意文人隱喻的傳統文化、更富添商業文化下性別販賣的複雜……種種現象。

單從陳森小說中男伶角色的呈現，即發現《品花寶鑑》竟以自身矛盾的多重現象，折射出晚清狹邪文化、倫理道德、商業行為等種種的衝突與交雜。故在陳森小說以狹邪之姿揭示中國文學的性別議題，教人驚豔而難以漠視之餘，但無論以現代的酷兒理論（Queer）或是女性主義，卻都無法全面認同及歸類《品花寶鑑》裡男性主權依然高張、道德立場仍舊堅固的典制承襲，那可以說是陳森於現代化思想上，試足先登而卻未竟完全的部份，然也不是小說意圖處理，需待後世研究者深入思考的地方。

至於韓邦慶筆下描寫伎女多以寫實見長，更為忠實反映了當時的狹邪文化。關愛和即說到：

> 《海上花列傳》的作者似乎已失去了《品花寶鑑》作者那種欣賞名士作派、玩味品花情韻的雅興，更多的是以平實冷靜而不動聲色的筆調描述歡樂場中的艱辛悲苦。[81]

可見「近真」時期與「溢美」時期的差異。在同為「過來人」現身說法、引以為鑒的基礎上，已從獵奇記事的態度脫化到對人生的感悟，[82] 深厚了狹邪小說「敷陳艷跡」模式下的真實生命。故韓邦慶筆下角色雖然偶有言情，卻也略帶譴責；即使暴露與揭露，但也不乏悲憫與同情。小說第一回開宗明義即說到：「見當前之媚於西子，即可知背後

---

[81] 關愛和：《19至20世紀中國文學思潮史：悲壯的沉落》（河南：河南大學出版社，1992），頁209。

[82] 論《品花寶鑑》為「獵奇記事」，可見石函氏（即陳森）序中自比「如干寶之《搜神》，任昉之《述異》，渺茫而已。」（頁2）。

之潑於夜叉，見今日密於糟糠，即可卜他年之毒於蛇蠍」。[83]《海上花列傳》既描述了倡伎們人前嬌媚溫柔的模樣，也寫她們背地裡勢利尖酸的嘴臉；既說檯面上女子妖嬈巴結的姿態與手腕，也交代私下身世淒涼，受盡老鴇、嫖客訛詐欺壓的現實苦難。故康來新析論《海上花列傳》筆法形式脫化自《儒林外史》之際，亦將兩著作者之小說人物的創作態度引作聯想：「《海上花列傳》的作者對於筆下伎女與吳敬梓對於他筆下文人都是一樣的哀矜悲憫。伎女的沉淪，責任不在自己，在於環境。」[84]於是我們看到韓邦慶描寫角色們經歷浮沉、為利益不惜出賣靈肉，進能反映當時上海倡優場域的現實之際，依然在角色性格中隱存著儒家溫柔敦厚的理想與對情愛浪漫的夢幻，卻又在失落無垠的現實裡呈現無以著落的悲劇色彩。

於是過渡在「溢美」與「溢惡」之間，代表「近真」的《海上花列傳》，其伎女角色即如此展示出一種演進於現實、卻仍對傳統保有依戀的矛盾感。王德威便表示《海上花列傳》代表「狹邪小說中現實主義與幻想主義之間的界線，在任何層次上都不易釐清」，[85]陳永健且直稱《海上花列傳》更像是「以最日常生活的灰撲撲的氣氛寫就一篇自然主義的巨著」。[86]無論是充滿理想的浪漫主義、具有揭露精神的現實主義、還是帶有悲觀宿命論的自然主義，韓邦慶構作小說人物皆以現實的描寫方法，卻在倡伎角色的心理與精神狀態上保有浪漫精神的理想色彩，但透過她們的死亡或者夢境，更加現實而殘酷的表現出來，尤以李漱芳同殉道般抗議式的死亡以及趙二寶理想終究落空的驚夢足見一斑：前者基於相好陶玉甫的真情相待，從原本已甘心屈就為妾，到後來卻接受陶玉甫娶其為妻的堅持，於是受盡陶家人極盡羞

[83] 韓邦慶：《海上花列傳・第一回》，頁01。
[84] 康來新：《晚清小說理論研究・反映在序跋中的小說評論》（台北：大安出版社，1986），頁136。
[85] 王德威：〈寓教於惡：三部晚清狎邪小說〉，《小說中國：晚清到當代的中文小說》，頁125。
[86] 陳永健：《初挈海上花・再挈海上花》，頁178。

辱與反對，最後寧以伎女身分憂猝於倡家榻上——此過程反映李漱芳心境上「從良理想」的逐漸擴大，且透過恩客「反常」的關愛，進而掙脫她原本早已瞭然的「現實倫常」，到最後卻仍不敵現實，反得理想失落的絕望——故事狀似人情小說裡寧為玉碎、保守情操的悲劇手法，卻不落入人情小說結局裡純粹推崇從良理想的感慨，李氏殉道之死反而成為商紳倡伎們茶餘飯後引為不值的訕笑與閒話，於此，我們看不到韓邦慶對李陶故事具體的評價，卻從情節中可以看到浪漫與現實的纏繞與掙扎，以及理想落於人生中失落的下場。

至於趙二寶身為一名深受上海繁華吸引、滿懷虛榮與勢利而下海為倡的鄉下女子，卻比任何一個上海倡伎都還要天真醉心於從良後富貴安泰的「李娃神話」，她聽信闊少史天然的諾言，非但從此不再經營生意，還耗費積蓄辦理自己的嫁妝。我們可以看到這份「麻雀盼當鳳凰」的從良理想，是如此未經世事卻又存意不良，二寶最後在盼無情郎的一場喜悲交織的噩夢中驚醒，提醒了她與讀者，自身的淪落才是歡場裡最現實的人生。

《海上花列傳》如此高明地反映了末世倡優場域所製造出歡樂與絕望並存的耽溺，以及深陷其中男女不由自主的淪亡。那卻已不是過去小說單純將情與淫、正與邪作為善惡二元能夠標以區別的範疇。[87]韓邦慶確實以他在狹邪角色上的創造，帶給這部小說跨時代的成就，使得民初讀者雖感歎《海上花列傳》出品得太早，在當時少受正視，又可惜讀之太晚，閱讀市場已邁入「新小說」之後的現代；也無怪乎韓邦慶即使繼承了人情小說傳統，卻要走入了隱諱的極端，已然「踽踽走在時代前面，不免又有點心虛膽怯」。[88]儼然形成閱讀及創作上的藝文實驗。

---

[87] 陳森：「大概自古至今，用情於歡樂場中的人，均不外乎邪正兩途。」語出《品花寶鑑・第一回》，頁2。

[88] 張愛玲：「胡適認為《海上花》出得太早了，當時沒人把小說當文學看。我倒覺得它可惜晚了一百年」、「《金瓶梅》、《紅樓夢》一脈相傳……

經由上述討論，可以看到這兩部特別的作品在小說演進發展上與狹邪題材開創上的地位。被稱為中國「同志文學」啟迪者之一的《品花寶鑑》，身兼狹邪小說開山位置，以及「溢美」階段的代表作品；而「近真」代表的《海上花列傳》不但是「溢美」與「溢惡」間的過渡，也將浪漫傳統與現實披露融合為一，在人情浪漫之外更袒暴出市井社會中的現實事態。北京梨園裏的扮裝佳人與上海倡館中的寫實倡伎，都教清季的歡場風景與人情關係，在兩種既傳統又標新的小說創作中具體呈現。下面章節即接著討論這兩部小說雕版付印之後引發的種種迴響。


# 第二節　《品花寶鑑》的禁毀背景

清朝以滿族入主漢室之姿，為習漢族文化不遺餘力，且在援引儒學道統為治統、將道德力量化為政治力量上，用心更勝前朝——[89]無論於積極面上的科考講學、纂修《四庫全書》等工作的廣設，或在消極面上的文字禁令、廢除官伎制度等政策的施行——可見清廷為延承中國政治傳統中的封建結構，進而選擇「理學」為其思想統治的核心價值。[90]

---

《海上花》承繼了這傳統而走極端，是否太隱晦了？」、「此書結得現代化，嘎然而止。作者踽踽走在時代前面，不免又有點心虛膽怯起來」，此語出自〈國語本海上花譯後記〉，收錄自《張愛玲全集・海上花落》，頁715、722。

[89] 清人昭槤曾說：「上雖厭滿人之襲漢俗，然遇宿儒者學亦優容之」，可見清人利用漢儒的用心，見昭槤：〈重讀書人〉，《嘯亭雜錄》（北京：中華書局，1997 二刷），頁 16-17。清朝大力提倡程朱理學且依此維護功令，依憑文化上的「道統」以提供「治統」的正當性，此牽動學術的政治立意，說法則參閱張麗珠：《清代義理學新貌・清代考據學興盛的原因》（台北：里仁書局，1999），頁 49-54。

[90] 關於中國傳統封建社會的結構，實可由「儒家思想」、「官僚政治」與「小

誠如漢代表面「推明孔氏，抑黜百家」，實際「大辟之刑千有餘條，律令煩多，百有餘萬言」；[91]明朝一面重修《太祖實錄》、編撰《性理大全》、修訂《永樂大典》，同時間卻拓大宦官與錦衣衛等方面的特務統治……儒家的道德理想與封建的政治現實之間，向來有著「制度化」的密切關連。[92]而與中國歷朝相同，清律將政治意識通過理學思想俱以強化，於封建社會中亦呈現著文化專制與思想整肅下的高度效果。其中，禁毀小說的政策更貫徹於王朝始終，嚴格的程度就連教忠倡孝的《三國志》與寫盡虛實人生的《紅樓夢》都難逃禁毀的網羅，更遑論描繪淫逸俗事的狹邪小說之流。無怪茅盾慨歎：「中國文學在載道的信條下，和禁慾主義的禮教下，連描寫男女間戀愛的作品都被視作不道德，更無論描寫性慾的作品。」[93]但說政令禮教的壓抑如此嚴苛巨大，然文藝創作的昌盛亦如清人錢湘所言，有它箭在弦上、無法遏抑的力量：

> 淫辭邪說，禁之未嘗不嚴，而卒不能禁止者，蓋禁之於其售者之人，而未嘗禁之於閱者之人之心。[94]

---

農經濟」三方面，為其一體化結構的支持。參閱金觀濤、劉青峯：《興盛與危機：論中國封建社會的超穩定結構》（台北：風雲時代出版社，1991二版）。

[91] （漢）班固：《漢書‧董仲舒傳》，冊3，頁2525；《漢書‧刑法志》，《新校本漢書并附編兩種》（台北：鼎文書局，1997），冊2，頁1103。

[92] 干春松表示：「儒家對禮（儀式）的執著，使作為秩序符號的禮，反過來成為控制自己的符咒……國家就是透過這些儀式確立權力和知識之間的秩序……儒家因此成了『國家合法代表的代理』」。費振鐘針對明儒身陷於國家機器中亦說：「『道德』已經不再具有道德本身的價值意義，也不再有它的實踐作用了；『道德』只成了實用主義和功利主義的一種修辭」。參閱干春松：《制度化儒家及其解體》（北京：中國人民大學出版社，2003），頁111-112；費振鐘：《墮落時代：明代文人的集體墮落》（台北：立緒文化，2002），頁179。

[93] 茅盾：〈中國文學內的性慾描寫〉，收錄自張國星編：《中國古代小說中的性描寫》（天津：百花文藝出版社，1993）。

[94] （清）錢湘：〈續刻蕩寇志序〉，《蕩寇志‧清同治十年重刻本所增序跋》（北京：人民文學出版社，1985）下冊，頁1053。

小說雖在律令上遭受禁毀，卻因庶民娛樂的興盛、商業現象的進步以及讀者自主意識的覺發下，反而成為一道「禁而不止」的文藝之勢。以致到了清季，被朝廷指作「大抵市諢之極穢者」而海淫的《金瓶梅》，與「起閭巷黨援之習，開山林哨聚之端」以誨盜的《水滸傳》，都依然在禁令底下廣為流傳，[95]狹邪小說更成為群眾在檯面下賈利爭奇、洛陽紙貴的重要讀物。[96]

《品花寶鑑》作為狹邪小說開山代表之一，自道光年間開雕，於同治年間即遭政府宣告禁毀，卻依然在閱讀市場的流通裏，屢現作者「借閱者已接踵而至，繕本者不復返」與傳抄者「正訂未半，而借者踵至」的傳播盛況，[97]甚受蕊珠舊史記載：「或者如歐公文，有蛟龍妒且護之耶」，如此稱道。[98]而見清季禁令越密越繁、小說且刊且售的矛盾現象，竟隨著狹邪小說的昌盛逐漸攀向高峰，如同曾陽晴表示：「《品花寶鑑》正是權力展現其粗暴性與精密運作的紀實檔案。」[99]小說以自身的處境反映中國傳統社會結構中，專權政治借道德意識為操作的複雜關係，亦體現當時「上有政策，下有對策」的衝突背後，文學作品所展現強韌的藝術生命力。

---

[95] （明）李日華：《味水軒日記》，卷7，收於《續修四庫全書》，558冊（上海：上海古籍出版社，2002）；（清）龔煒：《巢林筆談》（北京：中華書局，1997三刷），卷1，頁27。

[96] 狹邪小說於清季的盛況在魯迅《中國小說史略》有言：「光緒至宣統初，上海此類小說之出尤多」（頁247）；阿英《晚清小說史·晚清小說之末流》（北京：東方出版社，1996）亦提到清季此局面繁盛之事實（頁197）。

[97] 兩句引文，前者語出作者自序，錄自石函氏：〈品花寶鑑序〉，《品花寶鑑》；後者語出傳抄者他序，錄自幻中了幻居士：《品花寶鑑·序》。

[98] （清）楊懋建（蕊珠舊史）：《夢華瑣簿》，收錄於張次溪編纂《清代燕都梨園史料》（北京：中國戲劇出版社，1988），上冊，頁373。

[99] 曾陽晴：〈好一撮淫魔色鬼：從品花寶鑑看權力的粗暴性與其精密的運作〉，《色情書：中國性學報告》（台北：皇冠出版社，1994），頁249。

## 一、禁毀小說的理由與辦法

禁毀書籍作為一種政治手段，適用於意識形態下的各種目的，為歷代封建王朝意識型態具體而普遍的表現。

商鞅變法中已有「燔詩書而明令」的主張；[100]韓非甚至提論「明主之國，無書簡之文」，進而剝奪法教政令以外的思想文化；[101]而秦始皇「別黑白於一尊」強化專制集權，更首次建立明確的禁書律令，具體如「史官非秦記皆燒之。非博士官所職，五下敢有藏《詩》、《書》百家語者。悉詣守、尉雜燒之」等政治主張，[102]從此標立起中國封建社會中的禁書傳統，可見禁毀行為背後涵藏的政治意識與思想獨裁。直到宋朝，禁書範圍明顯擴大到文人個別的文學創作，以致元明時期，官方禁令對通俗文藝更加警戒，[103]從此小說禁毀遂成專權壓迫的重要施政之一。

因此看到清王朝集專制思想與政治手段於傳統社會之末，於書籍禁黜上備顯魄力，單視乾隆《四庫》開館七年所統整出來的查禁書目已十分龐大，[104]其中卻都只含高文典冊之類，尚不包括被政府視

---

[100] 張素貞校注：《新編韓非子・和氏篇》（台北：國立編譯館，2001），頁259。

[101] 張素貞校注：《新編韓非子・五蠹篇》，頁1365。

[102] 此語載於（漢）司馬遷：《史記》（台北：七畧出版社，1991二版），本是李斯對秦始皇的建言，遂成秦始皇焚書的依據，事可查見〈秦始皇本紀〉、〈李斯列傳〉兩篇。

[103] 康正果禁書研究中說到：「宋代以前，各朝始終嚴禁的書籍主要是讖緯、星氣之書……直到宋代，禁書的範圍才擴大到個別文人的著作。」參閱康正果：〈淫書的命運〉，《重審風月鑑：性與中國古典文學》（台北：麥田出版社，1996），頁305。

[104] 根據雷夢辰：《清代各省禁書彙考》（北京：北京圖書館，1997二刷），其中記載乾隆以纂修《四庫》為名，行禁書運動為實，自乾隆39到57年間一共舉行19餘次的禁書運動，除中央內閣設有辦理機構，地方各省亦有簡要「違礙書目」之類的書單刊行，是《四庫》禁毀書目之外，重要的禁

為洪水猛獸的小說戲曲之流。誠如康正果所言，小說禁毀始自宋元明，當時權力中心敏感於通俗文藝擾亂治安的作用，演至清代則更進一步嚴苛地「強調它誘人墮落的惡果」，尤其當時小說書寫涉及情色的風行，清律復加施予「淫詞小說」強烈的壓抑，[105]但如康氏繼續申論：

> 禁令只劃了一個「誨淫誨盜」的大框框……在對「色情」或「淫穢」的概念從來不做法律界定的中國社會中，執法者和製造輿論的人更傾向於憑主觀印象辦事……淫書與非淫書的界線從一開始就含混不清，因而一本書到底具備哪幾個要點才算淫書，或一本書中的性描寫達到了什麼程度才會產生誨淫的效果，所有的法令都沒有明確作出有關的規定。[106]

可知狹邪小說作為一種邊緣題材與寫實風格的書寫，在對立主流價值與揭露社會現實之時，實令官方視為干擾風俗的亂流。但要參閱歷任清帝於禁毀小說的相關政令，其日復嚴苛且縝密的「禁毀辦法」裡，卻多含混著刻意抹黑的「禁毀理由」。「辦法」律令於政局掌控上的精細運作，相較於「理由」說詞於定義及範疇上的模糊籠統，充分展示出禁令服務於權力中心的粗暴性質，是以泛道德化的統治姿態，於人民意識中建立其「外儒內法」的權力效驗結構。以下即針對禁令結構下的「理由」及「辦法」分別進行論述。

## （一）清廷禁毀小說的理由

小說發展自唐宋傳奇、宋元話本等民間文藝，趁市民娛樂、傳播事業等環境條件越漸發達之勢，至於明清終為成熟昌盛。對庶民百姓

---

毀史料。
[105] 康正果：〈淫書的命運〉，《重審風月鑑：性與中國古典文學》，頁305。
[106] 康正果：〈淫書的命運〉，《重審風月鑑：性與中國古典文學》，頁310-311。

而言，小說通俗娛樂所產生潛移默化的影響，比較說經講道的義理文章更具流通性與影響力，誠如馮夢龍曾舉事例：

> 里中兒代疱而剏其指，不呼痛，或怪之。曰：「吾頃從玄妙觀聽說《三國志》來，關雲長刮骨療毒，且談笑自若，我何痛為？」夫能使里中兒頓有刮骨療毒之勇……觸性性通，導情情出。視彼切磋之彥，貌而不情；博雅之儒，文而喪質，所得竟未知孰膚而孰真也。[107]

可見小說對群眾情感與思想，造成深刻強烈的渲染性及滲透力。無怪廣受民眾喜愛的小說戲曲一旦與專制思想產生牴觸的可能，隨即成為統治者眼中阻礙最劇、急欲拔除的毒瘤。明朝李時勉上奏請廢《剪燈新話》小說時已表明：

> 不惟市井輕浮之徒，爭相誦習，至於經生儒士，多舍正學不講，日夜記憶，以資談論，若不嚴禁，恐邪說異端日新月盛，惑亂人心。[108]

清人錢大昕更直接針對小說創作表示不恥：

> 唐士大夫多浮薄輕佻，所作小說，無非奇詭妖艷之事，任意編造，誑惑後輩……宋元以後，士之能自立者，皆恥而不為矣。[109]

---

[107] （明）馮夢龍：《警世通言·敘》（台北：鼎文書局，1974），頁 3-4。

[108] （明）李時勉之語出自《英宗實錄》，卷 90，亦見（明）顧炎武：《日知錄之餘·禁小說》，《日知錄集釋》（台北：世界書局，1962），卷 4，頁 907。在歐陽健、康正果等學者研究裡，認為此奏請（明英宗正統七年，西元 1442）為中國最早浮出紙面的小說禁例，參閱歐陽健：《中國小說禁書漫話》（瀋陽：遼寧教育出版社，1993 二刷），頁 35；康正果：《重審風月鑑：性與中國古典文學》（台北：麥田出版社，1996），頁 306。

[109] （清）錢大昕：《十駕齋養新錄·文人浮薄》（台北：臺灣商務印書館，

此論訴求文章於義理精神的絕對關係，而對小說創作加以抵抑。試從兩人皆以「浮薄輕佻」作為小說之害的籠統理由來論——李時勉比較「小說」與「正學」影響下，讀者接受程度與反應；錢大昕則針對小說創作特有的虛構技巧加以批評。前者以明人首度提列小說禁毀的立場，顯示官方以禁書之舉對文人思想浮動的狀況提出整頓的警示，亦透露小說自明代昌盛之勢引發中央朝政的憂懼；後者則強調正統文人的衛道姿態，以「文以載道」的思想框架批駁小說出於正軌，更代表了清人延續明朝封建思想，以道德判準為政治操作的專制銜續——兩種接受政府立案推動的思想方針背後，正是理學道德與國家意識結合以來，對異己一貫秉持批判的姿態。故見清人批判小說的理由，如梁恭辰《勸戒錄選》中引汪棣香言：

> 《水滸傳》誨盜，《西廂記》誨淫，皆邪書之最可恨者。而《西廂記》以極靈巧之文筆，誘極聰俊知文人，又為淫書之尤者，不可不燬。[110]

清人陳其元《庸閒齋筆記》：

> 淫書以《紅樓夢》為最，蓋描摹癡男女情性，其字面絕不露一淫字，令人目想神遊，而意為之移，所謂大盜不操干矛也。[111]

太宗天聰九年諭令：

> 野史所載，如交戰幾合、逞法術之語，皆系妄誕。此等書籍，傳至國中，恐無知之人，信以為真。[112]

---

1956），卷 18，頁 435。

[110] （清）梁恭辰撰、吳引孫選：《勸戒錄選》，收自《叢書集成續編・218》（台北：新文豐出版公司，1989），卷 11，頁 645。

[111] （清）陳其元：〈紅樓夢之貽禍〉，《庸閒齋筆記》（台北：台灣商務印書館，1976），卷 8。

[112] 此令為天聰 9 年 4 月上諭，錄見於王崇儒：《掌固零拾・譯書》，可查閱

　　抵抑理由無論是令人目想神遊的「淫穢」、還是教人信以為真的「妄誕」，批評者都將小說渲染於讀者的感受力，過度歸諸為負面的影響，非但無法正視小說本身的精神與思想，更帶有污名醜化的偏見。

　　清廷甚至在政治意識於泛道德及信史的批判上，多添一項民族意識的理由，參見乾隆十八年上諭內閣：

> 滿洲習俗純樸，忠義稟乎天性，原不識所謂書籍。自我朝一統以來，始習漢文……近有不肖之徒，並不翻譯正傳，反將《水滸》、《西廂記》等小說翻譯，使人閱看，誘以為惡……愚民之惑於邪教，親近匪人者，概由看此惡書所致，於滿洲舊習，所關甚重，不可不嚴行禁止。[113]

此論以專制跋扈的政治獨斷與種族歧視的民族立場，表面批評言情小說「誘極聰俊知文人」、史傳小說令「無知之人，信以為真」，實質卻是清王朝為鞏固滿州貴族的統治地位，以異族之姿學習漢文、操作道統的同時，對這些傳播快速、感染力強的通俗文藝心生憂慮，遂在處置上較過去封建王朝更加戒慎而嚴厲，可見封建體制下對文藝思想的壓抑。

　　歐陽健剖析小說禁毀的理由研究中，即指出清廷禁毀小說通常羅織的三大罪名：「違礙」、「誨盜」與「誨淫」。[114]前兩項罪狀直指小說於政治思想面上的違逆，後一項理由則以道德為名，成為政治意識結合理學教條下對文藝的間接指控。歐陽健因此聲稱，「違礙」反映了「統治者的狹隘民族私利」；「誨盜」代表了「整個封建統治階

---

《元明清三代禁毀小說戲曲史料》（台北：河洛圖書，1980），頁19。
[113] 關於乾隆18年7月禁譯《水滸傳》、《西廂記》，令出《大清高宗純皇帝聖訓‧厚風俗》，又見《大清高宗純皇帝實錄》與王先謙《東華續錄‧乾隆》，可查閱《元明清三代禁毀小說戲曲史料》，頁39-40。
[114] 歐陽健：〈禁毀小說三大罪名剖析〉，《中國小說禁書漫話》（瀋陽：遼寧教育出版社，1993二版），頁35。

級的意志與願望」，兩條罪由明顯而直接表現了自由創作與獨權專制間難以調和的衝突。[115]至於歐陽健析論不明的「誨淫」一條，比較「違礙」、「誨盜」更加旨意模糊而曖昧，卻實為人情、狹邪小說之類，長期受到政治壓抑下最為通見的理由。

曾陽晴於〈中國的色情禁書文化〉一文中曾論，禁書是「歷代權力中心與個人思想纏鬥不休的場域」，淫書更是清朝「突然發現到另一個值得重視的禁書範疇」。[116]這些「突然」被冠名為「誨淫」的小說，含糊地承受著蠱惑人心的罪責，但沒有一套「名符其實」的檢查機制，只有惡意不實的指控與無以辯駁的懲治。見康熙二十六年（1687）刑科給事中劉楷的上呈奏疏：

> 自皇上嚴誅邪教，異端屏息，但淫詞小說，猶流布坊間，有從前曾禁而公然復行者有刻於禁後而誕妄殊甚者。臣見一二書肆刊單出賃小說，上列一百五十餘種，多不經之語，誨淫之書，販買於一二小店如此，其餘尚不知凡幾？[117]

這份憂心忡忡的道德控訴，對「淫書」猖獗的情況指證歷歷，但如康正果所說：「禁書之令始終沒有明確涉及到色情領域」、「中國禁書史上，很多被列為淫書的小說實際上未必全是真的淫書，有時候只是由於政治事件的牽連，人們便對這些作品形成被告知的印象」。[118]同被視為邪教異端的「誨淫」之名，是個籠統概稱的「莫須有」罪責，

---

[115] 歐陽健：《中國小說禁書漫話》，頁46。

[116] 曾陽晴：〈中國的色情禁書文化〉，《色情書：中國性學報告》（台北：皇冠出版社，1994），頁255。

[117] 引文查閱《元明清三代禁毀戲曲小說史料》，頁24。此奏疏被康正果視為清廷正式將「小說」與「淫詞」並舉，將小說劃入誨淫之列，與其他遭禁的劇本、唱詞等視為同類的第一證據。參閱康正果：〈淫書的命運〉，《重審風月鑑：性與中國古典文學》（台北：麥田出版社，1996），頁309。

[118] 康正果：《重審風月鑑：性與中國古典文學》（台北：麥田出版社，1996），頁307-308。

它利用了中國人崇尚道德的儒家價值觀，以及慣將「不良文風」連繫於「不良人格」與「對社會造成不良影響」的思想模式及輿論壓力，遂教「淫詞小說」成為一種百口莫辯的口誅筆伐。

要將《品花寶鑑》閱罷，竟也才知陳森筆下「幾個用情守禮之君子，與幾個潔身自好之優伶，真合著國風『好色不淫』一句」，依然迎合著傳統道德的典式與規範，甚至有其「極端保守」的道德考量，[119]於是小說莫名的遭禁，反倒凸顯「誨淫」罪名底下，道德理由與政治專權間的政治偽裝。此受政治操作的道德理由，非但模糊著色情與非色情、道德與非道德的界線，更反映出中國文學習染於傳統道德，卻與政治操作下道德意識的不相契應，其背後依然是政府藉禁毀書令整頓社會秩序的專權表現。

阿英研究報告即指出，清律於小說禁毀中展現極明確的「原則」與極具體的「辦法」，[120]前者意味著集權意識的不可撼動，配合後者從而展現出政治手段的粗暴性質與其精密的運作。實際的禁毀行為於含糊籠統的理由下更加顯得嚴苛而浮泛，故見律令管控的範圍上至官員、下到百姓，處處可見律令出於中央、行諸地方的完備機制。而在詳備具體的辦法裡，更是廣涉創作與閱讀、刻版與發售，甚連租賃行為等都被條列分明、記載靡遺，思考之周詳幾乎在每朝易主、每代換歲裏，就要新頒嚴律、重申主張。

---

[119] 引文參見陳森：《品花寶鑑》，第一回。王德威與曾陽晴等皆稱《品花寶鑑》「極端保守」，符合傳統社會的禮教規範與價值觀念，閱見兩人著作如王德威：《小說中國：晚清到當代的中文小說》、《如何現代，怎樣文學？》等著與曾陽晴：《色情書》。而於清季社會的實際考察中，更可發現小說中所寫「狹優」之事，於當時其實合法，陳森小說所呈現出的世界，實為反映權力體制下順遂且合理的現象，參見王書奴：《中國娼妓史》（北京：團結出版社，2004）。

[120] 阿英：〈關於清代的查禁小說〉，《阿英說小說》（上海：上海古籍出版社，2005），頁75-76。此文原出於阿英《小說二談》一書，亦被孫遜編選的《阿英說小說》輯錄於其中。

## （二）清廷禁毀小說的辦法

世祖順治以前，尚未完備王朝大業的清政府，泰半還處於一種文化適應的階段，卻已頻頻出現刪譯與改編小說的動作，如天聰年間太宗尚未入關卻已發禁譯野史之諭，[121] 又如清人昭槤《嘯亭續錄》裡對崇德年間節譯小說的記載：

> 崇德初，文皇帝（太宗）患國人不識漢字，罔知治體，乃命達文成公海，翻譯《國語》、《四書》及《三國志》……有戶曹郎中和素者，翻譯絕精，其翻《西廂記》、《金瓶梅》諸書，疏櫛字句，咸中綮肯。[122]

可見清廷在文化事業上對思想統治的重視。順治以後，清廷對小說的管控手段轉嚴為禁止，幾乎每位清代帝王都要對小說查禁一事親發諭令，參閱俞正燮《癸巳存稿》裡對清廷小說查禁初期的記載，即見其愈加嚴厲的程度：

> 順治七年正月，頒行《清字三國演義》……一時人心所向，不以書之真偽。其小說之禁，順治九年，題准瑣語淫詞，通行嚴禁。

> 康熙四十八年六月，議准淫詞小說，及各種密藥，地方官嚴禁。五十三年四月，九卿議定坊肆小說淫詞，嚴查禁絕，板與書盡銷毀，違者治罪，印者讀者流徙。

---

[121] 見清太宗朝，天聰 9 年 4 月禁譯野史，可查閱《元明清三代禁毀小說戲曲史料》（台北：河洛圖書，1980），頁 19。
[122] （清）昭槤：《嘯亭續錄‧翻書房》，《嘯亭雜錄》（北京：中華書局，1997 二刷）卷 1，頁 397。

乾隆元年，復准淫詞穢說，疊架盈箱，列肆租賃，限文到三日銷毀，官故縱者，照禁止邪教不能察緝例，降二級調用。

嘉慶七年，禁坊肆不經小說，此後不准再行編造。十五年六月，御史伯依保，奏禁《燈草和尚》、《如意郎君傳》……坊市紛紛搜查，致有滋擾。十八年十月，又禁止淫詞小說。[123]

從上述記載看來，清廷從對小說提出改寫、頒行官方定本，到順治題准「瑣語淫詞，通行嚴禁」、康熙問罪市賣者「著九卿詹事科道會議具奏」，以及乾隆嚴令搜查者「限文到三日銷毀，官故縱者，照禁止邪教不能察緝例，降二級調用」，甚至嚴重到嘉慶察覺擾民，卻依然執行小說查禁……隨著清人對小說從吸收利用，到檢查、刪改與禁毀等過程，刑令日復嚴厲的背後，專權與文藝間的衝突亦為劇增，民間文藝在禁令底下一方面被陷以「辭多鄙俚」、「以穢褻為常談」之名，另方面卻也教熾盛流行的程度相形提升，而狹邪小說即在這種衝突的氛圍裡醞釀而生。

陳森《品花寶鑑》作為狹邪小說開山作品之一，內容描寫乾隆嘉慶年間的梨園故事，至於作者撰寫的時間，則約從道光六年起始，陸續經歷長達十餘年的創作過程、完稿後刊刻開雕上的波折起伏，待到道光二十九年才正式付梓初版，其間零散的抄本流傳卻已十分廣闊，刊行之後更復有多次再版。[124]而從《品花寶鑑》創作傳抄到出版暢銷所經歷的時間來看，清廷禁毀小說的規模同時間亦有其相對程度的擴大。

---

[123] （清）俞正燮：《癸巳存稿》（台北：台灣商務印書館，1956），卷9，頁269-270。

[124] 至今存見清季刊本有光緒刊本以及多種翻刻本、手抄本與石印版本，除此之外，《品花寶鑑》傳至民國亦繼續出版，如受古書屋鉛印本與申報館排印本、改題《燕京評花錄》與《怡情佚史》的石印本，以及清華大學館藏的朱絲闌抄本等等，1987年文學古籍刊行社還刊行了初刻版的影印本……以上資料可參考徐德明：〈品花寶鑑考證〉，《品花寶鑑》（台北：三民書局，1998），以及王彬主編：《清代禁書總述》（北京：中國書局，1999），

　　據史料記載，道光年間的小說相關禁令，如俞焜發有「國家型方
訊俗，必將孝弟忠信禮義廉恥大為之防，方可正人心而維風俗……如
坊肆刊刻，及租賃各鋪一切淫書小說，務須搜取板書，盡行銷燬」之
通牒；[125]咸豐亦持續頒布禁刊《水滸》、禁演雜劇等明令；而至同治
年間，禁毀淫詞小說可謂達到清季規模最大，除有查禁小說書版以外，
更數次強調「造刻淫詞小說及抄坊捏造言語錄報各處，罪應擬流者（指
軍流以下，不准減免的犯人）」……[126]在當時一連串的禁書活動中，
江蘇巡撫丁日昌尤其顯著，不但恩威並施、賞罰分明，奉行律令更是
嚴峻徹底。

　　同治七年，丁氏先後兩次通飭令中附注三份連開的書目，點名《品
花寶鑑》在內，應當禁毀小說的數量就高達二百餘種之多。參見次年
刊印的《江蘇省例》中說到：

> 近來兵戈浩劫，未嘗非此等踰閑蕩檢之說，默釀其殃。若不嚴
> 行禁毀，流毒伊於胡底？本部院前在藩司任內……惟是尊崇正
> 學，尤須力黜邪言，合集將應禁書目，黏單札飭，札到該司，
> 即於現在書局，附設銷燬淫詞小說局，略籌經費，俾可永遠經
> 理。並嚴斥府縣，明定期限，諭令各書鋪，將已刷陳本及未印
> 版片，一律赴局呈繳，由局彙齊，分別給價，即由該局親督銷
> 燬，仍嚴禁書差，毋得向各書肆借端滋擾。[127]

---

頁 330。

[125] 此款為道光 14 年 2 月同意御史俞焜奏請，禁毀傳奇演義板書之令，錄自《大
清宣宗成皇帝實錄》卷 249，亦見王先謙的《東華續錄・道光》，可查閱
《元明清三代禁毀小說戲曲史料》，頁 68-69。

[126] 「軍流徒不准減」等條款出現在《定例彙編・名例》中關於同治 11 年正月
與同治 13 年 11 月的記載，輯錄於《元明清三代禁毀小說戲曲史料》（台
北：河洛圖書，1980），頁 79-80。

[127] 此政令於同治 7 年 4 月 15 通飭，載於《江蘇省例・蕃政同治七年》與《撫
吳公牘》中，此通飭令下附〈計開應禁書目〉122 種與〈小說淫詞唱片目〉
112 種，同年同月 21 日，丁日昌再行通飭令續附上〈計開續查應禁淫書〉

可見丁氏結合衛道人士的強力諫言，把當時太平天國對社會造成的動盪，歸之為小說邪言訛說、奸盜偽詐的影響，文藝創作除將繼續承受政府中央判名為道德流毒與思想逆賊以外，更遭法制單位施以嚴厲且密集的取締。清廷甚至計畫性籌措經費，加設專門禁毀小說的檢調單位，彷彿一旦將這些貽害匪淺的小說淨空，就可以還諸民風淳正的倫理社會，反而教民間受擾的程度達到了極限，官方在金錢與人力等資源上亦付諸相當代價。

相較於統治者千方百計的禁毀與侮蔑，小說戲曲的作者與讀者倒也興發他們明爭暗鬥的因應方式，《元明清三代禁毀小說戲曲史料》中即有數事記載，其中如清廷發文禁開戲館，被顧公燮與錢泳等人習史筆記載為「怨聲載道」，乾隆年間守備張彬佐實施禁戲飭令時，更換來村民一頓綑綁痛毆；[128]而受丁日昌鎮壓，不斷流竄暴動的太平天國，卻也學習政府焚毀小說之舉，反將俞萬春代表官方出版的《蕩寇志》聚眾焚之……[129]更不用說小說創作於民間層出不窮的開雕與再版，如《骨董瑣記》中記載，乾隆中晚期不但「《紅樓》、《綠野》、《儒林》、《鏡花》諸著，遂盛行一時」，即使道光年間重申嚴令，

---

34種，兩道政令三份書目，扣去重出者，共計266種之多。引文可查見《元明清三代禁毀小說戲曲史料》，頁121。

[128] 關於（清）顧公燮與（清）錢泳的記載，前者出於《消夏閑記摘抄》，後者出於《履園叢話》，與民間抗議張彬佐一事同錄於《元明清三代禁毀小說戲曲史料》，頁30。

[129] 咸豐10年太平軍李秀成攻下蘇州時焚燒《蕩寇志》書板一事，可查（清）俞萬春：《蕩寇志‧清同治十年重刻本所增序跋》（北京：人民文學出版社，1985），其中收錄俞龘〈續序〉與錢湘〈續刻蕩寇志序〉兩文皆見記載。事實上，太平天國以農民身分起義，在其政治行為成立之後在文化政策上亦有其可議之處，太平天國凡稱妖物、妖文書與邪歌、邪戲等藝文活動，也不乏嚴厲殘忍的禁毀政策抑制，可參閱黃霖：《近代文學批評史‧太平天國的文化政策》（上海：上海古籍出版社，1993），頁342-347。

「而《品花》成書」偏偏就此時問世。[130]實見中央集權與庶民文藝間的拉鋸及對抗，宛如一場僵持不下的角力賽。

　而從丁日昌對太平天國反清運動的軍事鎮壓，同時結合查禁小說的文化專制的行為來看。呂實強即稱丁日昌所代表「將有害於道德之出版品與叛亂相結合」之時代觀念，與「外表華麗，像似合理，內容則甚為淺薄」的清季查禁動作，已形成一種吹毛求疵的泛道德標準，[131]可見籠統的禁毀理由與嚴苛的禁毀辦法底下，交雜著政治意識與道德理由的糾結。繼續深入陳益源對丁日昌文學歷程的整理，更可發現丁氏經歷著書、譯書、刻書與禁書、查書、毀書種種看似糾結的行為之間，[132]實則代表一名清季知識份子在價值觀念上的衝突、矛盾及其變化——從年輕到年長；從庶民讀者的立場到深入政府機制；從對《紅樓夢》等小說的熟稔鍾情，[133]到任職巡撫後舉凡「有關祕密結社，攻擊貪官污吏，講兒女私情，寫淫穢行為，怪誕不經，以及所謂有關風化的全都在禁例之內」的嚴刑峻法[134]——丁日昌背負的家國使命與洋務思想，是教他將「尊崇正學」的目的落實至「力黜邪言」的行為，然此「邪言」定義不明所指稱的對象，竟全投射在民眾娛樂的小說戲曲身上，偌大的家國抱負與道德理想由此扭曲而狹隘。[135]其中政治道德的意識型態操作，形成洋務、正學、邪言與文學間的糾結，遂教一

---

[130] （清）鄧之誠：《骨董瑣記・小說禁例》（北京：中國書局，1991），卷6，頁201。

[131] 呂實強：《丁日昌與自強運動》（台北：中央研究院近代史研究所，1972），頁143。

[132] 陳益源：〈丁日昌的刻書與禁書〉，《古典小說與情色文學》（台北：里仁書局，2001）。

[133] 陳益源：〈丁日昌、齊如山與紅樓夢〉，《古典小說與情色文學》。文中寫到丁日昌曾熟讀《紅樓夢》，且替友人黃昌麟所著《紅樓夢二百詠》中寫了序跋與兩百條評語，語多愛惜與讚賞。

[134] 阿英：〈關於清代的查禁小說〉，《阿英說小說》（上海：上海古籍出版社，2005），頁75。

[135] 此語出於《江蘇省例・蕃政同治七年》：「惟是尊崇正學，尤須力黜邪言」，引文可查見《元明清三代禁毀小說戲曲史料》，頁121。

名熱愛文學的雅士驟變為迫害文學的禁毀官員，令人無不感到惋嘆，政治獨斷與道德制約對小說造成的扭曲與誤解。

## 二、對於道德的服從與叛逆：《品花寶鑑》受禁背後的意義

封建威權的文化專制之下，道德意識於政治利用與文學影響間，產生其糾結而模糊的局勢。《品花寶鑑》即以其「好色而不淫」的姿態，在政策對情色書寫界義不明的情況下遊走──它既被作者以戒淫勸世的文藝道德視為主旨，卻又被執政者標以「誨淫」的政治道德之標籤；它既表現出清廷禁止嫖伎的嚴令下，默許而後昌盛的狎優文化，偏偏又在政府禁毀淫書的政令中，成為「可以做，不可寫」的實際狀況──無怪乎現代學者表示：

> 權力中心不能容忍京官的嫖伎行為，卻願意容忍他們在正式婚姻外的同性戀……丁日昌的禁書理由說到「少年浮薄，以綺膩為風流」，很可能與查禁《品花寶鑑》有關，而實際狀況的同性戀卻依然存在。[136]

> 其實，帝王、權貴、富豪同樣熱中……在等級制的中國社會中，觀淫的特權也是性特權的一個內容，禁慾主要針對的是不享有性特權的普通人……他們（享有性特權者）實際上並不多麼厭惡淫穢本身，他們不能容忍的是暴露淫穢的內幕，描寫有情人對禮教的突破。[137]

若將禁毀理由的模糊籠統，相較於禁毀手段的嚴苛縝密；把文字禁令的道德批判，比照於實際狀況的淫靡不羈。其間的錯落糾結，正是統治階級「嚴以律人、寬以待己」的雙重標準，也是封建階級體制裡「合

---

[136] 曾陽晴：〈好一撮淫色魔鬼？〉，《色情書：中國性學報告》，頁249-250。
[137] 康正果：〈淫書的命運〉，《重審風月鑑：性與中國古典文學》，頁321-322。

法但不合理」的不平等表現。這在小說書寫的遭禁上，即反映此體制
中的弔詭且造成反諷的局面，尤以陳森小說旨在純情、循於傳統文藝
「賞善罰惡」的道德範式，及其不求情色、而以唯美愛情為主的寫作
訴求——明明應和著傳統道德的價值觀且直接呈現當時社會的合法現
象，卻竟慘遭「淫書」之名的無情指控與禁毀——凸顯出創作者與行
政者不同立場與階級，於作品價值判定上的歧異與落差。

　　誠如張大春表示「藝術與色情」之所以成為某種「文化實體」禁
制上的辯證，其實只在於色情禁制遭受意識形態的操作，而為某文化
霸權之下所造成的團體迷思，「一旦有這個禁區存在，那些倫理學或
道德論中顯得拙劣的符號就可以往禁區裡扔置了」。[138]如此理解小說
創作反映道德規準以及政治禁令間的糾結，是能察覺中國小說對道德
規準有其服從與叛逆的兩面——服從於傳統文化中道德思想的警世概
念；叛逆於政治意識下操作道德對人性自主的壓抑——去除意識形態
所製造的價值批判，情色的議題反而成為小說家們回歸人性純良，針
砭當政者道德虛偽的一種利器。著眼於此，筆者是能繼續探討，狹邪
小說遭禁現象下所蘊藏的意義：

　　首先，小說體式透過傳播性強、閱讀群廣的流通特質，產生李漁
所稱「貴淺不貴深」的教化功能，[139]如《品花寶鑑》雖寫官紳狎優之
事，卻也有它不受理學箝制、「寓教於惡」的文學本質；[140]其次、小

---

[138] 張大春：〈禁區在哪裡？〉，《張大春的文學意見》（台北：遠流出版社，1992），頁275-276。

[139] 「貴淺不貴深」語出李漁：「文章做與讀書人看，故不怪其深；戲文做與讀書人與不讀書人同看，又與不讀書之婦人小兒同看，故貴淺不貴深」。是李氏比較文章與戲曲時以為，前者深故讀者寡，後者淺而讀者眾，「貴淺不貴深」是古人說經講傳的本意，即如今人創作小說的道理。從娛樂功能論及教化作用，此語顯示李漁對俗文學的高度肯定。參閱（清）李漁：《閒情偶寄》，收自《李漁全集》（杭州：浙江古籍出版社，1992），頁24。

[140] 「寓教於惡」語出王德威《小說中國》一書對《品花寶鑑》、《海上花列傳》與《孽海花》三部狹邪小說的總評，他認為這三部小說「各為晚清倡優生活提供了一幅獨特畫面，並進而彰顯或嘲諷傳統品德禮節的偽善與矯

說以「殊非正理」的狹邪題材為創作主軸，在藉濫淫之詞暴露濫淫現實的同時，即教自身「淫詞穢說」的邊緣立場對立於執政當局的道德虛偽，呈顯狹邪小說暴露現實、針砭虛偽的抗議潛質。[141]前者強調「政治所操作的道德意識」與「文藝承襲於傳統道德」兩者的釐清，說明小說受禁令污名為淫邪悖德，卻有它遵循文學教化的傳統本質；[142]後者則針對狹邪小說雖襲於文學教化的中國傳統，卻又以狹邪現況的描寫為題，呈現其徘徊於「道德正義」與「現實命運」間的邊緣特性，[143]繼能檢視《品花寶鑑》旨意與情節、創作目的與創作手段間的實驗性質與弔詭意義。因此能從清廷禁毀政令的壓抑裏，反映出小說的教化

---

情處。合而觀之，這三部小說也對各自代表的倫理、慾望，乃至修辭前提，互相出質疑」（頁 105-106），指出狹邪小說在擷取、顛覆中國傳統倫理規範，建立其代表新時代思想的同時，也對自身訴諸反省，因而能對讀者產生別有一番的教化意義。

[141] 「殊非正理」語出清聖祖：「朕惟治天下，以人心風俗為本……近見坊間多賣小說淫詞，荒唐俚鄙，殊非正理」，此為康熙 53 年 4 月頒行小說禁毀之諭令，錄自《大清聖祖仁皇帝實錄》卷 258，又可見《大清聖祖仁皇帝聖訓·聖治》、魏晉錫《學政全書·書坊禁例》以及王先謙《東華錄·康熙》等書，查閱《元明清三代禁毀小說戲曲史料》（台北：河洛圖書，1980），頁 24-25。

[142] 袁進認為小說家高唱情欲的抒放來挑戰孔教的限制，王德威則以為在這反動的表面下，屬於社會無力調節作者情緒的表徵，最後反而回歸孔教的傳統。筆者調解這兩種說法，以為狹邪小說既以情色為名、又以勸德為旨的矛盾中，實為狹邪小說於旨意精神上服從傳統道德、而以萋靡題材抗議教令操作的政治道德，故分別為「文藝自循的道德」與「政治操作的道德」。參閱袁進：《中國小說的近代變革》（北京：中國社會科學出版社，1992），頁 127；王德威：《被壓抑的現代性》，頁 59-61。

[143] 朱光潛講述中國文藝的特質時，提道道德倫理對中國讀者與作者根深蒂固的影響。其論文學中「『命運』與『正義』是不可調解的，我們必須在這二者之中選擇」，而中國人奉行於孔孟哲學的道德宿命論，顯然多半選擇了「正義」，故中國故事往往「脫離悲劇」、「總是喜歡善得善報、惡得惡報的大團圓結尾」，且不能容忍「引起痛感的場面」與「觸及有傷教化」的題材。狹邪小說無法脫俗於此，卻仍觸及有傷教化的題材，難得呈顯出中國文學中少見於「命運」與「道德」之間的擺盪與徘徊。參見朱光潛：《悲劇心理學》（台北：駱駝出版社，1987），第 6、12 章。

意義與叛逆精神,進而凸顯《品花寶鑑》身為狹邪小說,於清季應時而生的現實意義、社會精神與其不可抹滅的文藝生命。

## (一)小說具備的教化意義

自前文講述清廷禁毀小說的理由與辦法,可見禁令本身對小說本質所產生的誤解,而這份誤解即代表著政治意識對文人獨立思想的刻意扭曲與抹黑,故所謂「違礙」、「誨盜」與「誨淫」等冠諸小說的污名,於專制政府為求「正人心,厚風俗」的道德藉口下,無不可視作清廷便圖執法的表面說詞。

韓非集法家思想之大成曾言:「儒以文犯法,俠以武犯禁」,表示儒家文章本有向專權政令抗議的本質,且訂立「禁姦之法,太上禁其心,其次禁其言,其次禁其事」,[144]此一套具體主張的展示,從「禁事」以至於禁人之行為、到「禁言」於是禁成書、然後完成「禁心」造成獨立思想的禁錮。可見政治禁制原是法家專為威權設計的基本主張,卻在封建體制結合儒學的意識形態下,融成奉道德為名、行法術之實的政治手段及方法。在此「士人政府」與「胥吏政治」的名實雜揉間,[145]王彬於是指出,禁毀書籍是法家理論運用於文化領域上的實際表現,反觀倡言仁義的孔孟儒家,對書籍文藝的態度則多為揀選而非禁毀,參見王氏所語:

> 儒法結合形成了封建政治的理論基礎,這種結合的典型模式便
> 是外儒內法,而表現於以儒學主旨為禁書標準的歷史現象,如

---

[144] 「儒以文犯法,俠以武犯禁」引文出自《韓非子‧五蠹》;「禁姦之法,太上禁其心,其次禁其言,其次禁其事」則見《韓非子‧說疑》。可查閱張素貞校注:《新編韓非子》(台北:國立編譯館,2001),前者於頁1353,後者在頁1199-1200。

[145] 徐復觀:「士人政府,是儒家的貢獻,而胥吏政治,是法家的殘餘。」參見徐復觀:《學術與政治之間》(台中:中央書局,1957),乙集,頁110。

> 禁毀李贄的《焚書》《藏書》，禁毀謝濟世對經書的注解，依
> 然是法家禁書理論在不同時代的延續與實踐。[146]

由此分辨中可以得知，禁律以儒家道德規範作為「禁書標準」的表象
之下，實為專制政治蘊含法家思想所操作的「禁書理論」。前者只是
表面說詞，後者才是真確目的。故就小說文藝與政治意識的衝突而言，
其意義當為刑名法術對獨立思想的行動抑制，而非政令說詞中呈現小
說與道德教化的扞格不入。以泛道德的主觀標準污陷小說隱含教化的
旨趣，其實也正抹滅掉中國傳統文藝向來固存的道德意義，故見鴛湖
烟水散人於《珍珠舶》序中慨歎：

> 乃論者猶謂：「俚談瑣語，文不雅馴，鑿空架奇，事無確據。」
> 嗚呼，亦未知斯編實有針世砭俗之意。[147]

要知中國傳統小說家於儒家文化長久浸淫習染中，未因市民娛樂的通
俗趣味，而喪失寓教於樂的傳統態度，與針世砭俗的現實精神。即便
表現所謂「誨淫」的作品，小說文藝依然背負著中國傳統的道德態度，
如東吳弄珠客為《金瓶梅》作序寫道：

> 讀《金瓶梅》而生憐憫心者，菩薩也；生畏懼心者，君子也；
> 生歡喜心者，小人也；生效法心者，乃禽獸耳。[148]

此語說明《金瓶梅》這部反映淫靡奢侈社會現象的小說，不但意非「誨
淫」，精神更在「戒淫」。牛貴琥即說：「人們的淫心不會隨著作者
將道德值隨意升高而減少，過錯也不是出在性的描寫上。」[149]孫述宇

---

[146] 王彬：《禁書、文字獄・儒法道的禁書觀》（北京：中國工人出版社，1992），
頁 394。另外參閱王彬：《清代禁書總述・清代禁書概述》（北京：中國
書局，1999）。

[147] 語出（清）鴛湖烟水散人為《珍珠舶》序言，錄見於林海編校：《中國古
代小說珍品・珍珠舶》（北京：華齡出版社，1997），第 1 卷。

[148] （明）東吳弄珠客：《金瓶梅・序》（台北：三民書局，1979）。

[149] 牛貴琥：〈金瓶梅，淫與浪的文化批判〉，《金瓶梅與封建文化》（北京：

亦論《金瓶梅》述寫世間苦難的救贖，「一定要講德行與修持」。[150]故當後人檢視《金瓶梅》的作者意圖，即能體會欣欣子「寄意於時俗，蓋有謂也」的說法，[151]而見蘭陵笑笑生講述情節依然循於禮義價值判準，其性愛場面的描寫無非成為針砭時事的批判作用，目的不在於色情，而在於「良善終有壽」、「淫佚早歸泉」的懲戒教化。[152]

因此，歐陽健論及此類污為「淫穢」的小說，內涵實以「醜惡性」兼具「勸懲性」，是在披露現實險惡之餘，寓以譏諷教化。[153]世情小說如此，狹邪小說家們沿襲傳統文化的思考下亦同，非但有其深入花叢的道德判準與教化思想，更將勸懲性融會於醜惡性的主要特點，塑成此類小說「反面論證」般「寓教於惡」的教化方式。[154]臥雲老人為《品花寶鑑》題詞即道：「一字褒譏寓勸懲」、「罵盡人間讒諂輩」，[155]陳森亦說明：「固知離經叛道，為述家者鄙，然其中亦有可取，是在閱者矣！」[156]可見小說即便著墨於狹邪巷里，卻依然秉守揚善棄惡的正向思考，故見蘇雪林論《品花寶鑑》自《金瓶梅》系統而

---

人民出版社，2001），頁23-24。牛氏更有重語，以為小說善惡報應的情節安排是「笑笑生對性行為的描寫是嚴格遵照儒家的封建倫理道德的要求」，絕非作者隨筆而作（頁14）。

[150] 孫述宇：〈金瓶梅的藝術〉，《台港金瓶梅研究論文選》（江蘇：江蘇古籍出版社，1986），頁103。

[151] （明）欣欣子：《金瓶梅詞話・序》（台北：三民書局，1979）。

[152] （明）蘭陵笑笑生：《金瓶梅・第一百回》（台北：三民書局，1979），頁1011。

[153] 歐陽健：《古代小說禁書漫話》（瀋陽：遼寧教育出版社，1993二刷），頁129。

[154] 「寓教於惡」是為一種「反面論證」。正如所有狹邪小說陳述故事之餘，還不忘附上一番申明勸諫之旨，誠如情隱主人為《肉蒲團》解釋「為什麼不著一部道學之書，維持風化，卻做起風流小說來？」，據以「不如就把色慾之事去歇動他」、「正言不足悅耳，喻言之可也」等辯詞。參見李漁：《肉蒲團・第一回》，《明清善本小說叢刊》（台北：天一出版社，1994），第18輯。

[155] 語見（清）臥雲老人〈品花寶鑑題詞〉，錄自陳森：《品花寶鑑》（台北：三民書局，1998），上冊。

[156] 語見（清）石函氏（即陳森號）〈品花寶鑑序〉，錄自陳森：《品花寶鑑》，上冊。

下「雖是變態的，然而卻寫得非常純潔，甚至還有點神聖化意味」。[157]
於是參閱《品花寶鑑》第十回寫到官紳文人嗜愛相公的心理，縱在賞
物觀色，卻也有自恃君子德行的道理：

> 聲色之奉，本非正人。但以之消遣閑情，尚不失為君子。若不
> 爭上流，務求下品，鄉黨自好者尚且不為。我素以此鄙人，且
> 以自戒，豈肯忍心害理，蕩檢踰閑。[158]

可見狹邪小說反映現實社會之淫靡景象時，仍保有傳統道德的價值理
想。其態度是小說文旨順遂於道德原則，在「消遣閑情」與「道德倫常」
不相違背的前提下，呈現良善表露於人情的融通關係。於此除可別識出
小說自具教化意義，非禁制所稱的淫穢污名之外，更進一步以其融通性
情的道德意義，間接批判了權力中心挾理學思想的專權表象，於是另見
小說十二回，田春航詮釋「性理」對自身旦癖進行的辯解：

> 春航道：「真實無妄便是誠，自誠而明便是性。有一分假處，
> 有一分虛處，便不得謂誠了。」
>
> 高品道：「自然。難道真實無妄，指鬧相公的麼？」
>
> 春航道：「縱橫十萬里，上下五千年，那有比相公好的東
> 西？……若說愛相公有一分假處，此人便通身是假的；於此而
> 不用吾真，惡乎用吾真？既愛相公有一分虛處，此人便通身是
> 虛的；於此而不用吾實，惡乎用吾實？況性即理，理即天，不
> 安其性，何處索理？不得其理，何處言天？……造物之心，必
> 欲使縉紳先生及海內知名之士品題品題，賞識賞識，庶不埋沒
> 這片苦心。」[159]

---

[157] 蘇雪林：《中國文學史》（台中：光啟出版社，1980 四版），頁 244。

[158] 陳森：《品花寶鑑・第十回》，頁 161。此語出於梅子玉在徐子雲設局下，
依然坐懷不亂的守節表現。

[159] 陳森：《品花寶鑑・第十二回》，頁 180-181。

此番辯證雖有謬論之嫌，卻在消遣理學之餘，顯示了小說家不以狹邪為恥、不使道德教訓壓抑自然情性的率真個性。此態度正應和李贄所說：「自然發於情性，則自然止乎禮義，非情性之外復有禮義可止也」，[160]一旦體會到自然情性與道德禮教兩者並行不悖，即能拒絕政治意識強行附會下的抑制行為；亦能呼應戴震思想：「給於欲者，聲色臭味也，而因有愛畏；發乎情者，喜怒哀樂也，而因有慘舒；辨於知者，美醜是非也，而因有好惡……是皆成性然也」，是將趨好聲色的「私欲」、喜怒哀樂的「人情」之價值，提升與明辨是非的「理智」地位相當，即能同意人性中情欲與德智共生共長的存附關係。[161]

　　無怪袁枚提倡「性靈說」，既申明文學創作需透過個人真情實感，又加強調自己「最愛言情之作」、「情所最先，莫如男女」，[162]袁氏甚至推翻傳統文藝上的成見，大倡「艷詩宮體，自是詩家一格」，把自古被論為淫靡敗德者，都歸作孔子曾表認同的文藝表現與《易經》顯示過的經常法則。[163]如此翻轉成見的態度，正需要讀者應用於遭受污名的「淫詞小說」，而能看到官制理學對文藝創作的道德除名下，小說作者同思想家們的抗議駁斥，無不是以小說自具教化的意義，呈

---

[160] （明）李贄：〈讀律膚說〉，《焚書》（北京：中華書局，1961），卷3，頁133。

[161] （清）戴震：《孟子字義疏證・才》（台北：台灣商務印書館，1978），卷下，頁40-41。

[162] 「最愛言情之作」與「情所最先，莫如男女」兩語，前者出自（清）袁枚：《隨園詩話》（台北：廣文書局，1971），卷10；後者出自袁枚：〈答蕺園論詩書〉，《小倉山房文集・小倉山房續文集》（台北：廣文書局，1972），卷30。

[163] 歷代如《清代野記》等議論，多認為《品花寶鑑》對當時人事有所影射，尤其針對袁枚，更是斗筲合轍，參見徐德明：《品花寶鑑・引言》。而關於袁枚標榜「艷詩宮體」並佐證孔子與《易》的說法，可查見袁枚：〈再與沈大宗伯書〉，《小倉山房文集・小倉山房續文集》（台北：廣文書局，1972），卷17。袁枚此番主張無非是為「艷詩宮體」這類淫靡之作翻案，正符合聞一多所稱「在黑暗的罪孽中洗淨」的自贖現象，參閱聞一多：〈宮體詩的自贖〉，《唐詩雜論》（上海：上海古籍出版社，1998），頁9-19。

現文藝於禁令污名下的自贖與自救，進而揭露清廷禁制「外儒內法」
的道德偽裝。

　　然當我們析出封建政治操作的道德意識，藉以釐清小說自具傳統
道德的教化精神，並還諸小說於政治污名的清白之後，卻又延伸出新
一則疑問──即狹邪小說既然服從於傳統文藝的道德觀，在創作旨意
與價值觀念上展現其「寓教於惡」的文學功能，但其通篇縱情聲色、
描摹風塵的書寫，卻無不也對傳統道德範式提出了批判與質疑。[164]尤
以其末世文人耽溺花柳的異色戀曲，顯示晚清於傳統典式崩毀之際，
小說自身在目的與手段上的矛盾與弔詭──《品花寶鑑》旨意循於道
德教化的「純情」，展示在狹邪人事的「色情」題材之上，其以權力
與欲望交織出的歡樂場，究竟是以負面教材補強了傳統道德的真諦？
還是於創作自主中違逆了傳統道德的規例？則待就狹邪小說於時空背
景及其文藝的邊緣特性繼續探討。

## （二）道德徘徊下的實驗性質與弔詭意義

　　文學貴於創新，然道德教化卻強調對常理規矩的遵守，兩者之間
自存著難以調和的本質。據前文對政治禁令道德操作的釐析中，我們
檢視遭禁小說於傳統道德下的服從意義，以此擺脫政治意識對小說的
道德污名，然待回到小說自身歸屬於道德倫理制約之下的中國文藝特
性，即又發現中國文人在藝術創作與道德意識上的矛盾與糾結。

　　如同西漢揚雄身為辭賦大家，卻又提論「童子雕蟲篆刻」、「壯
夫不為」、「詩人之賦麗以則，辭人之賦麗以淫」等批評，[165]表示作
家徘徊於藝術情感與文學理念之間，最終仍以道德意識作為依歸，並

---

[164] 本書於第二章第一節探討《品花寶鑑》於小說演進上的定位時，即以「從
良」觀念的轉變為例，顯示小說反映了晚清道德價值觀的嬗變。
[165] （漢）揚雄撰，朱榮智校注：《法言‧吾子》，（台北：台灣古籍出版，
2000），頁63、65。

把講經說道的道德文章視為正統文人寫作的第一優先。即使到了清朝，李漁等人極欲提升娛樂與通俗取向的小說戲曲，企圖翻轉民間文藝的文學地位，卻仍不能免俗地將道德意識作為背書：

> 文章做與讀書人看，故不怪其深；戲文做與讀書人與不讀書人同看，又與不讀書之婦人小兒同看，故貴淺不貴深。使文章之設，亦為與讀書人、不讀書人及婦人小兒同看，則古來聖賢所傳之經傳，亦只淺而不深，如今世之為小說矣。[166]

此論點將小說視為有明一代的載道新工具，寄託小說能與道德教化相輔相成的意義之餘，卻也同時承認中國文學無法脫離道德規臬的宿命。直到民初，雖然封建體制遭逢瓦解，梁啟超、嚴復等有志之士所慕求的「小說界革命」卻仍將小說創作與國家政策牽連，[167]其口號在

---

[166] 引文出自（明）李漁：《閒情偶寄》，收自《李漁全集》（杭州：浙江古籍出版社，1992），卷 1，頁 24。而關於李漁「從小說的市場價值出發，從小說的社會效果出發」為「戲曲、小說開闢了文學商品化的道路」的歷史地位。李漁非但講究文學對市民的娛樂功能，在一定程度上反映了廣大市民的生活與願望，他的創作並納入許多新興元素與器具，以致其內容表現「棄俗」、「追新」；於行文上展現「顯淺」與「明爽」，在在顯示李漁於理論與創作上，為小說戲曲文學地位推動的改變與提升。但如秦川表示「李漁的創作除了注重票房價值外，也很注重文藝的社會作用。可以說『勸懲教化』是他創作的一個重要目的」，卻也是中國創作者於傳統價值觀上固著難脫的常則。參閱秦川：〈李漁短篇小說集十二樓的藝術成就〉，《九江師專學報》（1996 年），第 2 期。

[167] 1902 年受革命勢力支持的梁啟超辦設《新小說》，在此報「專在借小說家言，以發起國民政治思想，激勵其愛國精神」的宗旨下，梁氏正式提出「小說界革命」的口號：「故今日欲改良群治，必自小說界革命始；欲新民，必自新小說始。」他以政治實用的角度，過分誇大小說政治教化的作用，雖然大開小說寫作的通道，但在意識形態上仍無法還諸文藝自身的價值，反與明清為封建思想查禁小說的立意相同。梁氏於此不但強調小說未出「理想派」與「寫實派」兩種，還對批判傳統舊小說為「中國群治腐敗之總根源」。參見梁啟超：〈中國唯一之文學報新小說〉、〈論小說與群治之關係〉與〈譯印政治小說序〉等相關文章，其中〈中國唯一之文學報新小說〉原自《新民叢報》14 號（1902）；〈論小說與群治之關係〉原自《新小說》

表面上雖反於清廷禁令而為倡舉，實質上卻仍以衛道姿態篩去言情作品、以「新文化」的角度忽視傳統小說所蘊含的進步意義。[168]無法獨立於文藝本質的思考與態度，令梁啟超等人對狹邪小說的道德批判不減反增，甚至表示「一切淫猥鄙野之言，有傷德育者，在所必擯」，[169]即便倡言民主、科學，卻依舊成為「根深蒂固的傳統主義者」、「文學觀念的核心卻是舊的」。[170]可見以傳統道德框架小說文藝無論是抑是揚、是「禁毀」還是「運用」，都依然對文學創作造成誤解。

　　然而，將文藝本質牽涉道德教化，卻已是中國傳統文學向來的特質，甚至是連小說作家本身也都難以脫勾的文化影響。因此朱光潛認為，中國作家與讀者往往奉行著「倫理哲學」、「一種固定而實際的人生觀的特性」──他們以強烈而制式的道德宿命觀，消解了對無奈命運的思考；以善惡終報的團圓結局，取代了對殘酷現實的批判──於是中國故事往往脫離悲劇、傾向喜劇。正因為「天理正義」、「賞善罰惡」等理想道德的說詞，安慰且填補了原本不完美、不公正的現實命運，造就了中國敦守階級、奉天承命的民族個性。中國作家與讀者，竟不能容忍作品裡出現「引起痛感的場面」與「觸及有傷教化的題材」，[171]習以為常的成為中國文藝的典式與限制。

---

第 1 號（1902）；〈譯印政治小說序〉原自《清議報》第 1 冊（1898），三篇皆收錄於陳平原、夏曉虹編：《二十世紀中國小說理論資料》（北京：北京大學，1997），第 1 卷，頁 37-38、50-54、58-63。

[168] 阿英：「兩性私生活描寫的小說，在此時期不為社會所重，甚至出版商人，也不肯印行。雜誌《新小說》、《繡像小說》，所刊載作品，幾無不與社會有關。」參閱阿英：《晚清小說史》（北京：東方出版社，1996），頁 5。

[169] 梁啟超對傳統小說進行道德批判之語，收錄於陳平原、夏曉虹編：《二十世紀中國小說理論資料》（北京：北京大學，1997），頁 59。

[170] 批評嚴復為「根深蒂固的傳統主義者」，出於漢學家 C・T・Hsia 之語，錄譯自王德威：《被壓抑的現代性》，頁 46。批評梁啟超「文學觀念的核心卻是舊的」，語出袁進：《中國小說近代變革》，頁 161。

[171] 朱光潛：《悲劇心理學》（台北：駱駝出版社，1987），第 6、12 章，頁 108、頁 217-223。

　　反觀晚清狹邪小說無法脫俗於中國傳統，竟又觸及有傷教化的猥
瑣題材，以邊緣人事表述傳統價值，遂在中國文藝史上成為一種大膽
的實驗，造成狹邪小說家游移於道德傳統時，顯露其既存輚戀又欲擺
脫的邊緣局面。以《品花寶鑑》為證，小說雖然勾勒狹邪男色情事、
講述梨園旦癖之耽溺，但以梅子玉與杜琴言、田春航與蘇蕙芳兩對忠
貞情侶的戀愛故事為主軸，在起伏的情節與萎靡的情調裡，陳森卻能
揭櫫四人克己復禮、情比金堅的美德。非但恩客們志節高超、力求功
名，男伶更是個個守身如玉、不染淤泥。傳統倫常所不容忍的餘桃斷
袖、恩客優伶之輩，在此反而成為三貞九烈、恪守儒教的道德榜樣，
是見小說在不加節制的情色想像上，同時推諸極致的道德理想，更甚
在不合法上建立情禮典範，且以不合理的情節作為敷陳安排，產生了
一種矛盾而複雜的僭越力量。

　　例如田春航在性向與性格上的奇異轉折，是從貪戀美色到回歸倫
常、從隨性風流到力爭上流，彷彿一則花叢勵志的傳奇──小說十二回
裡交代這風流才子上京遊學待考，先到蘇杭就染上了風花詩酒的狹伎遊
戲，直到京師見女色不比相公，又轉向嗜戀旦癖，除了把「女色之心，
收拾得乾乾淨淨」，更對男優們「情真似個散錢滿地」，教田氏打定主
意不到山窮水盡、財盡緣絕，不肯歇息。[172]此時讀者對這公子角色心中
應有疑慮，除了關於田春航性向上的轉移，也對他的道德操守與功名志
向存有鄙夷。然當田氏揮霍殆盡的落魄時候，陳森偏偏安排他遇見了絕
色惜情的蘇蕙芳，令田公子真正體會到了相公的好處，[173]卻又能在這神
魂顛倒裡的「兩心巧印巨眼深情」中收斂心神，奉對方為畢生知己，從

---

[172] 陳森：《品花寶鑑·十二回》，頁 183-188。

[173] 小說中田春航原本狎優無度，曾與高品有過一番爭論，直到他偶遇蘇蕙芳
之後，轉為專情鍾意，並建立出一套盡善盡美的「寶友」論點，顯示蘇蕙
芳在他心中無可取代的情感地位。此語引自《品花寶鑑·十三回》：「玉
軟香溫，花濃雪豔，是為寶色；環肥燕瘦，肉膩骨香，是為寶體；明眸善
睞，巧笑工顰，是為寶容……再益以清歌妙舞，檀板金尊，宛轉關生，輕
盈欲墜，則又謂之寶藝、寶人」（頁 205）。

此一個潛沉趨考，一個悉心勉勵，「倒成了道義之交，絕無半點邪念」——[174]在這個顯如〈李娃傳〉的故事模式中，留連花巷的落魄文人得到慧眼佳人在精神與物援的支助，從此回歸正途、功成名就。角色依然被設定了邊緣的形象，意旨仍舊標著傳統的理想，情節上卻有了許多牽強的轉折與安排，在陳森過度邊緣的角色與極端高蹈的理想之間，反使《品花寶鑑》形成一種出於常理的弔詭局勢。是見田蘇情感的歸宿，在小說進入第四十九回以後，春航終於狀元及第，並接受顯宦世族前來求親時，竟發現待嫁的蘇浣蘭與蘇蕙芳神貌幾近九分，而蘇蕙芳不但人前人後的協助田春航張羅婚禮，被眾人嬉拱稱作「狀元夫人」外，更在自立古董精品店舖之後與田春航往來不絕，儼然把三人關係理想化到一種「潛在的倫理及修辭層面的不協調」。[175]

又如小說中的主角梅子玉與杜琴言的愛慕關係，則更達到溢乎情、止乎禮的極致。兩人從車水馬龍間一見鍾情的偶遇，彼此傾心即發展到茶飯不思的地步，相思犯病的程度甚連夢裡情境都有十足相應的默契。然於心神領會之餘，兩人真實見面的次數卻是少之又少——杜琴言以脫離孽海、存乎清白為志，在惡霸威逼與官宦利誘中總能堅定抗拒；梅子玉視其為靈魂伴侶，不分現實與幻夢，盡能以真情相對、禮教待之——完全以柏拉圖式精神戀愛的層次，[176]服膺於倫常道德的典範，卻在性向不明、虛實不分的關係裡，反將身體欲望與感官接觸抑制至低。[177]小說狀似「性別界線」的跨越，實則肯定「道德倫常」

---

[174] 陳森：《品花寶鑑・十三回》，頁 199-206、211-212。

[175] 此語出自王德威：《被壓抑的現代性・寓教於惡》，頁 97。

[176] 曾陽晴表示梅子玉與杜琴言的愛情關係「是風雅的『無性行為』」、「對陳森而言只要兩人一有『性行為』，則所有的風雅均將崩潰且被埋葬——『性行為』成了同性戀美學的決定因素，而且扮演的是負面的決定因素」；而豐悅認為陳森「『用情守禮』與『潔身自好』八個字為全書定下基調，意謂此書所寫乃是『乾淨』的同性戀，即柏拉圖式的情愛也」。參見曾陽晴：《色情書：中國性學報告》（台北：皇冠出版社，1994），頁 252；豐悅：《無邊風月卷中來》（台北：遠流出版社，1991），頁 79-80。

[177] 梅杜兩人在車水馬龍間眼神相對，這是梅子玉初探色界的驚喜，從此也建

的自限，以致梅杜兩人只要相見離別總要欲泫欲泣一番，尤其在琴言認屈道翁為義父隨之離京之後，兩人書信往返間更是相思斷腸、哀痛至極。這情況卻在梅子玉受母命媒娶的王瓊華眼裡，竟能毫無妒忌，小說五十四回中，她反而還能客觀將倆男的贈離情詩與丈夫析辨一番，瓊華問道：「這人與你常廝守，你卻怎樣位置他？」一語指破了梅子玉情理衝突的狀態。[178] 而此衝突狀態最終自然也同田蘇關係一樣，被陳森導向奇特且牽強的情節裡。作者曾借王瓊華之口：「寓言是寓言，實話是實話，我也會講」，指出梅杜角色於小說中為「寓言」的隱意；[179] 而以梅王兩人「魚水深情，鳳凰良匹」的鶼鰈姿態，顯視夫妻之間不可顛破的倫理關係。[180] 可見《品花寶鑑》描寫狹邪風景中的「梅杜寓意」，實教作者放於「梅王倫常」的道德規示裏，於是良妻與俊友成為當時士人一種互補的表裏：被梅子玉視為知己的正式妻子王瓊華，恰恰也是貌似琴言，順理成章的成為梅杜同性戀情在情理關係上，合法性的彌補；至於杜琴言歷經離京遇難、萬劫歸來之後，倒能被梅家上下接受，與瓊華相處泰然之餘，更在重重神話夢境與詩詞歌賦的包裝下，被視為一個前世仙子、受謫花神，實質成為梅子玉的感情皈依。

---

立他對優伶的嗜好，顯然是以感官接觸所建立的情感關係。然在小說十回中子玉對男優色誘坐懷不亂，以及第七回裡對婚姻歸屬的同意，顯示梅杜情感存似友誼又似愛情的曖昧關係，存乎於子玉對男女色相傾慕上的性別不分，以及至情無欲，到了五十三回中，子玉夢境更把杜言琴幻變為女，更依然將這份情慾收攝在禮教壓抑裡。故見小說似乎都在每每設局的感官極限裡，以理智抑制了身體的越矩，竟也落得一種性向不明、虛實不分的曖昧關係裏。

[178] 王瓊華析論梅子玉贈別情詩出現在《品花寶鑑‧五十四回》，頁 819-821。

[179] 王瓊華語引自《品花寶鑑‧五十四回》，頁 820。寓言隱義則見《清代野記》所云：「梅子玉、杜琴言，皆無其人，隱『寓言』二字之義。」錄自徐德明：《品花寶鑑‧引言》，頁 2。

[180] 「魚水深情，鳳凰良匹」為作者回末題語，見《品花寶鑑‧五十四回》，頁 821。

　　因此，無論「旦癖」是從田春航的風流或者梅子玉的雅興，演變成身體欲望的抑制以及心靈情感的補充，它自始至終都必須對道德圭臬表以服從——其中調和關係的曲折，於是反映在《品花寶鑑》團圓卻頗牽強的結局裡：旦癖才子回歸家庭，扮裝佳人隨侍在側，中間介有一個著墨不多的合法妻子——陳森利用了伶優性別與官紳性向的曖昧，遂開出三人共處的婚姻局面，縱使令讀者感到「情致纏綿」卻也有感「不自然的戀愛，終覺得有些滑稽」，[181]但教理法與情慾兩相權宜之下，呈現一種意涵弔詭的齊人之福：

> 一個仕女班頭，一個才人魁首。或早起看花，或遲眠頑月，或分題拈韻，或論古辨疑。成了個閨房良友。[182]

> 內有韻妻，外有俊友，名成身立，清貴高華，好不有興。[183]

「仕女班頭」與「才人魁首」的閨房之樂，建立在妻子、男優「兩家的相貌也是五百年前就定下的」這椿奇事上，[184]可見官紳「內有韻妻」的娶妻成婚只為合法，「外有俊友」的名伶結交卻真是鍾情。陳森將男優代表的情感維度與妻子代表的倫理現實，不加衝突的調解成為共處一室的幻想狀態，彷彿讓理想與現實都服順於梅子玉這樣介入風塵卻不染污穢的官紳之中，達成了一個不可思議、無法合理的完滿人生。無怪張志維認為《品花寶鑑》彷彿要以「鏡像的誤識」完成「兩全其美」的雙性情慾想像；[185]張瀛太則解釋陳森對名士與名旦結局的處理，宛若整合起人類性別對立的兩極方式，把兩男偕女的家庭結合視為一種個體的分割、複製與互補。[186]而無論現代讀者如何詮解這弔詭的三

---

[181] 趙景深：《中國文學史新編》（台北：華正書局，1974），頁 322。
[182] 陳森：《品花寶鑑・五十四回》，頁 818。
[183] 陳森：《品花寶鑑・六十回》，頁 908。
[184] 陳森：《品花寶鑑・五十四回》，頁 818。
[185] 張志維：〈穿越「鏡像誤識」：閱讀品花寶鑑與世紀末少年愛讀本〉，《中外文學》（1997 年 8 月），26 卷 3 期，頁 91。
[186] 張瀛太：〈照花前後鏡，情色交相映〉，《中國文學研究》（1999 年 5 月），

角關係，《品花寶鑑》力圖呈顯清季男風現況的小說，結局卻在意求情理皆宜的團圓造作下，反而顯示小說悖於情理邏輯與現實人性的異常脫離。那都已不僅於方正耀提論晚清小說「於非現實的描寫中寄寓現實的思考、探索」，[187]更是小說存乎道德，而在現實與非現實之間，形成反覆性與諷喻感的實驗層面——其中出現的矛盾，即在於這「耽溺」之中的「自律」，倡言同性戀愛的小說在頹廢花叢、墮落聲色之後，依然顧全著傳統道德的倫理體制；而其中造成的反諷，亦在於「合法」規律中「不合理」的情愫，陳森不流於縱情而收斂至保守的創作策略中，實則裹藏住一起大膽的遂欲實驗——[188]其中實然隱喻了晚清封建體制尚固，內涵卻實漸崩毀的狀態。

在衛道人士眼中，梨園的聲色耽溺加諸男風盛行，正是「亡國之音哀以思」於道德上雙重的頹廢墮落，更被視為帝國衰亡的一種癥兆。[189]但如康正果指出，此伶業納入色情業真正的社會病態，不在於優伶文化的職業本身，也不待「同性戀」這新穎名詞自西方傳來，而是中國自身以「一種職業和社會身分的同性戀賴以存在的社會基礎」，建立其「封建等級制在男人之間所製造的不人道的關係」，是在不合理的封建體制下，視男色、優伶作為倡伎賤業，為一種合法而殘酷的階級迫害——[190]此政治規準與文化狀態中「合法但不合理」壓抑裡的

---

13 期，頁 245。
[187] 方正耀：《晚清小說研究》（上海：華東師範大學，1991），頁 64。
[188] 王德威指出陳森「語言的易裝癖」或把男人當做女性來寫，或將縱欲寫成純情，都可視為陳森「自我陶醉後的懺悔錄」或是「自圓其說的狂想曲」，表面上把眾目睽睽的同性戀化為一場男女易位的化妝舞會，實際上卻比才子佳人的浪漫傳統更為保守。可參閱王德威：《被壓抑的現代性·寓教於惡》，頁 97、100、101。
[189] 張志維曾引 Showalterh 指出晚清的世紀末現象是一種氛圍的標籤，參雜許多思考歷史處境的「迷思」（myth）。而《品花寶鑑》會被指稱為墮落頹廢，則是道德之士延續中國傳統歷史想像中「紅顏傾國」的態度，嚴重迷信同性戀的性別越界為末世的妖異現象。語見張志維：〈穿越「鏡像誤識」：閱讀品花寶鑑與世紀末少年愛讀本〉，頁 76、77。
[190] 康正果：〈男色面面觀〉，《重審風月鑑：性與中國古典文學》（台北：

矛盾，被《品花寶鑑》以對壓迫者的耽溺與同情，搓揉成「三人婚姻」裏「合法不合理，但兩全於情感」的弔詭狀態——可見陳森順此社會現象作為題材，在對傳統文藝道德進行叛逆之際，又要訴諸衛道企圖翻轉此局，其小說反映出的矛盾與弔詭，實正隱合了中國傳統體制於末世崩毀裡所暴露出的糾結。

因此讀者當視《品花寶鑑》為封建價值崩毀前的文藝產物，在悖德與尚德間呈現其弔詭而並行的特性。縱使王德威批判陳森「急於調和倫理規則和情慾誘惑之間的辯證關係，其實頗有參差」、「創作一部踰越社會階級及性規範的羅曼史，結果恰恰肯定了這些規範的威力」，[191]意指作者處理了一個自己能力所不及的問題。然在面對道德範式與情慾墮落的模糊交界裡，陳森確實代表了一種意識擺盪的萌動，康正果倒以現代讀者的立場表示：「陳森為名旦大唱讚歌的時代，古老的中華帝國正處於土崩瓦解之中。彷彿是夕陽的最後一線閃光，持續了數千年男風即將走向它的終結」；[192]吳繼文改寫陳森小說為《世紀末少年愛讀本》時更說到《品花寶鑑》無疑提供了「一個瑰麗的畫面，以及一個空洞的時代背景」。[193]是把衰亡之因推回了政治時空、把墮落之果的小說呈現作為末世現況的反映、把陳森作品的弔詭矛盾還諸中國文藝的軌跡脈絡裏。

檢視《品花寶鑑》在「現實命運」與「道德正義」間的擺盪，與其創作心態於道德叛逆與歸順間心態的徘徊，實能表示小說烏托邦式避世態度與色情氾濫現像下所反映出的政治腐敗，教陳森作品以狹邪小說不循正道的邊緣立場，將檯面下的情色陋習與檯面上的倫理陳規混合為一，形成了小說形式與内容於傳統性及現代化間的錯置，以及

---

麥田出版社，1996）。
[191] 王德威：《被壓抑的現代性‧寓教於惡》，頁 97。
[192] 康正果：《重審風月鑑：性與中國古典文學》，頁 162。
[193] 吳繼文：《世紀末少年愛讀本‧後記》（台北：時報出版社，1996），頁 351。

創作目的與創作樣式內的弔詭,同時也令中國傳統社會、政治、道德
與文學之間陳陳相因的種種弊端與弱點,在一則荒誕不羈卻又無傷大
雅的愛情故事裡,被曖昧而雜揉地展現。

## 第三節　《海上花列傳》遭到忽略
與備受爭議的歷程

　　《海上花列傳》自光緒十八年(1892),連載於韓邦慶自辦的文
藝雜誌《海上奇書》;[194]至光緒二十年(1894),甫以六十四回分作
八冊正式付梓成書。並趁當時報刊雜誌之風尚,於新興崛起的上海城
市中流通販售──[195]此門戶洞開的租界區域,面臨國難危及之秋,卻
又同時經貿繁華備至。[196]它一面基於國難時文網的鬆動,加上封建體
制在其政治區塊上的難以掌控,而使商業與藝文相形獲得自由發展與
蓬勃;一面則以租借區域結合商埠、洋場的樣貌,促生報刊傳媒等現

---

[194] 關於韓邦慶《海上花列傳》的發表與出版考證,參見姜漢椿:《海上花列
傳・引言》(台北:三民書局,1998)。另見時萌:《晚清小說》(台北:
國文天地,1990),其中介紹《海上奇書》雜誌,創辦於韓邦慶之手,被
後人稱為「小說雜誌的先河」。

[195] 關於晚清文學雜誌的盛況,賴芳伶:「清末的文藝報刊雜誌,有出於啟蒙社
教,有基於經濟利益,或兩者兼具,而競相開闢小說專欄,既有譯述,也有
創作,在小說作者、讀者、出版商與社會各種因素的互動下,使得當時的小
說數量,幾達空前」,以小說命名的雜誌即達二十一種之多。參見賴芳伶:
《清末小說與社會政治變遷》(台北:大安出版社,1994),頁89。

[196] 關於晚清租界與小說的關係,楊國明曾表示:「租界,作為侵犯中國主權
的『國中國』,不受清政府管轄的地帶,卻大大方便了小說的刊播,上海
的租界中就有月月小說社、小說月報社及小說林社等主要刊播新小說的雜
誌社。」參見楊國明:《晚清小說與社會經濟轉型》(上海:東方出版社,
2005),頁4。關於狹邪小說在當時上海,呈顯邪體與娛樂業的共謀關係,
可參見呂文翠:〈情色烏托邦的回歸與消解〉,《中外文學》(2004年4
月),32卷11期,頁98-101。

代化要件與新興事業蓬勃，令其「文化市場」快速地拓大，無疑是為小說提供日益成熟的商業機制與銷售市場，並開創出空前鼎盛的傳播榮況——[197]十九世紀末的上海，便以「國家不幸，作家幸」這充滿矛盾與諷刺的時代現象，形成繁榮逸樂與國途衰亡俱行的近現代城市文化。此與昔日中國截然不同的出版環境，實教《海上花列傳》在成書與通販方面，增添許多創作自由及市場商機，未似《品花寶鑑》遭受太多政治權力介入的干涉與阻撓。

　　然如胡適所稱「許多愛讀小說的人竟不知有這部書」、張愛玲感嘆「《海上花》在十九世紀末出版；民初倒已經湮滅了」。[198]在此一個小說市場鼎盛沸揚的時代，《海上花列傳》遭遇的不再是《品花寶鑑》受到禁令阻礙的政治問題，面對的卻是閱讀市場快速的淘汰與直接的拒絕。不禁讓人疑惑這部小說的價值竟會如此難以彰顯？又或者我們把它的絕版以簡單的販售問題看待，如同徐朔方將作品通貨上的失敗，歸咎為作者寫作能力的不足。[199]偏偏這部小說又在魯迅撰寫的《中國小說史略》上佔據了關鍵性的位置、在胡適與張愛玲手中，得

---

[197] 黃書泉析論「文化市場」的形成與脫離政治干預有相當的關係，它不但打破政治在文化上的壟斷行為與行政權力，讓社會通過此市場形成一種文藝自主的社會行為，其具體而直接的讓作家表現其自由創作的獨立狀態，使創作關注的焦點從政治與道德的價值觀轉移到自由市場的需求上。筆者認為明清以來社會確實呈顯文化市場成形的狀態，尤以晚清外強介入、中國政權出現頹勢之後越發明顯。參閱黃書泉：《文學轉型與小說嬗變》（合肥：安徽教育出版社，2004），頁37-39。

[198] 胡適：〈海上花列傳序〉，原刊附1926上海亞東書局《海上花列傳》標點本，並收於《胡適文存》，三集卷六，另見《胡適古典文學研究論集》（上海：上海古籍出版社，1988）。張愛玲：〈譯者識〉，《張愛玲全集‧海上花開》（台北：皇冠出版社，2001十一刷），頁18。

[199] 徐朔方：「此書以當地方言寫成。作者的白話寫作水平顯然不及他在卷首和跋所表現的文言寫作那麼圓熟。」此語將方言與白話並提，又將白話與文言相比，顯然有概念上的混淆，繼而推論韓邦慶寫作水平的不足，也嫌果斷無據。參見徐朔方：〈前言〉，《古本小說集成‧海上花列傳》（上海：上海古籍出版社，不見出版年份）。

獲大力的讚賞與分別再版的機會──提倡者對《海上花列傳》所提供強力且具開創性的價值挖掘,非但教世人不該輕忽韓邦慶小說的存在,亦提示小說隱沒的背後,還存有更多繁複的原因──然而,即便受到文人志士的背書,韓邦慶小說遭遇的漠視卻仍持續,直到國民政府播遷來台後的現代文壇都依然如此,甚如蘇雪林表示:「韓子雲的《海上花列傳》,都屬當時有名的狹邪小說,不過無甚意義,不值得注意。」[200]無怪陳永健於張愛玲逝世週年之後,仍要語重心長的說:「韓邦慶仍然不被一般中國讀者及學者與以更高層次的文學認同,這是很可惜的事」,實可稱為「現代文壇的荒誕與失收」,同樣可嘆為提倡者竭心盡力下的遺憾與失落。[201]本書以下便從小說遭棄的歷程談起,歸納探究其遭棄置的原因,並透過揚棄之間的爭議,釐清《海上花列傳》橫跨近一世紀之後,於今終獲肯定的價值意義。

## 一、《海上花列傳》遭棄的歷程與背景

韓邦慶小說成書之後,隨即面臨小說市場由十九世紀末跨入二十世紀、自傳統至現代交替間的劇烈改變,陳永健《初挈海上花》提到:

> 《海上花列傳》其實是通往中國現代小說的一道橋樑。從晚清的倡優小說突圍而出。比《九尾龜》、《海天鴻雪記》、《海上繁夢錄》、《花月痕》、《青樓夢》,甚至《品花寶鑑》

---

[200] 蘇雪林:《中國文學史》(台中:光啟出版社,1980四版),頁244。
[201] 引文出於陳永健:《初挈海上花·後語》(台北:大地出版社,1997),頁151-152。而據陳永健表示,在其著《初挈海上花》於1996年香港出版之前,關於《海上花列傳》及張愛玲譯本「沒有一本專書甚至很少評論文字介紹」,而在其出版之後情勢有所好轉,加上張愛玲過世種種紀念活動的影響,相關評論與資料才陸續地浮現出來。其中一則讓人訝異的消息是早於1969年,太田辰夫就《海上花列傳》日譯本的問世,非但有十版以上的長銷,搜羅考證更遠超過中國本身,相較國人於文化藝術上的漢視直教人備感汗顏。

> 青出於藍勝於藍。但這傳統與更新卻突然失去了接駁點，形
> 成架空的姿態。[202]

陳氏將《海上花列傳》歸為中國現代小說前趨之餘，亦提出韓邦慶小
說發展時間上的關鍵。於是觀察《海上花列傳》從一八九四年初版後
的乏人問津、到胡適與劉半農一九二六年重出標點版本後依然的滯
銷、再到張愛玲於一九八一年為小說三次出版的國語注譯本之間。可
知韓邦慶作品的失落，實正浮沉於中國閱讀市場急速蓬勃後、文學觀
念更迭間的巨幅變遷。看到張愛玲「看官們三棄海上花」的意見：

> 百廿回《紅樓》對小說的影響大到無法估計。等到十九世紀
> 末《海上花》出版的時候，閱讀趣味早已形成……中國文化
> 古老而且有連續性，沒中斷過，所以滲透得特別深遠，連見
> 聞最不廣的中國人也都不太天真，獨有小說的薪傳中斷過不
> 只一次。
>
> 上世紀末葉久已是這樣了。微妙的平淡無奇的《海上花》自然
> 使人嘴裡淡出鳥來。它第二次出現，正當五四運動進入高潮。
> 認真愛好文藝的人拿它跟西方名著一比，南轅北轍……當時的
> 新文藝，小說另起爐灶，已是它歷史上的第二次中斷了。
>
> 雖然不能全怪吳語對白，我還是把它譯成國語。這是第三次的
> 出版。就怕此書的故事還沒完，還缺一回，回目是：「張愛玲
> 五詳紅樓夢；看官們三棄海上花」。[203]

此語在表達女作家對《海上花列傳》失落歡惋的同時，亦將晚清至民
國閱讀環境變換的概廓浮現。可知《海上花列傳》歷經三次「時不我

---

[202] 陳永健：《初挈海上花·方言文學第一本傑作》（台北：大地出版社，1997），
頁 149。

[203] 張愛玲：〈國語本海上花譯後記〉，《張愛玲全集·海上花落》，頁 723-724。

「與」的遭棄、胡張兩種不同立場的再版，其於歷史縫隙之間的起伏掙
扎，不僅為中國文藝史上難有的現象，亦直接而顯著的成為當時文藝
流變的反映現象。故若依此歷程為據，分別探究當時背景，即能於閱
讀環境中主流趣味的變換更迭間，凸出韓邦慶小說獨幟不凡的文學
特性。

## （一）於梁啟超「小說界革命」下的「初棄」

　　《海上花列傳》初版的同年，韓邦慶逝世，而中日甲午戰爭
（1894-1895）正值暴發，此戰一方面重挫清廷自同治至光緒
（1862-1894）歷三十餘年的洋務運動，一方面也等於宣告日本維新的
成功，為中國提示起新一波的新學浪朝。此視洋化思想為要務的改革
運動，影響日後因戊戌政變（1898）逃亡日本的梁啟超，尤其是他從
政治立場思考文學之應用，並具體提出的小說看法——由於慈禧太后
的阻撓，戊戌變法在政治革新上形同曇花一現，但梁氏等人能以思想
傳播持續發揮影響效應，並自十九世紀末至清朝覆滅（1911）之間，
對小說界生態產生極大的作用。不但提出現代小說與古典小說間的具
體區別、影響五四文人的文藝觀念及對西洋文學的嚮往，且關涉到日
後學者為近代文學史進行建構的發展模型與詮釋框架——[204]誠如光緒
二十八年（1902），梁啟超〈論小說與群治之關係〉提出「小說界革
命」，正是以社教理念把群治腐敗歸罪於「舊小說」，兼將群治理念
建設於「新小說」。其言：

---

[204] 此時代背景及其相關資料可參考駱水玉：〈時代考驗小說，小說創造時代：
清末「新小說」的小說美學〉，《建構與反思：中國文學史的探索學術研
討會論文集》（台北：台灣學生書局，2002），頁 839-840。馬勇：《1894-1915：
夢想與困惑》（昆明：雲南人民出版社，2001），頁 36-117。陳平原：《二
十世紀中國小說史：1897-1916》，收入《陳平原小說史論集》（石家莊：
河北人民出版社，1997），中卷，頁 605。

> 欲新一國之民，不可不先新一國之小說。故欲新道德，必新小
> 說；欲新宗教，必新小說；欲新政治，必新小說；欲新風俗，
> 必新小說；欲新學藝，必新小說；乃至欲新人心、欲新人格，
> 必新小說。何以故？小說有不可思議之力支配人道故。[205]

> 吾中國群智腐敗之總根源，可以識矣。吾中國人狀元宰相之思
> 想何自來乎？小說也。吾中國人才子佳人之思想何自來乎？小
> 說也。吾中國人江湖盜賊之思想何自來乎？小說也⋯⋯蓋百數
> 十種小說之力，直接間接以毒人，如此其甚也。[206]

梁啟超先談「新小說」拓展新政的功能、續論「舊小說」餘積傳統之
腐舊。實將傳統與現代截然二分、價值相互對立；並錯置小說文藝對
文化思想的呈現與反映，使其倒果為因。在哄抬小說革新的能力之餘，
更對文學的藝術本質行諸漠視，誠如梁氏於同時間辦立《新小說》月
刊，以「中國唯一之文學報」之名，否定其他如韓邦慶《海上奇書》
等舊有傳統的雜誌文刊，實以理論結合確實的行動，具體而強硬的別
幟新文藝時期的到來。

　　可見梁啟超政治運動與道德理想結合下促成的文學革命，縱然在
現代新文藝的推展上拓現建樹，但相對於教傳統文學所承受的壓抑與
打擊，卻也是直接而顯著的事實。尤其像《海上花列傳》成於清末、
付梓未久，尚待立足市場、顯揚價值，就因無法符合梁啟超「新小說」
的理念規範，隨即遭受滯銷與湮沒的不白困境，更遑論要讀者從誤解
的遺棄之中挖掘出它的文藝特性。

---

[205] （清）梁啟超：〈論小說與群治之關係〉，收錄於陳平原、夏曉虹編：《二
十世紀中國小說理論資料・第一卷》（北京：北京大學出版社，1997），
頁 50；「新小說」相關概念亦可參陳平原：《中國小說敘事模式的轉變》
（台北：久大文化，1990）。

[206] 梁啟超：〈論小說與群治之關係〉，收錄於陳平原、夏曉虹編：《二十世
紀中國小說理論資料・第一卷》，頁 53。

此困勢進展到五四運動期間，胡適推廣白話文，縱然有意將韓邦慶作品重新推揚，但在當時新文藝陣營的閱讀趣味向西洋靠攏、另起爐灶的狀況下，反倒使得胡適再版小說的動作與「白話文學運動」間，形成立場上的矛盾與立意上的扭曲。以致於半個世紀後的張愛玲，只能歎道「胡適認為海上花出得太早了，當時沒人把小說當文學看。我倒覺得它可惜晚了一百年」。[207]可見女作家心中幾乎將《海上花列傳》與一七九一年付印的《紅樓夢》價值並舉，但可惜韓邦慶小說遭遇到一個「風氣時尚」的問題，瞻前顧後之際，卻竟落入「高不成低不就」的時代窘境。

## （二）五四新文學運動下的「二揚」與「二棄」

一九二六年胡適基於對白話文學運動的呼應，為韓邦慶小說重新刊印，並於書前加寫長序，此文不僅為《海上花列傳》大行考據與辨誣，也為韓氏方言寫作與藝術成就深表讚許。胡適表示：

> 我們在這時候很鄭重地把《海上花》重新校印出版……如果這一部方言文學的傑作還能引起別處文人創作各地方言文學的興味，如果從今以後有各地的方言文學繼續起來供給中國新文學的新材料、新血液、新生命——那麼，韓子雲與他的《海上花列傳》真可以說是給中國文學開一個新局面了。[208]

由此可見胡適提升韓氏小說價值的用心，然其核心目的仍在於助長新文學運動之勢、強調且圍繞著方言操作的問題，此舉遂與張愛玲指稱五四文人實為「小說另起爐灶」、「拿西方名著比較」對本土傳統小說的壓抑現象，形成矛盾的反比。

---

[207] 張愛玲：〈國語本海上花譯後記〉，《張愛玲全集・海上花落》（台北：皇冠出版社，1998 九刷），頁 722、724。

[208] 胡適：〈海上花列傳序〉，《胡適古典文學研究論集》（上海：上海古籍出版社，1988），頁 1229-1230。

　　於是檢視胡適提倡《海上花列傳》諸語，無論稱之「吳語文學的第一部傑作」或是「重新寫定蘇州話的大事業」、「開山大魄力」等等，[209]其論點皆環顧於小說能為新文學運動提供事例的特質，而非真正體貼小說創作的藝術本質。誠如胡適自語：「國語不過是最優勝的一種方言……若從文學的廣義著想，我們更不能不倚靠方言」。[210]胡序視韓邦慶吳語寫作為方言文學、為《海上花列傳》最大的價值，不但使「方言」與「國語」納於「口語寫作」下，造成文藝觀念間的糾結，更令《海上花列傳》淪附為「我手寫我口」白話文運動的驗證對象之一，使之文藝的價值被語言文字的形式意義嚴重掩蓋。無怪乎張大春質疑胡適誤解了韓邦慶吳語寫作的目的：「韓子雲之所以不讓他的讀者『看到』太多、太細、太具體的海上之花，正是為了他心目中的理想讀者得以『聽到』那花叢間輕輕的開落之聲」。[211]可見張大春以為小說家的方言使用不在提供口語文學的傳播，而是透過語言情境的呈現，使作品能與（作家所預定及期許的）讀者相互感通。於是，韓邦慶語言實驗所呈顯出角色的神理氣息，不專為吳語文學謀求勝利，其創作的立意，亦非「要向方言的文學裏去尋找他的新材料、新血液、新生命」，[212]而是要以作者自覺的意識、藝術創作的立場，為小說本身開創獨立的文藝特性，替《海上花列傳》反映的現實，構作最真切的情境。

---

[209] 胡適：〈海上花列傳序〉，《胡適古典文學研究論集》，頁 1222、1226、1227。

[210] 胡適：〈吳歌甲集序〉，收於《胡適文存》（台北：遠東圖書公司，1975四版），第 3 集，卷 8，頁 659-660。

[211] 張大春：〈胡說與張歎：一則小說的方言例〉，《小說稗類》（台北：英屬蓋曼群島商網路與書股份有限公司，2004），頁 278。此文另外收錄於《聯合文學》（1998 年 10 月），第 168 期。

[212] 引文原自胡適〈吳歌甲集序〉，被胡適陳述《海上花列傳》的方言特性時自引，參見胡適：〈海上花列傳序〉，《胡適古典文學研究論集》，頁 1222。

　　文學與政治性運動的糾結裏，注定使韓邦慶創作的本心遭到漠
視，且造成小說閱讀上再一次的失落與誤解，〈胡說與張歎〉於是指
出胡適小說倡舉下的失利：

> 若非張愛玲在一九八零年代初葉耗費心血、獨力譯注韓子雲的
> 吳語長篇小說《海上花列傳》成國語本，這部在胡適筆下堪稱
> 「蘇州土白文學的正式成立」之作恐怕也祇能在《小說考證》、
> 《中國小說史》、《中國小說史略》或者《胡適文存》一類的
> 學術研究叢書和散論中聊備一格而已。[213]

此語在明褒張愛玲語譯小說之功勞、暗刺胡適以學術策略力舉小說的
失敗之餘，更令人意識到五四運動進入高潮之際，其實正是《海上花
列傳》二次出版，同為它二度絕版的矛盾癥結——運動意識的政治操
作下，小說的遭棄與被揚，盡不因於文藝自身的價值，而皆為意識形
態所利用的手段——可見胡適力倡小說的失敗，即在於揚舉手段與創
作目的、運動操作與文藝價值之間的無法聚焦，縱然日後實為張愛玲
提供許多史料與啟示，卻更呈顯出五四時期於文藝觀念上的誤解。張
大春並以「方言怎麼為國語革命」嚴厲質疑五四運動，尤其批判胡適
終究無法借由翻案揚灰的動作，去完成《海上花列傳》重獲肯定的目
的，[214]且更歎道胡適縱使為韓邦慶其人其著，深究於考證整理之功，
然終究在其未明小說真諦的狀況下，「不是小說家」只是個「著急起
來胡言亂語的運動家」。[215]此番評斷雖嫌刻薄，卻不無道理，可知一

---

[213] 張大春：〈胡說與張歎：一則小說的方言例〉，《小說稗類》，頁275。

[214] 張大春：「在對抗文言文建制和傳統的歷史階段，胡適打著方言文學的旗
幟提倡國語文學的策略似乎順理成章……可是，早在胡適寫那篇長序之前
三十多年、執意全以吳語寫《海上花列傳》的韓子雲口中，方言文學非但
不是國語文學的一個準備，它恐怕還是當時作為主體語言的北京官話文學
對立面上的一個異端。」參見張大春：〈胡說與張歎：一則小說的方言例〉，
《小說稗類》，頁276-277。

[215] 張大春：〈胡說與張歎：一則小說的方言例〉，《小說稗類》，頁279-280。

旦政治運動的意識強力介入，或抑或揚，都無法令文藝價值真正的彰顯而獨立。

## （三）張愛玲提倡《海上花列傳》的新策略

　　胡適與張愛玲同為韓邦慶小說的辯護以及推行者──前者趁白話文運動之發起，以「吳語文學的第一部傑作」之名，於一九二六年上海亞東書局推出《海上花列傳》標點本；後者則得胡適啟示，試以國語翻譯及注解，在一九八一年正式推出《海上花注譯》──無論是胡適面對五四崇洋的風氣、強調方言具有口語文學的特色，還是張愛玲處於傳統文學正式潛沒於歷史的困境，為韓氏小說重新語譯。兩人看似相異的方式，同樣企圖為韓邦慶作品克服遭受隱沒的困境。而見《海上花列傳》備受冷漠幾達一世紀之久的閱讀市場上，胡張二人分別佔據小說兩次重生的重要轉機，透過第二次出版（標點本）與第三次出版（國語本）的立場比照，即可揭示出《海上花列傳》於時代轉型的異變、新舊觀念不一的價值判準，以及流通與棄略的歷程之間，實則牽動著傳統道德與現代文藝、方言與國語、運動家與小說家……耐人尋味的複雜議題。

　　張愛玲耗費十餘年心力，不僅將小說譯成國語，更以英譯（譯名為"Sing-Song Girls of Shanghai"）推廣國際──若說韓邦慶的創作，有意識的指定了某部份的讀者群；女作家的注譯，則為其補充更多元而寬廣的閱讀可能性──尤見張愛玲晚年獨居洛杉磯，以她孤絕多病的殘燭姿態，翻譯不下三種《海上花列傳》英語版本之傾心費力。[216]可

[216] 根據相關文章的蒐證與年表整理，可知張愛玲於 1967 得夏志清所助，在康橋賴氏女子學院研究所中專心注譯《海上花列傳》，1975（55 歲）完成英譯初稿，1981（61 歲）出版國語譯本，1985（65 歲）張愛玲曾為英譯稿的遺失向洛杉磯警方報案（《海上花》英譯版本曾有多次遺失的事件，包括張愛玲最終定稿至今依然行蹤成謎，原因或有遭竊、蟲蛀與搬家等等），1995 張愛玲去世享年 75 歲，由宋淇夫婦捐贈遺物於張錯在美國南加大成

知張愛玲力圖排遣《海上花列傳》「經胡適發掘出來,與劉半農合力推薦的結果,怎麼還是一部失落的傑作?」之疑慮,[217]是還諸一個「普通讀者」(The Common Reader)的立場,試圖回歸文學市場的客觀性。[218]她甘憚「失去語氣上的神韻」的物議,「希望至少為大眾保存了這本書」。[219]儘管此舉與韓邦慶力操吳語的創意相悖,或恐遭後人指稱「得魚忘筌、抱筏捨岸」的非議,但看到張愛玲自稱她從小說生滅經歷中進行「打撈保存」工作的決心,誠如錢伯城對張愛玲注譯策略深表讚許:

> (張愛玲)只採取實際行動也就是譯的辦法……同她敬重的權威(指以胡適為代表的五四文人)和以權威為代表的流俗意見直接對抗。她的聰明只是做,不爭論。[220]

---

立的「張愛玲文物特藏中心」時,由該館中文部主任浦麗琳整理出三種不同版本的英譯稿,估計為早期譯稿,並轉由王德威與孔慧怡重新修訂出版。參閱季季(李瑞月):《我的姊姊張愛玲‧我與張愛玲的垃圾》(台北:印刻出版社,2005);心笛(浦麗琳):〈張愛玲‧夏志清‧海上花〉,《中央日報‧中央副刊》(2004 年 8 月 21 日);司馬新:《張愛玲與賴雅》(台北:大地出版社,1996 二刷);費勇:《華麗又蒼涼的手勢》(台北:雅書堂,2003);張盛寅:《細讀張愛玲》(台北:柏室科技藝術,2005)等等。

[217] 張愛玲:〈譯者識〉,《張愛玲全集‧海上花開》(台北:皇冠出版社,2001 十一刷),頁 19。

[218] 「普通讀者」(The Common Reader)是英國女作家吳爾芙所提出的一種閱讀策略,她認為這是一種「本能所指引的喜好」進行的閱讀行為,不受學術知識與批判意見所干擾,是「未受文學偏見污損的普通讀者的常識」。筆者以為「普通讀者」的概念正能定義張愛玲對《海上花列傳》的喜好,相對於梁啟超等人帶有「高雅的敏感和學術」眼光的評判,則另歸作「專業讀者」之類。參見(英)維吉妮亞‧吳爾芙(Virginia Woolf):《普通讀者》(台北:遠流出版社,2005 二版)。

[219] 張愛玲:〈譯者識〉,《張愛玲全集‧海上花開》,頁 19。

[220] 錢伯城:〈談張愛玲註譯海上花〉,原載於 1995 年《上海文匯讀書周報》,節錄在陳永健:《初挈海上花》(台北:大地出版社,1997),頁 158-160。

與其強調女作家力抗韓邦慶作品於讀者主觀批評下的扭曲與漠視、力
探市場重新客觀看待《海上花列傳》文學意義；更當體會到張愛玲對
韓邦慶小說用情至深的慧眼獨具，於她自身的創作生命中體認到《海
上花列傳》對中國文藝（尤其情愛題材）裡不可或缺的重要意義。張
大春即指出《海上花列傳》對男女情愛具備豐饒而恰切的隱喻性，非
但能與張愛玲自己的創作歷程相映，更成為她「鑽之彌堅、研之無窮
的歸宿」，幾可視為女作家重要的創作土壤之一。[221]

　　雖然譯本出版之際未見鮮明的效應，但其影響性卻為長遠而持
續。張愛玲以自身確實而勤力的行動，從胡適所稱「吳語文學的第一
部傑作」之文藝運動交雜的觀念中，導回《海上花列傳》文藝本質上
的獨立價值，且更推高向「第一個專寫伎院，主題其實是禁果的菓園，
填寫了百年前人生的一個重要的空白」的文藝地位，令韓氏作品成為
中國傳統小說繼《紅樓夢》之後，難得於情愛題材上別幟而出的藝術
成就──[222]故見愛玲胞弟張子靜於回憶錄中曾經提到，《海上花列傳》
竟是張愛玲自少女時代即有的癡迷，[223]甚至是她日後與父決裂、對中
國男權進行批判、連同古典小說一概推翻時，仍然無法忘卻的眷戀。[224]
注譯此作遂成為張愛玲在心如死灰、與世隔絕的餘年歲月裏，始終不
願放棄的志業與遺願──自女作家結合畢生力氣為《海上花列傳》進
行注譯的堅持歲月裏，韓邦慶筆下十九世紀末租界通商的上海商埠，
重疊於張愛玲眼中繁華底處蒼涼備至的畸型城市，亦同時歷經二次大

---

[221] 張大春：《小說稗類・胡說與張歎》，頁 284。
[222] 張愛玲：〈國語本海上花譯後記〉，《張愛玲全集・海上花落》，頁 711。
[223] 張子靜：「姊姊就讀黃氏小學後……從父親書房裡找到一部《海上花列傳》，
　　書中的伎女講的全是蘇州土話（吳語），有些姊姊看不懂，就硬纏著朱老師
　　用蘇州口白朗讀書中伎女說話的對白。朱老師無奈，只得捏著喉嚨學女聲照
　　讀……姊姊對《海上花列傳》的癡迷，就是從那時候開始的。」參見張子靜、
　　季季合著：《我的姊姊張愛玲》（台北：印刻出版社，2005），頁 80-81。
[224] 張愛玲：「有我父親的家，那裡我什麼都看不起。鴉片，教我弟弟做〈漢
　　高祖論〉的老先生，章回小說，懶洋洋灰撲撲地活下去。」語見張愛玲：
　　《張愛玲散文系列・私語》（合肥：安徽文藝出版社，1994），頁 137。

戰與國共內鬥的百孔千瘡。可見作者與讀者雖然相隔世紀之遙，兩人的文藝生命仍然跨越時空距離、語言疆界，成為彼此摯情互映的光輝。

綜上所知，韓邦慶小說遭受閱讀群眾「三棄」的經歷：首先，於《紅樓夢》影響焦慮下，晚清《海上花列傳》縱然突破了「傳奇化的情節」、粗疏掉「寫實的細節」、實驗出「微妙的平淡」那自然情懷與日常生活的質地，讀眾的閱讀趣味卻始終對曹雪芹小說留連，而無識韓邦慶的著力；其次，則在五四時期，即便有胡適提出白話文運動，對韓氏小說的連帶推崇，但因當時文學運動家們以西方文藝新作範例，視傳統小說為相對落後的舊物，令原先不被傳統讀者接受的《海上花列傳》，竟又成為現代派陣營眼中「傳統發展到極端」、「古典小說之最」之陳舊當棄的過去；最後，由張愛玲回顧小說過去兩次生滅，決心為小說重新注譯，縱使耗費心力且突破了閱讀上的語境難題，但女作家面對小說第三次出版的處境，仍懷以「置死地而後生」般自嘲式的市場憂慮——小說所遭「首棄」來自於清季讀者對中國文學的閱讀習慣；「次棄」則起因自五四時期的讀者對西方文學的新潮崇拜；「三棄」遂於張愛玲心裏預設為一種惶惶不安的感慨——《海上花列傳》夾於晚清讀者與民初讀者、《紅樓夢》的閱讀慣性與西洋文學的新鮮趣味之間，竟落於「兩次悄悄的自生自滅，有點什麼東西死了」的遺憾，是教張愛玲這以傲骨見長的女作家，也要深嘆無從把握的風尚變化。

## 二、《海上花列傳》遭棄的原因及爭議

檢視《海上花列傳》橫跨傳統與現代、受揚與受棄的流傳歷程，即知韓邦慶小說遭受沒落之「風氣時尚的問題」，實為作品面對環境變遷之一則寬泛的時代課題。[225]而若深究小說本身特性與閱讀環境間的難以協調，遂可更精細的區分成傳統與現代的兩階段性原因：

---

[225] 張愛玲：「沒有人嫌李商隱的詩或是英格瑪・伯格曼（Ernst Ingmar

　　傳統原因有二。首先在於晚清舊有閱讀習慣對韓邦慶文學實驗的無法適應，即當《海上花列傳》以「穿插藏閃」的敘事結構、蘇白土語的方言寫作，於其挑戰閱讀市場的同時，亦為自身帶來了市場侷限性；其次，則在清末民初梁啟超「小說界革命」政治與文學運動結合下，延續中國文化內道德意識對文學創作根深蒂固的抵抑，造成以狹邪為名、專寫伎家之事的《海上花列傳》，重為衛道人士視之敗俗誨淫所詬病，卻也忽略當時國難中人的恐懼與無奈，是如何以欲望的形態被小說擬構出來，不見韓邦慶寫到淋漓極盡處，竟仍節制著色情性事的描寫，而於敘述結構上呈現的枝蔓渙散。

　　至於現代的原因，則為「現代」文學定義受到民初文化運動具體框架之下，忽略古典小說內蘊自生的現代性潛質。當時被視為革命與進步的現代文學理念（無論是梁啟超提倡「新小說」、亦或五四文人推崇西洋文學等），皆以汰舊換新般地態度，造成傳統小說（尤其是晚清時期的傳統小說）遭受棄置的危機。孰不知《海上花列傳》遭受五四典律的屏除之餘，實已兀自發展出令今人都要另眼看待的「現代」視野。

　　以上無法適應市場的原因，就《海上花列傳》自身而言，實皆圍繞著作者意識的獨立，及其強調創作實驗上的堅決——可知面對於閱讀環境變遷的時代壓抑，韓邦慶小說「生面別開」下的高度自覺與創作實驗，非但不願與市場潮流妥協，更甚有意識的預設且篩選屬於自身的理想讀者群——[226]這些堅持固然成為文藝創作極珍貴且大膽的嘗試，然亦促成當時市場拒諸千里的必然局面。《海上花列傳》縱有許

---

Bergman）的影片太晦。不過是風氣時尚的問題。」與出於〈國語本海上花譯後記〉，《張愛玲全集‧海上花落》（台北：皇冠出版社，1998 九刷），頁 722。

[226] 張大春：「小說作者如韓子雲者可以有意識地設定甚至決定他作品的讀者……韓子雲何嘗在意過客省人的耳朵？他在意的是通行吳語這一隅之地的人眼睛有能力將書面文字即時翻譯給他們的耳朵。」參閱張大春：〈胡說與張歎：一則小說的方言例〉，《小說稗類》（台北：英屬蓋曼群島商網路與書股份有限公司，2004），頁 278。此文另外收錄於《聯合文學》（1998 年 10 月），第 168 期。

多形式、內容上的突破,乃至於歷史層面的種種價值,但都在小說處於環境變遷的尷尬階段、讀者興趣格格不入之餘,直接擔負起傳統道德批判與現代藝文革命的雙重抵抑。後人縱然無法探知韓邦慶是否早已預期自身創作需要面對的承擔與壓抑,但可見於當時作者高度自覺與讀者接受程度之間,難以調和的失落與疏離。

故當我們檢視韓邦慶創作具革命性突破的同時,仍得接受其著於市場乏人問津的歷史事實;面對《海上花列傳》備受後世文人讚譽之際,亦不得不歎惋其閒棄歷程之久,依然無以救濟的可惜──小說發展至此如見一座高峰兀立,隨之形成一座斷崖懸壁──直教透析韓氏用心者,不得不發「絕好筆墨竟不獲風行於時」之感嘆,[227]也令文人學者面對《海上花列傳》沒落的原因,興起許多紛議。

## (一)方言寫作的實驗:自成一家,還是自我設限?

檢視韓邦慶小說初版時的晚清閱讀環境,《海上花列傳》無疑是部極富實驗精神的作品。它一面搶搭文學雜誌風潮之先驅,成為當時傳播新穎的連載作品,一面卻偏不迎合百年以來養成的閱讀興趣,於是落得冷眼相待的處境。陳永健曾說《海上花列傳》「技巧上的運用和蘇州土語的創造」,為此書最具實驗性而取得高層次成就的兩個部份──[228]技巧部分,被載述如《海上奇書》連載小說時每期封面後幅所印製的「例言」,此為韓邦慶條整出的創作理念,亦呈現作者自為得意的創作技巧:「全書筆法自謂從《儒林外史》脫化出來,惟穿插藏閃之法則為從來說部所未有」,及其以「合傳體」描寫人物個性,但不落入「雷同」、「矛盾」與「掛漏」三難之中的精密鋪敘;[229]語

---

[227] (清)孫玉聲:《退醒廬筆記・下卷16》,輯於《民國筆記小說大觀・第一輯第六冊》(山西:山西古籍出版社,1995),頁114。

[228] 陳永健:〈自序〉,《初挈海上花》,頁5。

[229] 韓邦慶:《海上花列傳・例言》(台北:三民書局,1998)。

言的部份，則見孫玉聲筆記，其記載有韓邦慶以蘇白撰寫小說的堅持，及韓氏自許「當日倉頡造字度亦以意為之，文人遊戲三昧，更何妨自我作古得以生面別開」的旺盛企圖心──[230]但對讀慣古典小說的晚清讀者而言，無論技巧的革新還是方言的表現，卻都在長期養成的閱讀常態的惰性裡（張愛玲稱之為「《紅樓夢》的庸俗化」），成為無法適應而後閱棄小說的原因。[231]故見韓邦慶「穿插藏閃」結構中「不雷同、不矛盾、不掛漏」眾多角色的交織關係，反被司馬新評為「顯而易見的瑕疵」，直指小說「缺少中心人物來支撐戲劇性張力以保持讀者的注意力」，以致犧牲了全書的深度和視野；[232]而韓氏於蘇語有音無字現象上費竭心力的造字功夫，亦遭孫玉聲指為「吳語則悉仍其舊，至客省人幾難卒讀」，直控作者的別具用心「實為大誤」，[233]注定失去小說商業性的銷路。

　　關於小說敘事結構與蘇白方言方面的爭論，為《海上花列傳》初創時就已出現的論題，除見孫玉聲於小說初版之際，已對韓邦慶直接提議「此書通體皆操吳語，恐閱者不甚了了。且吳語有音無字者甚多，下筆時殊費研考，不如改易通俗白話為佳」；[234]也有拜顛生等人，論韓邦慶小說雖為狹邪小說描寫花月閑情唯妙唯肖者，但「《海上花》則本地風光，自成一家。惜乎書中純操蘇白，江浙閒人能讀之，外此每格格不入」……[235]這些晚清時人所表示的意見與記載，深刻地影響

---

[230]（清）孫玉聲：《退醒廬筆記・下卷16》，輯於《民國筆記小說大觀・第一輯第六冊》，頁114。

[231] 張愛玲：「紅樓夢被庸俗化了，而家喻戶曉，與聖經在西方一樣普及，因此影響了小說的主流與閱讀趣味。」出自張愛玲：《紅樓夢魘》（台北：皇冠出版社，1995四刷），頁8。

[232] 參司馬新：《張愛玲與賴雅》（台北：大地出版社，1996二刷），頁189。

[233] 孫玉聲：《退醒廬筆記》，輯於《民國筆記小說大觀》（山西：山西古籍出版社，1995），頁113-114。

[234] 孫玉聲：《退醒廬筆記》，輯於《民國筆記小說大觀》，頁113-114。

[235]（清）古皖拜顛生：〈海上繁華夢新書初集序〉，《海上繁華夢》（南昌：江西人民出版社，1988），上冊。

後世小說研究者對韓氏小說「客省人難以讀之」的成見。如蔣瑞藻表示，「唯吳中人讀之，頗合情景，他省人則不盡解也」；[236]徐朔方亦說「此書以當地方言寫成。作者的白話寫作水平顯然不及他在卷首和跋所表現的文言寫作那麼圓熟」，甚至將作品語言表現的特質，歸咎為作者寫作能力上的不足。[237]但如韓邦慶的創作堅持：「曹雪芹撰《石頭記》，皆操京語，我書安見不可以操吳語？」[238]《海上花列傳》方言寫作於閱讀市場上形成侷限的同時，遂為一部有意識以「語言」設定（甚至是決定）讀者群的作品，實令胡適揄揚作者「開山大魄力」的創舉，成就了小說於「吳語文學運動的勝利」；[239]亦是張愛玲讀來靈活生動的文字神韻；更受張大春讚賞韓邦慶「讓書面語脫卸了標準化（官語化、主體化、大眾化、通行化）的要求」，教《海上花列傳》「甘於和他的選擇性讀者共其緣起緣滅的命運」，[240]充分凸顯了作者於小說創作上獨立自覺的貫徹決心。

但要歸咎小說方言於作者堅持下，反使讀者閱讀所造成的困境——見於晚清，卻又不該是個至為嚴重的問題——誠如魯迅《中國小說史略》宣稱「光緒末至宣統初，上海此類小說之初尤多」，[241]韓邦慶吳語寫作的堅持態度，雖與當時京語使用的常態形成對立，但在彈詞、崑曲風行已有三百餘年之久、吳語廣傳「蘇、松、常、太、杭、

[236] 蔣瑞藻：《小說考證‧海上花第一百七十九》（台北：河洛圖書出版社，1979），卷八，頁221。
[237] 徐朔方：〈前言〉，《古本小說集成‧海上花列傳》（上海：上海古籍出版社，不見出版年份）。
[238] 孫玉聲：《退醒廬筆記‧下卷16》，輯於《民國筆記小說大觀‧第一輯第六冊》，頁114。
[239] 胡適：〈海上花列傳序〉，《胡適古典文學研究論集》，頁1222-1230。
[240] 張大春：〈胡說與張歎：一則小說的方言例〉，《小說稗類》（台北：英屬蓋曼群島商網路與書股份有限公司，2004），頁278、284。此文另外收錄於《聯合文學》（1998年10月），第168期。
[241] 魯迅：《中國小說史略》，《魯迅小說史論文集》（台北：里仁書局，1992年07月），頁247。

嘉、湖」等地，加上當時上海為商業城市之文化市場的鼎立……[242]諸多背景支持裏，《海上花列傳》操以吳儂軟語，反而形成當時仿效的寫作風氣。故見康來新檢視有清一代，小說寫作上的方言使用就已是十分普遍的事實，其言：「至少京腔蘇白與粵語這三種方言已經產生不少的文學作品」，而蘇白方言更是基於「區域堪稱廣大，且上海為商業與人文薈萃之地，其方言流行頗廣」。[243]宋莉華考究明清小說中的方言性時，亦證實「明清小說的大部分作家屬於吳語區，創作和刊刻中心及傳播之源都在這裡」、「吳語成分普遍存在並在小說方言構成中佔據主體地位」。[244]此勢延續至民國，更是胡適所稱「今日看慣了《九尾龜》一類的書，也不覺得這一類吳語小說是可驚怪的了」，[245]堪稱為吳語文學趨向的市場流行。

於是思考馬森提論方言寫作的侷限性，僅在於方言不如國語般受到政治主導的流行，而非讀者閱讀能力的不濟，若要歸咎《海上花列傳》初版不甚暢銷是因於「彼時小說風氣未盡開」、「那個時候吳語的小說確然沒有風行一世的可能」，倒也過度強調語言操作對小說閱讀造成阻礙性了。[246]如見梁實秋對方言小說的分析：

---

[242] 對當時吳語傳播的情況，可以參閱胡適：〈吳歌甲集序〉，《胡適文存》（台北：遠東圖書公司，1975四版），第3集，卷8，頁661-662。何滿子亦有補充：「吳語入小說是從談詞這類說唱文學受到的啟發，特別是當時風靡江南的《三笑姻緣》，不僅在說唱舞台名噪一時，而且刻印本也連續出版，影響極大。」參見何滿子：《中國愛情與兩性關係》（台北：台灣商務印書館，1995），頁207。

[243] 康來新：《晚清小說理論研究・反映在小說序跋中的小說評論》（台北：大安出版社，1986），頁138。

[244] 宋莉華：〈方言與明清小說及其傳播〉，《明清時期的小說傳播》（北京：中國社會科學出版社，2004），頁93、98。

[245] 胡適：〈海上花列傳序〉，《胡適古典文學研究論集》，頁1222。

[246] 馬森觀念出於〈台灣文學的地位〉，《當代雜誌》，第89期；引文「彼時小說風氣未盡開」出於孫玉聲：《退醒廬筆記》，《民國筆記小說大觀》；引文「那個時候吳語的小說確然沒有風行一世的可能」出於胡適：〈海上花列傳序〉，《胡適古典文學研究論集》，頁1227。

> 孫所謂「通篇皆操吳語」，事實上只是說小說裡人物的對話皆
> 是吳語，並不是說整部小說（包括敘述描寫部分）皆是吳語……
> 《海上花》開端三十四行完全是普通白話，直到三十五行才冒
> 出一句蘇白。[247]

此論於劉半農的表述裏更為明白：「這書中所用的語言有兩種：一種
記事，用的是普通的白話；一種記言，用的是蘇白。」[248]可見《海上
花列傳》敘事上仍然保留京語的成分，只在對白部份以口語描摹配合
蘇白表現。其小說敘述形態的組合，明顯是將「敘事」與「記言」、
「視點」與「聲音」兩種部份分開，因此，韓邦慶的方言寫作不求全
書，只為「聽覺處」製造寫實風格兼具藝術上的神味、於「敘述聲音」
的邏輯特質上強化它的地域特性，當視作一種直接反映上海環境的文
藝表現。[249]這種小說語言的實驗於晚清閱讀環境中逐漸適應，直到民
國《海上花列傳》再版後的情況，已是張愛玲纏著私塾先生朗誦書
中對白，或以胡適亞東版裡附有京吳語對照的字典檢索，即能克服
的問題。[250]亦能驗實胡適表示「用蘇白卻不是海上花不風行的唯一原
因」、張愛玲所說「其實吳語對白也許不是它不為讀者接受最大的原
因」……[251]對《海上花列傳》方言使用的辯白。

---

[247] 梁實秋：〈談方言文學，讀海上花列傳〉，《聯合文學》，第 6 期，頁 41。
[248] 劉半農：《劉半農文選‧讀海上花列傳》（台北：爾雅出版社，1978），
頁 97。
[249] 此區別處即敘述者兩種手法的分別，試以（法）杰拉‧熱奈特（Gérard
Genette）敘述學上對敘述者的「透視」，最鐘歸結為「誰看見（敘述視點）」
與「誰聽見（敘述聲音）」兩種切入的概念，是能夠理解到《海上花列傳》
的方言寫作，單為敘述聲音（記言部分）的表現，不該與敘述視點（記事
部份）的白話寫作處混搖並論。參見（法）熱奈特（Gérard Genette）著、
王文融譯《敘事話語‧新敘事話語》（北京：中國社會科學出版社，1990）。
[250] 張愛玲：「亞東版附有幾頁字典，我最初看這部書的時候完全不懂上海話，
並不費力」，參見張愛玲：〈憶胡適之〉，《張看》，頁 176。
[251] 「用蘇白卻不是海上花不風行的唯一原因」引文出自胡適：〈海上花列傳
序〉，《胡適古典文學研究論集》，頁 1228；「其實吳語對白也許不是它

　　但如宋莉華所說「方言對小說傳播範圍的限制也不能一概而論，要視方言的種類、方言所佔的比重等具體情況而定」。[252]《海上花列傳》比起其他蘇白夾雜的小說，在吳語操作上更為徹底；其於對話與敘事的配置比例上，更是前項遠超於後——與其要說讀者對小說無法適應的是它的方言使用，倒不如說是韓邦慶力求「散漫、簡略」的小說結構下，教蘇白口語變得龐大而瑣碎的敘述形態——教無法耐心感受平淡無奇、體會微妙韻致的讀者，就如梁實秋好不容易索然讀罷，卻仍有滿腔難以宣洩的寡鬱之感：

> 可以用普通白話來作敘述或描寫的地方也無不盡量使用對話，好像是作者故意賣弄那些嗲聲嗲氣的吳儂軟語，小說裡使用對話應該有限度，否則便過度戲劇化，奪去了敘事描寫的一部分功能，對整體小說而言是損失。[253]

此具體的批評意見，隱藏文人於其專業閱讀上的固執成見，遂將韓邦慶小說結構上對話形式的創意指為一種損失。反觀於漢學家韓南（Patrick Hanan）的見解，反倒把韓式寫作當成中國小說敘事結構上不可多得的發掘，〈「小說界革命」前的敘事者聲口〉一文表示：

> 作者說他的穿插藏閃技巧是以《儒林外史》為基礎的，但顯然他也從該小說承繼了最弱化的敘事者。實際上，敘事者的角色甚至比《儒林外史》中更受限制……這部小說式一部敘事者最小化的力作，它的特有的魅力也正是源自這一點。[254]

---

不為讀者接受最大的原因」引文出自張愛玲：〈憶胡適之〉，《張看》，頁 175-176。
[252] 宋莉華：《明清時期的小說傳播》（北京：中國社會科學出版社，2004），頁 108。
[253] 梁實秋：〈談方言文學：讀海上花列傳〉，《聯合文學》（1985 年 4 月），頁 41。
[254] （美）韓南（Patrick Hanan）著、徐俠譯：〈「小說界革命」前的敘事者

韓南所稱「最弱化的敘事者」，正指出小說中蘇語對話龐大錯雜的程度，不但於比重上遠超於作者敘事的部份，更反將小說內聲口角色們的身世背景覆蓋而去，交錯的語境形成一種對敘事者與小說人物的吞噬。此狀宛若上海急速現代化的經濟型態下對小人物們的無情淹沒，果真印證了張愛玲所說「更散漫，更簡略，只有個姓名的人物更多」的小說效果──[255]故知小說敘述形態，絕非專以敘事、記言的等比分配為尚，韓邦慶《海上花列傳》開創性地成為一種示範，引導讀者看待一部文藝佳作，嘗試以內容搭配形式的巧妙結合，為最主要的閱讀觀察──《海上花列傳》描寫伎家人事，以狀似鬆散而日常的聲口對話充斥全書，紛亂的多向對話與人物關係，正顯現上海倡館裡雜錯往來的頻繁人際與日常況味，即充分展示出韓邦慶「例言」裡的藝術期許：「其形容盡致處，如見其人，如聞其聲。聞者深味其言」。[256]此作者高度自覺下文藝技術的追求，絕非梁氏以為「對敘事造成奪取」，而是作品透過氛圍營造「將敘事作為隱藏」，好教作品內涵深處留給讀者在感受之餘自行體悟，故要胡適歎道韓邦慶小說無法風行的真正原因，或許正是它「文學的風格與文學的價值，不是一般讀者所能賞識的」。[257]《海上花列傳》的文藝實驗與藝術價值，早已遙越出清末民初之讀眾所能辨識的眼界。

綜上所論，《海上花列傳》話語空間與敘述模式的實驗，形成市場侷限與文藝革新的一體兩面。然其方言本身的操作並非真正令讀者難以適應的原因，而在於小說內對話交雜之聲口敘述的形式過於前衛──此非單純以「當日的不能暢銷，是一切開山的作品應有的犧牲」、「永遠有其時間及地域的限制，流播有限」，即可歸咎《海上花列傳》

聲口〉，《中國近代小說的興起》（上海：上海教育出版社，2004），頁24-25。
[255] 張愛玲：〈國語本海上花譯後記〉，《海上花落》，頁724。
[256] 韓邦慶：《海上花列傳‧例言》（台北：三民書局，1998）。
[257] 胡適：〈海上花列傳序〉，《胡適古典文學研究論集》（上海：上海古籍出版社，1998），頁1228。

隱沒的原因，[258]亦非胡適等五四文人專注以《海上花列傳》提倡方言文學，就能夠釐析的糾結——實教後世研究者在探討韓邦慶語言敘述議題之外，亦對胡適倡舉《海上花列傳》的立意延續爭議。最明顯的即是梁實秋特以〈談方言文學：讀海上花列傳〉一文與胡序對立，即可視為白話文運動內部的分歧；張大春亦以「國語白話」與「方言寫作」、文字的「看見」與「聽見」等概念間的區別，提出胡適藉《海上花列傳》作其運動映證裏的誤植……[259]但畢竟胡適確實以方言文學的立場，推高韓氏小說於當時市場上的能見度，在方言寫作與口語文學的論題上亦有開山創業的苦心，此觀念延伸到日後台灣文學於方言議題上的爭議，[260]《海上花列傳》遂又成為一個重要的範例。

## （二）道德教化與文藝自由間的擺盪

筆者曾論《品花寶鑑》於傳統道德間產生的擺盪。這份文化意識在創作上形成的猶疑徘徊，除了是描繪聲色的狹邪作者們同屬於內心矛盾之深處，亦是他們於大眾面前始終備受爭議與批判的地方——韓

---

[258] 語參胡適：〈海上花列傳序〉，《胡適古典文學研究論集》（上海：上海古籍出版社，1998），頁 1228-1229；陳永健：《初挈海上花‧方言文學第一本傑作》，頁 132。

[259] 張大春：〈胡說與張歎：一則小說的方言例〉，《小說稗類》（台北：英屬蓋曼群島商網路與書股份有限公司，2004）。此文另外收錄於《聯合文學》（1998 年 10 月），第 168 期。

[260] 台灣文學的論爭延續胡適意見而來，由於胡適將「口語」與「方言」視為一齊，造成張大春「方言如何為國語服務」的疑慮，同時成為台灣文學在方言議題上爭論不休的焦點。如馬森認為《楚辭》也操方言，卻因楚語為一國之語而無異議，因此《海上花列傳》的失落不在吳語本身，而在於政治採用、主流接受的問題；周質平則直接憂懼方言寫作是語言孤島化，認為《海上花列傳》寫作本身就造成一種狹隘的局限。前者多採宏觀且積極的態度為本，後者則依微觀而保守的現實環境為據。參見馬森：〈台灣文學的地位〉，《當代雜誌》（1993 年 1 月），第 89 期；周質平：〈母語化還是孤島化？〉，《聯合報副刊》（2003 年 10 月 2 日）。

邦慶《海上花列傳》（1894）較陳森《品花寶鑑》（1849）晚出四十餘年之久。相距期間縱然作者於獨立創作上的自主意識增強不少，但對讀者道德評判上的憂懼卻未必減退——此份壓抑反映在小說內，即韓氏自舉「絕無半個淫褻穢污字樣，蓋總不離警覺提撕之旨」，[261] 是求創作自主之餘，仍與傳統典式於前提處的顧忌。

　　韓邦慶自具教化、勸善懲淫的「前言」（納於第一回小說開場之內），但在衛道人士眼中仍嫌不足。誠如梁實秋即稱《海上花列傳》「究竟事關風月，有傷大雅」，認為韓氏「警覺提撕之旨」非但無以貫徹全書「恐非由衷之言」，更判以「所謂才子文人尋花問柳，自以為風流蘊藉，實則只是文人無行」的歧見；[262] 又如吳沃堯對言情小說的道德界義中，以「忠孝大節」比較「兒女私情」，痛斥後者不當為「情」只能稱為「癡」，並指責「有許多寫小說的，竟然不是寫情，是在那裏寫魔」，實為一種「筆端罪過」；[263] 以及李歐

---

[261] 引言出自韓邦慶：《海上花列傳・第一回》。傳統小說家為避免道德批判的說解，以張愛玲現代創作的眼光，反被認作一種敗筆：「那一段前言當是傳統中國小說例有的勸善懲淫的聲明……而沒有它的韻致與新意」，所幸只出現在第一回而已。參自張愛玲：〈海上花的幾個問題〉，《張愛玲散文系列》（合肥：安徽文藝，1994），頁 133-134。

[262] 梁實秋：〈談方言文學，讀海上花列傳〉，《聯合文學》，第 6 期，頁 40。

[263] 此語出於吳沃堯：《恨海・第一回》，參閱《吳趼人小說四種》（吉林：吉林文史出版社，1986），上冊。吳沃堯亦以另著《劫餘灰》批評言情小說：「可笑世人論情，拋棄一切廣大世界，獨於男女愛悅之間用一個情字。卻誰知論情不當卻變成了論淫」。然而諷刺的是，阿英卻稱吳沃堯理論與實踐不盡相符：「他（吳沃堯）的初意，固非寫魔，如《恨海》，如《劫餘灰》，但影響所及，是終竟成了一個寫魔的局面」；黃霖：「吳沃堯寫情小說的理論完全是建築在用道德來改良社會的思想之上的，具有相當的封建色彩……甚至在某種意義上說，比馮夢龍『藉男女之真情，發名教之偽藥』的『情』來，還是一種倒退」；薛洪亦指出：「吳趼人極力歌誦少女的所謂貞操自守和守節不嫁一類的言行，對於流落風塵女子的不幸反倒無動於衷……這樣的思想內容，就是同晚明以來的一些才子佳人小說相比，也是顯得落後的」。參閱阿英：《晚清小說史》（北京：東方出版社，1996），頁 203；黃霖：《近代文學批評史》（上海：上海古籍出版社，1993），頁 563-564；薛洪：《吳趼人小說四種・前言》（吉林：吉林文史出版社，

梵批判十九世紀末風行的言情小說發展為狹邪之作，實為「一種摻了假貨的言情小說」，嚴厲直稱「高等妓女」之描寫屬於「言情小說的墮落」……[264]諸多嚴厲的態度，顯示道德判準下狹邪小說乃至於韓氏小說遭受的鄙夷與侮蔑。

　　然而，相較於梁實秋斥責韓邦慶「前言」欲振乏力，甚有「欲蓋彌彰」之嫌，張愛玲反而表示此為求教化的說明，不僅「沒有小說的韻致與新意」，倒還成為藝術表現的極大滯礙，更基於它的道德教訓可能令「外國讀者感到厭煩」、「唯一的功用是引導漢學研究者誤入歧途，去尋找暗含的神話或哲學」，被女作家在英譯版本裏一筆刪去。[265]可見《海上花列傳》面對道德教化的兩難，正是夾於衛道人士以為不足、現代作家表示多餘的拉扯之間。其突圍不了的困境，正如張愛玲所說「中國人不但談戀愛『含情脈脈』，就連親情友情都有制約」，為傳統文化裡道德意識形態的侷限。[266]

　　而以道德教化與文藝創作間的爭議，檢視清末民初梁啟超的政治文藝之主張，即能發現「小說界革命」銜以道德意識的立場，持續影響二十世紀中國現代讀者於文藝道德上的習慣性束縛。[267]嚴復、夏曾

1986），上冊，頁5。

[264] 李歐梵：《現代性的追求》（台北：麥田出版社，1996），頁241-242。

[265] 張愛玲：〈海上花的幾個問題：英譯本序〉，《張愛玲散文系列》（合肥：安徽文藝出版社，1994），下卷，頁132、133。

[266] 張愛玲：〈國語本海上花譯後記〉，《海上花落》，頁724。

[267] 觀察梁啟超「新民」、「群治」等主張內涵，其與封建傳統的道德誡律相較，實有殊異之處。梁氏〈釋新民之義〉與〈論公德〉等文，更具體別立「新道德」與「舊道德」之間的不同，〈無欲與多欲〉中且以「新道德」主張辨證情欲問題，並重審言情小說。現代學者如趙孝萱、楊芳燕等論文，亦針對相關議題有詳盡的論述。但即便梁啟超針對道德意識，賦予了新的政治觀點與文藝主張，就小說本身的發展而言，依然是被強調社會功能，而忽略、甚至壓抑了創作意識與藝術手法。參考趙孝萱：〈無情的道德言說：吳趼人「寫情小說」的情論與道德觀〉，《鴛鴦蝴蝶派新論》（宜蘭：佛光人文社會學院，2002）；楊芳燕：〈情欲政治學：梁啟超的兩種愛國論及其意涵〉，《情欲明清：達情篇》（台北：麥田出版社，2004）等文。

佑合撰〈國聞報館附印說部源起〉即說:「夫說部之興,其入人之深,
行世之遠,幾幾出於經史之上,而天下之人心風俗,遂不免為說部所
持……宗旨所存,則在乎使民開化。」一方面肯定小說勸懲的作用,
另方面繼續強化小說的社會、政治功能。[268]殊不知中國小說「勸善懲
惡」的功能襲自中國道德傳統,是於政治教化下文藝自主性的一種妥
協,誠如《中國通俗小說理論綱要》表示:

> 政治教化離世俗社會以及反映世俗社會生活的通俗小說畢竟是
> 有距離的。通俗小說……既要生存,不能不舉起教化的旗幟;
> 既要發展,又不能不掙脫教化的束縛,於是就選擇了與教化相
> 近但又不盡相同的「勸善懲惡」說作為自己的價值標準。[269]

「勸懲功能」實為中國小說應變於「政治教化」與「文藝創新」之間
的權衡之策,而隨著小說創作自主的強化,自然也有它逐漸消汰的傾
向。然而,梁啟超「小說界革命」的道德重倡,卻使《海上花列傳》
復遭輿論批評抵抑的困境。與過去陳森小說私底下傳印盛行的情勢相
比,竟於得到創作與販售上的合法性後,再次遭到略棄,可見當時讀
者文學觀念上的盲從與退化。晚清狹邪小說歷經政治禁令的干預大幅
度減退、中國政權自封建轉移為開放、新興政府的機制正值興立之
際,又得再一次面對民初新興讀眾的檢視與挑戰——這批「最具改
革意識、提出最豐富的改革方案」卻又摻雜「時代的制約與錯亂」
的批評家,操以「前瞻後顧的探索」中「徘徊歧路乃至失足落水」
的閱讀視域——[270]令狹邪小說除遭「新小說」比較,反被歸類為傳統

---

[268] 嚴復、夏曾佑合撰:〈國聞報館附印說部源起〉,《中國近代文學論著精
選》(台北:華正書局,1982),頁200。
[269] 周啟志、羊列容、謝昕合著:《中國通俗小說理論綱要》(台北:文津出
版社,1992),頁82。
[270] 語出駱水玉:〈時代考驗小說,小說創造時代:清末「新小說」的小說美
學〉、馬勇:《1894-1915:夢想與困惑》,以及陳平原:《中國現代小說
的起點:清末民初小說研究》(北京:北京大學出版社,2005),頁20。

舊有、抹煞其現代性的意義之外，更在梁啟超「小說界革命」提出
群治教化的文藝理念下，形同昔日禁令對狹邪作品施予道德污名的
壓抑。

　　於是探究梁啟超強攬西方小說的概念，所為中國小說重新設定的
分類。[271]梁氏此種「以西例律我國小說」而建立的小說類型學，於強
調「性質上的分類」上，挾以救國濟民、改良群治的「建國方略」。
是教政治與文學的雜揉之間，如同黃子平所稱，梁啟超「小說界革命」
裏，小說被賦予的政治功能與分類，「只不過要建的是一個小說理
想國，種種分類恰似在這『小說烏托邦』中作行政區域的劃分」。[272]
實為政治革命與歷史觀點對文藝創作的一種侷限，亦使傳統言情小
說之類於道德偏見下備受制約。陳平原分析「新小說」類型理論時
即說：

> 新小說批評家在區分不同小說類型時，將其劃歸不同等級，有
> 大力提倡的（如政治小說），有一般讚賞的（如社會小說），
> 也有嚴格控制的（如言情小說）。建立小說類型的「等級制」，
> 在理論上並不可取，容易窒息藝術創新的活力。[273]

可知「新小說」典律下，道德意識結合政治型態之價值判斷實為明
顯。而梁啟超「一切淫猥鄙野之言，有傷德育者，在所必擯」標立

---

[271] 梁啟超《新小說》文學報中分小說為歷史、政治、哲理科學、軍事、冒險……
十餘種。俠人於報中亦語：「西洋小說分類甚精，中國則不然，僅可約舉
為英雄、兒女、鬼神三大派，然依書中仍相混雜，此中國之所短一。」參
閱梁啟超：〈中國唯一之文學報新小說〉，《二十世紀中國小說理論資料
・第一卷》（北京：北京大學出版社，1997），頁58-63，此文原出於《新
民叢報》（1902年），14號；俠人之語則見〈小說叢話〉，《新小說》（1905
年），13號，截引自黃子平：《革命・歷史・小說》（香港：牛津大學出
版社，1996），頁37。

[272] 黃子平：《革命・歷史・小說》，頁37。

[273] 陳平原：〈「新小說」類型理論〉，《小說史：理論與實踐》（台北：淑
馨出版社，1998），頁211。

判準之下，不但抑抑中國古典小說「綜其大較，不出誨淫誨盜兩端」，於「寫情小說」一類的改良定義更被塑造有「國家至上，寫情其次」的圭臬：

> 人類有公性情二：一曰英雄，二曰男女。情之為物，固天地間一要素矣。本報竊附《國風》之義，不廢《關雎》之亂，但意必蘊藉，言必雅馴。[274]

可見梁啟超倡導「情性」的表面之下，依然強調著文學對道德歸屬與權力體制的服從，實屬於當權者論說馳騁的霸制。梁啟超硬將兒女愛情的主題，壓置於英雄家國的意識之下，導致言情小說之類在倡導與設限、新體制與舊概念的夾縫之間，反而形成民初言情作者一種「吾儕為小說，不能不寫情慾，卻不可專寫情慾」、「拾取當時戰局，緯以美人壯士」，矛盾且曖昧的拿捏，[275]遂又回復過去狹邪小說家們勉力於「勸善懲惡」的說法。這些談情寫愛的小說家們，夾於自由創作與道德規臬之間，只能計較端詳著兩相權衡、暗渡陳倉的手法——實於韓邦慶小說前言上多餘與不足的爭議情況。其精神實與張愛玲所持文學創作為尚的理念之暗合，而其手法則為梁實秋標榜教化功能的一種敷衍——於是看到「小說界革命」的壓抑下，言情題材縱曾絕跡一時，隨後鴛鴦蝴蝶派、禮拜六派等作品的崛盛，卻如反撲般地風潮襲來。[276]就算光翟等人要為「新小說」大力疾呼，肅清「淫詞惑世與豔情感人之界線」，[277]卻已無法阻擋文藝創作突破道德抑制的自由生命。

---

274 梁啟超：〈中國唯一之文學報新小說〉，原出於《新民叢報》（1902 年），14 號。亦可參見陳平原、夏曉虹編：《二十世紀中國小說理論資料‧第一卷》，頁 62。

275 樹珏：〈再答某君書〉，《小說月報》（1916 年），7 卷，3 號，截引自黃子平：《革命‧歷史‧小說》，頁 40。林紓：《劫外曇花‧序》，原見於《中華小說界》（1915 年），卷 2，期 1，亦可參見陳平原、夏曉虹編：《二十世紀中國小說理論資料‧第一卷》，頁 512。

276 關於言情小說在梁啟超「小說界革命」下的短暫絕跡，可見阿英說法。而

　　誠如現代研究者回顧「新小說」時期，看待新小說批評者對言情小說乃至於《海上花列傳》的壓抑，皆能歸於小說文藝自身的獨立性，且還諸其道德之外較為客觀的價值判斷。如黃錦珠論及清末民初小說情勢昌盛，作者與讀者於觀念、眼界轉新之際，梁啟超「小說界革命」對小說觀念與題材上，縱使提供了許多歷史層面的突破與斬獲，但對梁氏以政治結合道德的批判眼光鄙夷言情、狹邪者流，黃教授亦不諱於批評此運動不見進步，反而「更形主觀、窄化，政治色彩鮮明，也使小說益加淪為工具的角色」。[278]又如趙孝萱意欲突破五四文人之「新文藝陣營」所框設的正典化與神聖性、陳益源提出豔情小說受道德意識壓抑下呈顯的畸形文化、王德威對晚清小說於歷史夾縫間的重新定位……[279]皆能間接或直接地給予韓邦慶《海上花列傳》較公允的評判。

---

關於鴛鴦蝴蝶派引領《禮拜六》小說的風潮，則見魏紹昌：「鴛鴦蝴蝶派產生於五四之前，在中國現代文學史中，它的資格比『新文學』老。據粗略的統計，到一九四九年為止，它所發表出版過的作品總數，要比『新文學』多得多，所以鴛鴦蝴蝶派是一個龐大悠久而又複雜的文學流派……成型是在民國初年，它的興盛甚至一度獨霸文壇是在五四運動以前；五四新文學崛起之後，鴛鴦蝴蝶派還佔領了一定市場並出現過繁華的局面」。前者參閱阿英：《晚清小說史》（北京：東方出版社，1996），頁5；後者則見魏紹昌：《我看鴛鴦蝴蝶派》（台北：台灣商務印書館，1992），頁1-13；另參魏紹昌、吳承惠編：《鴛鴦蝴蝶派研究資料》（上海：上海文藝出版社，1984）、趙孝萱：《鴛鴦蝴蝶派新論》（宜蘭：佛光人文社會學院，2002）等書。附帶一提的是，「鴛」小說與「新小說」陣營間的對峙與衝突，延續了相當長久的時間。當時甚至於只要不與「新小說」文人相親、不服膺其理論者，竟也多被歸為享樂墮落的「鴛派」之類。兩相拉鋸下，更影響到之後「京派」文學與「海派」文學，從地域到風格、甚至作家陣營等截然的分流。
[277] 光翟：〈淫詞感世與豔情感人之界線〉，原錄自《中外小說林》（1908年），第1年，第17期。亦收錄於陳平原、夏曉虹編：《二十世紀中國小說理論資料・第一卷》（北京：北京大學出版社，1997），頁308-310。
[278] 黃錦珠：《晚清時期小說觀念之轉變》（台北：文史哲出版社，1995），頁24。
[279] 參考趙孝萱：《鴛鴦蝴蝶派新論》（宜蘭：佛光人文社會學院，2002）；陳益源：《古典小說與情色文學》（台北：里仁書局，2001）；王德威：〈沒有晚清，何來五四：被壓抑的現代性〉，《如何現代，怎樣文學》（台

## （三）古典型態中蘊化自生的現代性嘗試

　　學界對「晚清小說」的研究，其範疇多以鴉片戰爭劫後、清廷興起洋務運動，此政治劇變、洋風入侵對中國文學造成的影響開始論及。故研究者們多指向梁啟超「小說界革命」為近現代文學標示出調整、過渡，以及全面轉型的階段性意義，而不加深論十九世紀末傳統小說兼具傳統與現代的實驗性。[280]如同阿英《晚清小說史》指向晚清的重點，在於清末民初這段時間，其主要提舉的研究作品大致介於一八九九至一九一一之間；[281]陳平原亦直稱梁啟超「新小說」標立出「中國現代小說的起點」；[282]閻奇男與王立鵬聲稱「『小說界革命』動搖了中國小說觀念的古典形態」之餘，更還分列出「新小說」具備的現代化文藝觀念。[283]而見王瑤《中國新文學史稿》、唐弢《中國現代文學史簡編》，乃至八十年代後期，錢理群等編著的《中國現代文學三十年》……[284]近現代小說史學家所呈現的教材，一方面以其廣泛性與

北：麥田出版社，1998）等書。

[280] 康來新曾提到：「『晚清』一詞在一般歷史學者的心目中是起自鴉片戰爭以至辛亥革命……『晚清』與中國『近代』的原點均自這場戰爭開始」、「『晚清』在小說史學者的心目中毋寧要更為迫近更為濃縮」。參見康來新：《晚清小說理論研究》（台北：大安出版社，1986），頁 19。

[281] 阿英：《晚清小說史》（北京：東方出版社，1996）。

[282] 陳教授以「現代小說的起點」揚譽「新小說」，卻也說到：「這一代作家沒有留下特別值得誇耀的藝術珍品，其主要貢獻是繼往開來、銜接古今」，而此銜接的歷程倒多是「徘徊歧路乃至失足落水」的。參見陳平原：《中國現代小說的起點：清末民初小說研究》（北京：北京大學出版社，2005），頁 20。

[283] 閻奇男、王立鵬所列「向現代化形態過渡的中國小說觀念」共有五項：從小道到大道；從教誨勸戒到描摹人生百態；從帝王將相、才子佳人到專為下等社會寫照；從傳統筆法到中西合璧；從文言到白話。其中，除了「大道」的社會功能強調與「中西合璧」的西風影響，其餘多是明清傳統小說已然成型的觀念，倒也無待「新小說」標誌出來。參見閻奇男、王立鵬：《中國小說觀念的現代化歷程》（北京：中國文聯出版社，1999），頁 48-117。

[284] 王瑤：《中國新文學史稿》（上海：上海文藝出版社，1982 修訂重版）；

權威性深刻影響世人對現代文學史的看法，一方面更都把中國現代文學的具體表現，推溯於魯迅操諸白話、譏諷儒教吃人的〈狂人日記〉──可知小說研究者們區別傳統與現代的判準，無論是藉封建／民主的政治形態為分別，還是根據章回／口語的小說表現，他們的評斷標準大多仰賴時間斷面而欠缺歷史連續性考量、著重文藝形式而忽略內容意義中的蘊藏──梁啟超所提出新時代新小說於話語論證模式上的具體界義，雖提供這些研究者狀似合理地指稱「民主時期的白話小說」當為現代文學的歸趨，但他們不察五四典律所倡導的「現代性」在企圖扭轉傳統文類與呼應「文以載道」的矛盾之間，文學定義其實越走越窄，毋寧是與「進化論式史觀」的趨勢截然相反。[285]黃子平提出如此情狀，實則指向一個「新小說」所無法解決的焦慮：

> 怎樣用世界通用的語言，把我們自己幾千年的故事繼續講下去或爭取講出來？怎樣將我們中國已有的和將有故事，講進世界的大故事裡去？[286]

可見中國突然接軌於西方強權所造成的嚮往與自卑，延伸為新小說批評家們對傳統文藝自慚形穢地反省。這「厚今薄古」的態度，直接反映於學界長久以來對晚清傳統小說視而不見的盲點。誠如李歐梵表示，「五四以來的這一套思想、符號和感情系統要重新審查……『現代性』落實到意識形態之後，它產生了非常不好的影響（在此指的是「奮鬥」、「革命」等陽剛性的、政治性的文學態度）」。[287]遂見王

---

錢理群等編著：《中國現代文學三十年》（上海：上海文藝出版社，1998四刷）。

[285] 王德威：「五四以後主流文學傾向其實越走越窄，比起前朝文學的五花八門，毋寧說明現代性與進化論式史觀間的矛盾」。參閱王德威：《如何現代，怎樣文學：十九、二十世紀中文小說新論》（台北：麥田出版社，1998），頁 15。

[286] 黃子平：《革命・歷史・小說》（香港：牛津大學出版社，1996），頁 37。

[287] 李歐梵口述、陳建華訪錄：《徘徊在現代合後現代之間》（台北：正中書

德威力持回歸晚清傳統小說的意見，直指梁啟超與五四文人縱然受推
崇為現代化文藝推手，然對於晚清傳統小說而言，卻實為一種反於自
覺的壓抑：

> 我所謂的晚清文學，指的是太平天國前後，以致宣統遜位的六
> 十年……小說一躍而為文類的大宗……作者推陳出新、千奇百
> 怪的實驗衝動，較諸五四，毫不遜色。然而中國文學在這一階
> 段現代化的成績，卻未嘗得到重視。當五四「正式」引領我們
> 進入西方是尚的現代話語範疇，晚清那種新舊雜陳，多聲複義
> 的現象，反倒被視為落後了。[288]

此語為「晚清小說」的範疇重新界定，一面為晚清傳統小說長期遭受
漠視的現象抱屈，一面則指出中國小說現代化當有本土自生的原動
力。可知二十世紀以降的中國現代文壇，自「新小說」標舉以來，對
西洋文學的過度崇拜與對傳統小說的嚴重漠視，非但是教盲目崇拜西
方的中國讀者嫌棄前人創作的心血結晶，也令外國讀者無法識清楚中

---

局，1996），頁 124。在此要特別說明的是，本書曾引李歐梵另著《現代
性的追求》（台北：麥田出版社，1996），持道德意識對言情乃至狹邪小
說的批評。此處卻見李氏對五四文人政治道德意識的反感，其矛盾可以參
閱陳建華對李教授的訪談錄中，其將中國小說的現代性溯於明朝：「我特
別喜歡的是他們作品裡怎麼樣把一種頹廢的心態用文學藝術的技巧表現出
來」（頁 118），此種表現實亦為晚清狹邪小說家們特具的長項，李歐梵
卻又指稱「總而言之，我非常喜歡明朝，特別是明末，到了乾嘉就不行了」
（頁 120），可見李氏縱有尋求中國傳統小說現代性的努力，但於《紅樓
夢》的經典影響與李教授的個人偏好下，其對晚清狹邪小說依然呈現漠視
的態度，以致《現代性的追求》一書中依然承襲「新小說」批評家的道德
意見，誠如李歐梵自稱「一方面我認為中國的文化有連續性，一方面我又
不承認，我認為這連續性不能解決」（頁 124），所陷自相矛盾的情結裡。
[288] 王德威以為過去學界將晚清「視為傳統逝去的尾聲，或西學東漸的先兆。
過度意義，大於一切」，並不足以審視晚清小說的價值，「應可重是晚清
時期的重要性，以及先於、甚或超過五四的開創性」。參見王德威：〈沒
有晚清，何來五四：被壓抑的現代性〉，《如何現代，怎樣文學》，頁 23-24。

國文藝的好處。實為張愛玲說明《海上花列傳》於當時「一方面讀者已經在變，但那受外的影響，對於小說已經有了成見，而舊小說也多數就是這樣」，[289]處於歷史夾縫間的困境可見一斑。

《海上花列傳》被指為「舊小說」，除因於它的出品時間，也包括韓邦慶未脫於傳統章回等小說形式上的問題。劉半農〈讀海上花列傳〉即特意挑出小說中，傳統作家習以為常、添附詩文的部份指責：

> 高亞白的詞（回三三），很平常；帳銘（回四十），很平常；尹癡鴛的穢史（回五一），文筆也很平常；雞魚肉酒的酒令（回三九、四十），不成東西；平上去入的酒令（回四四），更不成東西……他把很好的篇幅，割出許多來給這些無聊的東西佔了去，使人看到了就是討厭，頭痛，這是何苦！[290]

胡適同樣對韓邦慶三十八回至四十回專寫「一笠園」筵席酒令之事，表示此處呈現傳統小說的陋習，推論韓邦慶泰半是為炫示自己在詩詞歌賦以及旁徵佐引上的能力，卻遮掩了小說應有的好處。但張愛玲卻以為韓邦慶「寫一笠園，至少讓我們看到家伎制度的珍貴的一瞥」，而據以辯駁：

> 凡是好的社會小說家——社會小說後來淪為黑幕小說，也許應該照 novel of manners 譯為「生活方式小說」——能體會到各階層的口吻形式微妙的差別，是對這些地方特別敏感。[291]

---

[289] 張愛玲：《紅樓夢魘》（台北：皇冠出版社，1995 四刷），頁 8。

[290] 劉半農：〈讀海上花列傳〉，《劉半農文選》（台北：爾雅出版社，1978），頁 96-97。劉復雖同胡適讚美《海上花列傳》，但對小說「一笠園」內的名士及其賞樂吟詠的酒令詩詞，實表不滿。甚至粗暴的以「狗頭名士」、「老飯桶」指稱園主與名士。而劉復表示不滿的理由，除認為韓邦慶酒令歌賦造詣不佳外，更基於五四文人對封建時代士大夫階層的不滿心態。

[291] 「寫一笠園，至少讓我們看到家伎制度的珍貴的一瞥」一語出自張愛玲：〈國語本海上花譯後記〉，《海上花落》，頁 716；標楷體引文出自張愛

如同吳明益表示:「韓子雲嘗試用他的筆,去穿透堂子那堵風月之牆,寫感情,也不止於寫男女感情,故時而呈現出的是更廣泛的人性面……儘管非全如例言所說為懲戒之作,但也絕非是單簡的風月之作」。[292]呂文翠亦把這遠離租界區市中心的私家庭園,表示為小說家以「花園意象」對「情色烏托邦」回歸與消解的內心表徵,於繼承才子佳人的「融接傳統」之餘,同時「撕裂體系」勾勒出城市商業文明裡的現代性的結構,在此雙向往逆中「積極介入共時性與歷時性所交織之時空脈絡」、「具現了書寫者虛構(凝結)歷史／事實的框架」,反而是一種「托古喻今」的高明呈現。[293]可見胡適與劉半農基於閱讀傳統小說形式的角度,去強調《海上花列傳》脫乎現代的要素;張愛玲、吳明益、呂文翠等人則反以現代創作者的觀點,對韓邦慶當時的創作處境感同身受,提取其中與現代創作相符的意圖——書中極致於傳統的部份,竟同時成為小說反映寫實的表現;於五四文人「看慣了西洋種格局單一的小說的人,也許要嫌」的表面意見下,[294]《海上花列傳》的本質卻是允合當時稱謂現代小說所強調的核心要件——張愛玲並表示韓邦慶分多線進行、脈絡起伏,以「作者最自負的結構」輕描淡寫的織就出一般生活的質地,其「極度經濟,讀著像劇本,只有對白與少量的動作」的小說構成裏,《海上花列傳》一方面將「舊小說發展到極端」,

---

玲:〈憶胡適之〉,《張看》(台北;皇冠出版社,1976),頁 177。張愛玲雖反劉復意見,認為小說家除關懷低等人事之外,也可書寫繁榮景物與娛樂,但在她的語譯本裡仍然將這段刪除,可見五四時期對舊小說選擇性的巨大干涉力。

[292] 吳明益:〈空白召喚的致意與交鋒:從海上花到海上的一種閱讀策略〉,《從傳統到現代:第六屆全國中國文學研究所研究生論文研討會論文集》(桃園:中央大學中文系所,1999),頁 92。

[293] 呂文翠:〈情色烏托邦的回歸與消解:韓邦慶海上花列傳的現代性閱讀〉,《中外文學》(2004 年 4 月),32 卷,11 期,頁 97、109。

[294] 胡適:〈海上花列傳序〉,原刊附 1926 上海亞東書局《海上花列傳》標點本,並收於《胡適文存》,三集卷六,另見《胡適古典文學研究論集》(上海:上海古籍出版社,1988),頁 1220。

承襲中國傳統的簡略主義；另方面「倒是與西方小說共同的」，[295]呈現生活景況如鏡面反射般，平淡而寫實的小說本質。

韓邦慶小說所得意見之極端，無論是「微妙」與「隱晦」、亦或是「同傳統對峙或極致」與「同西方相近或相背」，[296]實為作品本然所呈現的一體、讀者主觀判斷所區別的兩面——故見「新與舊」、「中與西」等強制對立的觀念裡，《海上花列傳》於「新小說」狹隘盲點下所形成的犧牲——在西方文藝影響下的比較裏，韓氏小說被歧視為「傳統發展到極端，比任何古典小說都更不像西方長篇」，與「與西方小說傳統剛好背道而馳」。[297]可見《海上花列傳》散漫簡略與平淡自然的文藝特性，自是新小說批評家於「當時渾然不覺」的文學情調；韓邦慶撰寫伎院嫖客們與其固定相好發展出「從一而終傾向」的靈肉生意，對中國小說中「愛情故事上是個重大的突破」，其於愛情意義的現代性隱喻，更只被視作「嫖界指南」與「花間導覽」來看待。[298]於此看到陳平原分析當時新文藝立場的批評家與創作者們，在西方小說的刺激與啟迪下，其實呈現一種「接受下的誤解」：

> 清末民初的新小說家借鑑域外小說，這些都是不言而喻的事實……這種「歡迎」和「借鑑」中自覺不自覺的「誤解」……最終促成中國小說古典形態的瓦解和向現代形態的過渡。[299]

---

[295] 張愛玲：〈憶胡適之〉，《張看》（台北：皇冠出版社，1976），頁 177-178。

[296] 水晶稱：「《海上花》文筆雖然乾淨俐落，可惜太過隱晦，很多地方交待不夠明白。」此部分卻是張愛玲以為「微妙的平淡無奇」。參考水晶：《張愛玲的小說藝術・蟬》（台北：大地出版社，1983 六版），頁 22-23；以及張愛玲：〈國語本海上花譯後記〉，《海上花落》，頁 724。。

[297] 張愛玲：〈國語本海上花譯後記〉，《海上花落》，頁 724。

[298] 引文「當時渾然不覺」語出張愛玲：〈憶胡適之〉，《張看》，頁 177；「嫖客的從一而終的傾向」語出張愛玲：〈國語本海上花譯後記〉，《張愛玲散文系列・下卷》（合肥：安徽文藝出版社，1994），頁 140。引文「愛情故事上是個重大的突破」語出張愛玲：〈國語本海上花譯後記〉，《海上花落》，頁 713。

[299] 陳平原曾論，新小說家在域外小說的刺激與啟迪下，為一種「接受下的誤

「新小說」於中國小說史上，造成民初文藝對古典的壓抑與捨棄，以及向西洋模式化的仿擬，過度強調西方文學對中國文藝視野的開啟與現代化的影響，反教人忽略《海上花列傳》這部被歸為「古典小說」的狹邪之作，正是代表中國現代化本位立場、由傳統至現代過渡間一座文藝的橋樑。

欒梅健析論《海上花列傳》的現代特質於是說到，倘若同意新小說批評家們指出鴉片戰爭代表了封建社會形態裂變與轉型的關鍵，那麼真正與工業文明相映的文學現代性的作品，即應展示出與之關切的歷史畫面：

> 花也憐儂（韓邦慶）的長篇小說《海上花列傳》，給讀者提供了最早的形象展示中國古老宗法社會向現代工商社會轉變的文學畫面……建基於農業文明之上的一整套價值體系與倫理規範，都在這十里洋場上海這一特定區域不可避免地出現了裂變、扭曲與變形……承載起繼往開來、承先啟後的分期重任，並體現出強烈的現代性特徵。[300]

誠如王德威為晚清小說翻案的文章中，提出韓邦慶作品一方面「雖為五四學者所詬病，卻能在開拓中國情欲主體想像上，影響深遠」；另方面「兼示預言上海行將崛起的都會風貌，以素樸之筆寫繁華之事，白描功夫要令五四寫實主義大家們相形見拙」。[301]可見《海上花列傳》既於言情小說史上（由「人情小說」發展至「狹邪小說」，再影響於

---

解」，其於歷史上的呈現是中國小說古典型態的瓦解和向現代型態的過渡。此勢對於《海上花列傳》的閱讀市場而言，無非是一項嚴重的打擊。參見陳平原：《中國現代小說的起點：清末民初小說研究》（北京：北京大學出版社，2005），頁55。

[300] 欒梅健：〈論海上花的現代性特質〉，《政大中文學報》（2006年6月），第5期，頁90、94。

[301] 王德威：《如何現代，怎樣文學：十九、二十世紀中文小說新論》（台北：麥田出版社，1998），頁34-35。

「鴛鴦蝴蝶派」與「海派文學」）有其承先啟後的地位，於城市書寫及寫實筆法上更呈現出高度的成熟。除此以外，更教人體會到晚清小說不可棄置的地位，正如中國文學「現代化自轉」的歷程不該被輕易抹滅。

　　舉例如韓邦慶展現出現代化城市中的愛情意義，即未受西方文學的影響，亦能開創中國傳統中未曾見過的內涵。侯孝賢即以女性自決的態度，表示《海上花列傳》構作出「一個以女人為主體的生態環境」。[302]小說中嫖客選認相好的男女關係，非但接近於自由戀愛的追求過程，「長三書寓」中濃厚的社群氣氛，更以極現實的交易場域呈現愛情神話中的矛盾性與諷刺感。《海上花列傳》揭示出男人於伎家中選「做」某個女人，不能僅存過夜渡資般簡單的性愛交易，士紳們更必須通過一定的社交關係，在公開的社交場合裏，與他看上的倌人至少往來一些類似中介般的曖昧時期、建立兩人關係可能發展的穩定性，從這個制度化的賣淫中，女人同樣獲得她選「做」男人的自主性與參與社交場合的權力──恩客們所投注的不僅是金錢與身體，還需要付諸感情以及契約般的交際；倡伎們不但擁有某部份的感情自主與經濟獨立，甚至具備擇嫁與自贖的能力──朱天文於是以為「中國的宗法社會裏，愛情從來是不被張揚的。男人到伎院尋找愛情，只有伎院這個邊緣的角落還有一點機會。這裡，男人順從的是女人的規則。」[303]可知《海上花列傳》不但「張揚」了中國文明裏欲語還休的禁忌，更透過複雜的人情交際，揭示出人性中無論男女皆對「性」的欲求與對「愛」的渴望，是以極複雜的文明現象包裹住至原始的潛在意義。

---

[302] 侯孝賢之語出於〈The Films of the Day〉，Cannes 訪談錄。錄見侯孝賢、朱天文、蔡正泰著：《極上之夢：海上花電影全記錄》（台北：遠流出版社，1998），頁 18。

[303] 朱天文之語出於她對張愛玲〈國語本海上花譯後記〉的整理意見。錄見侯孝賢、朱天文、蔡正泰著：《極上之夢：海上花電影全記錄》，頁 11。

　　韓邦慶小說的現代性與世界性，其非閱讀《紅樓夢》成習的傳統讀者可以發現的創新，亦不是新小說批評家所認定的西洋文學模式可以套用。《海上花列傳》於中國舊小說裡自生化出、跨於時代與民族之上的文學新意與人性主題，更是「從未離我們遠去」，但於歷史夾層間「以不斷滲透、挪移及變形的方式，幽幽述說著主流文學不能企及的欲望，迴旋不已的衝動」。[304]此印證至後世藝術創作上的表現，即知《海上花列傳》實有它具體的影響力，例如一九九八年由侯孝賢導演、朱天文編劇的電影《海上花》於國際影壇廣獲迴響；虹影據韓邦慶小說為基礎，重新創作的「上海三部曲」，亦將此作家享譽海內外的創作生涯推向另一高峰……[305]昔日被市場滯銷，視為傳統至極、卒難讀之的陳舊小說，今日終能克服種種歷史困境，復將價值重現、發揚，成為重要的文藝。

---

[304] 引文截自王德威：《如何現代，怎樣文學：十九、二十世紀中文小說新論》，頁 34。

[305] 侯孝賢：《海上花》（台北：新生代實信，2004），侯孝賢根據韓邦慶小說翻拍成電影《海上花》由朱天文編劇於 1998 上映，曾入圍 51 屆法國坎城國際影展國際競賽單元、43 屆亞太影展最佳導演、35 屆金馬獎最佳劇情片及最佳導演，獲得評審團大獎，且廣受紐約、阿根廷、韓國、香港等大型影展邀約。虹影：《上海王》（台北：九歌出版社，2004）、《上海之死》（台北：九歌出版社，2005）、《上海魔術師》（台北：九歌出版社，2007），三書合稱為「上海三部曲」，是女作家宣稱以《海上花列傳》為底本的重寫之作，亦於國際文壇廣受好評，兩者皆可視作對韓邦慶致敬且「再創作」的表現。

# 第三章 《品花寶鑑》與《海上花列傳》中的場域書寫

　　本章主要分析狹邪小說描寫風月空間、環境的種種隱喻，並結合城市現代化的歷史背景，探討作者書寫場域的意義：

　　首先，就陳森以園林為色域的描繪，探究《品花寶鑑》強調正邪書寫的作者心態，及作品與社會現象所反映出的矛盾情結，進而看到作為北京園林文化與狹邪書寫的結合，《品花寶鑑》呈現出清季文人於時代異變中的掙扎與漸進。

　　其次，以韓邦慶自謂「穿插藏閃」之小說筆法，觀察《海上花列傳》中大量陳述的飯局場面與交通景況，而能理解飯局作為人際應酬之表現，透過交通工具使其關係互動與移轉，飽和著權力鬥爭與人情物化的勢利，在窺看與被看之主客不分的角色與情節交錯中，反映文人面對開埠後現代化上海的徬徨處境。

　　最後，將環境意義回溯於作者與作品的關係，探討作者所見與作品所寫之間，倡優環境對小說創作的影響，以及作者書寫對時代異變的反映，進而理解文人於風月牆中與世沉淪的消極、情欲掙扎的衝擊、既「匿」且「溺」的邊緣處境及其複雜矛盾的迂曲心理。

## 第一節　又寫妖魔又寫仙：
## 《品花寶鑑》中的對比寫照

　　陳森《品花寶鑑》嚴分正／邪、情／欲、雅／俗的對立，在小說甫一開卷，即作了定義上的說明：

> 幾個用情守禮之君子，與幾個潔身自好的優伶，真合著《國風》
> 好色不淫一句。先將搢紳中子弟分作十種，皆是一個「情」字：
> 一曰情中正，一曰情中上，一曰情中高……再將梨園中名旦分
> 作十種，也是一個「情」字：一曰情中至，一曰情中慧，一曰
> 情中韻……這都是上等人物。還有那些下等人物，這個「情」
> 字便加不上，也指出幾種來：一曰淫，一曰邪，一曰點……大
> 概自古及今，用情於歡樂場中的人，均不外乎邪正兩途。[1]

於此印證陳森筆下，正反角色及其關係場域的二元分別：情至中正的
文人與名優匯聚於徐子雲的「怡園」，正是以梅子玉交好杜琴言作為
探園的主線，搬演為才子與佳人情理相待的理想域界；[2]反觀於華星北
雖非奸邪之人，但其擁權專貴、勢焰薰天的姿態，確實教華家「西園」，
出入著魏聘才等專事巴結、搬弄是非的閒佞份子，潛埋官紳優伶之間
起釁交惡的禍源。

於此，名園品伶的景致與生活被視作一種文化符碼，於小說兩處
名園的景物設置與出入人員的比照之下，即能理解《品花寶鑑》描繪
清季享樂風尚的避世歡場中，名士賞美愛物析為二元立場，[3]以及陳森

---

[1] （清）陳森：《品花寶鑑·第一回》，頁 1-2。

[2] 中國言情作品中的「花園」意象，往往代表為男女主角正向發展的愛情溫
床。「才子佳人」聚於「仕女花園」的典式意義，是將險惡人事隔諸牆外，
成為供應佳人愜意嬉遊，而能與才子自由戀愛的理想域界。《牡丹亭》中
杜麗娘與柳夢梅的遊園幽會即為最佳範例，而在《品花寶鑑》刻意仿擬人
情小說的溢美情調中，「怡園」對杜琴言與梅子玉而言，自然有其相類似
的意義。

[3] 筆者指稱《品花寶鑑》之「名士」，多針對類聚於徐子雲怡園中的文士角
色而言。「名士」一詞，原出於《呂氏春秋·尊師》篇，意為「知名之士」。
魏晉時期「竹林七賢」尤為名士集團的具體代表，而其知名的理由，即如
秦川歸納名士的基本特徵「一是名望高，不做官，喜歡議論朝政；二是有
學問，尤以詩文著稱，常常聚會做詩或出題徵詩」。然自明清之後，「八
股取士」將詩文風雅作為附庸權貴的風氣、城市娛樂間物欲價值的崛起……
社會條件，都大大改變了「名士」原本超乎社會體制之外的清新本質。筆
者即在凸出怡園名士（尤其針對園主徐子雲，以及園客梅子玉、田春航）

品題梨園、褒貶人物中據以堅持的傳統理想。然而,深入探討晚清名園同時作為家庭空間與倡優場域之延伸、私宅隱匿與城市消費的聚焦意義,即又曖昧模糊了對立的界線,令人不禁反思作者弔詭矛盾的迂曲心理。[4]誠如張岱質疑名士造園的居心:「但恨名利之心未淨,未免唐突山靈,至今猶有愧色」。[5]名園既成為文人避世於夢境與回憶交織而成的幻影,卻在追尋逸樂的同時,也不免於現實人生的幻滅中悵然自省。

因此看到陳森書寫園林,即在封建體制中為倡優文化試做翻案,卻也同時在他的聲色幻想中寄予傳統理想,以至於《品花寶鑑》在二元「對立」的建構性與其「弔詭」的解構性之間,產生似明還暗的現代化傾向、如夢幻泡影般的現實感,呈現為一種模糊曖昧的矛盾性。本節掌握「空間書寫」的原則,[6]透過小說中官紳園林作為倡優場域之

---

意欲承襲傳統名士美德,但又與時代難以脫鉤,於賞色、物欲的行為表現中,顯示名士意義的過渡與變異之外,並以身兼機要官職的顯貴華星北與趨利墮落的文人魏聘才,作為映襯與對比,凸顯《品花寶鑑》雖於道德教化上欲從於傳統,但又無法抗拒現代化趨勢襲來的弔詭與兩難。參閱(戰國)呂不韋輯、(清)畢沅輯校:《呂氏春秋》(北京:中華書局,1985);秦川:〈儒林外史中的名士〉,《九江師專學報》(1994 年),第 2 期。

[4] 筆者至少思考到三種層次的問題。首先,園林居所之建造,擬照山水隱逸而以倡優狹邪之耽溺,當為一種「情色烏托邦」:究竟屬於一種講究風雅流放、文人典式的凝聚,進而躲入傳統而對現實的逃避?還是在揮霍名利、炫示權貴的虛榮中,公開表現自我情欲的城市樂趣?其次,文士於「情」隱逸、於「欲」嗜癖的心理情結,隱喻於《品花寶鑑》中名園形同梨園的弔詭局勢,其強調色而不淫、情至中正的立場:究竟是情欲辯證裏的相互定義?亦或為一種雙向的諷刺?再者,名士遊戲園中發展各種狎優品伶、賞美愛色的娛樂活動:到底呈現了坐擁權貴的既得利益者,對於現代化情欲覺知的逕自申明?還是承續封建傳統體制,階層壓迫的實用說詞?

[5] (明)張岱:〈岣嶁山房〉,《西湖夢尋・西湖西路》(台北:金楓出版社,1987),卷 2,頁 75。

[6] 國內學界所認定「空間書寫」是建立於社會學、心理學上發展的文化論述,最顯著的理論即見(法)加斯東・巴舍拉(Gaston Bachelard)的《空間詩學》(The Poetic of Space),即以文學中空間書寫的隱密意象,突破空間屬於唯物性質、為單純既定環境的意義,進而拓展至作者及讀者內心幽微私密的心理。參閱巴舍拉著;龔卓軍、王靜慧譯:《空間詩學》(台北:

延伸，一方面將陳森筆下的好色人等，以正、反立場，別作徐府與華宅兩處；一方面輔以場域公開與私密並立、隱匿與沉溺交疊的特性，深入陳森小說以虛掩實、以盛飾衰、以陰偽陽……種種並立且弔詭的書寫特性，進而釐析衰世文人沉緬傳統、規避現代，避世於逸樂的複雜心理，試圖釐清《品花寶鑑》對比與弔詭所含藏的繁複意義。

## 一、探入色界的兩種途徑：梅子玉與魏聘才的比照

　　誠如司馬遷《史記》借寫劉邦、項羽觀看秦王車列時的個別情形，互見出兩種鮮明性格的對比，除為兩人日後的命運鋪敘關鍵性伏筆，也隱露史遷好惡之間的評議。[7]將陳森《品花寶鑑》梅子玉與魏聘才兩種形象塑造、人格立場的比照，以及梅、魏兩人分別結識杜琴言、探入梨園色界的種種情節對比，視為小說中構成徐府怡園與華宅園林兩座交際場域的主要途徑、人情場面的代表性指標，即能從梅子玉傳統理想的文人形象與魏聘才現代化勢利的文人變異中，顯示作者崇尚典式的價值觀點與賞善罰惡的道德態度。

　　然當個體介入於場域作為一種社會形態的成立，必然交錯著時間變動的影響性。陳森面對清季於傳統至現代的時代巨變，則在嚴分正邪二途的價值取向與交際場域上，產生了傳統理想於現代化環境裏，難以調和的衝突與矛盾。誠如梅子玉鍾情於杜琴言，但關係卻發展在作者強附道德倫常下，成為屈就傳統的弔詭情節；魏聘才逢迎拍馬的好欲姿態，卻也譏諷時人勢利的描繪中，成為小說中揭露現實的證明——因此在陳森書寫花國中文人俊旦「出淤泥而不滓，隨狂流而不

---

張老師出版社，2003）。

[7] 司馬遷《史記》明顯互現對比的事例，請見〈項羽本紀〉：「秦始皇帝游會稽，渡浙江，梁與籍俱觀。籍曰：『彼可取而代也』。」比照於〈高祖本紀〉：「高祖常繇咸陽縱觀，觀秦皇帝，喟然太息曰：『嗟乎！大丈夫當如此也』。」即可展示出兩種性格、心理，及其潛藏於命運發展的伏筆。參閱司馬遷：《史記》（台北：七畧出版社，1991二版），頁143、163。

下」，針對倡優逸樂的世俗成見，於社會邊緣試作翻案之筆下，正邪立場也就分別產生曖昧不明的界線與優缺不等的評價——王德威針對小說中正向角色們內在的矛盾弔詭，指出《品花寶鑑》以封建體制及男權模式，通融著豔情題材與同志情誼，「企圖創作一部踰越社會階級及性規範的羅曼史，但結果恰恰肯定了這些規範的威力」；[8] 周作人但從負面角色們呈現的歷史事實指出：「實在也是一部好的社會小說……下流的各色人等，卻都寫的不錯，有人曾說他寫得髒，不知那裏正是他的特色，那些人與事本來就是那麼髒的，要寫就只有那麼的不怕髒」；[9] 而邱煒菱《菽園贅談》評論《品花寶鑑》：「描繪京師梨園人物，細膩熨貼，得未曾有，固評話小說之別開生面者……見其滿紙醜態，醲齪無聊，卻難為他彩筆才人，寫市兒俗事也」，[10] 對陳森鎔鑄浮華世象與傳統理想於一筆，且能同時表以稱讚與憾歎。

故以梅子玉與魏聘才兩角作為賞讀線索，進而體會《品花寶鑑》中，正向角色求諸溢美卻與時代脫軌的矛盾感，反映清季文人身處世變依然心繫傳統的懷舊情緒與避世心理；負面角色而帶針砭現實的評議處，表現為一種清季文人漸變於現代化現象中的社會性寫照——狹邪小說家搓揉道德典範與情色浪漫而顯弔詭情節的梅子玉，和以現實趨利迎合現代化商業性價值的魏聘才，正是陳森落筆於正邪、情欲、雅俗……兩面論證的分別之餘，反映自身於幻想情感與現實批判間的雙向拉扯、傳統典示與現代化影響中的價值徘徊——以至於陳森越是嚴分二元對立的局勢，越能自傳統理想的正面價值中，諷刺封建體制中權貴階級的僵化；從富含社會寫實的負面形象裡，反映現代化局勢不可遏抑的物欲價值。

---

[8] 王德威：《被壓抑的現代性：晚清小說新論・寓教於惡：狹邪小說》，頁 98。

[9] 周作人：〈拾遺己：讀小說（續）〉，《知堂回想錄》（台北：龍文出版社，1989），下冊，頁 798。

[10] 邱煒菱：《菽園贅談》，《客雲廬小說話・卷一》，收入阿英編輯：《晚清文學叢鈔・小說戲曲研究卷》（台北：新文豐出版公司，1989），卷四，頁 398。

## （一）正邪二途：入園者的兩種形象

　　《品花寶鑑》出場的首名人物是梅子玉的父親，陳森寫到「極忘情之人，生一極鍾情之子」，可知推高此角實為梅子玉背景而設。[11]於是看到作者形容「夢神授玉」、「守身如玉」，將子玉這位要角溢美至極。正如吳繼文所稱，《品花寶鑑》這一繪構太平的理想圖像中，梅子玉自有他「適當的位置，做著應做的事，也有相襯的外表」，遂能理所當然地「走向美滿的結局」。[12]如見小說第一回中：

> 這梅子玉今年已十七歲了，生得貌如良玉，質比精金，寶貴如明珠在胎，光華如華月生岫；而且天授神奇，胸羅鬥宿，雖只十年誦讀，已是萬卷貫通。

> 宅中丫環僕婦甚多……雖在羅綺叢中，卻無紈袴習氣，不佩羅囊而自麗，不博香粉而自華。惟取友尊師，功能刻苦，論今討古，志在雲霄，目下已有景星慶雲之譽，人以一睹為快。[13]

如此內外兼俱的美好樣態，實非尋常人等。讀來竟感覺超乎現實以外，即知陳森是將這梅子玉形象，塑造在他傳統理想的極端典型之上。然而，這畢竟是一部著落於人情世事的狹邪小說，在作者將此名如夢似幻的角色帶入色界花場、傾心於名伶琴言之際，道貌岸然的理想落於賞優慕旦的情節裏，遂於現實間產生為一種矛盾勉強的感覺。因此《品花寶鑑》進入二十四回，作者以顏仲清與王恂兩人之閒談，對小說發展至此的重要劇情據以回顧、與對重點人物試作品評時，便也試圖為這些矛盾勉強之處緩作解釋：

---

[11] 陳森：《品花寶鑑・第一回》，頁2。
[12] 吳繼文：《世紀末少年愛讀本・後記》，頁351。
[13] 陳森：《品花寶鑑・第一回》，頁4-5。

> 王恂道：「我真不知庾香（梅子玉之號）、琴言之情，是何處生
> 的？是同好色鍾情，原是我輩。但情之所出，實非容易，豈一面
> 之間，就能彼此傾倒？……據我看來，庾香即是一個鍾情人，也
> 想不出這情苗從何發出？似乎總有個情根……他們兩人真是個萍
> 水相逢，倒成了形影附合，這難道就是佛家因果之說乎？」

> 仲清道：「他們兩人的情，據我看來，倒是情中極正的，情根
> 也有呢。我說給你聽，這至正的情根，倒是因個不正的人種出。
> 我問過庾香之傾倒琴言，在琴言未進京之前，那魏聘才是搭他
> 們的船進京的，細細講那琴言的好處，庾香聽熟了，心上就天
> 天思想，這就是種下這情根了。」[14]

此番對話以「情」為判準，藉其疏通情節，試圖為梅子玉從尊法守禮
遁入梨園聲色的旦癖行為作諸解釋，且在設問與回答之間，呼應了小
說開場時二元分立的說法——陳森將用情守禮之君子與潔身自好的名
伶以「情」為歸分，而把下等、負面的人物除去「情」名，換以淫邪
點蕩等字眼稱呼——是教魏聘才一方面作為相對於梅子玉的幫襯人
物，另方面甚至反證為梅杜結識、相戀之「情根」的解釋。

於是看到這魏聘才，作為梅府不請自來的留宿者，「其人在不
粗不細之間，西流東列，風雅叢中，究非知給己，繁華門下，盡可
幫閒」。[15]自開始就被設定為品行不端但有投機聰明的閒遊份子。其
與梅子玉稍微深切的交際，卻還是藉由提及自己曾遭杜琴言一番冷落
的鄙事，逢迎於子玉愛慕琴言的馬屁之上。竟是自曝人格低劣，以討
好他人興趣——[16]於此，讀者不難理解小說甫見第三回，魏氏於戲園

---

[14] 陳森：《品花寶鑑・第二十四回》，頁 362-363。
[15] 陳森：《品花寶鑑・第十六回》，頁 251。
[16] 這樁鄙事被魏氏自曝於《品花寶鑑・第五回》中，「聘才與葉茂林同行到
濟寧州時，那一班相公上岸去了，獨見琴官在船中垂淚，便問了他好些心
事，終不答應。及說到敢是不願唱戲，恐辱沒了父母的話，他方才把聘才
看了一眼。聘才從此便想進一步，竟不打量自己，把塊帕子要替他拭淚，

巴結紈袴（富三與貴大）之際，卻早已埋下他日後與子玉分道揚鑣、轉進華家的進程——這即是陳森筆下，總與人稱道「家父諄諭再三，定要謀一前程出京」，終日盤算、潛心作祟的人物。[17]無怪乎仲清析魏氏為引渡梅杜「情根」者後，續批作「情中之蠹」，即預告小說發展於魏聘才擠身權貴之後，始終不忘當初琴言冷語相待之嫌隙，仍不時見機報復、妨害梅杜戀情的小人心態。即見陳森罵道：「近其人則蠹身，順其情則蠹心。天生這班人，在正人堆裡作祟」。[18]可知攀權附貴、狹心記恨都是這「寡情遂欲」負面人物的具體特徵，即如小說十六回中聘才自剖：

> 我進京來本欲圖些名利，今在京數月，一事無成……長安雖好，非久戀之鄉，不如自己弄得一居停主人，或可附翼攀鱗，弄些好處出來。[19]

對於魏聘才而言，講究文雅風氣的梅家，雖然作為無條件供應食宿的無虞住所，卻不能滿足聘才迎求名利的逐欲之心，也不能干涉他往錦天繡地處積極地奔走。魏氏雖不比奚十一、潘其觀這等糟蹋弱勢、明作淫賊般極盡猥瑣的小人劣等，然其專事騎驢找馬、攀權附勢、搬弄是非以求自肥的營利心態，實為文人不求名節道義之下的染俗腐化，卻也是清季文人於功名未舉之際，尋寄豪貴現實的普遍現象。

故將魏聘才自江南跋涉進京，比照《海上花列傳》中趙樸齋自農村遁入上海後的墮落，實可見到商業現象中城市環境導致人性沉淪的影響，誠如張英進對城市概念（同時指稱倡伎文化）的說法：「城市同時是天堂和地獄的象徵，是人類文明和人性喪失的場所，是進步和

---

剛要拭時，被他一把搶去扔在河裡，即掩面哭起來，聘才因此恨了他。今見子玉喜歡，遂無心說了這一節事出來。」（頁86）。

[17] 陳森：《品花寶鑑・第十六回》，頁255。
[18] 陳森：《品花寶鑑・第二十四回》，頁366。
[19] 陳森：《品花寶鑑・第十六回》，頁251。

毀滅的力量。」[20]即知權力物欲於商業行為的進步中，被強化、凝聚為城市的負面形象，它以現代化價值觀破壞了傳統封建社會裏的理想。因此觀察魏聘才初入京城、寄居梅府，爾後「攀升」的過程，實能看到清季時人拋棄「情」之理想，轉為「欲」求於權力核心的變化。參閱聘才際遇：

> 那魏聘才進了華公府，就變了相，在外面很不安分，鬧了春陽館，送了掌櫃的打了二十還不要緊。又聽陸素蘭對人說，魏聘才買出華公府一個車夫、一個小三子，去糟蹋琴言，直罵了半天。琴言的人磕頭請安，陪了不是，又送了他幾吊錢才走……我們從前看這個人都是斯斯文文的，再不料如今做出這些事來，真是知人知面不知心了。[21]

此攀貴腐化之途，與梅子玉專事風雅與情傷、專職科考與婚配的人生旅途相比，實與傳統價值殊異且背離——魏聘才搬出梅宅、轉入權勢之後，日漸氣焰的「變相」行徑，相對於傳統封建的穩定性與理想態度，實與中國城市透過商業化轉為現代的異變，有其相當對應的關連——誠如社會學家韋伯（Max Weber）析論中國傳統社會中，「城市的繁榮不是依靠企業家的本領，或城市公民政治上的魄力和幹勁，而是依靠皇帝的行政管理機構」，[22]反觀於現代工商業資本社會的勃興發展，則在破壞封建穩定性結構，使個人脫除封建仕途，轉為活動自由的同時，將金錢、物欲關係轉變為人際價值的重要關聯，卻得重新面臨道德崩毀、人性淪喪的社會事實。

因此看到魏聘才別立於梅子玉、田春航等出身純良、專職讀書的傳統文人以外，而與奚、潘等土財商紳，及專師諂媚門法的授受者（張

---

[20] 張英進：〈娼妓文化、都市想像與中國電影〉，《當代》（台北：合志文化，1999 年 1 月 1 日），第 137 期（復刊第 19 期），頁 30。
[21] 陳森：《品花寶鑑·第二十四回》，頁 362。
[22] （德）馬克斯·韋伯（Max Weber）撰；黃憲起、張曉琳選譯：《文明的歷史腳步：韋伯文集》（上海：三聯書店，1988），頁 62-63。

仲雨）同出一路，已明顯流露清季官、士、商、紳間的身分重疊。故
見「遂把平生之學問，奔走勢力之門」的張仲雨，[23]一面陪同潘其觀
等土霸財主，吃酒尋歡、欺凌藝旦；一面帶領如魏聘才等不再依附科
考的文人，縱情聲色、探權附勢，展現為清季文人遊走於新興勢力與
封建體制間的縫隙，旁附在社會價值動搖與城市意義的轉變，所反映
出應時而生、趨利現實的價值變異。因此，魏氏即能在小說十六回，
決心離開梅府、轉移陣地之時，面對梅子玉等人的不捨，志向確切地
劃清界線：

> 各人有各人的打算，我如今比不上你了。你是知縣少爺，享現
> 成的福，我不但自己不能受用，還要顧家呢！[24]

此語雖嫌無情且勢利，卻無疑真切而誠實，魏氏雖是朝向李元茂發
言，卻也間接成為梅子玉心中「聽到這句，便知不能強留」，殊途
兩走的宣示。可見負面角色實以現實考量，拒絕了傳統典式裏的情
感與理想。

陳森賞善罰惡的分明態度反映於小說，是教魏聘才提前於小說結
局倒十回以前，被作者草草收拾在「後來書中就沒有他的事了」一句
底下，可見陳森對他筆下這名角色的不耐與厭棄。[25]然這魏聘才雖為
小說中一則供人警惕的事例，反襯於小說家向傳統價值理想的推崇與
渴慕、比對為梅子玉等高潔雅士與美好結局，卻偏偏又少有其他人物，
能比這名即早於讀者眼中退場的營利者，更得具備當時文人處境的代
表性──是從魏氏逢迎巴結、依附華家、狹優弄伶、召伎纏官、捐官
失利等豐富經歷中，反映清季文人面對城市變化，棄科考、尚捷徑、
迎勢力、好逸樂……投機與淫靡的心理。亦能投射當時社會腐敗，北
京禁伎容優，重財不重才，愛色不惜情……難以忽視的社會事實，以

---

[23] 陳森：《品花寶鑑・第十八回》，頁 289。
[24] 陳森：《品花寶鑑・第十六回》，頁 256。
[25] 陳森：《品花寶鑑・第五十回》，頁 759。

及現代化社會將傳統價值拋棄，逐漸以物欲取代的新興趨勢——可知陳森耳目所及、下筆成書，「既寫妖魔又寫仙」的兩相構成，實於其落筆謳揚梅杜情至、怡園風雅之際，添附魏聘才追逐勢利、華家徵色闊氣的反襯。這原本只為推高作者傳統理想，而於小說中設計的下流份子，反而凸顯為《品花寶鑑》一片歌舞昇平的太平粉飾、不切實際的夢幻矛盾裏，事實顯露、哀音頓現的主要線索，意外成就狹邪溢美之中寫實的一筆，隱現出揭露人世與針砭現實的現代性意義。

## （二）正邪對峙中的情節弔詭與真偽模糊

施曄分析明清小說中大量反映同性戀的相關社會現象，曾闡述徵香逐色者的行為傾向及其心理因素有二：

> 有一部分人天生對異性存有強烈的反感，他們的情感天平更多地傾向於同性。根據佛洛伊德的理論，這是一種性顛倒現象，常發生在心智無損，其他方面均與正常人相似或智力、修養有高度成就的人身上，也出現在文明古國文化發展高峰期。

> 還有一部分人出於尋求刺激、滿足權欲的心理在同性中徵香逐色。有些慣於眠花宿柳的風月場老手在玩膩了女色之後，為了追求新奇與刺激便也加入同性戀者行列……從嚴格的意義上來說，這類人算不上同性戀者，他們對同性的動機不是「戀」而是「欲」，他們的情操還夠不上「戀」，最多不過個「淫」罷了。[26]

前者例如《弁而釵・情貞紀》中王孫與林鳳翔之戀，後者則見《金瓶梅》裏的西門慶或者李漁《十二樓》中的嚴世藩等；前者被稱為同性之「戀」，後者則被反稱為「淫」；前者專注於同性感情，後者目的

---

[26] 施曄：〈明清的同性戀現象及其在小說中的反映〉，《明清小說研究》（南京：明清小說研究出版社，2002），第63期，頁63-65。

127

則為狹玩而已。[27]正如陳森倡言「正」與「邪」的對比、「情」或「欲」
的歸趨，身列「情至中正」的梅子玉與被稱為「情中之蠹」的魏聘才，
同樣進行慕旦賞優、結交名士的行為，卻能分以雅俗、是非之別，反
映陳森譽正抑邪的二元論價，與其背後蘊含嚴格於傳統道德的標準。
即同吳繼文所說：

> 《品花寶鑑》作者陳森對書中正面人物大多用心給取了好名
> 字，對一些他認為反面的人物或次要角色，要不就取個又土又
> 俗的名，要不隨意取名……陳森對正面人物的好和反面人物的
> 壞也處理的太絕對。[28]

---

[27] 陳森與中國過去涉及同性題材的文藝作者不同的地方，即在於《品花寶鑑》
以長篇小說的篇幅，大力強調與偏重於同性「戀」的心靈與情感，其正面肯
定的態度，已突破過去戲曲小說在同性行為上的現象獵奇。「同性戀」（L'
homosexualité）作為專有名詞，首先由（匈牙利）柯本尼（Karl Maria Kertbeny）
於十九世紀末所提出，試圖向德意志帝國對男同性戀者的壓迫進行辯誣與陳
情，而至 1949 年文生朵斯特（Arent van Santhorst）強調「同性戀」於性行
為之外，更應著眼於戀愛情感層次的意涵，誠如柯拉茲（Jacques Corraze）
為「同性戀」定義：「同性戀就不僅只是單純的性態度，而是其態度、感覺、
偏好及情感評價的總和……同性戀定義的精確程度可依其在一條直線座標
上的定點位置而定……在這條座標上，一端是純然的幻覺，另一端則是複雜
的心理、生理感應……一個同性戀者，依時間的不同，或其本身情況的發展，
可以在這樣一個座標上定於不同之點。也許他只是在一種『我倆沒有明天』
的偶然幽會時，求取不需有情感為前導的一時性欲滿足感；也許他是在求得
滿足一種深刻而長久的複雜情感的渴望。在這種情形下，性只是整個戀情中
的一項因素。」參閱 Jacques Corraze 著、陳浩譯：《同性戀》（台北：遠流
出版社，1997 三刷），頁 6-7。縱然陳森《品花寶鑑》透過扮裝作為同性愛
戀的偷渡、在呈現男男相戀之後卻又將關係歸諸家庭倫常的封建體制，但在
此番強調同性戀愛的定義上，陳森雖於社會體制與傳統道德的妥協中將同性
性行為的訴求降至最低，是其於同志現代意義尚未臻完全的部份，《品花寶
鑑》無疑仍在「求得滿足一種深刻而長久的複雜情感的渴望」的精神訴求上，
將男男愛慕發揮至最高，於意識的書寫上突破了傳統同性關係的形容，屬於
一種在愛情精神特質上的突破。請參本書於第四章上進行的析論。
[28] 吳繼文：《世紀末少年愛讀本‧後記》，頁 353。

陳森正邪勢分的態度如此鮮明，就是連角色姓名也可以大作文章，最明顯的例子猶見小說第十四回，文士名伶匯聚在春航寓所，原本眾人只在誦詩讀書、對句閒談，卻能趁隨興所至，開起土闊少爺「奚十一」姓氏的玩笑：

> 高品道：「好累贅姓，兜頭一撇，握頸三拳，中間便絲絲的攪不清，還要充個大老官。東方之夷有九種，不知他是哪一種？」蕙芳道：「你倒好在廟門口，擺個測字攤子。」說得大家笑了。[29]

這場玩笑最後發展成集體做令的遊戲，規則為「從《四書》上找那個『奚』字，要從第一個說到第十一個，說差了照字數罰酒」。文士們便從「子奚」、「此物奚」、「夫如是奚」、「是亦為政奚」……開始輪唱，其間夾有「如此則與禽獸奚」、「昔日趙簡子使王良與嬖奚」等諷刺之語，將反面人物奚落備至。自此長達一整章回篇幅的文字遊戲，用途卻也不過在於炫示文士們讀書透徹、嘲弄負面角色聊表快意而已。反觀徐子雲設計梅子玉會見杜琴言，卻是藉由園林景觀，溢美兩人的姓名，做盡風雅之事：

> 到了十九日這一日，一切安排停當。申刻時候，梅子玉到了怡園，主人迎接，進了梅崦……兩旁一副對聯是：梅花萬樹鼻功德，古屋一山心太平。中間懸著林和靖的小像，迎面擺一張雕梅花的紫檀木榻，踏上陳著一張古錦囊的瑤琴……子玉接過琴來看時，玉軫珠徽，梅紋蛇斷，絕好一張焦尾古琴，後面鐫著兩行漢篆，其文曰：琴心沉沉，琴德愔愔。其人如玉，相與賞音。[30]

小說從園林造景到裝潢擺設，無不隱含對梅子玉與杜琴言的揚譽，加上題詩與燈綵等誦唱吟詠之贊，更將兩人由文采到品德、由外貌到情性，雙雙推舉至極。而姓名被作者刻意延擬《牡丹亭》柳夢梅與杜麗

---

[29] 陳森：《品花寶鑑・第十四回》，頁 230。
[30] 陳森：《品花寶鑑・第十回》，頁 157-158。

娘，且投諸「寓言」之意的梅、杜兩人，彼此更是在聚少離多之際，藉物懷人、託喻相思。非但琴言庭院種植梅樹，臥室裡的掛畫、軟簾等物也都繪繡梅花，就連琴上刻的、身上穿的、詩裏寫的，且無一不跟梅、玉有關。甚連自己臥病相思的模樣，「比從前消瘦了幾分，正似雪裡梅花，偏甘冷淡」，竟也都能與這容貌出塵、道德冰清，玉人般的美好姓名相互呼應。[31] 反觀於魏聘才在小說中被稱為「情中之蠹」、「情中盜賊」，甚至慘遭批評「心孔裡不知生些什麼東西在內，世間醜態叫他們做盡的廢物」……[32] 這最終落得華家驅逐、娶伎收場的負面人物，則可說是陳森筆下墮落文人極盡難堪的代表。[33] 魏氏初入華家宅第縱然目睹威嚴門面，行經長廊疊閣、畫棟雕樑、碧瓦琉璃等奢華景致——才剛進了五彩玻璃夾蓋、鴨綠絨毯鋪設的西花廳，又得轉往庭院重疊、花木成林的東花園——終入華家府第，卻是主人不克接見，偌大的豪門宅院，聘才還得與張、顧兩師爺同住邊間。此際遇自然不比徐子雲對待梅、杜般獨尊禮遇，魏氏非但姓名字號未曾被園主掛記，被安頓的住所更是重重設限、處處防衛，彷彿人格操守與人身自由，皆被質疑及剝削。如見聘才探身寄所的過程：

> 那東花園卻在前面東首，聘才跟著富三，重新向外彎彎轉轉，盡走的回廊，處處多有人伺候。華家規矩：每一重門，有一個

---

31 引文出自《品花寶鑑・第二十一回》，頁 328。同樣看到梅子玉「身上荷包、扇絡等物，無一不是琴的樣式，連扇子上畫的也是兩張琴，一張是正的，一張是反的」（頁 334）。

32 陳森：《品花寶鑑・第二十四回》，頁 366。

33 根據《清代野記》指稱陳森創作多見影射的說法，「魏聘才者，常州朱宣初，即江浙時文八名家中朱雪膝之父」。可見這魏聘才所本的朱宣初，非但不是閒遊份子，還曾在中試之後旋任候補內閣中書，後來還捐升為知府，於詩文書畫上都頗有成就，畫價尤有價值，且培育出一個江浙八大家的兒子。故知魏聘才在小說身分設定上，顯然與歷史事實有所出入，僅在迎娶倡伎玉天仙一事上符合。《清代野記》說法截自徐德明〈品花寶鑑考證〉一文，收於陳森：《品花寶鑑》，上冊。

總管，有事出進都要登號簿的。聘才走了半天，心中也記不清過了多少庭院。及走到穿堂後身，東首有一條窄巷，覺有半里路長。[34]

華家堂廊之間門第森嚴，管制與規矩甚多，給人不允自由與不受尊重的拘束感，可見入府為食客，實需貶低文人身段與姿態。而透過小說中的空間陳述，更可由作者描寫華家奓美的大段篇幅之後，急落於彎轉曲折、關卡層疊的「窄巷」之中，暗示讀者看待魏聘才身為墮落文人趨利狹隘的心胸，隱射這條攀緣捷徑於情節發展後所需面臨的「窄況」。實見《品花寶鑑》中角色的對立，從姓名到性格、從擺設到居所、從交誼到際遇，確如園林迎賓的兩種氣質與形象，被正／邪、情／欲的二元價值觀所鮮明分判。

　　然再深入探索吳繼文所稱陳森於正反對立的絕對處理，卻又能在《品花寶鑑》以偽裝敷衍真實中的弔詭局勢裏，被進一步地瓦解——正如小說中的魏聘才在自成門戶之後流連倡院，耗盡錢財與遭竊之餘，卻也在伎女玉天仙的支助下捐官分發；相較於田春航赴京趕考，在南方眠花宿柳後至北京還能狎嫖相公，但且獲得名伶蕙芳的曉以大義與經濟支援——前者以利欲為訴求，貪權好色，用盡心機，最終卻收在一個有情伎女的尾隨之上；後者以功名科舉為目的，雖然同樣好色也曾經沉溺於狎伎，卻是用情至信、不求榮利，虔心所愛的是那身為男兒、顏比紅花的蘇蕙芳，最後迎娶的卻又是與蘇同姓同貌的「她者」。正邪兩方殊異之處，縱然在於前者作為小人，後者屬於天賦才子；前者猥瑣攀權，後者風流多情；前者對倡優抱持淫樂欺壓的態度，後者則秉持以禮待人的心理。然在歷程以及結局的反應上，畢竟都屬於「雙性」的模式，被凸顯出來的反而是「朝向現代商業性營利及交誼」或者「回歸傳統理想性道德與功名」，兩面價值的立場及其途徑。於是在陳森筆下的價值對峙裏，令人感到困惑模糊的，並非反派人物專事

---

[34] 陳森：《品花寶鑑·第十六回》，頁258。

投機與淫樂之後,轉投京伎懷抱的潦倒下場;反而卻是正派人物提倡情正、吟詠風雅之間,對名優以情共處、以禮相待之際,無視於現實欲求的刻意抹煞。這在文士由狎優轉為結友、由愛憐改成敬慕的心理與行為之間,呈現為一種情、欲截然割離的態度,卻仍掩抑不住一種以情抑欲的鬱悶行徑:

> 蕙芳笑嘻嘻的拿了鏡子,倚著春航一照,映出兩個玉人。春航看鏡中的蕙芳,正如蓮花解語,秋水無塵,便略略點一點頭,回轉臉來,卻好碰著蕙芳的臉,蕙芳把臉一側,起了半邊紅暈。春航便覺心上一蕩,禁不得一陣異香,直透入鼻孔與心孔裡來。此心已不能自主,忽急急的轉念道:他是我患難中知己,豈可稍涉邪念。便斂了斂神⋯⋯依然風姿奕奕,神采飛揚,與從前一樣。[35]

這種刻意壓抑欲念,以至情作為疏導的遊移心理,我們竟不能以絕對的「情」與「欲」的立場判分兩面、亦無法藉施嘩歸類同性「戀」與「淫」的概念作為區別──參見田蘇定情之際,蕙芳掛之念之的吩咐「你須自己保重,努力前程,幸勿為我輩喪名,使外人物議。」[36]當下兩人相視嗚咽,而旁人未解的心態。或可視為才子名伶互憐芳華染塵、未竟理想的人生挫折?又或者其實是他們彼此情深至此、無以宣洩的現實壓抑?──亦如梅子玉與杜琴言,實有才子佳人的戀愛模式,卻無男女交往之實際。甚至在子玉相思害病的榻上仍堅持不能私會的信念,實較慣於遂欲的魏聘才難以理解:「既然愛那琴言,何妨常常的叫他,彼此暢敘,自然就不生病了。何必悶在心裡,又不是閨閣千金,不能看見的。」[37]偏偏這封建禮教下的情正立場,即得學若閨閣千金一般,時時告誡自己不能僭越禮教、刻刻提醒自己必須遵理守法。因此可見陳森比下的正派人

---

[35] 陳森:《品花寶鑑・第十四回》,頁 215。
[36] 陳森:《品花寶鑑・第十三回》,頁 206。
[37] 陳森:《品花寶鑑・第二十一回》,頁 327。

士，允許有情之人「轉愛為禮」的變相發展，是將男男相戀容忍於家庭倫理中的通則與限度，即把同性「欲」，屏除於自然情性之外，更把同性「戀」，壓抑自道德倫理的規範。

這種模糊正邪二途之間的矛盾衝突，在正派人物身上特別明顯地呈現為弔詭情節——梅子玉對杜琴言癡情相待，是在梅氏未嘗嗜旦時，尚能堅定男女相識的情性，傾慕琴言之後，遂有同性情癡之嫌。偏偏又還能在他相思迷狂之間，一面能堅守科考功名之途，一面尚與王瓊華訂下婚約，結局且能毫不避諱的複製田、蘇關係回歸於家庭之間——因此看到名士築園徵美物色，遂能延生出一套說經講理的賞玩原則，誠如日後與梅氏、田氏往來甚密的徐子雲，在其匯集風雅形象、正派角色們於「怡園」之中，除了能夠同理、撮合子玉與琴言這段「神交」之戀，且還有一番過來人的說解：

> 相公的好處，好在面有女容，身無女體，可以娛目，又可以制心，使人有歡樂而無欲念。這不是兩全其美麼？[38]

其中是以同性之戀而非淫欲，卻又落於異性結合的矛盾；以慕美娛目而非霸佔，但也物化為物色造園的景色——陳森將美色設置為幻夢虛無般的偽裝、把同性戀情附庸於異性戀體制與道德理想之上——「欲求」的可能性因此脫離了現實，在一連串「情至」於禮正的道貌岸然中，被不合乎邏輯的狡辯與迥異於常理的情節所消解，卻偏偏是在狹邪題材對清季社會現況的反映裏呈現。

故知《品花寶鑑》同性戀情的意義未果、階級地位的破除不明，僅屬於一種「存乎體制內的叛逆」、「不圖破壞的革命」——正因小說之虛構立於環境之真實，陳森無法自圓其說的正派價值，實為他於清季面對傳統理想、封建體制日益敗毀下的刻意偽裝與幻想——其中無可奈何充滿了衝突與勉強的情節安排，在男男相戀的叛逆遊戲裏，

---

[38] 陳森：《品花寶鑑‧第十一回》，頁167。

「固知離經叛道」、「然其中亦有可取」，[39]又要強烈地追憶、肯定著衰敗頹圮的封建價值，在正反價值的辯證中，不惜枉顧了現實發展的合理性，規避著當時社會現代化中傳統崩壞瓦解的意義。然而文學畢竟屬於社會的鏡子，也是文人心理與處境的必然寫照，尤其狹邪小說與清季環境的緊密關係——即便陳森刻意背對社會現實、朝向自己傳統理想的虛構世界，反而卻以情色偽裝中和兩難的勉強唐突，與其間自相矛盾的情理衝突，點出中國傳統愛情故事中，習慣歸趨於道德理想的浪漫特質，正是「抵欲揚情」趨迎封建體制中無以顛破的傳統價值——可見陳森以正派角色極力表清道德立場與封建倫理的同時，恰也確實了它們內在矛盾未明的迷障之處，反觀作者據力譏刺、深切指責，引為反向教材的負面角色們，恰恰又是時代狂瀾下陳森無法驅逐且規避的歷史現實。

因此析論《品花寶鑑》同性情誼與狹邪議題中，所區別出二元對立的價值歸趨。首先應當理解陳森服從傳統理想的實踐心理，再者才能進一步體會作者情色幻想上的耽溺，實為一種傾向傳統的緬懷情致、規避現代化社會崛興之焦慮，藉由偽裝的逸樂掩藏真實的困境。於此，看待《品花寶鑑》中文士們的心理因素與人格評判——魏聘才這類趨勢之徒，拋棄文人品德，實屬於傳統價值的違背；而梅子玉、田春航等正統文士，則在性別潛越、文藝風流的妝點之下，致力回歸封建倫理的期許之內——在陳森明確別分正／邪、情／淫，強調「賞善」的情節之餘，卻同時表現著性別與文化上的偽裝，產生文人遊移於女伎與男旦、戀情與色欲之間的邊緣徘徊，可見《品花寶鑑》表面於同性戀愛的追求與秦淮風月的塑造，其實內涵藏有對欲求的壓抑與現實性上的脫離；以至於反觀陳森嚴格「罰惡」的故事裏，卻反倒明確呈現出時代洪流下不可遏抑的現實風氣，及其轉向趨利迎欲的社會價值。

---

[39] 石函氏：《品花寶鑑・品花寶鑑序》，頁 2。

　　陳森二元思想下的對立與衝突，是在價值判斷的目的與結果、心理與行為上產生曖昧而模糊的界線，為「正派角色內在矛盾衝突」與「反派角色反映出近真寫實」的二元對立之間，反映作者於理想／現實、傳統／現代之邊緣處境中的時代徘徊。

## 二、搜羅色相的兩處名園：徐子雲與華星北的比照

　　《品花寶鑑》中陳森曾描寫魏聘才寄宿梅府，於京城各處巴結人脈、牽連關係之際，在大街上見識到華家出陣，繁麗車列的排場，並且聽來四句順口溜：

> 城裡一個星，城外一朵雲。兩個大公子，閱過天下人。[40]

即已提示當時京城中徐、華兩園別立的奢豪局勢。且在魏氏「看他穿著繡蟒貂裘，華冠朝履，後面二三十匹跟班馬」的萬般欽羨裏，已然盤算該如何對華公子「巴結到二十四分」的心機，早早埋下日後聘才轉附華家的勢利途徑。[41]相較於梅子玉於友人協同下，參訪怡園舉辦的元宵燈宴，同樣屬於偶然興起，子玉卻是再三顧忌著「今晚便服，未免不恭」的百般推辭——[42]梅氏處處展現謙恭莊重的態度，相對於魏氏時時記量著勢利巴結的輕浮——實於「有賓有主，不即不離，藕斷絲連，花濃雪聚」的場域關係之中，[43]截然形成兩大名園各立特色，兩種座上賓客分受吸引的區別。

　　適巧梅魏兩人分別初訪徐氏怡園與華家西園時，都未能與園主會面。梅子玉因徐子雲的外出之故，但在殷切慕名之中雙雙錯過；魏聘才卻遇華星北心情欠佳，被刻意避見的理由隨意打發——前者的出入

---

40　陳森：《品花寶鑑·第五回》，頁 87。
41　陳森：《品花寶鑑·第五回》，頁 87、90。
42　陳森：《品花寶鑑·第九回》，頁 144。
43　陳森：《品花寶鑑·第一回》，頁 2。

自由任意，主客之間地位平等，後者受豢為食客，階層顯然分明；前者雖居自宅，而能於怡園中誠信交誼、任意遊玩，後者縱使深居華家，於格局進出受限之間，反而備感拘束與限制——藉由兩園兩客的對比，實能看到正邪立場所受到的不同待遇，從此埋藏作者賞善罰惡的契機。以下則自兩座園分別談起。

## （一）城內與城外的身分差異

透過徐、華二士身分、二園位置的考證與對比，查考《品花寶鑑》反映文人面對權力體制，隱匿於逸樂所營造的聲色風景，即可將陳森空間書寫的隱喻訴諸釐清。根據《清代野記》記載，認定陳森小說多有所本，尤其影射徐、華兩位風流名士，縱然在時空背景上與實情略有參差，但確實皆為清代豪門：

> 華公子者，崇華岩，父名玉某，兩任戶部銀庫郎中，即資百餘萬，有園林在平則門外。華公子死，貧無以殮。徐子雲者，名錫某，六枝指，其園即在南下窪，名怡園也。[44]

根據近人考察，華岩築於平則門外的園林，本名為「可園」，華家日後因虧空而被查抄，導致家產蕩然，但華岩闊氣尚在，不惜將園中楠木樑柱、假山奇石拆賣糊口，最後落得死無喪所；而徐錫座落於南下凹處的「怡園」，在《品花寶鑑》中仍復作本名，目前太清觀、野鴞潭一帶，都還能看到它的遺址。[45]而無論史實或是小說，對於華公子與徐子雲這兩園兩士，座落於北京的權貴背景都是可以確定的——徐子雲於小說中的家世設定，在族譜上為七世簪纓。父任兩廣總督、兄

---

[44] 《清代野記》之語擷取於徐德明〈品花寶鑑考證〉一文，收於陳森：《品花寶鑑》，上冊。

[45] 吳繼文：《世紀末少年愛讀本‧京城關於品花寶鑑中主要人物的流言》，頁312。

職淮揚巡道，皆為翰林出身。而他本身留駐北京「由一品蔭生，得了員外郎在部行走」，也曾經中過舉人，娶了雲南巡撫的女兒為妻；[46]至於華星北其父身為世襲一等公，任命鎮西將軍。華公子遂銜祖德入仕「自十八歲上當差，就賞了二品閑散大臣」，留守京城。其所迎娶的是靖邊侯蘇兵部的千金——[47]兩家勢力看似相當，平常也有權親勢併間的往來，卻在園林逐色、名伶佔取的較量之上，呈現似敵若友的拉鋸關係。[48]因此探究兩座園林座落於北京這政要之地的關係位置，進而別作為正邪二途的發展場域所蘊藏的差異性，也就格外的凸出鮮明。

而當我們將北京城視為政治集權的象徵，進而細探園林位置落於權力位置的不同，即能夠看到兩位京師名士縱然同處於封建王權跟前，卻有著本質與姿態上的殊別——怡園座落於北京「外城」之宣武門外大街的南邊；華家位在景山背後，北海與前海之間的地安門西街——前者屬於「關廂」的範圍，為朝廷對漢人身分的顯貴望族之行政規劃區；[49]而後者非但落於城內，且就處在皇城周圍，可見華家身為旗人權貴的特權。以此漢、滿身分於園林位置的地理屬性，回顧徐、

---

[46] 陳森：《品花寶鑑・第五回》，頁 79。

[47] 陳森：《品花寶鑑・第五回》，頁 89。

[48] 子雲、星北的世交關係建立於父執輩以及兩位夫人平時維繫的情誼。陳森《品花寶鑑・第二十五回》中說到：「華公爺與徐相國，已是二十年至好，又同在軍營兩年，有苔岑之誼，金石之交」（頁 376）。至於徐夫人陸氏與華夫人蘇氏的交好，則見小說十一回中「華夫人生日，外邊恰一概不知」的狀況下，袁氏作為盟嫂，與蘇氏具有「金菊對芙蓉」情同姐妹的關係，即私下帶了「十樣玩好，都是重價之珍」參與酒令聚會的閨房樂事（頁 168-182）可見一斑，且在小說四十四回徐子雲為杜琴言出師贖身，華公子不問究理怒而絕交的場面中，亦能作為轉圜關係的潤滑劑（頁 655）。

[49] 吳繼文改寫陳森作品時曾有論證：「再怎麼名門世家，依照朝廷的規定，漢人只能定居外城區，也就是正陽、崇文、宣武等門以南，由廣渠、廣安、永定、左安、右安等門所圍成的區域通稱『城南』。」參閱吳氏所著：《世紀末少年愛讀本》，頁 37。此怡園所代表漢人貴族位居的「外城」位置，即為張爵記載之「南城」，可參佐（明）張爵：《京師五城坊巷衚衕集》（北京：北京古籍出版社，2001 二刷），此書所附總圖可視為清人入主京師的基礎，五城三十三坊的位置與名稱大致相同。

華家世的背景設定，即可察覺陳森狀似客觀陳述的輕描淡寫裏，已然凸出權勢結構的不同樣態及其根本性質的差異──徐子雲父兄身出於翰林，自身倒無明確官職；[50]華星北則為家族庇蔭，於規範下必須出任朝臣。徐父「兩廣總督」身為地方政要，或讓子雲沾染著七世簪纓的門風；而華父「世襲一等公爵」，卻教星北必然承襲祖上身為開國元勳的政績──兩位貴公子於身份間的差異，實自園林區域的相關位置，已顯示出封建體制中親疏近遠的對等關係。

此亦為華、徐兩家互相參訪時，為何每每都得顧慮到城門守禁時間的主要原因。華宅位居城內、徐園座處關廂，[51]即造成兩相交會時的受限，這也是關係場域的具體反映。首先看到華公子參訪怡園時的狀況：

> 華公子道：早幾日就要過來請安……只可惜一城之隔，不能秉燭夜遊，尚難盡興……持日再擾尊齋，非特一宿，還要與仁兄作平原十日之歡，方消鄙客。今日必須回去，且恐明日有欽派差使，實因塵俗有阻清興。[52]

---

[50] 《品花寶鑑》簡單的說到子雲「得了員外郎在部行走」（頁79）。根據孫文良說法，這員外郎職在唐朝貞觀時期之前，是科舉考試的主考官。而至清朝，此官職配置於朝廷或地方之輔助部門，品等為從五品。該官職一般為閒職，自明朝以降就常有商賈仕紳捐錢獲得此官職，於此得知「員外」亦成為富有地主的另一種稱呼。孫文良：《中國官制史》（台北：文津出版社，1993）。

[51] 城門是京城內外的通道，以城門為界分作內外，但所謂「外城」仍有一定範圍而與郊區有別，可見（清）朱一新定義：「外城亦約羅城。明嘉靖三十一年築，周八十二裏有奇，門九」。至於城門外的區域被泛稱為「關廂」，亦包含徐府怡園所處之外城所在，在尹鈞科對北京城鄉關係的研究中指出：「人們沿著城門內外的道路進出城內外，久之便在城門附近及道路兩側形成店肆民居，並沿著道路延伸，如同走廊，故稱關廂」。參閱（清）朱一新：《京城坊巷志稿》（北京：北京古籍出版社，2001 二刷），卷下，頁 183；尹鈞科：〈城鄉關係〉，收自侯仁之、唐曉峰編：《北京城市歷史地理》，頁 442-443。

[52] 陳森：《品花寶鑑・第二十五回》，頁 376。

才進園門，尚未入席，華公子已先向徐子雲說明行程。實因「一城之隔」的地理差距，也是「恐明日有欽派差使」職權在身的階級殊異。因此當華公子正式於怡園中飲宴，在賞戲遊園的歡樂情景中，即使一度酣樂戀色、樂不思蜀，卻在「天色不早，表上將近酉正，若再鬧下去便進不得城的」、「已是將上燈時候，覺得去留兩難，又見他跟來的人，都整整齊齊站在階下，心上要走不走」，既想夜宿又顧忌門禁的躊躇與顧慮中，終究打消了留宿的念頭，快馬驅車入城回府。反觀之後華家邀請徐子雲參訪，也始終保持著城門守禁的前提：

> 華公子想起六月二十一日在怡園觀劇，說秋涼了請度香過來……即定於十四日，請子雲、次賢、文澤等，在西園中鋪設了幾處，並有燈戲。為他們是城外人，日間斷不能盡興，於下帖時說明瞭夜宴。[53]

這層民族階級的隔閡，透過城牆門禁，即見「城外人」作為權力核心邊緣，於地理及身分上的標誌。因此，兩園縱然佔地皆廣、財源皆富，但畢竟是「城裡一顆星，城外一朵雲」，於內／外、滿／漢，體制之間的根本區別——呼應前面章節說到，西園附設於華家，嚴密且講究精雕細琢；怡園別出於徐宅，寬闊而富天然野趣——正是以園林於京師的位置，不僅反映前者體制向內封閉；後者格局向外開放的場域特質，且同樣印證華星北身帶官職，面對倡優投射霸權；徐子雲無心仕宦，為名伶知己無束於階級，兩種截然不同的心理與姿態，也就能以北京城區的權位親疏，理解兩邊場域於不同立場、價值觀上的區別。

　　由此兩種居處於政治權力核心的園林特色，進一步探索北京園林的邊緣性質，也就能夠悉知更多文化面向之意義。根據耿劉同區分皇家園林與私家園林的方法：

---

[53] 陳森：《品花寶鑑・第三十回》，頁438。

> 如果說皇家園林都出現在政治中心，是首都或陪都的范圍；那
> 麼，私家園林除建在政治中心外，更多的分佈在經濟中心和文
> 化中心。尤其明清時代，更是出現在經濟繁盛、文人輩出的大
> 江南北一帶。[54]

可知皇權勢力與中產階層，分別在城市間引領為兩種地理分佈及築園
樣貌的展現──園林因此被視為「其間園圃相望，踞水為勝，率皆勳
戚巨璫別墅」一種階層上位者凸顯逸樂休閒；[55]或者「富人巨族，往
往習買田宅，歌兒舞女，園林鐘鼓以自適，蓋其俗使然」資本主義發
展下生活水準的展現──[56]華宅園林居於首都，身為皇親，自然屬於
前者；而徐氏怡園反映於當時隱逸與奢華的時尚風氣，[57]卻是以北京
貴族所設立的私家園林，作為「豪華別墅」與「幽雅小築」兩種姿態
的融合，代表著封建貴族與中產階級的身分互融。非但與皇家園林
一樣位於政治中心，同時也接納著民間經濟與文化的萃聚。可見北
京園林地理位置的曖昧性，透露了清季名士與政治權力似即似離的
關係。

---

[54] 耿劉同：《中國古代園林》（台北：台灣商務印書館，1993），頁31。
[55] （清）宋起鳳：〈園圃〉，收於《稗說》，轉引自王鴻泰：〈美感空間的
　　經營〉，《東亞近代思想與社會》，頁134。
[56] （明）茅坤：〈壽烏程尹錢君序〉，《茅坤集·茅鹿門先生文集》（杭州：
　　浙江古籍出版社，1993），上冊，卷11，頁415。
[57] 根據《（乾隆）趙城縣志·市里志》中記載：「城內三坊，胥多甲第，縉
　　紳士夫家焉，居家而外，別營一院樓台花木……足見邑人之風味矣……冠
　　蓋麇駐，別有南關公廨，東北一隅，水田園圃，雖在城市，有林泉意。」
　　可見清際除了大型城市中流行富有階層的築園風尚之外，一般縣城中也都
　　能看到園林文化的存在。參閱（清）李升階：《趙城縣志》，收在《稀見
　　中國地方誌匯刊》，轉引自王鴻泰：〈美感空間的經營：明清的城市園林
　　與文人文化〉，《東亞近代思想與社會》（台北：月旦出版，1999），頁
　　137。可見園林築造的風氣隨著資本主義勃興，延續於晚明競奢逞侈的大規
　　模發展，清朝呼應衰世隱避心理與商業性城市肆勝之間的現象激盪，築設
　　園林的狀況幾乎成為一種廣泛的社會性活動。

　　進而觀察怡園所處外城的「關廂」位置，則更能反映清季文人夾
處體制與時代間的徘徊處境——[58]因此看到「關廂」作為城市內外溝
通生意的走廊、主次文化接軌的市場，擁有權力核心之政經與文化的
資源，同時具備現代化城市的自由性與開放度。正如張爵統計怡園所
居京師外城（在正陽、崇文、宣武三門外，新城內外）位置之關廂牌
舖，含有「正東坊八牌四十鋪、正西坊六牌二十四鋪、正南坊四排二
十鋪、崇北坊七牌三十七鋪、崇南坊七牌三十三鋪、宣北坊七牌四十
五鋪、宣南坊五牌二十七鋪、白紙坊五牌二十一鋪」，[59]如此眾多商
家名稱以及胡同，作為商業貿易與倡優事業蓬勃發展的溫床，可見明
清城市現代化已然成熟的景況。

　　清人朱一新重修《順天府志》，而後添列掌故的《京師坊巷志稿》，
更略載有宣武門外街自元明清以來累積的繁景，不但吸引不少富宅名
園座落於此，亦能與潦倒書生與商場市集相互雜混：

> 宣武門外大街俗稱順承門大街……宣武門街右為陳少宗伯邦
> 彥第，堂曰春暉，屋有藤花……今屋歸全浙會館，藤花尚盛。
> 又龔芝麓尚書寓宣武門左，有香嚴齋，海內文人延致門下，歲
> 暮各贈炭資。又吳少司空應棻寓順承門街東井書屋，常以秋日
> 召客，名曰秋盛，酒具曰犀槎……汪蛟門懋麟僦寓宣武門之
> 右，窮巷蕭然，饎炊不繼……窮漢市一在順承門南街邊，柴炭
> 市、果市俱順承門外。[60]

---

[58] 北京郊區的榮景於史料記載所傳不多，引文借張爵對城外地區與部份村莊
　　中次文化描述，反映商業活動與娛樂事業的情況，去想見關廂地區的發達。
　　參閱（明）張爵：《京師五城坊巷衚衕集》（北京：北京古籍出版社，1982）。
　　而關於「關廂」商業化的發展亦可參閱《馬可波羅行記》，其於元大都（汗
　　八裏）的情景描述間有提及。參閱（義大利）馬可波羅（Marco Polo）著、
　　馮承鈞譯：《馬可波羅行記》（台北：臺灣古籍出版社，2003）。

[59] 此統計摘於張爵〈南城〉底下之細項標目。參見（明）張爵：〈南城〉，
　　《京師五城坊巷衚衕集》（北京：北京古籍出版社，2001 二刷），頁 14-18。

[60] （清）朱一新：《京師坊巷志稿》（北京：北京古籍出版社，2001 二刷），

可見怡園居於外城關廂的位置──於奢華繁榮處，非但不亞於城內貴族堂皇的發展；於尋常街坊，更直接面對現代化商業的刺激，展現「市近米鹽喧耳畔」、「容膝三間即樂郊」的市況──[61]形成奢豪宅園林立各處、商家旅館鱗次櫛比，貴族階級朝向市民文化開放，上下共榮的繁華景致。

可見城市邊緣地理，實能隱射文人名士於傳統體制鬆動下，交涉商業城市的現代性發展。而於此地理與體制的邊緣中，屬於文化邊緣的倡優活動，且能於城市周圍快速發展。印證《品花寶鑑》十八回中魏聘才自華家出城，「出門閒走，出得城來，正覺得車如流水馬如龍，比城裡熱鬧了好些」──即見魏氏於外城週邊，攜同張仲雨梨園觀戲、酒樓歡酌，教「相公陪著說話」之餘，還隨孫嗣徽、李元茂彎進窄仄胡同，來到「一家是茅茨土牆，裡頭有兩間草屋」、「婊子聚會」的「東園」「西廠」──[62]真可見「狎客樓中」與「妖娼門口」於外城區間紛呈林立。關廂之中不僅流動著非法經營的暗倡，於法律邊緣遊走的男優事業，更趁此勢展現前所未見的繁榮景象，而能與當地的園林文化搭建起特殊的關係橋樑。

## （二）封建體制下的密閉與開放：兩種園區性質及其審色態度

怡園廣納文士、結交名伶，向外拓展的色域經營，與華家講究階層、收購私班，層次向內的宅院營造，正巧為兩相對比的園林風景。故見華家宛若宮廷一般的封建色彩，屬於傳統權貴勢力的絕對表現；怡園兼具開放與隱密，文人與名伶共同聚會的小眾團體，則顯示清季名士遊移於傳統體制與現代化社會間的模糊特性。因此，一旦比較徐

---

卷下，頁 217。

[61] 引文兩句出自（清）錢大昕：〈自珠巢街移居宣武門外題壁〉，《潛研堂集》（上海：上海古籍出版社，1989），頁 980。

[62] 陳森：《品花寶鑑・十八回》，頁 287、288、292。

氏怡園與華家西園的場域性質，即能明顯看出封建體制朝向商業現代化進程演變的不同層次——華家園林缺少獨立特性，明顯屬於封建體制內的附設，將賞優活動壓制於權力體制之中；徐氏怡園則有延展、甚至脫離家宅的趨勢，實於體制鬆動之處與城市娛樂產生聯繫——誠如曹淑娟深入明清園林文化的研究，指出明朝以後的園林不同於傳統，其透過商業現象據以廣泛地發展：

> 向小眾親友或者市民大眾開放，形成半開放空間，與當時興起的旅遊風氣結合；而文人群集園林詩酒雅會、結社聯吟，更是當時文壇的常見活動。不同的園林隨著園主、規劃者的主導，遊園者的參與，各有偏地展現其社會性格。[63]

此帶有現代化趨勢的園林特色，正是徐子雲怡園自傳統社會中逐漸凸出的開放性空間。反諸於華家固守傳統式園林設計，則呈現資本現象萌發以前，封建體制保守而封閉的一面。兩種特性的場域空間分別於引入倡優、營造聲色世界之際，則見不同立場下所別立殊異的原則與方法。

華星北握有林珊枝、十珠婢與八齡班，皆是專留華家之中，僅供華家人娛樂、賞玩之用，非但規範有其走動、進出的限制區域，更禁絕出府交遊、接戲等私人行動。因此，華家設戲不比怡園隨情盡興，泰半得視時節活動舉行：

> 華公子想起六月二十一日在怡園觀劇，說了秋涼請度香（徐子雲號）過來。因想十五日是家宴之辰，不便請客，即定於十四日，請子雲、次賢、文澤等，在西園中鋪設了幾處，並有燈戲。為他們是城外人，日間斷不能盡興，於下帖時說明瞭夜宴。

---

[63] 曹淑娟：《流變中的書寫：祁彪佳與寓山園林論述》（台北：里仁書局，2006），頁 10。

> 這西園景致奇妙，雖不及怡園，然精工華麗，卻亦相埒。不過
> 地址窄小，只得怡園三分之一。園中有十二樓，從前魏聘才所
> 到之西花廳，尚是進園第一處……此園有一妙處，曲折層疊，
> 貫通園中。地基見方二十畝，築開一池，名玉帶河，彎彎曲曲，
> 共有六折……池邊有長廊曲榭，回護其間……水邊有山，山下
> 即水，空隙處是屋，聯絡處是樹。有抬頭不見天處，有俯首不
> 見地處……順著山路高低斜曲，穿入一個神仙洞內……至一帶
> 曲廊，做凹字型，罘罳輕幕，簾櫳半遮。珊枝引入看時，共是
> 七間……有幾堆靈石，幾棵芭蕉，見一個小座落，是一個楠木
> 冰梅八角月亮門，進內橫接著雁齒扶梯……即開了中門，賓主
> 四人，慢慢的走進來，又走了兩進，才是恩慶堂。[64]

由此看到，華家之中「家宴」與「會客」同地設置，以倫常為重、娛
樂次之，在地理上並無分別獨立之處。而規劃於府中居家宅區之間的
賞遊園地，雖不比徐家怡園獨立於宅外重築的廣闊大器，卻是以精巧
玲瓏、細緻緊密取勝。多半是豪門似海，考量到親族與婢傭、優伶皆
於一地的共同生活，便有迂曲、進折、回護、梯廊、門洞等隱密層次
的景觀設計，藉以區隔內外、上下、親疏與遠近。與怡園中空地峭壁、
大山連絡、曲水灣環……舉目開放的大格局截然殊異，相對地展現其
階級區別的地理特性，其森嚴氣氛使得華宅園林開放意味相對減少，
私宅隱密的程度遠比怡園徵友逐色的開放傾向要為嚴謹，與現代化城
市現象接軌的痕跡也不多，它所展示出的依然是封建社會中權貴自
重、府院深鎖的家園面貌。

　　而見華星北在自家養足戲班之餘，偶爾也找外面甚紅的劇團入
唱，順便為府中物色新進班底。參閱小說二十六回，由其中華公子接
受魏聘才鼓吹，興起徵買杜琴言念頭一事，即可明曉華家藉優伶妝點
權勢的徵色態度：

---

[64] 陳森：《品花寶鑑・第三十回》，頁 438-441。

華公子就讓聘才吃了，即把昨日十旦出場，又將琴、寶合唱《尋夢》，與聘才說了。又道：「我倒費了多少心，買得八個，湊成一班，只想可以壓倒外邊，誰曉得被外邊壓倒了。你可曾見過他們的戲麼？」聘才聽此口風，便迎合上來，說道：「見過的。公子若要壓倒外邊，這也不難，好花不在多，就揀頂好的買幾個進來，就可以了……公子何不就將寶珠、琴言買了進來？配上府裏這八個，也成十個了，不是就比外邊的班子好麼？」……華公子倒躊躇不定，心上總礙著徐子雲……就買進來，也是落人之後，已輸度香一著了。這是華公子的好勝脾氣，似乎怕人說他剿襲度香之意。[65]

華公子在怡園見過袁寶珠、杜琴言之後，回到府上總是念念不忘，非但不厭其煩地向林珊枝打聽一番、同華夫人與十珠婢細述好處之外，也教魏聘才投其嗜好，開始為他積極徵艷、添置繁華。然此豪門士紳的心理，卻不同於怡園的開放空間能夠提供優伶自由來往，也不比徐子雲對優伶惜情愛色的推心相待，反而是以宅府間較量的好勝脾氣，興起華氏相對於徐氏的競奢氣焰，其內在意義是體制封閉的獨權空間。於此看到華星北視名伶彷彿古董玩物一般，為自家門面的妝點炫示，自然也有其權貴高傲之「壓倒外邊」的競爭心態、「湊成十個」的獨霸欲望、與「不好奪他」的自負姿態。華家對待優伶是不曾有過些許的同情與憐憫，即陳森寫到華氏徵募琴言，也只在於「華公子是一時高興，況他的聲色，享用不盡，自然也不專於一人身上」。[66]縱然珍艷寵愛，卻也只出自玩物興致的任性隨意，無不屬於封建男權至上，對待下層階級的漠視與壓抑。

故見華公子對杜琴言油升招募心理之際，琴言竟也是滿心躊躇，「一來為華公子賞識了他，將來必叫他進府唱戲，那府裡多少人，怎

---

[65] 陳森：《品花寶鑑・第二十六回》，頁393-394。
[66] 陳森：《品花寶鑑・第二十七回》，頁399。

生應酬得來；二來每逢熱鬧之場獨獨不見庾香，故此越想越覺傷心」。[67]縱然入府即能掙脫汙濘、不用在風塵中打滾、也免卻受盡淫人欺凌，然於享用榮華之餘，卻是毫無自由、終身許為華家家奴，也得放棄華家以外的情感關係。可見華家階級森嚴、宅牆高築的權勢外顯而穩固。就連日後素蘭、蘭保設以權宜之計，以不收身價、暫作賓客的方式，教琴言婉拒買斷、兼得屏護的入府，替華家做個面子之餘，也姑且為杜氏留個後路，卻仍被華公子規定「派往洗紅軒，交與十珠婢看管，不與外人通問，便與拘禁牢籠一般……也當他是個丫環看待他，只不許與外人接觸」、「琴言只好坐守長門，日間有十珠婢與他講講說說，也不敢多話；晚間獨守孤燈，怨恨秋風秋雨而已」，[68]竟被比做深宮妃子一般的宅門禁錮了。

相較於華家嚴守階層於封建體制下對優伶的強烈物化，徐子雲另有一番儒者溫敦憐憫的愛護心理。徐氏雖未能真正打破階級、達到同理心相待的地位平等，卻也已有文人與名伶相互流通無礙的思想與情感。首先看到怡園有一處得意的風景，正表現著含納有情眾生、萃聚文人名旦的宏闊氣象：

> 中間一所大樓曰「含萬樓」，取含萬物而化光之意，是園中主樓，四面開窗，氣宇宏敞。庭外一個石面平臺，三面石欄，中間是七重階級。前面是一帶梧桐樹，遮列如屏；再前又是重樓疊閣。東邊這一帶垂楊外，就是池水，連著那吟秋水榭。此時開滿了無數荷花，白白紅紅，翠幬羽葆，微風略吹，即香滿庭院。[69]

此廣幅開闊的景致，前有梧桐屏列，側有荷塘水榭，盡是供應遊人賞玩的園地，「若認真要遊，盡他一天，不過遊得三四處，總要八九日

---

[67] 陳森：《品花寶鑑‧第二十七回》，頁 403。

[68] 陳森：《品花寶鑑‧第二十九回》，頁 436。

[69] 陳森：《品花寶鑑‧第二十五回》，頁 374。

方盡」。可知怡園地域寬廣、美不勝收，呼應了徐子雲徵募馨芳之風雅、海納百川的心胸。其次則見《品花寶鑑》對這園主賞色惜情之心、及其對待名伶方式的陳述，無不是以一種救贖者樣貌作為形容。參閱子雲同次賢，對初到怡園作客的琴言即曾表明態度：

> （子雲）對琴官道：「我們這裡是不比別處，你不必怕生，你各樣都照著瑤卿……瑤卿在這裡，並不當他相公看待，一切稱呼，都不照外頭一樣……你若高興，空閒時可以常到這裡來，倒不必要存什麼規矩，存了規矩，就生疏了。」……次賢對子雲道：「你這話說得最是，他此時還不曉得我們脾氣怎樣，當是富貴場中必有驕奢之氣，誰知我們最厭的是那樣。」[70]

於此回顧華星北與魏聘才的對話，將其並列於徐子雲同蕭次賢與杜琴言的此番交談，即可比照出兩園名士對待優伶的殊異姿態──華家屬於封閉體制內的權貴獨行；而怡園相對呈現出體制開放的溝通狀態。華星北封鎖自宅好景，私豢美婢名旦，與「外邊」競豪逐色；徐子雲怡園則為開放，以情禮相待，教座客自來，不照「外頭」見識一般──名士對於名伶的尊重與否，明顯比較出權力體制重疊於倡優場域間，內藏與外放、獨尊與寬容、物化與同情等兩面的狀態。實可見到陳森提出狹邪為主的次文化題材，自有他遊移體制邊緣、回歸人生本質的創作自覺，以及反映傳統社會朝向現代化進程、逐漸走向自由開放的層次現象。

　　針對兩園主「物色」態度的比照，可參閱徐子雲受華星北之邀遊賞西園時，面會原本在怡園自由走動、出入頻繁的琴言，如今卻是寄人籬下，於華家深居的拘束模樣：

---

[70] 陳森：《品花寶鑑‧第五回》，頁84。

> 低眉垂首，不像從前高傲神氣；且隔了兩月，從前是朝親夕見
> 的，如今倒像相逢陌路，對面無言，未免有些感慨。[71]

可知名伶身處兩處園地間的落差，實為倡優面對封建體制開放與密閉
間，所受截然不同的對待。反觀琴言初識徐子雲的景況，且能看到封
建體制鬆動下，名士對待倡優態度的開放：

> 子雲道：「我們立下章程，凡遇年節慶賀大事，准你們請安，
> 其餘常見一概不用；『老爺』二字，永遠不許出口。稱我竟是
> 度香，稱他竟是靜宜。」琴言站起身來說道：「這個怎麼敢？」
> 子雲道：「你既不肯，便當我們也與俗人一樣，倒不是尊敬我
> 們，倒是疏遠我們。且『老爺』二字不足為重。外面不論什麼
> 人，無不稱為老爺，你稱呼他人，自然原要照樣，就是到這裡
> 來，不必這樣稱呼。」[72]

此番言論頗有揚舉倡優，以示人權的意味——縱然子雲背後的態度是
在「老爺二字不足為重」，這種名士自謂脫俗的標新立異上，目的仍
屬上層階級立場變相於徵色募美的權力操作，卻已展現封建體制於現
代化現象上鬆動的缺口——[73]實較下層階級的優伶如琴言等，縱使無
法與名士們真正地平起平坐，倒尚能保持真我個性「冷冷落落，不善
應酬，任憑黃金滿鬥，也買不動他一笑」，甚至於情緒躁動時，還能

---

71 陳森：《品花寶鑑·第三十回》，頁 444。
72 陳森：《品花寶鑑·第五回》，頁 85。
73 陳森雖寫梨園男色，但終是循守傳統禮教為圭臬、服膺道德理想為依歸。
於此，康正果批評：「本來屬於社會罪惡的問題被名士簡單地歸結為個人
品質的問題……但是，把大多數伶業納入色情業的病態社會卻始終沒有得
到深刻的批判。」然此陳森未竟理想之處，卻也是清季時人面對現代化進
程，缺乏企圖亦無能力所追求到的境地。因此，筆者不以現代標準審核陳
森，且取正向角度理解他實已通過正邪簡要的分類，表達對待藝人名伶的
同情，及其試圖翻案的態度。康正果：《重審風月鑑》（台北：麥田出版
社，1996），頁 162。

對峙這園主直言責備一頓。[74]相較於進入華家之後，琴言損折傲骨、噤聲少語的委屈狀態，則見嚴密封建體制下管控下層的必然壓抑，及其禁絕現代化趨向的嚴謹與封閉。

誠如前文提到陳森小說於正派人物上的矛盾情結，反映在名士為名園物色的心態上，自然也呈現其內在的糾結弔詭。正如徐子雲一片鍾情愛色的心理，有他身兼消費者與救贖者，以同情提倡平等卻著立於權力體制上的謬誤，但也正是這番體制內突圍所呈現的弔詭特性，教《品花寶鑑》反映出清季封建極權的鬆動與瓦解，以及作者面對傳統性理想與現代化意義上的徘徊處境。綜上所述，華星北府上物色，完全立於物化優伶與剝奪人權的封建霸權之上，徐子雲縱然存有物化美色的說法，卻多流露儒家推己及人的同情心理，已在場域公開的園林特質中，對下層階級起了提攜與救贖的作用，在商業傾向的社會現代化中，給予優伶身份別出一種階級突圍的通口。

園林反映名士面對傳統與現代進程所受到的影響，直接投射在他們經營色域空間，與對待名伶的態度上。故當士紳面對清王朝由盛入衰的階段，其身分由士人、官員，演至於鄉紳的重疊，正是透過名士交誼對園林文化的熱衷，接續於城市生活的成熟，進而展示出一個由私宅拓展於交誼、隱逸漸趨於公開的社會樣態——華家西園向內的狀態，保持著守舊勢力的封建保守，掌握其穩固階層的威權姿態，而徐氏怡園向外的發展，則以賞優娛樂開始接軌於社會變遷，為清季文人灌注現代化萌動的思想——這兩處園林都仍秉守著封建傳統的理想，講求士宦理想、認同家國權力、遵循道德典範，卻在一則保守且勢力堅固、一則新潮而結構鬆動的園林特性中，不可避免的承受了時代的

---

[74] 見小說十回琴言對子雲配對的玩笑話，發急淚流：「度香，我承你盛情，不把我當下流人看待，我深感你的厚恩。即使我有伺候不到處，你惱我、恨我、罵我、撞我，我也不敢怨你。只是不犯著勾引人來糟蹋我。請問：什麼叫配對不配對，倒要還我一個明白」（頁154）。琴言聲淚俱下，宛若控訴般嚴屬之至，也教徐氏自知出言孟浪，無趣地退場。

變動，分別接觸到不一樣的挑戰——即見華家收容了魏聘才等攀附勢
力的墮落文人，實為封建穩固之下，竟是藏匿著放棄傳統理想、專營
富貴，異變於傳統典範的社會黑暗；而怡園提倡名伶自由進出、與士
紳互稱字號的平等狀態中，卻也隱藏著其對傳統包袱持眷戀、現代化
價值尚未樹立以前的衝突感——文化場域、權力體制在時代異變的影
響下，產生多元而複雜的變化。

　　綜上所述，從名士築園的立場與園林呈現的風貌，可見怡園別立
於居家之外，是徐子雲延伸於家庭生活以外的一種補充，怡園寬闊所
代表的空間意義，如同園主向「外」拓展的交友關係與賞色娛樂，屬
於居宅與倡優場域的相互延伸及交疊，因此內含著傳統倫常與現代商
業的衝突性，且帶有濃厚的城市氣息；華家西園則為宅中闢設一地，
以華星北個人生活為唯一核心，邀請友人交誼或是賞戲觀伶的娛樂活
動，都屬於隱密對「內」的性質，故西園對待優伶不但以買斷為手段，
當美色為私有財產般佔領，更重視身分階級之間的差異性質與對等關
係，其中反映封建體制的社會事實，正好與怡園反比成為兩種走勢
——而《品花寶鑑》對比於名士園林私隱與開放參半的樣態，融合倡
優場域幽密及營業兼具的特性，實將士紳與倡優兩種文化族群緊密重
疊，卻也使得倡優伎伶物化為名士園林設置的一環——本書下文即以
園林轉化為色域之歷史證據，釐析清季文人以縱慾逸樂，作為現代化
消費經濟型態的一種呈現，同時寄寓避世抒懷的新興趨勢，輔證陳森
以小說凸出當時環境下的文人反映。

## 三、從北京園林看《品花寶鑑》中的文化意義

　　銜自「正邪二途」至「徐華二園」之比照，本書續從文本中的空
間書寫延展於作者所處時代的環境，針對當時園林文化影響於《品花
寶鑑》的書寫特性，強調正派角色與怡園場域，投射於陳森於時代夾
層裡創作的迂曲心理與徘徊處境：

　　首先，透過園林由傳統至現代的漸進、由貴族階層朝向民間的開放特性，呈現居宅與聲色娛樂的結合，呼應上文綜述徐氏怡園處於北京郊區之地理上的過渡特性——居於權力體制跟前，卻與倡優場域密切接軌；座落在北京外城、家宅外邊的開放性位置，模糊了城鄉雅俗、宅園內外的界線——進而，呼應名士築園喻「隱匿」於「耽溺」的內涵，瓦解政治集權在行政規劃上的既定界義。[75]最後，統整北京文化之傳統與狹邪書寫之異色，析辨古典與新潮之間的矛盾衝擊與弔詭意義，以具體呈顯《品花寶鑑》結合園林文化與倡優場域，空間書寫以至於時代環境的邊緣反映。

　　從園林文化的發展反映現代化文人突破傳統但顯徬徨的複雜心境，實《品花寶鑑》借徐氏投射作者身為漢族身分、士紳階級在體制邊緣的幽微處境，暗合男旦遊走於禁欲法律邊緣的偷渡特性，[76]非但在道德法制縫隙間取代女倡事業，亦以清季梨園風尚呈現時代異變的曲折隱喻。

---

[75] 根據明清北京城的行政規劃，實以紫禁城為京城核心，至於未及城外的郊區之定義，於明朝已分東西南北四城，作為北京外邊區域的管理，而雍正年間則有「城屬」說法，將京營與縣域間細作分界，實為城鄉界線作諸更細緻的劃分。然此城內、城外以及郊區的規劃，卻都在「三山五園」以及貴族私園的紛紛設立下，使得城鄉之間的歸屬問題，回復至曖昧模糊的邊緣位置。參閱《清會典事例‧順天府劃界分治》，卷 1090；《光緒順天府志》，第 3 冊，皆截錄見侯仁之、唐曉峰編：《北京城市歷史地理》（北京：北京燕山出版社，2000），頁 435-439。

[76] 王德威：「晚明和清代男伶戲班的突然興盛，並非出於（多數）中國男性性愛好的改變，而是出於政府嚴令禁止官紳嫖妓的結果。明清兩朝的政治制度都嚴禁士大夫出入教坊，狎妓自娛。男伶因此應時而生，成為妓女的代替。雖然在清朝的法令中，有關雞姦的法律愈益苛嚴，但是卻不曾像嚴禁女子賣淫的律令那樣強制執行」。此觀念於魯迅、曾陽晴、Byron、Hinsch 等論中皆提及。參閱王德威：《被壓抑的現代性》，頁 99-100。

## （一）居宅與色域間的過渡：園林場域反映的現代性

參閱王鴻泰對園林文化的相關研究，其指出中國名士築設園林的趨勢，自明朝之後驟然擴大，實屬文人文化建立於城市發展中，一種社會性空間的衍展：

> 這種居地的「奢靡」，並非僅是「量」上的由小變大，由素樸變豪華，而是「質」上，由基本的「居住」開展出「休閒」、「社交」的面向，這具有文化上的意涵。[77]

由此可知，名園至明清已反映出體制開放與社會商業化的意味，其由居家住所拓展為人際交誼的空間意義，實由守貧隱逸的避世基調，漸變為奢靡玩樂的享樂主義。由此思考傳統演至現代的變化過程與衝突特質，園林場域即可凸顯一種邊緣形態的文化意義，這番隱喻於《品花寶鑑》中，園林卻又明顯與倡優場域相互重疊——可見名園場域由私人領域朝向公眾拓展之際，也教倡優場域自公眾納於私人場所內延伸，遂為一種雙向交涉的文化關係，並且相互疊合著彼此立於社會上的邊緣意義——園林於日常居家空間與休閒性開放空間的過渡中，繁複地衍生了聲色曖昧的娛樂性意義。於此看到徐子雲「怡園」築造的動機：

> （子雲）雖二十幾歲人，已有謝東山絲竹之情，孔北海琴樽之樂。他住宅前，有一塊大空地，周圍有五六裏大，天然的重丘窪澤，古樹虯松……（蕭次賢）替他監造了這個怡園。真有驅雲排嶽之勢，崇樓疊閣之觀……子雲聲氣既廣，四方名士，星從雲集。但

---

[77] 王鴻泰：〈美感空間的經營：明清間的城市園林與文人文化〉，收於李永熾教授六秩華誕祝壽論文集編輯委員會所編《東亞近代思想與社會：李永熾教授六秩華誕祝壽論文集》（台北：月旦出版，1999），頁 133。

其秉性高華，用情懇摯，事無不應之求，心無不應之力，最喜擇
交取友，不在勢力之相併，而在道義之可交……《花選》中八個
名旦日夕來遊，子雲盡皆珍愛，而尤寵異者惟袁寶珠。[78]

可見「交友」與「物色」為怡園建築之最大目的，也同時象徵了「文
士」與「倡優」兩種文化族群於此場域的匯聚。徐子雲園林所展示其
獨到的社會性格與特色，即在開放親友賞遊園林之際，也教名旦間雜
穿梭；在舉辦詩文吟詠之時，也供有梨園戲唱活動的舉行──正是以
徐子雲身兼「公子班頭」、「文人領袖」與「名旦知己」，一面「干
謁者紛紛而來，應酬甚繁」，一面「須為諸花物色，荼靡石葉之香，
鹿錦鳳綾之豔」，清季名士不事朝廷、專於逸樂的生活寫照──[79]凸
顯「怡園」由私宅拓展為園林，又將園林結合色界，為一座匿與京師、
溺於花叢，色藝與文雅兼具的桃花源景象。

　　由於怡園是宅前買地拓建，它與子雲自宅有所區隔，與徐府親族
的家庭生活互不干涉，竟成為子雲夫人袁氏與其子女所見所知，卻也
不曾介入的光景──[80]於此，細細揣想這處風姿綽約、德貌齊聚的園
林風景，卻是一個僅供男性相處，卻又弔詭於扮裝後的陰陽合諧；無
妨礙談情說愛，但又禁欲於身體接觸的風月世界──園林與倡優場域
的結合中，我們可以清楚看到兩種生活情境與消費形態的交疊，即是
名士主動的權力操控，相對於名伶被動的收受賞賜之間，將私密的、
家庭的、封建的傳統價值，連同公開的、逸樂的、商業的現代價值，
同時搓揉於一地的弔詭處境。應合著小說情節呈現滿紙文人與名伶交
遊吟詠、互通情誼的往來事件，作者意旨偏偏又是懲惡揚善、維護孔

---

[78] 陳森：《品花寶鑑・第五回》，頁80。
[79] 陳森：《品花寶鑑・第十六回》，頁251。
[80] 見小說第十一回：「子雲自宅也離園不遠，就在對面，還是他曾祖老太爺
　　住的相府，府中極為寬大」（頁167）。此後便接著陳述徐氏夫妻的對談，
　　明顯見到妻子好奇丈夫築園招旦的心態，可知家庭即與徐子雲自成格局的
　　園林有所區離。

教的道德價值。怡園生活明顯符合明季文人縱欲不拘的玩樂行徑,但也同時承繼著清初禮儀教化、追求仕途的家國理想──呼應田春航由北上狎伎賞優、無視前程的初況,發展到日後狀元及第、娶妻持家之結局,其前後轉折的分水嶺,即是田氏結識扮裝優伶、進入怡園交友作為關鍵──可知怡園竟隱合了作者「內妻外友」的弔詭設計,成為狹邪題材轉圜至傳統理想內的中途站。它築圍出一個作者理想而近於幻想的人情空間,縱然反映了衰世文人逸樂避世的情態,與商業化現代性趨俗向利的現象,卻不能擺脫掉傳統封建的價值觀念與道德評判;在朝向現代性開放的挑戰之後,偏偏又在傳統理想之中重新區別開來。

　　怡園名士對情欲的刻意節制,呼應其於聲色地理與家庭區域隔離的位置特性。誠如錢謙益建築拂水山莊,說到園主隱匿於逸樂之際,卻在傳統性私密與現代化公開之間,產生了相互矛盾的心理:

> 拂水游觀之盛,莫如花時。祝釐之翁媼,踏青之士女,連袂接衽,摩肩促步,循月堤,穿水閣,笑呼喧闐,遊塵合遝,呵之不能止,避之不勝趨也……樓既成,堤之西東,閣道相望,不能中分遊者,而來者滋益眾。[81]

可見傳統文人於時代嬗變、雅俗流通之間的難以適應。縱然園主以花季為號召,提供園林於遊客賞玩,卻又在喧聲如市的開放活動中不堪其擾。此無可奈何的矛盾情結,顯示現代化商業的都市氣息一旦盛大,進而掩蓋掉傳統文人風雅為尚的理想範示,隱匿與耽溺之間也就產生失衡的衝擊──此即《品花寶鑑》中園林結合歡場的文人酬唱與名伶交際,所呈現陳森面對政治衰世的粉飾與規避下的矛盾情緒,宛若「隔江猶唱後庭花」的避世心理──[82]陳森避世於耽溺的聲色幻想,一方

---

[81] (明)錢謙益:〈花信樓記〉,《牧齋初學集》(上海:上海古籍出版社,1985),中冊,卷5,頁1142。

[82] 杜牧詩句「商女不知亡國恨,隔江猶唱後庭花」,表面寫到亂世之際,縱情生色的秦淮景況,實則隱射這靡靡之音的背後,對亡國之恨藏有消極的

面以縱情聲色的景況，與歷史現況產生為一種陌生化的隔離與脫軌，呈現《品花寶鑑》溢美情色烏托邦式的意義；一方面偏又描述園林場域接受倡優文化，於結合市井娛樂的商業性消費模式之際，卻多流露著文人面對現代化進程的疑懼，以至其沉湎於封建制度下對傳統理想的無法脫離。

如見《品花寶鑑》徐子雲怡園曾應元宵舉辦燈會，是建立在一種繁華熱鬧的城市氛圍之上，延伸民間市集的燈火慶典，演至宅園之中酬唱詩謎、燈伶共賞的藝文活動。竟是以隱匿的私家園林作為公開訪遊的逸樂場所，在商業化城市糜爛裡展示「太平景象，大有豐登」的慶典形態，頗有巴赫汀（Mikhail Mikhailovich Bakhtin）藉眾聲喧嘩的嘉年華會，諷刺正統體制的意味——[83]但當讀者檢閱市區與園林之間的聯繫，卻依然能夠看出兩處場域的雅俗別立——只見子玉、王恂等在前去怡園的路上穿越市集，即是「人山人海的擁擠起來，還夾著些馬車在裡頭。子玉等在那些店舖廊下，慢慢的走。只見那些店舖，都是懸燈結彩……所喜街道寬闊，不然也就一步不能行了」。其市集榮景的現代化氣氛裏，女性姿態也就開放許多，「只見一群婦女，也是步行，結著隊亂撞過來……油頭粉面，嘻嘻笑笑，兩袖如狂蝶穿花，一身如驚蛇出草……內中一個想是大腳的，一腳踏來，踏著了王恂靴頭……又見一個三十幾歲一個婦人……身子一歪，幾乎栽倒，恰恰碰

---

哀怨之感，投射一種衰世文人刻意規避的迂曲心理，正如陳森身於衰世卻寫盛世的弔詭情景。

[83] （俄）米哈伊爾・米哈伊羅維奇・巴赫汀（Михаил Михайлович Бахтин、英譯名為 Mikhail Mikhailovich Bakhtin）所提出的重要概念包括「對話理論」（dialogism）、「眾聲喧嘩」（heteroglossia）、「狂歡荒誕」（carnivalesque）……其中以下層階級所呈現嘉年華狂歡，作為一種仿擬祭祀正典等端莊儀式的荒謬與紛亂，體現為一種帶有諷刺感、現實性，複雜而興新的文化。相關理論可參考劉康：《對話的喧聲：巴赫汀文化理論評述》（台北：麥田出版社，1998 二刷）；北岡誠司著、魏炫譯：《巴赫金：對話與狂歡》（石家莊：河北教育出版社，2001）；夏忠憲：《巴赫金狂歡化詩學研究：俄國形式主義研究》（北京：北京師範大學出版社，2001）等著。

著子玉,他就把子玉的胸前一把揪牢」。[84]這群自命風雅高貴的玉面書生,在極欲鑽入以男風具稱的怡園途中,卻被一群現代形象的城市婦女吃足豆腐,倒反襯出文人於商業城市中難以適應的窘態。

而待子玉等人從市集擁擠中抽身轉入怡園以後,反倒是將名士所築園林作為傳統文人的庇護場。在規避體制與其妥協之餘,也令這些貴族公子自塵囂暫離,得諸喘息:

> 約有二裏路,過了南橫街,到怡園門口下了車。只見一帶都是碎黃石子砌成的虎皮圍牆,園門口是綢子紮成的五彩牌坊……屋內八扇油綠灑金的屏門。靠門一張桌子,圍著六七個人,在那裡寫燈虎字條。旁邊一張春凳,擺著荷包、花炮,及文房四寶,預備送打著的彩。正中間頂篷上,懸著五色彩綢百褶香雲蓋,下掛一盞葫蘆式樣玻璃燈……走上亭子臺階,卻已看到迎面寫著八個燈謎……於是同看第一個是:「雙棲穩宿無煩惱,認得盧家玳瑁梁。」下注「《禮記》一句」……同著走出亭子,兩旁卻是十步一盞的地燈,照見一塊平坦空地,迎面不遠,就是很高的峭壁了。峭壁之下,一帶雕窗細格的五間卷棚、簷下掛著一色的二十多盞西香蓮洋琉璃燈。[85]

這閑雅富麗的園林景致,縱然延伸園外市井的熱鬧繁華而更加堂皇精緻,卻仍存著傳統典雅的貴族氣質;渲染於現代化商業基調與物欲享受,但不忘倫理人情的道德典式。其中強調奢華設置與豪闊園景的描述,令人感到空曠悠閒的場域,教子玉等人原本匆亂的腳步歸於緩和,回復為貴族公子的高蹈姿態。而怡園燈會中,燈謎引《禮記》《易經》為謎底、以絕句與古詩為謎題,更表現了衰世文人縱使趨俗於現代化現象中,於本質上仍對士族身分秉有堅持。

---

[84] 陳森:《品花寶鑑·第九回》,頁138-140。
[85] 陳森:《品花寶鑑·第九回》,頁141-144。

　　即見這隱於浮華的避世場域，是在規避衰世亂況之餘，悄然隱遁於古老而傳統的傳統典式裏——正是怡園匯聚的文士們一面流俗於徵逐物欲的社會現象中，一面卻依然走向陳森所強調「揚情抑欲」正邪對立的價值取向，形成文人名士處於聲色耽溺中而尚以禮教作為規範——於此且看到怡園場域裏被大力撮合，這一對具有同性摯情而無戀人關係的璧人：梅子玉僅與杜琴言同坐對望，就能於情感上得到心靈的滿足，「雖只有這一面兩面的交情，也可稱心足意了」。[86]梅、杜間曖昧的交誼、弔詭的關係，被作者稱為「相對忘言，情周意匝，眉無言而欲語，眼乍合而又離，正是一雙佳偶，縮就同心，倒像把普天下的才子佳人都壓將下來」。[87]可見陳森結合隱匿於耽溺、調節風雅道德於情色物欲上的這段「柏拉圖式戀情」。然其內容卻設計在一個生於衰世卻能榮錄仕宦的虛構才子，與一個身為男優卻又摯情冰清的扮裝佳人，所齊心共譜的一段有名無實、難成佳偶的戀情之上。

　　其超乎常理與邏輯，且過於高蹈而浪漫的不切實際，無怪教 Stephen Cheng 閱罷小說，對這裏足不前的戀愛情節與反覆冗長的酒宴文會，掩書罵道：「如果說《品花寶鑑》證明了什麼的話，它所證明的是一個無能的作家寫出來的同性戀愛情故事，正與俗套的異性戀愛情故事一樣，令人不敢置信。無論其性行為及情感取向如何，平庸的作家寫出的作品總是平庸的」。[88]只是，這位狹邪作者依據傳統模式寫成羅曼史故事的「無能」，倒不見得是評論者指稱的才華平庸；而是陳森面對現代化衝擊、被迫承受下的「無能為力」，遂欲回溯體制與典式裏的緬懷與追尋——於此反思這批判之苛刻，便也不是當時陳森無法預料到的讀者反應。他實能理解淫俗靡樂的現況實景、自覺應當如何拿捏狹邪創作間的尺度層級——參閱小說二十二回子

---

[86]　陳森：《品花寶鑑‧二十二回》，頁347。
[87]　陳森：《品花寶鑑‧二十二回》，頁347。
[88]　Stephen Cheng 之語，引譯自王德威：《被壓抑的現代性》，頁94。

玉與琴言等人乘舫觀景,卻與袒裼露身、懷抱小旦的潘其觀之座船
遙遇:

> 子玉道:「看他們如此作樂,其實有何樂處?他若見了我們這
> 番光景,自然到說寂寥無味了。」素蘭笑道:「各人有各人的
> 樂趣,他們不如此就不算樂。」[89]

對話間除了呈現「道不同不相為謀」之正邪殊異的行徑與價值觀,卻
也透露了作者試圖調節情欲衝突的價值取決。可見陳森並非不能理解
商業化社會變遷裡,奢豪土闊與賣淫相公的娛樂興趣,但在作者標舉
的雅士與名伶之間,即便關係戀熱烈於現代化勃興之清季,卻仍有其
不肯逾越傳統道德典式之堅持。

　　正如徐氏園林縱然有部分對外的開放,將城市消費的景象融於詩
情雅趣、風月聲色的宴遊之上,但依然確實地隔絕掉錢氏拂水山莊中
翁、媼、士、女摩肩雜處的俗化情況——「私人園林」與「公眾市集」
於此截然反映出兩種社會形態與價值觀念的區別,同時也呈現出兩者
間弔詭而並存的曖昧聯結——園林於外開放、於內風雅的避世形態,
是對傳統體制與商業習氣的妥協,亦是對封建漸崩及現代化萌興的規
避。其中對情理／物欲、現代／傳統的辨證與平衡,即便顯得弔詭而
有失邏輯,倒也正是陳森小說實驗性中,所為自己餘留的保守界線。
在怡園之中,「性別的偽裝」彌補了文人貪物憐色卻不踰矩,情理兼
具、德貌並重的心理;而在怡園之外,「地理的別位」且教名士們尚
能維持,其於封建社會與家庭倫理中的既定位置與依存關係——無不
充分飽和倡優場域的邊緣處境與園林文化部份隱密、部分公開的幽微
意義——園林因此成為家庭與梨園交疊、傳統與逸樂兼顧、女妻與俊
友得宜的烏托邦情境,同時展示出一塊由傳統階級封閉,至現代化開
放漸進的人文地理。

---

[89] 陳森:《品花寶鑑·二十二回》,頁348。

## （二）以「溺」為「匿」的雙重定義

　　楊榮〈西莊園詩序〉寫道：「夫山水之秀，非有庭館臺榭以資宴遊登之樂，則不能以周覽其盛概。居室之華，非有文人秀士以處乎其間，則不能以鋪張其盛美。」前半句把隱逸生活融合於物質環境上的休閒娛樂，後半句續將這種私人家居的生活情趣舉世公開。可見明季文人已把歸隱山林的匿居意義，移諸提供私人遊憩賞玩的園林造景之中，且透過園林可居可遊的半開放樣態，辦諸絲竹戲曲、集詩吟詠……各種遊戲表演以及藝文活動，邀請友人甚至一般遊客進駐賞玩。園林原本追求「去城市而入山林」的避世態度，也就在這「遊人日盛，鄰家誇多鬥靡」的享樂心態中，逐漸開放成為城市娛樂中的休閒空間——[90]昔日陶淵明樸實刻苦、強調個人修養的避世生活，隨明末資本萌芽現象的發展，演化成「鋪張其盛美」炫示與宴樂的公開形態。個人自由追求的強調，逐漸脫離了形上精神層面的訴求，而落於物欲逸樂上的現實享受——這是沈周「莫言嘉遯獨終南，即此城中住亦甘」、茅坤「歸則買山列亭樹，種名花異卉又別穿池……多買名姬以恣歌舞」等，[91]普遍展現於明清文人身上，強化物質需求的避世現象。故見王毅《園林與中國文化》中強調園林作為「隱逸文化最基本的載體」，以「調節與平衡集權制度與士大夫階層鄉對應的獨立地位元」為目的的隱逸文化，與中國園林的發展過程有其必然的關連；[92]反觀於王元

---

[90] 引文「去城市而入山林」語出自（清）龔煒：〈東園〉，《巢林筆談》（北京：中華書局，1997 三刷），卷一，頁 11。引文「遊人日盛，鄰家誇多鬥靡」語出自（清）葉夢珠：〈居第二〉，《閱世編》（台北：木鐸出版社，1982），卷 10，頁 217。

[91] （明）沈周：《石田先生詩鈔・市隱》（明崇禎十七年瞿氏邦刻本），卷五，轉引自張德建：〈明代隱逸思想的變遷〉，頁 29。（明）茅坤：〈督察院右僉都禦史澤山張公墓誌銘〉，《茅鹿門先生文集・卷 22》，《茅坤集》（杭州：浙江古籍出版社，1993），下冊，頁 662。

[92] 參閱王毅：〈中國封建社會形態的特點與中國古典園林發展的歷史成因・

美稱陳眉公「市居之跡於喧也，山居之跡於寂也，惟園居在季孟間耳」，[93]則亦代表明清園林朝向商業城市發展、隱逸思想也隨物欲傾向沉淪變化，故見明清園林仲介於「隱逸」與「物欲」、「避世」與「現代化進程」之間的雙重定義。

　　誠如嚴迪昌提出明清文化世族，面對近現代商業城市的崛起，廣泛而擴大地呈現出「市隱」的現象。[94]張德建亦表示市隱之士「以快然自足的心態應世，既沒有隱逸的枯寂，更沒有高尚其事的對抗」。[95]明清「市隱」思想反映於《品花寶鑑》中紅橋綠柳、歌舞昇平的榮景，正是文人面對政權無所棧戀亦不割離的心態，其不採取對立的立場，而是以漠然、消極的態度，於體制的妥協之中，建立起一種似即似離、彼此依存但極少互動的曖昧關係。誠如徐子雲終日無事，只顧招攬文人名伶伴隨參遊怡園──其於一般時日已經常酒肆行令，年節喜慶則更鋪張宴樂，彷彿有著享用不盡的閒錢雅興、揮霍不絕的青春歲月──在《品花寶鑑》中，看不出徐子雲與朝廷政事有何密切接觸，吟風弄月的怡園生活裏，亦不見文人雅士們對國途漸衰的聽聞。然而這股隱逸的世俗化、日常化，被放諸於時代洪流中檢視，卻也不似顧潛所稱「玉鎮坊南成市隱，百齡長際太平時」，那樣扮似太平逸民的表面展現。[96]貴族階層藉園林於傳統體制的脫離、中產階級自民間築園

---

士大夫出處仕隱的矛盾與隱逸文化的發展〉、〈中國古代文化體系與中國古典園林體系的終結・隱逸文化的必然沉淪〉，《園林與中國文化》（上海：上海人民出版社，1991二刷），頁254、640。

[93] （明）陳繼儒：《晚香堂小品・梅花樓記》（上海：貝葉山房，1936），下冊，卷19，頁347。

[94] 嚴迪昌：〈市隱心態與吳中明清文化世族〉，《蘇州大學學報・哲學社會科學版》（蘇州：蘇州大學出版社，1991年），第1期。

[95] 張德建：〈明代隱逸思想的變遷〉，《中國文化研究》（北京：北京語言大學出版社，2007），57期，頁30。

[96] 此處所稱「市隱」，屬於明清文人透過商業性環境的催化於城市反映隱匿的文化，已截然不同於魏晉以來的「市隱」內涵，其中強調現代化城市中耽溺的都會習氣。（明）顧潛：〈壽盛翁六十〉，《靜觀堂集》，收入《四庫全書存目叢書・集部48》（台南：莊嚴文化事業，1997），

趁商業化之勢而崛起,將繁華景況反映歷史於文人內在的迂曲心理,實以「隱匿」作為聲色園林中的厭世體現,刻意掩飾、營造為一種脫乎現實宛如幻覺的歡樂情境。即如茅坤將縱情聲色作為逃離現實世界的出口,「世之王公大人,非進而翱翔四方,即退而締情一壑;不然,且佚心於園林第宅、聲色狗馬、珊瑚紈綺者以終其身」、「顧誚讓公固高蹈矣,猶不免園林聲伎之溺。嗟呼!溺者,匿也」。[97]園林「市隱」的深意在清季士人面對體制疲憊與時代嬗變間,遂為一種繁華而空洞、頹靡而感傷的文人處境,正也是陳森寫作,「塊然塊壘於兇中而無以自消,日排遣於歌樓舞榭間」的自我排解。

而當隱逸思想的發展於物質層面日益強化,除以園林公開於城市,作為「市隱」的一種表現;其反映於文人身分上的轉化,則能以「賈隱」作為明清時人逐漸突破階級窠臼的避世方法。此由園林場域「市隱」,到時人身分「賈隱」的現代化價值傾向,正如張德建所說「從求其志意所在的精神追求向世俗化、日常化轉化,不再是貧居困處,而是有著充足的物質條件,可以滿足安逸生活的需要」。[98]可見形下層次的物欲價值,逐漸取代傳統道德與封建理想於當時社會上的重要性——此於狹邪小說中呈現文人身分轉移的過渡性,即見《品花寶鑑》裏溢美的名士形象,在士人演化為《海上花列傳》裏那些專作集資、全職買辦的官紳以前,所展現文人身分於體制之間,跨越雅俗界限的異變——如同陳眉公「且笑且啼,且傲且俠,且醉且醒,且仙且隱」將個人自由融合於市俗社會,結合享樂主義與隱逸思想、道家出世精神與儒家入世態度的名士樣態,[99]即與《品花寶鑑》中徐子雲,

---

卷五,頁 487。

[97] (明)茅坤:〈萬卷樓記〉,《茅鹿門先生文集・卷20》,《茅坤集》(杭州:浙江古籍出版社,1993),上冊,頁 617。茅坤:〈劉南郭先生遺稿序〉,《茅鹿門先生文集・卷13》,收於《茅坤集》,上冊,頁 470。

[98] 張德建:〈明代隱逸思想的變遷〉,《中國文化研究》(北京:北京語言大學出版社,2007),總卷 57 期,頁 28。

[99] 語出自(明)陳繼儒:《晚香堂小品・芙蓉莊詩序》(上海:貝葉山房,

同時與文人名伶為友，雖據權貴但厭冠裳、不為庶民並享雅俗的形象
十分接近。於此呼應李夢陽「賈隱」思想：

> 賈也，絲竹靡輳於耳，綺麗恆接之目，口厭厥腴，躬華其服，
> 入有彈碁灑翰之侶，出有飛纓篲蓋之屬……聞之居動而執靜者
> 之謂定，履囂而用寂之謂堅，涉遍而采遐者之謂明，混雜而
> 守一者之謂貞，在群而立獨者之謂高，處汙而弗玷者之謂潔。
> 故上士朝隱、大仙市隱，要之心獲匪跡是關。[100]

此論分辨「商賈」只在於一種物質富有的中產階級，而士之「賈隱」
卻以執靜用寂之堅定、采遐守一之明貞、獨立弗玷之高潔，深化物欲
層次於人文精神上的內涵。可見李夢陽細別其間的幽微，實於當時社
會無可扼止士人身分朝向俗化的異變下，文人於傳統典式與道德理想
的堅持，也隱露著封建體制漸崩，然時人無力且無心介入的時代危機
——恰能呼應陳森別分正邪兩派角色之不同。誠如前文提到，富有階
級中以名士為代表的徐子雲帶有文人雅士的典範，與土豪崛起的奚十
一、潘其觀絕不相同，正是「賈隱」與「商賈」於品格情性上的鴻溝
——怡園呈現於商業社會上的隱逸思想，關係著名士恪守正道的傳統
本質，是見徐子雲在賞優物色的色域耽溺之間，還存有一份「只有愛
惜之心，卻無褻狎之念」、「清高恬淡，玩意不留」把持風雅的高蹈
姿態；梅子玉在迷戀杜琴言外貌的感官欲望之際，亦以「敬他這個貞
潔自守，凜乎難犯」的道德觀念作為維繫關係的標竿。[101]

而延伸名士於「賈隱」中身分異變的線索，亦令人直接聯想到《品
花寶鑑》中徐子雲物色名伶，但為諸優累積資本與物源之後，任由名
伶們逐漸走向合資合股、自立經營的商業發展：

---

1936），下冊，卷12，頁217。
[100]（明）李夢陽：〈賈隱〉，《空同集》，收於王雲五主編：《四庫全書珍
本‧八集》（台北：台灣商務印書館，年代不明），7冊，卷59。
[101]陳森：《品花寶鑑》，頁80、81、86。

子雲道：「靜宜說得是，我將來索性將你們那一班一齊請了過來，在園中住下，都不要唱戲，幾年後到我培出一班人物出來……」蕙芳道：「這極好的，只怕我們生了這個下賤的命，未必能有此清福。我這兩年內就想要改行……你道我唱戲我真願麼？叫作落在其中，跳不出來。就一年有一萬銀子。成了個大富翁，又算得什麼？總也離不了小旦二字。我是決意要改行的。」

大家商議那古董書畫等物公湊些起來，也就不少；況且怡園花木極多，盡可分些來應用……寶珠道：「要湊東西其實也不難。要說書畫，前日我見度香園中曬晾，也數不清有多少……法帖重的很多，若畫那似假似真的也有幾十箱，橫豎將來總飽蠹魚的了，分些他來豈有不肯的？」

（寶珠）並要子雲回去，也把帳單看了，點出：花玻璃燈二十對、大小玻璃雜器四十件、料珠燈八盞、各色洋呢十板、各色紗衣料一百匹……桃榔木對聯兩副、描金紅花磁碗四桶。其餘玩意物件數十件。花木隨時搬取，不入數內。開了一張單子給與寶珠。[102]

從名旦自歎身世淪落，到徐氏提供支助轉行，這些事件顯示「怡園」雖為貴族物色的歡場，同樣卻是個惜情、賞才的避世之所，而「賈隱」一法不僅可作文人身分越界的社會現象，亦成為提供戲子拉拔身世、從良改行的途徑。可見園林作為與歡場重疊的開放場域，在商業活動為上層階級突破傳統窠臼之餘，也為低下階層提供一種身世救贖的方法。

　　而從「市隱」之於園林場域的物欲傾向、「賈隱」之於名士身分的現代性變化，《品花寶鑑》中園林即歡場的色域經營，則是「色隱」

---

[102] 陳森：《品花寶鑑·四十四回》，頁 659-660；《品花寶鑑·五十三回》，頁 788、798。

之於園林引入倡優娛樂的活動，及其中文士倡優的來往關係。於此看
到衛泳《悅色編》提出的「色隱」思想：

> 謝安之屐也，嵇康之琴也，陶潛之菊也，皆有托而成其癖者也。
> 古未聞之色隱者，然宜隱孰有如色哉？一遇冶容，令人名利心
> 俱淡。[103]

此說別樹一幟，卻是以當時的物欲價值觀的立場，將隱逸思想改造為
一種戀物癖好的模式。由此思考園林美景本為隱於物欲而設，正是投
合了衛泳的說法，而《品花寶鑑》以名士園林作為徵美物色的狎玩場
所，更將衛泳「真英雄豪傑，能把臂入林，借一個紅粉佳人知己，將
白日消磨」，物化美人、耽賞悅容的色隱之說發揮透徹。[104]故見小說
中徐子雲憐愛名旦之態度，「視這些相公與那奇珍異寶、好鳥名花一
樣」；梅子玉鍾情琴言的想法，「好花供人賞玩不過一季，而人之顏
色可以十年」；田春航著迷相公的執著，「相公如時花，卻非草木；
如美玉，不假鉛華；如皎月纖雲，卻又可接而可玩；如奇書名畫，卻
又能語而能言」……[105]這類好色觀物的戀癖，其背後幽微隱含著對現
實規避──或是「厭冠裳之拘謹，願丘壑以自娛」，視官宦權位如浮
雲、對政事漸衰無過問的心態，或是「雖彼此衷曲不能在人前細剖，
卻已心許目成，意在不言之表」，壓抑於同志傾向的曖昧情誼──[106]無
不是以男權上層的立場，藉由物化倡優、品評色藝的方式，作為自我
情感投射的「色隱」思想之體現。

---

[103] （明）衛泳：《悅容編·招隱》，收入《筆記小說大觀》（台北：新興，
1974），5編，5冊，頁2779。

[104] 衛泳耽溺聲色的狂熱不減於三袁，且在《悅容編》裏發揮他一套物化女性
為文人隱逸的理論。衛氏將女人比作一種形同園林般供人賞遊的場域，其
言「自少自老，窮年竟日，無非行樂之場」（《悅容編·及時》，頁2777），
是於女人在不同年齡、衣著、體態、及所處情境，所合適於提供男人在一
日、四時、畢生等不同的美好感官享受。無非是文人隱於物溺的極致表現。

[105] 陳森：《品花寶鑑》，頁80、109、187。

[106] 陳森：《品花寶鑑》，頁80、166。

由此可見，衰世文人於現代化進程裏，心靈隱逸之「匿」與物欲逸樂之「溺」的互涉，轉化隱逸避世的思想於園林享樂的態度之上——名士文化與世俗社會的融合，固然以興榮的姿態代表著資本社會的轉型與萌興，但不與體制衝突而能互融的妥協狀態，卻又是文人消極規避於傳統漸崩裡展示出現代性的徘徊徬徨——如此繁雜地隱喻於怡園，這座炫示於邊緣的情色烏托邦。

## （三）北京文化與狹邪書寫：《品花寶鑑》所反映的時代掙扎與漸進

前文說到《品花寶鑑》中的怡園形象，作為一種顯貴階級朝向次文化空間疊合的場域形態，其延伸晚明園林的奢華隱匿於色域經營，而將商業歡場帶回居宅園林之上——即見小說中的園林描述部分遠超出梨園酒館，而原本公開於戲園賣唱的名伶們，也透過團拜、堂會戲等時慶活動的機會，逐漸走向園林中的私人宴聚，並與各自專對的官紳建立固定的交誼——呈現清季園林場域裏，喻「隱匿」於「耽溺」的邊緣特性，突破了傳統社會中主／次文化空間的界義，[107]進而產生殊異於傳統的現代性意義。

而從北京園林於權力位置的曖昧屬性，觀察徐子雲園林即歡場的聲色場域，即反映出清季名士「厭冠裳之拘謹，願丘壑以自娛」的避世態度，[108]亦能以衰世文人的避世心境呼應現代化異變的環境——名士們縱然缺乏積極於體制中徵逐利祿的攀升之心，卻強調著富豪間競

---

[107] 顏忠賢在對台灣次文化空間研究時，將傳統社會中「貴族園林」與「風月場所」一分為二：「在清代的前工業社會中，次文化空間的意義必需由農業社會中相對於官僚、地主與其權力系統來考察……因此，區隔附庸古典禮教與政權形象的華麗空間形式之外，次文化空間則呈現農宅、民居……甚至是商區附近的傳統市場與廉價風化場所。」這與《品花寶鑑》怡園形態有明顯的不同。參閱顏忠賢：〈場所是欲望可認識自身之處：次文化空間的初步理論思考〉，《不在場：顏忠賢空間學論文集》（台北：田園城市文化，1998），頁81。

[108] 陳森：《品花寶鑑》，頁80。

奢逞侈的物欲享受；文人不見「或隱居以求其志，或回避以全其道」傳統隱士高蹈、抗議的態度，[109]更以沉溺詩文雅興、倡優風月的閑情雅趣，作為一種體制與時代的趨附──正是名園立於京師，作為一種權力核心下的旁依，卻又與之疏離的華麗隱匿，隱喻了清季文人處於衰世，嗅見封建體制即將崩毀的氣息，但又無法與之全然脫離的依存關係。

因此，探析北京城市以其傳統封建的古城特質──根據侯仁之等人對北京歷史的研究，指出北京建城的歷史至今已約有三千多年。[110]此古老城市，所負載著歷史文化的長久累積與其身為政治核心的傳統壓力，即形成黃新亞泛論北京文化於封建體制中，呈現為一種「封閉型、保守型而不情願走向吸收型的文化」的傳統特性──[111]古城於時代之交承受著商業性的變異，即見北京文化處於傳統與現代間的遊移。於此應對《品花寶鑑》以怡園作為北京郊區的關廂位置，則又以它相對於體制的邊緣立場，展現封建體制與次文化間曖昧的依存關係──透過北京城市探索名園與倡優環境的結合，與其中文化交雜的衝突與時代嬗變的徘徊，可以想見陳森筆下的正派角色及其情節發展，為何總是呈現交雜弔詭徘徊的特性，也就能理解徐府怡園中名士與名優間的交誼，為何遠比起華宅西園作為城中滿裔貴族，更顯得多

---

[109] （南朝劉宋）范曄：《後漢書・逸民列傳》（台北：宏業書局，1973再版），卷83，頁2755。

[110] 以侯仁之為主的北京相關研究中指出，北京自建城始於周武王滅商，分封召公奭於燕、黃帝後代於薊之際，已見早期城址的確立。故此古城歷史，幾乎能與中國有信史可據的年代，齊步計起。參閱侯仁之、鄧輝著：《北京城的起源與變遷》；侯仁之、唐曉峰編：《北京城市歷史地理》；侯仁之著、尹鈞科選編：《侯仁之講北京》（北京：北京出版社，2003）等等。

[111] 此對北京文化的廣泛定義，是基於黃新亞於長安文化的現代性研究上的一種對比。對於現代北京而言，自然是有失公平的，但放於傳統封建政治環境的視域下思考，則未嘗沒有他獨到而敏銳的定見。參閱黃新亞：〈長安文化與現代化〉，《讀書》（北京：生活、讀書、新知三聯書店，1986年，12月），總期第93，頁51之註釋。另外參見黃新亞：《中國文化史概論：長安文化》（西安：陝西師範大學出版社，1989），上卷。

元而複雜的關係——怡園走出傳統，卻又怯於現代的特質，即見京城文化中狹邪創作形成的衝擊性，呈現出陳森狹邪小說書寫中邊緣意義。

　　北京面對清季封建王朝漸衰、且過渡至現代化趨勢的社會演進裏，自然無法比擬上海等新興城市，能對現代性商業活動展現毫無後顧之憂的遂自發展與規劃。北京文化依然屬於政治核心、對封建體制約束存乎顧忌，遂又演變為一種對傳統價值瞻前顧後的矛盾感、對現代化現象欲拒還迎的時代性。誠如王德威所稱：

> 如果說上海的現代意義來自於其無中生有的都會奇觀，以及近代西方文明交錯的影響，北京的現代意義則來自於它所積澱、並列的歷史想像與律動……不論做為文化場域或是政治舞臺，北京在過去與未來、傳統與摩登間的曲折發展，更點出現代經驗下欲蓋彌彰的時間與空間焦慮。在這裡，該過去的並不真正過去，該發生的也未必準時發生。[112]

此矛盾掙扎即深刻影響為陳森的創作心態與價值觀，呈現為《品花寶鑑》一面承襲著北京文化固有的封建性質，另方面卻也同時反映它被迫與時代接軌、躊躇徬徨的開放狀態。誠如趙圓藉「京味小說」，[113]歸納清季北京文化的兩種文化意義：

> 其一，清王朝乾嘉以降日漸式微，貴族社會帶有頹靡色彩的享樂氣氛造成了文化的某種畸形繁榮……其二，清王朝戲劇性的

---

[112] 引文出自於王德威為其編著作序，參閱陳平原、王德威編：《北京：都市想像與文化記憶》（北京：北京大學出版社，2005）。

[113] 所謂「京派」小說強調左派思想、鄉土意識，是與上海鴛鴦蝴蝶題材、城市風味為重的「海派」小說相對而論，於五四以後而有明顯的流派區別。趙圓提出「京味」小說，是強調文學與北京的地緣關係與文化影響，並無意以「京派小說」的文學理論作為歸納。《品花寶鑑》亦有其「京味」受北京的文化影響頗深，但若以京、海兩派的文學界義來區別，講究風月的陳森或許還較接近於海派文學，故在此處屏除二說之限。

> 覆滅，使宮廷藝術、貴族文化大量流入民間……於貴族文化與
> 民間文化的某種融合之外，又有漢滿文化的融合。[114]

即能印證於北京文化對《品花寶鑑》的影響，以及陳森書寫怡園作為
名士歡場的特性：以第一項特質呼應陳森小說，即見北京作為封建體
制權力核心之城市代表，卻在政治漸敗的衰世中，朝向現代化的資本
勃興。此清季城市盛於衰世的衝突特性，實以其濃厚而奢華的消費特
性與享樂氣息，教娛樂事業與商業活動，跳脫傳統封建的制約。如見
《品花寶鑑》中文人們終日聚會，除了吟詩作令之外，就是邀約名旦
於園林中往來、呼朋引伴至梨園看戲──不單看到貴族階層的徐子
雲、華星北，或將園林朝外盛況開放、或將外界榮景移接自園林，營
造屬於自己的色域空間；就連魏聘才、李元茂等寄宿人家、攀求富貴
的角色，或借或當、或拐或竊，也都要拼命湊數銀兩，好鑽往梨園館
子裏娛樂消費，無不感染著現代化商業走向的聲色風尚──富有階級
對名園色域的鉅資築立，固然是競奢作樂的浮華表現；投機小人如魏
聘才、投考文人如田春航等無所盤纏的人物，卻也都投入熱鬧紛呈的
消費景象，此於亡國之兆裏縱情逸樂的消費習慣，顯示「娛樂市場的
擴大」與「國事危急的疾苦」之間狀似矛盾、實為避世心態的表裏
──文人暫棄家國理想，轉與倡伎優伶共同生活；貴族不再棧戀身分
地位，斥資築建名園的市隱空間──於此，讀者不難體會《品花寶鑑》
「為名旦大唱讚歌的時代，古老的中華帝國正處於土崩瓦解之中」，
陳森「使情色幻想過渡到高緲的感傷格調」、「結合言情小說高蹈和
低鄙的層次，來實現自己的愛情幻想」的弔詭特性，[115]其實多屬於作
者藉由一種「隔江猶唱後庭花」聲色頹靡的景況，作為小說以男扮女、

---

[114] 趙園：〈京味小說與北京文化〉，《北京：城與人》（北京：北京大學出
　　版社，2002），頁74。
[115] 康正果：〈男色面面觀〉，《重審風月鑑：性與中國古典文學》（台北：
　　麥田出版社，1996），頁162；王德威：〈寓教於惡：狹邪小說〉，《被
　　壓抑的現代性：晚清小說新論》（台北：麥田出版社，2003），頁93、96。

以假為真的迂曲情欲底下，隱射文人以盛掩衰、以「溺」飾「匿」的衰世徬徨。

　　而關於趙圓提出的第二點特質，針對清季社會現象所呈現階層瓦解的結果，強調貴族市民與滿漢之間界線的日益模糊。即見園林作為避世態度與享樂主義並行的城市發展，封建權勢的階層制度透過社會轉型的文化互融，在與市民娛樂互相流通的同時，名士俗化的現象必然導致士人階級逐漸消泯於時代洪流中的變化。故見《品花寶鑑》中遊走體制邊緣、尋找攀利機緣的墮落文人魏聘才的際遇——魏氏本為秀才之子、身兼文采，於尋求王文輝提拔不遂，遂轉為華家食客，在寄養之間攀交權貴勢力，最後卻因流連暗倡違紀而受驅逐，偏偏又在伎女的支助下捐得官職——這似士似宦似庶似紳的身分，已在清季物欲為重的社會價值上，以明確朝向物欲發展的現實觀點，模糊抿除掉封建體制的界線。

　　反觀於正派人士如身兼文人領袖、名伶恩主的徐子雲——其以名士的外表，供應文人與優伶的酬唱交誼作為庇護，在雅俗流通的曖昧之間，同樣呈顯出階級之間的模糊。然而子雲建築怡園以避世隱逸為旨意、塑造於奢豪權勢的富貴情景，卻又代表文人自封建體制中退場，但仍與權勢無法分離的糾結——可見徐氏本身僅作為在部閒走的員外郎職，卻有具體顯赫的貴族之勢。但其不若奚十一等徒，一昧朝向商業現象下發展的土豪猖獗，也不盡似魏聘才般，割棄既有文人的身分全心傾於勢利物欲。子雲卻也能在賞優風尚之間恪守文人正道，又能在日後提供袁寶珠等名伶，棄優從商的市賈經驗與資源。實以正派角色的層面，顯示清季文人於官商士紳身分、傳統道德理想與現代化物欲價值之間，既矛盾又幽微的越界。

　　以上時代交替、雅俗互涉、身分異變的種種矛盾與衝擊，展現於北京城市身屬政經要領的封建核心，意義備顯分明，而《品花寶鑑》以兩座北京園林，面對權力體制所呈現的不同性質，更是涵涉陳森身為衰世文人的邊緣處境與迂曲心理。陳森小說中歌舞昇平的太平景象、優妻共處的和樂倫常——在封建權力庇護下，對體制瓦解規避於

歷史；在商業逸樂的享受下，於浮華淪亡掩蔽著現實──或許正是郁達夫所稱北京「具有城市之外形，又富有鄉村的景象之田園都市」，[116]此種朝向現代化不斷發展中，仍然難以褪色的傳統情懷，使得《品花寶鑑》縱然面對封建保守的惡習與商業物欲的墮落，也都能在陳森深具北京文化、傳統意識的眷戀裡消解，成為一種徘徊不定的局勢。而從北京文化形象呼應小說中園林、倡優場域，對清季文人邊緣特性的隱喻，亦可看到陳森歸趨於傳統理想的執著，及其意識裡對新一種文化期待的價值觀已然萌芽──在《品花寶鑑》中所反映出「城市化」、「現代化」曖昧不明的意義，使此這部溢美的狹邪小說在守舊與浮華之間，呈現出它的弔詭奇異以及不倫不類──那是《品花寶鑑》面對於傳統文藝（人情小說）或者現代小說（同志書寫）時，皆會產生的不協調感，亦是它在時代環境的審視中，反映為文學發展裏某種必然而重要的階段。

## 第二節　由微物到唯物：《海上花列傳》的物化環境與人我關係

　　透過韓邦慶「穿插藏閃」的寫作手法，觀察《海上花列傳》中，伎女與倌紳於「室內場景的飯局設置」及「出外交通的飯局轉移」之間展示的姿態與情節──作者以場域隱喻結合章回設計，於小說一內一外、一靜一動的洋場風情之間，把「幾個不相干故事中人物」交織且串連為繁複的人我關係──呈顯《海上花列傳》「更散漫，更簡略，只有個姓名的人物更多」的特質中，精緻而巧妙的情節構作與幽微隱喻。

---

[116] 郁達夫：〈住所的話〉，《郁達夫散文集》（杭州：浙江文藝出版社，1987二刷），頁 209。

　　即可映證班雅明所稱「遊蕩者」之於城市場域的認知建構、伎女之於知識份子的關係互涉，在《海上花列傳》穿插藏閃的敘事轉移與關係流動中被具體凸顯──作者「最弱化的敘述」減少主觀議論的介入，強調小說人事宛若實景紀錄般的客觀呈現，[117]利用場景與道具的設置，對話結構與權力關係的拉扯，於「飯局」與「交通」之間，將人我之間的物化人情，聯繫出狀似平淡其實複雜的脈絡，並勾勒出晚清市井的現實情景，隱露作者揭露自我，沒於時代潮流間的無奈處境。

## 一、飯局對人情關係的隱喻

　　前文已曾析論《品花寶鑑》中文人商業化、現代化的現象──清季社會因商業文化的強勢滲透，已然出現士、商、官、紳身分之重疊與異變──而《海上花列傳》以上海開埠後政治曖昧、經濟蓬勃的地理位置，呈現伎家事業與買辦文化結合的現代化特徵，則更強化了晚清時期，社會流動性（social mobility）影響下，士人身分及其社交型態的越漸複雜。

　　《海上花列傳》裏恩客與倌人間的人情關係，已不比《品花寶鑑》具有強烈而固定的主／從階級，而較傾向於一種主／客互涉、合謀營利的貿易交際。韓氏小說中，除了歡場設局本身就是方便士紳們商討生意之外，旁隨伺候吃酒、演奏助興的伎女們也能透過社交關係的疊合，將歡場視為商場，輾轉以情場支配者的地位，翻轉男女之間消費者與商品的物欲關係。[118]於這種現實勢利、物化人情的關係結構中，

---

[117]（美）韓南（Patrick Hanan）：「〔海上花列傳〕任何時候只要可能，作者就讓所有的背景資料，甚至人名，在對話中自然出現……甚至描述也通常略去，除非人物自己說出」。韓南著、徐俠譯：《中國近代小說的興起》（上海：上海教育出版社，2004），頁25。

[118]在（美）賀蕭（Gail Hershatter）對上海伎女的研究著作中，除了強調男權體制對倡優的壓迫與危害，也客觀的陳述了伎女為物欲淫樂自甘沉淪的事實，其中伎女們甚至組成小眾團體，對恩客進行軟硬兼施的搜刮與敲詐。

無論親友或是伴侶，亦多專為私己謀取屬利益──以趙樸齋娘舅洪善卿為例，洪氏雖在縣城內經營蔘店，但小說少見他與藥材為伍，反倒常為莊荔甫仲介珠寶古玩、替王蓮生跑腿衣物首飾，從中獲取傭酬。洪氏積極介入朱淑人與周雙玉、王蓮生和沈小紅等男女糾紛間為諸調停，看似熱心，然反觀其對待自己落魄困窘的血親，卻時常暗嘲譏諷、冷漠無情，非但一度想將淪為車伕的樸齋遣返回鄉，免於市場上名聲蒙羞，更在其妹趙洪氏困頓臥病時，都不情願付諸丁點探視──這種物欲湮滅人情的表現反映至《海上花列傳》裏，即以一場又一場的飯局交際所展示，其間交織繁複的人際，在物欲至上的價值觀中，人人各自都藏有一套投機狡詐的表面功夫與交際手腕，正可以看到晚清上海中，傳統文化價值逐漸讓位於現實勢利的物化風情。

　　《海上花列傳》飯局展示時人以商業性型態的人際準則，去適應現代化商品經濟活動的需求，誠如欒梅健所說：

> 無論是去大飯店設宴叫局，還是去妓院去吃花酒，抑或是去茶樓打茶圍、在朋友家碰和賭牌，其真正目的並不完全在於這些娛樂活動本身，而是有著各自利益上的考慮與盤算。打通各種關節，瞭解各地商品行情，招攬種種生意與項目，往往成了人們呼朋喚友、大肆鋪張、酒酣耳熱的真實意圖……整個社會都聯結起來，溝通起來，裹夾起來，每個人幾乎都無法甘居斗室、超然世外。[119]

可見晚清洋場的交誼活動，不似《品花寶鑑》般專注於名園內漫步賞遊的風雅酬唱，《海上花列傳》裡的聚會更加劇了崇尚物質的現實情狀，而隨著社經地位的權力安排而運籌作用，士紳們把酒言歡的檯面

　　參閱賀蕭：《危險的逸樂：二十世紀上海的娼妓與現代性》（台北：時英出版社，2005）。
[119] 欒梅健：〈論海上花的現代性特質〉，《政大中文學報》（2006年6月），第5期，頁99。

上討論的是買辦商貨的生意，伎女們旁侍在後的桌底下也是包局叫場的生意。無論是高檔的宴局，還是簡便的茶局，圍桌吃喝所呈現的多半是喧囂紛擾的景象，無不強調著物欲的商機或者色欲的交流，偶爾一些彈唱戲曲的點綴穿插，盡是醉翁之意不求講究，反更顯得聲色通俗、權欲橫流，隱隱揭露著歡樂場中，人於時代夾層間的孤絕與失落。

## （一）「穿插藏閃」筆法下飯局的設置意義

於「專敘伎家，不及他事」的《海上花列傳》中，韓邦慶自稱發明了一套「從來說部所未有」的「穿插藏閃」之法，遂能於小說的情節敘述之間，交錯許多角色關係及其事件、伏藏許多隱喻與想像的空間。韓氏表示：

> 一波未平，一波又起，或竟接連起十餘波，忽東忽西，忽南忽北，隨手敘來並無一事完，全部並無一絲掛漏；閱之覺其背面無文字處尚有許多文字，雖未明明敘出，而可以意會得知，此穿插之法也。

> 劈空而來，使閱者茫然不解其如何緣故，急欲觀後文，而後文又捨而敘他事矣；及他事敘畢，再敘明其緣故，而其緣故仍未盡明，直至全體盡露，乃知前文所敘並無半個閒字，此藏閃之法也。[120]

韓邦慶此將列傳而為合傳的文學實驗，即胡適稱韓氏「把許多故事打通，摺疊在一塊，讓這幾個故事同時進行，同時發展」，[121]將單一敘事線與固定時間點拆解，呈現為一種無特定情節、無固定要角，所交

---

[120] 韓邦慶：〈例言〉，《海上花列傳》。
[121] 胡適：〈海上花列傳序〉收錄於《胡適文存》（上海：上海書店，1989），三集，卷6，頁725。

織而成的複雜敘述結構，也是張愛玲反覆讀罷讚道：「特點是極度經濟……暗寫、白描，又都輕描淡寫不落痕跡，織成一般人的生活的質地，粗疏、灰撲撲的，許多事『當時渾不覺』」、「就連自古以來崇尚簡略的中國，也還沒有像他這樣簡無可簡」，[122]可見《海上花列傳》善以細節烘托氛圍、巧用結構精練隱喻的書寫技巧。

因此，看到小說第一回中洪善卿引趙樸齋入堂子結識了陸秀寶，第三回就讓趙氏為秀寶辦了酒席，然於趙、陸兩人關係尚未分明之際，卻又透過此場熱鬧聚焦到羅子富身上，隱露著羅氏召蔣月琴但又心繫黃翠鳳的嫌隙。但隨宴會散場，第四回敘事線但隨洪善卿移動到王蓮生與張蕙貞所在書寓，遂在洪氏訪問離去後，復將焦點留在王蓮生身上，並隨蓮生轉場移入沈小紅住所，揭示出王、沈、張的三角戀情──在這短短四個章回的鋪陳中，至少穿插著三個場域的轉移（樸齋筵席、蕙貞寓所、小紅住處）、藏閃了三段男女關係（趙陸、羅蔣黃、王沈張）。可見小說以敘事焦點與不固定角色的移轉，作為情節發展的「穿插」；以一些支微末節的瑣事，「藏閃」著場域間關係的互動與牽引──正如這三段男女關係，要到第六回後才知道羅子富與黃翠鳳冰凍三尺的嫌隙，原來藏有以退為進、欲拒還迎的曖昧關係，也要等到第七回裏才教讀者悉知黃翠鳳終使羅氏愛慕傾心的設局。而王蓮生的三角戀情，亦要演至九回羅、王聚會，沈小紅不請自來的鬧場，才又衝破了王蓮生私通張蕙貞的暗曲，卻也在翠鳳遠觀的閒話裡，隱指出小紅生意上的困境及其暗姘戲子的端倪，衍生了三角戀情以外的

---

[122] 引文語自張愛玲：〈憶胡適之〉，《張看》，頁177、178。而關於韓邦慶自己為「藏閃」之法的舉例則見〈例言〉：「此書正面文章如是如是；尚有一半反面文章，藏在字句之間，令人意會，直須閱至數十回後方能明白。恐閱者急不及待，特先指出一二：如寫王阿二時，處處有一張小村在內；寫沈小紅時，處處有一小柳兒在內；寫黃翠鳳時，處處有一錢子剛在內。此外每出一人，即核定其生平事實，句句照應，並無落空。閱者細會自知。」可見藏閃之法，暗示官紳倡伎於主要關係之外，還各自存有不尋常的旁枝錯節。

分歧關係。至於趙樸齋與陸秀寶的關係,更待閱至十三回,趙氏為倌人開苞籌款卻換來誆騙的一場鬧劇,才知男為色欲、女求物欲,各懷鬼胎的兩相拉鋸。

　　無論是後來黃翠鳳掌握羅子富票據的把柄、沈小紅背對蓮生暗姘戲子的內情、陸秀寶偽做清倌人詐取趙樸齋的色計⋯⋯交錯的情節中人物關係轉來換去,埋藏各色男女的性格與心機,卻不需依附敘事者的評述所揭示,而是以平實描寫的事件本身於穿插藏閃的結構間暗露端倪,正是袁進稱道《海上花列傳》:

> 從傳奇變為寫實,用立體的網狀結構改變了原先小說平面的鏈式結構,用以表現城市的豐富與複雜。[123]

以韓氏創作技巧與現代性意義的關聯,觀察《海上花列傳》中描繪伎家生活中頻繁而瑣碎的關係場域,即可從多數篇幅中吃酒喝茶的餐宴飯局,以及趕局換場間的交通景況之間,見到韓邦慶以普遍的意象寄寓複雜的關係、以平常的生活寫盡繁瑣的人情。

　　於此看到趙樸齋首訪上海,其舅領往的地方就是西棋盤街的聚秀堂。正當趙氏為堂內倌人目不轉睛時,洪善卿倒已和堂內偶遇的莊荔甫賞鑑物品、談起生意,在這一廂色欲薰心、一廂生意論斤的比照下,陸秀寶接機勾搭趙樸齋,就此卻也順勢推出一場飯局:

> 不多時,洪善卿與莊荔甫都過這邊陸秀寶房裡來,張小村、趙樸齋忙招呼讓坐。樸齋暗暗叫小村替他說請吃酒,小村微微冷笑,尚未說出。陸秀寶看出樸齋意思,餂說道:「吃酒末,阿有啥勿好意思說嘎?趙大少爺請耐㑚兩位用酒,說一聲末是哉。」樸齋只得跟著也說了。莊荔甫笑說:「應得奉陪。」洪善卿沉吟道:「阿就是四家頭?」⋯⋯樸齋道:「價末費神,

---

[123] 袁進:〈略談海上花列傳在小說城市化上的意義〉,《明清小說研究》(2005年),第4期,總期78,頁162。

> 耐替我跑一埭，阿好？」小村答應了。樸齋又央洪善卿代請
> 兩位。[124]

這場狀似簡單的飯局，尚未正式邀約辦設，就已經隱藏了人情複雜的物欲關係。首先是洪善卿與莊荔甫的生意，他兩從聚秀堂相遇之後便片刻不脫買辦行頭的話題，更從莊荔甫口中不時提到的陳小雲與黎篆鴻，可以知道男人間關係的聯繫全都維持在密切商貨貿易；其次則看到初識秀寶的樸齋被這倡女一口咬住，非但慫恿他為其擺宴檯酒，更不惜抬高身價而與士紳有一番唇舌議價，可見倡人是自身色相作為商品兜售，反能瓦解男女之間的主從關係，轉而成為一種主客互涉的商業行為。

因此看到宴局正式開辦之際，更於其中交錯複雜的社會結構。只見洪善卿受託邀客的途中：

> 善卿出了公陽裏，往東轉至南畫錦裏中祥發呂宋票店，只見管帳胡竹山正站在門首觀望，善卿上前廝見，胡竹山忙請裡面。善卿也不歸坐，問：「小雲阿來裡？」胡竹山道：「勿多歇朱藹人來，同仔俚一淘出去哉，看光景是吃局。」善卿即改邀胡竹山道：「價末倪也吃局去。」胡竹山連連推辭。善卿不由分說，死拖活拽，同往西棋盤街來。[125]

可見洪善卿始終掛記著為莊荔甫尋找陳小雲的生意，並欲順勢將這段關係，轉嫁到趙樸齋為陸秀寶開辦檯酒的飯局——這場飯局可說是趙樸齋初入色域，且直接與幾個商賈份子建立關係的第一場交際，但除了準備壓榨恩客的倡人（陸秀寶）以外，實則少見眾人對這初來乍到的生客感到丁點興趣（包括身為其親舅的洪善卿）——其焦點卻在眾人酒酣耳熱之際，又悄悄轉向了若隱若顯的洪、莊生意上，卻是由

---

[124] 韓邦慶：《海上花列傳・第三回》，頁24。
[125] 韓邦慶：《海上花列傳・第三回》，頁30-31。

轉局而來的周雙珠為洪善卿帶來他處消息，反教趙樸齋這一場初生之犢的聚宴草草散會，眾人卻轉向了另外一場檯面，勢利態度不言而喻。

> 孫素蘭去後，周雙珠方姍姍其來……揭開豆蔻盒子蓋，取出一張請客票頭授與洪善卿。善卿接來看時，是朱藹人的，請至尚仁里林素芬家酒敘……善卿乃告罪先行。趙樸齋不敢強留，送至房門口。外場趕忙絞上手巾，善卿略揩上一把，然後出門款步轉至寶善街，徑往尚仁里來……只見觥籌交錯，履舃縱橫，已是酒闌燈弛時候。檯面上只有四位，除羅子富、陳小雲外，還有個湯嘯庵，是朱藹人得力朋友。[126]

透過善卿穿梭於兩場飯局之間，小說即「藏閃」著主要人物與其在商場上的位置，且能影響到個別關係於往後情節的發展：洪善卿帶領著讀者視域遊走於眾人面孔，明顯是一個商人之間傳話、兜物的仲介者；而一直被莊荔甫尋找的陳小雲開設呂宋票店，專門販售西洋傳過來的彩票獎券；至於小雲店中的管帳胡竹山，不單純是傳統社會裡的賬房先生，而是兼有買空賣空色彩的投機客；偶爾被眾人提起的黎篆鴻，則常出現在黃浦江畔的遠洋貨輪附近，以越洋鉅商的身分提供這些上海官紳們買辦貨源；而見洪善卿入席就一陣吆和抬槓的羅子富，更是一面身任知縣，一面開設錢莊，在商人圈裡專以週轉調度作為抽傭；穿插於宴席間瞎酒划拳的趙樸齋、張小村與吳松橋，則明顯與整個飯局交際有著深淺不等的隔閡，顯示三人雖同鄉里，抵滬之際，卻於適應城市間產生分別——至於交錯在這些士紳身後，隨局帶來的伎女們，自然也就交織延展出更為繁複的關係網絡——慫恿樸齋設局的陸秀寶已明顯為自己的身價開始鋪路；而為洪善卿趕局之際還能代傳官紳訊息的周雙珠，身為善卿相好，做人溫潤圓融，倒也和洪氏一氣，

---

[126] 韓邦慶：《海上花列傳·第三回》，頁34。

時常作為佾人之間的調停；至於為吳松橋代酒的孫素蘭，流利熟練的彈詞唱功與交際手腕，在宴席上來去自如，卻也隱露她日後遊刃於黑白兩道之間的老辣歷練；而第二場飯局出現總是與葛仲英情話竊語的吳雪香，自然也有如老闆娘般常隨葛氏進出買辦商店；至於羅子富身後代酒不力，先行走人的黃翠鳳，則已在這場宴席之間悄悄隱藏了她將與羅子富打破僵局的導火線。

誠如《Libération》形容《海上花》中一場又一場的桌景人影：「這個文明的最後背景、這個幾乎屬於形而上的愛情儀式、這個長期上映的社會劇，突然變成了充滿野性之美的蠻荒叢林。蜘蛛（妓女）在裡面張開它的網，依自然法則將雄性一口吞噬。」[127]飯局之間隱藏複雜的人情關係，泰半是以營利為己作目的，狀似繁華熱鬧的禮尚往來，其實底下全是腐敗不堪的人性私欲，在彼此

關係的互謀與勾搭間，將自己與對方吞噬殆盡。因此這宴局擺來，不僅僅是寫道趙樸齋之後陷風月揮霍的墮落，也側面點出洪善卿長袖善舞卻為人勢利的一面，故在第十二回中樸齋再次叫局秀寶設宴，洪氏明知莊荔甫協同陸秀寶誆詐趙樸齋花錢請酒，卻也只是白眼輕蔑，不願插手干涉。[128]而其中隱藏許多交錯的關係線，也在小說之後不同的筵席中或穿或插、或藏或閃的出現，例如小說第六回，見插圖「管

---

[127] 法國《解放報》（Libération）之語，引譯自朱天文：《極上之夢：海上花電影全記錄》。

[128] 小說十二回：「陳小雲乃問洪善卿道：『莊荔甫請耐陸秀寶搭吃酒，耐阿去？』……善卿道：『我外甥趙樸齋末，陸秀寶搭吃過一檯酒。今夜頭勿曉得阿是俚連吃一檯？』一時檯面上叫的局絡繹而來，果然周雙珠帶一張聚秀堂陸秀寶處請帖與洪善卿看，竟是趙樸齋出名……善卿道：『我倒閒架來裡，也只好勿去。』說罷丟開」。韓邦慶：《海上花列傳》，頁 116。

老鴇奇事反常情」裡三張方桌併做雙檯的熱鬧場面（見附圖），[129]洪善卿反倒和善起面孔，成為王蓮生的感情顧問，至於上一場早退的黃翠鳳，於此一場筵席中也持續呈現出她與羅式關係的拉鋸——韓邦慶寫到：「先有幾位客人在座……當下向姨娘說，叫擺起檯面來。又請湯嘯庵開局票，各人叫的都是老相好，嘯庵不消問得，一概寫好」，[130]此局開在束合興裏張蕙貞寓所，逐一入席，人數眾多——其中可見剛陪葛仲英至洋舖採買結束的吳雪香、王蓮生與其相隨私會的張蕙貞、磨合王張關係的洪善卿、透過葛仲英與眾人初識結交的陶氏兄弟、以及不斷與湯嘯庵抱怨黃翠鳳不是的羅子富……在這新一飯局的熱鬧排場裡，不但「穿插」著王張曖昧私情的隱露、預告陶家兄弟與李漱芳關係的劇情即將展開，也持續白熱化著上一場舊飯局裏羅黃之間的嫌隙。故見羅子富身邊縱然坐著相好蔣月琴，卻依然隱忍不住他對翠鳳之前早退的滿心怨懟：

> 羅子富拿票局來看，把黃翠鳳一張抽去。王蓮生問：「做啥？」子富道：「耐看俚昨日老晚來，坐仔一歇歇倒去哉，啥人高興趣去叫俚嗄！」湯嘯庵道：「耐勿怪俚，倘忙是轉局。」子富道：「轉啥局？俚末三禮拜了六點鐘哉末（按，三禮拜為二十一天，指「昔」；六點鐘指「酉」，指射「醋」字），好白相哇。」[131]

由此可見，飯局之間交誼著商業物流以外，也在議價著男女關係的經營，吃喝之間無不波濤暗湧，於是看到翠鳳登場之後，羅子富自然處處刁難，「趙家姆替羅子富連代了五杯酒，吃得滿臉面通紅……羅子富更覺生氣，取過三隻雞缸杯，篩得滿滿的，給趙家姆。趙家姆執杯

---

[129] 圖見韓邦慶原著、張愛玲註譯：《海上花開‧第六回》（台北：皇冠出版社，2001 十一刷），頁88。
[130] 韓邦慶：《海上花列傳‧第六回》，頁60。
[131] 韓邦慶：《海上花列傳‧第六回》，頁61。

在手,待吃不吃。黃翠鳳使性子,叫趙家姆拿得來,連那兩杯都折在一之大玻璃門內,一口氣吸得精乾,說聲:『晚歇請過來。』頭也不回,一直去了。」[132]對付這以官職自恃、極愛場面的羅氏,黃翠鳳竟然毫不巴結,反倒以其跋悍的雌風,震攝且吸引男性的傾慕之心。然此卻非真女性情,而待日後章回,讀者甫才驚覺,竟是翠鳳早存計謀的設計,那卻又是韓氏小說於別一場飯局的穿插技法了。可見這歡場上提供交誼的商業筵席,不但充斥著士紳之間的謀利貿易,也搓融著男女之間相互牽絆的角力關係,其中複雜的不僅是物欲當盛的價值趨向,還有人被權力關係糾纏不清的無奈與掙扎。

而看這些飯桌辦設於應酬之間,確實索資不斐,自《海上花列傳》呈現的飲食文化中,即記錄揮金於上海聲色場中的貴公子們「中飯吃大菜(西餐),夜飯滿漢全席」奢華糜爛、洋華文化雜處的交際生活,[133]其一方面可見官宴(滿漢全席)由封建宮庭步入商業市肆,另方面則顯示洋人文化(西餐俗稱大菜)提供一種時尚潮流,展現為傳統流俗於現代化娛樂中的物欲風景。參閱小說三十一回錢子剛請吃大菜,其間士紳應對與倌人往來,即隨筵息之間繁複的上菜過程,形成一種特殊現象的呼應:

> 子剛先寫蓬壺叫的尚仁里趙桂林,及自己叫的黃翠鳳兩張局票⋯⋯接著取張菜單,各揀愛吃的開點幾色,都交堂倌發下⋯⋯蓬壺笑道:「亞白先生可謂博愛矣」⋯⋯須臾,吃過湯魚兩道,後添局倒先至。亞白留心打量那文君玉⋯⋯當下吃畢大菜,各用一杯咖啡。倌人、客人一哄而散。[134]

這場士紳「叫菜」等同於倌人「應局」的檯面,依然藏閃著翠鳳與子剛的私情,而於男女眉目的估色量價與賞玩打量之間,隨之進行著菜

---

[132] 韓邦慶:《海上花列傳・第六回》,頁62。
[133] 韓邦慶:《海上花列傳・第十八回》,頁178。
[134] 韓邦慶:《海上花列傳・第三十一回》,頁306-308。

色豐富的餐食。同參吳友如
一幅「別饒風味」的用餐情
景（見附圖），「上等套菜
十二道，每人光洋四圓，抵
得上半桌燕窩魚翅席的價
值」，[135]其奢靡享樂的物質
情趣可見一斑。而此關係繁
複緊密的生活表象，卻又在

一杯咖啡以後，各自分散離去，可見人情隨物欲擺盪，其實陌生疏離
的異化現象──《海上花列傳》以倡伎空間呈現此晚清社會物化的人
情關係，無論是隱微臥室裡的曖昧情事，還是隔牆闊談的商場機密，
都可能在一場人潮往來的擺檯設宴之中，於閒談對話之間顯露無疑
──人雖是飯局的陳設者，卻也是飯局之間被驅來喚去的遊蕩者，在
物欲橫流的價值觀中，人們交互編織出此張力十足的權利場域，也隨
時可能在權力失衡的片刻，失去了立足之地。

## （二）飯局間的對話：語言結構與權力鬥爭

誠如布迪厄自人類學與社會學的角度分析，當一個社會被分割成
許多不同的場域（champs），這些不同的場域（已結構化的場所）自
然就會各具資本，並進行一些以特定目標為競爭的互鬥關係。[136]在此

---

[135] 吳友如著、孫繼林編：《晚清社會風俗百圖・別饒風味》（上海：學林出版社，1996），圖 30。

[136] 關於（法）皮耶・布迪厄（Pierre Bourdieu）社會學上「場域」（field）的概念，是極強調商業行為於人際關係中的作用與影響。布迪厄：「文學場是一個力量場，也是一個鬥爭場。這些鬥爭是為了改變或保持已確立的力量關係：每一個行動者都把他從以前的鬥爭中獲取的力量（資本），交托給那些策略，而這些策略的運作方向取決於行動者在權力鬥爭中所佔的地位，取決於他所擁有的特殊資本。」參閱包亞明編譯：《文化資本與社會煉金術：布爾迪厄訪談錄》（上海：人民出版社，1997），頁 83。可見「場

理論的競爭關係中，一般可分作資深者與資淺者，或稱為掌握資源者
與資源匱乏者。兩者之間又可交錯，處處形成鬥爭關係，並在很多時
候，為了爭取場域內其他人的認可，展現為一種「象徵暴力」（violence
symbolique）。[137]事實上，這正是《海上花列傳》倌人與倌人之間、
士紳與士紳之間、倌人與士紳之間，處處呈現關係拉鋸的張力所在。
韓邦慶透過飯局的場面應對，將人際往來編織於其中，在熱鬧喧囂、
溫軟語話的交錯裡，實則隱藏著現代性社會中的鬥爭暴力，人人無不
想為增加私己資本佔盡他人便宜，以得利於這複雜關係位置上的控
制權力。

　　因此續看羅子富與黃翠鳳在一場餐宴上的嫌隙，於眾人議論紛紛
的評斷與揣測裡，卻是以初入團體的陶氏之口，說起黃翠鳳倡伎事業
裡的行事傳聞，從此推高翠鳳的身價，樹立她為羅黃關係中控權者的
形象。

> 雲甫道：「說起來是利害哚！還是翠鳳做清倌人辰光，搭老鴇
> 相罵，撥老鴇打仔一頓。打個辰光，俚咬緊點牙齒一聲勿響；
> 等到娘姨哚勸開仔，榻床浪一缸生鴉片煙，俚拿起來吃仔兩
> 把……後來老鴇對俚跪仔，搭俚磕頭，說：『從此以後，一點
> 點勿敢得罪耐末哉。』難末算吐仔出來過去。」陶雲甫這一席
> 話，說得羅子富忘忘鶻突，只是出神。[138]

---

域」之中，「資本」成為一種權力象徵，它以物質、知識、身份、地位等
等不同形式存在。在不同位置上的行為者相互爭奪，以獲取、累積或壟斷
不同形式的資本。而場域也於這種相互定義裡，成為資本生產、流通、權
力交換和佔用的場所。另外參考鄭祖邦析論布迪厄理論，表示「場域」代
表「權力的關係」、「慣習」作為「權力的隱匿」。鄭祖邦：〈對布迪厄
社會學知識進展的考察〉，《社會理論學報》（2003），第6卷，第1期，
頁101-135。

[137] 皮耶・布迪厄（Pierre Bourdieu）表示一個社會是由「象徵暴力」主導運作。
象徵暴力意謂說，宰制的力量如何讓被宰制的人體認不出來他們正被宰制，
這種宛若一種潛移默化式的宰制能量即是象徵暴力。

[138] 韓邦慶：《海上花列傳・第六回》，頁64。

因此，小說第六回中「管老鴇奇事反常情」，韓邦慶藉由餐聚上陶雲甫對黃翠鳳的閒談，翻覆了羅黃之間的嫌隙，之後繼續於小說第八回「蓄深心劫留紅線盒，逞利口謝卻七香車」中，穿插以黃翠鳳的讒言巧語，強化她在羅黃關係上地位與勢力的爭取——無論話題關於作局生意還是乘車排場，翠鳳時而據情、時而說理、時而嬌嗔、時而蠻橫，無不展示此倌人老練於歡場的言語能力，遂使得官場打滾、商場吆眾的羅子富，也只能在黃氏軟硬兼施的對答中傾倒折服——這種隱藏式的語言暴力，可以說是韓邦慶對倡家生態的真實揭露，誠如沃科維茨曾對倡院中具有女權勢力的傾向解釋到：

> 從表面上說，娼妓業似乎是男性霸權馳騁的舞臺，在這個行業中女人被當作交易的商品出售……妓女仍然不可能不受到男人的役使，但她們也並非只是被動承受男性虐待的受害者……她們討價還價，她們既可能受到男人的淩辱，卻也可能搜括嫖客。[139]

以至於旁觀沈小紅拳翻張蕙貞的景況時，黃翠鳳竟能以自我意識的投射，對男權體制提出抗議與譏嘲，故見第九回「黃翠鳳舌戰羅子富」中，翠鳳以同情小紅的立場，力排眾議：

> 子富不好意思搭訕說道：「耐哚人一點點無撥啥道理！耐自家也去想想看，耐做個倌人末，幾花客人做仔去，倒勿許客人再去做一個倌人，故末啥道理哩？也虧耐哚有面孔說得出。」翠鳳笑道：「為啥說勿出嘎？倪是做生意，叫無法啘。耐搭我一年三節生意包仔下來，我就做耐一幹仔……做仔耐一幹仔，勿敲耐，敲啥人嘎？耐倒說得有道理！」子富被翠鳳頂住嘴，沒得說了。[140]

[139] 裘蒂斯・沃科懷茨（Judith Walkowitz）之語轉引於（美）賀蕭（Gail Hershatter）：《危險的逸樂：二十世紀上海的娼妓與現代性》（台北：時英出版社，2005），上冊，頁8。
[140] 韓邦慶：《海上花列傳・第九回》，頁93-94。

骨齒相譏之間，翠鳳顯然佔了上風。以往身為男權商業機制下的伎女，理當隨憑士紳（消費者）們揀選汰換，卻在黃氏這番在商言商、以貨論價的強調下，凸顯出這齣你情我願的感情買賣，即以靈肉視為商品的物欲交易，終究該是一場女人身為賣家，呈現以一對多的貿易關係──其中女性的自決（尚未達到「自覺」的現代性高度，故筆者以「自決」代之），即女性視自己身體作為商品兜售的一種掌握權力，相對抵制了男權消費的為所欲為──不但教羅子富從此專屬於她，還押下了票據拜盒，成為日後翠鳳掌握子富生意的把柄。

從《海上花列傳》餐宴聚會中顯露的關係交織，延伸到其間話語對談的權力掌握──讀者可以發覺，韓邦慶小說塑造出瑣碎而平常的倡伎場域景況，隱藏了物化人情的複雜結構，即從過去言情小說中，人／我之間的單向關係，轉向為一種物／我交錯的網狀結構──在這洋場聚餐中，沒有善惡分明的價值判準，也沒有固定起承轉合的敘事順序，只有紛亂的閒言雜語，與交互流轉試探的姿態與眼神。男男女女互相物化為估算利害的貿易對象，在色相與物欲、身體與商品之間彼此試探算計。誠如欒梅健所說：「封建社會中那種主要停留在家族血緣間的情感互動式的人際交往，被更加功利化的商業性交往所取代了」，[141]此語尤其在洪善卿對趙樸齋的態度上可得驗證，以至於反觀洪氏對待商場朋友與情場相好的熱忱殷切，更是凸顯且諷刺出洋場士紳勢利好欲的現實面目。

而《海上花列傳》人情關係的物化現象，並不僅止反映於大型宴客的男女聚會場合，觀察小說中隨興遊戲的麻將宴、平日用飯的小茶局，甚至是隨意擺盤的日常餐食上……關係鬥爭依然透過瑣碎的語言暴力隨時隨地的搬演。如見小說第十七回「別有心腸私譏老母」，[142]一幅公陽裏周家傖人圍桌的插圖（見附圖），狀似合諧平常的用飯，底下關係卻是暗潮洶湧的對峙爭鋒。

[141] 欒梅健：〈論海上花的現代性特質〉，頁99。
[142] 圖見韓邦慶原著、張愛玲註譯：《海上花開·第十七回》（台北：皇冠出版社，2001十一刷），頁204。

雙珠隨至當中間坐下，卻叫阿金去問雙玉，說：「吃得落末，
一淘來吃仔罷。」雙玉聽見雙寶挨打，十分氣惱本已消去九分；
又見阿姐特令姨姨來請吃飯，便趁勢討好，一口應承。歡歡喜
喜出來，與雙珠對坐，阿金、巧囡打橫，四人同桌吃飯。[143]

這圍桌四女，除去兩個侍女阿金與巧
囡，分別是洪善卿相好、成熟圓融的周
雙珠，以及初作討人、心高氣傲的周雙
玉——這場便餐聚於雙珠對雙玉的邀
請，卻銜接在雙玉與雙寶產生爭執，而
雙寶遭老鴇打罵、雙玉稱心消氣的事件
之上。可見此飯局呈現雙珠身為玉、寶
兩姝之姊，試圖介入與善後的用心——
同樣身為周蘭老鴇的手下紅牌，周雙玉
以清倌人姿態，靈慧傲氣與清秀標緻的
出眾氣質令她出局無數，第三回洪善卿

初見便覺可憐可愛的好感，身陷小紅與蕙貞之三角戀情的王蓮生也不
免指名叫局。可想而知，周蘭對這張王牌必然疼愛有加，相對於生意
較差的周雙寶，便時常落為吃虧遭嫌的一方，甚被老鴇修理毆打。

　　這場玉、寶之爭，本與雙珠無關，然此一頓便餐的邀約，卻顯露
出周雙珠身為長三伎女看待年輕倌人爭艷的迂曲心理。尤其雙珠自相
好善卿口中聽到「雙玉也是利害點，耐幸虧勿是討人，勿然俚也要看
勿起耐哉」，[144]自然會教她警醒到，這雙玉自恃青春淩人的威脅氣焰
——周雙珠以設宴者的長者姿態，又是安撫又是勸諫，擺出一派說道
講理的和事佬架式。其實卻是在洪善卿觀完玉、寶鏖戰，走出雙珠閨
房之後的刻意表現——當時，雙珠先在洪氏耳際數落雙玉的嬌蠻霸

<hr />

[143] 韓邦慶：《海上花列傳・第十七回》，頁165。
[144] 韓邦慶：《海上花列傳・第十七回》，頁163。

道,以及老鴇周蘭的偏心「倪無姆也勿公道,要打末,雙玉也該應打一頓。雙玉稍微生意好仔點,就稀奇煞仔,生意勿好末能概苦嘎」,倒也還秉持著一副公正客觀、處事通達的面目。[145]然待善卿離場,屋內儼然回復為一個女性圍籠時,雙珠邀來雙玉開示道理,即對這初鬥奪勝的稚雞,加諸一計軟性訓誡的下馬威:

> 吃飯中間,雙珠乃從容向雙玉說道:「雙寶一隻嘴無撥啥清頭,說去看光景,我見仔俚也恨煞個哉。耐是勿比得雙寶,生意末好,無姆也歡喜耐,耐就看過點。雙寶有啥閑話聽勿進,耐來告訴我好哉,覅去搭無姆說。」雙玉聽了,一聲兒不言語。雙珠又微笑道:「阿是耐只道仔我幫仔雙寶哉?我倒勿是幫雙寶,我想倪故歇來裡堂子裡,大家不過做個倌人,再歇兩年,才要嫁人去哉。來裡做倌人辰光,就算耐有本事,會爭氣,也見諒得勢……只要耐心裡明白,就蠻好。」說著,都吃畢飯。[146]

周雙珠圓滑於碗筷交錯間的隨口發言,周雙玉沉默接受訓言的不語唯諾,在韓邦慶宛如筆錄的自然書寫中,彷彿直接於讀者腦海中浮現,對坐嚼食的兩女皮笑肉不笑、彼此相敬卻藏暗刺的詭譎氛圍。

作者以一場便飯的隨興密談——「穿插」的情節是雙玉、雙寶的明爭,「藏閃」的卻還有雙珠俯瞰戰局,企圖鞏固自我地位的暗鬥——便足以表態周雙珠以大姐自居,對恃寵而驕的雙玉已懷不滿,而興起權力壓制的語言作用。除了表面說詞上倚老賣老的授受道理,雙珠語言背後隱藏的,多半還是周家紅牌地位受到危及的憂懼與抗議,而她私下對洪善卿嚼耳的暗槍閒語,更暗示了倌人之間的競爭,根本毫無姐妹情誼與同門道義可提,證明這些廁混歡場的江湖兒女,自甘物化、絕少真心的商業性價值觀。

---

[145] 韓邦慶:《海上花列傳·第十七回》,頁 164。
[146] 韓邦慶:《海上花列傳·第十七回》,頁 165-166。

## 二、交通工具於市井人情間的現代性意義

　　《海上花列傳》往往透過場域間的一場飯局，便呈現人錯綜複雜的人情關係——這在侯孝賢翻拍的電影《海上花》裏，無疑是被具體掌握且擴大的重點——且看整齣影片全屬室內場景，而自電影甫開場，一個熱鬧紛呈的餐桌宴飲的畫面，導演便以長達九分鐘的長鏡頭運動，左右環視著圍桌者的表情與動作，將其迂曲交錯的人情關係盡收眼中（見附圖）。[147]這種刻意將敘述視點拉成全景的氛圍營造，確實屬於韓邦慶「最弱化敘事者」竭盡客觀述實的表現。

　　然而，影像與文字的不同之處，在於導演處理視點的移動與情節的轉場，是在鏡頭運動之後，以淡入／淡出（fade in／fade out）的融

---

[147] 此即影評 Jean Michel Frodon 所說：「在一個熱熱鬧鬧的故事後，以優雅無比的鏡頭運動帶出許多連拍長景」；Jacques Kermabon：「定格的影像，結構精密的取景，刻意地不迴避旁觀者角度的大全景，營造出靜止狀態的氛圍」。影評之語參閱《海上繁華錄：海上花的影像美感》、《極上之夢：海上花電影全記錄》中採錄與翻譯。皆在形容侯孝賢長鏡頭（連拍長景）下，透過視角與畫面的縱深以及鏡頭的律動，將一屋子內圍坐共飲的人物姿態與互動關係盡覽眼中，呈現出一種「散點透視」的效果。附圖為蔡正泰劇照，由三三電影製作有限公司提供。

焦方式作為剪輯的段落；韓邦慶小說卻是順著人物關係，將敘事焦點往室外移動──誠如描繪一場室內飯局之後，隨取某士紳倌人乘轎搭車的離行，轉入另外一場飯局的關係場域之中──可見韓邦慶以交通形式的移動，於飯局與飯局之間形成有機的關係結構，形成橫跨章回，將情節穿插藏閃於情境之中的交織作用。

　　以下即說明韓邦慶以「交通」作為敘述視點的移動工具，檢視其對人情關係／情節結構、形式／內容所呈現的隱喻，並參照吳友如畫派的印證，凸顯《海上花列傳》反映時人於城市物欲傾向中，展示而出的現代性意義。

## （一）交通工具對情節／關係轉移的隱喻

　　與狹邪小說背景相似，吳友如畫派的畫報事業，在晚清傳播事業盛大、媒體活動發達的狀況下發行──誠如《申報》添設的《點石齋畫報》，即以成熟而別緻的畫風反映了當時社會百態與生活景況。其中，為迎合讀者獵奇的心理、窺視的想像，更是大量繪構城市風情與倡伎姿態──而吳氏畫派為《海上花列傳》所繪的插圖，同樣得到魯迅讚美。[148] 可見

---

[148] 姜德明編著的《插圖拾翠》，第一幅即收入吳友如畫派為《海上花列傳》繪製的插圖，姜氏且引述魯迅所說：「我前所見，每星期出二回之原本，上有吳友如之繪畫，惜現在不可復得矣」。參閱姜德明編著：《插圖拾翠》（北京：生活・讀書・新知三聯書局，2000），頁 1。而見魯迅《朝花夕拾・後記》（北京：外文出版社，2000），中亦指出：「吳友如畫的最細巧，也最能引動人」（頁 236），認為吳氏最擅長繪畫上海洋場中伎女與流氓的神色。案，而今於皇冠出版社所發行，張愛玲國語版《海上花》中則已竭力蒐羅到吳友如派的插圖，是「今已復得矣」的珍貴資源。

畫報、插圖以「圖像」，強化、補充了小說「文字」反映於城市的表現作用。

　　而見圖像對晚清上海中「交通」工具於都市風景中的隱喻展現，如閱《點石齋畫報》一幅「溽暑未消，夜涼如洗，少年輕薄之輩往往攜美伎駕名駒，一鞭斜指，笑逐西郊，輒於車塵馬足之間作神女襄王之會」，官紳於馬車上坐擁美伎的香豔圖景（參閱附圖），[149]可見「攜伎同車共遊」作為當時官紳流行的活動，「必於四馬車來去一二次，以耀人目。男則京式裝束，女則各種豔服，甚有效旗人衣飾、西婦衣飾、東洋婦衣飾，招搖過市，以此為榮」，除將隨車伎女當作陪伴，更視其為一種炫示他人目光、風潮時髦的商品利用。[150]誠如羅崗所稱：

> 當時上海的車行擁有兩千餘輛馬車，租車、坐車的自然是各色人等，坐車的目的也是各有不同。然而《點石齋畫報》卻有意設計了一個個相關場景，把「馬車」和妓女、兜風、街道、城區和公園等諸多因素緊密聯繫在一起，編織了一幅上海妓女乘西洋敞篷馬車遊逛城區的形象化圖景。[151]

此馬車與伎館並列、遊逛活動與伎女形象連結的繪象，具體呈現在《海上花列傳》裏倡伎轉局、官紳赴宴之間的交通景況，除了符合班雅明於「遊蕩者」於城市巷弄間，作為觀看／被觀看的物化風景，且以「交通」的意向，作為場域設置與飯局關係上移動且流動的一種「道具」，具備「穿插藏閃」筆法的功能性——例如，小說第九回銜自八回中，

---

[149]（清）吳友如主筆：《點石齋畫報・貪色忘身》（漢鑫圖書縮影，2002），第四集上。

[150] 引文出自談寶珊繪：《（新增）申江時下勝景圖說》，卷上，轉自陳平原、夏曉虹編注：《圖像晚清》（天津：百花文藝出版社，2001），頁 270。

[151] 羅崗：〈性別移動與上海流動空間的建構：從海上花列傳中的馬車談開去〉，《華東師範大學學報・哲學社會科學版》（上海：華東師範大學學報期刊社，2003 年），第 1 期，總 165 期，頁 93。

羅子富於黃翠鳳寓所允諾彼此關係之後，隨即招來馬車趕場吃酒。[152]而
隨羅、黃座車在大馬斜角轉彎處，偶遇王蓮生、張蕙芳的座車（此時
羅、黃分乘與王、張共乘的座車樣態，呈現出兩種不同的男女關係），
透過「大家見了，只點頭微笑」的會車相應，場景即由縱轡飛跑、滔
沙滾塵的交通樣貌，轉入「芳草如繡，碧桃初開」、「車轔轔，馬蕭
蕭，接連來了三四十把，各占著亭臺軒館的座兒」的「明園」景況；[153]
敘事焦點也從羅、黃兩人，轉向王、張身上。即見下一刻，趴在欄杆
上俯望車流的黃翠鳳發現了沈小紅下車上樓，接著便演出一場沈氏拳
翻張蕙貞的全武行──由此可見，經由馬車交通的動線，作者成功轉
移焦點，至王、沈、張關係白熱化的衝突之上。反觀原自八回中尚作
主角的羅子富與黃翠鳳，至九回裏頓時退居配角，倒還能以旁觀者立
場為這三角關係析論評價。

　　而除了奢華馬車被作者利用作為小說場域、情節交錯，以完成「穿
插藏閃」筆法的功能，短程的人工扛轎、上海港埠處處可見碼頭停靠
的西式輪船等交通工具，也都是小說表現敘事意涵，所能依據的器物
與其運動形態──參閱小說二十回，陶玉甫會見李漱芳病榻，正是寫
到一對苦情鴛鴦互訴衷情於命運中的掙扎。卻在濃時，偏偏被陶雲甫
打擾，並將其弟玉甫瞬時抽離男主角的位置，乘轎轉赴為商場生意的
作陪──其中小說以交通形態（陶氏乘轎）作為情節換置於二十一回
的過場，即將敘事焦點由漱芳寓所的情侶拜別，轉移到黎篆鴻所設的
商紳聚場：

> 陶玉甫請陶雲甫到李漱芳房裡來坐，雲甫先問漱芳的病，便催
> 玉甫洗臉打辮，吃些點心，然後各自上轎，出東興里，向黃埔
> 灘來。只見一隻小火輪船泊在洋行碼頭，先有一肩官轎，一輛

[152] 小說第八回中，羅子富與黃翠鳳還有一場關於「馬車」獨乘或併坐的爭論，
見韓邦慶：《海上花列傳》，頁82。
[153] 韓邦慶：《海上花列傳·第九回》，頁88。

馬車,傍岸停著。陶雲甫、陶玉甫投上名片,黎篆鴻迎進中艙。
艙內還有李實夫、李鶴汀叔侄兩位,也是來送行的。大家相見
就坐,敘些別話。須史,於老德、朱藹人乘轎同至。[154]

並繼續透過「乘轎後轉入船中」的交通動線,將二十回的情話綿連,
銜至二一回的商事論價——迥然凸出「情場」轉為「商場」、「愛情
關係」換置作「商賈交際」的變化,可見小說「穿插」人情關係的物
化,是中斷了玉甫與漱芳的繾綣纏綿,移接於黎篆鴻身為買辦大盤的
貨源人脈上;[155]而韓邦慶於其中「藏閃」情節日後發展的伏筆,則有
雲甫從中阻撓,禁絕漱芳嫁入陶家的嫌隙,間接促成李氏的死亡,以
及黎篆鴻於交際場上,與朱家關係攀升(自十九回黎篆鴻結識朱淑人
而有好感欲收為婿,之後小說見黎篆鴻設局宴請等場面,必然出現淑
人之兄,朱藹人的出場及伴隨),以至於日後黎、朱兩家的結親——小
說不過藉由陶氏一趟交通轉場,卻是銜接了情場與商場之兩肇,反映
出真摯情緣幻滅與商業利益勾結之間的衝突、對比出愛情理想與物欲
現實之間的差距。

　　承上所見,這些交通工具供應官紳們於花叢遊蕩、攜帶美伎自城
市穿梭,在串聯章回場次、流轉敘事焦點的同時,一面編織著小說中
錯綜複雜的人情結構,一面更以物質形式之意象隱喻人情關係之物化
傾向。觀察小說本身附圖:

　　三十八回一幅「史公館癡心成好事」,[156]只見一名車夫拉著東洋
馬車站在圍牆之外,而牆內正是趙樸齋立於高大洋樓門首,同四五個

---

[154] 韓邦慶:《海上花列傳・第二十一回》,頁202。

[155] 黎篆鴻與齊韻叟作為小說中人人爭相趨附的兩大對象,前者被強化為富豪
　　鉅子的商人形象,後者則帶有既有階級、名士文人的官威與氣質。根據蔣
　　瑞藻《小說考證》的說法,以為韓邦慶筆下的黎篆鴻,即是影射晚清富商
　　胡雪巖。

[156] 圖見韓邦慶原著、張愛玲註譯:《海上花落・第三八回》(台北:皇冠出
　　版社,1998九刷),頁442。

方面大耳、挺
胸凸肚，穿著
烏皮快靴、軍
官打扮的門衛
們，哈腰鞠躬
的姿態（見附
圖）──此「樸
齋吶吶然道達
來意。那軍官
手執油扇只顧

招風，全然不睬」的情景，[157]即銜接前面於樸齋住所中，得知史三公
子召見其妹趙二寶，「誰知道一個局直至傍晚竟不歸家，樸齋疑惑焦
慮，竟欲自往相迎，可巧的姨娘阿虎和兩個轎班空身回來」；而至後
面，趙氏翌日登門尋妹，確知妹留史家還得多待，樸齋自己則「坐上
東洋車，逕回頂豐里，把所見情形細細告訴母親，趙洪氏欣羨之至」
──[158]一趟交通的折返，心態卻由疑懼化為欣羨，產生截然不同的轉
變，手足親情的道德倫常、登門遭受冷眼對待的羞辱感，頓時都讓攀
勢趨利的虛榮心態所取代。

　　而至五五回一幅「訂婚約即席意彷徨」，[159]描繪岸邊有馬有轎還
有船，正是一場離情依依、浩浩蕩蕩的送別圖樣（見附圖），只見「史
天然立在船頭，趙二寶坐在轎裡，大家含淚相視，無限深情。直到望
步鑑船上桅影，趙樸齋始令轎班抬轎回家。」[160]此即史氏返鄉回京之
際，並對趙二寶允諾彼此親事的情景。然這場「交通」場面所貫連的

[157] 韓邦慶：《海上花列傳‧第三八回》（台北：三民書局，1998），頁371。
[158] 韓邦慶：《海上花列傳‧第三八回》，頁370-371、373。
[159] 圖見韓邦慶原著、張愛玲註譯：《海上花落‧第五二回》（台北：皇冠出版社，1998九刷），頁608。
[160] 韓邦慶：《海上花列傳‧第五五回》（台北：三民書局，1998），頁536。

情節，承接於上則五四回，卻是趙樸齋於茶樓裏遇見伺候倌人們的女侍們——這兩名女從的出場，又正自「失足婦鞭笙整綱常」王蓮生揭穿張蕙貞紅杏出牆、私通姪兒的一陣毆打；[161]以及「負心漢模棱聯眷屬」朱淑人決心背棄周雙玉，而與眾人合謀將定親之事的隱瞞——[162]作者以別出於他處的關係內幕，隱射史、趙關係無出其右的難堪，教這場情意濃厚的送別場面，反倒成為一種虛情假意的譏諷。以至於送別之後，「穿插」至第六一回，才教趙氏等無音訊、羞憤成疾；「藏閃」於結局六四回，趙二寶認清史天然白嫖，使之夢碎的必然結局。[163]透過「交通」意象的隱喻，可見摯情的虛妄與物欲的狡詐，於此送往迎來的現實人情中，如同車水馬龍一般交織繁瑣，浮華熱鬧卻也惹滿塵埃。

---

[161] 「失足婦鞭笙整綱常」見「（大阿金與阿珠）兩人剛至門首，只見一個後生慌慌張張衝出門來，低著頭一直奔去，分明是王蓮生的姪兒……阿珠因輕輕問道：『王老爺阿來裡？』來安點點頭，阿珠道：『阿有啥事體嗄？』來安趲上兩步，正附耳說出緣由……越發劈劈拍拍響得像瀧豆一樣，張蕙貞一片聲喊救命……樓上又無第三個人，竟聽憑王蓮生打個盡情」。參閱韓邦慶：《海上花列傳・第五四回》，頁528。

[162] 「負心漢模棱聯眷屬」則見「朱淑人見眠香塢內更無別人，方囁嚅向齊韻叟道：『阿哥教我明朝轉去，勿曉得阿有啥事體？』齊韻叟微笑道：『耐阿哥替耐定親呀，耐啥勿曾曉得？』……淑人沒事，自去書房裡悶坐，尋思：這事斷斷不可告訴雙玉，我且瞞下，慢慢商量」。參閱韓邦慶：《海上花列傳・第五四回》，頁521-524。

[163] 回顧整個趙二寶下海而至夢醒的經歷，其中四月偕母來滬尋兄，至八月送史公子離戶，此後兩個月的等待，除了收到一封平安返鄉的回信，接著就是樸齋乘船南京探問，帶回史公子赴揚州娶親的消息。二寶晴天霹靂下，就此臥病不起，當初史天然「漂」了趙氏一千洋錢的局帳（書寫每逢三節向客人收帳，存心白嫖者最後避而不見，即是所謂的「漂局帳」），加上辦理嫁妝的負債，即使在二寶典賣衣物、力還債務之下，仍有一千洋錢的盈虧，遂證明史天然當初漂局帳的數目，正是逼迫二寶重操伎業的關鍵，正是淪落城市的時人，於資本社會物化誘因下所受到的快速變遷與十足悶虧。

193

## （二）以「遊蕩」作為呈現城市的方法

　　《海上花列傳》中官紳與伎女乘車於上海街頭的城市景況，即能印證班雅明思想，誠如《柏林紀事》中班雅明曾以親身體驗說到，中產階級男性以一種遊蕩者的身分，透過與城市中伎女的結識，形成一種跨越階級、完成自我，重新檢視現代城市中時人處境的方式：

> 在妓女的引領下，整條街道的所有秘密都在你的面前展現開來。任何一個人，只要他曾經在一個陌生的城市裡試圖尋找一家妓院的地址，而且得到過曲折的答案的……就會明白我的意思。[164]

如此認識城市的方法，呈現班雅明論及資本主義時代下的作者風格，「當一位作家走進市場，他就會四下環顧，好像走進西洋景裏」、「關注城市生活中動盪和危險的樣貌的文學則前程遠大」，屬於一種現代意義的關注。[165]正也是韓邦慶小說描繪晚清上海，官紳終日穿梭於倡門青樓、伎女乘車伴隨的景況。誠如《海上花列傳》甫一開章，趙樸齋初到上海此一「陌生的城市」，隨與洪善卿「尋找一家妓院」，便鑽進了聚秀堂裏見識──即韓邦慶身為都市文明興起的觀察者、商業市場機制下的創作者，隨著「遊手好閒者」致力書寫其中的歡場生活，呈現文人於現代化城市裏「稠人廣座中的孤獨」的迂曲心理與現代性城市意義──[166]故藉班雅明思想呼應《海上花列傳》，有幾個層面值得深入：

---

[164] （德）瓦爾特・班雅明（Walter Benjamin）著、潘小松譯：《莫斯科日記・柏林紀事》（北京：東方出版社，2001）、羅崗：〈性別移動與上海流動空間的建構：從海上花列傳中的馬車談開去〉，《華東師範大學學報》（2003 年 1 月），頁 90。

[165] 參閱班雅明著，張旭東、魏文生譯：《發達資本主義時代的抒情詩人：論波特萊爾》（台北：臉譜出版，2002），頁 99、105。

[166] 「遊手好閒者」出自班雅明評論法國詩人波特萊爾（Charles Baudelaire）〈波

　　首先，班雅明藉由伎女的特殊身分作為文人認識城市的「嚮導」，誠如姜漢椿論及《海上花列傳》，「從一個獨特的視角反映開埠後上海的一個側面。」[167]是將伎院書寫，視為資本社會文人一種透析現代性城市、自我覺知的「訓練」方式——[168]實以伎女生活的介入，使得文人重新詮釋身於上海的處境，且能突破既有性別階級與認知經驗。於此，知識份子看待具體世界彷彿以其想像潛入迷宮，繪構一幅屬於自我記憶的地圖，並於其中喚得現代化城市裏性別越界與權力轉移的意義——這是蘇珊桑塔格表示，班雅明隨遊蕩者認識城市屬於一種「與身體一致的想像行動」；[169]亦是韓邦慶繪構青樓生活的記憶與偕伎遊過的街景，「日日在夢中過活，自己偏不信是夢……及至捏造了一部夢中之書，然後喚醒了那一場書中之夢」，[170]交融經驗與想像、所見與所寫，所反映出的城市紀述。

　　其次，這種透過伎女行動投射文人處境，解構城市而後重新建構的認識方式，必然建立在一種流動而移動的關係結構上。誠如班雅明所說：「大城市並不在那些由他造就的人群中的人身上得到表現，相反的，卻是在那些穿過城市、迷失在自己思緒中的人那裡被揭示出來」——中產階級藉由伎女於城市邊緣與次文化裏的「遊蕩」，是將「人的移動」作為理解現代城市的一種方法——《海上花列傳》裏一片「隨波逐流，

---

特萊爾筆下第二帝國的巴黎〉一文中的標題；「稠人廣座中的孤獨」則見其中內文。參閱班雅明著，張旭東、魏文生譯：《發達資本主義時代的抒情詩人：論波特萊爾》，頁99、117。

[167] 姜漢椿之文出於他為韓邦慶小說做的引言，文收於韓邦慶：《海上花列傳》（台北：三民書局，1998）。

[168] 此即班雅明將「妓女的引路」，視為資本社會下文人的一種現代化自我「訓練」（於蘇珊桑塔格〈在土星的標志下〉，文中則被翻譯為「實踐」）。其言：「在一座城市中不辨方向，這說明不了什麼。但在一座城市中使自己迷失，就像迷失在森林中，卻需要訓練。」語出於班雅明著；李士勛、徐小青譯：《班雅明作品選‧柏林童年》（台北：允晨文化，2003），頁145。

[169] （美）蘇珊‧桑塔格（Susan Sontag）著、姚君偉譯：〈在土星的標誌下〉，《在土星的標誌下》（上海：上海譯文出版社，2006），頁109-132。

[170] 韓邦慶：《海上花列傳‧第一回》，頁2。

聽其所止」、載沉載浮的「花海」，[171]正是伎女們轉局移場、送往迎來、作為「穿過城市、迷失在自己思緒中」的遊蕩姿態，進而能夠引領「傾覆流離於狎邪」冶遊子弟們的視域，於書寓、堂子、花煙間、甚至貴族園林之間移轉流動。即韓邦慶以人物的移動、章回的轉場、「穿插」「藏閃」的敘述筆法，所編織出現代物化人情的關係結構於上海景況之中。

再者，伎女如此身兼重責形象的主要原因，卻建立在她們於現代性娛樂中被物化為一種販賣靈肉的商品意義。羅崗於是說到：「『遊蕩者』在這裡兼具了『看』與『被看』的雙重功能：他觀看『人群』，同時又置身於『人群』中，成為被他人觀看的『景象』」。[172]可見伎女反映於文人，除了成為城市的遊移者，同時身兼城市的引介者，還是城市的標誌者。事實上，伎女正如她們所引領於男性重新認識的街道、碑牆與牌坊等地理，而成為現代性城市的一種「物」的隱喻，並在伎女引領男性於城市遊移的同時，也將知識份子脫離其既定的文化結構，使伎女與官紳相互定義為一種物化關係。《海上花列傳》中的伎女基於上海租界區的特殊政治性，具備其他晚清城市所欠缺的合法與開放性，卻也在強化「（物之）價格」之同時，淹滅了「（人之）價值」的意義，是以青樓娛樂呼應城市現代性，進而成為文人透過消費所認識到的新型社會的風景。

於此看到第六回「養囡戲言徵善教」插圖中，吳雪香隨葛仲英「在東合興里弄口坐上馬車，令車夫先往大馬路亨達利洋行去」（見附圖）：

---

[171] 韓邦慶：《海上花列傳·第一回》，頁2。
[172] 羅崗：〈性別移動與上海流動空間的建構：從海上花列傳中的馬車談開去〉，《華東師範大學學報·哲學社會科學版》（上海：華東師範大學學報期刊社，2003年），第1期，總165期，頁89。

一眼望去，但覺陸離光怪，目眩神驚……那洋行內夥計們將出
許多頑意兒撥動機關，任人鑑賞：有各色假鳥，能鼓翼而鳴的；
有各色假獸，能按節而舞的；還有四五個列坐的銅鑄洋人，能
吹喇叭、能彈琵琶、能撞擊金石革木諸響器、合成一大套曲的；
其餘會行會動的舟車狗馬，不可以更僕數。[173]

閱見仲英與雪香這場購物情景，雖說狀似親暱的兩人於亨達利洋行賞
識商品，然而插圖所繪一行人任憑他們眼花撩亂地估價衡量，卻是以
一種「被看」的視覺效果展示於畫面之上——其所搭乘別具西洋奢豪
風情的馬車，設有簾幕、轎室與掛燈、輪形表現為鋼絲材質，停靠於
高聳洋式樓房門前的圖像，竟是在購物之際，成為時人獵奇的街頭
景況。

　　可見交通工具除了具備物化人情中關係流動與轉移的隱喻性，韓
邦慶更以其風情濃厚的物象情景，強烈反映出視覺感官的質地——小
說與插圖對器物的描繪，宛若重現歷史細節的影像，一種可供觀賞與
思索的商品化風景——故見圖中新潮的馬車，作於當時上海一種新式
交通工具，即池志澂《滬遊夢影》中所稱：

西人馬車有雙輪、四輪之別，一馬、兩馬之分，以馬之雙單為
車之大小。其通行最盛者為皮篷車，而復有轎車、船車，以其
形似轎似船也，輪皆用四。近更有鋼絲馬車，輪以鋼不以木，
輪外圈以橡皮，取其輕而無聲……兩輪而高座者，更名曰亨生
特。亨生特者，猶華言其物之佳也。[174]

---

[173] 圖見韓邦慶原著、張愛玲註譯：《海上花開・第六回》（台北：皇冠出版
社，2001 十一刷），頁 84；引文則見韓邦慶：《海上花列傳・第六回》（台
北：三民書局，1998），頁 59。

[174] 參閱（清）池志澂：《滬遊夢影》，（上海：上海古籍出版社，1989）。
引文轉引自陳平原、夏曉虹編著：《圖像晚清：點石齋畫報》（天津：百
花文藝出版社，2001），頁 270。

這種洋化馬車,速度極快而
外形特殊,在晚清洋場大路
上風馳雷掣,教上海居民耳
目一新,誠如吳友如「英租
界黃埔灘」一幅充斥馬車的
上海街景,即為當時城市中
極為顯著的新潮風情(見附

圖)。[175]見羅崗表示:「『妓女』和『馬車』的結合,更加凸現出她
們『可出賣』與『可購買』的性質」,可見倌人以馬車為自我展示的
工具,利用器物異化身分,完全地物化身體;葉凱蒂更以其主動的態
度說明:「(伎女)指定她的路線時候,她當然考慮到她企圖獵取的
目標,考慮到如何表現自己與為誰來表現自己,已把這假設中的旁觀
者,抬高到未來的顧客的地位」。[176]即知這些時髦乘車兜風的女人,
透過交通工具的活動形態,主動將自己商品化為一種城市形象,自然
也如飯局隱喻權力關係般,[177]含藏著現代性人情的物化情狀。

---

[175] 此圖註記:「鴉片戰爭後,上海成為對外開放的通商口岸,並被迫劃定租
界。租界東起於黃埔江西岸……外國商人沿路建起大大小小的洋行、商號、
娛樂場,開設銀行,建立理事館,使它成為上海租界的象徵。」參閱吳友
如著、孫繼林編:《晚清社會風俗百圖・英租界黃埔灘》(上海:學林出
版社,1996),圖35。

[176] 羅崗:〈性別移動與上海流動空間的建構:從海上花列傳中的馬車談開去〉,
《華東師範大學學報・哲學社會科學版》(上海:華東師範大學學報期刊
社,2003),第1期,總165期,頁94。葉凱蒂:〈清末上海妓女服飾、
傢俱與西洋物質文明的引進〉,原收錄於《學人》(1996,9),頁381-436,
截引自羅崗:〈性別移動與上海流動空間的建構:從海上花列傳中的馬車
談開去〉,頁94。

[177] 曾為語言結構討論權力關係作為舉例的羅子富、黃翠鳳,閱小說中兩人乘
車前往明園途中,巧遇王蓮生與張蕙貞的景況。同樣是倌人與恩客馬車出
遊,前者分乘、後者共座,就顯示出伎女與顧客之間的親疏關係與感情穩
定的程度——羅氏邀翠鳳乘車,卻在女方分乘的要求下,隱忍不去發作,
反而旁敲側擊,提及翠鳳昔日與一位瘦高個兒客人共乘的往事,亦間接指
出翠鳳與錢子剛生意的往來,實比羅氏親暱的事實。參閱韓邦慶:《海上
花列傳・第八回》,頁82。

　　因此，「馬車」作為作者書寫器物的重點，除了可利用作小說中都會景物的鑲嵌、角色關係的錯綜、情節發展的銜接之外，同時也將搭乘者物化為現代化圖像裏商品意義的景觀，透過「漫遊」形態呈現城市中人宛若走進商品展示的舞台，兼具觀看與被觀看、消費與被消費的雙重涵義。於此翻閱小說第八回，子富邀翠鳳乘車前的準備情況：

> 將近三點鐘時分，子富方叫小阿寶令外場去喊兩把馬車。趙家姆舀上面水，請翠鳳捕面。翠鳳教金鳳去打扮了一淘去。金鳳應諾，同小阿寶到對過房裏，也去捕起面來……妝畢，自往床背後去。趙家姆收過妝具，向櫥內取一套衣裳放在床上，隨手帶出銀水煙筒，又自己忙著去脫換衣裳。[178]

誠如羅崗所說：「她們（伎女）是自覺的把自己的整體形象（容貌、裝束、儀態、行為和舉止）以及這一形象與相關環境（城區、馬路、園林和馬車）的關係放置在他人的眼光之下，構成了都市中供人觀賞的一道景觀。」[179]乘車遊蕩作為城市伎女炫弄風騷、展示面目的一種方式，事前穿著打扮的工夫也就特別講究，非但翠鳳身為主乘者，需要悉心梳妝，翠鳳之後輩金鳳作為隨乘者與歡場的見習者，亦同樣被吩咐打點門面，甚至一旁照顧的媄姆都得一同嚴裝以待。此番乘車前「補面著裝」蓄勢待發的增色風情，具體呈現為張小虹所謂《海上花》反映當時上海之一種「唯物」且「微物」的情調，[180]也是鍾阿城所強調「世俗的洛可哥式，燭光中的絢爛，租借的拼湊，可觸及的情欲和閃爍的閑適」——[181]誠如綾羅珠飾是倡女們穿著佩帶的裝飾，也樣是

---

[178] 韓邦慶：《海上花列傳》，頁85。

[179] 羅崗：〈性別移動與上海流動空間的建構：從海上花列傳中的馬車談開去〉，頁94。

[180] 張小虹：〈幽冥海上花：表面美學與時間褶襉〉，《電影欣賞》（2002年3月），卷110，頁22。

[181] 鍾阿城之語出於《海上繁華錄》，頁9。

倌紳們買進賣出的商品；酒飯果菜充斥於交際應酬的飯桌臺面，卻也同時暗藏關係往來、言語交錯間的客套與鬥爭；馬車轎船作為洋化改良後的新式交通工具，則更間接展示出中產階級崛起的時髦風景──從飯局與交通對人情關係及其轉移、互動的隱喻，到其間對話結構與裝飾意義，《海上花列傳》反映出一種物質文明下，洋場時人朝向現代性「商品化」、「物化」且「異化」的城市現象與人文意義。故當金鳳打扮妥當，以其異國風情的妝飾眩人耳目之際，原先主動邀其乘車的翠鳳，隨即撤掉原先妝飾，改換別套衣著，即在「商品化」裝點作為宣傳手法中，還具較量競爭的販賣意涵：

> 金鳳先已停當，過來等候。子富見他穿著銀紅小袖襖，蜜綠散腳褲，外面罩一件寶藍緞心天青緞滾滿身灑繡的馬甲，並梳著兩角丫髻，垂著兩股流蘇。

> 趙家姆來催，說：「馬車來哉。」翠鳳才丟開手，拿起床上衣裳來看了看，皺眉道：「我勤著俚。」叫趙家姆開櫥，自揀一件織金牡丹盆景竹根青杭寧綢棉襖穿了，再添上一條膏荷縐面品月緞腳松江花邊夾褲，又鮮豔，又雅淨。子富呆著臉只管看。[182]

倌人們爭妍鬥麗、慎重打扮的姿態，教端坐一旁「賞色」的羅子富時而對金鳳搭訕，時而對翠鳳重裝整頓後「呆著臉只管看」，顯露了這些伎女面對市場，自有一套運籌帷幄、各顯神通的心機，人人宛如廣告行銷的策略高手，在擺弄與勾引、主動與被動之間，呈現商品消費的競爭、買賣雙方的拉鋸，加劇了關係結構中勢利物化的城市意義。

上海洋場的倡伎藉由「物品」的裝飾，融入了商業機制的操作，而在與恩客物源往來的互動之間，反映了男女勢利的人情關係，甚至意象化的投射了這些塵間男女們的價值認識與自我處境──呼應於班

---

[182] 韓邦慶：《海上花列傳》，頁85。

雅明透析城市場域於現代資本結構下的文學創作，被唐諾強調為一個
「徹底唯物之人」的學者姿態，其於思想與書寫上反映「現實圖像」、
「眾多商品琳瑯並誠如雜貨鋪子」，並將片斷視為完整生命……[183]正
是韓邦慶小說，大力聚焦於這些妝點妥當乘車上轎的倌人身上，隨同
小說中大量鋪設對話絮語、繪構器物飾品、描寫樓閣瓊宇……以形式
涵涉內容意義的書寫形態——可知班雅明之於柏林、巴黎的認識，即
同韓邦慶《海上花列傳》書寫晚清上海中伎女官紳交際場域，以各色
宴聚趕場所構成上海的瑰麗景況，明確揭露「整條街道的所有秘密」、
人與城市關係中的現代性意義，而知《海上花列傳》「微物」且「唯
物」的場域隱喻及現代性意義。

## 三、物化環境中的窺視與被窺

　　《海上花列傳》細繪「室內的飯局交誼」與「室外的車水馬龍」，
透過「地方空間」（space of place）與「流動空間」（space of flow）
的交互作用，隱喻資本社會中人情關係的物化，勾勒出一片現代化城
市裏的聲色風景。[184]誠如張小虹以為晚清上海倡院洋化的精美「其物
質性（materiality）中早已銘刻了歷史性（historicity）」，顯示此行政
區域與歷史時空的邊緣，含藏著華洋雜處、兩性鬥爭……複雜而難解
的焦慮與衝擊：

---

[183] 唐諾：〈唯物者班雅明〉，文章收於班雅明：《發達資本主義時代的抒情
詩人：論波特萊爾》（台北：臉譜出版，2002），頁16-19。

[184]（西班牙）曼威・柯司特（Manuel Castells）曾以「流動空間」、「地方空間」
兩概念來描繪資本主義中的「再結構」過程，他指出流動空間利用強大的媒
體與資訊技術（本書以交通形式為商業社會中資訊化的代表）於再結構過程
中支配了由歷史構造出來的地方空間（本書以飯局形式作為既定空間的象
徵）。參閱曼紐爾・卡斯泰爾著、崔保國等譯：《資訊化城市》（南京：江蘇
人民出版社，2001）；科司特著、夏鑄九等譯：《網絡社會之崛起》（台北：
唐山出版社，1998）；科司特著、王志弘譯：〈流動空間：資訊化社會的空間
理論〉，《城市與設計學報》（台北：唐山出版社，1997），第1期，頁1-15。

> 見蕾絲（按，時髦倌人的蕾絲，泛指《海上花》現代性之物化），
> 不會不見地理空間與文化空間的越界，不會不見充滿權力與慾
> 望的西方帝國擴張，不會不見時髦即將前進、落伍即將落後的
> 現代性時間焦慮……早已被時間、權力與慾望透浸，充滿時間
> 的焦慮、權力位階與慾望導向。[185]

正如吳雪香乘車景況之絢麗，屠明珠洋派
十足的房舍陳設，同樣顯示了伎女作為晚
清時髦人／物的代表，一種現代化社會的
城市風景。而見韓邦慶透過新奇的洋貨、
器具、飾品……襯顯出倡優慾物欲而物化的
現代性意義，自小說中強化裝飾意義與街
景圖像的結合，與將遊蕩者姿態視為城市
標記……反映物化環境的描繪來看，晚清
時人於時代洪流中，將他人供為自己觀
看、賞玩之商品的同時，自身亦被當作一

種被窺看的風景與被賞玩的物品來對待——這是士紳慕色與倌人圖利
之間的相互利用，卻也是都會男女同被時代吞沒的無根失落——次文
化中人同時作為城市中「異質者」與「流動者」的關係反映，[186]一旦
透過這種「看」與「被看」的雙層界義，檢視《海上花列傳》裏層次
複雜、結構錯綜的情景，即能發現許多場域關係的聚焦片刻，總有那
麼幾雙位居敘述主線之外、揭簾旁觀的「眼睛」虎視眈眈。它們或許
為了下一場次的關係情節引為「穿插」，又或者為一些曖昧不明的未
說之義作為「藏閃」，在看與被看之間隱匿潛移。

---

[185] 張小虹：〈幽冥海上花：表面美學與時間褶襯〉，頁 26。
[186] 汪民安：「只有那些城市的異質者，那些流動者，那些不被城市的法則同
    化和吞噬的人，才能接近城市的秘密……她們（伎女）不僅窺視城市本身，
    而且在窺視整個城市的夢境。」參閱汪民安：《身體、空間與後現代性》
    （江蘇：江蘇人民出版社，2006），頁 131。

如見小說第十回寫道沈小紅忿恨王蓮生與張蕙貞的私交，插圖「還舊債清客鈍機鋒」則描繪於房內一角「沈小紅還把頭狠命往牆壁上嗑」的衝擊。只見兩個女從阿金大正要去攔、阿珠跪著攔腰環抱，以及王蓮生同時伸手阻攔的景況。此圖卻還在牆邊添畫有外人掀開門簾一角，正是兩個官紳洪善卿、湯嘯庵探出頭來——[187]可見這場鬧劇不乏觀眾，蓮生與小紅經營不堪的愛情生意，更教人成為茶餘飯後的閒談。而觀者與要角的位置，更能於情節穿插藏閃、關係結構的流動裡易位與轉換，形成看與被看的雙重定義——於是比照於小說第十二回「背冤家拜煩和事老」的插畫，構圖中央是王蓮生與洪善卿於房中對坐談事，角落的揭簾者反而換作了正要離去、但且回首的沈小紅（見附圖）。[188]此處透過洪善卿的介入，藏匿了王、沈兩人的各懷鬼胎：

> 蓮生取出一大包首飾來，托善卿明日往景星銀樓，把這舊的貼換新的，就送去交張蕙貞收……原來蓮生故意要沈小紅來看，小紅偏做不看見，坐了一會兒，索性樓下去了。不知這一去，正中蓮生的心坎。蓮生見房間裡沒人，取出一篇細帳交與善卿，悄悄囑道：「另外再有幾樣物事，耐就照仔帳浪去辦，辦得來一淘送去，勿撥小紅曉得……」善卿都應諾了，藏好那篇帳。恰好小紅也回至樓上，蓮生含笑問道：「耐下頭去做啥？」小紅倒怔了一怔道：「倪勿做啥唲，耐問我做啥嘎？阿是倪下頭有啥人

---

[187] 圖見韓邦慶原著、張愛玲註譯：《海上花開‧第十回》（台北：皇冠出版社，2001 十一刷），頁 132。

[188] 圖見韓邦慶原著、張愛玲註譯：《海上花開‧十二回》，頁 151。

來哰？」蓮生笑道：「我不過問問罷哉，耐啥多心得來。」小紅正色道：「我為仔坐來裡，倘忙耐有啥閒話勿好搭洪老爺說。我走開點末，讓耐哰去說哉啘，阿對嗄？」蓮生拱手笑道：「承情，承情。」小紅也一笑而罷。[189]

王、沈表面上的和解，底下卻是客氣而作做的相互試探，小紅利用王蓮生屈懦溫吞的性格，蓮生利用沈小紅踄扈善忌的自尊，將情場演作商場彷彿一齣心理對戰，兩人透過洪善卿的介入，將王、張餘情未了的生意，作為男女關係拉鋸的一種武器，成形相互糾纏與折磨的狀態。小紅的旁觀，實代表了女性立場主動於物化關係中的反噬，而蓮生的被看，卻也藏閃著王氏對倌人既憐又防、既愛且懼的矛盾心理。

又如二五回「約後期落紅誰解語」一幅室內圖，兩扇門簾——當前一扇掀開，正走出莊荔甫酒局間走動的來去人潮；側面一扇半遮半掩，只見一對男女躺在榻鋪，卻是不知何時竊自離席、跫入房裡偷歡的施瑞生與陸秀寶——[190]這兩房相映的場面，正是作者大膽描寫陸秀寶勾搭俊俏富子，撩撥春情癡態的情節；反襯於外邊熱鬧酒局，卻是洪善卿暗自忿歎其姪趙樸齋留連洋場、耗盡錢財的難堪心境：

> 陸秀寶換了出局衣裳過來，坐在施瑞生背後，因見洪善卿，想起問道：「趙大少爺阿看見？」善卿道：「俚今朝轉去哉。」張小村接嘴道：「樸齋勿曾轉去，我坎坎四馬路還看見俚個哩。」善卿訝甚，卻不便問明。

> 陸秀寶早拉施瑞生跫過堅壁自己房裡，捺瑞生橫躺在煙榻上。秀寶爬在身邊，低聲問道：「阿是在要去吃酒哩？」瑞生道：

---

[189] 文見韓邦慶：《海上花列傳・第十二回》（台北：三民書局，1998），頁117。
[190] 圖見韓邦慶原著、張愛玲註譯：《海上花開・第二五回》，頁297。

「俚哚要翻樓，我勿高興去。」……秀寶嘻嘻癡笑，一手伸進瑞生袖口，搗捏臂膊，瑞生趁勢摟住……秀寶聽說要笑，又忍住了，撅起一張小嘴，趔趄著小腿兒，左扭右扭，欲前不前。[191]

陸秀寶輕描淡寫問到「趙大少爺阿看見？」驚醒洪善卿察覺侄兒於上海依然墮落的浮沉，而偏偏這一家淫樂、一家窘匱的對照，卻又繫自陸秀寶誆榨趙氏揮霍直到彈盡援絕，還能與施瑞生溫存廝混的連鎖關係之中。可見身為趙樸齋叔舅輩的洪善卿看待姪兒的落魄，是怕自己面子受辱，遠比對後生的關懷來得重要；而偽作清倌人佔盡趙氏便宜，順道腳踏兩條船的陸秀寶，作為樸齋初至

上海的首要相好，對他如今的窘迫卻也是無關痛癢，毫無同情可說。

　　韓邦慶以精巧佈局與隱喻，深刻描繪洋場中寡情重欲的物化關係，及其殘酷不堪的現實人情。以至於此段情節發展至二六回裏，更又回溯於酒宴酣熱之際，竟是莊荔甫同陸秀林「真本事耳際夜聞聲」，隔牆偷聽秀寶與瑞生離席入房的歡好，教莊氏竊笑陸、施房第對話之際，也透過陸秀林對施瑞生喜新厭舊、風流無度的批評，隱射了陸、施終無善果的結局——可知這空間的疏隔，除了呈現對比場面，顯示物欲現實的男女關係，更以藏匿與竊聽的巧妙互涉，形成陸秀林「密實姑娘假正經」評論施瑞生「石灰布袋」，嫖客對倡女實無真情的雙

---

[191] 引文見韓邦慶：《海上花列傳‧第二十五回》，頁 246-249。此回可稱為韓氏小說中最大膽的情慾場面，寫陸、施鬼混偷歡的情景，卻於不時有人進出打擾中斷斷續續，最終在秀寶經期自誤好事上收場，寫法含蓄溫婉，卻也不失幽默與鋒利。而關於陸秀林批評這面龐俊俏的風流施生，實為袁三寶、陸秀寶的常客，更在後頭一箭雙鵰作為張秀英與趙二寶的性啟蒙者，情節縱然聳動，筆法卻節制而簡潔，極其隱晦而微妙。

向諷刺。而見小說中的浮世男女彷彿成為「會移動的商品」，在認識城市現實處境的同時，並透過關係將彼此轉來賣去。如同班雅明指出現代化城市中「人們明白彼此之間的關係是借方與貸方的關係，顧客與售貨員的關係，雇主與雇員的關係」、甚至察覺到「愛被大城市所玷污」換購而成的物欲關係——[192]僅於韓邦慶兩個章回、一場宴局的事件書寫中，不但已生動勾勒出有人飲酒作樂、有人商討生意、有人開局賭博、有人罵姪敗落、有人關房偷歡、有人隔牆訕笑……各種歡場形同商場的眾生姿態，更將所有人際互動，透過「窺探」動作於穿插藏閃的技法之中，交織為一張繁複且現實的人情網絡，實見小說家不凡而俐落的筆鋒。

## 第三節　所見與所寫：作者身處的倡優環境

　　前文說到狹邪小說的特點之一，即作者擅長將自身對情色場域內的耽溺，直接於小說書寫中反映。暫不論如此反映的現象，是關涉於作者對時人時事於角色及情節上的影射，或是「以過來人現身說法」卻在色欲書寫與情愛美德間造成的矛盾。[193]專就小說作者與其所處環境間的相應關係作為焦點——陳森《品花寶鑑》以「鏡」為名，藉由性別越界與法治邊緣的曖昧徘徊，在才子佳人的故事模式中錯置狹邪場域與同性戀情，折射、交映出繁華備至、斜陽晚照的晚清梨園生態；韓邦慶《海上花列傳》稱作「列傳」，但在穿插藏閃的手法中，減卻角色們的宗親倫理與身世地位的背景，僅存下眾多的姓名、紛亂的聲

---

[192] 班雅明：《發達資本主義時代的抒情詩人：論波特萊爾》，頁104、113。
[193] 關於《品花寶鑑》影射袁枚等人的說法，參閱《清代野記》，亦見徐德明《品花寶鑑・引言》（台北：三民書局，1998）；關於《海上花列傳》「書中人名，大抵皆有所指」的說法，則可參閱蔣瑞藻：《小說考證・海上花第一百七十九》（台北：河洛圖書出版社，1979），卷八，頁222。

音、錯綜交雜的人情關係，寫實了上海伎戶中川流往來的移民景象與都會形態──正如吳繼文比喻《品花寶鑑》是一幅直繪現況的「清明上河圖」；欒梅健聲稱《海上花列傳》這張反映城市現象「亂哄哄、無頭無緒的人物畫卷」，實則可貴的「留下了大上海開發早期難得的生活畫面與文學圖景」。[194]兩種作品或以投影或以寫實，皆由各自作者身處的創作環境直接取材繪構，正說明狹邪小說以當時環境為底本，通過作者創作而形成現實的縮影；反言之，倡優環境對創作者產生強烈的影響性，即令狹邪小說可直接成為作者見聞、經歷與生命的反映。

　　所見與所寫，展示了由「作者所處現實的場域關係」到「作品所呈現的場域關係」、由「外在環境」而「內化創作」、由「真實取材」到「情節虛構」之間的交疊與互映。狹邪小說自耽溺環境中謀篇構作的過程，即可視為作者於所處環境裡的自省與釐析。誠如張志維曾藉拉岡（Jacques Lacan）理論析論《品花寶鑑》中的鏡像意象與閱讀影響，以「鏡像誤識」與「鏡像吾識」說明讀者對作者與作品的想像認知──讀者透過作品的反射作用，建立屬於自我的認同。其雖不至於完全、亦不穩定，充滿著「全形／片面」、「自我／他者」間的辨證張力，但確實呈現了一定程度的自覺與客觀性意義──[195]張氏論述讀者見作品如鑑

---

[194] 吳繼文：《世紀末少年愛讀本》（台北：時報出版社，1996），頁 351；欒梅健：〈論海上花列傳的現代性特質〉，《政大中文學報》（2006 年 6 月），第 5 期，頁 92。

[195] 參閱張志維：〈穿越「鏡像誤識」：閱讀品花寶鑑與世紀末少年愛讀本〉，《中外文學》（1997 年 8 月），第 26 卷，第 3 期，頁 69-71。法國心理學家拉岡（Jacques Lacan，亦有譯作拉岡、拉康等）所提出的「鏡像階段」理論（Mirror stage），展示出人生初期的成長，實為一種「攬鏡自戀」的過程。拉岡據此解釋「主體」的虛構性，釐析此為社會規制力量介入前「理想我」（Ideal-I）的原型，也是續發認同（secondary identification）的源頭。張志維將這套「自我衍生了鏡像，鏡像完成了自我」的理論模式，應用於吳繼文對陳森《品花寶鑑》的閱讀與改寫，實對一種「再創作」歷程的理論套用，筆者認為此舉同樣適用於陳森本身映照於歷史環境所產生的小說創作。關於拉岡相關理論，則可參考梁濃剛：〈拉康的「鏡像階段」論〉，

鏡的閱讀，實可同視於作者以自處環境為鑑鏡的創作。我們適合以同樣的思考模式，去理解狹邪小說家將接觸環境反映主體自覺的創作歷程。

於是，《品花寶鑑》與《海上花列傳》（韓氏小說曾以《青樓寶鑑》之名刊印）這兩面「寶鑑」所反映的晚清倡優環境，誠如關愛和表示「含有還其真面、引以為法戒的兩重涵義」，[196]除在考證上呈現史料價值與社會意義之外，更顯示小說家面對於亂世裡的次文化場域，有相當程度的認同感與歸屬性，且從中建立自我意識於現代性上的意義。故本書試從當時倡優環境著手，由外層之「作家所處現實的倡優場域」，進入內層之「作品構作中呈現的倡優場域」，檢視晚清狹邪小說家背景與其對創作造成的影響，進而能從「清季社會中的倡優文化」的事實探索中，提取出「失落文人身處避世場所」的內涵意義。即於客觀真實世界與主觀虛構創作的疊映之間、道德倫理與情欲取向之間交錯建構的認同迷宮裡，找到晚清文人身居青樓、手寫風月的主體位置，驗證狹邪小說家們的創作歷程，實以狀似「耽溺」的情色樣貌，潛藏烏托邦式「自覺」的生命意義。

## 一、倡優環境的歷史背景：京滬倡優的同與異

從女性主義者探討倡伎行業對「社會階級和社會性別構造」、歷史學家觀察倡伎文化及其變遷對「社會現代性思想及城市習慣」，所蘊含的種種啟示作用……可見倡優文化於社會變遷之中，實為一種極具代表性的顯著現象。[197]故當我們檢視晚清社會中的重要組成份子於倡優場域

---

《回歸佛洛伊德：拉康的精神分析學》（台北：遠流出版社，1989），頁 97-101、蔣興儀：〈源自於想像性同化的「自我」形塑過程：拉崗「鏡子階段」理論之分析〉，《新竹師院學報》（2004 年 6 月），18 卷等文。

[196] 關愛和：《悲壯的沉落》（河南：河南大學出版社，1992），頁 209。

[197] 女性主義者如羅森（Rosen）認為倡伎業與「男女經濟與社會地位的權力安排，時興的性意識形態」等等息息相關；社會學家如阿蘭‧考爾班（Alain Corbin）認為倡伎問題之所以被書寫與討論，實因倡伎現象「是集體妄想

中的關係與現象，則可發現當時無論於市政機構間長袖善舞、變動不居的權貴階級，或者以移民姿態、憑藉商賈獲利的中產階級，皆視青樓酒館為必然出入的場所。士紳們透過倡優場域建立人際的關係、經營互利的事業、隱溺情感的逸樂、躲避亂世的恐懼……倡優文化非但相容多方層次、角度的價值探索。而它本身的嬗動軌跡，更凸顯晚清歷史於時空更迭下的繁複意義，不僅展示為一種制度與結構易動下的社會現象，更於文學作品之中成為隱喻時人思想與情感的重要媒介。

　　因此，延伸前章對小說在閱讀接受層面上的背景觀察──《品花寶鑑》流通於禁令嚴明的清季，民間經濟事業縱然攀升，但仍受控於政治律令；《海上花列傳》出品於清末，統治當局遭逢內亂外擾的國難危機，已無力管轄租借區域內的工商活動與娛樂事業──繼續深入探討狹邪小說所描繪的倡優場域，其反映於當時倡優環境與對作者創作產生的直接影響。

　　由陳森作品到韓邦慶小說、從道光同治到十九世紀末，自顛龍倒鳳到寫實人生之狹邪小說的發展歷程中，檢視陳韓兩人於不同時代、不同城市位置，所發展出不同層次與主題的狹邪作品，即得以探覓兩書非但剔除倡優於傳統文學中正面而浪漫的形象，繼能凸出清季社會中兩種截然不同的倡優現象，[198]且實以倡優文化由晚清至清末社會變動之樣態，揭示中國傳統社會演至現代的發展；亦以倡優文化隨中國

---

　　的聚焦點，是各式各樣焦慮的匯合處」。參閱（美）賀蕭（Gail Hershatter）著，韓敏中、盛寧譯：《危險的逸樂：二十世紀上海的娼妓與現代性》（台北：時英出版社，2005），上冊。

[198] 本書所謂「倡優於傳統文學中正面而浪漫的形象」，請見李孝悌說法：「伎女在中國傳統的正面形象，就靠著她們傾國傾城的姿容，特立獨行的狹義風範，和文人學的浪漫愛情，以及她們對中國文學、藝術的深遠影響而營造出來」。可知傳統名伎與士人的浪漫典範，被現代性的現實揭露所取代。這裡除了凸出知識份子（包含官紳恩客與小說家本身）對伎女認知的改變，同時也顯露社會變遷中知識份子自身的變化，倡優文化不但反映了上層知識份子自身性格的轉變，亦牽動「對婦女角色、權益和家庭制度、婚姻制度的再審思」。參閱李孝悌：《危險的逸樂‧序》（台北：時英出版社，2005），上冊。

政治制度與經濟結構的更迭，驗證其中沉浮的文士在其性格、身分，甚至價值觀念與創作特性上的移轉及變化。

## （一）倡優合流，色藝兼營

中國自古倡優不分，一方面因於倡伎雖以賣淫為其生意本質，歌舞音樂卻也是他們必須養成的重要技藝；另方面則由於古代樂人戲子地位卑微，往往在藝人賣藝之際，同時也被迫接受身體上的交易——中國傳統社會講究風雅情調的生活美學與對人權自主的階級壓抑，形成倡伎身具技藝、優伶兼以色營的現象——宋《集韻》：「倡，樂也，或從女」；明《正字通》：「倡…音昌，倡優女樂……別作娼」；清《說文解字注》則說：「以其戲言之謂之俳，以其音樂言之謂之倡。亦謂之優，其實一物也」。[199]從古人釋義的文獻中，可以發現倡優文化與中國藝術發展與奴隸階級皆有其密切的聯繫，誠如嚴明表示倡伎為封建結構中「唯一向全社會開放的女性系統」，在中國藝術史上能對「歌舞戲劇、詩詞書畫與服飾美食」等方面展現其不朽的價值、孫康宜閱讀晚明說曲時，亦表示自己竟「懍於樂伎在其間所據的重要地位」。[200]可知倡優文化佔據著中國傳統社會中一個既風雅又猥瑣的曖昧位置，而其背景如政治與商業等社會力量的介入，更使得倡優文化生其繁複的意義。它既以原始性欲的身體販賣為根本訴求，卻又建基於文明經貿與階級等社會制度；是世人隱諱鄙夷的閒語陋聞，但同時成為士人放志娛遊的普遍娛樂；而倡伎優伶們的美貌與才情，既在文

---

[199] （宋）丁度奉敕編修：《集韻・平聲三》（台北：學海出版社，1986），上冊，頁 214；（明）張自烈：《正字通》（東京：東豐書局，1996 影印發行），頁 114；（漢）許慎撰、（清）段玉裁注：《說文解字注・八篇上人部》（上海：上海古籍出版社，1997 二版八刷），頁 380。

[200] 參閱嚴明：《中國名妓藝術史》（台北：文津出版社，1992），頁 201、294-287；孫康宜著、李奭學譯：《陳子龍柳如是詩詞情緣》（台北：允晨文化，1992），頁 66。

化發展的藝術表現與商業行為下，可被視為俗文藝、性自主的現代性
指標，但又在妝點權貴勢力、表現文士風流的展示作用下，亦成為階
級奴役、性壓迫等現代化的反命題。因此，看到清朝倡伎文化於政治
集權與經濟解放所造成的影響──清廷對倡伎活動上的積極抑制，強
化了精英主流與邊緣文化間的殊別與對立；而工商活動的勃興，卻又
在瓦解封建結構的同時，促成倡優文化走向功利現實的現代化現象
──前者於社會制度上直接對官伎與家伎形成抵制，而對倡伎優伶的
價值判準更推向於邊緣化；後者則為倡優文化本身於商業交易層面上
的凸顯，連帶揭示官紳階級本身的士商合流的變化。

　　根據《康熙會典》記載，順治八年，教坊奉旨停用女樂，以太監
為替代；《皇朝通考・樂考上》中亦有：「順治十二年仍設女樂，十
六年後改用太監，遂為定制」；而《雍正會典》中繼續重申禁令：「順
治十六年裁革女樂後，京師教坊司並無女子」、「康熙十二年復準直
省府州縣迎芒神土牛，勒令提取伶人倡婦者，嚴行禁止」……[201]從順
治、康熙嚴禁樂伎與官伎的律令中，可以看到清廷不苟同前朝「紈茵
浪子，蕭瑟詞人，往來遊戲，馬如遊龍，車相接也」對倡優的縱容與
寵豢，決心由制度面採取禁絕的手段。[202]從此，中國歷代延續的樂籍
制度於清政中被正式廢除，連帶將官伎與家伎於賣淫事業的合法理由
俱以剔除，於倡優史上展現了前所未見且積極的抑制作用。誠如曼素
恩（Susan Mann）表示由明至清「名伎逐漸從精英男子的美學生活中
被邊緣化」、王書奴以為中國倡伎就此被政府推向「私人倡伎經營」
的現象。[203]清律禁伎反映出當時政府對階級制度的強化與親族關係的

---

[201] 律法記載分別出自於《康熙會典》、《皇朝通考・樂考上》以及《雍正會典》之中，轉引自王書奴：《中國娼妓史》；戴忠：《中國性藝術》（銀川：寧夏人民出版社，1998），亦可參考修君、鑒今：《中國樂伎史》（北京：中國文聯出版社，2003二版）；孫定澃：《娼妓與法律》（台北：民眾日報出版社，1980）等書。

[202] （明）余懷：《板橋雜記・下卷軼事》（上海：上海古籍，出版社，2000），頁53。

[203] （美）曼素恩（Susan Mann）著、楊雅婷譯：《蘭閨寶錄：晚明至盛清時

維護,而將良家婦女與青樓倡伎的身分地位刻意別分,在抬高主流階
級與壓抑邊緣階級之際,且正式凸出倡優文化與主流文化間的對立。
李孝悌甚至認為,此正代表倡伎於中國傳統中正面形象的瓦解,「以
傳統士大夫為中心而發展出來的輝煌的『伎女文化』也一去不返,取
而代之的是一個花容失色的新伎女論述。」[204]傳統名伎與士人的浪漫
典範,從此不是檯面上可以暢說的佳話。

　　故觀察狹邪小說中描寫倡伎文化與傳統故事的不同,即在其對清季
社會裏政治壓抑與商業助長的反映,原本「倡優合流」所講究才貌雙全
與溢美愛情的風月現象,因處處躲避著律令法規、寄生於工商活動,被
現實層面的欲求取代,轉向著重在「色藝兼營」的商業行為之上。例如
《品花寶鑑》講述梨園背景,便呈現了當時倡優以男藝取代女色、變相
賣淫的現象,以及官紳士商合流、借歡場建立人際關係的景況。

　　參閱小說第三回,上京攀附關係的魏聘才初入戲園,隨即結識了
二品蔭生的富倫與七品小京官的貴芬,也見識到闊少爺奚十一的財大
氣粗──魏聘才靠著巴結依附權貴;富貴二人憑藉祖先庇蔭延受功
祿;奚十一則以商賈家財捐官求勢──這些依憑勢力、出錢捐官的角
色,承襲了「西門慶」式的門路與性格,以商賈之財巴結換取官爵地
位,繼而能與聲色酒氣結合,投諸倡優場所中淫靡揮霍、買斥論價的
商業習氣。他們不屬於小說中的正派人士,但都代表著當時社會最普
遍的勢力組成。其為圖名圖利的權貴與中產階級,終日出入於戲院酒
館,一面喫酒看戲,一面結識交誼,談論的內容或者介紹自家身世品
位,或對臺上男伶身段面貌品頭論足,更不時以挑弄身邊隨侍的各色
相公示為一種炫耀。這在陳森小說所設定的乾嘉年間,實屬十分普
遍的現象。可知「色藝兼營」背後的意義,除了是私營倡優本身對
商業現實的考量,官紳階層自身也於資本主義萌興之中產生了變

---

　　的中國婦女》(台北:左岸文化,2005),頁 254;王書奴:《中國娼妓
　　史》(北京:團結出版社,2004),頁 257。
[204] 李孝悌:《危險的逸樂・序》(台北:時英出版社,2005),上冊,頁2。

化，禁令的抵抑反而促使倡優文化蛻去傳統的部份，接受其商業性的現代化。

　　清廷禁令造成女樂倡伎的奇缺，而男伶乾旦因其性別與技藝的掩飾，遂於嚴格法令的壓抑中鑽漏而出，變相成為倡伎活動的充任，在禁伎甚嚴的京師尤其猖獗。戲曲演員直接承接倡伎活動「以穢褻為歡愉，用鄙褻為笑樂」的商業模式，大大凸出當時倡伎「色相為主，技藝為次」的現象，然因男優保有戲伶的藝術本質，又能與純事賣淫的伎女別出優劣。從清代多如《燕蘭小譜》、《消寒新詠》等類「尋芳手冊」、「花界導覽」中對男旦的玩賞與品題，即可探見尋芳人士寧慕乾旦、不愛女倡的狎玩心態。陳森小說中亦有擬構一本《曲台花選》，正是引領梅子玉初入色界的契機，即令這尊貴公子見識到梨園茶館中「身邊走來走去的，都是些黑相公，川流不息四處去找吃飯的老鬥」，[205]可見作者筆下不加遮蔽的表述清季劇園形同倡院、低級而普遍的男伶尋找生意，宛若伎女拉客的現象。反觀上層階級的顯貴，更無論鍾情愛色還是褻狎玩弄，都有「物色」旦癖的收藏行徑，其視名旦有如為權貴妝點的古董珍寶，比如小說中徐子雲的怡園以珍寵袁寶珠、出入八大名旦所稱著；華星北的華公府則匿養林珊枝，另有專屬私用的八齡班。可見男旦之風於實質意義上，完全填補了官伎與家伎的缺位。於是看到《品花寶鑑》第四三、四四回的故事裏，杜琴言匿居華府之際，但受徐子雲贖身出師，在說客與師母討價還價、怡園與華府情面相爭之間，男伶依憑權貴強勢形同貨品般轉來賣去，與過去女倡家伎並無差異，皆於權貴階級與商業行為之遮覆底下被迫販賣身體，而無獨立的經濟能力與自由權利。

　　相較於《品花寶鑑》順應禁令，在倡優活動上形成的性別錯置與場域扭曲，《海上花列傳》裏的十里洋場則與朝政隔絕，它表面重塑著晚明秦淮河畔的浪漫情調，但以極其現實的商業活動為主要考量，

---

[205] 陳森：《品花寶鑑》（台北：三民書局，1998），頁23。

呈現出一個講求物欲、計較金錢、且破壞階級與親族界線的「性交易
市場」。《品花寶鑑》中仍對名伶寄有正向書寫的浪漫手法,在《海
上花列傳》裏是被全然地去除了。倡優「色藝兼營」的商業取向,即
由家伎傾向的「被動販賣」,轉變為私伎傾向的「主動經營」。杜琴
言於權勢間如同器物般遭受賞玩的被動與委曲,對於《海上花列傳》
裡的伎女而言,卻反客為主的轉變為自能掌握、據價而估的身體籌碼;
「黑相公」招攬生意的鄙俗姿態與營利目的,在《海上花列傳》中也
就全面滲透為倡優市場裏的必然趨向。

　　且看小說之中黃翠鳳的心機與手腕。第七回說到羅子富對黃翠鳳
強硬跋悍的脾氣由不悅到欽慕,在老鴇情理兼施的勸說下,竟也捨棄
原本的相好,決定轉做翠鳳,已是黃氏欲拒還迎、搶奪生意的一個圈
套──回顧小說四回之前,韓邦慶指出羅子富官商合流的背景,不但
開設錢莊,兼是江蘇侯任知縣。官員嫖伎已然違反清律,可見租界地
中私倡漠視律令之盛行。而小說第四回寫到羅氏叫局黃翠鳳,身旁帶
的卻是相好蔣月琴,但又見黃珠鳳、金鳳稱子富做「姐夫」,已暗自
透露羅黃蔣三人之間的糾纏關係──此拉鋸局勢在黃翠鳳若即若離、
遲到早退的態度下,引起羅子富的興趣,加上她剛烈的性格與縝密的
心機,於是衍成小說第七、八回羅子富捨蔣月琴,專做黃翠鳳的定局,
更埋下日後黃翠鳳敲詐羅氏財富的伏筆。

　　於專做翠鳳一事上,羅氏不但被要求宴請眾客以示證明,還送上
一對金釧臂,表其追求的誠意,如此順從伎家的規矩,宛如公開一場
訂婚典禮。然在第八回「蓄深心劫留紅線盒,逞利口謝卻七香車」裏,
黃翠鳳卻還有她乘勝追擊的本領:

> 子富自過對過房間裡,只見黃翠鳳獨自一個坐在桌子旁邊高椅上,
> 面前放著那一對金釧臂……(翠鳳)說道:「倪無啥上耐當水,聽
> 仔耐閒話,快活得來。我就曉得耐是不過說說罷哉,耐有蔣月琴來
> 哚,陸裡肯來照應倪?倪無啥還拿仔釧臂來撥我看……耐原拿仔轉

去罷。隔兩日耐真個蔣月琴搭勿去仔，想著要來照應倪，再送撥我
正好。」子富聽了，如一瓢冷水兜頭澆下，隨即分辯……

子富自己籌度一回，乃問道：「價末耐說，要我那價哩？」……
翠鳳道：「忽然末，耐去拿個憑據來撥我，我拿仔憑據，也勿
怕耐到蔣月琴搭去哉。」子富道：「做阿好寫啥憑據嗄？」翠
鳳道：「寫來哚憑據，阿有啥用場？耐要拿幾樣要緊物事來，
放來裏，故末好算憑據。」……子富道：「價末啥事物哩？」
翠鳳道：「耐勤猜仔倪要耐啥物事，倪也為耐算計，不過拿耐
物事來放來裡，倘忙耐要到蔣月琴搭去末，想著有物事來哚我
手裏，耐也勿敢去哉，也好死仔耐一條心。耐想阿是？」[206]

黃翠鳳把自己說得不慕錢財，只求專情，「就去拿仔一塊磚頭來送撥
我，我倒也見耐個情」，教羅子富從此對她死心蹋地，甚至「今朝真
真佩服仔耐哉」的行禮拜揖。然細看此番軟硬兼得、以退為進的說詞，
先由醋勁嬌嗔與閑人評價開場，且在黃翠鳳要求羅子富專做自家的立
場上，自己倒還能狀似合理地經營其他恩客的生意。[207]除確實地進一
步掌握到羅氏生意上的財力之外，黃氏表面推去羅子富的贈禮，實則
獲收他一整個拜匣，非但鞏固了羅子富專做黃翠鳳的獨門生意，更教
她深擄恩客的金援與情意，並為自己的贖身之路鋪設前景。

---

[206] 韓邦慶：《海上花列傳・第八回》（台北：三民書局，1998），頁77-80。
[207] 黃翠鳳縱然標榜自己「生意清爽得很」，但要求羅子富專做自己生意之餘，
仍暗地經營著其他的恩客。其中以錢子剛一戶較為穩定，錢家每向翠鳳叫
局，非但總至深夜才歸，翠鳳與錢妻之間的對話亦是熟悉有禮，可見黃氏
與錢家交往匪淺的關係。官紳以一對一的規矩，卻是建立在倡伎以一對多
的生意之上，如同張愛玲直稱羅子富與黃翠鳳的定情之夕，她竟是從另一
個男子的床上起來相就的，實令讀者在震驚之餘，感到倡院女子勢利物欲
的現實性，及其享受愛慕者追求的心機。張愛玲意見可參張愛玲：〈海上
花的幾個問題〉，《張愛玲散文系列・下卷》（合肥：安徽文藝出版社，
1994），頁135。

　　所謂色藝兼營，看這黃翠鳳擅於彈唱，每每出局總有姨娘提著琵琶與水煙上場，但以她這名身兼才藝的人物，卻十足塵染著清末私倡於現實功利上的商業氣息。比如四十九回翠鳳贖身一節，她親自與帳房逐一點算，議定身價的氣勢；四十四回中卻對姐妹贖身不拔一毛的吝嗇，連羅子富出言相勸都還遭她冷語搶白。如此錙銖計算的倡婦在她自己贖身以後，非但不願就此洗手從良，反而自立門戶，搬向兆富里開設新堂。於是到了小說五十九回「攪文書借用連環計」中，黃翠鳳越益顯出貪婪的江湖本性，與黃二姐合計把羅子富當初所押的拜匣作為要脅，反敲這位定情恩客足五千洋錢的竹槓。這除了拆穿黃翠鳳「蓄深心劫留紅線盒」實為錢財的愛情謊話，亦間接諷刺了清廷所設限制官員狎妓的律令，在上海租界於陽奉陰違的表面下，反倒成為私伎設計官員的把柄。可見韓邦慶小說極其現實的揭露這無情歡場，將感情與身體視同貨品販賣的商業現象。

## （二）京狹男伶，滬盛私娼

　　日本作家芥川龍之介《上海遊記》中述其所見：「那邊走著穿漂亮的洋服綴著水晶的領袖飾針的中國時髦人，這邊走著戴著銀項圈的小腳三寸的舊式婦人。《金瓶梅》中的陳敬濟，《品花寶鑑》中的奚十一，在這許多人裡面，這類的豪傑似乎也有著」。[208]此繁華而糜爛的上海印象，令芥川直接聯想到「世情小說」與「狹邪小說」中，倡樓酒館間官紳與商賈同流、流氓與倡優雜處等現象。事實上，《金瓶梅》與《品花寶鑑》除此市井人情的基調與情色文化的淵流之外，與上海的地方特色並無直接相關，這位日本作家走進的中國街景，其實卻是《海上花列傳》所反映的世界。

---

[208] （日）芥川龍之介著、夏丐尊譯：《上海遊記》（1921 年），節錄於《聯合文學》（2001 年 10 月），204 期，頁 51。

　　因此，觀察《品花寶鑑》與《海上花列傳》各自呈現的倡優型態，其時空背景上可見截然不同的區別。除了前者處於晚清尚盛、後者已臨亡國，兩者於時間上相距近乎半個世紀之遠以外；前者位於權力中心的京師、後者則為新興商埠的殖民地上海，於地理上亦造成南北殊異的影響。誠如近現代倡伎發展史上「大同婆娘」與「揚州瘦馬」等戲語的對比，《品花寶鑑》裡團圓昇平的結局與《海上花列傳》中浮沉絕望的氛圍，相應於清律在政治盛時、行政核心裏的嚴密／國臨危亡之際、租借區域內的寬鬆。正代表著不同時間與空間的向度，織就了由盛入衰／由衰至亡；北京／上海；男優／女倡之兩種迥異而相關的場域文化，並凸出中國由傳統轉入現代的交替變化。

　　前文論及清廷對倡伎活動的強力抑制，但如吳薗茨記載：「康熙間裁樂戶，遂無官伎，以燈節花鼓中色目替之」，變相導致清季「官伎既革，土伎潛出」的社會現象。[209]嚴刑峻法縱使在某種程度上扭轉了表面上的行為活動，但仍無能遏抑固著已久的文化積習，反教倡優文化於各地自生其應對的變化。以北京而言，其為衣冠文物薈萃的政治中心，倡業於地域首當其衝的政令壓力之下，正所謂「嘉道中，六街禁令嚴，歌郎比戶，而平康錄事不敢僑居，士大夫亦恐罹不測，少昵妓者」，[210]除金魚池等處還殘存暗倡，北京各地伎寮幾乎絕跡，素質更是難與秦淮吳門等地，色藝雙全的南方倡女相比。王韜《燕台評春錄》即寫道京伎中，兼具技藝者屈指可數：

> 都中伎近日解音律，獨丁月鄉以簫稱，李竹仙以笛，高三以阮鹹，蓮仙以琴，蓉鄉、雅仙俱以琵琶得名。蓋所謂庸中佼佼者，餘多肉屏風矣。[211]

---

[209] （清）吳綺撰：《揚州鼓吹詞序》，收錄於《筆記小說大觀‧三編》（台北：新興出版社，1974），引文亦見（清）李斗：《揚州畫舫錄》（台北：世界書局，1999二版），卷9，頁189。

[210] （清）王韜：〈燕台評春錄‧上〉，收於《淞濱瑣話》（濟南：齊魯書社，2004），卷11，頁257。

[211] （清）王韜：〈燕台評春錄‧上〉，收於《淞濱瑣話》，卷11，頁256。

京伎少藝多欲的傾向，被文人譏笑為「肉屏風」、諷刺作「實事求是，恫幅無華」，可見「不設宴，不歌曲，盡可留宿」這類單純賣淫、專承侍寢的嫖伎行為，實難迎合中國文士人講究人情交誼、追求浪漫戀愛的風月喜好。故於禁伎律令中勉強維持私倡活動的金魚池「已無酒肆，但有淫舍」，被視為「人皆掩鼻而過之」的陋劣場所。[212]官紳貴族們寧可轉向狎玩梨園男優，正如《清稗類鈔》記載「京師最重像姑，絕少伎寮」，[213]當時文人「羞說餘桃往事，憐卿勇過龐娥」的巷弄事蹟更是不勝枚舉。[214]

故知即便狎男嫖女的賣淫本質相同，但中國士人嫖伎的前提仍然「為一種藝術的交際，性交是放在第二步」。[215]於是看到《品花寶鑑》中眾文士捨棄女色、倡言男風的好處：

> 史南湘：「天地之靈秀，何所不鍾？若所謂僅鍾於女而不鍾於男，也非通論……所謂美人、佳人者，我想古來男子中美的也就不少……美色不專屬於女子，男子中未必無絕色。」[216]

> 徐子雲：「我們在外邊酒席上，斷不能帶著女孩子，便有傷雅道。這些相公的好處，好在面有女容，身無女體，可以娛目，又可制心。」[217]

---

[212] 根據《夢華瑣簿》記載北京女倡之陋劣，以京師金魚池之昔盛今衰作為對比：「金漁池在昔盛時，幾如唐之杏園、曲江池。今則已無酒肆，但有溜舍，人皆掩鼻而過之。」參閱（清）楊懋建（蕊珠舊史）：《夢華瑣簿》，收錄於張次溪編纂《清代燕都梨園史料》（北京：中國戲劇出版社，1988），上冊，頁 365。

[213] （清）徐珂編撰：《清稗類鈔‧娼妓類京師之妓》（海口：海南國際新聞出版中心、誠成文化出版有限公司，1996），第八十類，頁 1818。

[214] 引文出自（清）林嗣環：〈西江月〉，為林氏憐慕侍僮鄧猷所作之詞，截引自王書奴：《中國娼妓史》，頁 305。

[215] 笠堪：〈談明代的妓女〉，《中國婦女史論文集》（台北：臺灣商務印書館，1981），頁 95。

[216] 陳森：《品花寶鑑‧第一回》（台北：三民書局，1998），頁 20-21。

> 田春航:「《孟子》云:『人少則慕父母,知好色則慕少艾,
> 仕則慕君。』我輩一個青衿,無從上聖主賢臣之頌;而吳天燕
> 地,定省既虛;惟『少艾』二字,聖賢於數千載前已派定我們
> 思慕的了。」[218]

三種對乾旦癖好的辯解:從史南湘慕男色與女相同,到徐子雲論男色
更勝於女,以致於田春航強以道德附會的說法。可見當時北京轉狎男
風的猖熾,除此是趁男伶活動對於倡優事業合法性的掩藏,為官紳們
自嚴密政令的縫隙覓得出路,更因其投合了中國文人對倡優色藝兼求
的浪漫想像,使官紳審美愛色的風月雅趣尋獲寄託。《品花寶鑑》中
更以田春航赴京趕考,借角色在地域上的遷移,展示倡優風俗由南至
北的差異性,見小說第十二回:

> 先到杭州,後到蘇州……不消說題花載酒,訪翠眠香,幾至樂
> 而忘返……一路上風花詩酒,遊目騁懷,好不有興。復繞道而
> 行,東瞻泰岱(按:山東境內),西謁華山(按:陝西境內),
> 直到十一月底才到京,寓居城南宏濟寺……獨自一人,日日在
> 酒樓戲館作樂陶情。幸虧此地的妓女生得不好,扎著兩條褲
> 腿,插著滿頭紙花,挺著胸脯,腸肥腦滿,粉面油頭;吃蔥蒜,
> 喝燒刀,熱炕暖似陽臺,秘戲勞于校獵,把春航女色之心,收
> 拾得乾乾淨淨。見唱戲的相公,卻好似南邊,便專心致力的
> 聽戲。[219]

田春航興趣隨著南北倡優風氣而變化,由蘇杭囊橐充盈對女倡的風花詩
酒,到北京散錢滿地對相公的沉迷謔浪。作者直接道出當時北京士人於
倡優對象的需求不分男女性別,是春航所稱「好女而不好男,終是好淫,

---

[217] 陳森:《品花寶鑑・第十一回》,頁167。
[218] 陳森:《品花寶鑑・第十二回》,頁187。
[219] 陳森:《品花寶鑑・第十二回》,頁184-185。

而非好色。彼既論淫,便不論色。若既重色,自不敢淫」的自剖。[220]實從女色對男色的轉移,可見倡優文化不僅止於提供士紳們色欲之所需,更是藉由娛樂場所不束於禮教的情趣想像,隱藏一種類似自由戀愛的感情追尋,亦直接反映出當時北狹男優、南盛私倡的據實景況。

相較於《品花寶鑑》中倡優活動暗渡陳倉的性別轉移,《海上花列傳》所反映時空背景已少禁令壓抑,其私倡現象更直接深入社會階層的生活,與現代化城市文化與商業活動密切結合。[221]淞北玉魫生撰《海阪冶遊錄》等書對滬上煙花所介甚詳,即言:「海濱紛麗之鄉,習尚侈肆,以財為雄。豪橫公子,遊俠賈人,惟知揮金,不解文字」。[222]而周作人亦如此形容上海都會:

> 上海灘本來是一片洋人的殖民地;那裡的文化是買辦流氓與妓女的文化……上海文化以財色為中心,而一般社會又充滿著飽滿頹廢的空氣,看不出什麼饑渴似的追求。結果自然是一個滿足了欲望的犬儒之玩世的態度。[223]

因此,韓邦慶小說無需比對男伶女倡之不同,但就上海煙花場域本身的文化特性著力,士紳借倡優場所對自由戀愛的追尋則更多添了現實功利的社會性。讀者自第一回看到尋舅謀事的趙樸齋身影由鄉下初到

---

[220] 陳森:《品花寶鑑‧第十二回》,頁187。

[221] 上海伎院由清政府「弛海禁」的鬆任,繼而進入到租界時期之後,伎院經營的方式也大與傳統不同,其公開、半公開的賣淫事業,只需以簡單明目向工佈局領取執照即可。租界當局的縱許,使得上海伎業獨立於中國行政體系與法律制度之外。筆者稱之為「私倡」強調其不於政律受縛的特性,但其本質實已越出官倡與私倡界義的區別了。參閱薛理勇:《近代中國娼妓史料‧明清時期的上海娼妓》(石家莊:河北人民出版社,2001三刷),下冊,頁139-148。

[222] (清)淞北玉魫生(王韜):《舊上海之艷史,一名海阪冶遊錄》(上海棋盤街:廣益書局,1920),卷上,頁10。

[223] 周作人:〈上海氣〉,《語絲》(1927年1月),第112期。錄自《聯合文學》(2001年10月),204期,頁52。

上海，即被作者筆尖描繪這外鄉農民所牽引，一齊正式融進了這片財
色為主的浮華大城之內：

> （花也憐儂）想要回家裡去，不知從那一頭走，模模糊糊趂下
> 橋來。岡至橋塊，突然有一個後生，穿著月白竹布箭衣，金醬
> 寧綢馬褂，從橋下直衝上來……那後生一骨碌爬起來，拉住花
> 也憐儂亂嚷亂罵……當時有青布號衣中國巡撫過來查問。後生
> 道：「我叫趙樸齋，要到鹹瓜街浪去，陸裡曉得個冒失鬼，奔
> 得來，跌我一跤，看我馬褂浪爛泥，要俚賠個哫！」[224]

為作者代稱的花也憐儂與小說角色趙樸齋所撞上的石家陸橋，正是上
海地面的華洋交界。青布號衣的中國巡捕迅速的調解盤查，以及人潮
往來的茶館街景，是教作者已帶領讀者進入了上海租界行政區域內的
現況。但於趙樸齋尋舅洪善卿不稍多時，就已從客棧移到了伎院。

> 樸齋催小村收拾起煙盤，又等他換了一副簇新行頭……樸齋正
> 自性急，拽上房門，隨手鎖了，跟著善卿、小村出了客棧。轉
> 兩個彎，已到了西棋盤街，望見一盞八角玻璃燈從鐵管撐起在
> 大門首，上寫「聚秀堂」三個朱字。[225]

為求從商生意，初到異地的趙氏，對上海活動的門路與照應都還沒理
出頭緒，在小說第一回中卻先栽進堂子倌人的溫柔鄉。這間「一盞八
角玻璃燈從鐵管撐起在大門首」的陸家堂子在伎院中等級頗高，高懸
燈籠搭著朱字招牌，則明示了晚清伎院營運雖然不合律令，但已昭然
公開的事實。而隨著趙樸齋對上海倡伎活動的好奇與興趣，同尋生
意的朋友張小村也就義務為樸齋與讀者，充任作認識上海色界的領
航員：

---

[224] 韓邦慶：《海上花列傳・第一回》（台北：三民書局，1998），頁 3。
[225] 韓邦慶：《海上花列傳・第一回》，頁 8。

> 小村只是冷笑，慢慢說道：「也怪勿得，耐頭一埭到上海，陸
> 裡曉得白相個多花經絡。我看起來，勁說長三書寓，就是麼二
> 浪，耐也勁去個好。俚哚才看慣仔大場面哉，耐拿三四十洋錢
> 去用撥俚，也勿來俚眼睛裡……耐要白相末，還是到老老實實
> 場花去，倒無啥。」……當下領樸齋轉身，重又向南，過打狗
> 橋，至法租界新街盡頭一家，門首掛一盞熏黑玻璃燈，跨進門
> 口，便是樓梯……樸齋還只管問，小村忙告訴他說：「是花煙
> 間。」[226]

伎院（或稱堂子）大致類分為四、五個等次：書寓伎女或有女校書、
長三者為最高等級，多被敬稱為「先生」或者「倌人」；麼二、下處
的伎女則屬中等，色藝泰半無法兼備；花煙館、野雞已傾向專業賣淫
的下等伎女；而釘棚、老媽堂的等級更屬最低，不但伎女年老色衰，
嫖客更屬於下層——[227]對照於貼滿紅牋條子、懸掛黑漆金書的長三書
寓，僅吊有一盞黑燈的花煙間，是趁清同治末年以後、鴉片盛行於中
國之際，藉煙館名目，暗渡賣淫勾當的色情場所，其營業目的強調淫
逸放縱，除了伎女鮮少技藝，格局狹隘、龍蛇混雜的氛圍，也不適合
提供官紳們交流生意，遂也符合了張小村所推薦的，較老實而划算的
性服務——韓邦慶以簡要的情節篇幅、平淡的敘事筆調，交代了洪善
卿領樸齋於聚秀堂、張小村介紹花煙間等活動事件，即已深刻勾勒出
當時上海倡伎活動的普遍性與階層面，亦藉此顯示嫖客相應於狎玩對
象之社會地位的不同。

---

[226] 韓邦慶：《海上花列傳・第二回》，頁 15-17。
[227] 中國伎女倡院的名目眾多，隨時空及各地風情而有所不同，影響後世研究
者在分類上亦略顯出入。參閱王書奴：《中國娼妓史》；（美）賀蕭（Gall
Hershatter）著，韓敏中、盛寧譯：《危險的逸樂：二十世紀上海的娼妓與
現代性》；徐君、楊海：《妓女史》（上海：上海文藝出版社，1995），
頁 20-24、106-108；楞嚴閣主：《世界娼妓史話》（香港：繁榮出版社，
1990），頁 14-16 等資料。

　　然見上海倡伎活動，從公開場所經營，到暗地私宿的勾搭——無論是書寓的陸秀寶，還是花煙間的王阿二——不同等級的倡伎們，都對這初到上海不見世面、色迷心竅的農家青年明拿暗取、大敲竹槓，從而埋下樸齋樂不思蜀，淪為車伕的禍因。[228]《海上花列傳》中顯示上海倡伎與傳統社會倡伎的不同，多在於她們為追求物欲，而能理直氣壯的將賣淫視為婦女自願從事的專職或者副業。[229]《品花寶鑑》中固守貞潔而溢美的名伶雅士，已正式退出歷史的舞臺，韓邦慶筆下所描繪倡門伎間的人情世故，不單說貴賤階級之間的身世無奈，更企圖顯示現代化洪流的傾減下，人情良性淪喪的普遍存在。趙樸齋代表中國舊社會遁入上海新市鎮裡的新奇眼光與失落處境，宛如冒險家身陷一座危險的樂園，而其妹趙二寶更以女性的姿態重蹈其兄淪陷上海的後塵，將自己賣良為倡，縱身於浮沉花海。誠如小說中齊韻叟對這些時代夾層中墮落人物的冷眼旁觀：「上海個場花賽過是陷阱，跌下去個人勿少哩」。[230]可知韓邦慶以私倡場域作為當時社會交際網絡之具體的投影，顯示中國傳統農業社會向現代工商業社會的視野拓進與價值轉變，在小說寫盡繁華風塵的現象的同時，也將這十裏洋場中人情冷暖鎔鑄筆墨於無形之中。

---

[228] 小說第一回趙樸齋初見陸秀寶就極為傾心，不時毛手毛腳佔盡女方便宜，而這陸秀寶亦懷鬼胎，自抬身價偽稱是清倌人，不但在第三回中要趙樸齋花錢做東，向眾人宣告樸齋做定秀寶的局勢，十三回裏更誆騙樸齋花錢開苞、購買珠寶；而小說二回出現煙花間裡的王阿二，雖少交際場面，但仍不時與樸齋維繫著嫖伎關係，三十七回裏王氏更直接擺明姿態的大敲竹槓。兩相壓榨之下，趙樸齋遂落得一貧如洗、新街挨打，二十八回裏「鄉親削色嫖客拉車」的窘況。

[229] 彥欣編輯：《賣淫嫖娼與社會控制・賣淫嫖娼活動的特點和趨勢》（北京：朝華出版社，1992），頁 133-136。其中整理江素貞與王萬鎏對上海市的調查分析，有幾則賣淫特點可與《海上花列傳》反映之現象相呼應，例如：一、賣淫活動場所由暗地私宿發展到公共場所；二、賣淫身價越來越高、索取財物亦增；三、賣淫婦女的身份和觀念與舊社會截然不同；四、賣淫者的動機多為追求物欲、享受性欲刺激、以及把賣淫當成副業或業餘享受等等。

[230] 韓邦慶：《海上花列傳・第三九回》，頁 379。

## （三）由京城名園到滬上風景：清季倡優場域「商品化」下的重建與變異

誠如蘇淵雷所稱，遭逢強權入清的晚清「尤多故國的愁思，Nostalgia 的悲哀，浪漫主義的極端，易流為感傷（Sentiment）和頹廢（Decadence）一片憂鬱的雲滿照著人心。」[231]於此衰世氛圍中，新時代的價值觀卻也透過倡院梨園的空間設置，被意象化地具體彰顯。《品花寶鑑》與《海上花列傳》中相關的書寫，適恰能以場域描述，呈現晚清文人由傳統過渡至現代的心路歷程——從陳森到韓邦慶對倡優場域的描述、從小說中「溢美」情懷到「近真」筆調，可見晚明風月情調的刻意塑造，已不純然符合清季以前文人名伶間酬唱冶遊的逸樂情調，而是透過倡優場域對道德範式與愛情浪漫的重塑與變制，將時代變遷中文人迂曲的軌跡具體展現——那在陳森筆下名士延攬優伶進入的園林建築裏，是以佳人性別的偽裝與品鑑模式的戲擬，追憶著晚明風月的情景與傳統典式的歸趨，但也因其弔詭的局面，形成枉顧現實的夢幻泡影；至於韓邦慶據實繪構的十里洋場，固然也摻有溢美書寫中弔古傷今的觸動，然其刻意將秦淮盛況於上海租界區重現，卻實以復古做為商品販賣的趨利目的，透露國將衰亡的社會墮落、物欲現實的現代性意義。

因此，在「懷舊情緒」訴求於場域設置的重建與變異中，《品花寶鑑》沉緬往昔所呈現有如海市蜃樓般，以士優相慕規避建制漸垮、以太平盛況掩飾衰世絕望；《海上花列傳》落於現實則將秦淮風月轉化為一種復古商品的販賣，於勢利重欲的價值觀中拋棄了傳統典式與愛情理想。兩種不同層次於聲色場域、耽溺氣氛的營造，皆以獨特的形態與立場，反映時代洪流裏個人乃至於群體的淪落與不安。

---

[231] 蘇淵雷：《袁中郎全集·袁中郎全集序》（台北：萬國圖書，1960）。

　　首先看到陳森小說刻意重溯傳統典式的價值觀念與重建秦淮風月的景致情調，《品花寶鑑》確實以一種歌舞昇平的風雅場面，偽飾於當時已顯疲態的國事、即將崩潰的體制，它不自覺地預告著依附於男權封建中被壓抑及默許的倡優事業即將異變，卻也同時以粉世作為避世的沉潛方式，以回憶與幻想的偽飾扮裝，掩藏作者心中逝者難追的感傷，故見《品花寶鑑》第三十回：

> 卻說華公子宴客，今日共有三處：日間在恩慶堂設宴觀戲，酉戌二時在西園小平山觀雜技，夜間在留青精舍演燈戲……開了中門，賓主四人，慢慢的走進來，又走了兩進，才是恩慶堂。蕭次賢是初次登堂，便留心觀望。這恩慶堂即為壯麗，崇輪巍奐，峻宇雕牆，鋪設得華美莊嚴，五色成彩。堂基深敞，中間靠外是三面欄杆，上掛彩幔，下鋪絨毯，便是戲台，兩邊退室通著戲房。

> 五大名班合演，拿牙笏的上來叩頭請點戲，各人點了一齣，就依次而唱……子雲道：「唱的甚好，貞靜的卻極貞靜，放浪的卻極放浪，沒有一人雷同。」文澤道：「這齣戲我倒沒有見他們唱過。」次賢道：「如今秦淮河也沒落了。就是從前馬湘蘭的相貌，也只中等，並有金蓮不稱之說。」子雲道：「湘蘭小像我卻見過，文采豐韻卻是有的。」[232]

根據陳森描述華星北府第中，西園內的恩慶堂戲園，雖不能具體印證情景延自晚明建築上的繼承，但其氛圍的塑造，實然引發蕭次賢

---

[232] 陳森：《品花寶鑑・第三十回》，頁441-442。案，馬湘蘭，明朝「秦淮八豔」之一，工詩，善畫蘭，《歷代畫史匯傳》中評價她「蘭做子固，竹法仲姬，俱能襲其韻」。曹雪芹的祖父曹寅，亦接連三次為她畫卷題詩。湘蘭才華可見一斑，而她豪爽的俠義性格，不但時常揮金濟少年，亦不畏權貴，曾因得罪國舅而入獄，遂得當時名士如王稚登、錢謙益等傾慕。王稚登七十大壽時，湘蘭買船載唱為君祝壽，宴飲累月，歌舞達旦，然而歸後大病身猝，享年57歲。

等賓客,從登堂到觀戲的過程中,對秦淮風月產生的追想。誠如卡法拉斯(Kafalas)提到中國傳統文化中反映的「懷舊情緒」(Nostalgia),「與其說是讓過去鮮明地存留下來的方法,不如說是一種生活方式,即沉浸在對不可挽回地失去了的東西的記憶之中」。[233]陳森《品花寶鑑》鋪設梨園場景,即符合賀蕭(Gail Hershatter)研究晚清文士對今昔名伎的沉溺與懷念,因而呈顯了晚清相對於晚明情景的交疊:

> 這些文人中有許多人寫的是他們最近的過去,他們懷著愛戀、辛酸、憶舊之心,回想二十年前的名妓。因此我們讀到的文字並非只是透明地記錄了一個女人的籍貫、從業史……而已經是一個浸透著感懷意味的故事……男人在渴念與感傷中遙想她們所屬的世界,因為他們、還有中國,已經永遠地失去了這樣的一個世界。[234]

小說中以園林劇院重塑秦淮風月的情景,正是作者將場域意象透過對過往經驗的仿擬,而於情感共鳴上興起的認同作用。尤其於衰世氛圍下高度壓縮「將過去拉向現在」的作用,而造成文人感覺時間錯位的耽溺結果。然而陳森沉緬風雅、留連傳統,刻意繪構清季園林以營造晚清文人對晚明樓台、秦樓楚館等「文化上集體記憶」的懷念追想中,卻藏著以古鑑今、以今觀古的錯置,竟令典式操作成為一種將男優比做佳人、將歡場作樂行諸道德規範的偽裝形態,反而使得陳森小說中的情欲辯證與情節配置,處處呈現自相矛盾與不符現實的樣態。於此

---

[233] 引文原出於卡法拉斯(Philip A・Kafalas):《鄉愁與晚明散文的闡析:張岱的〈陶庵夢憶〉》("Nostalgia and the Reading of the Late Ming Essay: Zhang Dai's Tao'an mengyi",斯坦福大學博士論文,1995)。翻譯節錄自賀蕭(Gail Hershatter):《危險的逸樂:二十世紀上海的娼妓與現代性》,頁 258。

[234] (美)賀蕭(Gail Hershatter)著,韓敏中、盛寧譯:《危險的逸樂:二十世紀上海的娼妓與現代性》,頁 16。

繼續看到落魄才子田春航受到貞潔名伶蘇蕙芳的知遇，一對才子佳人轉進入「他」的閨房：

> 隨了跟班的進了大門，便是一個院落，兩邊縈著兩重細巧籬笆。此時二月下旬，正值百花齊放，滿院的嫣紅姹紫，穠艷芬芳。上面小小三間客廳，也有鐘鼎琴書，十分精雅……走出了客廳，從西邊籬笆內進去，一個小院子，是一併五間：東邊隔一間是客房，預備著不速之客的臥處，中間空著兩間作小書廳，西邊兩間套房，是蕙芳的臥榻。春航先在中間炕上坐下，見上面掛著八幅仇十洲工筆《群仙高會圖》，兩邊盡是楠木嵌玻璃窗，地下鋪著三藍絨毯子……蕙芳即引進西邊套房，中間隔著一重紅木冰梅花樣地落地罩……粉定窯長方磁盆，開著五六箭素心蘭。正面掛著六幅金箋的小楷，……再看上款，是「媚香囑和《長河修禊》七律六章原韻」。[235]

此為陳森刻意風雅於秦淮再現的愛情事例。即見田氏入宅之後，一路廳園徑廊等場景敘述中，映入春航滿眼馨香的擺設與娟秀高雅的書畫，是於襯托蘇蕙芳的不惹凡俗之際，更教這旦癖才子巨細靡遺地深入了佳人的心靈深處、回歸到一個傳統道德與愛情理想的「典式」模型之中。

於此，陳森在這乾旦身上著墨「冰壺秋月，清絕無塵，生得不肥不瘦，一個雞子臉兒」的佳人形象，藉由蕙芳靜雅屋舍的器物陳列、自題自作的藝術作品，表諸名伶出眾的才華、清白的身世……極致推高了蘇氏身價。遂教這沉戀風塵、遊戲人間的田春航也要由衷敬佩的稱道蕙芳「絕不類優伶中人、原不像小家出身」，硬是收拾起貪美好色之心，從此重振起科考求仕的精神——於此可見，原本陳森據清季狎優俗事為題，在當時「習俗日流於浮蕩」的背景設定下著筆，卻在種種回歸傳統的操作下，抽離了歡場色欲的現實，極力扭轉情節迎合

---

[235] 陳森：《品花寶鑑》，頁 200-201。

至才子佳人、科考功名、道德倫常等封建傳統的價值典範——渲染懷
舊情緒、風雅氛圍的倡優場域,竟在陳森傳統理想的重塑下嚴妝以對、
道貌岸然,以至於《品花寶鑑》雖處衰世,面對極權崩潰,還能呈現
大唱讚歌、歌舞昇平的景況。其背後蘊藏著陳森不願脫軌於才子及第、
佳人貞節與政治昌明的懷念與憧憬,亦不願接受現代化社會來臨的無
措恐慌,遂以小說悖離常理而與倫理宗法妥協的荒謬情節,透露這份
崇尚道德的同性戀情,弔詭而如夢幻泡影般的偽裝。

　　反觀韓邦慶《海上花列傳》裏倡院應酬的景況,非但降低其對昔
日風月的懷想,更以滬北租界區的繁華市井,直接取代過去江浙艷幟
的風騷,實由秦淮舞榭凋零的瓦礫之中另爐崛起、自才子佳人雲散的
情欲想像裏重拾商機的城市現象。以屠明珠寓所為例:

> 屠明珠寓所是五棟樓房:靠西兩間乃正房間。東首三間,當中間
> 為客堂。右邊做了大菜間,粉壁素幃,鐵床玻鏡,像水晶宮一般;
> 左邊一間,本是鋪著騰客人的空房間,卻點綴些琴棋書畫,因此
> 喚作書房。當下朱藹人往東首來,只見客堂板壁全行卸去,直通
> 後面亭子間。在亭子間裡搭起一座小小戲臺,簷前掛兩行珠燈,
> 臺上屏帷俱係灑繡的紗羅綢緞,五光十色不可殫數。[236]

此重塑秦淮的風月景況,並不溺於陳森粉飾太平的溢美手法,韓邦慶
筆下添置的現代化西洋氣息與世俗化娛樂性質的現實感,實以復古的
販賣取代了傳統的緬懷。回看小說一五回裏,這樓台雕琢的屠明珠出
局公和裏,倒還是在官紳們嫌棄老態的調侃下出場的。[237]可知上海歡
場非但減少去詩文相佐的風雅情調,更是益增了酒氣財色的世俗喧

---

[236] 韓邦慶:《海上花列傳,一九回》,頁182。
[237] 韓邦慶:《海上花列傳,一五回》,頁143。李實夫道:「從前相好,年
紀忒大哉,叫得來做啥?」黎篆鴻道:「耐阿曉得,勿會白相末,白相小;
會白相,倒要白相老;越是老末,越是有白相」。此番對話意指年紀大的
倡伎反而有玩頭,同時語帶嘲弄玩笑的意味,因此促使李鶴汀票局寫下老
鴇兼作倌人的屠明珠。

囂,直接以現實景況的功利氛圍,宣告了傳統理想的衰敗淪亡。韓氏書寫上海倡樓對「懷舊情緒」的處理,縱然也有「綢繆北裏,憑弔南曲」,卻不似陳森梨院園林中高度文人化、浪漫化之追逐情理的情色幻想,反而強調「染黛妍朱,藥叉變相,墜鞭投轄,猾虜爭豪」的物欲現實之上。[238]誠如呂文翠所說,晚清上海「洋場才子的影響焦慮」實然建立於「『晚明模式』的回歸熱」的商品文化之上,[239]它與《品花寶鑑》戲擬式轉移典式的形態表面類似,實際卻於價值歸趨上脫去傳統,以花國春秋的現代變奏,[240]轉往現代化物欲為主的新興發展。

　　因此,傾向為商業化娛樂消遣的狎伎情趣,是在上海洋場「綺羅因之減色,脂粉於焉為妖」情理色藝皆盡蕩然的狀況下,以強勢的消費形態與現代化時尚,衝擊傳統理想與風雅典式。[241]看在移徙至上海的騷人墨客眼中,又何嘗不是一種昔日雲煙、衰國之痛的提醒?《申報》文人王韜即述租界區青樓的建立,實因江南地區戰火劫掠後的轉移:「記其時赭寇縱橫,金陵陷沒,珠簾碧瓦,蕩作飛灰,舞袖歌裙,慘罹浩劫」。[242]而薛理勇對《海上花列傳》上海倡伎的考據中,亦證明了她們同與時人躲避國難的身世背景:

> 在太平天國定都天京(南京)後,由於江南處於長期的戰爭
> 狀態,大批秦淮名妓和吳門名姬以及各地聲色女子進入上

---

[238] 兩則引文,「綢繆北裏,憑弔南曲」,語出江寧傅春官:《板橋雜記・(光緒26年)重刻板橋雜記跋》;「染黛妍朱,藥叉變相,墜鞭投轄,猾虜爭豪」,則參閱(清)王韜:《海陬冶遊錄・自序》(上海棋盤街:廣益書局,1920)。

[239] 呂文翠:《現代性與情色烏托邦:韓邦慶海上花列傳研究》(台北:輔仁大學比較文學研究所博士論文,2004),頁134、138。

[240] 根據孫玉聲《退醒廬筆記》中記載,韓氏小說另名《花國春秋》,是為強調小說家「史筆」創作的企圖心,及其描摹上海人情百態的社會寫實特性。參閱孫玉聲:《退醒廬筆記・下卷16》,輯於《民國筆記小說大觀・第一輯第六冊》,頁113-114。

[241] (清)王韜:《海陬冶遊錄・自序》(上海棋盤街:廣益書局,1920)。

[242] 王韜:《海陬冶遊錄・自序》。

> 海……《海上花》描寫就有粵妓，當時蘇妓和蘇州妓院就成
> 了上海檔次最高的妓女和妓院……上海租界經濟的迅速發展
> 和人口的急遽增長為妓院業的興旺提供了最佳條件，同時，
> 妓院業的發展又刺激了上海租界的繁華，十九世紀末和二十
> 世紀初，在妓女業的帶動下，上海成以四馬路（福州路）為
> 中心的娛樂區。《海上花列傳》中的故事大多發生在寶善街
> 和棋盤街一帶。[243]

可見上海風月烏托邦的秦淮圖像，一面象徵著明季高度文人化的情藝生
活，於現代化過程中逐漸變為名存實亡的商業形象；一面也以秦淮不再
的弔古傷今，強調花國冶遊的虛幻無常，添增一層末世餘韻的哀傷。《海
上花列傳》中的洋場官紳於是比起《品花寶鑑》裏的旦癖才子，更加沉
重而直接地承受著今昔嬗變間的矛盾落差，遂於回歸傳統經驗的過程
裏，釋出邊界遊移與辨證的顛覆力道，脫除才子佳人的「文人化」溢美
束縛，而對「世俗化」商業文化的現況，呈現近真寫實的傾向。

進而看到小說中脫離「寶善街和棋盤口一帶」的部份——如第三
八回裏出現一座山家名園「一笠園」、三九回眾士以《四書》傳行酒
令、四十回齊韻叟「風流廣大教主」刻版《一笠園同人全集》的雅癖……
其中驟然出現文人溢美的痕跡。[244]加上〈例言〉內作者不願免俗地強
調著「為勸戒而作……閱者深味其言，更反觀風月場中，自當厭棄嫉
惡之不暇」的載道理想——正是《海上花列傳》中殘有傳統風雅的局
面，偏偏都在「一笠園」刻意仿擬「大觀園」、以伎女群芳戲稱為十
二金釵、但書人情倫常卻又專事伎家……韓邦慶對《紅樓夢》刻意的

---

[243] 薛理勇：《上海妓女史》（香港：海峰出版社，1996），頁71-109。

[244] 韓邦慶小說中夾有濃厚傳統「文人化」氣息的部份，正也是張愛玲註譯所
刪節的部份，根據周芬伶考據，其重點有四部份，且多與「一笠園」相關：
1、《四書》酒令級；2、〈穢史外編〉全文；3、小贊的情節及詠菊花詩；
4、高亞白與姚文君划船嬉戲及「點將令」。參閱周芬伶：《艷異：張愛玲
與中國文學》，頁412。

顛覆與錯置之下，反而塑造出一種今非昔比的矛盾與諷刺，尤其可見
「一笠園」內的貴族們的詩酒酬唱，縱然強烈聚焦於男吟女和的情愛
眷戀，卻都還是旨在凸顯未開苞的清倌人，在富貴望族眼中的評量估
價，終究是以作者的暗蘊嘲諷，瓦解於物欲現實的十里洋場。且看到
小說六十回名士園林脫卻塵俗的地理景觀：

> 趲過橫波檻，順便轉步西行。原來這菊花山紮在鸚鵡樓臺之
> 前，那鸚鵡樓臺係八字式的五幢廳樓，前面地方極為闊大。因
> 此菊花山也做成八字式的，回環合抱，其上高與簷齊，其下四
> 通八達，遊客盤桓其間，好像走入「八陣圖」一般，往往欲吟
> 「迷路出花難」之句。[245]

這座「經大馬路，過泥城橋」遠離喧囂、依憑傳統典式所塑造的避世
桃花源，於韓氏筆下形容為深不可測的出世迷宮。而在此園景形容之
後，所銜接的情節是高亞白指導詩僮小贊作文的風情雅趣，明顯雷同
於《紅樓夢》裏的香菱學詩。然此作者真正目的卻是藉由仿擬，反襯
於五十九回處文君玉學詩的片段——文氏這嗜菸成癮、肌瘦齒黑的俗
氣伎女，為爭取雅名、登報作詩，到處尋師教韻。不願理會她的官老
爺羅子富被她指為俗人，而炫示自己尚有文氣、迂闊酸腐的方蓬壺，
卻在收君玉作女弟子之後，被尊奉為老師——兩相比照之下，可見傳
統風雅的習氣於現代化社會中，已變換為商品消費的手段一笠園名士
風流寄存的烏托邦形象，代表寄存於封建體制的上流份子，已於晚清
現代化社會中格格不入、備顯窘態。

　　因此，韓邦慶「一笠園」的大觀景況，實以文人化浪漫風雅的仿
擬於「刻意失真」中，成為嘲諷傳統不再的姿態，並以其中自負高雅
的角色們，對待倡伎卻於「階級觀念裡的勢利」，進而凸顯現實殘酷
中的城市墮落，以及文人自傳統中逐漸出走的歷史徘徊。[246]誠如王德

---

[245] 韓邦慶：《海上花列傳》，第六十回，頁588。
[246] 張愛玲曾說韓邦慶借「一笠園」寫現代化社會中仍存於封建勢力的上層階

威指出《海上花列傳》中非但將傳統道德與現代欲求混淆顛錯，更旨在表達人情於現代化利欲價值觀裏的走火入魔，「當某個姑娘決心不顧一切，將某種『真正的』美德付諸實踐時，她的熱情其實又導生了一種新的欲望……端在說明它試圖以一種真正的對話方式，進行一場美德與誘惑的辯證」。[247]亦為韓氏小說映襯花也憐儂出場時，說到古人讚譽傲雅孤芳之輩，即沒入這「闊若干頃，深若干尋」的人海汪洋，「哪裡禁得起一些委屈，早已沉淪汩沒於其間」，[248]尚不為傳統留取餘地傾吐自哀，已被小說家視作過眼黃花，大筆刪落──可見近代「洋場文人」過於世儈與現實的商業習氣，實然不復昔日「江南文士」存乎封建體制中生存寄託的嚮往──韓邦慶實對傳統道德，進行了切確的反省與顛覆，甚至借諸情欲辯證的關係，作為現代向傳統據以割棄的反襯。要知清末封建傳統早已不可為文人依傍，也就無須逃避或者迎擊。作者轉而思索的是時代潮流裡隨波逐流的身世無奈，專注披露的是專欲寡情下險象環生的人性鬥爭。

　　故析論韓邦慶藉「一笠園」形象，著筆於道德典式與溢美愛情的處理，絕不同於《品花寶鑑》中以名士園林、名伶閨房再現秦淮風雅的潛心模仿。其間隱藏物欲與色欲本質的現實性與諷刺感，實為作者有意為之，而於情欲間的辯證，更導向現代層面的價值──韓氏教小說情調由原本上海紛擾的交誼歡場，突然遁入清悠雅緻的貴族名園，宛如作者在亂世中夢憶過往，卻又緊接著出園以後相形勢利物欲的現實環境，以逝者已矣的事實對時人心境造成更為劇烈的衝擊。誠如在園中定情的周雙玉與朱淑人、趙二寶與史天然，最後以殉情的鬧劇與遭棄的夢醒，分別結束她們虛妄不實的愛情理想──可見得韓邦慶對

　　級：「階級觀念特別深，也就是有點勢力。作者對財勢滔天的齊韻叟與齊府的清客另眼看待，寫得他們高人一等，而失了真」。出自張愛玲：〈憶胡適之〉，《張看》。

[247] 王德威：《被壓抑的現代性：晚清小說新論》，頁 127。
[248] 韓邦慶：《海上花列傳・第一回》，頁 2。

傳統典式的反思與消解，遠比陳森錯雜混亂的接受，要更加深層而明確；對青樓文化的世俗現實處的強調，亦較講究浪漫風雅的人情小說，更具有現代性與寫實感。若說《品花寶鑑》的避世心態，建立在作者戲擬於傳統理想的重建，《海上花列傳》專注於倡優環境中的耽溺浮沉，則在勾勒出傳統與現代之內外疆界的同時，凸出了現代化的一面，在強調城市文化與商業習氣之際，擺脫傳統範式影響下的焦慮，對將逝的過去不復以留戀。

倡院戲園在面對傳統崩毀的避世想像／對現代掘興的價值新立之間，形成文化鄉愁／興新風尚；情色避世／物化現實的兩面徘徊。這是小說作為衰世鏡像，介於今昔、虛實與表裏間失衡的越界，亦可反映狹邪作者處理於懷舊情緒與社會寫實之間的表現——《品花寶鑑》崇尚道德範式的性別扭曲、《海上花列傳》擬構愛情神話的商業習氣，分別呈現為一場顛龍倒鳳裏的幻想沉溺、一齣色藝販售的世俗功利——狹邪小說家在面臨封建崩毀之際，躲進都會勢利的溫柔鄉；在逝者已矣的時間錯位與場域重建下，於現代化洗禮中緬懷過去；用沉溺風月的經歷與想像，訴諸文人匿於衰世邊緣徘徊的生命軌跡。

## 二、「俊士寫青樓」所反映衰世文人的邊緣處境

觸動白居易〈琵琶行〉「江州司馬青衫濕」的創作靈感，原自詩人對一名嫁作商人婦的樂伎身世之感嘆，進而投射作者自身的生命歷程，於是在憐人與自憐之間，產生如此同哭共鳴的動人情感。此即嚴明提出「文人風流」與「名伎藝術」之間，應有其密不可分的特殊聯繫：

> 文人與倡伎的社會地位有根本的差異，但作為處於同一社會母體中的兩大群體，文人與倡伎之間，有著密切的交往和不可分離的關係。[249]

---

[249] 嚴明：《中國名伎藝術史・文人風流與名伎藝術》（台北：文津出版社，

可見兩種文化群體的別立與互涉，磨合出一種曖昧的關係，並以此
特殊的社會現象，凸出為一種複雜的創作形態。正如余懷所稱「舊
院與貢院遙對，僅隔一河」、陳森形容「地當尺五天邊，處處歌臺
舞榭」，[250]即由地理喻諸心理，將學府與倡門、朝廷與梨園，且隔且
鄰的相關位置，隱合於文人在徵逐仕宦的理想與寄蘊寥落的溫軟之
間，進退徘徊的邊緣處境。誠如昔日文人曾或隱於山水、隱於園林等
等，狹邪小說反映青樓梨園裏文人的隱匿與耽溺，亦成為體制之外，
一處可供文人投諸生命自覺、消解迂曲心理的桃花源。

　　進而觀察晚清世道混亂的社會現象，遠比歷朝入衰的情況更為複
雜——國事戰況的危急與工商產業的勃興，加促著傳統觀念的崩潰與
社會風氣的變遷，一面預告著中國千年封建體制即將全面瓦解，一面
亦為中國現代化工商趨向蓄勢待發——此亂世與奢豪並起的社會局
面，非但影響文士自身走向官商合流的身分異變、聲色場所於厭世主
義與享樂主義間越益猖獗，倡優環境與衰世文人之間的關係，亦不似
過去僅為供應眠花宿柳、仕途疲倦的中途站，其更復提升作國道衰落、
諸事俱休的避世場；不單為男性游逸於宗法家庭之外的自由放蕩，[251]且
成為中產階級崛起以後，聯誼應酬、聚資買辦的交際商場——它充滿
弔詭的內涵與不可抹滅的存在，相對於傳統規範的制度與文化，既當
視作一種諷刺，同時也屬於一種補充；呼應於現代性思潮的緒端，亦
能以時間與空間的相映，呈現世紀末進程裏的過渡現象——應對於創
作者獨立意識的覺醒與其面對傳統範式的擺盪，晚清倡優場域位處社

---

1992），頁 209。

[250] （明）余懷：《板橋雜記・雅遊》（上海：上海古籍出版社，2000），上
卷，頁 13。（清）陳森：《品花寶鑑・第一回》，頁 1。

[251] 倡伎與士人家庭的關係可見（德）奧古斯特・倍倍爾（August Bebel）所說：
「婚姻是市民世界性生活的一面，其他一面就是賣淫。婚姻是質的表面……
賣淫是質的裡面。」實可將狎伎視為士人對立於宗法家族的一種彌補與傾
洩。此語出於倍倍爾所著《婦人與社會主義》，截引自王書奴：《中國娼
妓史・引論》，頁 3。

會體制與歷史時空中的邊緣特性，即為當時文士處境展示為一種極佳地創作隱喻與生命潛藏。

因此，無論是藉美人知遇，繪構雅士風流的《品花寶鑑》；還是以寫實之筆，書盡洋場勢利的《海上花列傳》──透過狹邪小說中作者見諸倡優、寫諸倡優的立場，體會衰世文人投身花海的避世姿態、思考倡優文化對晚清時人造成的深刻影響，即可知曉倡優場域作為封建社會結構中一個既隱晦而又公開的聲色場所，其深具在文人寫作上的影響。那不僅止於供予創作的場所、取材的靈感，更是透過文人深入倡優環境中的生活情景與人際關係，反映晚清文人省思封建社會將衰之際，懷舊情緒與新興價值觀交錯的複雜心理──一旦體會倡門伎院融於晚清狹邪小說家的筆墨生活之際，即為隱喻作者意識與場域文化間的相互定義，進而能夠引領讀者突破幽閉私密的風月之牆，彰顯小說自傳統朝向現代化進程的正面意義。本章即由「俊士寫青樓」，晚清文人於倡優場域中的書寫樣態，呈現狹邪小說撮合文人與倡優兩種文化，反映封建體制鬆動、衰世絕望下，作者沉緬傳統亦或反映現代的價值取向。進而呼應狹邪小說家們運用巧筆，透過場域設置細膩的描繪，寄蘊衰世文人於情色逸樂中的避世隱匿，以其具體情景的構作，營造出兼具現代性意義的「風月烏托邦」。

## （一）傳統與現代間的擺盪

思索青樓豔事的耽溺書寫，見作者逸樂於倡門劇園之中，或如孟浩然隱於山水、陶淵明隱於田園、祈彪佳隱於寓山等心態一般，實為文人將青樓視為一種現實暗鬱的通口、隱居避世的場所──例如宋代詞人柳永眼見「是處樓台，朱門院落，弦管新聲騰沸」，隨即「誤入平康小巷，畫簷深處，珠箔微褰，羅綺叢中」，[252]是文人將宦情旅愁

---

[252]（宋）柳永詞作「是處樓台，朱門院落」語出〈長壽樂〉；「誤入平康小

之吟詠,寄託於市井坊曲、勾欄瓦舍之豔謳,其「偎紅依翠、淺斟低唱」的隱身意義,屬於一種純粹逃遁於體制之外、朝向世俗歡樂的隱逸;又如明人袁宏道,在表示「托鉢歌伎之院」為樂之餘,更大肆標舉「貪榮競利,作世間酒色場中大快活人」的狂縱,[253]實將青樓之隱,積極強化為封建體制的對立,代表晚明「人情以放蕩為快、世風以侈靡相爭」縱欲傾向的社會風氣中,文人藉於倡門展示自我身心解放的意義──[254]或為求隱蔽,或以示抗議,歷代文人於風月中避世的態度,皆為晚清狹邪小說家於歡場書寫的經驗,提供相當程度的累積。因此看到韓邦慶〈南樓留別〉,發表於《申報》上的長詩夾序:

> 此余乙酉孟秋赴試金陵留別南樓作也。渺渺前程,如醉如夢,海天風月,非復曩時情景矣。[255]

此詩文旨在追憶韓氏三年前赴京趕考的風月情緣,記載其學府蹭蹬前寄居青樓的往日情景,交雜著「海天風月」對旖旎舊情的傷感與「渺渺前程」中考場失意的落寞。實為中國傳統文人趕考失落、投諸煙花的普遍寫照,也呼應於明清文壇書寫青樓的廣泛風潮──實可視同於陳森自年少試第「境益窮,志益悲,塊然塊壘於胸中而無以自消,日

---

巷……羅綺叢中」則見〈玉蝴蝶〉。參閱柳永:《樂章集》,收自唐圭璋編:《全宋詞》(北京:中華書局,1995 年 6 刷),第一冊,頁 41、50。

[253] 引文分見於〈袁中郎尺牘・龔惟長先生〉、〈袁中郎隨筆・為寒灰書冊寄郎陽陳玄朗〉兩篇,收自(明)袁宏道:《袁中郎全集》(台北:世界書局,1964),頁 2、頁 11。

[254] 關於明人「由心至身的全面解放」,可遠溯於王學心學思想的影響、李贄「童心說」對個人私欲的肯定,以至於袁宏道強調物質與精神上的縱情逸欲等等,可以展示出晚明「人情以放蕩為快、世風以侈靡相爭」縱欲傾向的社會風氣。參見朱淨主編:《中國風化圖史・明清卷》(長春:吉林攝影出版社,2001),第 12 冊,頁 251-271;吳存存:《明清社會性愛風氣》(北京:人民文學出版社,2000),頁 59-71。

[255] 韓邦慶:〈南樓留別〉,原刊於《申報》(1888 年 8 月 31 日),錄見方迎九:〈韓邦慶佚詩佚文鈎沉〉,《明清小說研究》(南京:明清小說研究編輯部,2002 年),64 期,頁 233。

排遣於歌樓舞榭間」的盼切功名,到年歲四十餘「豈猶能如青青子衿日事呫嗶耶?固知科名之與我風馬牛也。貧乏不能自歸,仍依居停而客焉」之物資困頓與心路絕境——[256]皆以倡優場域之隱匿,寄蘊封建文人面對傳統理想,心繫渴慕卻感疲憊、既存眷戀又欲捨棄的徘徊心理。

然而,歷代文人隱於青樓即便都有其邊緣遊移的意義,但透過晚清倡優以其競參時尚、縱逸風流的次文化特性,展示現代化演進的歷史意義,則拓展且加深了衰世文人隱居青樓、書寫青樓,而後反諸時代變遷的邊緣特性。正如韓氏〈南樓留別〉對風月情景的感傷,強調了逝者已矣對時代哀絕的感慨,那竟已不是柳永單純區劃出雅俗殊美、中郎放縱聲色抗議禮教……昔人僅止於當下的逸樂耽溺,而是當晚清文人自秦樓楚館遙望傳統理想逐漸崩毀,心中雜揉著懷古傷今的情緒與對現代化進程的期盼及恐懼,在對傳統疲憊厭棄同時留戀不捨之際,風月場所亦復引起知識份子在文化鄉愁與新興風尚之間,複雜而深層的百感交集。誠如笠堪表示:「在亂世的時候,『賣春』這一業照例是要特殊興盛的,因為人們擔心末日的來臨,都有一個需要刺激的念頭,『世紀末』的瘋狂,使這一業畸形發展。」[257]國事衰亡與風月逸樂的現象互涉,加促著避世文人投身於倡優場域的結合。被稱為「晚清小說世紀末徵兆」的《品花寶鑑》與「十九世紀末行業小說」的《海上花列傳》,[258]即教敏感的現代學人察覺狹邪小說中隱藏末世特有的觀點,[259]如同王德威對晚清狹邪小說的歷史背景表示:

---

[256] 陳森:〈品花寶鑑序〉,《品花寶鑑》,頁2。

[257] 笠堪:〈談明代的妓女〉,收於李又寧、張玉法編《中國婦女史論文集》(台北:臺灣商務印書館,1981),頁94。

[258] 王德威:《小說中國》(台北:麥田出版社,1993),頁103。周芬伶:《豔異:張愛玲與中國文學》(台北:遠流出版社,1999),頁429。

[259] 如吳繼文改寫《品花寶鑑》時,特意添置了天理教於北京譁變的戰亂背景,強化杜言琴隨行屈道生、離開梅子玉後的輾轉流離;而張愛玲翻譯《海上花列傳》時,尤其強調韓氏小說於十九世紀末出版時所反映的社會環境,進而能與十八世紀末的《紅樓夢》風潮相互對應。參閱吳繼文:《世紀末

作為一個時間概念，「世紀末」頹廢絕望的情調來自於一種盛
年不再、萬事將休的末世觀點。但在另一方面「世紀末」這一
概念又承認時間的週期性，並急切地盼望新紀元的到來。[260]

可見晚清狹邪小說通篇於紙醉金迷、眠花宿柳的歡場情節裏，卻是呈
現著文人處於歷史夾縫間的遊移，即面對傳統體制崩毀與現代化進程
之間，呈現宗法社會／市民文化、傳統禮教／現代工商等現象落差裏
的無奈擺盪。

陳森《品花寶鑑》因此強調出一種戲謔性與符號化的品鑑模式，是
在傳統與現代的擺盪間，將科舉考試的框架移至梨園品優的遊戲之上，
在寄慰時人傳統理想失落之餘，卻也同時規避了現代化進程，而在倡優
場域中營造出一套文人模仿傳統典式、服務聲色想像的遊戲方法。於此
觀察陳森「以遊戲之筆，摹寫遊戲之人」的說法——誠如小說首回「制
譜選名花」的《曲台花選》，與結局處「歸結品花鑑」的「花神封榜」，
其中或以詩詞或以序文，形容男旦美色，盡具濃艷辭藻與典籍掌故，是
教文人展現考場以外的筆墨之風雅與才華，而花榜排名擬照科舉榜單
「分別品流、衡尺人物」的方式，更將品題與排次的徵士模式轉嫁、套
用於倡優場域的賞優物色之上——可見文人隱匿聲色之餘，無不蘊藏小
說家對考場文化的戲擬與轉託。陳森將傳統理想抽離於現實失落，偽飾
成一種審美遊戲的情趣風雅，遂以「品鑑遊戲」蘊含諷刺與寄慰的雙面
意義，作為小說起始內容的重要情節。誠如毛文芳表示：

> 男性透過文字與圖繪的想像創造，進一步將品藻諸姬的細節伸
> 向感官……構築了慾望的世界……（文人）追求仕途、有功於
> 社會的嚴肅使命感，卻因失意流連青樓而磨耗……歌伎透過科
> 舉排榜的符號結合為宴飲的籌碼，在眾人手中眼下傳遞，戲仿

少年愛讀本‧尾聲空華流火》，頁 327-331。張愛玲：〈國語本海上花譯後
記〉，《海上花落》，頁 723-724。
[260] 王德威：《小說中國》，頁 167。

　　科考掄元的流程，行酒作樂，進行小眾的酒色遊戲……歌伎成
為性別場域下、商業酬酢中物化的符號與籌碼。[261]

可見筆墨調笑的背後，迂曲的隱藏了文人追逐仕途的心路轉移。酒色
遊戲的戲擬效果，雖令文人獲取寄慰歡場、調侃體制的快感，但在言
說權利與美色誘惑的雙重享受之間，小說卻仍藉梨園歡場的幻夢情
景，塑造出一座歸趨於傳統理想的偽樂土、崇尚封建文化的後花園。[262]
《品花寶鑑》追尋「典式」（The model）的操弄，誠如蔡英俊提論，
實屬於傳統文學中一種文人自「過去拉向現在」的創作意識——[263]然
而，陳森面對於傳統理想的沉緬，使得小說無法正視傳統封建於現實
中的日益崩毀，卻以遵循禮教、訴求風雅的情色幻想，偽裝且轉移文
人登科頓足的失意；憑藉反映體制有如鏡象般曖昧朦朧的品鑑遊戲，
消遣了文人於歷史間流離失所的生命——溢美典式刻意掩藏作者於真
實世界的失意挫折，以至於小說耽溺的風月幻想裏，產生了矛盾情節
與歷史擺盪的現象。在陳森畢竟旨在歸趨於傳統封建的價值訴求中，
遂成為晚清時人邊緣徘徊、無以脫困的心靈寫照。

　　反觀《海上花列傳》於煙粉世界的全面沉淪，除了小說創作不執著
於典式操作以外，韓邦慶更強調出一套有別於傳統的敘述結構（穿插藏
閃之法）以及語言模式（蘇語方言寫作），即是作者透過狹邪小說，提

---

[261] 毛文芳：《物・性別・觀看：明末清初文化書寫新探》（台北：臺灣學生
書局，2001），頁 397、398、424、425。

[262] 王鴻泰：〈青樓：中國文化的後花園〉，《當代》（台北：合志文化，1999
年 1 月 1 日），第 137 期（復刊第 19 期），頁 16-29。此文指稱伎院空間
以經營生活情境、追逐愛情理想、伎女人格化等方向，使中國文人眷美愛
色的種種特色，可視青樓為中國文化的後花園。

[263] 蔡英俊提出「典式」概念：「在在顯示出古典作家試圖把時間上的「過去」
拉向「現在」的一種自覺，使得「過去」能與作家當下所屬的「現在」具
有一種「同時代性」（contemporaneousness），並且以此喚起造就一種文
化上的集體意識。」參閱蔡英俊：〈「擬古」與「用事」：試論六朝文學
現象中「經驗」的借代與詮釋〉，出自李豐楙編《文學、文化與世變》（台
北：中央研究院中國文哲研究所，2002），頁 75。

出晚清文人著落於現實社會，進而能與封建體制正式脫離的獨立宣言，是於《品花寶鑑》的時代徬徨中，更進一步的邁向現代。且看小說開場，擬說書人敘事的作者代言人「花也憐儂」的身分設定：

> 原來古槐安國之北，有黑甜鄉，其主者曰趾離氏。嘗仕為天祿大夫，晉封醴泉郡公，乃流寓於眾香國之溫柔鄉，而自號花也憐儂雲。所以花也憐儂，實是黑甜鄉主人。日日在夢中過活，自己偏不信是夢，只當是真的，作起書來。[264]

韓邦慶賦予代言人全知角度靜觀人事，而能看透這遍地倡域裏皆儘沉淪的男女世情，然此近乎獨白的敘述立場與神話觀點的背景，卻是以杜撰架空的地理與自封自號的位階作為設定。與當年歎作〈南樓留別〉的韓邦慶相比，《海上花列傳》實以一種獨立個體的姿態作為書寫的著力基礎，此刻的韓邦慶對昔日追尋仕途的疲勞耗損，已不願添置丁點筆墨喟嘆，小說內容自然翻閱不見傳統文人畢生求仕的失落與盼望——即趁光緒廢除科考之前，在知識份子的心中，早已對封建體制崩毀存有預知。在棄絕傳統理想之餘，也就乾脆漠視不談——甚至連家族譜系、階級倫常也都可以拋棄了，《海上花列傳》展現出衰世文人徬徨無依的無根特質，是透過韓邦慶「近真」筆法，尚不執著傳統道德範式的價值觀，而旨在凸顯上海歡場於封建價值崩毀與快速現代化的時局之中，極度現實、崇尚物質之人性失衡的現象。[265]正是韓邦慶

---

[264] 韓邦慶：《海上花列傳・第一回》，頁1-2。

[265] 由此比對陳森與韓邦慶對傳統道德範示的差異。前者是繼承，而後透過戲擬於倡優場域轉移；後者則是拋棄，轉向現實社會裡現代性價值觀的新立。花也憐儂縱然留有一份「具菩提心，廣運長舌，寫照傳神」的道德動機，然若要視為封建傳統於小說中尚且深具的部分，卻又不似陳森強調「情之中正」的道德理想那樣顯著刻意。《品花寶鑑》裏梅子玉詞科登翰苑、田春航終究狀元及第，不但服膺於封建體制的價值觀，更可將小說創作視為陳森道德理想失落的自我彌償。然要反觀《海上花列傳》中陷落上海的趙樸齋，卻是不學無術只求買辦與嫖倡，不時揭露出倡家生活中婊子無「情」、客為「欲」求的實況。

要將封建體制的絕望，訴諸現實物欲的歡場之上，青樓倡優才能剝去如《品花寶鑑》對傳統理想所製造的情色符碼，及其傳統典式迎合於封建的價值觀，晚清時人一旦以務實客觀的心態，面對現況的「近真」立場，甫能教作品相形之下凸顯現代化層次的意涵。

## （二）情理與物欲間的掙扎

　　當我們理解狹邪小說催生自晚清國事危急與工商勃興之間，作為末世文人藉倡優環境隱匿歷史處境的一種文學反映。陳森以偽飾戲擬作為傳統理想的場域轉移、韓邦慶直接反映現代化社會新興價值觀對傳統範式的拋棄，即能符合關愛和表示狹邪小說遊弋於明末「世井通俗小說」與清初「文人戀愛小說」間的文化影響，實為晚明市民文化「尊己尚俗的浪漫激情」與清初復古思潮「規矩風雅的理性自律」兩種模式間蘊生的演進：

> 言妓小說生當天崩地坼的封建末世，它一方面不忘道德救世、整飭風俗的責任，另一方面則要宣洩人生失意的牢愁，誇示狎妓縱酒的風流。道德感、末路惆悵和享樂情緒交織在言妓小說中，使它在以巨大熱情編織婚姻、家庭生活之外的情愛理想的同時，並不掩飾情意綿綿的人欲躁動，在對青樓風塵、狹邪遊人性愛追逐的描寫中，又保持著不涉淫褻的優雅風度。[266]

可見傳統之「情」與前衛之「欲」相互交融的小說創作——呈現晚清狹邪小說，一方面呼應晚明文風的末世傾向，繼承其追求身體逸樂、心靈厭世，且於文化上凸出中國近現代工商趨向的市井現象；另方面又在現代化焦慮與國道衰亡的憂懼之下，不時回顧清初克守禮制的傳統典範，延承著中國千年以來難以割棄的道德理想——在兼續資本主

---

[266] 關愛和：《悲壯的沉落》，頁 243。

義萌芽之後的市井發展，與傳統體制崩毀之前的風雅緬懷之間，狹邪小說表現晚清文人於難捨傳統的回歸與留連之際，同時面迎嶄新時代不可遏抑的到來。

遂見《品花寶鑑》中，縉紳子弟贊同男風，看似顛覆傳統的激進言詞裏，仍存有貴我尊己的獨立精神與矢志不悔的生命意志，正派角色們在賞優慕色之際，都不曾僭越情禮規範，卻與所惜優伶保持著同性愛慕的曖昧距離。且看「雖在羅綺之中，卻無紈褲習氣」，守身如玉的梅子玉。正是一面強調男女尚守陰陽之道，認為乾旦之造作不如女子妙出自然，「不願看小旦戲，寧可看淨末老醜」，[267]一面卻又對杜琴言近乎癡迷、真情相待的矛盾實例——這份佔據小說極大篇幅，癡戀非常的梅杜情誼，明明超越梅子玉與王瓊華的夫妻關係，卻又異常地堅定在貞潔守禮的道德教條、樹立於宗法允諾的俊友交際之上——參閱小說第十回，徐子雲安排梅杜兩人初見於一場玩笑性設局，席間子雲且以他人假扮琴言挑逗子玉，言語與姿態上的得寸進尺，終令梅氏不快：

> 子玉將身一偏，琴言就靠在子玉懷裏，嗤嗤的笑……子玉氣得難忍，即說道：「聲色之奉，本非正人。但以之消遣閒情，尚不失君子……你雖身列優伶，尚可以色藝致名。何取淫賤為樂，我真不識此心為何心。起初我以你為高情逸致，落落難合，頗有仰攀之意。今若此，不特你白費了心，我亦深悔用情之誤……其實焉能浼我？」

> 寶珠一手拉著子玉進套間屋內，道：「你且再看看你的意中人，不要哭壞了他」……他倒轉過臉來，用手帕擦擦眼淚，看著子玉道：「庾香，你的心我知道了。」子玉聽這聲音似乎不是琴言，仔細一看，只覺神采奕奕，麗若天仙，這才是那天車中所遇、戲上所見的這個人。[268]

---

[267] 陳森：《品花寶鑑》，頁 19。
[268] 陳森：《品花寶鑑》，頁 161-162。

一場「情」、「欲」所求的試探，最終落在情理道德的歸趨之上，從此展開梅、杜兩人知書達禮的精神性戀愛──可見狎優但非褻玩的多情才子與淪俗然不塵染的扮裝佳人，組合成陳森極力稱道「情之中正」的風範──此即魯迅表示溢美傾向的狹邪作家，一面強調「掇巍科，任政事，報親恩，全友誼，敦琴瑟，撫子女，睦親鄰，謝繁華，求慕道」的道德理想，一面卻得兼顧「惟才子能憐這些風塵淪落的佳人，惟佳人能識坎坷不遇的才子，受盡千辛萬苦之後，終於成了佳偶，或者是都成了神仙」的愛情神話。[269]這其中的矛盾，是錯置了才子佳人於男女的性別、牽強了才子佳人於現實的結尾；歸趨於封建教化的範式、但又無法應合封建教化的本質。遂以《品花寶鑑》弔詭而荒唐的局勢，造成對才子佳人與封建體制的雙向諷刺。可見陳森繼承於傳統儒士的道德教養與希冀於才子佳人的愛情嚮往，卻又基於對當時倡優文化的現實反映及其文學實驗中的情色想像，在兩相反覆之間，搓揉成此「情理」與「色欲」邊緣徘徊、難以兩全的情狀。

陳森此番面向傳統典式的「認同作用」，表面勉強搓揉著傳統理想與耽溺幻想，實則呈現作者枉顧真實性、缺乏現實感的逃避心理，以及陳森面對傳統難以擺脫、處於現實無法承擔；面對道德難以顛破、看待情欲又未能解放的尷尬狀態──小說中的梅子玉不負眾望終入宦途，現實中的陳森徒留一部傳抄不絕的《品花寶鑑》，卻是終身無緣取仕、貧苦寡歡──真實與虛構、現況與幻想之間的落差，實為《品花寶鑑》複雜迂曲的古今相涉、藉彼釋己之間，託諸文士考場失利、時人國事轉衰的心境匿藏。陳森刻意漠視國族將亡與物欲勢利的現實環境中，將道德理想與愛情溢美的模式，皆盡著落於狎優嫖伎的俗巷艷事之上，反而形

---

[269] 「掇巍科……求慕道」引文原自《青樓夢‧第一回》，被魯迅截引為指稱「溢美」狹邪小說家「所寫非實」的「大理想」，參閱魯迅：《中國小說史略‧清之狹邪小說》（台北：明倫出版社，1969），頁 276；「惟才子能憐這些風塵淪落的佳人……或者是都成了神仙」引文則自魯迅：《二心集‧上海文藝之一瞥》（台北：風雲時代出版社，1989），頁 124。

成強烈荒謬的諷刺感，顯示晚清文人一頭栽進青樓酒館的情色想像裏，對現實不敢正視，亦對未來失去瞻望。

至於韓邦慶的《海上花列傳》應生於當時出版興趣——清季狹邪小說的風尚，強調晚清上海倡業源自蘇杭之滄桑變化，及以上海比對於秦淮風月的追溯與再建——小說本身已明確建基於晚明煙花趣味之上，且將其中濃厚的市井氣息據以擴大。[270]但從《申報》一片冶遊風尚的寫作中觀察，文人看似由江南蘇杭轉移陣地於上海商埠的興趣重建、強調末世風月逸樂的復漸猖獗，[271]卻也在重提傳統典雅文士與名伶的愛情交誼的表面之下，實以上海滬地不復江南通郡的感嘆，藉由秦淮褪謝繁華、衰微凋零的哀悼與追憶，切合現代化社會崇尚私利物欲以致道德沉淪的憂懼與不安，而將晚明市民文化「尊己尚俗的浪漫激情」的情調，更深一層地投射於歷史現況、轉化為現代化利欲價值觀。

於是看到韓邦慶筆下沈小紅與王蓮生的情感糾纏，實以物欲化倡女與世俗化文人的關係，充分展現出晚清時人離棄傳統理想，卻又未竟於現代化的矛盾尷尬。其情狀遂成不見真誠道德的「情理」，交織與損卻浪漫激情的「欲望」——《海上花列傳》第四回中，洪善卿撞見王蓮生幫助張蕙貞調頭（伎女等級升格）連帶協從搬家事務，忍不住語帶玄機對王、張二人訕笑：「撥來沈小紅曉得仔，吃俚兩記耳光」，即揭示王、沈之間的相好關係已不容她人介入。果不出洪氏所料，王蓮生與張蕙貞的這段私情，在小說第九回中正式被沈小紅揭破，竟然

---

[270] 呂文翠認為自 1887 開始任職《申報》筆政的韓邦慶，浸淫於當時「秦淮情結」與「晚明復古」的文學風氣中，尤其呈現「江南文人」向近代上海「洋場才子」轉型的現象。參閱呂文翠：〈情色烏托邦的回歸與消解〉，《中外文學》（2004 年 4 月），32 卷，11 期，頁 101。

[271] 參閱上海通社編：〈滬娼研究書目提要〉，《舊上海史料彙編》（北京：北京圖書館出版社，1998），上冊，頁 578-608。根據這份長達三十頁的書目，可以理解同治、光緒年間，風月相關書籍的出版盛況，而大宗出版這類書籍的《申報》館，不但為當時上海行量最大的報紙與刊物的出版機構，其題材強調上海青樓由城內遷移至租借的蛻變情況，亦主導市民文學的重要走向。

就在官紳們匯聚於「明園」，眾目睽睽的看戲場合下，意外演成「沈小紅拳翻張蕙貞」，一場姨娘大姐助陣，暗腿明拳的圍毆醜況。而這場鬧劇最終還得收拾在王蓮生「只得打疊起千百樣柔情軟語，去伏侍小紅」，[272]並為沈氏還清債務的局面之上——於此看待沈小紅不計形象、甘冒敗壞生意名聲，也只為王蓮生一人的衝動蠻悍，固然見她自稱「生意覅做哉，條子末拷脫仔」，[273]卻都還是圍繞著量債論價的生意上作估量，可見其「專情的捍衛」竟然旨於「生意的獨斷」，令人對這男女關係深感矛盾可笑的現實性與諷刺感。且在小說快意書寫觀戲拳翻的熱鬧情節之中，韓邦慶亦早埋藏沈小紅暗姘戲子的伏筆，顯示小紅對蓮生大犯醋勁的檯面底下，竟是以她貼錢豢養的小白臉充作耳目，才得以探知王、張暗通款曲的原委。讀者盡然讀罷，甫才恍然拍案這場爭奪恩客大戰的內幕，竟是如此各憑本事的陳倉暗渡！

　　然當讀者判定這沈小紅表面專咬王蓮生的生意，私下竟紅杏出牆、自貶身價的狡詐與不堪之際，卻也不能以利欲薰心的斷詞，全然推翻王、沈兩人同襟共枕的多年情意。尤其在王蓮生察破姦情「酒醉怒沖天」憤而回頭迎娶張蕙貞，卻仍窩囊的無法與沈小紅決然兩斷：

> 蓮生見小紅只穿一件月白竹布衫，不施脂粉，素淨異常；又見房中陳設一空，殊形冷落，只剩一面著衣鏡，為敲碎一角，還嵌在壁上，不覺動了今昔之感，浩然長嘆。[274]

即使在蓮生決定迎娶張蕙貞之際，也還不忘回到西薈芳裏探視小紅，在他拜堂請酒的前三天，依然託人送給洋錢照應。相較於沈小紅與戲子戀情正式的浮出檯面，她竟也是「滿臉煙色，消瘦許多」的神色沒落了。黃翠鳳即為小紅嘆惋：「王老爺來裏末，巴結點再做做，倒也

---

[272] 韓邦慶：《海上花列傳・第十一回》，頁 107。
[273] 韓邦慶：《海上花列傳・第十回》，頁 102。
[274] 韓邦慶：《海上花列傳・第三十四回》，頁 335。

無啥……倻人姘戲子個多煞，就是倻末吃仔虧。」[275]顯示這段餘韻未了，卻又沾惹不堪的感情裏，王、沈之間都還是存有一定的不捨與依戀。蓮生無法因為羞憤，斷絕對沈小紅舉債窘境的支助，小紅也不為留守財源，主動做低姿態對王蓮生重新巴結。以致於王蓮生赴任江西，決心離開上海煙塵的送行之別，兩人竟有恍如隔世的重逢之感，而那卻是既非唯美傷感也不激昂憤慨的場面：

> 姚季蓴既作主人，哪裡肯放鬆些，各各都要盡興。王蓮生吃的胸中作惡，伏倒在檯面上。沈小紅問他：「做啥？」蓮生但搖手，忽然「嘔」的一響，嘔出一大堆，淋漓滿地。[276]

讀者彷彿目睹了一對結識多年卻佯裝漠然的伴侶，在一場終別的熱鬧場面中無語同坐。而此窒悶的僵局，竟又是以壓抑至極的嘔吐所打破——這裡的尷尬展示出王、沈兩人至深且遙距的關係，是以一種相互折磨而又無法割離的感情所牽絆。他們都無法對彼此忠誠，卻也都悉知對方佔據於自己內心深處的位置，他們或對物欲、或求私情，各以不同的方式計較著給予或爭取，卻也都在溫喃軟語間吝於坦露誠實的自己——王蓮生於放任蠻辣之餘，終究不對小紅表示迎娶的允諾；而沈小紅也在做盡表面之下，對蓮生絕口避談誠意真心。他們只願處於一種恩客與倡伎的拉鋸關係，而在利欲往來間不斷耗損彼此的感情與生命，導致愛情理想終在世俗裏憾恨黯然。

因此，我們很難一分為二的斷定沈小紅究竟是惜情還是好欲，正如王蓮生在歷盡情海波折、遠離塵囂之際，悵然得聞舊日相好的際遇，也就不明所理的「掉下兩點眼淚」，對沈小紅與自己同時產生憐憫與自哀——這齣跳脫情欲辯證、行於現實處境的戀愛事例，在韓邦慶筆下，飄然落入眾人無語的靜默，「房內靜悄悄地，但聞四壁廂促織兒

---

[275] 韓邦慶：《海上花列傳・第五十六回》，頁 545。
[276] 韓邦慶：《海上花列傳・第五十六回》，頁 547。

唧唧之聲聒耳得緊」，是將情欲之間的掙扎訴諸生命無奈的幻滅與空虛,且在瞬息片刻有如雲煙一般地消散——[277]可見韓邦慶展現文人於倡門伎院內的徘徊心態,不單屬於陳森脫離現實變化下對傳統道德的偽飾,更旨於呈現晚清時人,近臨衰世、面對現代化洪流中的耽溺與淪亡之感,如同花海浮沉的人物們,只能竭力滿足自己的原始物欲、對享樂所需盡其所能的爭取,即使枉顧道德與情感也都在所不惜,但又在恍然於人性價值失落裏,承受無盡的孤單與巨大的悲哀。

　　《海上花列傳》確實提供了一個末世民族哀絕無根的遊離心態,韓氏小說中吃酒劃拳的官紳已然褪去《品花寶鑑》中文人風雅的姿態,倡女們也據實販賣色藝而無陳森筆下扮裝名伶們崇尚貞堅的價值觀。韓邦慶根本就不願顧及陳森書寫中傳統士人所強調憐才愛色的道德典範,而以風月場上的瑣事直擊愛情現實裏的真實狀態——小說角色越是著落於現實層面、越是以「欲」的層次吞噬去「情」的意志,則越展現狹邪小說家身於末世、面對傳統價值崩毀,著筆強化人性與時局的失落與絕望——若說《品花寶鑑》符合毛文芳所表示,青樓當為文人遊戲、品鑑與權力論述的主要場域。[278]狹邪小說「俊士寫青樓」脫化自才子佳人模式,則為一種焦慮影響下對傳統典式的變通,往往隱藏流逝惶恐與夢幻泡影的書寫意識;《海上花列傳》則又更深一層的在回歸復古、重建秦淮的消費形態中,以現代趨向、現實立場消解了傳統理想。如同葉凱蒂表示,晚明文化成為晚清滬地文人「自賞與自責的鏡子」。[279]韓氏是以晚清自身的處境,重構且顛覆晚明這份夾有末世之音的情色傳統,為狹邪小說系譜推擴、衍異出現代化新格局。

---

[277] 韓邦慶:《海上花列傳・第五十七回》,頁555。

[278] 毛文芳:〈青樓:遊戲、品鑑、權力論述〉,《物・性別・觀看:明末清初文化書寫新探》,頁375-484,

[279] 葉凱蒂:〈文化記憶的負擔:晚清上海文人對晚明理想的建構〉,收於陳平原、王德威、商傳編:《晚明與晚清:歷史傳承與文化創新》(武漢;湖北教育出版社,2002),頁53-63。

在「文人風流」與「名伎藝術」既有關係的豐富意涵間，更加鎔鑄了
歷史轉進的掙扎與繁複的現代性意義。

## （三）狹邪書寫的兩種特色：正邪二途與物化關係的場域書寫

　　《品花寶鑑》書寫名士園林與梨園風情，以男優於浪漫豔情的弔
詭，強調回歸傳統風雅的理想幻境；至於《海上花列傳》無論描繪書
寓堂內的男女餐聚的情境、或是乘車外出的街頭風景，都據實細述滬
上洋場的景致、揭露物化勢利的人情。可見狹邪題材應用於空間書寫，
呈顯出時代變化間，「溢美」而至「近真」，文學形式乃至於價值觀
念的變遷。

　　勒溫（Kurt Zadek Lewin）以「人」於「情境」中產生的「行為」，
反證為個人心理情狀對於生活空間所產生的影響性。朱敬先闡述勒溫
理論即表示：

> 勒溫氏以為各個「人」，在不同的「情境」中，有不同的行為
> 表現，只有瞭解當時的整個「情境」（包括「人」「境」），
> 才能預測人類行為，人類行為是受當時「情境」中，「人」「境」
> 雙方面所形成的「心理生活空間」（psychological life space）
> 的影響……「行為」是「人」與「境」的函數關係。[280]

自勒溫對「人」與「境」雙向影響、相互定義的闡釋中，可見心理學
中「場域」的意義，是以具體空間包含其中發展的人際關係，同時囊
括關係發展中個人的潛在性格與心理情況等等內在要件──此印證於
《品花寶鑑》以二元對比強調其傳統歸趨；《海上花列傳》錯雜關係

---

[280] 關於（德）庫爾特‧勒溫（Kurt Zadek Lewin）「場地論」（Field Theory）
概述。參考朱敬先：《學習心理學》（台北：千華出版社，1986），頁 86。
另閱何根漢（B‧R‧Hergenhahk）著、王文科主譯：《學習心理學：學習
理論導論》（台北：五南圖書出版社，1989），頁 301。

的微物書寫——正對比出兩種小說創作，透過北京古城與上海新鎮之間，場域意象對人情意義的隱喻，而將自身對傳統價值的歸趨投射於作品的具體表現。

　　因此看到清季《品花寶鑑》藉由梅／魏兩路的殊異立場，拓展為徐／華園林的不同性質，還能以個人（梅／魏兩人）交涉於關係場域（徐／華園林）的描繪，樹立作者傳統理想的道德判準，並隨著兩相情節與關係發展逐漸強化，最終演為善惡區別、優劣分明，兩種命運果報的理想性結局。其中場域書寫建立在，園林作為明季資本萌興、商業文明日漸強化的現象之下。衰世文人「隱逸思想」於「溺境」之中，傾向物欲的俗化發展，而其「隱士」於「耽溺物欲」中卻又據風雅典式、情理道德作為世道變化間的節制方法。在隱匿思想朝向感官欲望變化，同時呈現傳統典式維持平衡的微妙拉扯間，陳森小說藉由性別扮裝、人情風雅對衰世的妝點粉飾，營造出園林中狎優於合法、人情但物化……種種矛盾弔詭的現象，即見清季文人調節情理與物欲、遊走傳統與現代間的徘徊處境與複雜心態。

　　相較於晚清《海上花列傳》以廣泛眾多的人物名稱，錯綜交會於一場又一場的應酬飯局，以及送往迎來的遊蕩之間，而見作者刻意營造出勢利物欲的城市環境，以不斷轉移的敘事主線、穿插摺疊的人情關係、與內涵藏閃的現實意義。或於表面上形成一種「婊子無情、恩客無義」的歡場景況，然於傳統與現代之交的晚清洋場，男女雙方卻又必須在這場物欲的貿易遊戲中，以身體與金錢做為籌碼、以愛情與道義作為包裝——其中自相諷刺的矛盾情結，反映了現代商業性城市的墮落習氣，正是「那花也只得隨波逐流，聽其所止」一片歡場等同於商場，無所憑依的徬徨茫然——可見韓邦慶以「物」的形象與意義，如實呈現清末環境間，時人複雜緊密卻又孤絕勢利的關係流動與權力拉扯，於城市興起的同時亦拋棄傳統既定的價值歸趨。

　　可見新舊文化的殊別、南北城鎮的差異，以及清季由衰近末的時代變遷裏，《品花寶鑑》與《海上花列傳》呈現兩種時空之間，倡優

環境之於社會文化下的人情異變──於陳森筆下，我們尚能以匪境與
溺境的意義切入，釐析陳森小說營造園林色域「以溺為匪」的雙重定
義，討論其中正反論證的道德問題，呈現傳統與現代之間矛盾徘徊的
情境；而至韓邦慶作品中，其探討飯局與交通所隱喻倡人與士紳「穿
插藏閃」的情節關係，所呈現的卻已是全面物欲化、商品化的現代性
異質環境，關注焦點已轉向人性面對新時代來臨，於城市間茫然無根
的失落意義──自兩堵風月之牆的營造，所呈現兩種不同的價值思
考，即見作者夾處於時代推移裏，面對不同的時代課題，反映出的兩
種社會情景，書寫為兩樣生命形態的價值意義，展示《品花寶鑑》至
《海上花列傳》，作為一種城市新興文學力量的崛起現象，文人以風
月文化投射現代化生活裏的自覺與變異。

# 第四章 《品花寶鑑》與《海上花列傳》中的身體隱寓

　　梅洛龐帝（Maurice Merleau Ponty）提出「身體的現象學」，[1]強調「身體」具有「形塑我們對事物的知覺」的功能，而將「身體」與「主體」概念相互定義，並深究「身體」之於內在意義（如運動、性、認知能力）以及各種空間特性（如客觀空間、神話空間、夢的空間、幻象空間）……繁複議題。

　　根據「身體」觀點，思考《品花寶鑑》與《海上花列傳》兩部狹邪小說，分別描繪男優／女倡於聲色環境中的妝扮姿態、活動樣貌，及各自展現同性戀傾向／女性意識的萌芽現象——無論梨園劇場裡「男伶」的性別偽裝，還是十里洋場上「女倡」的商品形象，當場域關係中的「身體」，同時作為認知／被認知、看／被看的對象——除

---

[1]　（法）梅洛龐帝（Maurice Merleau Ponty）現象學聲稱：「為了繼續研究主體（subject）和它所在的身體（body）和世界的這種特殊關係，我們反而把自己安置在知覺行為裏。」即透過「身體情境去把握外在空間」的知覺狀態，理解「身體」作為一種主體精神的可見形式（the visible forms of our intentions），亦為人「存在於世的表達」（our expression in the word）。此概念一面強調「身體」具有「形塑我們對事物的知覺」的功能，一面且令「身體」與「主體」之間，形成一種相互定義。參閱梅洛龐帝著、鄭吉珉譯：〈一份未發表的文件：梅洛龐帝的著作計劃〉，收錄於龔卓鈞主編：《台灣現象學：性、身體、現象學》（台北：梅洛龐帝讀書會出版，1997），頁158-172。另外亦可參考梅洛龐帝著、陳梅杏譯：〈什麼是現象學〉，收錄於季鐵男編：《建築現象學》（台北：桂冠出版社，1992），頁27-45；芙羅瑞娃（Ghislaine Florival）著、尤煌傑譯：〈梅勞龐迪思想中的身體哲學〉，《哲學與文化》（台北：哲學與文化月刊社，1993年6月），228期，頁446-471；梅洛龐帝著、尤煌傑譯：〈知覺現象學前言〉，《哲學與文化》，229期，頁572-582等等。

了呈現創作活動於歷史文化與社會現象等環境背景的反映之外，更可視為小說家於傳統記憶與現代化進程的處境之間，所投射、隱喻其內在意識的一種表現意象。

以下即透過《品花寶鑑》中的乾旦姿態，由劇場延伸至園林空間的物化裝扮；《海上花列傳》裏的勢利倌人，遊盪於滬上倡館與街景間的性別政治，分別探討身體意義於現代化環境下的性別變異及其精神主體的逐漸演化。

# 第一節　《品花寶鑑》男身女相的乾旦姿態

乾旦文化以「男身女相」的反串表演，於中國社會男權體制中流行——其表面上的陰性扮妝，似乎展示出一種性別越界、鬆動男權體制的意味；然而回顧乾旦歷史發生中的政治意義，卻仍源自清代政令強禁女性演員登台（元明舞台中尚有女伶演戲的風潮），強化封建社會對女權自覺的宰制與扼抑——誠如江上行所說：

> 京劇演員只有男性沒有女性……一方面是受重男輕女封建守舊觀念的支配，另一方面則是因為坤角的藝術難與男性名角比擬，大都演些減頭去尾的唱功戲。[2]

於此思考「全男班」的盛行，[3]或可視為男權社會基於性別歧視的態度，自政治延伸於舞臺的「專制」行為；然若將此封建社會對普遍女性壓抑的結果，反思於男伶同性戀傾向於異性戀機制下的處境，卻又可見階級體制強制於弱勢男性所形成的影響。

---

[2] 引文原出於江上行所著《六十年京劇見聞》，轉載自李祥林：《戲曲文化中的性別研究與原型分析》，頁292。

[3] 李祥林：「早期京劇界『全男班』的盛行，從編劇、演員到樂師、化妝師，臺前幕後，各色人等無不由男性擔當，而劇中人物無論男女老幼，也均由男子來扮演，至於女人則被排斥在這藝術的大門外。」參閱李祥林：《戲曲中的性別研究與原型分析》（台北：國家出版社，2006），頁292。

　　《品花寶鑑》作為一部專寫清季男伶故事的狹邪小說，也如同「全男班」般，將情節中女性角色的描繪減至最低，刻意塑造為文人理想中的烏托邦風景。其中雖以男性視域檢視乾伶，而不直接觸碰封建體制中重男輕女的性別問題，但能透過名士／名旦對才子／佳人的仿擬、複製，以及文人對乾伶身體的描述觀點與評判態度，反映封建制度下的性別政治、商業社會裏的物化關係……更為曲折複雜的時代議題。擬由兩個方向進行分析：

　　首先，檢視陳森乾旦書寫，將傳統物化陰性的審美態度、美化高蹈理想的投射心理，訴諸正派文人對優伶「男身女相」的塑形，其一面將乾旦流於「女相」的物化，一面卻又將自身處境反省、投射於「男身」的同情之上，迂曲弔詭地撮合「道德潔癖」與「同性戀情」，[4]成就非禮勿褻、僅供精神交流的烏托邦式身體──自小說中名士看待名旦的複雜態度中，即可整理出三個層次：男權視域裏宰制弱勢階級的「物化」觀點；文人憐花而後自憐，於「美化」形塑中投射同情與自戀的「我輩」心理；以及在性別越界之後，仍以「教化」為其高蹈理想的價值回歸──其次，即能從中釐析陳森同時挾帶宗法倫常與同性情欲的矛盾觀點，及其既須服膺於傳統體制，又要耽溺於聲色遊戲的衝突處境。而此時代難題即展示現代化歷程的過渡，雖然陳氏乾旦書寫未能達到「陰性書寫」與「同志文學」的純熟層次，卻已然展露「性別越界」與「同性戀意識」的現代性意義。

## 一、從物化到教化：性別塑造下的身體隱寓

　　本書試由小說章節中男伶形象進行分析，進而釐清文人投射於文本的內在涵意。前者著重《品花寶鑑》中文人於男伶理想形象的身體

---

[4] 參考豐悅：〈品花寶鑑與「乾淨」的同性戀〉，《無邊風月卷中來》（台北：遠流出版社，1991），頁 79-82。

描述，後者則析論陳森乾旦書寫中反映的矛盾態度、迂曲心理，以及清季時人夾於新舊時代間的徘徊窘境。

　　《品花寶鑑》以傳統形式錯置性別議題的實驗下，開拓為狹邪小說的先聲；卻也在營造男風色域之後，將價值態度置回宗法體制裏的仕途理想與封建倫理。陳森以失落文人對被抑名伶的投射，形成一種男權體制內的反省與同情；但又以男權視域的價值立場，復蹈傳統封建既有的倫常體制──其中文人的壓抑與矛盾，呼應男伶面對時代變遷，或者流俗於「欲」、或者高蹈於「情」的價值辨證。乾旦身體於傳統禮制中展現性別越界的陰性之美，又在工商業社會的物化環境中呈現同性戀傾向的自覺──遂使《品花寶鑑》形成一場未竟破壞的文化革命，亦為衰世文人面對傳統體制尚在、現代化進程不斷發展之際的生命投影。

## （一）《品花寶鑑》中烏托邦式的身體描述

　　宋元南戲與元代雜劇中男扮女相的情況雖繁，旦角卻多仍由女性主演。直到軟語妖嬈的明代南戲興起，其於禮俗教化的政令訴求下，逐漸形成「全男班」中乾旦文化的體制。演至滿清對女樂與伎戶的嚴格禁管，便促成乾嘉以降狎優男風的盛況。[5]蔣士銓有詩寫道：「朝為俳優暮狎客，行酒燈筵逞顏色……不道衣冠樂貴遊，官伎居然是男子」，即露骨地披露了當時官吏扭曲性別的旦癖歧風。[6]誠如《品花寶鑑》中梅子玉訕笑：「京裡的風氣，只要是個小旦，那些人嘴裡講講都是快活的」；姬亮軒更是賞旦賞出了心得，提列京角的好處：「第一是款式好，第二是衣服好，第三是應酬好、說話好」。[7]且看陳森形容主角杜琴言：

---

[5]　關於中國戲劇上乾旦文化體制的歷史發展，可參閱李祥林：《戲曲文化中的性別研究與原型分析》（台北：國家出版社，2006）。

[6]　（清）蔣士銓著、邵海清校：《京師樂府詞‧戲旦》，收錄於《忠雅堂集校箋‧忠雅堂詩集卷8》（上海：上海古籍出版社，1993），冊2，頁707。

[7]　梅子玉之語出於《品花寶鑑‧第二回》，頁30；姬亮軒之語出於《品花寶

> 真是天上神仙，人間絕色，以玉為骨，以月為魂，以花為情，
> 以珠光寶氣為精神……那個絕色的臉上，似有一層光采照過
> 來，散作滿鼻的異香。[8]

此段寫道梅子玉巧遇琴言座車的驚鴻一瞥。當時琴言淨素的臉龐與簡
便的衣著，已讓陳森以品賞器物的華麗辭藻、鋪敘感官的陰性詞語描
繪至極。小說第六回梅子玉專為琴言出席的一場觀戲，則更誇張地繪
構出乾旦風情的千嬌百媚：

> 琴官已見過二次，這面目記得逼真的了。手鐲響處，蓮步移時，
> 香風已到，正如八月十五圓夜，龍宮賽寶，寶氣上騰，月光下
> 接，似雲非雲的，結成了一個五彩祥雲華蓋，其光華色豔非世
> 間之物可比。這一道光射將過來，把子玉的眼光分作幾處，在
> 他遍身旋繞，幾至聚不攏來，越看越不分明。[9]

可見《品花寶鑑》乾旦書寫，「陰性」且「物化」的特色。陳森虛構
一本《曲台花選》對旦角們的品題：「瓊樓珠樹袁寶珠」體態被形容
為「瘦沉腰肢絕可憐，一生愛好自天然」；「瑤臺璧月蘇慧芳」則藉
典故受讚肌膚潔白「吳絳仙秀色可餐，趙合德寒泉浸玉」；「碧海珊
枝陸素蘭」容貌描繪上呈現「芙蓉出水露紅顏」、「豐致嫣然」；其
他還如金漱芳纖瘦質弱的肢腰「真檀口生香，素腰如柳」、「芙蓉輸
面柳輸腰」；李玉林舞台妖嬈的身段「舞袖長拖豔若霞，妝成鬟髻
雲斜」；王蘭保下戲之後的英氣「戲罷卸妝垂手立，亭亭一樹碧桃花」；
王桂保青春稚嫩的嬌憨「盈盈十五已風流，巧笑橫波未解羞」……[10]即
見文人以品題名伎的「花榜」模式，強調「惟取其有姿色者，視若至
寶」陰性審色的趣味，呈現文人將男伶視作女性賞玩；將傳統小說描

---

8　陳森：《品花寶鑑・第一回》，頁24-25。
9　陳森：《品花寶鑑・第六回》，頁106。
10　陳森：《品花寶鑑・第一回》，頁8-18。

鑑・第二十三回》，頁356。

繪佳人的模式,套用於書寫乾旦的溢美之上,浮現一種傳統典式漸變
於現代性議題、性別錯置的「混雜」現象。

且看小說三十八回屈道生與眾文士一場座談,從詩書易禮,討論
到對古人文章中美人形容:

> 子雲道:「古今美人多矣,其形之妙麗,唯在人之筆墨描繪⋯⋯
> 就以何處形容得最妙,先生肯指示一二否?」
>
> 道生道:「古人筆墨皆妙,何能枚舉?但形容的美人得體,又
> 要人人合眼稱妙者,莫如衛莊姜⋯⋯掃去烘雲托月之法,是為
> 最難。若也服飾之盛,體態之妍,究未見眉目口鼻之位置何如
> 也⋯⋯其神情活現紙上,則莫如《雜事秘辛》之描寫女墮身體,
> 令人傾倒⋯⋯雖文章穢褻,然刻畫之精,無過於此。」
>
> 眾人說道:「極是,從古以來,未有量及身體者。」[11]

此番暢談,由《詩經・碩人》筆墨女性之衣飾形容,討論到《雜事秘
辛》對五官髮膚、體態纏足⋯⋯甚至胸乳私處的細微刻畫,無不以滿
足封建男性的審美欲望作為出發。而《品花寶鑑》這則對女體女相的
長篇闊論,正是起於屈道生受眾士之邀,對乾旦們的風鑑面相所延展,
即可視為陳森對乾旦身體的書寫依證。參閱屈道生品伶:

> 道生笑道:「⋯⋯對花飲酒何損品行。不是我恭維你,我看這
> 四位倒不像個梨園子弟⋯⋯我這看相不論氣色,部位是要論
> 的,然在其次。我看全身的神骨、舉止行動、坐相立相並口音
> 語言,分人清濁,觀人心地,以定休咎⋯⋯我看媚香是個好出
> 身,不是平常人家子弟⋯⋯我知他聰慧異常,肝膽出眾,是個
> 敢作敢為的⋯⋯所謂死裡逃生。據我看,他一二年內必有一番
> 作為,就要改行的⋯⋯出淤泥而不淬,就是他們三人(蕙芳、
> 素蘭、寶珠)的大概了。」

---

11 陳森:《品花寶鑑・第三十八回》,頁 573-575。

看到了琴言，道生道：「這位有些不像，如今還在班裡麼？」
次賢道：「現在班裡，而且是個『五月榴花照明眼』，雅俗共
賞，是個頂紅的」……道生道：「雅或有之，俗恐未必。我看
他身有傲骨，斷不能與時俯仰，而且一腔心事，百不合宜……
有文在手，趁早改行，雖非富貴中人，恰是清高一路。」[12]

陳森書寫乾旦，是由他們陰性溫婉的美麗體態相貌，延伸至內蘊才華
與貞潔品德，甚至囊括清白身世、性情脾氣等等——以至於影響日後
終脫樂班、終成善果的命運發展。已將京劇男伶反串旦角於舞台展現
風格化的陰性魅力，轉移至實際生命個體之上——可見《品花寶鑑》
中乾旦陽體陰容、男身女相的性別錯置，已不單純屬於舞台反串的效
果，更將男性觀眾對男性演員於舞台呈現的幻想模式，反映為男權體
制內的聲色欲望，甚至鎔鑄了文人習於教化的道德典式、投射自我生
命的理想……將諸多許多複雜的態度與觀念中，交錯舞臺構作與現實
人生，於乾旦書寫上「物化」而後臻於「美化」，且蘊寓「教化」理
想。使得男身女相的身體形塑，繪構成一內外兼俱、完美盡善的形象，
投影為文人心中的理想烏托邦。

　　然而，文人透過品優活動的渲染，宣揚其言說權力的審色規範，
畢竟仍屬於男權機制中評論者（男性觀眾）獨斷的價值判準，憐花且
自憐的小說烏托邦，對於現實人生中表演者（男伶）被動而弱勢的地
位而言，都僅屬於文人單向且自戀的投射心理。《品花寶鑑》捏造梅、
杜柏拉圖式的無瑕情誼，建立在與現實疏離的矛盾與弔詭之中，反而
呈現一種無法觸碰的偽飾身體、冠冕堂皇的虛假情節。

　　可見陳森將文人對理想陰性的情欲想像，曲折移架於乾旦身體的
書寫模式；又將其追求仕途的道德典式，迂曲投影在乾旦掙脫樂班的
逆境上——前者以名士審色觀點，形塑男伶陰性身體，對性別自主形
成壓抑；後者卻又以一種身體自覺的投射，將文士於封建體制中的失

---

[12] 陳森：《品花寶鑑・第三十八回》，頁 557-558。

落與崇尚，呼應於乾旦清白身世的沒落與終歸倫常的道德理想──《品花寶鑑》中文人耽溺於聲色場中，卻要維持尚德滅欲的矛盾態度，形成小說情節規避於歷史現實；作者理想失落於時代變遷的矛盾現象。形同陳逸杰於「身體／主體」（body／subject）論述的空間性分析上指出，身體論述落實於空間實踐上的困難性：

> 這一現象學的論述，雖挑戰了實證主義所建構的邏輯觀念，但難以把個人的經驗連接到人們行動所處涵構中具有的結構性問題；它僅只是為了逃避現實的壓力，而寄語於心靈上的一種暫時紓解；它其實是一唯心主義的烏托邦價值。[13]

此論針對梅洛龐蒂思想延伸，提出身體與主體的相互定義在客體空間的實踐上的難處，無疑成為《品花寶鑑》烏托邦式的身體描述的一種補充論證──可見此「好色卻不淫」、與世脫離的烏托邦幻境，一味幻構著名士乾旦的無邪交誼與高蹈理想，多半無視於道德理想／情色幻想、小說虛構／社會現實的矛盾與差距。一旦將小說確實對比於晚清律法尚嚴、政治卻逐漸衰敗的環境變異，反而呈現出陳森「身體」書寫下，文人被政治意識、階級制度所利用、支配的無奈情緒。《品花寶鑑》儼然自成反諷，於高蹈架空的理想上形塑此男身女相、但無法觸摸的男伶身體，演為一部出於衰世、但頌昇平的小說情境──以下即繼續探討小說中的乾旦書寫，並藉此檢視衰世文人於時代環境中的迂曲心理。

---

[13] 陳逸杰質疑身體於空間的社會化與社會再生產過程中的自主性，對梅洛龐蒂的身體理論提出反向的辨證；但於小說反映作者理想與其情節虛構的特質上，卻可對陳森乾旦書寫中的矛盾現象輔為引證。陳逸杰：〈「身體-主體」論述的空間性分析〉，《C＋A 研究集刊》（1997，3 月），第 6 期，頁 25。

## （二）乾旦書寫對於衰世文人的心理反映

陳森強調陰性詞彙的乾旦書寫，在反映當時梨園生態之餘，更強調文人於封建體系下進行審美的態度，已隨衰世於其失落心理的影響上，產生迂曲矛盾的變異。誠如張靄珠對中國京劇扮裝表演的形態表示：

> 這樣的「異質空間」（heterotopia）是建構於異性戀機制的全視空間（panopticon）監控之下，帶著隔離的性質卻容許禁忌的小小逾越；異質空間可能同時再現，甚至反轉真實空間與烏托邦，卻未能完全脫離於異性戀權力凝視的掌控。[14]

可見陳森企圖將文人於封建社會上的價值理想，兌現於男伶姿態的幻想模式上。《品花寶鑑》陰性筆調「品鑑」乾旦的書寫模式，表面上以「男身女相」作為形容乾旦如花樣貌之映照，實際卻在架空現實的幻想情節裏，如鏡像般將文人自身處境投影於其中。於此「敘人」且「抒己」於虛／實、陰／陽之間，呈現文人潛在心路的矛盾歷程與情欲掙扎的反映，可析為三種迂曲的層面：

首先，此書寫方式顯示了文人承襲封建體制中的男權地位，將乾旦反串的表演形態視等為女性，且加扭曲、物化為狎玩縱欲的情色對象。這種權力壓迫，轉移文人仕途上的受抑情緒，且將其情色幻想發洩於此次文化場域之上，誠如小說第三回中，陳森即以一場宛若倡院「滿樓紅袖招」的聲色描繪，展示梨園百花齊放的耽溺景況：

> 戲房門口帘子裡，有幾個小旦，露著雪白的半個臉兒，望著那一起人笑，不一會，就攢三聚五的上去請安。遠遠看那些小旦

---

[14] 張靄珠：〈性別反串、異質空間、與後殖民變裝皇后的性別認同〉，《中外文學》（2000 年 12 月），第 29 卷，第 7 期，頁 143。

時，也有斯文的，也有伶俐的，也有淘氣的。身上的衣裳卻極華美，有海龍，有狐腿，有水獺，有染貂，都是玉琢粉妝的腦袋，花嬌柳媚的神情，一會兒靠在人身邊，一會兒坐在人身旁，一會兒扶在人肩上，這些人說說笑笑像是應接不暇光景。[15]

可見《品花寶鑑》描繪梨園場域內，小旦們炫示眉目身段的招攬姿態，反映清季「相公」事業盛行的普遍現象。[16]印證如《側帽餘談》中描述京師梨園的廣密林立，流通各路戲班、各色優伶：「櫛比鱗次，博有十數。各班數日一倫，不拘某園必演某班」；《夢華瑣簿》細敘戲園中觀者情景，具權勢者更可設購專門座位：「官座以下場門第二座為最貴，以其簷帘將入時便於擲心賣眼」；何剛德《春明夢錄》更寫出當紅相公表演之餘，以私寓作為交誼會客的場所，頗具名伎掛牌營業的架勢：

> 唱青衣花旦者，貌美如好女……其出色時，多在二十歲以下。其應召也，便衣穿小靴，唱曲侑酒，其家名為下處。下處者，京中指下朝憩息之所為下處，故藉以名之也。[17]

何氏稱當時男伶廣設私寓「饒座唐花，清香撲鼻，入其中，皆有樂而往返之意」，正是《品花寶鑑》中杜琴言處居櫻桃巷、蘇蕙芳園落吉祥胡同的寓居形態。此掛牌迎客、陪酒吃飯的生意模式，無怪導致杜琴言飽受奚十三的登門騷擾、蘇蕙芳備遭潘其觀的百般糾纏——正因清代禁伎間接影響品優狎旦的普遍風尚，強化了乾旦的陰性特質，落於戲

---

[15] 陳森：《品花寶鑑·第三回》，頁46。

[16] 顧炎武《日知錄》曾考證「相公」一詞的源流。「相公」本指古代讀書人拜相封公，也是秀才的別稱。惟清代男風極盛，於北京城中「相公」成為優伶戲謔式的稱謂，以至於原本稱為「相公」的官吏對此名詞產生嫌惡，最後遂將「相公」一詞貶視為男性優伶之通稱。而優伶兼職倡優行為的活動狀況，使得「相公」合理於清季法治的灰色地帶，則更使得這一詞彙越復歧視與譏嘲的貶義。

[17] 何剛德之語，節錄於吳存存：《明清社會性愛風氣》（北京：人民文學出版社，2000），頁188。

園視同賣入歡場，也影響世人態度，由對反串演出之異色審美的眼光，演變為情色調弄等斷袖旦癖的欲望——可見乾旦形象發展出的表演模式，遂與觀眾的審色態度與情色幻想結合成一種關係複雜的梨園生態。

在此男風昌盛的社會習氣中，男伶們以說唱藝術為名、行販賣色身之實，盛行於法律、婚姻的灰色地帶——在一段同性關係之中，上層社會的男性，身為觀眾及買方往往坐擁權力；相對於待價而沽的男優，則不平等的受到歧視且成為物化的弱勢對象——可見社會形塑乾旦「男身女相」的姿態，在扭曲性別自主、折損人格尊嚴的同時，儼然複製、加劇了封建體制中重男輕女的歧視關係。如見小說第二十二回流氓對琴言的穢語：

> 只見那坐著的穿一件青綢衫子，有三十來歲，黑油油一臉的橫肉，手裡拿著兩個鐵球，冷言冷語，半鬧半勸；那一個也有三十餘歲，生得短項挺胸，粗腰闊膀，頭上盤起一條大辮，身上穿著一件青綢短衫，腿上穿著青綢套褲，拖著青緞扣花的撒鞋，掄起了膀子，口中罵道：「什麼東西？小旦罷了，那一個不是你的老鬥！有錢便叫你。」[18]

作者於男權形象上的強烈描繪，可見父權社會根深蒂固的存在，甚連卑賤僕役都能無視小旦自尊，對其頤指氣使、任意踐踏。無怪蘇蕙芳自嘆「就一年有一萬銀子，成了大富翁，又算得什麼，總也高不了小旦二字」。陳森以乾旦於性別越界的狀態，反映社會大眾對「陰性」態度的偏差，呈現男優作為女性身體姿態的同時，亦得承受社會對女性的歧視與迫害，甚至加劇於特殊行業的性別扭曲，使男伶不若名妓的地位，還需飽受社會大眾的卑視與欺凌。

其次，可知乾旦書寫反映時人營構色域的狹邪欲望之際，陳森描述男權階層壓抑陰性的同時，對乾旦陽性本質的扭曲即產生了憐憫與

---

[18] 陳森：《品花寶鑑・第二十二回》，頁336。

同情，甚至呼應文人仕途的失落，產生體制壓抑之下淪落共感、憐人憐己的投影心理。誠如龔鵬程表示文人於社會階層中互相流通的類化能力，面對乾旦階層同樣興起影響：

> 其他階層不斷類化於文人，文人也因不斷吸納其他階層而越來越龐大；文人之性質，本來只是指文學人才，亦因吸納了其他各階層，而兼具有才媛、俠士、禪師、畫師、書家、藝人、學者等內涵，成為文化人。[19]

以文化、藝術的共通情感，突破性別、職業等身分階級——使得文人品題倡優、形塑乾旦的「玩物」之際，多了一份投射理想的「知己」心態；使得男性透過書寫對乾旦身體投射欲望、「一一支解成玄髮、明眸、瑜骨、雪膚等審美單位」之際，[20]仍能壓抑情欲維持「他是我患難中的知己，豈可稍涉邪念」的禮法關係，[21]轉而成就「將名旦與名士的相處模式定位在一種互重互愛的神聖交流」的無瑕關係——[22]可見陳森於俗流邪念之間，為乾旦預留了一份文人投射情色眼光、轉於同情憐惜，而後臻於傳理理想的「我輩」立場。誠如潘麗珠表示：「當伶人藝高而雅、善於書畫，更是被視同文士一般，因為，這樣的伶人基本上已接近擁有了文士羣體的象徵符號」。[23]乾伶地位的拔升，正是小說中徐子雲同意以字號與名伶們相稱，更在傾聽名伶身世寥落後感同身受、傾囊相救……態度轉進的過程。可見《品花寶鑑》以「別

19 龔鵬程：〈中國傳統社會的文人階層〉，《中國文人階級史論》（蘭州：蘭州大學出版社，2004），頁28。
20 毛文芳：《物、性別、觀看：明末清初文化書寫新探》，頁409。
21 田春航語，出自陳森：《品花寶鑑·十四回》，頁215。
22 張瀛太：〈照花前後鏡，情色交相映：品花寶鑑中的男色世界〉，《中國文學研究》（台北：台灣大學中國文學研究所，1999年，5月），第13期，頁236。
23 潘麗珠：《清代中期燕都梨園史料評議三論》（台北：里仁書局，1998），頁72。

選名花」、「梨園物色」的書寫形態，審思「以供清賞」、「定有知音」的藝術眼光；藉名伶「衣冠優孟，身世梨園，歌苦識希，曲高和寡」的階級壓抑，投射文人自身仕途疲累、懷才困頓的不遇之感；即由乾旦之低層男性的立場、扮裝行業的角度，令文人設身感受到陰性地位備受壓抑的痛苦、間接披露封建文化中性別歧視的社會現象。

然而，《品花寶鑑》對乾旦的這份同情，卻又有其矛盾的前提——因此最後，看到陳森以女性審美作為乾伶塑形、在物化陰性旦角的「好色」之餘，雖以文人投射的立場，試圖以同性戀情的方式為低下階層的乾旦付諸同情；卻於狀似顛覆父權體制的翻案之際，為了「不淫」的道德理想，將乾旦重新設置回傳統體制之中。以脫離戲班、回歸封建倫常的弔詭情節，錯置了「賞色愛美」的目的，強硬迎合於「教化不淫」的結果裏——陳森正邪二分、情欲別判的價值評斷，一來呈現傳統文人根深蒂固的封建思想，二來卻也使得《品花寶鑑》乾旦書寫中逾越男權的嘗試破局，重複回到男權評判的徬徨壓抑。

例如小說中被寫為才貌溢惡的「黑相公」本以色相為據——呈現了現代化社會中營利現實的一面，在某種程度上，更展現其性意識上的自決權，但為屈就「好色不淫」高蹈理想的價值評判，陳森便不願對他們付諸美化的同情心理——黑相公相對於正派名伶刻劃推至盡美，則被視為極端的反差，卻也同時反映出陳森於傳統封建中難以解套的男權立場。如見小說首回，梅子玉初入色域，所見梨園「黑相公」的情景：

> 子玉一進門，見人山人海，坐滿了一園，便有些懊悔，不願進去。王恂引他從人縫裡側著身子擠到了臺口，子玉見滿池子坐的，沒有一個好人……身邊走來走去的，都是些黑相公，川流不息四處去找吃飯的老斗……只見一人領著一個相公，笑嘻嘻的走近來，請了兩個安，便擠在桌子中間坐了，王恂也不認的。子玉見那相公，約有十五六歲，生得蠢頭笨腦，臉上露著兩塊

> 大孤骨，臉面雖白，手卻是黑的。他倒摸起子玉的手問起貴姓
> 來，子玉頗不願答他……那保珠便拉了王恂的手……纏住了王
> 恂，要帶他吃飯。[24]

對待清白家世、潔身自好的杜琴言，梅子玉可以形神憔悴、茶思飯想，
但見這些為生計奔走、據身體為價估的黑相公，卻反作一臉鄙夷、無
暇眷顧。《品花寶鑑》秉守正邪二分的態度，別判男伶為黑、紅。卻
也在陳森同情弱勢、試圖為情色工作者辯誣時，復用一套封建階級的
道德標準，去別分弱勢族群裏的高低——[25]「黑相公」除被指稱身價
低廉、不甚走紅的男伶以外，也強調他們重財輕藝、販賣肉體的傾向
——即見陳森筆下形容這位「保珠」雖與名伶「寶珠」諧音，然而「生
得蠢頭笨腦，臉上露著兩塊大孤骨，臉面雖白，手卻是黑的」，醜化
其男性特徵的顯著、扮妝補粉的拙劣，非但令子玉厭倦嫌惡於「心裡
自笑不已」，更寫出黑相公厚顏無恥的樣態，在積極招攬生意之餘，
竟還反客為主的吃上王恂、子玉的豆腐。

　　賣淫者被排除於文人投射之外，正如墮落文人不等同於雅士我輩
一般，《品花寶鑑》直接由身體表述，全面否定了黑相公者流的精神
情感。誠如小說八回中對魏聘才招待李元茂，且招來二喜、桂保的一
場酒宴。陳森用盡狎謔低俗的筆調，除了充斥墮落文人調戲黑相公於
行令划酒間的性暗示話題之外，二喜更是跨坐李元茂身上，嘴對嘴的
行飲「皮杯」：

> 二喜便含著一口酒，雙手捧了元茂的臉，口對口的灌下。元茂
> 心裡快活，臉上害臊，已咽了半口，忽低著頭一笑，這口酒就

---

[24] 陳森：《品花寶鑑・第一回》，頁 23-24。

[25] （清）華胥大夫《金臺殘淚記》說道：「群趨其豔者，曰紅相公；反是，
曰黑相公。緣京師居勢要者曰紅人，尤其曰紅人頭兒；反是，曰黑人故耳。」
輯錄自張次溪編：《清代燕都梨園史料》（北京：中國戲劇出版社，1991
二刷），上冊，頁 246。

　　從鼻孔裡倒沖出來，絕像撒出兩條黃溺，淋淋漓漓，標了一
　　桌……二喜便跨在元茂身上，端端正正的，將元茂的頭捧正，
　　往上一抬，元茂便仰著臉。二喜卻把那一點朱唇，緊貼那一張
　　闊嘴，慢慢的沁將出來，一連敬了三口。[26]

猥瑣污穢的語調，竭盡諷刺俗化文人的「鬧皮杯」之樂，且將這場「兩
個黑相公，夾著個怯老斗」的鬧笑，落於元茂銀兩遭竊、眾人聞帳散
去、掌櫃斥責呆帳等「乘興而來，掃興而返」的窘態結尾上。即見作
者的態度少於艷情、多存鄙夷，而持近乎嘲謔的揭發。

　　可知陳森重情貶欲的價值評判下，這些流俗於身體接觸、調戲的
「黑相公」被寫成相貌平庸、性格卑賤者流，不僅無法等視於名伶得
到文人同情，更為高雅士人與「紅相公」訕罵的對象，成為重情達理
者的對比反襯──由此看到黑相公備受陳森奚落，正相對於《品花寶
鑑》竭以正面形象，強調名伶家世出身的清白與其淪落世間的無奈
──若說「紅相公」得陳森同情辨誣，成功塑成「偽佳人」才貌兼備、
用情專至，由身體層面到精神層次無不溢美、貞烈的「情種」姿態；
「黑相公」恰恰反映了商業化環境下，難以遏制的聲色市場正逢勃開
發，反而呈現於陳森小說強化高蹈理想的烏托邦之外，不經意流露的
歷史現象。

　　故見三種層次：從陰性書寫對乾旦色域的營造；到文人突破階級
對乾旦的投射與同情；以及最後發現陳森回歸傳統典式與男權立場的
價值評判。

　　可知陳森於體制之內、對下層階級著墨的同情與關懷，其效果與
作用僅可視為局部現代化的契機，而無通盤深刻的辨證與檢討──陳
森對「紅相公」的溢美辨誣與自我投射，固然對於傳統封建階級有所
突破，呈現作者對社會邊緣的弱勢關懷與同情共感；但其書寫「黑相
公」的溢惡與批判，卻在忠實反映清季聲色實況的淫糜腐敗、於小說

---

[26] 陳森：《品花寶鑑》，頁 130-131。

中鄙斥為蠹的道德批判之際，同時印證了作者對乾旦的同情與投射，仍然僅限於美姿美德等「婦道」標準的男權掌控之中——陳森嚴分雅俗、正邪的立場，將肉慾極力打壓於精神道德之下；於伯拉圖式的情感中，隱藏著「我輩志希風雅，安能如太上忘情。然亦不宜涉於邪，如子朱子所謂的其情性之正者斯可矣」的教化前提，[27]仍歸屬於傳統高蹈的封建思想、男權自固的保守文化。其書寫乾旦的「翻案」企圖、投射於男伶身上的失落情感，依然趨附於封建階級與男權文化的陰影、服膺於高蹈的傳統理想與價值評判。乃至於《品花寶鑑》對乾伶倡優的態度，模糊於體制、倫常之內，在顛覆禮法且又合法的賞色行為中，維持「友優而不狎優」的敬重教養，可見士人男權階級的優越感在伶人被動與卑微的逢迎之間被設為前提，屬於「有選擇性」的付諸「部分難得」的關懷。

印證如小說中琴言漸除旦籍的歷程，即以邊緣人物的心態，表現出封建體制價值觀念的難以脫離——閱見杜琴言際遇，既在許多名門正派的鼎力協助下，脫離聲色梨園的壓榨與豪權勢力的困圍，又能以神怪扶乩之說，納入名士屈道翁膝下為義子。曾經一場性別越界而與文人曖昧相惜的純情戀情，反而變成了他回歸倫常的階段性過程。杜氏從此脫離「相公」之名以外，還能轉進「文士」行列；走出下層階級之餘，且能成為上流社會的成員——其身分上的改變呼應心理，都屬於傳統建制的靠攏。小說三十六回中，杜氏即對奚十一表明抗議：「我如今改了行，你還當我相公看待，糟蹋我，我回去告訴我主人，再來和你說話！」[28]連帶動搖周圍對他的觀點，如見其戲班師弟：「如今他也不算相公，不唱戲了」；貪色闊少也只能放下淫念：「他已改了行，又在華府做親隨，便不好動手調戲他，料想叫他陪酒也斷不肯

---

27 藝蘭生：《側帽餘譚》，收錄於張次溪編纂：《清代燕都梨園史料》，頁 624。

28 陳森：《品花寶鑑‧三十六回》，頁 536。

的」。[29]分析這種以色相才藝依附權貴勢力，爾後脫離相公階層的改行方式，可見身為「相公」杜琴言的心態，對於本身優伶地位非但備感自卑，更是無法認同。尤其在他飽受男權欺凌與壓迫之後，一心卻只想回歸體制上層、設法與戲班女流的定位脫鉤，實與一般社會大眾性別歧視與職業偏見的立場無所不同，可見時人承受傳統影響，在面對現代化潮流時的卻步與退縮。

然而，這種傳統式的喜劇結局，雖令人惋惜陳森專寫乾旦階級的實驗特性未竟前衛，倒也凸顯清代社會面對現代化漸變風氣下，仍難擺脫父權體制長久積累的文化壓抑——陳森力圖協調、整合傳統宗法規範與現代性文藝題材，藉以撫慰衰世文人於時代變遷中失落的浪漫理想，雖然不惜枉顧情節衝突與矛盾，塑造為一現實生活中無法落實的「烏托邦」形象，反而深刻顯現衰世文人面對時代夾層，既欲顛覆又難脫困的迂迴徬徨——《品花寶鑑》「不淫」的「好色」，作為一種時代文藝的鋒芒開展，面對傳統僅能形成幻想式的奇境，終難達到革命性的撼動；反之，其雖與倫常妥協、以傳統典式作為收場，但其隱現而未竟的嘗試，亦為即臨的現代，投下擺盪不已的波瀾。

## 二、乾旦書寫隱寓的現代意涵

前文說到陳森以「才子佳人」之彩筆描繪「名士男優」之純情，於抒情傳統上注入現代議題。此文學實驗在革新與守舊之間游移，於邊緣文化場域的聲色題材上，隱現出情欲自主的文人自覺，卻又於封建體制影響下處處受限，最終回歸為傳統價值中高蹈理想——可見《品花寶鑑》以乾旦書寫反映衰世文人的迂曲心理，實以外形賞美審色之「物化」、心靈同情投射之「美化」，爾後回歸傳統價值之「教化」的三重階段，呈現陳氏規避晚清國勢漸崩的歷史現況，疑慮物欲墮落

---

[29] 陳森：《品花寶鑑》，第四十二回，頁 625；第三十六回，頁 530。

現代化發展，逕自捏塑出情摯唯美的烏托邦幻想——以下即深入《品花寶鑑》書寫背後的文化意涵，探究陳森既無法兌現於傳統理想又不能遂欲觸碰的身體色狀的矛盾狀態中，如何從抒情傳統的旨意、封建體制的影響下，將對男權的反省、現代意識的萌興，呈現為衰世文人中和、曲折傳統與現代的過渡階段。

首先，思考陳森乾旦書寫中物化／美化、品玩／同情……對立且並呈的審色觀點，延伸出小說回歸傳統教化、服從宗法倫常的保守價值觀。其間迂迴轉變的歷程與衝突矛盾的現象，呼應乾旦描繪中男權凝視／投射自省間，亦步亦趨的現代化特色。從中探討現代文學議題「陰性書寫」與「同志言說」等樣態，反映於《品花寶鑑》既受壓抑又始萌興的雙重現象。

接著，一旦理解「言說權力」的掌握、「異性戀機制」的監控……對《品花寶鑑》乾旦書寫中，陰性特質與同性戀傾向所形成必然承受的傳統影響，繼續探究陳森試圖呈現男男戀情，卻仍回歸異性戀模式的曲折過程。則又能凸顯乾旦書寫的現代燭照，釐析陳森以清季社會中「性別越界」與「同性戀情」等特殊樣態，反映為現代化商業環境中，逐漸萌芽、持續發展的文化意涵。

## （一）對「陰性筆調」、「同志言說」的嘗試與困境

陳森身為傳統社會男性作家所進行的陰性描繪，作為一種體制邊緣的文藝實驗。[30]在強烈男權文化的「大敘述」架構下，[31]刻意或不自

---

[30] 誠如陸蓉之表示：「也有男性的作家採用陰性書寫的手法來創作。筆者將這類作品統稱陰性美學的範疇。」本文探討陳森小說的陰性書寫的傾向，但同時考量到陳森男性觀點凝視與剖析的立場，與男權體制邊緣遊走的迂曲態度，為減少爭議，即於本文中盡少使用「女性書寫」、「陰性書寫」等專有名詞，而以「陰性描繪」、「陰性美學」等詞彙替之。陸氏說法參閱陸蓉之：《台灣（當代）女性藝術史》（台北：藝術家出版社，2002），頁 16。

覺地，仍然承受著威權意識與封建文化的干涉與影響。於傳統妥協與
朝向現代漸進的取捨之間，呈現為一種進退起伏的掙扎徘徊——《品
花寶鑑》或被稱為「近代同志文學的鼻祖」以及「陰性書寫」的一種
嘗試，[32]然其在傳統言情說部的形式與高蹈封建理想的內容之呈現
上，卻無疑使得當代酷兒、女性研究者感到失望，甚至否定——[33]但
如康正果提出中國古典情色文學在概念以及實踐上，皆有別於西方文
明與現代社會的定義以及理解。[34]陳森《品花寶鑑》或不備妥明確反
抗精神的文化意義，但在清季衰世此特定的文化時空中，已呈現出一

---

[31] 陳芳明：《後殖民台灣：文學史論及其周邊》（台北：麥田出版社，2002），
頁 131。

[32] 關於「陰性書寫」（feminine writing）概念，其相對於一種「陽性（具）
中心主義」（phallocentrisme）、「理言（知）中心主義」（logocentrism）
或「大敘述」主流體制底下，泛政治性、泛道德化，以及服膺父權體制下
的書寫情況，而呈現其「識見狹小」、「清秀見長」、「曖昧、私密、隨
機、瑣碎、拼湊的」等獨特氣質，且擴大界義涵括於過去女性主義所提倡
的「女性書寫」。參閱朱崇儀：〈性別與書寫的關聯：談陰性書寫〉，《中
興大學文史學報》（2000 年 6 月），第 30 期，頁 37；李幸錦：〈論夏宇
詩中的「陰性書寫」〉，《學問集》（台北：淡江大學中國文學研究所，
1998 年 9 月），第 8 期，頁 4；江足滿：《「陰性書寫／圖像」之比較文
學論述》（台北：輔仁大學比較文學研究所博士論文，2004），頁 4；廖
咸浩：〈物質主義的叛變：從文學史、女性化、後現代之脈絡看夏宇的「陰
性詩」〉，收自《當代女性主義文學論》（台北：時報文化，1993），頁
238、245。

[33] 王德威：「陳森遊走於情欲、倫理、法律與文學的規範間，力圖寫出個面
面俱到的同志小說。或許正因為他努力過當而又缺乏自覺，《品花寶鑑》
反成了個面面俱『倒』的文學雜耍」，對陳森於性別認同上的辨證尚未成
熟感到可惜；龔鵬程則引用朱迪思觀點：「我願意丟開我的易裝行為、女
扮男裝策略、同性戀男角形式等理論框架」，直接捨去乾旦書寫的性別論
題與同志隱意。參閱王德威：〈近代同志文學的鼻祖：論品花寶鑑〉（另
名〈從品花寶鑑到世紀末少年愛讀本〉），錄於吳繼文《世紀末少年愛讀
本》，頁 337；龔鵬程：《中國文人階級史論》，頁 240。

[34] 康正果：「無論是基督教的純道德判斷，還是性醫學所關注的病態根源，
乃至當代西方反主流文化所標榜的性解放，全都不適用於解釋或衡量中國
古代男色風習」。參閱康正果：《重審風月鑑：性與中國古典文學》，頁
110。

種合法體制裏的邊緣實驗，確實反映出時人面對異性戀模式的監控與壓抑之際，曖昧隱藏著逾越性別疆界的偷渡機會。

　　關於中國傳統作家於陰性描寫上的實驗──以女性作家而言，如閨秀、名伎之流的詩文創作，多半依附上流社會之經濟、文化等資源；而男性作家，即如陳森以其柔美氣質的乾旦書寫，則更在大量「細膩婉約、清秀雅致、楚楚動人的各種風貌」描繪之後，依然回歸於威權體制的封建理想教化──[35]可見中國封建傳統中的陰性美學（Feminine Aesthetics），作為一種「自我觀照、身體經驗、心靈發掘與剖白的過程」，[36]卻弔詭地依存於載道理想的筆墨之下，受制於封建階級的困限之內。

　　誠如張體對《品花寶鑑》提出「同志言說」的研究，認為陳森乾旦書寫中的同性戀語句，基於一種「感同身受」的資料收證，呈顯出作者力圖調解傳統道德與性別越界之間的「自覺整合」，最後才折衷完成《品花寶鑑》「好色而不淫」的價值標準──[37]其中呈現錯綜交雜的時代過渡，「輾轉於同志戀情如火如荼的現實情況與異性婚戀傳承子嗣不可僭越的理法尊嚴間，委屈求全又一廂情願的言說指歸」之弔詭情景，[38]可見得《品花寶鑑》依附於男權體制下的陰性審美觀，遂教紙頁間名士與名伶的潔癖戀情，反映出社會文化於身體性別上所形成的壓抑──在在呼應作家於時代夾層間的矛盾情感，屬於當時環

---

[35] 「細膩婉約、清秀雅致、楚楚動人的各種風貌」是陸蓉之《台灣（當代）女性藝術史》中表示中國傳統藝術家所交織出的「陰性美學網絡」、「女性藝術自成系統」的重要特質（頁32），此形式在陳森小說書寫上表現無疑，《品花寶鑑》卻偏偏仍以男性審美標準底下作為價值判定、以封建體制觀念之中呈現道德目的。

[36] 陸蓉之：《台灣（當代）女性藝術史》（台北：藝術家出版社，2002），頁16。

[37] 張體：〈同志的言說：對比閱讀品花寶鑑和東宮西宮〉，《二十一世紀》（2004年10月），85卷。

[38] 張體：〈同志的言說：對比閱讀品花寶鑑和東宮西宮〉，《二十一世紀》，85卷，頁130。

境之必然。即如王德威指出陳森竭力整合「傳統文學觀念」與「現代文藝創作」之間「高蹈和低鄙的層次」；《品花寶鑑》力圖彌補，一部同志小說與傳統愛情故事之間「倫理甚至法理認知的差異」：

> 我要強調的是，正因為陳森非常努力地——或許甚至過度努力地——將男伶寫成才女，將伎男及其嫖客寫成恪守孔孟之道的禁慾主義者，以及將頹廢墮落寫成三貞九烈。[39]

乾旦書寫遂成為陰性書寫的未果、傳統文藝的變奏。陳森面對保守文化的曲折妥協，或可被正視為作者極力將社會邊緣人物，劃歸於正規倫常與主流文化的認同，而將純潔至美的情誼及宗法標準，當成一種對踰越者辯誣的手段——其階段由「物化」審色為基礎，導致過度「美化」的乾旦描述，最終凝煉於「教化」意旨之上——即見陳森將傳統道德標準與封建審美觀點，強制植入同性戀現象之上，好教「同志敘事力圖整合到傳統才子佳人模式以換取合法身份的言說自覺」。[40]卻恰恰凸出了封建勢力的強大，無法完成自覺意義的落實。

　　以下即以此三階段說明《品花寶鑑》由教化理想掌握邊緣議題，所導致目的與手段間的矛盾、落差。並探討男權審色／陰性書寫、宗法規範／同志言說的兩相拉鋸之間，所呈顯清季文人承受傳統體制下的壓抑影響，及其面對現代進程裏的潛在焦慮。

　　首先，在「物色」審美基礎上，看到小說第十三回田春航曾直言不諱地自剖好色賞優的心態與趣味：

> 我是講究人，不講究戲，與其戲雅而人俗，不如人雅而戲俗。[41]

[39] 王德威；〈寓教於惡：狹邪小說〉，《被壓抑的現代性：晚清小說新論》，頁97。
[40] 張體：〈同志的言說：對比閱讀品花寶鑑和東宮西宮〉，《二十一世紀》（2004年10月），卷85，頁130。
[41] 陳森：《品花寶鑑·第四回》，頁76。

> 我是重色而輕藝，於戲文全不講究，腳色高低，也不懂得，惟
> 取其有姿色者，視為至寶。[42]

田氏之說在曲解表演本質於審色好美的「醉翁之意」之餘，非但透露
了清季戲曲透過中產階級的漸興，以重色之花部逐漸替代了重戲之雅
部的賞戲趣味，[43]亦展示名士的審美觀念在現代化社會急遽崛興、傳
統士族階級迅速崩解的時刻，依然存有強烈男權宰制陰性的階級意味
——誠如毛文芳強調「女性的身體從來就是被展示、觀看、探討與理
論化的對象。可以被視為藝術品，同時也可以被看成可以勾起性慾的
物品」，指出男權社會對女性身體欣賞習尚中的壓抑與掌控；[44]即同
Laura Mulvey 表示「色情等於男性凝視（male gaze）」，認為男權視
域在構成之餘，即複製了性別歧視的結構，及對弱勢陰性身體上進行
剝削——[45]清季社會對乾旦陰柔特質的訴求，即將封建視域對女性審
色規範的歧視與管控，直接轉移至這些紅顏男子的身上，表現為《品
花寶鑑》男伶女態的描繪。其中士人「極精極美的玩好」、「千嬌百
媚的變態」的趣味，[46]在文士對陰性乾旦這群弱勢男性族群「物化」

---

[42] 陳森：《品花寶鑑・十三回》，頁 203。

[43] 乾隆至鴉片戰爭前夕，封建社會日益解體，資本主義則相對興盛，因此，
在廣大農民和新興市民階層間，便出現各種地方戲曲團體的經濟後盾以及
熱情觀眾——文人化典雅的「昆腔」（雅部）風尚，遂逐漸被花俏華麗而
富通俗趣味的「亂彈」（花部）所取代——《品花寶鑑》在呈現文人階級
轉移與名伶審色風尚之際，即表現出戲曲史上這花雅之爭的過渡過程，同
樣可被視作反映傳統移至現代化的過程。關於「花雅之爭」，可參閱金登
才：《清代花部戲研究》（北京：中國戲劇出版社，2006）；亦可參考專
以戲曲研究的角度探討《品花寶鑑》的論文，齊秀玲：《品花寶鑑之戲曲
資料研究》（台北：淡江大學中文系碩論，1998），其中即見專章討論陳
森小說反映「花部」崛起的歷史現象。

[44] 毛文芳：《物、性別、觀看：明末清初文化書寫新探》（台北：臺灣學生
書局，2001），頁 40。

[45] （法）Laura Mulvey 理論可參閱周華山、趙文宗：《色情現象：我看見色
情看見我》（九龍：次文化有限公司，1994），頁 103-105。

[46] 兩句引文出自田春航之語，參見陳森：《品花寶鑑・第十二回》，頁 187。

賞玩、「美化」品題的同時，亦呈現男權視域凝視女性的歧視關係
——可見士人身為陰柔乾旦的愛好者、形塑者，卻也同是挪用威權觀
點、套用觀玩判準的施壓者——縱然乾旦書寫中的陰性塑造，「從人
物道德品質堅貞善良到蓮步輕移婀娜多姿；從服飾化妝的美貌動人到
婉轉鶯啼的唱腔設計」，[47]無不帶有極端美化的理想色彩，卻也同時
物化著乾旦的身體，造成其主權上的被抑與扭曲。

其次，在文人「美化」乾伶的同情心理上，陰性筆調與同志言說
的況味則隨情節演進越見端倪。雖然「揄楊色藝」的品鑑活動依然強
調「在在聳人觀聽，望乎其為假婦人」的男客異趣，充滿著性別階級
的歧視與扭曲，[48]但陳森畢竟以邊緣人物作為創作主題、試為狹邪小
說的先驅，其「物化」的觀點即不止於男權視域的掌控，反而力圖透
過男性觀點於乾伶身體的投射與想像，反映出陰性身體朝向主體自覺
的階級滲透。而有龔鵬程所謂，名士於交往中逐漸視乾旦於「我輩」、
提升地位作「知己」等指稱。[49]小說十回即以一場夢境隱喻，即將名
士與名伶的身分地位拉近，甚將兩人演為一齣男女相戀：

> （琴言）夢見子玉好幾次，恍恍惚惚的，不是對著同笑，就
> 是對著同哭。又像自己遠行，子玉送他，牽衣執手。又像遠
> 行了，重又回來，兩人促膝談心。模模糊糊……一日又夢見

---

[47] 王強：〈倡優與表演藝術‧戲臺上的性別塑造〉，《遮蔽的文明：性觀念
與古中國文化》（台北：文津出版社，2003），頁 310。

[48] 「揄楊色藝」可見潘麗珠對清人梨園觀戲，於伶角色、藝評判間，別分主
從的條件。潘氏認為清人色藝評論遙承「色儀容言」，以視覺為重而「對
人物的形體當身予以高度肯定」（頁136）。可見伶人色相被強調為主要條
件，才藝只為增色作用的補充條件。參閱潘麗珠：《清代中期燕都梨園史
料評議三論》，頁 128-131、136。「在在聳人觀聽，望乎其為假婦人」原
出自小鐵笛道人《日下看花記‧卷四》，錄自張次溪編纂：《清代燕都梨
園史料》，頁 103。

[49] 龔鵬程：〈品花記事：清代文人對優伶的態度〉，《中國文人階層史論》
（蘭州：蘭州大學出版社，2004），頁 212、216。

> 寶珠變了他的模樣，與自己唱了一齣《驚夢》，又想不出這
> 個理來。[50]

其中「美化」同性摯情於精神象徵的情節描述，涵射著陳森提升弱勢
乾旦於臻美幻境的同情心理，更復以才子佳人的姿態，偷渡同性戀情
的曖昧萌動，將梅、杜之情（梅子玉杜琴言之男男情誼）越界為梅、
杜之戀（柳夢梅、杜麗娘之男女愛戀）。小說中的夢境，透過名士與
乾旦跨越現實性別與階級身分的結合，隱喻出作者「溢美」的同情投
影，演至「溢愛」的同性戀心理，[51]即將陳森「及秋試下第，境益窮，
志益悲，塊然塊壘於胸中無以自消」心中對士人階級、功成名就的失
落與嚮往，化為現代意識於主流體制與男權視域下的自覺與自省
——[52]然此跨越性別與階級的觸碰，卻非得要透過夢中之戲、虛構幻
境中的虛構關係，才能讓梅公子跨越現實階級轉化為寶珠一般的戲
子，將梅、杜身體間的距離拉近；卻也非得要在名伶琴言達到「正以
美而豔為累，不得不讓上界仙人出一頭地耳」出類拔萃，符合男性視
域中色藝才德兼備的極致理想，[53]才能使梅、杜兩人的情感匯聚於精
神幻想的狀態，呈現出超乎常理的契合與相惜——陳森既藉正派名伶
絕美的才貌、蒙塵的窘況，呼應失落文人的心理狀態；又以名伶擺脫
花部、回歸士族等脫離現實的高蹈結局，塑造同性戀情與傳統婚姻共
榮、現代性物欲與宗法禮教兼具的「烏托邦」奇象，卻在同情與物
化的矛盾中，形成《品花寶鑑》乾旦書寫中高蹈理想難以實現的侷
限與困境。

---

50 陳森：《品花寶鑑·第十回》，頁 153。
51 「溢美」一詞出自於魯迅定義狹邪小說的一種類型及階段，陳森《品花寶
  鑑》即為代表作品，參閱魯迅：《中國小說史略》；「溢愛」一詞出自王
  德威於《品花寶鑑》研究中，對小說中名士與名旦曖昧同性情誼的指稱，
  參閱王德威：《被壓抑的現代性：晚清小說新論》。
52 陳森：《品花寶鑑·序》，頁 1。
53 引文原出蕊珠舊史《辛壬癸甲錄》，錄自張次溪編纂：《清代燕都梨園史
  料》，頁 292。

最後，理解陳森回歸「教化」宗旨的傳統體制——實將文人溢美、溢愛的審色態度，於乾旦外在陰性形象進行大力塑造後，連帶技藝、德行等內涵的美化，甚至於名士往來的刻意推崇上，拔升至一種自戀、高蹈的理想狀態——此教邊緣議題重回權力機制底下尋求妥協的處理方式，同時也是陳森未達「陰性書寫」與「同志文學」高度的主要原因。誠如徐子雲之說：

> 我們在外邊酒席上，斷不能帶著女孩，便有傷雅道，這些相公好處，好在面有女容，身無女體，可以娛目，又可以制心，使人有歡樂而無欲念。這不是兩全其美麼？[54]

一番旦癖辯辭，明顯曲解了乾伶於體制上的合法意義，其將陰性色貌扣上了道德冠冕，卻也相對彰顯了男權宰制的獨斷勢力。於此，即能理解陳森為乾伶跨越階級的「美化」同情，並未掙脫「物化」的男權壓抑，反而是重以「教化」的標準，使之重複承受傳統價值的壓抑。而見梅子玉原本審美愛色的說詞與田春航早先為自己狹旦成癖的態度表示，亦盡屬於男權視域的獨斷：

> （梅子玉）琴官這個美貌，若不唱戲，天下人也不能瞻仰他、品題他，他也埋沒了，所以使其墮劫梨園，以顯造化遊戲鐘靈之意也未可知。[55]

> （田春航）造物既費大氣力生了這些相公，是造物於相公不為不厚。造物尚於相公不辭勞苦，一一布置如此面貌，如此眉目，如此肌膚身體，如此巧笑工顰……是造物之心必欲使縉紳先生及海內知名之士品題品題，賞識賞識，庶不埋沒這片苦心。[56]

---

[54] 陳森：《品花寶鑑・十一回》，頁167。
[55] 陳森：《品花寶鑑・第七回》，頁109。
[56] 陳森：《品花寶鑑・十二回》，頁187。

可見士人於乾旦身體面目之欣賞，建立在男權物化陰性的傾軋之上。
物化至極，甚至將賞色品題的行為，視為情理必然。然此強調男性感
官之悅、物化優伶的獨斷行為，在陳森中和「美化」同情與「教化」
思想之後，卻與日後情節中，梅氏幫助琴言掙脫伶班身分、田氏視蘇
蕙芳為知己寶友的過程，有著極大的轉折與反差──其間多半經過名
士對名伶清白身世的了解，於其淪落的可憐處境興起同感，強化乾旦
才貌雙全、潔身自好的理想狀態──使「美化」的同情心理於「教化」
的功能意義上起了救贖的作用。卻不是以名伶原本邊緣身分的自覺意
識呈現，反倒是以封建社會的理想期望，抹去了名伶性別越界的立場，
教其晉升為名士知己的行列。看到小說第六十回中梅子玉為名伶們祭
為花神的贊語，以及寶珠反刻名士為文皇雕像的提議：

> （子玉書）公氣為雲，公神為水；在天在地，廡盡廡止。司文
> 曰郎，司花曰主。列宿之精，群芳之祖……一氣二氣殊途同
> 歸……花心意蕊，文運之祥。

> （寶珠語）他們既將我們刻了像，做了花神，我們何不也將他
> 們刻了像，就在樓上供養起來。他們稱我們為花神，我們就稱
> 他們為文皇，仿司空圖《詩品》，各作四言贊語一首，刻在
> 上面。[57]

所謂「一氣二氣殊途同歸」、「他們稱我們為花神，我們就稱他們為
文皇」，文郎與花主並題同歸、名士與名伶互承相惜的小說結局，即
能見文人物化乾旦的賞色初衷，於教化主張的演進裏，是將名士放棄
對名伶同性情欲的兌現，歸回為同等階級的體制之內、一種保守而安
全的烏托邦世界。

可見陳森策略也只是將個體與階級間挪移，但無心且無力教個體
衝撞體制的界線。小說中名士對乾旦「男體」的同志曖昧、對乾旦「女

---

[57] 陳森：《品花寶鑑・第六十回》，頁 908、916。

容」的情色幻想，都被簡單化約在傳統「教化」觀念的理想標準之中。「男身女相」不但無法通情遂欲，反而變成「色而不淫」的道德疆繩，恰以傳統封建的價值肯定，作為才子名伶無邪相待的証明。因此，陳森乾旦書寫「物化」、「美化」而臻於「教化」的身體意義中，名士充滿著反覆且矛盾的審色態度與道德關懷——而無論其中隱藏了多少於同志文學及陰性書寫的實驗程度，都仍被保守的考量，迂迴曲折成為一種屈就於傳統教化、封建體制裏「政治正確」的語言——但如王德威所說：「欲望潛能可以被用作為反抗權威的激素（而未必是反抗威權的行動本身）；個體的解放可被視為集體解放的前題（而未必是集體解放結果）」。[58]隱藏於作品中的迂曲弔詭，依然有它極為重要的歷史地位，而能以其自相矛盾的諷刺感，躍然於《品花寶鑑》紙頁中道德理想作為規範的聲色烏托邦，間接凸顯衰世文人於現代化過程中，必然遭遇的矛盾與挫折，隱露心裏難以排遣的渴望與絕望。

## （二）乾旦書寫中的現代燭照：由「性別越界」到「同性戀意識」之凸顯

　　陳森「過度努力」調解傳統體制／現代意識，雖然造成小說弔詭而趨保守的結果，但不能抹煞其自覺朝向現代化進程的嘗試與發展。陳森對乾旦「物化」的審美觀念、「美化」的同情心理、而後回歸傳統「教化」理想的曲折歷程，誠如《品花寶鑑》蘊含「陰性書寫」、「同志文學」等現代意涵的發展顯像，堪稱投向現代文藝的一枚叩門磚石。

　　尤其，《品花寶鑑》以乾伶「男身女相」作為要角與主題，透過一種「社會性別」（gender）的奇特樣態，[59]反映出傳統文類鮮見「性

---

[58]　王德威；《被壓抑的現代性：晚清小說新論》，頁 92。
[59]　性與性別有所不同，前者強調自然生理的陰、陽屬性（sex），後者則強調社會文化對性別的塑形影響，又被稱為社會性別（gender）。

別越界」的特殊取材，及對「同性戀意識」的概念拓展——陳森深化
過去中國文藝中「同性行為」於獵奇表象的描繪，轉以專著強調「同
性戀傾向」於心靈情感的精神層次、甚於處境中自覺的性別意識——除
寫墮落文人與黑相公的同性「行為」，更以大篇幅強調專情文人與名
旦的同性「情誼」。[60]即見《品花寶鑑》透過梨園、園林等純男性空
間的關係網絡，把同性「性行為」組織、內化為同性戀「性傾向」、
「性意識」（sexuality）的範疇。[61]縱使小說最終歸返傳統宗法的價值
抉擇，在結果上無法明確提出「同性戀者」的身分類別與認同，但如
吳存存表示《品花寶鑑》藉由男色女色可以不分的觀點，大肆張揚同
性戀的合理性與詩情畫意：

---

[60] 筆者以《品花寶鑑》作為一以「性別越界」凸顯「同性戀意識」之文本，
首先申明陳森清楚強調男男相戀的愛情與精神意識，不同於過去作家描寫
同性性行為之獵奇心理，雖以現代眼光未可稱為成熟的同志小說，卻於傳
統同志書寫上有著十分重要的突破；其次則視梨園男旦現象為陳森偷渡同
志意識，而與異性戀機制妥協的一種文化反映。筆者認為，從中國固有的
梨園文化與扮裝傳統思索同志現象，並不能具體地將性別扮裝與性倒錯，
全然絕對地劃入同、異性戀之別，縱使梨園扮裝於表面上屬於異性戀男權
階級的審美模式，但它畢竟呈現出一種狹於男風之實，誠如 Jacques Corraze
指稱「這些人共同意識就反映在某些同性戀者的行為表現上，同時也能呈
顯出這些行為表現與性愛取向之間的因果關係。我們並不能把同性戀者也
會選擇不同性別的人做為性欲對象的情況，聯想為他不論在生理上或社會
行為上都屬於異性戀者」。正視陳森寫道名士們內有賢妻、外有俊友，偷
渡同性戀意識於異性戀體制中的曖昧特性，其與異性戀情已然不同，對男
優的真情實愛也確實涉及同志精神意識的層次，亦可視為同性戀發展入現
代化的某種階段。參考 Jacques Corraze 著、陳浩譯：《同性戀》，頁 7-8。
[61] 周華山分析「同志」文化發展分為幾個階段。簡單來看即（一）在資本主
義興起以前，歷史包括文書記載都只有「同性行為」的表現，（二）直到
社會文化及其經濟提供「性意識」的描述與概念，才有「同性戀者」身分
類別的出現（以十九世紀作為明確時間的劃分）。（三）而至當代醫學科
學、人權思想等研究的介入，則才繼續衍伸出「同志」、「酷兒」等定義
出現。於此歸納 1849 出版的陳森小說，處於傳統與現代之交，正是同性戀
者身分類別初成概念，仍然受制於傳統價值觀念的現代化初期。參考周華
山：《同志論》（香港：香港同志研究社，1995），頁 319-370。

> 梅、杜之間的同性戀深情完全勝過了異性戀⋯⋯他以那個時代
> 所能找到的一切頌美之辭,高度肯定了這種風行一時的性愛熱
> 潮,把整個社會的同性戀狂熱推向了極致,痛快地表達了士人
> 強烈的同性戀傾向。[62]

可知《品花寶鑑》結局回歸宗法之保守,並非單純的固守舊規,其內
涵實有極具社會性的現代性嘗試——陳森將同性戀關係搓融傳統體制
的弔詭處理,正一面展示當時傳統性別意義的框架已逐漸產生了變
化,一面反映到同志意識於萌動時期依然存復傳統壓力的困境——以
下即由「性別越界」與「同性戀意識」兩種現代性別課題於文本反映
上作分析。

首先,看到商業現代化於性別越界上的影響。如見張小虹為「性
別越界」的定義:

> 標示一種理論思考與文本閱讀策略的可能,企圖轉化對立政治
> 與差異政治,開放各種性、性別、性傾向、權力、欲望的流通
> 與互動。越界透過扮裝或變性的「男越女界」或「女越男界」
> 便牽動著截然不同的權力重署與懲罰機制;而理想上歌誦愉悅
> 快感與實際掙扎在邊界的焦慮困惑產生衝突⋯⋯既具開創前
> 瞻的思考活力,也夾雜衝突矛盾的各種可能。[63]

因此,當我們將隱藏情欲流動的性別越界,看成一個觀察陳森創作的
切入點——《品花寶鑑》的乾旦書寫,便不只會停留在偽構佳人的層
次,陳森小說中矛盾弔詭的情節與心理,更能藉由乾旦越界陰陽的特
殊性別,去審思現代化社會漸汰傳統、但對革新感到畏縮的時代議題
——《品花寶鑑》以男身女相的舞台扮裝,延伸至名士乾旦的曖昧情

---

[62] 吳存存:《明清社會性愛風氣》,頁 206-207。
[63] 張小虹:《性別越界:女性主義文學理論與批評》(台北:聯合文學出版
社,1995),頁 5-6。

誼，不僅僅挑戰了男女性別的分類，亦將男權瓦解與女權漸興的現代
化性別階級的顛覆上，衍生更為複雜的人情關係，使得性別認同、性
別取向……在舞台與人生間錯亂、權力體制與情欲流動裏媾和，雜生
出「同性愛題材」面對「宗法體制」時，許多矛盾衝突的可能性。

　　參閱小說第五十五回，琴言隨道翁義父離京來到江蘇清江浦，一
時想起昔日怡園扶乩「後日莫愁湖上望，蓮花香護女郎墳」的指示，
便把杜仙女墓認作了他的前世，而於水路參拜途中，「忽見蓮花叢中
蕩出個小艇來」遇上了一名紅衣垂髫、都麗如仙的女郎——[64]這段似
夢恍然的奇遇，被陳森安排在杜琴言一心脫離伶班、力求士途的習道
旅途上，卻又將他的陰性潛質與女神隱喻作了結合——實於溢美、溢
愛的乾旦形象上，更添以神化色彩，造成其身雖歸回士籍、魂卻仍屬
陰格的越界特性。即見琴言在女郎領路下，終於尋到仙女墓，兩人取
了火苗，點好香，擺上果子，灑妥花瓣與酒：

> （女郎）問琴仙道：「你為什麼不拜兩拜？」琴仙道：「我即
> 是他，他即是我。」那女郎笑道：「這是什麼講？好呆話。既
> 有了你，就沒有他，既還有他，就沒有你。」琴仙聽這話有些
> 靈機，便看著女郎，女郎也看著琴仙。琴仙道：「你不知道我，
> 只知道他。」……那女郎嫣然一笑，仍蕩入蓮花叢裡去了。琴
> 仙留心望他，只見花光湖水，一片迷離。[65]

陳森不只將琴言的陰性特質神化，更藉一名無名女子與其彷若自言自
語的對答，呈現鏡裡鏡外所象徵的越界映像。這段事蹟延伸至五十六
回道翁意外往生之後，又與愁勞喪事的琴言夢境產生呼應：

> 忽見一個船靠攏來，見子玉坐在艙裏……琴仙又見他艙裏走出
> 一個美人來，豔裝華服，與子玉並坐。琴仙細看，卻又大駭，

---

64　陳森：《品花寶鑑·第五十五回》，頁833。
65　陳森：《品花寶鑑·第五十五回》，頁833。

分明就是他扮戲的裝束，面貌一毫不錯；自己又看看自己，想
不出緣故來……忽見那美人拿出一面鏡子，他兩人同照，聽得
那美人笑吟吟的說道：「一鏡分照兩人，心事不分明」……琴
仙拾起鏡子來一照，見自己變了那莫愁湖裏採蓮船上紅衣女
子，心中大奇。[66]

作者強烈表現杜琴言捨棄優伶身分，以「男身」姿態重返傳統階級的
歷程裡，但堅持不放棄「女相」的陰性特性，甚至強化其陰柔美感的
靈魂本質，不但使杜琴言與仙女的抽象概念映合，更與子玉女伴、紅
衣船女等具體形象重疊——透過鏡像重疊出現性別越界的層次是：當
杜琴言的生理性別（sex）由女相逐漸回歸為男體的求士之路時；社會
性別（gender）卻持續深化陰性特質於女性主體的形象呈現上；其性
傾向（sexuality）的表現便產生「同性戀意識」於「異性戀體制」內
的矛盾混雜——《品花寶鑑》即從乾旦書寫於性別錯置的陰陽同體，
演化為當世文人於性別認同上同志處境的問題。

　　神話與夢境對現實的返照，將陳森小說中性別越界的層次推至高
點，屬於文學鎔鑄「高度文明」於「原始情欲」上，一種隱晦象徵的
藝術手法——如同蔣勳試圖以柏拉圖〈饗宴〉解釋《品花寶鑑》同性
少年親暱行為：「離開動物的層次之後，人類的『性』與『愛』都不
在單純到只是雌與雄的生殖規則，而又更多豐富的道德與文化的內
涵」，陳森性別越界的鏡像描述，即牽涉、顧忌到了這些複雜的體制
面向，於無法觸碰的身體情狀上，轉求於超脫形軀的精神拓展；而吳
繼文改編陳森小說所寫的《世紀末少年愛讀本》則解釋道：「他／她
是智慧的，他／她是慈悲的，他／她就是美。這時的美沒有對立面」
提出觀看者主體／被觀者客體的越界，更於性別越界的概念上，發展
出形而上面的詮解——[67]可見男體反串的旦角被陳森化約、轉喻為陰

---

[66] 陳森：《品花寶鑑・第五十六回》，頁 848。
[67] 蔣勳：〈另一種性慾：柏拉圖〈饗宴〉與希臘的少年愛〉，同吳繼文：《世

柔化、女性化的美學景觀。但在男權甚色賞美的戀物想像、投射同情
的自戀傾向之餘，亦教男身乾旦逾越了真實生活中的女相，成為文人
逃避土崩瓦壞的政治現實裏，顛破性別成見、溢美理想境界的永恆
神話。

由此看到小說第五十二回，華星北夫婦討論起梅子玉與杜琴言相
互贈詞的微妙關係：

> 華夫人道：「這首詞甚好，但不像是送朋友的。若送朋友，怎
> 麼有這『只道今生常廝守，盼銀塘不隔秋河漢』呢；若說夫婦
> 離別之詞，又不像；說是贈妓的，也不甚像。然而語至情真，
> 卻有可取。」華公子：「你真好眼力，這一評真評的不錯。這
> 一首詞是一個人送琴言的，可不是夫婦不像夫婦，朋友不像朋
> 友，妓不像妓麼？然而有這片情，真寫得消魂動魄。」[68]

透過小說描繪名士與乾旦之間性別越界的關係，不但超越了朋友、夫
妻的倫常法規，更超越邊緣文化裡主客相對的階級形態——梅、杜關
係不僅跨越了身體性別，更衝破了名士優伶的階級差異、男權視域的
物化觀點——一句「語至情真，卻有可取」的評點，可謂真切，說中
了陳森面對男權傳統壓抑，對同性戀情於禮「難容」底下，但求「可
取」的寬限。

於此第二部份，筆者即接續析論名士、名伶間以情為尚，復將彼
此關係安置回傳統倫常的心路發展，實屬同性戀者處於封建體制下，
面對自身「性傾向」、「性意識」萌芽，一種猶疑擺盪後隱匿沉潛的
心理歷程。[69]

---

紀末少年愛讀本·後記》，收錄於吳繼文：《世紀末少年愛讀本》（台北：
時報文化，1996），頁 347、356。
[68] 陳森：《品花寶鑑·第五十二回》，頁 783。
[69] 筆者將陳森小說人物從「性別扮演」發展到「回歸禮教」間，矛盾迂曲的
徘徊心路，視為同性戀者面對社會困境，最終採取回歸體制靠攏的妥協策
略。或不能稱為同志身分的自我認同，亦不盡於「自覺」的理想高度，但

　　誠如周華山於同志研究上指出，在十九世紀以前，尚無「同性愛者」或「同志」的稱謂，同性戀身分認同作為一種現代性標誌，「是工業資本主義社會創造了『同性愛者』這個性身分類別所需要的社會及經濟條件」。[70]而一八四九年出品的《品花寶鑑》，正反映出當時文人於性別認同萌芽之際，面對社會上「同」、「異」二元性別文化對立的初期處境。當工商社會凸出個人主體，將情欲自覺與娛樂事業，逐漸脫出於宗族階級的監控範圍，使「性」成為性欲望、性意識、性取向、性身分建構出來的專門概念，隱伏於《品花寶鑑》中的「同性戀意識」更是呼之欲現。正如 David Halperin 提出：

> 同性愛這個概念預設了性意識（sexuality，或譯為性傾向），而性意識是一項現代發明……同性愛（者）預設一個獨特的性範疇……性意識並非一個中立地反映事實的描述詞彙，相反，它整理組織了人類（性）經驗。[71]

同性戀者的「性傾向」，不限制「性」為宗法傳嗣的生殖功能，轉而強調工商經濟、資本社會所衍生種種具有文化意識（與性相關）的行為。呼應陳森小說凸顯梨園娛樂裏的同性情誼，作者自覺性的寫實墮落文人與黑相公的狎玩行為、溢美正派名士與紅相公間的道德徘徊，而無論身體扮裝下選擇遂欲或抑情、價值判定上歸諸鄙斥或揚舉，都無阻於現代化課題在陳森筆間的意識已然萌現。

　　即見陳森雖然強調道德禮教，但於小說中下流人物的描繪倒也如同《海上花列傳》裏的「近真」寫實：

> 天香的面色雖白，細看皮膚略粗；翠官伶俐可愛，就是面上有幾點雀斑，眉梢一個黑痣，手也生得粗黑。都是襯身時樣的衣

---

其選擇性行為確實呈現意識自主的傾向。
[70] 周華山：《同志論》（香港：香港同志研究社，1995），頁 319。
[71] 戴維‧哈波林（David Halperin）之語，節錄於周華山：《同志論》，頁 320。

> 服……奚十一拿了杯子灌那得月，一手伸在得月屁股後頭，鬧
> 得得月一個腰扭來扭去，兩個肩膀閃得一高一低，水汪汪的兩
> 隻眼睛看著奚十一……那楊八更為肉麻，抱了天香坐在膝上，
> 掐著腿，把天香篏得渾身亂顫……聘才道：「你（指翠官）跟
> 三爺（指富三）去很好，還有什麼不願的嗎？雖然不比相公出
> 師，也要賞你師傅幾吊錢。」……翠官便索性扒在富三身上，將
> 頭與富三肩上碰了碰……得月躺在奚十一懷裏，天香躺在對面，
> 楊八也想吹一口，便坐在炕沿上，歪轉身子，壓在天香身上。[72]

一場肉慾橫陳的淫樂場面，穿雜著靈肉交易的討價還價。小說中墮落
文人狎嫖變童之狀況，可見時人藉裝扮越界進行同性肉慾的行為，確
實以「飾以艷服，奔塵侑酒，如營市利焉」的消費形態，日漸侵襲著
封建禮教的常規典範。[73]遂見乾旦與觀眾間的情慾互動——扮裝除了
使演員作為一種可欲的客體，以其反覆換置的性別對觀眾進行挑逗
外；同時使觀眾作為權力主體，在接受感官刺激之餘，且得諸藉口合
法地享用同性對象、發洩情慾，遊走於傳統異性戀機制的灰色地帶
——即如鄭振偉所說：「優童的身體被客體化為予人觀賞的藝術品，
這是一種主體意識的投射，在這件藝術品中應可映出主體心靈的雙性
特質。」[74]實以性別偽裝的越界，扭曲合法意義於同性行為，進而提
供時人情慾自覺、偷渡的機會。

至於陳森在面對情慾勃興的情狀之際，雖對狎優行為採取嚴格的道
德批判，在性別認同的結果上狀似守舊壓抑，然如曾焯文表示，同志心
理具有複雜的面向：「同志戀情慾當然也不單只是肉慾，其中也包括精

[72] 陳森：《品花寶鑑·第三十四回》，頁 499-502。
[73] （清）張際亮（華胥大夫）：《金臺殘淚記·卷三》，收入張次溪編纂：
《清代燕都梨園史料·正續編》（北京：中國戲劇出版社，1991 二刷），
頁 246。
[74] 鄭振偉文章收錄自《中國文人階層史論》，參閱龔鵬程：《中國文人階層
史論·品花記事》，頁 229。

神愛以至昇華成壓抑了的同性戀傾向」，仍然歸屬於一種同性戀情的發展狀況。[75]可見陳森夾處時代矛盾，於體制倫常與同性情誼間力求平衡，即便迂曲隱藏了同志身分的彰顯，但實未減損性意識、性傾向的確定發展——其小說書寫，先於生理性別與社會性別的矛盾中，產生性別越界與出軌；後則立於性別認同的基礎上，捨棄表明同志身分，取決傳統價值、歸返社會倫常——其以文人深入傳統體制的省思與對現代文明萌發下的徬徨心理，縱然未能確立陰性書寫、同志言說的純熟實驗，但已能整理出清季同性戀者，必然委屈於體制、歸回至傳統的處境與歷程。

　　小說弔詭之必然，誠如柳恕涵對同志社會處境的研究報告中指出，同志需要延伸「自己認知自己不被社會接納的一種因應方式」。[76]清季社會默許狹優的情況，只在不礙家庭的嫖玩，但如梅、杜超越友誼、賞伎的真心相愛，竭力抑制肉慾以及妒忌，而將戀情轉換回「俊友」模式的倫常，卻也只能作為陳森力求兩全的處理方案。《品花寶鑑》第四十五回，琴言向子玉闡明身為優伶的心路，即對同性戀情存於封建社會的發展侷限性，進行了討論與審思：

> 在師傅處，卻是第一的不好。那日點了我的戲，心裡就像上法場，要殺的一樣。及到上場，我心裡就另作一想，把我這個身子不當作我，就當戲上的那個人，任人看，任人笑，倒像一毫不與我相干。至下了臺，露了本相，又覺抱愧了。再陪個生人在酒席上，就覺如芒刺在背……就算格外待得好，究竟把我當個優伶看待，供人的喜笑。至於度香（徐子雲）待我，還有什麼說的？但我此時身雖安了，心實未安……生在世間，沒著一個歸著，你教我這心怎能放得開呢？[77]

---

[75] 曾焯文文章收錄自《中國文人階層史論》，參閱龔鵬程：《中國文人階層史論·品花記事》，頁231。
[76] 柳恕涵：〈同志的社會處境〉，收自謝臥龍編：《性別·解讀與跨越》（台北：五南出版社，2002），頁106。
[77] 陳森：《品花寶鑑·第四十五回》，頁664-665。

可知琴言以男身立場，反映出女流之輩遭歧、同性戀者受抑的苦楚。
相對於乾旦身為文人我輩投射與知己傾慕的對象，梅子玉亦能感同身
受、付諸安慰，但也同時表達了他處於封建體制與道德倫常，不能由
己的難處：

> 我的心裡是願與你終身相聚，同苦同樂。只恨我一無能為，與
> 廢人一樣，還時時應著老人家（指梅子玉父親）回來；或再放
> 了外任，要帶我出去。幸而此時還未到這田地，但替你想，也
> 不好盡為著我耽誤了你一世。[78]

兩人對話彷彿同志難以出櫃的萬般顧忌。琴言表示了性別歧視的社會
壓抑下，性別越界使他與子玉結緣卻也同時受盡委屈；子玉則說明當
時社會環境下，縱使個體能有自覺，面對封建關係卻仍難自主的時
代困境與社會壓力——間接呈現了陳森回歸體制、宗法倫常，雖然
弔詭卻為折衷的權宜之法——遂見梅、杜情誼於世，最終與傳統妥
協的態度：

> 琴言道：「除非你做了官才可提拔我……」
> 子玉道：「我倒不想中博學宏詞作翰林，我只想得到一個外任
> 的小官，同你出去，我就心滿意足了。」[79]

由身體裝扮、情欲委屈，到向體制求全的迂曲歷程，呼應《品花寶鑑》
發「才子佳人」古之幽情的氛圍裏，刻意將名士乾伶保守於傳統性別定
義上的歸界，實為陳森回歸體制，尋求社會穩定地位、但求出界外任的
一種期待——此柏拉圖式的精神戀愛，表現為封建體制下同性戀者的壓
抑心理；及自性別越界的曖昧偽裝，到重返異性戀機制的自決行為——
可見《品花寶鑑》透過乾旦身體於性別越界的文化特性，隱寓清季社

---

[78] 陳森：《品花寶鑑·第四十五回》，頁 665。
[79] 陳森：《品花寶鑑·第四十五回》，頁 665。

會未脫傳統，現代文明卻也方興未果的過渡發展。呈現出個體生命面對國族體制與階級異變；衰世時人處於現代化進程間的種種徘徊。

於此考量龔鵬程專以戲曲藝術檢視乾旦文化中男扮女裝的色欲心理，刻意排除同性戀愛蘊意其中的可能性，即不適用在陳森《品花寶鑑》迂迴隱藏的現代化特徵上——[80]正因琴言與子玉慕戀而不踰矩、通情而不遂欲的行為模式，正好呈現現代醫學研究中一種「情境性同性戀」的定義——[81]其強烈反映社會性別的影響下的同性情誼，確實呈現一種「沒有異性的環境」，恰如其分的喻合著陳森烏托邦世界的營立。遂在真實與虛構、主體與客體、性別認同與性別錯亂之間，反而激盪出精神性同性戀情，一種趨就封建體制內、卻超脫身體肉欲外的愛情典型。

# 第二節　《海上花列傳》滬上女伎的身體販賣

《海上花列傳》革新中國小說於一種寫實的「近真」筆調，除描繪清末實況的洋場風情之外，且強調商業模式下朝向現實勢利發展的男女關係——但見這種物欲滲透的現代化環境，同時令文人透過伎院

---

[80]　龔鵬程：《中國文人階層史論・品花記事》，頁 240。另可參閱陳器文對龔氏的質疑：「為了避諱同性戀理論、情欲論述等等，只肯說文人之於優伶是『憐花而自憐』……真正推敲起來，『憐』字恐怕比任何字眼更能暴露出文人打從心裡對變童的那份癡迷與性渴望」。收錄自龔鵬程：《中國文人階層史論・品花記事》，頁235。

[81]　於彭懷真同性戀研究中指出，現代精神醫學區別三種同性戀行為：真同性戀、假同性戀、雙性戀。其中假性同性戀又分四種：偶發性同性戀、反抗傳統的同性戀、金錢交易的同性戀、情境性的同性戀。在一個長期隔離、缺乏異性的環境中，容易產生「情境性同性戀」，而其於事過境遷之後，則有發展成為真同性戀、異性戀、雙性戀的種種可能。參閱彭懷真：《同性戀自殺精神病》（台北：橄欖文化基金會出版，1983），頁28-31；另外參閱王溢嘉：《情色的圖譜》（台北：野鵝出版社，1995）指出「先天同性戀」與「同性戀非病態」等醫學意見。

文化的消費特色，容許其於家庭關係之外拓展出一種接近自由戀愛模式的關係形態——時人即在極現實的商場特質上談情說愛，教送往迎來的人情關係，衝突地兼具了娛樂活動與浪漫交誼、生存利益與愛欲情感。

由此，韓邦慶小說發展出世情、人情小說之外的邊緣題材及現代性觀點，意識到城市伎院此一新興權利場域裡的女性，開始萌現屬於她們自主發聲的平台——倡伎們在經濟物欲引誘與現實生存趨迫的青樓環境裏展現個性，有別於傳統婚姻制度內女性常習於被動的靜默與服從，而轉以性別政治的手段與謀略、語言權力的掌握與操控，對封建體制中的獨斷威權，進行階級性的滲透、甚至翻轉，形成女性以「身體」向男性搏取財勢的競爭狀態——[82]以下便從韓邦慶對倡伎的種種形繪入手，觀察其男女關係間性別政治的生態。繼而，透過《海上花列傳》討論清末封建體制瓦解於工商社會興盛之際，探討威權鬆動下的男性視域與女性依存，各自產生了如何現代性的變化及其矛盾徬徨的心態。

## 一、淪落與自主：愛情交易裏的女性處境

侯孝賢曾說：「《海上花》距離我們的生活背景雖然遠……其實有一種熟悉的感覺」。[83]此現代感的遙映，即見張愛玲〈國語本海上花譯後記〉指韓邦慶小說道出一座「禁果的菓園」，凸顯中國傳統文化與小說向來難能自主的愛情議題：

---

[82] 本文所指「身體」不只指單純的生理身體，更交會著社會性別等各種文化建構。誠如劉人鵬引述 Rosi Braidotti 觀點解釋：「身體，不是一個本質，更不是一生物性實體，它是一多種權力的角逐，一種明暗強度的外表，沒有原本的擬像。」參閱劉人鵬：《近代中國女權論述》（台北：臺灣學生書局，2000），頁 268。

[83] （美）白睿文（Michael Berry）：〈訪談朱天文與侯孝賢〉，收自朱天文《有所思，乃在大海南》（台北：印刻出版社，2008），頁 300。

> 書中嫖客的從一而終的傾向……較近通常的戀愛過程。這制度化的賣淫，已經比賣油郎花魁女當時的手續高明得多了……《海上花》的時代，像羅子富叫了黃翠鳳十幾個局，認識了至少也有半個月……他全面投降之後，又還被澆冷水，飽受挫折，才得遂意。

> 盲婚的夫婦也有婚後發生愛情的，但是先有性再有愛……就不是戀愛，雖然可能是最珍貴的情感。戀愛只能是早熟的表兄妹，一成年，就只有妓院這髒亂的落裏還許有機會。[84]

張愛玲自《海上花列傳》凸出的伎院文化中觀察，認為韓邦慶於「北伐後，婚姻自主、廢妾、離婚才有法律上的保障，戀愛婚姻流行了」之前，就已奠定下了愛情現實中女性自決權力的雛形。從自由戀愛的角度，得見晚清倡女藉其文化邊緣的立場，能於傳統壓抑的兩性關係中具備操盤的能力。

　　然此女性自由戀愛的得勢傾向，畢竟建立在靈肉販賣的伎院場域。現代化資本社會的成形，強化滬上倡女熟稔於買進賣出的商業模式與社交生態，而將性／情、肉／靈……視為她們銜接社會脈動、爭取個人物欲的資本及籌碼，甚至從中獲得某種程度的經濟獨立與地位，於現代性營構之中展現她們強勢而積極的鬥爭行為。誠如朱天文指出，在洋場上「男人順從的是女人的規則」，《解放報》則說：

> 這個幾乎屬於形而上的愛情儀式，這個長期上演的社會劇，突然變成充滿野性之美的蠻荒叢林。蜘蛛（妓女）在裏面張開它的網，依自然法則將雄性一口吞噬。《海上花》裏面有一種暴力。[85]

---

[84] 張愛玲：〈國語本海上花譯後記〉，《海上花落》，頁711。

[85] 朱天文、法國《解放報》（La Libération）之語，皆出自侯孝賢、朱天文：《極上之夢：海上花電影全紀錄》，頁11、83。

直至晚清，中國長存才子佳人、不符現實的浪漫傳統，突然被韓邦慶近真寫實的側筆，一舉點破千年未白的女性渴望，亦朝往自由戀愛的萌現狀態，進一步掌握了現代性別政治裡男女關係的轉換──於此，分析韓邦慶小說中現實趨利與自主戀情間所呈現的倡女特性，即能發現她們刻意營造愛情表象的同時，亦有極現實的圖利目的；而在爭取兩性關係主導權的種種手段中，也夾雜著她們徘徊現實與傳統、情愛與物欲的迂曲心理──雖不見得符合現代化女性自覺的定義，卻能自傳統封建的男權體制裏，燃亮一絲女性意識的曙光。

## （一）華服包裝下的物欲與謊言：近真寫實的倡伎形象

《品花寶鑑》於名士品題之間流露物化名伶的文人心態，《海上花列傳》則由作者「微物」的環境陳設，隱喻士紳倌人之間「唯物」關係往來，可見清季以降，現代化價值觀正隨物欲觀念的廣泛而逐步發展。

從陰性角色來看，由《品花寶鑑》被形塑為男權賞玩對象的乾旦，到《海上花列傳》物化自我身體為籌碼的女倡，正透過資本經濟的崛興，反映威權體制下層人物，逐漸從被動轉為主動；從服膺倫常道德的體制順從者，轉為強調私情私欲的個人主義傾向──在真正顛破男權體制的現代思潮正式確立之前，「她們」已以其邊緣而衝突的立場具體發聲，突破舊有女性的沉默形象，為個人主義、女權主義等覺醒預作暖身──以下便選黃翠鳳與陸秀寶為例，兩人據身體條件商議價碼的特色，可謂《海上花列傳》裡最顯著的清末倌人典型，且看韓邦慶如何以衣飾與物件妝點兩人，隱喻兩種廝纏謀財的勢利心機，及其分別於男女關係中握權掌勢的交際手腕。

陸秀寶作為趙樸齋初入色界即為交往的倌人，韓邦慶卻先以相當筆墨，側寫其姊秀林令人一眼傾心的嬌美神態，進而托顯樸齋錯認之餘，男客色欲當頭，女倡妝飾眩人的感官情狀：

一張雪白的圓面孔，五官端正，七竅玲瓏。最可愛的是一點朱
唇時時含笑，一雙俏眼處處生情。見他家常只帶得一枝銀絲蝴
蝶，穿一件東方亮竹布衫，罩一件玄色緞心白月緞鑲三道繡織
花邊的褲子。[86]

頭簪銀絲蝴蝶連帶一身美豔，有待秀寶真正出場「也是個小圓面孔，
同陸秀林一模一樣」地轉移形象，教秀寶於斟酒點煙之間，無不牽動
趙樸齋的目光，使得趙氏緊接著小說第二回天色乍亮，便迫不及待地
旋進尚在梳洗的陸秀寶閨房：

> 只見陸秀寶坐在靠窗子前，擺著紫檀洋鏡檯，正在梳頭哩。楊
> 家姆在背後用篦篦著……樸齋看秀寶梳好頭，脫下藍洋布衫，
> 穿上件元縐馬甲，走過壁間大洋鏡前，自己端詳一回……楊家
> 姆向枕邊拾起一枝銀絲蝴蝶，替他戴上。[87]

這幅慵懶倦梳頭、美人迷濛的姿態，與昨日明媚驚艷大不相同，陸氏
令趙樸齋看見自己整裝待發的過程。同樣一款銀絲蝴蝶方才戴上，非
但再度攏獲趙樸齋的色心，強調處子身分的「清倌人」招牌也隨即豎
立了起來。即見趙家姆又是說要作媒，又對趙氏耳提面命地哄抬：「趙
大少爺阿要會吵，倪秀寶小姐是清倌人。」以至於張小村就算勸阻也
難削減樸齋的淫心撩撥，當下便答應為秀寶搭辦檯酒，正式確定了兩
人「生意」關係的往來。

　　然如銀絲蝴蝶作為陸氏家常妝點，卻也像「清倌人」名號方便取
用，只不過是倡伎用來誑騙客人的名目表面，其溫柔嬌媚的背後其實
指向物欲營利的主要目的。故自趙、陸關係底定之後，秀寶也開始她
壓榨客人財銀的軟硬手腕。但如黃翠鳳以退為進，拒絕羅子富所奉送
的釧臂，卻又以訂情為由收押了子富整個拜匣——[88]釧臂與拜匣的推

---

[86] 韓邦慶：《海上花列傳・第一回》，頁9。
[87] 韓邦慶：《海上花列傳・第二回》，頁21-22。
[88] 參閱韓邦慶：《海上花列傳・第八回》，頁78-79。

來換去之間，顯示翠鳳善於心機的攏絡手法之外，也透露此女物欲絕非只在蠅頭小利。面對兼具官職與商貨事業的羅氏，黃翠鳳更有她撒網捕魚的遠程規劃──反觀年僅十七的陸秀寶，雖已具備相當技巧的打扮與熟練應對的對談，交誼手腕卻是直接了當而少謀略。閱見小說十三回：

> 洪善卿、趙樸齋到了陸秀寶房間裡……秀寶轉與善卿搭訕兩句，見善卿將一大包放在桌上，便搶去扳開，抽出上面最小紙盒來看，可巧那是一只「雙喜雙壽」戒指。秀寶徑取戴上……把手上這戒指直擱到樸齋鼻子上去……一屁股坐在樸齋大腿上，盡力的搖晃……扭的身子向扭股兒糖一般，恨不得把樸齋立刻擠出銀水來才好。[89]

對眼前之物蠻纏嬌嗔的索求，擺明了陸秀寶的貪利心理，亦顯示男女關係正是靠這類物欲，作為權力對峙的拉鋸依憑。原本飾品衣物在倌人身上吸引恩客目光的招攬作用，透過這只待售的「雙喜雙壽」戒指，深化為倌人對恩客據以物色的索價，將男女間的關係由情感色欲轉向極現實的經濟考量──相對於陸秀寶對趙氏欲拒還迎，逐一釋出「開寶」價碼的貞操謊言，目光在謀略之間都也都還能緊盯戒指的利益衡量；趙樸齋對秀寶遲遲未能「破處」，及其初到上海尚未成立生意的短缺估量，亦令樸齋不願吃定陸秀寶的索物廝纏──直到秀寶漸怒、樸齋煩躁，兩人因物質拉扯的權力關係，最後演變成一場僵化的破局，卻也形成這場男女關係、性別政治的裂痕。

陸氏蠻嬌而霸道於「雙喜雙壽」戒指的執著，在其軟硬兼施但仍一無所獲的敗陣之餘，秀寶也只能轉為沉默放棄，即見「趙樸齋側著頭覷了覷，見秀寶水汪汪含著兩眶眼淚，呆臉端坐，再不說話。樸齋想要安慰她，卻沒有什麼可說的。」彷彿在關係僵化之後，男女各懷

---

[89] 韓邦慶：《海上花列傳・第十三回》，頁 123-124。

心機的休兵退場。[90]然而這只「雙喜雙壽」戒指卻如不散幽魂，於小說二十五回一場商紳們的聚宴中，似有若無的被重新提及，而提論者卻是新叫陸秀寶出局的闊綽公子施瑞生：

> 先是陸秀寶換了出局衣裳過來，坐在施瑞生背後……施瑞生向莊荔甫道：「我也要問耐：『雙喜雙壽』個戒指，陸裡去買嘎？」荔甫道：「就是龍瑞裡多煞來浪。」瑞生轉向陸秀林索取戒指，看個樣式仍即歸還。[91]

韓邦慶於此回一筆輕描淡寫的飯局場次裏，讓靜陪末座的陸秀寶換了衣裳，也默默換了個伴局出場的恩客——對比此時潦倒街頭的趙樸齋，這只秀寶在之念之的「雙喜雙壽」戒指，仍隨嶄新關係的進行重現檯面——縱然當下陸氏旁坐無語，卻實令人深感其物欲深沉，不但顯露其為這場飯局話題的幕後操縱，更已隱伏於小說十餘章回之久。

反觀趙樸齋經歷「開寶」一事吃足悶虧、花盡冤枉錢。從倡議、欺詐，到變卦、絕交……趙陸關係隨著秀寶處女謊言揭穿、樸齋金援絕盡逐一瓦解的種種階段，直到趙氏真正死心確認到「陸秀寶如此無情」的歡場現實。喜壽戒指尚被追求，而銀絲蝴蝶實已不再，在在揭示了現代化場域裡，人以財量、情隨物轉的勢利價值觀。誠如花煙間一場閒聊時，旁側老姨娘對趙樸齋的插話：

> 趙先生，也要算耐有主意哚，倒撥來耐看穿哉。耐阿曉得倽人開寶，是俚哚堂子裡口談哄，陸裡有真個嘎？差勿多要三四轉、五六轉哚，耐末撬脫仔洋錢，再去上俚哚當水，啥犯著嘎？[92]

---

90 韓邦慶：《海上花列傳‧第十三回》，頁 130。
91 韓邦慶：《海上花列傳‧第二五回》，頁 246。
92 吳語「撥來」意指「被」；「口談」意指「口頭禪」引申為「謊話」；「陸裡」即「哪裡」；「撬脫」為「白白扔了」；「俚哚」解作「他們」。吳語解釋可參考李榮、葉祥苓編：《蘇州方言詞典》（南京：江蘇教育出版社，1993）；許寶華、陶寰編：《上海方言詞典》（南京：江蘇教育出版

此語戳破了樸齋於聲色眩目裏的迷惑，亦揭露了倡女自議身價的赤裸真相，更顯示新興社會中，父權不再是唯一的專制力量。封建意識裡被強調女性靈肉的愛情理想與貞操神話，反而成為女性在操控性別政治時，等同於衣著、飾品與商貨的一種權謀籌碼——它可為議價商討的附加價值，也可作哄抬身價的謊言偽裝，卻同時也能在營利當頭隨意拋棄，或在趨利之際獻為諂媚——支配與被支配的性別權力底下，現實利益成為超乎男女階級的地位衡量。

　　繼續看到自幼於長三書寓打滾的黃翠鳳，顯然比陸氏對倡院生態更為熟知，亦更善於操縱勢利情場上的性別關係，而能精準掌握形象上的包裝及女性身體作為資本的籌碼——即就韓邦慶描繪黃翠鳳的衣著裝點、交誼手段來看，無不強調黃氏心機運用，非但高深於陸秀寶許多，且更富添隱喻色彩——如見小說第八回，黃翠鳳應羅子富馬車邀約出局，原本都已揀好衣物、梳妝妥當，「翠鳳只淡淡施了些脂粉，越覺天然風致，顧盼非凡」。但聞羅子富嘻笑於金鳳特出的造型，縱使「馬車來哉」聲聲催促，黃翠鳳仍堅持將原本選定的衣服撤換，定要羅子富目光搶回自己身上：「自揀一件織金牡丹盆景竹根青杭寧綢棉襖穿了，再添一條青荷縐面品月緞腳松江花邊夾褲，又鮮豔，又雅淨。子富呆著臉只管看」。[93]然而，此女為悅己者容的情狀，卻非專出於情妒，而更趨近為謀利。

　　如同衣著炫人目光，翠鳳對子富刻意塑造她重情寡利的形象，復以一種退為進的高明手段深化她的詭詐。小說四十五回「成利乎翻虔婆失色」中，黃家老鴇本欲以贖身一事剝削羅氏竹槓時，翠鳳倒能秉持她所塑造剛烈的表面形象，寧與老鴇黃二姐對立，也不願羅子富因幫貼而吃虧，甚至不惜推翻原定議價，將此事一延再延、一壓再壓——然這局勢卻要直到四十八回，作者才不動聲色地穿插出黃氏的藏閃心機——且看翠鳳終於贖定身價，而向子富邀功的一番說詞：

---

社，1997）。韓邦慶：《海上花列傳·第十四回》，頁135-136。
[93] 韓邦慶：《海上花列傳·第八回》，頁85、86。

衣裳頭面才是我撐個物事，我來裡該搭，我個物事隨便啥人勿
許動。我贖仔身阿好帶得去？……我末一點與勿要！覅說啥衣
裳、頭面，就是頭浪個絨繩，腳浪個鞋帶，我通身一塌括仔換
下來交代仔無姆，難末出該搭個門口。[94]

倡伎最為重要的門面衣飾，翠鳳志氣凌雲地一概捨棄——簡直與小說
開篇，每一出局皆悉打扮、不容姐妹爭艷的花魁架勢截然二別——而
此副豪情貞烈的義伎形象，確實再度讓羅子富幾乎相信，眼前這黃翠
鳳便是古卷傳奇裡的杜十娘，卻不察覺這志比天高的姿態，委婉藏閃
著翠鳳分文未帶的贖身背後，其實緊接著一連串調頭、用度等後續款
項，皆得需由羅氏所負擔，全數價碼竟超贖身金額的五、六倍之多，
直教官紳難以推卻地承受這一計悶詐。可見黃翠鳳權謀高超，善於利
用封建體制的成俗以及男性傳統觀念上的弱點，已從衣物飾品上的包
裝，深化到了人格形象上的偽飾。而此舉演化至極，還更出現在翠鳳
贖身遷出的前夕，特意將公事纏身的子富留歇過夜直至隔日晨起：

子富看過贖身文書，瞻顧徬徨，若有行意。翠鳳堅留如前……
子富朦朦朧朧，重入睡鄉，直至翠鳳梳洗俱完，才來叫醒。子
富一見翠鳳，上下打量，不勝驚駭。竟是通身淨素：湖色竹布
衫裙，蜜色頭繩，玄色鞋面，釵、環、簪、珥，一色白銀，如
穿重孝一般。翠鳳不等動問就道：「我八歲無撥仔爺娘，進該
搭個門口就勿曾帶孝，故歇出去，要補足俚三年。」子富稱嘆
不置。[95]

---

[94] 韓邦慶：《海上花列傳·第四十八回》，頁464。翠鳳此語見張愛玲京譯：
「衣裳頭面都是我撐的東西；我在這兒，我的東西隨便誰也不許動。我贖
了身可好帶了去？……我一點也不要。不要說什麼衣裳頭面，就是頭上的
絨繩，腳上的鞋帶，我通身一括子換下來交代給媽，這才出此地這門口」。
參閱張愛玲：《海上花落》，頁533。
[95] 韓邦慶：《海上花列傳·第四九回》，頁481。不置，當作「不止」。翠

黃翠鳳特意搬演這場返歸清白的孝女劇碼，繼先前退還羅氏釧臂之後，復添一層重情重義的佳人形象，令子富再一次為之戀慕。可見於飾物衣著之間，一再強化倡女為穩固生存利益所經營的美麗謊話——年過少女的黃氏不拿貞操作底牌，她不插蝴蝶而以一身竹布銀花的素縞形象亮相，所宣示、操作的是另一種貞潔孝道的傳統理想——但見韓邦慶強力著墨這身淨白素雅之後，轉為淡筆寫道：「翠鳳自去床背後，從朱漆皮箱內捧出一只拜匣，較諸子富拜匣色澤體制大同小異」；「凡事大概就緒，翠鳳安頓子富在房，踅過對過空房間，打發錢子剛回家」。[96]教人不覺驚嘆這素身補孝之下所「藏閃」的，竟是準備掉包拜匣的計謀、同時間腳踏兩船的生意。要知這黃翠鳳為求物欲，就連贖身當夕也都還能於兩個男人的床上盤旋來回，羅子富卻非要到了五十九回甫能大嘆「价末耐來浪敲我哉！」氣得手足發抖，睜睜地睡不著覺，甫才恍然翠鳳與老鴇或早為共謀、遠為深算。[97]可見倡女透過傳統文化的道德形象、價值觀念作為包裝，非但以謊言異化了傳統性別政治中既有的從屬關係，也讓女性在以利為尚的經濟競技中進一步奪得支配權。

## （二）性別政治中的女體籌碼與權力掌握

凱特・米利特（Kate Millett）強調「政治」涉有「人類某一集團用來支配另一集團那些具有權力結構的關係和組合」之意涵，亦能概括男女兩性關係間的歷史狀況——[98]兩性衝突，雖不若征戰殺伐那樣

---

鳳之語參考張愛玲語譯：「我八歲沒了爹娘，進這兒的門就沒能戴孝，這時候出去，應要補足它三年。」參閱張愛玲：《海上花落》，頁552。

[96] 韓邦慶：《海上花列傳・第四九回》，頁482。

[97] 羅子富語「价末耐來浪敲我哉」意思為「那你是敲詐我了！」參閱韓邦慶：《海上花列傳・第五九回》，頁575。

[98] （美）凱特・米利特（Kate Millett）著、鍾良明譯：《性的政治》（北京：社會科學文獻出版社，1999），頁36。

具體而顯著的血肉橫飛，但其意識形態所內蘊的鬥爭性質，卻未必減銳力道，反因其普遍存在更令添復深遠地影響——誠如侯孝賢解釋其受《海上花列傳》吸引而後翻拍為電影的理由：「讀《海上花》會喜歡、會想拍，就已經差不多跟這個作者同樣感覺，同樣的認同……我非常被這作者所描寫的中國人的生活樣默所吸引。中國人的生活其實非常政治。我對他的描述發生興趣。」[99]即流露了韓氏小說中兩性關係的政治意義。青樓男女關係表現出強烈的性別意義，正反映女性意識於男權體制下的逐漸萌芽，及呈現出現代性社會的文化發展。

於此，借重米利特「性即政治」（sexual is politicaal）觀點為《海上花列傳》觀察：

> 性角色對男女兩性各自的行為、舉止和態度作了繁複的規定……我們分析一下三個因素，我們也許會認為地位屬於政治範疇，角色屬於社會範疇，氣質屬於心理範疇。但是無庸置疑的是，它們相互依存，形成了一個鏈。[100]

即能呼應《海上花列傳》中倡伎於現實層面的多樣性，展現如陸秀寶見財轉舵之現實、王阿二威逼討債之霸勢，甚似黃翠鳳自訂贖身價碼，帶有陽剛特性的強悍氣質……[101]正是倡伎以其邊緣地位，殊別於傳統

---

[99] （美）白睿文（Michael Berry）：〈訪談朱天文與侯孝賢〉，收自朱天文《有所思，乃在大海南》，頁300。

[100] （美）凱特・米利特（Kate Millett）著、宋文偉譯：《性政治》（南京：江蘇人民出版社，2000），頁35。

[101] 陸秀寶作為小說中早先出場的倌人，一開始就以清純處子形象謊騙趙樸齋，使之為己傾倒，即在第二回便要求擺酒正名（頁22、23），第一三回索購飾品（頁123、124），卻也在二五回中，對潦倒了的趙樸齋，轉為不聞不問（頁276）。王阿二與趙樸齋關係時常在溫軟詔媚之後轉為威逼要脅，直接了當地要求兌現性交易後的絕對利益，小說三七回：「月底耐勿拿來末，我自家到耐鼎豐里來請耐去吃碗茶」擺明限定期限找流氓索討的霸氣（參看頁368）。黃翠鳳性格強烈、姿態高傲，不似王阿二動作直接，卻善於操控男權體制裏的意識形態，一再向羅子富塑造出自己重情不重財、貞潔不二主的形象，從第八回拒收羅子富釧臂開始，就掌握羅子富的拜匣，

女性順從且溫弱、貞潔而無知的傳統氣質，而能突破封建既定的家庭
角色，且向男性表明商業競爭的現代化行為意識，進而爭取兩性關係
支配的權力、參與男女性別政治的競技。以下即就「性別政治」的角
度——試以衛霞仙與同行馬桂生，別立不同策略來處理官紳姚季蒓、
其妻姚奶奶的應對手腕；沈小紅對待恩客王蓮生、姘頭小柳兒的雙向
交往，及與同業張蕙貞對立的多角關係為例——分析韓邦慶小說中倡
伎別據籌碼，面對男或女、恩客及同業、利誘與威脅……所發展出權
力劃分與關係拉鋸間的政治意義。

　　性別政治既然作為一種權力關係的競爭，女性本身也因不同立場
而產生對抗。《海上花列傳》除了隨處可見，倡伎於同業生間的合
作或競爭關係之外，韓邦慶即特別寫到姚家奶奶一角，顯示正室與倡
伎間亦存敵對或合謀的女性交際——從姚氏原先對丈夫嫖伎衛霞仙的
妒忌與不滿，到日後竟轉而教唆姚季蒓經營馬桂生的盤算——凸顯婚
姻制度內外，女性勢力的拉鋸及其迂曲心態。這場女人們對男性感情
與經濟的爭奪戰，甚至凌駕父權意識對女性的操控，變相成為一種女
性面對傳統或現代歸趨，自決性的價值判斷。

　　試見小說第二十三回中，姚奶奶「滿面怒氣，挺直胸脯跫進大門」，
殺進衛霞仙處正準備坍台，卻反遭衛氏搶白教訓：

> 衛霞仙正色向姚奶奶朗朗說道：「耐個家主公末，該應到耐府
> 浪去尋哩。耐啥辰光交代撥倪，故歇到該搭來尋耐家主公。倪
> 堂子裡倒勿曾到耐府浪來請客人，耐倒先到倪堂子裡來尋耐家
> 主公，阿要笑話？倪開仔堂子做生意，走得進來，總是客人，阿
> 管俚是啥人個家主公。耐個家主公末，阿是勿許倪做嗄？老實搭
> 耐說仔罷：二少爺來裡耐府浪，故末是耐家主公。到仔該搭來，
> 就是倪個客人哉。耐有本事，耐拿家主公看牢仔，為啥放俚到堂

---

直到他為她聚資贖身，以及五八、五九回翠鳳協同老鴇訛詐羅財（參看頁
569-580），甚至重出江湖自立門戶，才算顯露勢利面目。

子裡來白相？來裡該搭堂子裡，耐再要想拉得去，耐去問聲看，上海夷場浪阿有該號規矩？故些勍說二少爺勿曾來，就來仔，耐阿敢罵俚一聲，打俚一記？耐欺瞞耐家主公勿關倪事，要欺瞞倪個客人，耐當心點！二少爺末怕耐，倪是勿認得耐個奶奶晼！」[102]

衛霞仙辯才無礙，教氣焰高張的姚二奶奶節節敗退，「登時漲得徹耳通紅，幾乎逬出急淚來」。霞仙將姚氏辱罵為有失斟酌、不識大體之餘，甚至形容她像個搶拉他人地盤客人的野雞，且還要脅命人捉拿去狹玩──如同陸秀寶以清倌人為招牌、黃翠鳳以貞烈形象作包裝而向各自恩客索價，當倡女據其身體籌碼與官紳建立一段穩固的交易關係時，也就同時確定雙方必須服從這場靈肉買賣的貿易、倡院堂子裡的規矩。非但作為入幕之賓的商紳奉行遵從，就連封建體制內身為商紳妻小的高階女性也只能默許認同、難以撼動──衛氏仗恃倌人生意規矩上的理所當然，當場給了姚二奶奶一頓難堪，實教旁人嘆道：「做仔個奶奶，再有啥勿開心？自家走上門來討倪罵兩聲，阿要倒運。」可見封建庇蔭在時代衝擊中崩垮瓦解。相對於現代化趨向的衛霞仙，面對自身物化處境有著明確認知與掌握；「半老佳人」姚奶奶作為合法於傳統體制、家庭威權的正當妻子，面對現代化營利情場、「上海夷場的規矩」卻也不得不委屈嚥氣、低頭噤聲。

---

[102] 韓邦慶：《海上花列傳・二三回》，頁227-228。衛霞仙語譯：「你的丈夫嘛，應該到你府上去找嘛。你什麼時候交代給我們，這時候到此地來找妳丈夫？我們堂子裡倒沒有到你府上來請客人，你倒先到我們堂子裡來找妳丈夫，這可不是笑話！我們開了堂子做生意，走了進來總是客人，可管他是誰的丈夫！你的丈夫嘛，可是不許我們做啊？老實跟你說了罷，二少爺在你府上那是你的丈夫；到了此地就是我們的客人。你有本事，你拿丈夫看牢了，為什麼放他到堂子裡來玩，在此地堂子裡，你再要想拉了去，你去問聲看，上海租界上可有這種規矩？這時候不要說二少爺沒來，就來了，你可敢罵他一聲，打他一下？你欺負你丈夫，不關我們事；要欺負我們的客人，你當心點！二少爺嘛怕你，我們是不認得你這位奶奶嘛！」張愛玲：《海上花開》，頁272。

　　因此，姚二奶奶要對抗衛霞仙凌人氣勢與威脅恫赫，也只能順由伎院業界的行規，尋覓此權力場域中的鬥爭籌碼，遂而變相押注於倡伎同業間的競爭上，形成她自動慈惠、鼓勵丈夫季蒓轉做馬桂生的局面。[103]然見馬桂生處理其與正妻的往來關係，也就採與衛氏截然不同的交際手腕，看到小說五七回「甜蜜騙過醋瓶頭」，馬桂生從容不迫，獨自逕赴姚二奶奶一場鴻門餐宴：

> 姚奶奶讓了一巡茶，講了些閒話，並不提起姚季蒓。桂生肚裡想定話頭，先自訴說昨夜二少爺如何擺酒請客……細細的說與姚二奶奶聽，絕無一字含糊掩飾。姚奶奶聞得桂生為人誠實……心中已自歡喜。[104]

馬桂生放軟身段的依附態度、世故鍊達，同樣面對姚二奶奶正室立場的施壓，不但將姚季蒓醉酒外宿等事詳述報告，且體貼姚妻一套「有規矩人」嚴管丈夫的辛勞，巴結姚妻設身處地表諸同情以外，更復強調自己與季蒓所維持的份際距離，好教姚二奶奶溫馨之餘備感放心。

　　馬氏作為么二次等倡伎，無論長相體態，還是名聲才藝，於身體資本上都遠不及長三書寓的衛霞仙。其經營姚氏一場生意的方式，除對士紳減卻許多蠻悍氣焰，亦不帶任何私情愛欲的成分，而純以生意經營的態度面對性別關係，甚至指導姚季蒓一套「价末耐就說是么二堂子無啥趣勢，二奶奶再問耐阿要做下去，耐說故歇無撥對意個倌人，做做罷

---

[103] 韓邦慶交代此事於《海上花列傳》，五六回：「這姚季蒓為家中二奶奶管束嚴緊，每夜十點鐘歸家，稍有稽遲，立加譴責。若使官場公務叢脞，連夜不能脫身，必然差人稟明二奶奶，二奶奶暗中打聽，真實不虛，始得相安無事。在昔做衛霞仙時，也算得是兩情浹洽，但從未嘗整夜歡娛。自從當場出醜之後，二奶奶幾次嘮閒，定不許再做衛霞仙，季蒓無可如何，忍心斷絕。但季蒓要巴結生意，免不得與幾個體面的往來於把勢場中，二奶奶卻也深知其故。可巧家中用的一個馬姓娘姨，與馬桂生同族，常在二奶奶面前說桂生許多好處。因此二奶奶倒慫恿季蒓做了桂生。便是每夜歸家時刻，也略微寬假些。」（頁548）。

[104] 韓邦慶：《海上花列傳·第五七回》，頁551。

哉」，安撫妻室且自護生意的說詞。[105]在桂生以柔克剛、以退為進的靈活手腕博取情敵信賴的同時，她目的更著重於維持住自家營利的穩固關係。可見女性無論於性別政治中的權謀鬥爭，還是利害關係間的勾結暗通，多半仍在捍衛、經營自己物質生存資源與利益上的位置。

　　於此，反觀於女性間劍拔弩張的勾心鬥角，或者逢迎趨勢的巴結合謀，姚季蒓身為富商又兼具官職地位，本應作為權力核心的男性角色，反倒在女性鬥爭裡相形成為性別關係中的受支控者、被壓迫者。關於姚季蒓面對女性關係間的無力徬徨，且看姚二奶奶與馬桂生的閒談中，對他總持以好色、懦弱且無能的批評：

> 姚奶奶嘆口氣道：「說到仔俚末真真要氣煞人！俚勿怪自家無淘成，倒好像我多說多話。一到仔外頭，也勿管是啥塲花，碰著個啥人，俚就說我多花勿好，說我末兇，要管俚……我說末定歸勿聽，幫煞個堂子裡，撥個衛霞仙煞坯當面罵我一頓，還有俚鏈頭東西再要搭煞坯去點仔副香燭，說我得罪仔俚哉！我阿有面孔去說俚？」姚奶奶說到這裡，漸漸氣急臉漲，連一條條青筋都爆起來。[106]

> 桂生復慢慢說道：「倪勿然也勿好說，二少爺個人倒劃一無淘成得野哚，原要耐二奶奶管管俚末好哩。依仔二少爺，上海夷塲浪倌人，巴勿得才去做做，二奶奶管來浪，終究好仔點。」[107]

---

[105] 韓邦慶：《海上花列傳・第五七回》，頁 554。

[106] 姚二奶奶語譯為：「提起了他嘌真正要氣死人！他不怪自己荒唐，倒好像我多嘴，一到了外頭，也不管是什麼地方，碰見的什麼人，他就說我這樣那樣不好，說我嘌兇，要管他……我說嘌，一定不聽，死命幫堂子裡，給這衛霞仙煞坯當面罵了一頓，還有他這鏈頭東西還要替煞坯去點了副香燭，說我得罪了她！我可有臉去說他？」「他這鏈頭東西還要替煞坯去點了副香燭」，是指衛、姚衝突之後，衛霞仙要姚季蒓辦副香燭，當作掃霉運、去晦氣之用，更復惹惱了姚二奶奶。原出於韓邦慶：《海上花列傳・第五七回》，頁 552-553。語譯參考張愛玲：《海上花落》，頁 626。

[107] 韓邦慶：《海上花列傳・第五七回》，頁 553。馬桂生語譯為：「我不然

至於姚季蒓悉心所念，卻仍忍心斷絕的衛霞仙，尚不顧忌其他官紳在場，更對姚氏懼內怕事的軟弱性格，拐彎抹角地笑罵譏諷：

> （霞仙語）「人人怕家主婆，總勿像耐怕得實概樣式，真真也少有出見個！」說得眾人哄堂大笑。姚季蒓涎著臉，無可掩飾。[108]

> （霞仙）冷笑道：「我說耐也忒費心哉，耐來裡屋裡末，要奶奶快活，說倪個邱話。到仔該搭來，倒說是奶奶勿好，該應撥倪說兩聲。像耐實概費心末，阿覺著苦惱嗄？」這幾句正打在季蒓心坎上，無可回答，嘿然而罷。[109]

可見隨著現代化經濟物欲的價值觀念抬頭，傳統女性沉默賢淑的形象，亦與封建時代的逝去逐漸鬆動瓦解，女性於性別政治中的自決立場與支配權力的欲望也就越益明顯，甚至進一步地對父權造成侵蝕與威脅。

比較起衛霞仙為逞口舌之快，而與恩客髮妻的翻盤對峙，沈小紅於其性別政治上的處理，更顯得獨霸而激烈——沈氏對待恩客的態度，不僅止於衛氏的訕笑譏刺，更連帶語言暴力與肢體衝突的直接施壓——小紅無顧男性自尊而於性別政治的關係掌控，卻繫於她唯一僅有且無家累羈絆的相好王蓮生身上。

前文曾述沈小紅為奪王蓮生獨門生意，不惜扯破同行關係，在眾目睽睽下演出一場拳翻張蕙貞的全武行。當時的沈小紅完全不顧恩客顏面與自己形象「隨身舊衣裳，頭也沒有梳」、「直瞪著兩隻眼睛，滿頭都是油汗」，[110]一副凶神惡煞宛若修羅姿態好不嚇人，卻也呈顯此妒忌之情早已遠超出營利行為的謀略範圍，而見歡場女性於性別政

---

也不好說。二少爺這人倒真是荒唐得很喏，本來要你二奶奶管管他才好哎。依了二少爺，上海租界上倌人，巴不得都去做做。二奶奶管著，終究好點」。
參考張愛玲：《海上花落》，頁 627。

[108] 韓邦慶：《海上花列傳・第二一回》，頁 208。
[109] 韓邦慶：《海上花列傳・第二七回》，頁 264。
[110] 韓邦慶：《海上花列傳・第八回》，頁 88。

治中直截了當、激烈蠻橫的自決表現——反觀於衛霞仙與馬桂生，她們在性別政治中的掌控方式，或以唇槍舌戰，或以順水推舟，手法軟硬之間多還圍繞著商業交易作為主要考量——沈小紅面對恩客、妍頭、以及同業倡女的競爭，卻不顧門面上的包裝、營運間的行情，直接表以潑辣、直率的攻防姿態。誠如陳永健分析：

> 沈小紅生意不好，甚至什麼時候都可以蓬頭垢面的出現，不用隨時裝扮出局見客人，唯一的客人是王蓮生，養戲伶小柳兒也不用粉飾門面，形容任其自然。[111]

此於鬥爭與防衛上自然無飾的自主行為，清楚顯示此女於性別關係上，直接而慓悍的個性，可說是幾近純為自我肯定的直接表現。

　　《海上花列傳》穿插藏閃的眾多角色及其關係中，王、沈之間情欲利害的糾葛，可說一條戲份極重的情節關係——沈小紅於非婚關係中，獨霸王蓮生對她的百依百順，極力維持她一條壟斷式的男女生意。但要說沈氏貪慕富貴，然也不見她對王蓮生錢財上強索逼求，或者招攬王氏以外的恩客；反要說她惜情專意，卻又不見她期望蓮生贖身迎娶，甚至自懷色欲貳心，暗地私通戲子。[112]可見倡伎在靈肉販賣間，對生存利益與情感歸屬上的曖昧猶疑——一旦觀察小紅舉眾毆人、自壞名譽的直率行為，可知沈氏不比陸秀寶與黃翠鳳專利寡情、順從男權體制卻又表裏不一的心計權謀；甚至，可說沈氏枉費其處於倡館環境中打滾多年，就現實生存的利益而言，她嚴重缺乏危機意識與生意頭腦。故在沈小紅矛盾心理的擺盪中，此角被作者強力凸顯的不是物欲利益，而是她對女性自我的唯一掌握——相對於王蓮生對她應聲唯諾的弱勢、小柳兒對她圖利討好的順從，甚至張蕙貞受她欺凌後的忍

---

[111] 陳永健：《初挈海上花》，頁66。

[112] 參閱《海上花列傳》第二十四回，王蓮生提及欲娶小紅一事，卻每每遭到　　　敷衍。「起初說要還清仔債未嫁哉，故歇還仔債，再說是爺娘勿許去。看　　　俚光景。總歸勿肯嫁人。」（頁234-235）。

辱退讓──此女在倡院環境與性別關係裏，無論付諸身體情感、金錢
物資、甚至拳腳暴力……種種手段與代價，皆要捍衛自己具強勢支配
性的權力位置。故見小說中眾人暗地議論小紅：

> （善卿）嘻嘻的笑道：「……撥來沈小紅曉得仔，吃俚兩記耳光
> 哉呢！」蓮生笑而不言。蕙貞道：「洪老爺，耐啥見仔沈小紅也
> 怕得個嗄？」善卿道：「啥勿怕！耐問聲王老爺看，凶得來。」[113]

相較於陸秀寶之麻纏、黃翠鳳之跋悍，且都還在男女生意上的考量處，
維持一定表面上的進退分寸。沈小紅之潑辣凶煞，則全以任性自我為
直率反應，早已超越恩客伎女之間的份際，她更直接以其自然個性，
對蓮生持以精神施壓，使男性備感難堪與弱勢。如見小說第四回王蓮
生自張蕙貞幽會後，跫回小紅處：

> 沈小紅也出房相迎，似笑非笑的說道：「王老爺，耐倒好意
> 思……我要問耐，耐三日來哚陸裡？」王蓮生道：「我來裡城
> 裡。為仔個朋友做生日，去吃仔三日天酒。」小紅冷笑道：「耐
> 只好去騙騙小幹仵！」阿珠絞上手巾，偕了。小紅又問道：「耐
> 來哚城裡末，夜頭阿轉來嗄？」蓮生道：「夜頭末就住來哚朋
> 友搭哉唲。」小紅道：「耐個朋友倒開仔堂子哉！……我倒猜
> 著耐個意思來裡，耐也勿是要瞞我，耐是有心來哚要跳槽哉，
> 阿是？我倒要看耐跳跳看！」[114]

---

[113] 韓邦慶：《海上花列傳・第四回》，頁40。
[114] 韓邦慶：《海上花列傳・第四回》，頁41-43。這段沈、王對話，可見張愛
玲語譯如下，沈小紅：「王老爺你倒好意思……我要問你，你三天在哪兒？」
王蓮生：「我在城裡，為了個朋友做生日，去吃了三天酒。」沈小紅冷笑：
「你只好去騙騙小孩子！」、「你在城裡嚜，夜裡可回來？」蓮生：「夜
裡嚜就住在朋友那裡囉。」小紅道：「你這朋友倒開了堂子……我倒猜著
了你的意思：你也不是要瞞我，你是存心要跳槽了，是不是？我倒要看你
跳跳看！」參閱張愛玲：《海上花開》，頁65-67。

沈小紅對她唯一的財源王蓮生，既是冷潮熱諷，又是唇舌嗆白，直接反映女性不畏男權的刁蠻氣勢，呈現情感依存關係中作為支配者的現代女性傾向。

　　此性別權力的競爭，交雜了愛欲關係的意義，甚至延燒到同業之間。如見張蕙貞吃她一頓飽拳後，倒也畏懼於這情敵制衡的魄力，小說二十四回中還見張氏反倒指導王生一套撫順之法：

> 小紅個人，凶末凶然，搭耐是總算無啥。俚故些客人末也賽過無撥，就不過耐一個人去搭俚繃繃場面，俚勿搭耐要好，再搭啥人要好？……我倒勸耐，耐搭俚相好仔三四年，也該應摸著點俚脾氣個哉，稍微有點勿快活，耐嘸得過就嘸嘸罷。[115]

三十三回中，甚至為王蓮生替沈小紅張羅飾物，而向洪善卿說項代辦起來：

> 蕙貞悄悄地說道：「洪老爺為難耐，耐去買翡翠頭面，就依俚一副買全仔。王老爺怕個沈小紅，真真怕得無淘成個哉！耐勿曾看見，王老爺臂膊浪，大膀浪，撥沈小紅指甲掐得來才是個血；倘然翡翠頭面勿買得去，勿曉得沈小紅再有啥刑罰要辦俚哉！」[116]

---

[115] 韓邦慶：《海上花列傳・第二四回》，頁234。張蕙貞語譯為「小紅這人，凶嘐凶死了，跟你總算是不錯。她這時候客人嘐也就像是沒有，就不過你一個人去替她撐撐場面，她不跟你好，還去跟誰好？……我倒勸你：你跟她相好三四年，也應該摸著點她脾氣了。稍微有點不快活，你嘸得過去就嘸罷。」參閱張愛玲：《海上花開》，頁278。

[116] 韓邦慶：《海上花列傳・第三三回》，頁320。張蕙貞語：「洪老爺難為你，你去買翡翠面頭，就依他一副全買了。王老爺怕這沈小紅真正怕的沒譜子的了！你沒看見，王老爺臂膊上，大腿上，給沈小紅指甲捏的都是血！倘若翡翠面頭不買去，不曉得沈小紅還有什麼刑罰要辦他！」張愛玲：《海上花落》，頁381。

姑且不論張蕙貞乖順賢淑的背後手腕是否暗損沈小紅名聲、譏嘲王蓮生懦弱無能，但她確實畏懼沈小紅張牙舞爪般的制裁手段，而處處小心避招小紅忌恨、不敢與之正面為敵──相較於張蕙貞對情敵的規避，沈小紅則是緊咬王蓮生不放，見小說二四回「沈小紅當窗閑坐，手中執著一對翡翠雙蓮蓬在那裡玩弄」，即用這對自行購買的翡翠飾品，向王蓮生與張蕙貞示威，「蓮生料想說不過，不敢多言，仍嘿然躺下，一面取籤子燒煙，一面偷眼去看小紅。見小紅垂頭哆口，斜倚窗欄，手中還執那一對翡翠雙蓮蓬，將指甲掐著細細分數蓮子顆粒。蓮生大有不忍之心，只是無從解勸」，倡女以飾物宣揚勢力的隱喻，可見一斑──[117]而從蕙貞語中，亦可發現沈小紅於兩性關係中的支配模式，除卻黃翠鳳等善謀言謊的說詞手腕，而直接以其本色的唇舌相激、甚至肢體暴力對男方施壓，則幾乎要衝破傳統男女關係的權力階層。

但如江江明所說，清末當時，「舊有的體制正迅速瓦解，新的秩序仍未建立……（狹邪小說中的女性）她們以肉體何情感作為交易的手段，並以此換取個人經濟與生活上的不虞匱乏。她們的處境是可憐的，同時必須承擔父權社會的道德苛責與歧視」。[118]在此自決萌芽卻又方興未待的過渡階段，強悍如小紅，站在女性現代化的端點，面對傳統道德觀念以及現代生存現實的壓力，其權力自決的掌控仍舊有限。尤其當她放縱肉慾，也學同男人嫖倡般私妍戲子時，簡直已觸犯了於世不容的禁忌，正式衝毀了王、沈關係的臨界線──[119]故見小說

---

[117] 韓邦慶：《海上花列傳・第二四回》，頁 236-237。

[118] 江江明：《從性別政治論海上花列傳中的娼妓生存》（嘉義：南華大學文學系碩論，2002），頁 51。

[119] 張愛玲曾做註解：「因為妍戲子要倒貼，公認為淫賤，而且由於伶人與相公堂子的關係，更與人不潔之感。所以前文寫嫖客都杯葛沈小紅，王蓮生還不懂她為什麼生意毫無」。對女性，尤其是倡伎的道德批判，仍都屬於男權壓制下的常俗成見，極缺乏平等對待的觀念。參閱張愛玲：《海上花落》，頁 403。

「王蓮生醉酒怒沖天」一回，王氏撞見私情，「這一氣非同小可，撥轉身搶進房間……蓮生本自怯懦，此刻卻猛如虓虎」，不但七橫八豎的將小紅一處家倸亂砸，且負氣轉往蕙貞處並決定納張氏為妾——[120]從此教小紅原本高霸的權力優勢直降谷底。就算日後兩人還有些許來往，卻也徒剩小紅氣勢見短、男女行漸疏離，終在王蓮生感慨：「起先我看沈小紅好像蠻對景，故歇勿曉得為啥，俚凶末勿凶哉，我倒也看勿起俚」的訕然語氣裏，終結了兩人糾纏多年的愛恨關係。[121]而於此女性自決權力消長的驀然之間，反而充滿了無限感懷與哀嘆，又或可呼應到作者於現代化進程中，浮沉徬徨的心理狀態。

## 二、現代化進程間的男權鬆動與女性壓抑

上節析論女性據身體籌碼自決的現代意義，但如沈小紅於性別政治中，據以強勢作風奪取支配權力，經營其自由戀愛傾向的男女關係，卻終究瓦解於王蓮生放棄兩人多年情誼的結局——可見清末過渡於傳統與現代交界，女性自決在男權尚主的經濟交易裏，依然受制於傳統封建體制絕對性的壓抑與限制——於此，接續觀察《海上花列傳》中倡伎與官紳，面對傳統壓抑與現代燭照的困境，分別產生男權鬆動與女性自主的衝突、徘徊等辯證問題，反映時人夾處於舊有價值與新式觀念間的矛盾處境與徬徨心態。

首先在倡人方面，《海上花列傳》除描繪許多性格強悍且具現代傾向的自主女性形象之外，韓邦慶亦寫到李漱芳、趙二寶等等尚存傳統溫婉氣質與家庭理想，但遭環境壓抑至極的女性——暗知現實勢利

---

[120] 韓邦慶：《海上花列傳・第三三回》，頁 326。
[121] 韓邦慶：《海上花列傳・第三四回》，頁 334。王蓮生語譯為：「起先我看沈小紅好像蠻對勁，這時候不曉得為什麼，她凶嘌不凶了，我倒也看不起她。」張愛玲：《海上花落》，頁 396。

但仍舊堅持傳統尊嚴的李氏，與強調營利目的卻依然盲目愛情遊戲裡的趙氏，於性別政治與靈肉買賣上，分別發展出「病逝」與「夢醒」的悲劇性結局，正好對照出兩種女性自主受抑的態度與處境──不似陸秀寶與黃翠鳳善於利用傳統價值觀在身體籌碼上的偽飾，來成為女性現代化自主的顯著傾向；李、趙二例所呈現的反而卻是女性於現實營利環境中，悉念傳統理想但難持其自處的困境，反映時人面對傳統與現代間，進退兩難的失落徬徨與難以適應。

接著反觀於男性角色，《海上花列傳》首回登場的趙樸齋以鄉巴佬入城見識的形象，反映時人普遍棄文從商的趨勢，一面顯示傳統男性於現代化進程的轉型走向，一面亦隱現了男權體制的鬆動瓦解。至於小說中其它於洋場左右逢源的官紳，則多呈現男性自我中心的父權意識形態座落於現代化商業情場上的價值不變，例如樸齋娘舅洪善卿，其對窮酸血親的鄙視與對歡場相好的友好，正以一上海扎根的城市居民「笑貧不笑倡」的刻薄典型，凸顯一種時人於時代夾層間的矛盾感與諷刺性。如此對照趙、洪此兩男性立場作為士人身分與傳統價值觀的轉變代表，亦於兩性關係上為《海上花列傳》女性現代性自決與徬徨，呈現極佳的補充說明。

## （一）病逝與夢醒：徬徨於傳統與現代間的心境隱喻

江江明對《海上花列傳》的倡伎分析中，提及青樓女子於父權制度下既承受影響，卻又脫乎控管的衝同矛盾：

> 父權社會型態的外在處境直接影響了女性的現實生存，同時也造就了女性內在心理的自我矛盾與困境。一旦女性接受了這樣意識形態眼光的投射，並認同這類男性權威的價值，女性就不免於陷落於次等第二性別的心理困境……不符合男性期望如娼妓這類出罹男性期望的女性，則很難在命運上擺

脫其因無法符合父權期待所展生自我分裂的矛盾與道德罪
惡感。[122]

這種無法歸順的壓抑困境，顯示了女性有別於傳統卻又未臻於現代的
一種的矛盾情境與過渡狀態，李漱芳作為女性自我認同矛盾處境的代
表一例，韓邦慶即以極為陰鬱的心理描述與林黛玉式的病逝情節，[123]呈
現深刻而震撼的時代壓力。

　　李漱芳與其他時髦倌人最大的不同，在於她擁有幾近傳統人家的氣
質及倡院關係，呈現李氏一種「出淤泥而不染」，真實佳人的志節情操
──漱芳於東興里內有親娘、兄弟與義妹的溫情關係，加上儼如丈夫、
誓娶為正妻的恩客陶玉甫，把酒色營利的現實氣氛沖淡至低。《海上花
列傳》處理陶、李這對生死眷戀，既非初出茅廬的嫖客，又非清白之身
的伎女，然兩人卻鮮親暱肉慾的場面，而多精神性戀愛與心靈式交流的
陪伴。超乎現實的昇華情感，宛若《品花寶鑑》裏梅、杜苦戀一般，幾
乎就要等同於過去人情小說裡正派純情的典型──但如姚文君為李氏
病入膏肓的苦楚嘆惋，請求高亞白為其出診治療時，則喚回讀者客觀審
視這段何等理想的愛情，其實座落於相對極端的現實環境：

---

[122] 江江明：《從性別政治論海上花列傳中的娼妓生存》（嘉義：南華大學碩
士論文，2002），頁133。

[123] 參閱小說第二十回，「漱芳病中自要靜養……眼睜睜地睡在床上，並沒有
一人相陪。捱了多時，思欲小遺，自己披衣下床……剛向淨桶坐下，忽聽
得後房門呀的聲響，開了一縫，漱芳忙問：『啥人？』……只見烏黑的一
團從門縫裏滾進來，直滾向大床下去。漱芳急的不及結帶，一步一跌，撲
至房中……正欲點火去看是什麼，原來一隻烏雲蓋雪的大黑貓從床下鑽出
來，望漱芳嘷然一聲，直挺挺的立著。漱芳發狠，把腳一踩，那貓竄至房
門前，還回過頭來，瞪出兩隻通明眼睛眈眈相視……漱芳見帳子裏一個黑
影子閃動，好像是個人頭，登時嚇得滿身寒凜，手足發抖，連喊都喊不出。」
（頁192-193）此處以黑貓的竄動與驚嚇，營造了淒涼的、鬼魅般的氣氛，
效果驚人。更與四三回漱芳死後，玉甫於房內懷想時，「卻有一隻烏雲蓋
雪的貓，蹲著水缸蓋上，側轉頭咬嚼有聲」的死神意象呼應（頁420）。可
見韓邦慶以極其現代的文學筆調，強調死亡特質的隱喻張力，反映李漱芳
心理與環境的壓力。

> 上海把勢裡，客人騙倌人，倌人騙客人，大家勦面孔；剛剛有
> 兩個要好仔點，偏偏勿爭氣，生病哉！耐去看好俚，讓俚哚勦
> 面孔個客人倌人看看榜樣。[124]

韓邦慶未如陳森般，一頭鑽進傳統理想而虛構一座烏托邦式的愛情神話，反而是讓這對難能可貴的鴛鴦，面對隔閡不入的現實環境、求助無援的生存壓力，於承受商業營利的勢力考量之際，更需負擔傳統父權意識的直接迫抑。於此，陶、李形影相隨的戀愛關係，非但未受世人謳歌，反倒成為眾人閒談的訕笑對象：

> 人家相好要好點也多煞哾，就勿曾見歇俚哚個要好，說勿出描
> 勿出哾……我有日子到裡搭去，有心要看看俚哚，陸裡曉得俚
> 哚兩家對面坐好仔，呆望來哾，也勿說啥一句閒話。問俚哚阿
> 是來裡發痴？俚哚自家也說勿出哾。

> 耐看玉甫近日來神氣常有點呆致致……有辰光我教玉甫去看
> 戲，漱芳說：「戲館裡鑼鼓鬧得勢，勿去哉。」我教玉甫去坐
> 馬車，漱芳說：「馬車跑來顛得勢，勿去哉。」最好笑有一轉
> 拍小照去，說是眼睛光也撥俚哚拍仔去哉，難末日朝天亮快勿
> 曾起來，就搭俚餂眼睛，說餂仔半個月，坎坎好。[125]

---

[124] 韓邦慶：《海上花列傳・三六回》，頁 351-352。

[125] 韓邦慶：《海上花列傳・第七回》，頁 74-75。陶雲甫語譯為：「人家相好
要好點，也多得很嘍，就沒見過他們的要好，說不出畫不出的……我有天
到她那兒去，存心要看看他們；哪曉得他們倆對面坐著看著發呆，什麼話
也一句都不說。問他們是不是在發癡，他們自己也說不上來嘍。」第二段
引文：「你看玉甫近日來神氣常有也些呆呆的……有時我教玉甫去看戲，
漱芳說：『戲場裡鑼鼓吵得厲害，不要去了。』我教玉甫去坐馬車，漱芳
說：『馬車跑起來顛得厲害，不要去了。』最好笑有一回拍照片去，說是
眼睛光也給他們拍了去了；這就天天快天亮的時候，還沒起來，就替他舐
眼睛，說舐了半個月剛好。」參考張愛玲：《海上花開》，頁 101。

此番笑語出自玉甫兄長，陶雲甫之口，被作者題作「美姻緣填成薄命坑」，除在一開始便預告了李漱芳難以善終的命運，同時亦代表父權意識對女性充滿歧視與敵意的直接壓迫。尤其，當雲甫以兄長之姿霸佔行使婚配制度的政治強勢，對李漱芳進行銳利而不公平的階級批判，甚因反對迎娶李氏入門，屢屢強調一套「冤孽」的論調，即造成漱芳鬱結「癆瘵」的主要原因：

> 湯嘯庵道：「想來也是俚哚緣分。」雲甫道：「啥緣分嘎，我說是冤孽。」[126]

> 齊韻叟點頭道：「玉甫、漱芳才難得，漱芳個娘倒也難得」。雲甫道：「越是要好末，越是受累！玉甫前世裡總欠仔俚哚幾花債，今世來浪還。」[127]

> 雲甫未言先嘆道：「還是李漱芳來浪辰光說過歇句閒話，說俚死仔末，教玉甫討俚妹子。故歇李秀姐拿個浣芳交代……陸裡曉得個玉甫倒勿要俚，說：『我作孽末就作仔一轉，難定歸勿作孽個哉！倘然浣芳要我帶轉去，算仔我乾囡件，我搭俚撥仔人家嫁出去。』」[128]

相較於玉甫對漱芳不計身分的重情，縱然美事難成，也不願接收漱芳吩咐的替身；陶雲甫逢人便稱冤孽（甚藉玉甫之口）的批判，就連漱芳病危將逝，也要干預玉甫辦理後事而道：「男子從無殉節之理，就算漱芳是正室，止可以禮節哀，況名分未正者乎？」[129]始終帶著宗法

---

[126] 韓邦慶：《海上花列傳·第七回》，頁75。
[127] 韓邦慶：《海上花列傳·四二回》，頁407。
[128] 韓邦慶：《海上花列傳·五四回》，頁525。雲甫語譯：「還是李漱芳在的時候，說過這麼句話，說她死了嘚教玉甫娶她妹子。這時候李秀姐拿這浣芳交代……哪曉得個玉甫倒不要；他說：『我作孽嘚就作了一回，這以後再也不作孽的了，倘若浣芳要我帶回去，算了我乾女兒，我替她給人家嫁出去。』」參閱張愛玲：《海上花落》，頁595-597。
[129] 韓邦慶：《海上花列傳·四二回》，頁410。

結構下的管教權勢，對陶玉甫戀愛、婚配，甚至思念感懷的自由，持續進行著剝削。

　　相較於李漱芳作為一被壓抑者，她卻絕非沒有自主的立場，而是以「病逝」作為女性抗議而無奈的劣勢窘境。漱芳既不是年紀稚嫩、故作純潔的清倌人，也非不明歡場現實、人情險惡的愚昧者，李氏甚至熟知倌人經營生意、恩客遊戲往來間的種種詭虞手段。但隨陶玉甫以浪漫色彩的愛情理想籠罩於她，欲娶其為正室而拒絕納為偏房的高蹈情操與天真理想，實教傳統意識形態令她逐漸失守於現代化物欲上的生意（甚至是生命）欲望，甚如王德威分析她的心理是由一個「麻雀變鳳凰的宿命欲望」中展現「志比天高的伎女自尊」。[130]在此不斷升溫成形的傳統價值回歸上，相較於陶家傳統意識的強烈反對與無情打壓，則形成李漱芳於傳統價值認同上的一種諷刺。身心漸衰的病勢，即成為李漱芳進退兩難的悲劇隱喻──小說發展至漱芳重病之際，李氏多次謝絕陶玉甫勸她搬離倡院調養的意見，同時拒絕妥協於一種婚配制度外的私情關係，拼命堅持住她於婚配制度上的渺茫牽繫──故見李漱芳的自主性，便繫於她由婚配「正室」到愛情「貞烈」的堅持。臥病的漱芳已不同意自己當初考量現實而願為小妾即可的倡伎身分，她昇華男女愛情於傳統價值中極盡貞烈而且固執的美德尊嚴，卻也呼應當時禮壞樂崩的衰世景況，注定成為一種宗教意義裏殉道者姿態的失落絕望。

　　王德威《小說中國》中曾解釋陶、李之戀實則「折射了倡家道德觀念的幽微處」，[131]何滿子則稱這種難得的純情，於《海上花列傳》的近真基調上，顯為「常態中的變態」、「顯示地獄的邊沿也有幾朵慘白的小花」。[132]但無論評論者釋以歡愛中的道德，還是常態中的變

---

[130] 參考王德威：《小說中國：晚清到當代的中文小說》（台北：麥田出版社，1993），頁 116-120。

[131] 王德威：《小說中國》，頁 119。

[132] 何滿子：〈紅樓夢以後的愛情小說‧狹邪小說和譴責小說的合流〉，《中

態，似乎都能指向韓邦慶於現實揭露中放諸愛情理想的弔詭意義，在當時傳統勢力未盡瓦解、現代價值未臻完熟之際，反映時人徬徨無依的心境——即作者刻意將傳統文人的自由情感，在商業營利的聲色場域中實踐，卻偏又受抑於父權政治的脅迫——使得陶、李之戀於傳統壓抑、現實環境之間痛苦掙扎，在傳統與現代兩相皆難著力的歷史夾層中，以一名青樓情人的抑鬱病逝，作為時人價值失落及生命困頓之隱喻與諷刺。

　　對照於李漱芳「病逝」為其與現實利欲的決裂，反觀趙二寶接續其兄樸齋墮落上海之後，跟著轉進燈紅酒綠的花花世界——竟因虛榮與美貌，自願由良家婦女變作青樓倌人，並呈現出一種未經世故且無悔意、天真遊戲的態度——即相反於李氏對傳統理想的執意回歸，趙氏實為順隨商業環境而逐流、崇尚浮華物欲所追求的現實性格，卻也以其反面立場，同樣顯現當時環境價值失落中，時人於上海城市無根浮游的徬徨無措。因此，觀察一心崇尚時髦熱鬧的虛榮二寶，但仍存有她傳統溫婉的一面。誠如王德威分析二寶適應上海社會是如此輕率而快速，卻也同時「比她的同行姐妹們更容易受到才子佳人幻想的迷惑」，因而無法洞悉現實環境與傳統社會的異變，即隱伏為趙氏日後痛苦失落的潛因。

　　當趙母洪氏與二寶，遠赴上海尋找樸齋，決心開設書寓並親自下海之際——氣宇軒昂的闊少史天然隨即看上這初到上海的新倌人，不僅將趙二寶獨包了整個夏天，且留居別墅長相左右——情節發展至此，依照二寶天真爛漫、攀慕富貴的自然性格，讀者已不難想像，趙二寶自如打蛇隨棍上般真以為鴻運臨門，開始幻構她嫁入豪門的愛情美夢。非但從此截斷眾源，獨作史氏生意，且同意下嫁為妾，在史天然返鄉去後，即閉門歇業，賒帳籌備婚事⋯⋯趙氏輕易地放棄良家身

---

國愛情小說中的兩性關係》（上海：上海書店出版社，1999），頁 186、187。

份轉營倡業,又輕易地聽信恩客巧言停止了伎女生涯,開始學作富家人婦。此其間轉折無非存在著利欲與情感交織的雙向誘惑,從而形成趙氏面對禮法階層良家與尚物愛欲倡業間的來回擺盪。

相較於李漱芳認同陶玉甫迎娶的堅決,而遭陶家親族排擠與羞辱的巨大壓力,趙二寶面對傳統家庭的出走與回歸,卻多處於一種順水推舟的接受立場而少於主見——因此,對照於漱芳秉持「內室」身分的搏命病逝,實為當時傳統理想無依、現代價值徬徨所行成的諷刺隱喻;趙二寶以她隨勢而轉的自然命運,則更直接反映了時人淹沒於當時充滿虛妄謊言的商業社會裏的欲望與憂懼——看到小說六十四回,趙二寶經歷感情與生計雙重失利之後只得重操舊業,卻又不幸遇見惡客賴三公子惡語坍台。令其際遇急轉直下至極為慘淡的難堪下場,卻也才教這虛榮天真的少女,終於認清皮肉生涯繁華的背後,盡是笑罵由人的悲慘命運:

> 二寶趔到跟前,賴公子順勢拉了過去,打量一番,呵呵笑道:「俚就是史三個大老母?好,好,好!」二寶雖不解所謂,也知道是奚落他,不去瞅睬……偏偏趙公子屬意二寶,不轉睛的只顧看,看得二寶不耐煩,低著頭弄手帕子。賴公子暗地伸手揞住手帕子一角,猛力搶去,只聽嗤喇一響,把二寶左手養的兩隻二寸多長的指甲齊根併斷。二寶又驚又痛,又怒又惜,本待發作兩句,卻為生意起見,沒奈何忍住了。

> 賴公子觸動前情,放下杯子,扭住二寶衣領,喝令過來。二寶抵死望後掙脫。賴公子重重怒起,飛起一隻豔底皂靴,兜心一腳,早把二寶踢倒在地。阿虎、阿巧奔救不及。二寶一時爬不起,大哭大罵。賴公子愈怒,發狠上前,索性亂踢一陣,……二寶想起無限委屈,那裏還顧性命,奮身一跳,直有二尺多高,哭著罵著,定要撞死。賴公子如何容得如此撒潑?火性一熾,按捺不下,猛可裡喝聲「來」!那時手下四個轎班、四個當差

的，都擠到房門口垂手觀望，一喝百應，屹立候示。賴公子袖
子一揮，喝聲「打」！就這喝裡，四個轎班、四個當差的撩起
衣襟，揎拳捋臂一齊上，把房間裡一應傢伙什物，除保險燈之
外，不論粗細軟硬，大小貴賤，一頓亂打，打個粉碎。[133]

二寶書寓歷經為利開創、為情歇業，迫於生存又得重出經營的尷尬局
面，還得遭受坍砸橫禍，可以想見她心中累積的委屈——趙二寶隨波逐
流的自適態度，終究被賴公子既是尖酸貪色、又是蠻橫惡霸的粗暴行為
摧毀殆盡，而此飽知現實冷暖的艱酸苦楚，卻是備顯淒清——忍氣挨打
後的趙氏看著「房間裡煙塵歷亂，無地存身」，但悉念老母臥病，仍需
餵藥並隱瞞慘事。她只得一人吞忍苦悶，終於在無人廊間情緒爆發，「上
天無地，入地無門，暗暗哭泣了半日，覺得胸口隱痛，兩腿坐酸，踅向
煙榻，倒身僵臥」。[134]從趙二寶當初自甘經營倡業，對史天然納妾戲語
的深信，到她無奈重拾倡業，卻被惡徒坍台羞辱後仍掛念病母的孝心，
可見趙氏在沉迷城市逸樂與物欲虛華之時，仍存有對傳統理想的寄託與
美德。她雖不比李漱芳明確自主地回歸傳統價值的堅持，但亦以其不解
人事的惑愚，深刻反映出傳統體制敗壞、道德倫常不再，時人面對現代
化進程，宛如無根花海的徬徨無依與缺憾無奈。

　　韓邦慶小說之高明，更在於他對趙二寶結局的處理。韓氏不對趙
二寶原本愛慕虛榮的性格進行批判，亦不對她遭騙之後的悲酸際遇付
諸同情或評述，而僅以一種冷靜旁觀的筆調側寫她勉強收拾崩潰情
緒、倒入臥踢之後，疲憊至極、悲從中來的一場夢醒：

忽聽得弄堂裡人聲嘈嘈，敲得大門震天价響。樸齋飛奔報道：
「勿好哉，癩頭黿呀來哉！」二寶更不驚慌，挺身邁步而出。
只見七八個管家擁到樓上，見了二寶，卻打個千，陪笑稟道：

[133] 韓邦慶：《海上花列傳‧第六四回》，頁 623-626。
[134] 韓邦慶：《海上花列傳‧第六四回》，頁 627。

> 「史三公子做仔揚州知府哉，請二小姐快點去」二寶這一喜乃
> 喜到極處，連忙回房喊阿虎梳頭，只見母親洪氏頭戴鳳冠，身
> 穿蟒衣，笑嘻嘻叫聲「二寶」……
>
> 阿巧又在樓下喊聲「二小姐」，報道：「秀英小姐來道喜哉。」
> 二寶詫道：「啥人去撥個信，比仔電報再要快！」二寶正要迎
> 接，只見張秀英已在面前。二寶含笑讓座，秀英忽問道：「耐
> 著好仔衣裳，阿是去坐馬車？」二寶道：「勿是，史三公子請
> 倪去呀。」秀英道：「阿要瞎說！史三公子死仔長遠哉，耐啥
> 勿曾曉得？」二寶一想，似乎史三公子真個已死。正要盤問管
> 家，只見那七八個管家變作鬼怪，前來擺撲。嚇得二寶極聲一
> 嚷，驚醒回來，冷汗通身，心跳不止。[135]

從此夢境可見二寶對仍史天然迎娶之諾、回歸宗法家庭仍抱幻想，終
病不起的母親竟能揚眉起身，而昔日因生意鬧翻的姐妹還能冰釋前
嫌……然幻想卻終究被現實頓醒戳破，往日的天真幻滅，在冷汗驚醒
之時轉瞬成為人間噩夢。透過夢醒的心死一場，即知這「結的現代化，
戛然而止」夢醒絕望的情境，[136]實將趙二寶於傳統與現實夾縫間痛苦
徘徊的潛在意識，推向極致卻又陡然終結的高明隱喻——二寶之於史
天然的花言巧語，以及賴公子的言語與肢體的惡行暴力，一面反映
女性對傳統父權體制的依存信念已不可據，一面又是其身處現代化
商業中瞬息萬變生活裡的無助恐懼——正是一場委屈噩夢後，對歷
史夾縫中生命無所傍依的驚痛悟醒，亦成為韓邦慶繼以李漱芳病逝
對傳統失落賦予隱喻之後，加復對現代化商業社會價值失據的徬徨
意義。

---

[135] 韓邦慶：《海上花列傳・六四回》，頁 628。
[136] 張愛玲：〈國語本海上花譯後記〉，《海上花落》，頁 715。

## （二）鄉巴佬與新市民對父權體制的諷刺

　　從陸秀寶與黃翠鳳直接訛詐或者深謀算計恩客的唯利是圖、沈小紅於性別政治支配權力上的消長過程、李漱芳與趙二寶在傳統理想與現實碰撞後俱以幻滅的絕望……可見倡伎面對商業化社會，在掌握部分的感情自主權力之餘，亦牽扯許多現代化進程中難以避免的生存危機與感情問題，從而形成更為複雜的女性自我矛盾與迂曲心境——雖未完全掙脫父權結構的掌控，但這些邊緣文化上的時髦女性，卻如賀蕭所說：「經常會使我們看到令人驚詫的權力關係佈局，從而挫敗任何企圖用線性方式描述下屬群體等級系統的努力」，[137]反映了現代化進程中傳統體制漸毀的軌跡——反觀於《海上花列傳》中的男性角色，雖以出資者的嫖客身分，彷彿在性別政治與社會階級上佔足優勢，實際上卻常受到倡伎們的奚落、利用，甚至背叛與出賣。於此印證權力結構在清末社會異變裏鬆動瓦解的趨勢，男女關係已因生存利益與愛欲情感的拉鋸，逐漸超越了傳統性別的分界，從而產生現代性意義。

　　《海上花列傳》中出現許多少見於傳統小說中，複雜而多重的男性形象、立場與交誼狀態——比如羅子富、王蓮生等都兼備官員與商人的身分，同時穿梭於官場與市井之間，而以買辦事業為重；又如十五回「篆鴻來哚總辦公館裡應酬，月琴也叫仔去哉」，寫到家境闊綽的黎篆鴻，則強調其官職地位頗重，但在凸出他人情勢力了得，商紳官員們無處不是巴結之時，作者卻也側寫黎氏座上賓友不乏愛嫖野雞的李實夫等三教九流；繼如小說第五回，亦見韓邦慶穿插著墨王蓮生的隨侍來安、朱靄人的管家張壽，以及徐茂榮、長福等一干僕役在安頓好各家主人後，也在花煙間、臺基等私倡寮，閑晃亂竄的交際談

---

[137] （美）賀蕭（Gail Hershatter）著，韓敏中、盛寧譯：《危險的逸樂：二十世紀上海的娼妓與現代性》（台北：時英出版社，2005），上冊，頁102。

話⋯⋯於顯示上海狎伎活動的普遍、以錢為權的娛樂供給之間，更展現作者書寫不但跨越了身分階層，且以社會性地廣度擴大其取材的焦點——《海上花列傳》除反映當時官商合流、貴賤交雜的普遍現象外，更強調士人形象進入市井社會之後，所產生身分上的變異與階級上的瓦解，甚與市民地位形成倒置與易位的關係連結。由此思考，韓邦慶筆下越漸複雜的男性身份形象及其人際關係，已不僅止於傳統世情小說中強調「市民文學中的文人趣味」，或者人情小說以流落市井中的失意作者投諸「文人敘事中的士人理想」那樣意識分明。[138]當士大夫形象逐漸瓦解、擴散於小市民角色中時，《海上花列傳》中的文人意義非但於物欲環境中俗化漸失風雅格調，甚如齊韻叟高尚形象的自成反諷，在在顯示小說敘事中清末士人融為市民而於現實社會階級中逐漸退席的社會演進，相對於充斥享樂主義與物欲勢利的城鎮繁華，複雜地呈現為中產階級普遍昌盛的現代情景。

於此看到小說首回出現的舅甥倆，洪善卿與趙樸齋，即不見《品花寶鑑》裡文人別立於功名或物利、真情或肉慾的二元抉擇，而更以商業環境的全面習染，逐漸將傳統農民、士人的封建階層褪去，凸出當時上海普遍城市市民的新興形象，進而流露出一種現實意義的「市民意識」——[139]洪善卿經營蔘店，同時身兼代辦貨物的捐客身分，是

---

[138] 本文提出「世情小說」強調「市民文學中的文人趣味」；「人情小說」以流落市井中的失意作者投諸「文人敘事中的士人理想」。概念參考高小康對中國士人與市民身分的敘事研究，高氏指出三個階段性概念：「市民文學中的文人趣味」、「文人敘事中的士人夢」以及「士人與市民地位的倒易」，筆者則合以魯迅小說史分期類別作為標立。參閱高小康：《市民、士人與故事：中國近古社會文化中的敘事》（北京：人民出版社，2001），頁44-110。

[139] 「市民意識」源自於「市民社會」（Civil Society）的西方概念，而以西歐經驗看待中國城市現代進程，其定義則有出入。於此，在李天綱的重新界義裡，特別指出「海派文化中的市民意識」，為上海現代市民於歷史實踐中呈現獨特的文化價值與意義。參考李天綱：〈近代上海文化與市民意識〉，《人文上海：市民的空間》（上海：上海教育出版社，2004），頁27-37。

一個熟絡上海環境關係的現代化商紳、中產勢力的城市「新市民」。洪氏尤其與王蓮生關係密切，即見小說多處兩人於酒樓倡院同出共入，討論著買辦商貨的事務；至於趙樸齋趕搭城市熱潮到上海謀事，卻不熱衷尋覓生意門路，反而沉迷花柳，於長三書寓陸秀寶、花煙間王阿二兩處揮霍無度、淪落迅速。作為一個自甘墮落的鄉巴佬，趙氏在色迷心竅之餘很快便淪為街頭拉車的田地，卻仍難捨繁華此地，即使新街遭毆如乞，也還執意不悔——洪、趙二人投入商圈與伎院，無論作為成功或失敗的案例，都已與《品花寶鑑》貪色好利卻仍悉於捐納官職路數的魏聘才截然不同。受新興城市吸引的鄉巴佬與新市民，都已將傳統士族階級的理想全面拋棄，從而反映男性由身分到價值趨向的異變，呈現士族文人汰換為城市市民、現實物欲取代傳統階級的文化意義。

現代城市對傳統文化的湮滅，不僅止於身分階級上的改變，物質欲望的強盛更使得市民情感與價值觀念產生極其劇烈的異變。如與樸齋同出鄉里的吳松橋，至上海發跡以後，卻勢利到忘父棄祖、道德全無，而令吳父嘆道：「我也自家勿好，教俚上海做生意，上海夷場浪勿是個好場花」。[140]反觀樸齋同樣作為前來上海尋求門路的鄉下青年，不如吳松橋發展順遂，習染於花間揮霍的惡習，則顯示為另一種價值淪喪的情狀。趙氏帶有傳統人家的靦腆純樸的農村氣息，同時反映城市物欲下貪色勢利的傾向，遂成一種朝往現實勢利蛻變，既是尷尬羞愧卻又趨勢蠻纏的嘴臉。即如小說二四回樸齋財源漸絕，拉下臉皮便向娘舅善卿索取金援的糾纏醜態：

> 只著一件稀破的二藍洋布短襖，下身倒還是湖色熟羅套褲，靸著一雙京式鑲鞋，已戳出半隻腳指。善卿吃了一驚，急問道：「耐為啥長衫也勿著嗄？」趙樸齋囁嚅多時，才說：「仁濟醫館出來，客棧裡耽擱仔兩日。缺仔幾百房飯錢，鋪蓋、衣裳，

---

[140] 參閱韓邦慶：《海上花列傳·三十回》，「老司務茶樓談不肖」，頁298-299。

> 才撥俚哚押來浪。」……被善卿啐了一口道:「耐個人再有面
> 孔來見我,耐到上海來坍我個臺,耐再要叫我娘舅末,撥兩記
> 耳光耐吃!」善卿說了,轉身便走。樸齋緊跟在後,苦苦求告。
> 約走一箭多遠,善卿心想:無可如何,到底有礙體面。[141]

這一路趙樸齋垂頭蠻纏與洪善卿作氣不理的兩相對比,可見得鄉下青
年入城後轉為無恥、城市市民長久習染裏僅顧私利的兩種姿態。如此
對照還可延伸至趙樸齋不肯回鄉,二十八回「鄉親削色嫖客拉車」樸
齋敝如乞丐、善卿氣極無奈的窘狀:

> (善卿)失聲叫道:「耐是趙樸齋唲!」那車夫回頭,見是洪善
> 卿,即拉了空車沒命的飛跑西去。善卿還招手喊叫,那裏還肯轉
> 來。這一氣,把個洪善卿氣得發昏,立在街心,瞪目無語。[142]

即見趙氏縱然不羞墮落為車伕也要執迷於上海,但在親族面前卻仍顧
及薄面,尚存一點尷尬的自尊;而至三十一回趙二寶抵滬下海,生意
興旺之餘,樸齋改換光鮮派頭,善卿卻更為光火,大罵趙家無恥之外,
更直接申明斷絕來往;直到小說終回二寶夢醒,趙家生意不再,樸齋
重新街頭偏又碰見善卿候車,無盡諷刺竟是到頭來的百轉千迴:

> 善卿獨自踅出中和里口,意思要坐東洋車,左顧右盼,一時竟
> 無空車往來,卻有一個後生搖搖擺擺自北而南。善卿初不在
> 意,及至相近看時,不是別人,即係嫡親外甥趙樸齋,身上倒
> 穿著半新不舊的羔皮寧綢袍褂,較諸往昔體面許多。樸齋止步
> 叫聲「娘舅」。善卿點一點頭……著實躊躇了半日,長嘆一聲,
> 竟去不顧。[143]

---

[141] 韓邦慶:《海上花列傳‧二四回》,頁 240。
[142] 韓邦慶:《海上花列傳‧二八回》,頁 278。
[143] 韓邦慶:《海上花列傳‧六四回》,頁 621。

此時樸齋的覷覥全無、善卿的氣焰亦退，鄉巴佬於新市民的蛻變已成定局，洪善卿關注打量的焦點依然是「半新不舊的羔皮寧綢袍褂，較諸往昔體面許多」這類物欲面子的問題——上海作為中國近現代化的新興城市，正如袁念琪對上海市民剖析：「人們觀察面子所戴的是經濟這副眼鏡……你的面子體現了你的經濟實力」、「有多少的經濟實力就撐起多少的面子，資本的投資入量與面子的級別是成正比」，[144]全以經濟物欲作為人情關係的衡量——昔日即便蠻纏也仍知羞報的趙樸齋，如今雖然作足了表面卻也將內在價值觀念一逕改換為物欲勢利，於此現代城市的利害計算中，舅甥兩人所呈現一種陌生而疏離的澹然關係，竟連仇視的情緒也都被沖解的如此冷淡無情，顯示傳統親族關係在商業城市裡的異動與質變。

　　相較於趙樸齋一心蛻其鄉巴佬變為急利貪色的形象，老早成為中產階級的洪善卿更能反映新興市民於城市利益關係以外的情感疏離——因此，對比於洪氏與倡家相好周雙珠相處宛若髮妻、對待商場友人王蓮生於倌人往來間的調停不遺餘力。善卿看待自家貧困的血親，卻總是一派遠觀的冷嘲熱諷、一逕挖苦的嗤之以鼻——於物欲利害關係間，產生如此明顯的差別待遇。於是回顧小說中，洪善卿悉知趙樸齋落魄上海與二寶下海開設書寓時的氣憤不滿，即知洪氏攜心掛記的，並非其甥兒身心俱疲的挫敗與貧困淪落的家境，而關鍵於這些難堪事件對他在上海商界名聲與生意上的可能影響。故當樸齋淪為車伕之際，他甚至與陳小雲商議：

> （善卿）將趙樸齋之事訴與小雲，議個處置之法……善卿道：「我想托耐去報仔巡捕房，教包打聽查出陸裏一把車子，拿俚個人關我店裏去，勿許俚出來，耐說阿好？」小雲沉吟道：「勿對，耐要俚到店裏去做啥？耐店裏有拉東洋車個親眷，阿要坍

144 袁念琪：《上海：穿越時代橫馬路》（上海：上海教育出版社，2004），頁 116-117。

> 臺嗄？我說耐寫封信去交代俚哚娘，隨便俚哚末哉，勿關耐
> 事。」善卿恍然大悟。[145]

顯示洪善卿寧可斷絕親屬關係的勢利與自私。而其商人性格的機巧與
寡情，在謀計失算之餘——讓趙母與二寶來滬尋人之後，不但未能攜
子遣返，反倒開設書寓——遂令洪善卿氣於斷絕往來。洪氏憤慨倒不
是源其血親情感上的關懷，而是純以自我利益為中心考量的價值判
斷，直到外甥女趙二寶遭史天然詖騙，欠下巨債之後，善卿竟能鼓掌
笑讚史公子，復對二寶輕蔑羞辱：「耐蠻聰明個人，上俚哚個當！我
先起頭就勿相信：史三公子陸裡無討處，討個倌人做大老母！」[146]於
此，思考善卿在對趙家屢勸不聽、惱羞成怒斷絕往來之後，轉為旁觀
者般訕笑羞辱的此番心路，江江明曾以傳統父權意識形態解析：

> 洪善卿所代表的正是一種典型的父權意識型態……他對於趙
> 二寶以及洪氏的指責，正顯示出他對遊走在到的邊緣的女
> 性，具有一種神經質的敏感……父權型態的結構在這裡呈現
> 出一種以自我為中心的思維方式，並企圖以此掌控女性的實
> 際生存。[147]

此論觀察洪善卿從「試圖」於宗法位置上對女性自主進行掌握，強調
善卿處於父權結構立場給予趙女的壓迫。然若深思洪善卿終究斷絕與
趙家往來的憤慨無奈，實屬於一種封建階級對城市女性難以掌控的權
力失落，其實恰恰反成父權意識上的一種嘲諷。

---

[145] 韓邦慶：《海上花列傳・二九回》，頁 280。洪善卿語譯為：「我想托你
去報巡捕房，教包打聽查出哪一輛車子，拿他的人關到我店裏去，不許他
出來，你說好不好？」陳小雲語譯為：「不對；你要他到店裏去做什麼？
你店裏有拉東洋車的親眷，可不坍臺呀？我說你寫封信去交代他們娘，隨
便他們好了，不關你事。」參考張愛玲：《海上花開》，頁 332。
[146] 韓邦慶：《海上花列傳・六二回》，頁 609。
[147] 江江明：《從性別政治論海上花列傳中的娼妓生存》，頁 93。

　　於此，重新析論洪氏強調自我中心的實際考量而對權力關係進行的取捨，對趙二寶以宗法關係的斷絕立場，呈現宛若冷眼旁觀的訕笑心態──可見男性面對傳統淪亡，僅能流於私利的自我反映，而無心、無力承擔於任何親族責任，也無法於宗法結構下進行任何政治實權的操控。其中顯示城市市民對商場、伎家裏應酬關係的重視，遠比宗法親族的血緣還要深厚，實對傳統封建父權進行了諷刺與解構──因此反觀洪氏遊走小紅、蕙貞之間為王蓮生交相解套的唇舌奔波；以及他與周雙珠執手偕老的敦厚友誼；他對雙寶、阿金等弱勢倡女的關懷同情……洪氏同「外人」相處的種種和睦關係，與其對待親屬歧視刻薄的面目截然不同。[148]誠如白吉爾（Marie-Claire Bergère）指出，上海士紳雖然沒有明顯反抗封建體制的動員，卻以市民文化「代替中央政府的影響使現代化的努力和反帝鬥爭更具效率」。[149]即呼應洪善卿於宗法權力上的放棄與對商場關係的著重，可見「新市民」面對父權瓦解之際，正以一種以自我利益為關係核心的現代倫理與價值觀念，於禮壞樂崩裡的新興城市中逐漸成形。

　　無論從倡伎翻轉傳統女性被動的性別政治立場，還是她們心存傳統理想而遭現實環境吞沒的絕望，亦或是男性角色自鄉巴佬淪入城市的墮落欲望、新市民捨離封建禮法的親族關係，都不難看到清末倡院對傳統父權體制的諷刺與朝向現代化社會的私我價值轉向，誠如陳永健所稱：

> 《海上花》沒有《金瓶梅》的轉世輪迴、因果報應的哲理；亦沒有《紅樓夢》反儒倡道、崇尚老釋的精神。甚至連《海上花》自稱「脫化」自《儒林外史》的官場曲直、道德正反的論調也欠奉，有的只是歡場怨懟男女悲喜的閒瑣雜事。[150]

---

[148] 張愛玲：「書中屢次刻畫洪善卿的勢利淺薄，但是他與雙珠的友誼，他對雙寶、阿金的同情，都給他深度厚度，把他這個人立體化了。」參考張愛玲：《海上花落・國語本海上花譯後記》，頁710。

[149] （法）白吉爾（Marie-Claire Bergère）著；王菊、趙念國譯：《上海史：走向現代之路》（上海：上海社會科學院出版社，2005），頁112。

[150] 陳永健：《初刻海上花》，頁16。

韓邦慶便是以此忠實呈現洋場人事的閒瑣雜事，反映了世情小說與人情小說所難凸顯現代化市井文化的複雜層面──進而呈現清末文人面臨封建階級、士人理想毀壞不再的嬗變與徬徨；現代市民力爭於中產勢力、城市新興下的欲望與失望──如此客觀寫實的冷靜觀望，正是《海上花列傳》以自成天地的藝術筆法，在創作主體融涉記憶經驗與歷史背景之間，折射出傳統與現代交界的文學光芒。

## 第三節　純情與物欲：
## 「身體」對「性別」的現代化隱寓

從《品花寶鑑》到《海上花列傳》、從「男伶書寫」到「女倡描繪」，比對兩種狹邪小說所凸顯的身體議題與性別意識，得見「溢美」演至「近真」、「純情」至於「物欲」之間價值觀念的消長，反映狹邪小說自傳統朝向現代躍進，有其實驗性與階段性的轉移──兩書非但掌握傳統文藝避而少提的狹邪題材，對邊緣文化特以大規模的描繪，更將男權體制下長期奴役的「性」（sex），深層發展為「性別」（gender）意識的逐漸覺醒──凸顯資本主義社會下性別意識的萌芽，而不淺薄於性行為上的獵奇描繪，即成就為陳森與韓邦慶雖寫狹邪但不流於色情、《品花寶鑑》與《海上花列傳》分別反映晚清社會現代化階段的主要原因。

黃宗潔曾以路易・阿圖塞（Louis Althusser）「召喚」（interpellate）理論，解釋後天文化對性別與身分認同的影響：

> 教育和養育過程其實都已事先依他們對性別的認定，去指定小孩的性別身分，所以小孩必須從「它」變成「他」或「她」……孩子們就因此被召喚成「男孩」或「女孩」的性別主體。[151]

---

[151] 黃宗潔：《當代台灣文學的家族書寫：以認同為中心的探討》（台灣師範

由此可知，除了「性」（sex）於先天生理上形成男女差別之外，社會文化上於後天養成在「性別」（gender）上的認知，更對身體形象造成強大的操縱及影響。若說《品花寶鑑》顛覆了傳統社會強制「性」於「性別」認同上男為陽剛、女為陰柔的政治確定，陳森在錯置男身（sex）、飾為女相（gender），「性別越界」的乾旦風尚中，隱寓了同性戀身分自覺的崛興；《海上花列傳》則更強化現代商業社會對「性別」主體的影響力，即見韓邦慶以滬上新市鎮的物欲規則、商業論價的買賣關係，轉而複製於青樓倡館間的男女關係，重新調度了傳統尊卑的位階差距，展現一場直接以身體衝擊社會的性別革命。

## 一、兩種色狀：純情「男旦」與勢利「女倡」的對比

狹邪小說描繪梨園倡院，對男旦與女倡的形容自是精雕細琢，不但對貌美如花的要角分別強調特色，甚至對俗庸脂粉的泛眾也有不少著墨。如見陳森《品花寶鑑》一場滿樓紅袖招的場景，即展現京師梨園的萬種風情：

> 遠遠看那些小旦時，也有斯文的，也有伶俐的，也有淘氣的。身上的衣裳卻極華美，有海龍，有狐腿，有水獺，有染貂，都是玉琢粉妝的腦袋，花嬌柳媚的神情，一會兒靠在人身邊，一會兒坐在人身旁，一會兒扶在人肩上，這些人說說笑笑像是應接不暇光景。[152]

而對「黑相公」的猥瑣樣貌，陳森筆鋒銳利，更是不加留情：「約有十五六歲，生得蠢頭笨腦，臉上露著兩塊大孤骨，臉面雖白，手卻是黑的。他倒摸起子玉的手問起貴姓來」。[153]同樣在韓邦慶描繪上海倡

---

大學博士論文，2006），頁41。
[152] 陳森：《品花寶鑑・第三回》，頁46。
[153] 陳森：《品花寶鑑・第一回》，頁24。

業紛呈的景況時，《海上花列傳》除寫高級書寓、次等堂子，以及較低等的煙花間等各色伎女外，也依上海人口大量流動的情勢，別出段落描寫「廣東婊子」的低俗奇艷：

> 出出進進，替換相陪，約摸二三十個，教諸把勢卻也絕不相同。或撅著個直強強的頭，或拖著根散樸樸的辮，或眼梢貼兩枚圓丢丢綠膏藥，或腦後插一朵顫巍巍紅絨毬。尤可異者，桃花顴頰，好似打腫了嘴巴子；楊柳腰肢，好似夾挺了脊梁筋。[154]

但無論繁花盛錦的倡優景況，還是側筆譏嘲低等鶯燕之流俗，陳、韓兩著都在眼花撩亂的相貌、姿態，以及裝扮、衣飾等身體描繪裡，映襯出要角們的娉婷出色，以及文士商紳於炫目花海裡的貪戀耽溺。

因此，看到《品花寶鑑》裡，從感官刻劃與情境幻想等等形容，把名士對絕色乾旦的一見傾心寫得淋漓透徹：

> 就有一片靈光從車內飛出來，把自己眼光罩住……只見那相公生得如冰雪摶成，瓊瑤琢就，韻中生韻，香外含香。正似明月梨花，一身縞素；恰稱蘭心蕙質，竟體清芬。春航看得呆了，安得有盧家郁金堂，石家錦步帳置此佳人，就把五百年的冤孽、三千劫的魔障，盡跌了出來。[155]

以及《海上花列傳》書寫士紳為倌人美色的如夢癡迷：

> 淑人落得安心定神，矇矓暫臥。忽見面東窗外湖堤上遠遠地有一個美人，身穿銀羅衫子，從蕭疏竹影內姍姍其來，望去絕似周雙玉，然猶疑為眼花所致，詎意那美人繞個圈子，走入湖房。

---

[154] 韓邦慶：《海上花列傳・五十回》，頁 490。
[155] 陳森：《品花寶鑑・十二回》，頁 193。

淑人近前逼視，不是周雙玉更是何人？淑人始而驚訝，繼而惶惑，終則大悟大喜，不覺說一聲道：「噢！」雙玉立於床前，眼波橫流，嫣然一盼，忙用手帕掩口而笑。[156]

同樣強調倡優如花美色的面目身體之形容，《品花寶鑑》著眼於男身；《海上花列傳》的對象則是女體。同樣以陰性藝術的美感筆調呈現，《品花寶鑑》衍伸身體形容的美化於形上層次的道德美感，繼續強調乾旦精神情感方面的純潔無瑕；《海上花列傳》則將身體條件落實於倡院據身賣價的現實利欲，加重女性物化意義於商品價值之上。前者強調乾旦的「道德美」訴諸高蹈理想的烏托邦層面；後者則著重女倡的「商品美」而落於現實勢利的世俗商場。

然而，陳森雖於道德美感上的強調，將乾旦色相推崇至極，其物色態度卻掌握於名士視域與傳統體制的堅控之中，對乾旦身體而言，實屬為一種被動、被塑造的審色美學；反觀於韓邦慶雖以物化、價格化作為女倡身體籌碼、商品美色的現實意義，卻在商場講斤論價的勢利物欲中訂立「女為賣方」的倡家規矩，給予女性部份主動、控制性別政治的權力關係——於此，思索兩著與當歷史背景的反映關係，《品花寶鑑》於梨園風情中強化傳統高蹈理想的推崇，與清季漸崩的實況形成弔詭的反諷；《海上花列傳》描繪歡場與商場交融，則正面凸顯清季社會於現代商業習氣的全面滲透——兩相對照之間，即連結出清季封建衰退中的現代化進程，進而呼應兩著於性別議題上的發揮。因而觀察《品花寶鑑》於性別上凸顯男身女相的越界，所形成同性戀情的曖昧；《海上花列傳》以女性立於商業行為上的關係，重整性別政治上的權利位置，皆於身體性別的隱喻上萌發現代性意義的關鍵。

---

[156] 韓邦慶：《海上花列傳·四一回》，頁 402。

## 二、兩種情色烏托邦的現實異變：屈從「教化」的男旦 與「物欲」熾熱的女倡

　　幻中了幻居士為陳森《品花寶鑑》作序寫道：「鏡花水月，過眼皆空；海市蜃樓，到頭是幻，聲為誰之聲，更何論夫繪形繪聲者之謂何如人耶！」[157]強調陳森乾旦書寫裏繽紛斑爛的聲色美景，終究是與世脫節的行雲浮影，它或者投射了陳森「半生潦倒，一第蹉跎」的前生、試圖排解其「愁病交集，恨無可遣」的餘年，卻是以衰世文人夾處於傳統高蹈理想與邊緣低鄙逸樂的弔詭幻想，反映出苦悶至極的時代失落。反觀韓邦慶專敘伎家的《海上花列傳》，自述宗旨「為勸戒而作，其形容盡致處，如見其人，如聞其聲。閱者深味其言，更返觀風月場中，自當厭棄嫉惡之不暇矣」，[158]選取自然平實的筆調、客觀冷靜的敘寫，作為返照當世的一種側面，而將「染上鴉片癮，又耽迷女色，出入滬上青樓，將資財揮霍殆盡，以至家貧如洗」的具體經驗，[159]凝鍊為作者身於洋場環境的沉溺與寥落的深切揭露——失意文人或從幻想、或以寫實，折射他們看待自我處境的不同態度與意義——呼應何滿子析論中國歷代愛情小說的類型，別分為靈／肉兩支傾向：

> 在中國的愛情小說中，從傾向來分，就有以寫精神、靈性這一面而避忌肉慾的情節（通常稱「言情小說」）和著意寫肉慾的色情小說（有的被斥為「淫書」）這兩種傾向。[160]

以此分類檢視狹邪小說以邊緣題材成其邊緣文類——見兩著既以聲色倡優為書寫對象，偏偏少於肉慾著墨而多強調人情關係、性別政治裏

---

157 幻中了幻居士：《品花寶鑑・序》。
158 韓邦慶：《海上花列傳・例言》。
159 姜漢椿：〈引言〉，《海上花列傳》，頁1。
160 何滿子：《中國愛情小說中的兩性關係》（上海：上海書店出版社，1999），頁4。

的複雜狀態——即知狹邪小說超越傳統，而具矛盾而混雜的內涵。尤其，當倡優場所作為宗法禮教制度的約束之外，一處具有自由戀愛意義的化外之境；偏又以其販賣靈肉的現實本質與悖離社會的愛情意義，同時呈現相互衝突、彼此矛盾的狀態，於此，介入倡優場域的文人，縱使規避了清廷時政衰毀的國難，卻仍以微妙迂曲的複雜心理，呼應了時代夾層的歷史變換。

《品花寶鑑》強調鏡像隱喻的神話特性，呈現作者一廂情願的愛情敘事。當陳森以「性情之貞淫，語言之雅俗，情文之真偽」的標準，[161]特意美化優伶歸趨於貞、雅、真的傳統價值觀念，卻同時也對優伶們的戀愛自決意識造成實踐上的限制。誠如吳繼文改寫《品花寶鑑》時，對杜琴言的心理描述：

> 琴言雖然被拘束在留青精舍中，但他知道，除了身體，其他原來屬於他的一切都沒有變，他的個性如昔，他的哀歡如昔，他的記憶仍然自由翔翔在遠非錦春園儼然高聳的圍牆所能企及的空中。他甚至做了永遠與子玉不再見面的打算，因為無須見面……兩人的情誼不會因為相見次數的多寡、會面時間的長短而有所改變。[162]

此雖具備同志意識於情感層面的突破，卻也以身體的局限，反映封建體制與道德規範作為高蹈價值的內在壓抑——因此形成陳森《品花寶鑑》既是設定角色性別越界、男女錯位，結局卻又回歸倫常關係、宗法位置之內的迂曲弔詭。此進退拉鋸凸顯陳森存附傳統價值的影響，而對現實環境中的性向認同，有著欲拒還迎、進退遲疑的迂迴心路。一旦陳森極盡強調道德神話的乾旦塑形，必然亦委屈同性關係於肉體欲望的反應與觸碰——可知男身女相的曖昧體相，反映於心靈情感的

---

[161] 陳森：〈品花寶鑑序〉，《品花寶鑑》，頁 1。
[162] 吳繼文：《世紀末少年愛讀本》，頁 206。

弔詭與衝突，遂成為名士與名伶不食人間煙火、純精神性的戀愛模式，一種幾近宗教意味，禁欲而斥肉欲的身體關係，竟是無法觸摸、難以著落的烏托邦情景。

《海上花列傳》恰是相反。韓邦慶強調寫實基調，衝破精神性戀愛作為一種唯心理想上的虛構情境，還諸這花花洋場男女色情買賣中唯物利欲的本來面目——例如趙樸齋上海揮金淪落後，原先要好的親友、倡伎們便紛紛走避；直到趙二寶開設堂子，生意興隆，樸齋竟也跟著重拾光彩，找回過去的相好關係——即見小說三十七回中王阿二乍見樸齋光鮮衣著，隨即巴結奉承的嘴臉：

> 忽見趙樸齋獨自一個接踵而來，也穿一件雪青官紗長衫，嘴邊唧著牙嘴香煙，鼻端架著墨晶眼鏡，紅光滿面，氣象不同⋯⋯郭婆婆歡顏晉接，像天上吊下來一般⋯⋯王阿二見是樸齋，眉花眼笑，扭捏而前，親親熱熱的叫聲「阿哥」⋯⋯一面推樸齋坐於床沿，自己爬在樸齋身上，勾住勃項說道：「我末一徑牽記煞耐，耐倒發仔財了想勿著我，倪勿成功個。」⋯⋯只見趙樸齋手取長衫要著，王阿二奪下不許，以致扭結作一處。郭孝婆勸道：「啥要緊嘎？」王阿二盛氣訴道：「我搭俚商量：阿好借十塊洋錢撥我，煙錢浪算末哉。俚回報仔我無撥，倒立起來就走。」郭孝婆做好做歹，自願做保，要問樸齋定個日子，樸齋說是月底。郭孝婆道：「就是月底也無啥，不過到仔月底，定歸要拿得來個哩。」王阿二給還長衫，亦著實囑道：「月底耐勿拿來末，我自家到耐鼎豐里來請耐去吃碗茶。」趙樸齋連聲唯唯，脫身而逃。[163]

---

[163] 韓邦慶：《海上花列傳·三七回》，頁365-368。其中語譯如下，王阿二嬌嗔：「我嘛一直掛記死你了，你倒發了財把我忘了！我不幹！」⋯⋯郭婆婆道：「忙什麼呀？」王阿二盛氣訴道：「我跟他商量：『可好借十塊洋錢給我，煙錢上算好了。』他回報我沒有，倒站起來就走！」⋯⋯郭孝婆

這王氏變臉速度極快，才見她迎賓時眉花眼笑、屈體擁臥的十二萬分柔情巴結，卻在敲詐不成轉為耍賴之際，轉眼變作怒目夜叉。而見張愛玲補註王阿二「請吃茶」，即「請流氓出面評判曲直」，[164]可知倡女為能索財，甚以黑道勢力為後盾威脅恩客，手段暴烈而無情誼可言——身體為物欲的買賣模式上，衣物是倡女們裝飾自己的本錢，同樣也是伎女們觀望恩客身價、甚至強留恩客抵帳付帳的工具。這件被王阿二與趙樸齋「糾結作一處」的長衫，即若性別權力全以物質利益為考量的關係拉鋸一般——誠如何滿子所說「如果再在其中發現愛情，那麼是常態之中的變態，這稀有的變態的愛情現象，也可以作為中國社會愛情生活的一個特殊的分野來理解」。[165]就性別政治的角度來看，韓邦慶筆下的男女關係正逐步突破傳統宗法裏主從分明的位階。

自男性屈服順從於倡院強悍而勢利的規則作為觀察，則更可見清末城市現象以強調商業物欲為目的、個人主義傾向的現代價值觀，已全面鬆動封建父權體制的掌控，而上海洋場作為當時男性遠避國難、遁入商場的溫柔鄉，卻也在時人於心靈情感皆無可依的飄搖狀態中，形成一種現代城市恍如海市蜃樓的價值徬徨。誠如呂文翠表示《海上花列傳》藉由一種商品化的風月形式作為一種回歸熱潮，卻同時對傳統意義形成消解，即以「烏托邦圖像」的諷刺作為「花國春秋的現代變奏」。[166]亦如王曉玨所說「作者在傳統與現代之間表現出的遲疑，正是當時租界新舊價值共存，牴牾與商榷的結果」，正是透過文人徘徊，呈現小說現代性的拓展。事實上，所謂以情色烏托邦揭露倡院靈

---

道：「就是月底也沒什麼；不過到了月底，一定要拿來的。」王阿二給還長衫，亦著實囑道：「月底你不拿來嘍，我自己到你鼎豐里來請你去喫碗茶！」參閱張愛玲：《海上花落》，頁 433-435。

[164] 張愛玲：《海上花落》，頁 436。

[165] 何滿子：《中國愛情小說中的兩性關係》，頁 186。

[166] 「花國春秋」一辭，根據孫玉聲《退醒廬筆記》所載，表示韓邦慶以史家之筆，忠實再現晚清上海社會百態。參閱呂文翠：《現代性與情色烏托邦：韓邦慶海上花列傳研究》，頁 128-171。

肉買賣的愛情真相，卻也是張愛玲指稱《海上花列傳》之所以成為「禁果的菓園」，剝除掉封建文人逃避現實壓抑於虛妄不實的浪漫情懷，正是韓邦慶所呈現中國傳統缺乏以久，自由戀愛傾向的一種現代性燭照——當愛情的意義於父權掌握的逐漸解構下，破滅於才子佳人的烏托邦情境，轉而被現實勢利的買賣型態，複雜為商品化競爭意義上。它已不同傳統文人純粹將愛情美化為一種符合於男性理想的神話，而是反映現實環境嚴酷而腐敗，具備現代女性自決意識雛形的一抹稀微螢光——相對於《品花寶鑑》純尚精神除卻身體接觸，推至極端理想的空靈狀態而言；《海上花列傳》於男女訛虞我詐的肉欲關係中勾勒到的顯微真情，因此更顯得彌足珍貴而渺茫。

　　於此看到韓邦慶於花海浮沉中的喟嘆，「惟天如桃，穠如李，富貴如牡丹，猶能砥柱中流，為群芳吐氣。至於菊之秀逸，梅之孤高，蘭之空山自芳，蓮之出水不染，那裡禁得起一些委屈，早已沉淪汨沒於其間。」[167]可見傳統美德崇尚之流，都已不復存得，反倒是庸俗趨時之類，始能嶄露頭角。相較如《品花寶鑑》立於清季轉衰，還能躲進與時相違的烏托邦理想內；《海上花列傳》面對五口通商、外強入主的末世時局，搭築起華麗的西式洋房以及應世營利的愛情交易，也都只是任由現實沉浮起落的花海虛像。誠如陳碩文指出：

> 上海馬路的寬敞筆直與古代相比，是驚人的現代風景，而行人的身體行走其間，被展示也觀看，人影匆匆，徒留意象，身體反而失去了開放性，人與人在寬廣中變成了孤立的個體……女性身影也以一種逼人的華麗所表現出來，身體與身體間毫無感官刺激以外的描寫，而小巷弄中的探險，女性的身體鑲嵌在上海特有的古老建築物當中，與陳舊的里弄一同散發出敗德墮落的氣息。[168]

---

[167] 韓邦慶：《海上花列傳·第一回》，頁2。
[168] 陳碩文：〈身體、異國情調、城市空間：論二、三零年代海派浪蕩子美學〉，《文化研究月報》（2006年，8月25日），第59期。

在上海物欲熾烈的風尚環境裏，當傳統美德隨同封建體制被一齊打翻，甚至於現代商業中轉為一種復古形態的文化包裝（例如晚明復古風潮的倡館佈置，或者深化為陸秀寶假處子、黃翠鳳偽烈女的謊言販賣），其中所參雜時人手足無措的徬徨與茫然，盡是價值失落與時代困惑的焦慮感，以至於演變為沈小紅愛情財勢盡失、李漱芳名份生命雙亡、趙二寶自尊物資皆毀……種種窘況，即見傳統傾毀、現代繁華乍興之際，除以身體作為物欲現利的籌碼之外，時人竟無可依從於新一種的價值觀。

　　呼應前面章節曾以場域隱喻作為文本間的對照分析，誠如姚公鶴所說：「上海與北京，一為社會中心點，一為政治中心點，各有其挾持之具，恆處對峙地位」；[169]李天綱亦表示：「上海所挾持的是商場的錢，而北京挾持的事官場的權」——[170]當反映京師漸衰、政治欲乏的《品花寶鑑》，對照於滬上新興崛起、外權入主的《海上花列傳》，兩種文本於一城一灘的比照之間，即可釐出兩種不同的內在衝擊與價值取向——陳森筆下乾旦強調「好在面有女容，身無女體，可以娛目，又可以制心，始人有歡樂而無欲念」不可觸碰的美麗體貌，[171]以可遠觀不可褻玩的知己情感與超乎現實的高蹈理想，神化人情於政治正確的制式前提、封建價值的權力意識之上，枉顧現實的人欲渴望，成為傳統崩毀之際晚霞返照的一抹幻想；而韓邦慶描繪洋場倡伎「見當前之媚於西子，即可知背後之潑於夜叉；見今日之密於糟糠，即可卜他年之毒於蛇蠍」揭露勢利的現世實相，[172]則以狹邪中人專為私我的利害關係、傾覆流離的現實景況，反映物欲縱橫的身體販賣之中，宗法體制、道德教化，甚至情感、靈魂逐一失落的窘況，屬於現代氣候尚未明朗前的沉寂醞釀——前者推高男旦的純情心靈，強調傳統道德的

---

[169] 姚公鶴：《上海閒話》（上海：上海古籍出版社，1989）。
[170] 李天綱：《人文上海：市民的空間》（上海：上海教育出版社，2004），頁 10。
[171] 陳森：《品花寶鑑・第十一回》，頁 167。
[172] 韓邦慶：《海上花列傳・第一回》，頁 1。

執著信仰；後者則據實陳述女倡的肉身價碼，作為現代商業環境直接
反映──而在兩相互顯互照之際，即可銜接出由「溢美」到「近真」、
從「傳統」至「現代」的歷史進程與價值變換。

## 三、尚未完全的現代化：同性戀與女性意識的凸顯

西方女性主義的崛起，源自女性意識對男權專制的反抗；而民初
藉振興女權強調「救國保種」的知識份子，復又偏頗地強化了女性解
放作用於國族主義的觀點──[173]西方以革命性的權力突圍，作為女性
自覺的起步；而民初時人納女性為國家機制的戰鬥力的一部份，非但
無法凸出女性自主的個體立場，更與吳爾芙所倡「女性無國家」自覺
性的獨立個性背道而馳──[174]但無論是西方女性主義的革命現象，或
是中國民初文人強調政治立場與國族意識的操控，如同狹邪小說作為
「被壓抑的現代性」的因由一般，都難以呈現中國女性意識漸興的本
土精神──誠如周蕾所說：

> 我認為，偏偏西方本位以外的「其他婦女」都如此這般地被指派了
> 她們「各自」的國家及種族身分時，她們也正好被褫奪了道出自生
> 存時況的發言權力。在民族主義的背景下安插上「中國女性主義」
> 的旗幟，並未能真正為現代婦女開出一條屬於自己的通道。[175]

---

[173] 清末明初注重女權議題的男性知識份子，目的多基於他們力求西化的國族
主義，並非著重婦女本身的權益。此態度正如他們側重小說的通俗特性，
而挪於政治利用，並不強調文藝美學的本質。參閱王秀雲：《女性與知識
的幾種歷史建構及其比較》（新竹：清華大學歷史所碩論，1991）；劉人
鵬：〈中國的女權、翻譯的慾望與馬君武女權說譯介〉，收入《近代中國
女權論述》（台北：臺灣學生書局，2000），頁83。

[174] （英）維金尼亞‧吳爾芙（Virginia Woolf）：《三枚金幣》（台北：天培
文化，2001）。

[175] 周蕾：《婦女與中國現代性》（台北：麥田出版社，1995），頁308-309。

反觀於晚清狹邪小說以文學家本身的敏銳，對現代特性萌動的察覺，早已自發、自覺地去展示性別議題於時代異動間的觀念轉變，雖然不盡成熟、未臻完全，卻無疑開出了一條中國反思傳統、趨向現代的「自轉化」進程。因此，無論是西方本位還是國族主義，都難以符合狹邪小說中既隱晦、迂曲，又確實萌興的性別意識。

　　省思晚清小說立於現代化而未臻完全的性別議題，應落實於晚清本身複雜的社會現想與文化脈絡裏──《品花寶鑑》以男性視域作為一種體制內的反思，呈現同性戀者面對宗法社會的妥協；《海上花列傳》以商業機制於男女關係間的影響，凸顯女性掌握自我身體的主權性──我們不應以一種「異時主義」的態度去屈就西方論點與國族主義，而當以狹邪小說本身錯綜的矛盾現象與晚清當時繁雜的時代意義深入釐析，即能自陳森與韓邦慶以男優或女倡面對威權體制壓抑，所反映現代社會裏性別身分於意識上的覺醒，而將其生存時況於傳統與現代間的矛盾衝突，體現為時代夾層的過渡意義。

## （一）對男色／女權的正視

　　前文提到，陳森曾受現代學者指責無法正視同志議題的侷限，此批判以今非古實有不公──《品花寶鑑》因受傳統價值觀的壓抑，有難以充分展現同性戀身份認同與同志自覺的時代困境，遂採取精神性戀愛、回歸宗法體制的身體烏托邦，作為完滿男男關係的一種折衷策略──於中國文明的古老成俗下，陳森創作無非呈現一個「沒有辦法的辦法」，其推擴出同性戀意識的心靈狀態，已展示出相當程度的現代意義。

　　此番迂曲心理直到二十世紀其實都還難以突圍，如見 1990 年黃玉珊改編陸昭環小說所拍攝的《雙鐲》，無論男作家的小說還是女導演的電影，在當時卻仍都引發「是不是同性戀」的質疑與爭議，即見黃玉珊採取同於陳森「身體烏托邦」的柏拉圖式戀情策略說明：

> 《雙鐲》僅有精神性的認知……我（黃玉珊）覺得是不應該包
> 括性行為的。桂花和秀姑只是在精神上的依戀，不同於西方女
> 同性戀有肉體上的接觸。[176]

亦見汪成華影評：「有人說兩個女人做愛就是同性戀，也有人說充其
量那只是同性戀行為而已；而很多自命為異性戀者與同性之間的堅固
情誼，卻又可以說是同性戀精神最具體的反應」。[177]反觀《品花寶鑑》
早於《雙鐲》百餘年，實已以性別越界的嘗試，接觸到同性戀精神的
核心本質，在難以顛破的異性戀模式下尋找尚且得宜的出路，相較於
黃玉珊強調女性面對體制不平等壓迫下產生的相知相惜，陳森所展開
一場以情抵欲的自決辨證，在屈服體制之餘，卻也大張旗鼓地合理化
了同性戀意識的必然現象，可見小說中同性戀意識在覺醒與受抑之
間，已充分呈顯了性別與時代的意義。

　　自小說五六回，杜琴言「見他兩人（子玉與美人）香肩相並，噥
噥唧唧，好不情深意密，心上看出氣來」，已明確表示了同志情感的
欣羨與妒醋。而五四回裏，則見梅妻向子玉詢問，該如何於宗法體制
裡處理這段可貴的男男關係：

> 瓊華道：「我且問你，這人與你常相廝守，你卻怎樣位置他？」
> 子玉道：「不過侍書捧研。」瓊華道：「侍書捧研，何用魂夢
> 相喚？」……子玉看了瓊華，瓊華也看了子玉。子玉只得陪笑
> 道：「這事也不用講他，橫豎久後自知，也不須分辯的……」
> 瓊華明知子玉心事，也不忍再問，教他難為情了。[178]

---

[176] 黃玉珊言出自汪成華：〈雙鐲情意難忘：黃玉珊導筒下的女性情誼〉，收
於《黑色蕾絲》（台北：號角出版社，1995），頁88。
[177] 汪成華：《黑色蕾絲》，頁88。
[178] 陳森：《品花寶鑑・五十四回》，頁820-821。

可見陳森於同志自覺與宗法體制的兩難掙扎間，不斷地衡量、辯證、尋求平和之法，以至《品花寶鑑》演成有情人歷經百轉千迴，琴仙偶遇梅父、隨之返家，奇蹟般與子玉重逢後的無語景況：

> 子玉喜甚，便拉了琴仙到那邊屋裏來，三人怔怔的，你看我，我看你，一個不敢問，一個不敢說，仲清心上也不知道姑父知道琴仙細底不知，也便不問，只好心內細細的默想，竟是三個啞子聚在一處。子玉與琴仙只好以眉目相與語，一會兒大家想著了苦，都低頭顰眉淚眼的光景；一會兒想到此番聚會，也是夢想不到，竟能如此，便又眉開眼笑起來，倒成了黃梅時節，陰晴不定的景象。[179]

在不合常理的傳奇情節中，杜琴言以俊友身份進入梅子玉家庭，非但得到宗親家庭的同情接納，就連正室瓊華也能欣然共處，而兩人更能維持精神純情的守禮狀態。苦命鴛鴦縱仍落得有口難言、壓抑情欲的委屈情狀，卻也總算是陳森一方面妥協於封建體制，一方面且能顧及同志情誼，以粉飾太平的策略達成兩相權宜的烏托邦理想了。

誠如胡適所說：「適以為以小說論，《孽海花》尚遠不如《品花寶鑑》，《品花寶鑑》為乾嘉時京師之『儒林外史』……《品花寶鑑》之歷史的價值，正在其不知男色為可鄙薄之事」。[180]陳森於當時頗具限制的體制中，實以一種發乎人情、人道的態度，去衡量、處理萌發難抑的同志情愫——《品花寶鑑》據此態度發展名士與名伶間的關係，即從性別越界的扮裝轉進為俊友形態的知己相處；從貪慕美色的審花品判演進到心靈相通的柏拉圖戀情——即可印證《越軌社會學概論》指稱同性的性行為轉為同性戀性意識、性傾向的現代化漸變：「似可作為例子來說明（性）革命變革已經發生，其原因或許是：有史以來

[179] 陳森：《品花寶鑑·五十九回》，頁 902。
[180] 胡適：《胡適文存·再寄陳獨秀答錢玄同》（上海：上海書店，1989），卷 1，頁 50 增 4-5。

就已存在的這種行為，現在終於得到了社會公認」。[181]可見陳森敢於衝撞當時「忽而為兩雄相悅，私贈、餘桃之事。閱《寶鑑》者於此，見其滿紙醜態，齷齪無聊，都難為他彩筆才人，細寫市兒俗事也」之性別歧視的道德成見，[182]實為陳森正視男色的相當勇氣。

相較於《品花寶鑑》於溢美審色的男性觀點所隱現的自省，陳森以不平等的同性關係、男伶遭遇歧視的對待，投射為封建社會中兩性失衡的狀態；《海上花列傳》則以寫實手法呈現勢利女倡的謀利生意，韓邦慶在情場宛如商場的關係網絡中，賦予女性於靈肉販賣上講斤論價、某種程度上的自決權力，使她們能於既定的權力模式中，間接動搖了兩性間主動／被動的關係位置。

誠如凱瑟林·巴里於倡伎研究中所說：「婦女自己也參與建立了把她們自己商品化的條件……她們自己接受把她們客體化的條件」，亦如賀蕭表示：「嫖客無論從社會性別還是階級地位來說都處於優勢，但他們卻時常受到妓女的捉弄、奚落」，一旦理解伎女與嫖客間的社交規範，「經常會使我們看到令人驚詫的權力關係佈局，從而挫敗任何企圖用線性方式描述下屬群體等級系統的努力」。[183]例如小說第二回「清倌人吃酒枉相譏」，面對恩客色性大起，倌人既是搬出身體籌碼抬價講價，又是欲拒還迎的不讓佔便宜，更能以歡場規矩與一番唇舌，威逼恩客噤聲就範：

[181] （美）傑克·道格拉斯（J·D·Douglas）等著：《越軌社會學概論》（石家莊：河北人民出版社，1986），其語錄自於豐悅：《無邊風月卷中來》（台北：遠流出版社，1991），頁81。
[182] （清）邱煒萲：《菽園贅談》，收入《客雲盧小說話·續小說閒評》，阿英編纂：《晚清文學叢鈔·小說戲曲研究卷》（台北：新文豐出版社，1989），頁398。
[183] （美）凱瑟林·巴里（Kathleen Barry）著、曉征譯：《被奴役的性》（江蘇：江蘇人民出版社，2000），頁30。（美）賀蕭（Gail Hershatter）著，韓敏中、盛寧譯：《危險的逸樂：二十世紀上海的娼妓與現代性》（台北：時英出版社，2005），上冊，頁102-103。

> 小村冷笑道：「清倌人只許吃酒，勿許吵，倒凶得野哚！」秀寶
> 道：「張大少爺，倪娘姨哚說差句把閒話，阿有啥要緊嗄？耐是
> 趙大少爺朋友末，倪也望耐照應照應，阿有啥攔掇趙大少爺來扳
> 倪個差頭？耐做大少爺也犯勿著哚！」楊家姆也說道：「我說趙
> 大少爺勤吵，也勿曾說差啥閒話哇。倪要是說差仔，得罪仔趙大
> 少爺，趙大少爺自家也蠻會說哚，阿要啥攔掇嗄？」[184]

類似狀況在第九回「黃翠鳳舌戰羅子富」中亦有出現，即倌人申辯伎
家規矩在生意買賣上必然是以一對多的經營關係，但求男性對待倌人
卻須持以一對一的不成文約定，強調女性應受眾人追求的廣泛關係，
及其具備性別政治的決定權力：

> 子富不好意思，搭訕說道：「耐哚人一點點無撥啥道理！耐自
> 家也去想想看，耐做個倌人末，幾花客人做仔去，倒勿許客人
> 再去做一個倌人，故末啥道理哩？也虧耐哚有面孔說得出！」
> 翠鳳笑道：「為啥說勿出嗄？倪是做生意，叫無法碗。耐搭我
> 一年三節生意包仔下來，我就做耐一幹仔，蠻好。」子富道：
> 「耐要想敲我一幹仔哉。」翠鳳道：「做仔耐一幹仔，勿敲
> 耐，敲啥人嗄？耐倒說得有道理！」子富被翠鳳頂住嘴，沒
> 得說了。[185]

縱然，這樣的販賣行為，仍具男尊女卑的意味，尤其當賣淫事業被刻
板地視為性奴役、性壓抑、男權體制對女性身體的剝削行為時，倡伎
身分通常被質疑能否以女性權力產生自覺作用——然而，無法否認的
是，當部分女性自甘於男權機制下成為「性工作者」，這份服務於資
本主義市場裡的肉體交易，即促使性的權力關係，成為一種公開肯定
賣淫活動的政治環境，從中帶有顛覆傳統封建體制的意義——這或者

---

[184] 韓邦慶：《海上花列傳・第二回》，頁22-23。
[185] 韓邦慶：《海上花列傳・第九回》，頁93-94。

是一種生存壓力下對正常性愛關係的誤解與扭曲，但如李孝悌對賀蕭
（Gail Hershatter）上海倡伎研究的解說：

> 二十世紀的改革者常常義憤填膺地把所有的倡伎都單純地看
> 成被壓迫的受害者……（但倡伎）既非一貫地處於被害的劣勢
> 地位，也不是一貫地打上烙印的社會秩序的危害者。當她們的
> 權益受到侵犯時，為了尋求法律的保障，不惜以公民的身分與
> 老鴇、人口販子公堂相見……倡伎與一般結婚的家庭主婦相比
> 是一個相對自由、獨立而且可以由自己控制的職業。[186]

可見晚清婦女透過自發性的趨利賣淫，表現對自我身體強勢而積極的
掌控權力，屬於無法抹滅的歷史事實，同時也使得賣淫事業成為「自
由個人主義的產物」、涵涉「自由的願望或是自願是佔主導地位」的
意義——[187]於此檢視《海上花列傳》中女性意義的現代性質，倡伎將
身體為買賣的物化關係亦教倡女能夠得到據價而沽的籌碼，除了可與
男子論利爭權之外，且添復愛情裏自由競爭的一多關係，即鬆動了
封建男女主從的位置關係，從中衍生出一種特殊於體制之內的女權
意義。

小說中自贖身價的黃翠鳳、對恩客頤指氣使的沈小紅、反諷正妻
付諸威脅的衛霞仙、自願棄良下海而以從倡為樂的趙二寶、作妻不成
反倒逼人殉情的周雙玉……無論其於父權體制下最終遭遇何等結局，
她們在面對性別關係時，盡是出乎主動、據力發聲，為個人所求從不
吝付諸行動爭取，截然不同於傳統溫雅的嫻靜女性。如同江江明表示：

> 這些以娼為業的女子擺脫了婚姻之中傳統女性的被動姿態，轉
> 而以另一種扭曲的人格型態，在兩性政治關係中，與男性進行

---

[186] 引文出自李孝悌為賀蕭（Gail Hershatter）書序，參閱賀蕭：《危險的逸樂：
二十世紀上海的娼妓與現代性》，上冊，頁 5-9。
[187] （美）凱瑟林·巴里（Kathleen Barry）著、曉征譯：《被奴役的性》，頁 69。

> 性別權力的惡性鬥爭……當女人不再以婚姻模式作為提供經
> 濟保障作為生存法則時，她們更需要與男性維持某種性別政治
> 的互動模式……黃翠鳳與陸秀寶，以及王阿二，都是絕對的支
> 配者，她們在性別政治這場權謀爭逐中取得對自己比較有利的
> 位置。[188]

青樓女子自甘賣身，或不能稱為女性主義的完整呈現；韓邦慶寫實清
末女性掙脫男權宰制，所發展出種種自我認同的扭曲現象及其以身體
販賣作為經濟交換的生存形態，或也不能符合女性文學的完整定義
──[189]然如薛海燕所稱，在近代女性作者與作品正式大量出現之前，
以「女性社會身分的近代變遷」作為閱讀傳統文學的歷史線索，則能
伴隨「世俗女性觀的審思與提純」突破傳統家庭格局與封建階級，在
重審多元女性形象的接受之餘，亦已同時為新型女性觀念預作闡釋；[190]
此即張愛玲指出「雖然沒這麼理想，伎女從良至少比良家婦女有自決
權」，倡伎掌握身體的自主權力，已具有突破傳統性別政治的意義
──[191]《海上花列傳》正是以這類女性作為要角，正視倡伎活動在城

[188] 江江明：《從性別政治論海上花列傳中的娼妓生存》，頁 70-71。
[189] 許多針對中國文學內女性主義的研究論述，都表示中國文化本身的隱微複雜，難以用西方文學及其女性主義的立場概括。如孫紹先從許多中國文學中女性形象的特點，凸顯中國女性文學發展的艱鉅；張抗抗有意強調「婦女文學」與西方女性主義保持距離；劉慧英從中國傳統文學女性形象三種「自我空洞化」的程式，分析並批判父權文化影響，以重新界定女性文學批評的定義；周蕾則強調中國具有自身的現代化特性……參考孫紹先：《英雄之死與美人遲暮》（北京：社會科學文獻出版社，2000）；周蕾：《婦女與中國現代性：東西方之間閱讀記》（台北：麥田出版，1995）；劉慧英：《走出男權傳統的樊籬：文學中男權意識的批判》（北京：三聯書店，1995）；羅婷：《女性主義文學批評在西方與中國》（北京：中國社會科學出版社，2004）；盛英：《二十世紀中國女性文學史》（天津：天津人民出版社，1995）等等。
[190] 薛海燕：《近代女性文學研究》（北京：中國社會科學出版社，2004），頁 2、11。
[191] 張愛玲：〈國語本海上花譯後記〉，《海上花落》，頁 711。

市文明發展下的時代價值，呈現這些自由女性甘願淪落青樓的自決意義。

## （二）男權視域的轉移與女性權欲的崛起

繼孫紹先梳理中國文學內女性形象，分析有「怨恨心理階段」、「報復心理階段」、「嘲弄心理階段」等心理層面之後，劉慧英強調傳統父權意識對女性文學影響下，亦分論為「才子佳人」、「誘奸故事」、「社會解放」等故事模式，批判此三種文學樣式皆屬於男性威權下對女性形象「自我的空洞化」的影響。[192] 而於才子佳人模式中，附註此為「女性對男性的物質和精神依附」，以析論這種男為色傾、女為才慕的戀愛典型：

> 潛存著一種極不平等的男女關係：它直接將外在的美貌作為衡量女性自身價值的一個重要砝碼，作為女子取得幸福愛情和美滿婚姻的根本性條件……憑著男人的風流倜儻、高官厚祿以及各種保證愛情與婚姻「幸福」的物質和精神財富都會源源而來。[193]

《品花寶鑑》作為移接「才子佳人」模式的愛情故事，同樣承襲了劉氏所稱父權視域下物化、佔有、操控陰性的不平等關係，然其卻將女性角色自女性形象中抽離，而以「男身女相」的乾伶代替，即由性別錯置中轉為一種男性自抑、自諷、自省的現代性意義，形成男性視域連帶價值觀念的轉移。

觀察陳森小說中，出乎名士名伶相戀之外的女性形象，相較乾旦於體制下物化的程度，非但鮮少，甚至疏離於傳統嬌柔、溫婉的女性狀態，表現出一種現代化的陽剛氣概——反觀動輒「又是嬌啼滿面，

---

[192] 參考劉慧英：《走出男權傳統的樊籬：文學中男權意識的批判》，頁 16-59；羅婷：《女性主義文學批評在西方與中國》，頁 258-261。
[193] 劉慧英：《走出男權傳統的樊籬：文學中男權意識的批判》，頁 17。

歪倒在炕上」的杜琴言，無不以「面似梨花，朱唇淺淡」、「可憐可愛的模樣」，展現一種淚眼婆娑的柔弱風情——[194]第五四回中品論唐詩，鞭辟入裡而被稱為「若去考博學宏詞，怕不是狀元？又是當初的黃崇嘏了」的王瓊華，反而顯得氣度大方、瀟灑軒昂。[195]可見陳森小說中的男女於對照之下，即顛倒了傳統制式的陰陽典型。其將純粹陰柔的詞彙都攬予男性身上，反倒讓具有陽剛特質的女性角色，映襯男性游走於體制邊緣的脆弱，托顯文人心中隱然的矛盾與徬徨。

甚至在名士名伶以情理為尚的純情關係對比上，陳森除以墮落文人與黑相公的色欲狎玩，反襯脫塵烏托邦的精神相戀之外，也教女性角色們於閨房之中展示她們縱情聲色的方法。即見小說五七回，華家「十珠婢」與徐府「十二紅」互行酒令，女性非但有其陣圖伐國之霸勢，且以點將行兵的遊戲展現她們的文采酒量與春情欲望。首先，便看這你來我往的廝殺氣概：

> 浣香道：「姐姐，你今日受了大敵了，我們六國今番并力，定要殺你個片甲不留。」綺香道：「慢說大話。少頃叫你這國投降，那國納貢，好看罷。」蓉華道：「我若再掣著廉頗、藺相如，就教你不敢出崤、函之外了。」瓊華道：「我若掣了張子房，這博浪一椎，斷不教他中個副軍。」佩秋道：「我掣荊軻，也不至中銅柱的。」浣蘭道：「我把田單的火牛驅過來，看你有什麼御敵的妙計。」[196]

此番操兵弄卒的陽剛氣質，而把古代將相把玩於手掌之間，展現女性豪情不輸名士品題倡優的物化姿態。她們將歷代名男作成棋子遊戲，笑鬧之間還偶不時亦取樂一番，[197]又豈是杜琴言與梅子玉這對同性鴛

[194] 陳森：《品花寶鑑》，第二七、四八回，頁405、726。
[195] 陳森：《品花寶鑑‧第五四回》，頁815。
[196] 陳森：《品花寶鑑‧第五七回》，頁856-857。
[197] 紫煙取楚國的籌，見自己的女兵們分別抽到令尹子蘭與宋玉等，即笑道怎抽到一個佞人與一個風流鬼。參閱陳森：《品花寶鑑‧第五七回》，頁858。

鴦，終日淚眼梨花的秋水相望可以相擬。而群女閨房花園嘻笑鬥鬧之際，更進一步，亦能葷素不忌的以詩詞創作聊表情欲：

> 這徐家的十二紅，與華家的十珠，正是年貌相當，才力相敵⋯⋯都懷著好勝脾氣，兩不相下⋯⋯說起這些詩詞雜技，便定要你薄我，我薄你，彼此都想占點便宜⋯⋯掌珠擲了個「踏梯望月」，說了一個只是平平，不見出色。紅雯道：「這個令題就好得很，你這麼說來，就辜負了題目了。我代你說。」即說道：「踏梯望月，宋玉在西鄰，隔牆兒酬和到天明。花心動，有女懷春。」掌珠笑罵紅雯道：「好個女孩兒家，踏著梯子去望人，還說自己花心動呢。臊也臊死了。」紅雯笑道：「我是說你的，你悶在心裡，不要悶出病來，倒直說了罷。」

> 紅香擲了一個「正雙飛」，偏也湊不上來。想著了幾句，又不是一韻。這邊荷珠道：「我代你說一個好的，叫你再不恨我⋯⋯我雖代你說，這令是原算你的。」便念道：「正雙飛，有願幾時諧，捱一刻似一夏。並頭蓮，庶幾鳳夜。」紅香紅著臉，要撕荷珠的嘴⋯⋯荷珠擲了一個「一枝花」，正要想幾句好句子，忽見紅雯對著他笑盈盈的說道：「我代你說。」荷珠料他沒有好話，便搖著頭道：「不稀罕。」⋯⋯眾人要聽笑話，都要他說。紅雯念道：「一枝花，還憐合抱時，這叫做才子佳人信有之。一點紅，薄污我私。」眾人忍不住皆笑。荷珠氣極，走過來把紅雯攔腰抱住，使勁的把他按在炕上，壓住了他，說道：「我倒要請教請教你這『一點紅』呢。」紅雯力小，翻不轉來，裙子已兩邊分開。眾人見他兩隻金蓮，往外亂釵，眾人的腰都笑的支不起來。[198]

---

[198] 陳森：《品花寶鑑・第十一回》，頁 177-180。

無怪陳森形容這群少女「十樣鮮花，一群粉蝶」、「比鄭康成之詩婢，少道學之風規；較郭令公之家姬，得風流之香主」。[199]此珠鈿亂顫、春思蕩漾的女性風情，相較於奉行道德禁令的名門士族，確實顯得無拘禮數、自在坦然。而在這些無傷大雅的風流口過之間，更是備顯現代化女性，毫不扭捏地彰顯她們的才情自信與對情欲的主動自發。

在這類女性形象上，非但不見傳統男性視域對女性美貌、美德的強制訴求，反而是將那套審色物化的制式標準，移轉至男性本身之上。因此小說中還可見到市集裡迎面撞上，調笑子玉的街婦；畫舫上遙稱姊妹，戲弄琴言的歌伎……[200]多在男／女角色，主／被動立場的顛倒中，顯示現代化商業社會裡的性別變異以及觀念轉移。誠如張瀛太觀察陳森小說，表示這些比重顯少卻又鮮活奇特的女性形象，或者一面呈現「男性對本身性別建構的質疑和自我解體」，一面也表示女性自那片父權意識漸毀的烏托邦世界裏的出軌：

> 當名士和男伶大談戀愛時，女人倒底在哪裡？這好像是一場不干女人的遊戲……然而卻她們不斷出現在小說的詩詞、典故、對話中……像一塊布景。陳森書中對女色不如男色的寫法，俯拾皆是……究竟是陳森偏心，還是厭惡了傳統的性別刻板印象，所以把原本男人享受的給了女人，把女人專用的給了男人……在情慾的追逐上，男人未必要硬撐作強者，女人也未必要一直弱下去、被動下去。[201]

當傳統「才子佳人模式」強調男權視域中女色美貌以及貞潔美德的必然評判，陳森小說恰恰在乾旦「女相」表面對傳統的肯定上，又以其實質的「男身」作為弔詭於體制內在的自相諷刺；而當封建體制中男

---

[199] 陳森：《品花寶鑑・第十一回》，頁169。
[200] 陳森：《品花寶鑑》，第九、五五回，頁140、835。
[201] 張瀛太：〈照花前後鏡，情色交相映：品花寶鑑中的男色世界〉，《中國文學研究》，13期，頁239-243。

權賦予男性自身強悍、剛毅以及才德出眾的特質,且相對於女性性別期望上則強調其嬌弱、溫婉、被動無聲的藝術形象時,《品花寶鑑》則以乾旦於情欲之間的矛盾與壓抑、女性展現陰柔之外的豪情特質甚至情欲自覺,而藉此跨越陰陽雙性的異色情調,顯現男性面對體制亦有其柔弱無能的一面,同性戀情於宗法制度內的萌芽以及妥協。

　　《品花寶鑑》中錯置陰陽性別、顛覆男女制式形象,形成一種父權自我解嘲的折射,實屬於男性視域脫離傳統封建體制的現代性轉移。反觀於韓邦慶《海上花列傳》,則更直視女性於權力、物欲上的主動爭取,強調男女階級於商業發展中的具體變遷——如此看到,倡優身份作為時人突破封建、躍進現代的象徵隱喻,誠如筏蹉衍那(Vatsyayana)《愛經》(Kama Sutra)所言,只要有「經濟的困難」、「想從不幸中逃離」和「追尋愛」的三個理由,每個人都有機會成為倡伎——[202]無論是《品花寶鑑》的陰柔男優,還是《海上花列傳》裡的勢利倡女,他們屈於現實生存環境賣身下海,卻在爭取利益的同時,或為追尋精神救贖的戀愛伴侶,或為擺脫貧窮受控的經濟階級,都已呈顯現代化性別自感官到意識上的積極蛻變。而從《品花寶鑑》裡對比於陰柔男性的瀟灑女性,聯繫到《海上花列傳》中逐漸掌握情欲與經濟自主的倡伎,則更可看見女性自覺逐漸萌興的現代化契機。

　　在這轉換之間,傳統「才子佳人」模式,從陳森乾旦書寫中性別越界的突變,進展為韓邦慶筆下女性翻轉性別政治進一步去掌握權勢——又或者殘存於李漱芳與陶玉甫這對苦命鴛鴦的少數份子之間,則亦超乎「男女相遇,雙雙墜入愛河,繼而被殘酷的命運拆散,最後心

---

[202] 筏蹉衍那(Vatsyayana)的《愛經》(Kama Sutra)為古印度作品,「Kama」為印度愛神,「Sutra」指經典,其內容強調性愛享受與肉體歡愉,除身體性愛的實踐表述,亦闡述女人心理對情欲自覺的態度與性愛關係的位置。參考(印度)筏蹉衍那(Vatsyayana)著、張哲嘉編譯:《印度心愛經:古印度身心靈的性愛哲學》(台北:沃爾文化,2005);(日)寺山修司(Terayama Shuji)著、黃碧君譯:〈關於娼妓的黑暗畫報〉,《幻想圖書館》(台北:邊城出版,2005),頁88。

碎而死」的模式，及其作為「戀人之間浪漫規系的平衡交互作用」所理解的悲劇典型之外──《海上花列傳》更以女性心境的細緻處理，將其夾處於傳統現代間的徘徊抉擇，作為傳統體制與愛情理想反諷式的突圍。誠如李漱芳自析病況：

> 倪無姆是單養我一幹仔，我有點勿適意仔，俚嘴裡末勿說，心裡是極殺來浪。我也巴勿得早點好仔末，讓俚也快活點。陸裡曉得，一徑病到仔故歇還勿好。我自家拿面鏡子來照照，瘦得來勿像啥人個哉。說是請先生吃藥，真真吃好仔也無啥，我該個病，陸裡吃得好嘎？舊年生仔病下來，頭一個先是無姆，急得來要死。耐末也無撥一日舒舒齊齊。我要再請先生哉、吃藥哉，吵得一家人才勿安逸……我自家生個病，自家阿有啥勿覺著？該個病，死末勿見得就死，要俚好倒也難個哉。我是一徑常恐無姆幾個人聽見仔要發極，一徑勿曾說，固歇也只好說哉。耐末也白認得仔我一場。先起頭說個幾花閒話，覅去提起哉。要末該世裡碰著仔，再補償耐。[203]

漱芳釐析病情、拒絕就醫，顯示她爭取愛情自主所面對的困境及其抗議，甚至帶有自承命運的決定──此病況從二十回漱芳自析開始，一直要到三六回高亞白診斷為「癆瘵」，「原由出於先天不足，氣血兩虧，脾胃生來嬌弱之故」，癥結還是在於病患本身的心緒，「其為人

---

[203] 韓邦慶：《海上花列傳・二十回》，頁197-198。李漱芳語譯：「我媽是單養我一個人，我有點不舒服了，她嘴裡嘎不說，心裡急死了在這裡。我也巴不得早點好了嘎，讓她也快活點。哪裡曉得一病到這時候還不好！我自己拿隻鏡子來照照，瘦得呵是不像個人的了！說是請先生喫藥，真正喫好了也沒什麼；我這個病哪喫得好啊？去年一病下來，頭一個先是媽急得呵要死；你嘎也沒一天舒服日子過。我再要請先生了，喫藥了，吵得一家都不安逸……我自己生的病，自己可有什麼不覺得？這個病，死嘎不見得就死，要它好倒也難的了。我是一直唯恐媽幾個人聽見了要發急，一直沒說，這時候也只好說了。你嘎也白認得了我一場。起先說得那些話，不要提了；要嘎下輩子裡碰見了，再補償你。」張愛玲：《海上花開》，頁238-239。

必然絕頂聰明，加之以用心過度，所以憂思煩惱，日積月累……倘然
能得無私無慮，調攝得宜，比仔吃藥再要靈」。[204]但知如此，李漱芳
依然難癒，正顯示她拿命相搏的意志──可見李氏「病逝」佔有極大
成分的自我抉擇意識，韓邦慶即以人物主體對峙於體制環境所形成兩
相拉鋸的力道，展現這病榻佳人內蘊深厚的現代隱喻。亦如周蕾析論：
「對她們來說，『愛情』並不是賦予『完整』生命意義的、抱有希望
的狀態，而是降臨在她們身上的災難」──[205]偏偏愛情儀式作為倡女
賣身的一種營利要件，倡院規矩亦以商場客主的一多立場形成了自由
愛情的男女關係──當韓邦慶書寫倡女在自抉於愛情、販賣以愛情、
受限於愛情、操弄以愛情……衝突之際，即試圖辯證新舊時代間混亂
錯綜的價值評判，反映傳統與現代夾縫間模糊且徬徨的複雜局面，從
中展現戲擬傳統理想、嘲解的封建體制的現實意義。

　　一旦關注於《海上花列傳》內的女性角色，並將其視為分析闡述
的焦點，便可超越傳統觀點裡女性形象所能理解的範圍，而能直接動
搖封建體制以兩性間可見差異的傳統社會關係，直指現代化性別政治
中的權力意義。更何況韓邦慶筆下多是現代商業社會裡徵逐勢利、崇
尚物欲，具有獨立個性的現實倡女，翻閱小說第十回，即見兩處書寓
的景況對照。在「公陽里」，老鴇周蘭派上光鮮衣裳，正為生意乍好
的周雙玉一番妝點：

> 巧囡在旁提著衣裳領口，伏侍雙玉穿將起來，是一件織金撇藍
> 盆景一色鑲滾湖色寧綢棉襖。巧囡看了道：「實概件衣裳，我
> 好像勿曾看見歇。」……雙玉穿上棉襖，向大洋鏡前走了幾步，

---

[204] 韓邦慶：《海上花列傳‧三六回》，頁 358-359。

[205] 引文為周蕾以女性做為閱讀焦點重新析論鴛鴦蝴蝶派作品，而將約翰‧伯
寧豪森（John Berninghausen）、特德‧哈德斯（Ted Huters）與林培瑞等意
見重新檢視，試圖補充以及超越。《海上花列傳》作為「海派」文學先驅，
某些角度與立場能夠從中得諸重疊，筆者於此選揀合宜而適用處，作為觀
點的運用。參閱周蕾：《婦女與中國現代性：東西方之間閱讀記》，頁 103。

托起臂膊，比比出手。周蘭過去把衣襟皺紋拉直些，又嘮叨說道：「耐要自家有志氣，做生意末巴結點，阿曉得？我眼睛裡望出來，無啥親生勿親生，才是我囡仵。耐倘然學得到雙珠阿姐末，大先生、二先生幾花衣裳、頭面，隨便耐中意陸裡一樣，只管拿得去末哉。」[206]

而於「西蕙芳里」，姨娘阿珠則為逐漸失寵的沈小紅，向另狹她人的王蓮生據理力爭：

洪老爺說得勿差，「倌人末勿是靠一個客人」。倪先生也有好幾戶客人哚！為啥要耐王老爺一幹仔來撐場面哩？耐就一幹仔撐仔場面，勿來搭倪先生還債，倪先生就欠仔一萬債，阿好搭耐王老爺說？要耐王老爺來還嗄？耐王老爺自家搭倪先生說，要搭倪先生還債。只要王老爺真真還清仔，倪先生阿有啥枝枝節節？……故歇耐王老爺原勿曾搭倪先生還些一點點債，倒先去做仔張蕙貞哉！耐王老爺想想看，阿是倪先生來裡枝枝節節呢？阿是耐王老爺自家來哚枝枝節節！[207]

兩相比照局勢，前者向倌人「理新妝討人嚴訓導」，後者對官紳「還舊債清客頓機鋒」，前者蓄勢待發，端看待上檯面的初生之犢，洞策

---

[206] 韓邦慶：《海上花列傳·第十回》，頁 97-98。周蘭語譯如下：「你要自己有志氣，做生意巴結點，曉得罷？我眼睛裏望出來，沒什麼親生不親生，都是我女兒。妳倘若學得到雙珠姐姐嘌，大先生二先生多少衣裳頭面，隨便你中意哪一樣，只管拿去好了。」參閱張愛玲：《海上花開》，頁 126。

[207] 韓邦慶：《海上花列傳·第十回》，頁 103。關於阿珠一番舌槍，語譯為：「洪老爺說得不錯『倌人嘌不是靠一個客人』，我們先生也有好幾戶客人嗳，為什麼要你王老爺一人來撐場面？你就一個人撐了場面，不來替我們先生還債，我們先生就欠了一萬債，可好跟你王老爺說？要你王老爺來還哪？你王老爺自己跟我們先生說，要替我們先生還債。只要王老爺真的還清了，我們先生可有什麼枝枝節節？……此刻你王老爺還是沒替我們先生還一點點債，倒先去做了張蕙貞了。你王老爺想想看，可是我們先生在枝枝節節呢？還是你王老爺自己在枝枝節節？」參閱張愛玲：《海上花開》，頁 131。

商機可能性；後者亡羊補牢，則為風塵翻滾的頹勢，緊咬既有的權益。兩種心態，卻都同樣指向倡家營運的生財目的、人情關係的勢利本質，及於性別政治中主導權力的爭取。

周蘭一句「我眼睛裡望出來，無啥親生勿親生，才是我囝件」，強調賺錢本領遠勝血緣情誼；阿珠為小紅向蓮生訓斥多狹張蕙貞一事，嚴詞所據絕非針對男女情愛的道義，而更盡關於利益關係上的金援、債務等約定——可知《海上花列傳》將滬上環境中，重勢利、輕情理的價值觀念表現無疑，反映晚清商業社會裏，時人強調私欲物利的普遍心態——從男身女相、性別越界的乾旦書寫，到性別政治中逐漸主動發聲的女倡形象；從禮教壓抑的潔癖身體，到販賣靈肉只為私利的價值徬徨；從男性視域的轉移、女性自主的漸興，反映父權體制的瓦解、現代意識的逐步顯揚……《海上花列傳》凸顯狹邪小說揭露現實環境的特質，自傳統溢美轉向近真寫實，於傳統／現代文化趨勢間的徬徨徘徊、權力機制／身體欲望互相滲透的曲折變化間，拓展《品花寶鑑》身體議題與性別意識的層次，而能以複雜多元的女性心理及其現實意義，正式突破父權價值框架，呈顯現代性意識逐步自覺的萌興。

# 第五章 結論

　　筆者選擇並列、比對陳森《品花寶鑑》與韓邦慶《海上花列傳》,作為研究的理由有許多層面,除兩者在文學史、藝術史上,有其相連、相承的歷史脈落;在文化史、政治史上,亦能提出種種可供參照、比較的反映現象——觀察陳森/韓邦慶兩部小說的寫作背景,即能自清季/清末兩相關連的時空環境切入觀察、從北京/上海兩處殊異的南北地理著眼分析——延伸兩說部題材同以聲色狹邪,卻別以溢美形態/近真筆調的兩種寫作策略,各自描繪男伶與名士/女倡與商紳之兩種類形的人情關係,分別強調重情/尚利兩種趨向的價值立場,以迎合禮法教化/工商物欲兩相殊異的社會形態,交會呈現傳統/現代之間的過渡變化,在互顯意義之餘更能凸出晚清社會的現代化歷程。

　　誠如周蕾表示今人分辨中國現代文學多以「五四」作為分期,此現象「強調中國文學的地位是通過『現代性』而得以與『世界』並列的;相對而言,『前現代』中國文學只能繼續保留在奧秘的『漢學』範疇之中」,卻往往扼殺清中葉以降、五四之前,中國文學不經西化而自轉於現代化的努力階段,這些未脫古典而具現代性的作品「正是由於它們與帝國主義有密切關係,中國文學的『現代性』和『現代主義』問題才需要重新思考」。[1]於此,檢視狹邪小說突破傳統文學的寫作模式、取材類型、審美觀念、價值評判……特質,已逐漸形成一種習染於商業環境下文人轉型的創作實驗,正能呼應中國現代化,展示其自轉式的進程——《品花寶鑑》凸出一種男性審色的視域轉移、性

---

[1] 周蕾:《婦女與中國現代性:東西方之間閱讀記》,頁79。

別越界的情愛類型；《海上花列傳》強調一種女性自主的現實立場、性別政治的階級顛覆──它們凸顯晚清中國城市通俗小說的意義，是透過作者直接接觸聲色邊緣的社會觀點，著眼至時人於環境的切身關注，幽微而真實地反映了新舊時代夾縫間的矛盾掙扎，對中國現代化帶有啟蒙進程的本土意義。

因此，本書強調晚清這段中國現代化歷程中狹邪小說所反映的時代意義，從中思索時人面對傳統崩毀的失落與現代化影響的疑懼下，所形成矛盾兩難的雙重焦慮，實藉由「書寫的歷史背景」、「聲色空間到人際關係的場域隱喻」以及「身體隱喻到性別論述」三個焦點，於分析與對照之間，分別展現「從溢美幻想到近真寫實」、「從私領域的閉鎖到公領域的開放」、「從男性陰柔對父權的諷刺到女性勢利的主動發聲」的現代性探掘，試圖具體凸顯這段模糊而備受忽略的啟蒙進程，將文人與時共感的迂曲心理與文藝貢獻逐一釐清與呈現。

# 第一節　從「溢美」到「近真」的倡優小說寫作

倡優作為出賣皮肉色相的邊緣職業，屬於傳統社會制度下的底層階級，卻因其特殊的文化氣質，發展於封建體制、宗法約束的灰色地帶，從中產生自由傾向的戀愛意義，無疑成為中國戀愛小說之中比例頗重的象徵性題材──《品花寶鑑》與《海上花列傳》特別於狹邪系統上別具典型，尤其介於時代之交，強化倡優身分與次文化之邊緣所蘊含的衝突意義，即飽合兩著代表為狹邪小說衛續傳統、迎向現代的關鍵契機。

呼應魯迅別立「狹邪小說」一派，正是由《品花寶鑑》強調「溢美」銜接至《海上花列傳》特出「近真」的兩種趨向作為小說演進的拓展，誠如何滿子統整幾部中國愛情小說的典型，即為這兩部小說於中國小說史上各立專章，強調自清季「中國小說退潮期」後，《品花

寶鑑》樹立了「中國式的同性戀」、《海上花列傳》突破佳人筆法，揭露為一則愛情販賣本相的「城市風俗畫」的現代性。[2]因此，對比《品花寶鑑》之「溢美」風情與《海上花列傳》之「近真」特色，即表現小說家以自身所處的狹邪環境看待時代價值，已產生不同程度的觀點立場，進而凸顯「偽擬於傳統」與「寫真於現代」的兩種意義，交錯清人面對衰世、迎向現代的創作樣貌。

就小說形態上來說，陳森提出「性情之貞淫，語言之雅俗，情文之真偽」的寫作標準，[3]藉以強調以佳人之筆形塑名伶的乾旦書寫、歸趨封建禮法的價值判斷，但此強以男身作為女態、以異性戀模式套於男男戀愛，則如何滿子所說「愈貞、愈雅、愈真則愈加增添其別扭的感受」、造成鄭振鐸稱其「進退失據」的困窘，[4]如此形成一處作者與世隔絕的幻想烏托邦，而可視為文人於現實無奈下的心靈遁逃；至於《海上花列傳》不同於傳統文人彩繪倡優為佳人的愛情幻構，韓邦慶拒絕畫餅充飢、聊以自慰的虛構妄想，而直接將「上海把勢裡，客人騙倌人，倌人騙客人，大家觔面孔」，[5]各種檔次的銷金淫窟、聲色男女的百態群相，一舉暴露、揭發，比對於虛境夢遊般的《品花寶鑑》，韓邦慶《海上花列傳》強調現實生活中的風俗常態，似乎為中國向來強調精神浪漫的愛情小說添置一層社會寫實的層面。然以狹邪小說作者極為強調創作環境與書寫立場的關連性來看，陳森卻也有其出自現實的程度，韓邦慶亦可見其避入迷幻的狀態，兩相比對出狹邪小說由溢美至近真的現代化進程，亦蘊有時人於歷史縫隙間掙扎的意識徘徊。

而就狹邪小說以倡優環境反映社會現代化的意義來看，無論於價值觀上講究回歸傳統宗法的《品花寶鑑》，還是逕自訴求現實營利的

---

[2] 何滿子：《中國愛情小說中的兩性關係》（上海：上海書店出版社，1999），頁176、186。
[3] 石函氏：〈品花寶鑑序〉，《品花寶鑑》，頁1。
[4] 何滿子：《中國愛情小說中的兩性關係》，頁179。
[5] 韓邦慶：《海上花列傳·三六回》，頁351-352。

《海上花列傳》，都各自展示出商業化環境裡物欲縱橫的漸進程度。誠如陳森《品花寶鑑》中透過文人觀戲賞伶「都是玉琢粉妝的腦袋，花嬌柳媚的神情。」[6]寫到市景之間娛樂事業昌盛的梨園景致，雖說《品花寶鑑》推奉純情與道德理想的性靈烏托邦，陳森側筆仍然帶真實地寫道商業化環境裡聲色橫流的勢利情景，即見其藉墮落文人與黑相公於城市花叢的交流，呈顯時人尚利好色的物欲。

　　但要比起陳森崇情尚德，以其對傳統價值觀趨於「溢美」的依戀，將世俗物欲施以「讒諂妖魔」的負面批判，相較於韓邦慶「近真」的態度，則便褪去傳統禮法的規範，轉以客觀冷靜的筆調，鋪敘出當時現代化物欲環境的必然發展。《海上花列傳》中多得是「各通姓名，然後就坐，大家隨意閒談」設宴圍桌吃局的場面，以及「兩個向榻床左右對面躺著，也不吸煙，卻悄悄的說些秘密事務」、「姊妹並坐在大床上，指點眾人背地說笑」商紳與倌人時而群聚、時而個別的交相閒談，[7]其內容或涉買辦事務、或者關乎情愛，都屬於一種生意形式的往來，表面上熱絡密切的關係往來，其實都是各懷私欲利害的謀算。韓氏小說情調將物欲滲透的人情關係寫得近乎尋常，更擅長描繪人物平常對話，透露倡域如同商場中據物論價的物資籌碼及勢力慾望的關係網絡，[8]即在人際互動於賞玩物件的表面姿態下，盡露商業浮華城市中人對權力物欲的試探與鬥爭，以及虛榮人情關係裏的羨妒心理與競爭態度，實為現代化價值觀的淋漓展現。

---

6　陳森：《品花寶鑑・第三回》，頁 45-46。
7　韓邦慶：《海上花列傳・第三回》，頁 31。
8　舉例如韓邦慶《海上花列傳・十七回》，雙玉對雙珠炫示物件，雙玉：「式樣可好？」雙珠看是景星店號，知道是客人給她新買的了，乃問：「要多少洋錢？」雙玉：「說是二十六塊洋錢哪。可貴呀？」雙珠：「差不多這樣，倒不錯。」雙玉聽說，更自歡喜，仍拿了過那邊房裏去陪客人。雙珠因又說道：「你看她這標勁（炫耀、賣弄的傲氣）！」語譯閱張愛玲：《海上花開》，頁 207。即見雙玉展示蠅頭所得，在對客人衡量估價之餘，也為同行生意的暗中較量。

　　因此看待《海上花列傳》「這種平淡而日常化的感情描寫，往往是普通讀者難以察覺的佳構」，所呈現於「近真」的文藝高度作為一種現代意義的指標，《品花寶鑑》於才子佳人上的套用與變形，其「溢美」風格則可謂脫離於古典模式的一種前行。尤其《品花寶鑑》中已大量出現的經商士人與營利相公等形象，直到《海上花列傳》呈現一片雅俗不分、高低交涉的洋場風情，則如施康強所稱，已經從傳統理想轉為尋常人等的世間情味：

> 才子佳人的遇合在娼妓史上屬於「高檔次」，市民階級對之可以欣賞，很難認同。《海上花》中的妓女不見得才貌出眾，嫖客又都是普通商人，與同時代的讀者可說沒有什麼距離。[9]

市井倡優與商紳的被提出，除顯示文人俗化對傳統階級制度的解構之外，更代表現代城市意義與物欲價值觀正被時人逐步認同——從《品花寶鑑》中尚存傳統理想的陰陽越界，到《海上花列傳》裡毫無傳奇、僅存寫實的描繪——表現「狹邪小說」逐漸脫離傳統文藝對情節迭宕的「故事性」追求，轉以描繪尋常人間的關係交流與生活情態；減去民族意識、政治訴求、道德理想等等意識形態的利用與批判，進而著重對真實人生與顯微人性的關懷及探究。

# 第二節　從「私園」到「街景」的場域隱喻

　　從狹邪小說於社會環境與作者背景、「所見」與「所寫」間交互影響的關係，以及《品花寶鑑》與《海上花列傳》兩著對照中凸顯北京與上海，這一古城一新滬、一對內封建政權中心一向外資本商業樞紐的差異，誠如魯迅聲明「北京是明清的帝都，上海乃各國之租界」、

---

[9]　施康強之語原出於〈張愛玲著譯海上花〉一文，節錄自陳永健：《三挈海上花：張愛玲與韓邦慶》（上海：上海書店出版社，2007），頁144。

「京派是官的幫閑，海派則是商的幫忙」，[10]甚至成為日後京派文學
與海派文學的分別先聲，都可得知陳、韓兩部小說於背景環境上，皆
有著相當深刻的地域特質與文化表徵。

　　由此延伸觀察到陳森與韓邦慶筆下的場域書寫，進而能見兩種不
同類型的熱鬧城市風情，首先看到《品花寶鑑》中的街景描寫「一進
燈棚裡，便人山人海的擁擠起來，還夾著些車馬在裡頭」、「那些奶
奶們，在大玻璃窗內，左顧右盼。文澤、王恂等也各留神凝視，有好
看的，有不好看的，但華妝豔服，燈光之下，也總加了幾個成色」，[11]
其中車水馬龍、男女張看，於一片熱鬧流通的喧囂景況中，顯示文人
階級逐漸俗化開放。商業習氣在隨人目探的城市環境中，逐漸鬆動了
封建體制的陳習與價值觀。但在陳森刻意區別雅俗，強調城市內外的
文化層次，以及園宅開放程度的不等限制下，終將視野由街道市景轉
回名士園林之中，即見「溢美」風格對傳統理想訴求，反而成為小說
反映現實物欲的一種限制。

　　而至韓邦慶強調「近真」書寫，城市街景則被作者更大篇幅的擴
充，非但上海洋場呈現一種來去自如的人煙匯聚，其中展示城市男女
的眼光交互打量，更無忌憚的顯現時人於商業滲透下評斷衡價的物欲
價值觀。因而繼續看到《海上花列傳》「吃茶的、吸煙的越發多了，
亂烘烘的像潮湧一般，哪裡還有空座兒。並夾些小買賣」、「收了煙
票，隨後出了雨花樓，從四馬路朝西一直至大興里，遠遠望見老姨娘
真個站在弄口等候」的場域描寫，已完全顯示出時人於公共場域裡的
顧盼姿態。[12]相較於陳森筆下儒雅名士於燈會市集轉入半開放園林；

---

10　魯迅曾發表兩篇略不相同的短文〈京派與海派〉分別刊載於《申報·自由
　　談》（1934年2月3日）與《太白》半月刊（1935年5月5日），第2卷
　　4期。前篇收於魯迅：《花邊文學》（台北：風雲時代出版社，1990），
　　頁19-21；後者則收在魯迅：《且介亭雜文二集》（台北：風雲時代出版社，
　　1990），頁109-113。
11　陳森：《品花寶鑑·第九回》，頁139-141。
12　韓邦慶：《海上花列傳·第十五、十六回》，頁149-153。

韓邦慶寫好色商紳自馬路閒逛野雞煙館與暗巷倡家——兩相色域情致與場域關係已呈現顯著不同——從《品花寶鑑》半開放園林空間隱喻當時文人心態，其對俗世熱鬧既貪看又不耐的矛盾，正是晚清傳統封建逐漸崩毀的現代化情狀；而至《海上花列傳》全開放城市洋場所展示的聲色景況，盡是煙樓酒館的茶局飯局與大街暗巷間遊蕩穿梭的男女姿態，則表現出世紀末商業環境蓬勃中時人無措的徬徨失落。

筆者於本書第三章中，即針對《品花寶鑑》中徐氏怡園的半開放特性析論，作為傳統向現代化接軌的程度隱喻，並比照華家園林的封閉特質，強調京師作為封建政治核心，深刻影響到陳森於傳統價值立場的固守。而在《海上花列傳》中觀察商紳倌人們開放於飯局之間的關係網絡，呼應室外交通與應酬對話於小說「穿插、藏閃」的寫作形式，將人情關係中現實勢利的物欲情狀，於現代化商業環境中具體凸顯。誠如侯孝賢對韓邦慶的稱道：「小說太精采了，稱得上千錘百鍊。他一輩子在青樓的經驗都放進了小說裡，人物的個性準確、清楚到一個地步。」[13]即可從小說精巧筆鋒刻畫環境起居、物件瑣務等場景細微之處，所反映城市歡場物化時髦的繁盛現象，可見作者描繪文化環境的工夫及對人情關係隱喻背後的價值立場。

首先，在《品花寶鑑》的園林書寫中，強化了傳統文學「花園」為情欲烏托邦的私密形象，而於文人隱匿於耽溺的心境上，畫歸一處與居所隔離的私宅，卻又融合物欲現代化的商業環境，演成一種半開放的空間形式。可見徐府怡園「乃地沿紫禁，雲護皇都，名著金臺，星連帝座。銅街復道，珠市通衢」，既近京城又臨市井的地理特色，應合於「有翩翩公子，弱冠為郎；岳岳清才，英年攀桂。簪裾雲集，皆四姓之門庭；裙屐風流，洵一時之俊彥」，名士與名伶既為邊緣又屬流行的交際文化。[14]成為「干謁者紛紛而來，應酬甚繁。即遇無事

---

[13] （美）白睿文（Michael Berry）：〈訪談朱天文與侯孝賢〉，收自《有所思，乃在大海南》（台北：印刻出版社，2008），頁301。
[14] 陳森：《品花寶鑑‧四十六回》，頁697。

清閒之日，又須為諸花物色，荼蘼石葉之香，鹿錦鳳綾之豔」之一塊福地。[15]其烏托邦之景，除了匯通市井之外，其旨在篩選、營造一種色域桃源，遂成為介乎俗世歡場與宗法家庭之間的曖昧地域，呼應小說中性別越界與同志曖昧的傾向，在傳統與現代之間過渡為一處灰色地帶。

至於，《海上花列傳》既寫幾所別緻的高級書寓，倒還深入肉慾濃厚、等級較低的花煙間，也還強調各色伎院的風格與細緻物件，去呈現完全公開、洋化而物欲的的商業環境，例如五七回姚二奶奶同馬桂生促膝長談在「一張外國式皮褥半榻」上；十九回黎篆鴻壽宴、三一回錢子剛請客，眾人所吃的是中西合併的「大菜」，非但牛排、咖啡等現代飲食一應俱全，且已開始搭配使用刀叉……[16]五十回還出現「別具風流，新翻花樣，較諸把勢絕不相同」具有異地特色的「廣東婊子館」。[17]於風情百樣、氣象萬千的倡院景致，顯示當時上海聲色鼎沸中人潮往來、級群雜處，繁華且敗壞的熱鬧景象——相較於《品花寶鑑》雖具商業模式但仍傳統守法的京師氣氛，滬上洋場更是展現別出於封建體制之外、洋化十足的新興城市之姿，反襯於清廷末世卻也顯得糜爛而輝煌——尤其當《海上花列傳》以不同裝潢、不同情調，展現各色、各級倡家空間，養成不同形象的倡伎，送迎於不同族群的恩客之間。卻同樣強烈呈現銷金窟以營利物欲為宗旨與基調的商業氣氛，即能與韓氏小說中宛若繁花百態之各種裝扮、交誼手腕的倡伎描

---

15 陳森：《品花寶鑑‧十六回》，頁 251。

16 韓邦慶：《海上花列傳》，頁 551、184、308。

17 韓邦慶《海上花列傳‧五十回》：「眾人沒法，相讓坐下，因而仔細打量這廳堂。果然別具風流，新翻花樣，較諸把勢絕不相同。屏欄窗牖，非雕鏤，即鑲嵌，刻劃得花梨、銀杏、黃楊、紫檀層層精致；帳幕簾帷，非藻繪，即綺繡，渲染得湖縐、官紗、寧綢、杭線色色鮮明。大而棟梁、柱礎、牆壁、門戶等類；無不聳翠上騰，流丹下接；小而几案、椅杌、床榻、櫥櫃等類，無不精光外溢，寶氣內含。至於栽種的異卉奇葩，懸掛的法書名畫，陳設的古董雅玩，品題的美果嘉茶，一發不消說了」（頁 490）。

繪相互輝映，隱喻出人際繁雜錯綜的表面關係結構底處，內藏勢利、交織私欲的現實景況。

而除各色倡院中的炫目物事與喧囂笑鬧之外，《海上花列傳》且以馬車、行轎等交通工具將恩客、倡伎們展示於室外，讓讀者飽覽清末洋場熱鬧紛呈的現代化街景，如見第九回黃翠鳳賞園乘坐試設有鋼絲輪、玻璃窗的皮蓬馬車；二一回黎篆鴻離滬搭乘是於海路便捷的小火輪船……[18]當時五口通商已十分普遍，外國洋行與雜貨店鋪開設亦多，時髦而現代的事物反映於小說之中俯拾即見，誠如六回吳雪香隨葛仲英乘車至大馬路上的「亨達利洋行」，物色賞玩各式新奇的玩意；三八回趙樸齋趁二寶與史天然熟熱之際，在「福利洋行」代買了外國糖果、零食種種……[19]這樣公開的城市街景在陳森《品花寶鑑》強調多重私密的隱蔽式建築中比較少見。尤其看到《海上花列傳》十一回王蓮生與陳小雲於南畫錦里口觀望火災，目睹外國巡撫以「自來水龍頭」等先進設備救火；[20]十七回趙樸齋窮途潦倒於新街與人鬥毆，被巡補送進西式規模的「仁濟醫館」，更以外國建築的樣式展現。[21]可見《海上花列傳》以內外景物，寫實當時現代化洋場風情、隱喻清末商業化城市物欲的書寫風格。而在強調場域書寫的筆墨敘述裡，韓邦慶呼應穿插藏閃的筆法、散漫簡略的風格、「只有個姓名的人物更多」所交錯紛雜眾多的人情關係，[22]象徵為商埠中人潮如海、關係隨時流轉的一種時代情境及意義。如此析論陳小雲於東首火場上煙氣騰騰的觀景：

---

18 韓邦慶：《海上花列傳》，頁87、202。
19 韓邦慶：《海上花列傳》，頁59、373。
20 韓邦慶：《海上花列傳・十一回》，頁108。
21 韓邦慶《海上花列傳・十七回》：「推開一扇屏門進去，乃是絕大一間外國房子，兩行排著七八張鐵床，橫七豎八睡著幾個病人，把洋沙帳四面撩起攢在床頂。趙樸齋卻靠在裡一張床上」（頁170）。
22 張愛玲：《海上花落》，頁724。

> 無如地下被水龍澆得濕漉漉的，與那磚頭、瓦片，七高八低，
> 只好在棋盤街口站住，覺有一股熱氣隨風吹來，帶著些灰塵
> 氣，著實難聞。小雲忙回步而西，卻見來安跟王蓮生轎子已去
> 有一箭多遠，馬路上寂然無聲。這夜既望之月，原是的皪圓的，
> 逼得電氣燈分外精神，如置身水晶宮中。小雲自己徜徉一回，
> 不料黑暗處好像一個無常鬼，直挺挺站立。正要發喊，那鬼倒
> 走到亮裡來，方看清是紅頭巡捕。[23]

則以一場城市夜景的描述，浮動著虛華而帶幽森的微妙心理，既身處於水晶宮般的現代化街燈之下，卻又恍然乍見洋人之影身似鬼魅……僅稍韓邦慶巧筆幾句，透過街道場域即隱喻出時人身處國難當頭的租界區域、傳統崩毀之際的現代繁景，其中錯雜而徬徨的幽微心理。

於此綜觀狹邪小說立於古典與現代之交，《海上花列傳》亦如《品花寶鑑》對私宅園林逐步開放的景況加以描繪，除了顯示男權士族的身分漸變，亦反映社會階層逐漸消抿界線的俗化趨勢──韓氏小說中既有傳統富宅所內設的中式私園的「一笠園」，還包括「明園」等具開放性而帶有西洋情致的公園，而於前者展示私密空間對傳統社會瓦解的諷刺之際，[24]後者則以公共空間表示為現代性開放社會的隱喻──凱特・米利特曾表示「男權制的主要定制是家庭，它反映和聯繫

---

[23] 韓邦慶：《海上花列傳・十一回》，頁 109。

[24] 韓邦慶以「一笠園」的園林敘寫，開出一塊與《海上花列傳》通篇城市意象極不相彷的地理情調──突然進入官紳為主的私宅空間，強調齊韻叟等雅士自負超凡批評上海靡爛聲色、評賞諸伎的自高形象，顯示韓邦慶於此試圖以男性為主導小說敘事的進程，但如仇防指出一笠園「是作者在紅塵濁世中尋求心靈淨土的形象隱喻，表達了作者對當下現實的拒斥與逃離」，突兀於小說其他強調女性、寫實伎家的篇章，而趨於傳統理想的幻境風格──亦可視為作者刻意於小說中製造出一種戲擬的作用，藉以反諷封建日衰之下，故作風雅者的虛偽假象，並成為傳統文明面對現代物欲價值與商業文化的夾擊下日趨頹勢的形象表徵，寄寓創作主體於歷史文化轉型期的深刻體悟與思索。

著那個大社會：它是男權制大社會中的男權制小單元……家庭，社會和國家這三種男權體制的命運是連在一起的」。[25]而《品花寶鑑》中的名園情境以色域逐漸趨隔了家庭，《海上花列傳》中的洋場生態則根本著眼於時人留連的酒樓倡院。兩著即以場域形態分別反映出兩者正與家庭、男權體制產生不同程度的隔絕與脫離，也正隱喻晚清封建權威的國家體制逐漸崩毀、商業性現代化社會逐漸確立的歷史漸進。

## 第三節　同性戀意識和女性自主觀之凸顯

鋪陳名伶色相的《品花寶鑑》與專敘伎家之事的《海上花列傳》，在形容男優與女倡的身體容貌與衣飾姿態上，都有相當篇幅的描述功夫。陳森與韓邦慶分別針對男身女相與營利女倡，呈現兩種繁華似錦的聲色景況——於前人研究中，王德威、張體等人已揭示《品花寶鑑》於同志言說上的實際影響；陳永健、江江明等人則對《海上花列傳》裏女性形象於性別關係中分門別類——筆者以立足於此等成果基礎之上，延續場域主題探討中，都市文明對物／我關係形成的影響，思索兩著於人情空間裡身體與性別的意義，透過身體資本的倡優商業現象。進而提出陳森於同性戀意識上的確立，凸顯晚清同志處境及其價值抉擇的反映；韓邦慶小說中女性於男權鬆動的性別政治裏，經濟與關係權力自主且壓抑的複雜意義。印證清末封建體制瓦解、時人價值觀念徬徨的時代困境。

在《品花寶鑑》中男伶色狀的形容上，一面強調陰性描繪作為筆墨妝點，另一面更附庸以德性之美，凸出陳森對傳統價值的依戀。誠如驚豔眾士的杜琴言，「要將世間的顏色比他，也沒有這個顏色；要

---

[25]　（美）凱特・米利特（Kate Millett）著、鍾良明譯：《性的政治》（北京：社會科學文獻出版社，1999），頁50。

將古時候的美人比他，我又沒見過古時候的美人……他姓杜，或者就是杜麗娘還魂；不然，就是杜蘭香下嫁。除了這兩個姓杜的，也就沒有第三個了」，[26]男性視域融合才子佳人的傳統審色標準，可見陳森將男旦從花樣清麗的美貌延伸至冰清凜冽的美德無不徹底推崇，而其卻與陳森同時強調的同性戀意識自覺相悖，因而形成了時代困境中文人心靈的弔詭徘徊。即本書從中提出《品花寶鑑》乾旦書寫之三種層次的審色意義——以陰性外形賞美審色之「物化」、到文人心靈同情投射之「美化」，爾後回歸傳統價值之「教化」——其中迂曲轉折而有矛盾的判斷立場，反映陳森立於傳統與現代交界的徘徊心理，即在正視男色之餘，也透露時人同性戀意識萌動的心理與其所面對到的時代困境。[27]縱然，這些男男相戀以女相之美為訴求，最終亦皆落回「內妻外友」的宗法制度內，成為一種妥協於異性戀機制的精神性純愛，但在陳森筆尖偶爾透露名士慾念與名伶妒忌的心理描述上，則已確實突破傳統小說戲曲專注於同性性行為上的獵奇描寫，而能以愛情的可貴觀點，展現同志意識的萌芽、現代化性別議題的興發。

於此，反觀《品花寶鑑》中佔少篇幅的女性角色，陳森則多賦予她們陽剛、穩健的性格，以及不輸名士的氣度、文采，例如小說十一回中：

> 清華明豔，都被你們姐妹二人（華夫人與蘇浣蘭）佔盡了。昔謝靈運說：天下之才共一石，曹子建獨得了八斗。我看，如今你們二位共占了六斗，還有一個小才女（王瓊華），來搶了三斗，只剩一斗天下閨秀分起來，到我分不到一合了。[28]

---

[26] 陳森：《品花寶鑑‧二回》，頁 30-31。

[27] 例如小說十二回田春航明確呼應「我最不解今人好女色則以為常，好男色則以為異，究竟色就是了，又何必分出男女？」正視男色的確切立場。參閱陳森：《品花寶鑑‧十二回》，頁 187。

[28] 陳森：《品花寶鑑‧十一回》，頁 176。

此處寫到徐、華二府的女主、女婢以詩文聚會，所展示的文華風采非但不輸文士格局，在徐家十二紅與華家十珠婢相抗的行令遊戲中，更從柔媚姿態到情欲形容上，不加遮掩的以詩令表明春情，尤其能納古來文臣武將為她們閒談消遣的對象，十足展現女性逐漸自主、脫出傳統性別制式概念的嶄新氣象。

此女性自主的態度拓展到《海上花列傳》新興市鎮的上海商城，則更以現實勢利的物欲性格藉華服美飾展露無疑——這是趙樸齋「頭戴瓜棱小帽，腳登京式鑲鞋，身穿銀灰杭線棉袍，外罩寶藍寧綢馬褂」初入歡場交結陸秀寶，需要更換簇新的行頭；也是諸十全「只穿一件月白竹布衫，外罩玄色縐心緞鑲馬甲」勾攝李實夫目光，必然悉心整頓的裝束——[29]倡女見男客行頭選擇生意，同時也藉打扮吸引男客目光，可見滬上男女的以身體衣飾為資本的物欲景況，而此即透露女性自主的現代化契機，蘊於男女關係的商業化經營之上。小說十八回即以林素芬與朱藹人的對話，反映洋場倡域的男女情狀：

> 素芬道：「做倌人也只做得個時髦，來哚時髦個辰光，自有多花客人去烘起來。客人末真真叫討氣……价末客人哚定歸要去做時髦倌人，情願蹧脫仔洋錢去拍俚馬屁！」藹人道：「耐覅說客人討氣，倌人也討氣，生意清仔末，隨便啥客人巴結得非凡哚。稍微生意好仔點，難末姘戲子，做恩客，才上個哉。到後來，弄得一場無結果。」[30]

---

[29] 趙樸齋與諸十全裝束，分別參看韓邦慶：《海上花列傳·一回》，頁 8；《海上花列傳·十六回》，頁 152。

[30] 韓邦慶：《海上花列傳·十八回》，頁 179-180。素芬：「做倌人也只做得個時髦。在時髦的時候，自有多少客人去鬧起來。客人嘿真叫氣人……這些客人一定要做時髦倌人，情願白花了洋錢去拍她馬屁！」。藹人：「你不要說客人氣人，倌人也氣人。生意清了嘿，隨便什麼客人，巴結得不得了；稍微生意好了點，這就姘戲子，做恩客，都來了。到後來弄得一場無結果」。其語譯見張愛玲：《海上花開》，頁 219。

倡人講究時髦裝扮吸引男性色欲以營生意，卻也在得利之後，遂其情欲，甚至索求更多的物利——在一片據商論價的現代物化價值觀上，傳統尊情的道德理想已不復存在——女性以此現實態度，即藉由身體資本於性別政治之中，變相得到一種翻轉階級地位的經濟權力。這是陸秀寶伴裝清純、誆詐金援的蠻纏心機；也是黃翠鳳自贖身價、唇譏商紳的氣魄與詭計；更是沈小紅不計形象拳毆同業、捍衛自家生意的蠻橫霸道。即亦廣泛風行於風雅高級的長三書寓之外，是花煙間王阿二對趙樸齋軟硬兼施的索財手段；也是野雞潘三面對流氓勢力，且能遊刃有餘地去腳踏兩條船的本領。[31]《海上花列傳》呈現寄「情欲」於「物欲」上的女性身體自主的同時，又能凸出如趙二寶夢醒、李漱芳病逝等，身體於時代夾層中逐漸淪亡，所反映的價值失衡與心靈失落。

　　韓邦慶於人物形象到人情關係的多樣描繪，既可見奢華富麗的長三倡女們的各色樣目、中產階級商紳們經商賣辦的闊綽姿態，又可見其側筆寫到下層伎女別具風味的現實表現、平日服伺官紳的傭僕亦有其廝混活動……證明韓邦慶書寫城市繁華與人情墮落，並不只限諸高級色域之情景，亦能通盤而廣泛地描寫出暗巷陋弄間的現實人生——於此，對比陳森書寫文彩奪人、具有陽剛氣度的女性形象，以及韓邦慶筆下現實勢利、掌握性別政治權力的倡女角色——從《品花寶鑑》到《海上花列傳》即呈現出「男權視域的轉移」而至「女性權欲的崛

---

31　韓邦慶《海上花列傳・二七回》：「正是引手搓挪，整備入港的時候，猛可裡『彭』的一聲敲門聲響，姨娘在內高聲問：『啥人？』外邊應說：『是我。』竟像徐茂榮聲音。匡二驚惶失措，起身要躲……聽得姨娘開出門去，只有徐茂榮一人，已吃得爛醉，即於門前傾盆大吐，隨後跟蹌進房。潘三作怒聲道：『陸裡去尋開心？吃仔酒到該搭來撒酒瘋！』徐茂榮不敢言語。娘姨做好做歹，給他呷杯熱茶。茂榮要吸鴉片煙，潘三道：『倪鴉片煙也有來浪，耐吃末哉唭。』茂榮道：『耐搭我裝一筒。』潘三道：『耐酒末別花場會吃個，鴉片煙倒勿會裝哉！』茂榮跳起來，大聲道：『阿是耐姘仔戲子哉！來裡討厭我？』潘三亦大聲道：『啥人討厭嗄！我就是姘仔戲子末，阿挨得著耐來管我？』茂榮倒不禁笑了」（頁265）。

起」，進而呼應「溢美」而至「近真」的文藝特色，正式與傳統才子佳人的封建理想逐步脫離，於性別議題上呈現現代化進程的意義。

於是，從分析狹邪小說寫作的歷史背景，到檢視小說中的空間書寫；從分析場域開放程度及狀態對人際物欲關係的城市隱喻，到深入釐清作者反映時人面對傳統與現代之交，其身體與心靈間衝突矛盾的情狀，及於性別政治權力立場上價值觀念的抉擇。本書從中思索《品花寶鑑》縱使被列管為禁書目錄之中，作者陳森卻偏偏標舉著傳統道德的價值，在小說反映現實聲色生活之餘，卻又尊崇封建宗法的理想，即參證情節中半開放的名士園林，呈現文人進退徘徊的空間隱喻，而在乾旦身體以女相裝扮作為審美評判的性別越界中，塑造一種禁慾而難與現實觸碰的心靈烏托邦；以及《海上花列傳》脫化傳統於「穿插藏閃」的筆法與近真寫實的風格，成為新一種最弱化及多線敘事的文藝實驗，雖其因為前衛於當時未得應有的肯定，在新一波的時代潮流中被文學運動所淹沒，然而韓邦慶卻以洋場間行動自由的官紳與娼妓，將其複雜交錯的關係置於開闊市井街景中四處交流遊走，於其看與被看的互動中，展現炫示身體資本的城市空間是如此公眾而開放的商業環境。

而於兩著的對比並立中，筆者掌握「寫作歷史背景」、「場域書寫」與「身體隱喻」三大主體，即能銜接出中國現代化進程與時人心境——在一方面於光鮮亮麗的衣著與飾品上，凸顯陰性於物欲與性別權力上逐漸積極爭取的自抉能力；另方面也教物欲橫流的人情關係，隱露時人棄置傳統之後，價值觀念頓時失衡、心靈情感轉為失落的時代困境——從而釐析晚清文人於傳統理想／現代性拓展、主流體制／次文化邊緣之中的陷溺與自覺，體現《品花寶鑑》與《海上花列傳》突破風月之牆的文化隱喻，及其藏蘊現代性的身體意義。

■ ▨ ▨
晚清文人的風月陷溺與自覺──《品花寶鑑》和《海上花列傳》

366

# 參考文獻

## 一、古籍專著（依作者年代次序）

[戰國]呂不韋（約前 292 年-前 235 年）輯、畢沅輯校：《呂氏春秋》（北京：中華書局，1985）

[戰國]韓非（約前 281-前 233）撰、張素貞校注：《新編韓非子》（台北：國立編譯館，2001）

[漢]司馬遷（約前 135-前 90）：《史記》（台北：七畧出版社，1991 二版）

[漢]揚雄（前 53-18）撰、朱榮智校注：《法言・吾子》，（台北：台灣古籍出版，2000）

[漢]班固（32-92）撰、顏師古注：《新校本漢書并附編兩種》（台北：鼎文書局，1997）

[漢]許慎（約 58-147）撰、（清）段玉裁注：《說文解字注》（上海：上海古籍出版社，1997 二版八刷）

[南朝]范曄（398-445）：《後漢書》（台北：宏業書局，1973 再版）

[南朝]歐陽詢（557-641）等編撰：《藝文類聚》（台北：新興，1960）

[宋]李昉（925-996）等編輯：《太平廣記》（北京：中華書局，1961 新一版）

[宋]丁度（990-1053）奉敕編修：《集韻》（台北：學海出版社，1986）

[宋]郭茂倩（生卒不詳）編輯：《樂府詩集》（台北：臺灣商務，1968）

[明]李夢陽（1472－1529）：《空同集》，收於王雲五主編：《四庫全書珍本・八集》（台北：台灣商務印書館，年代不明），7 冊

[明]顧潛（約 1471-約 1534）：《靜觀堂集》，收入《四庫全書存目叢書・集部 48》（台南：莊嚴文化事業，1997）

[明]張爵（1485-1566）：《京師五城坊巷衚衕集》（北京：北京古籍出版社，2001 二刷）

[明]茅坤（1512-1601）：《茅鹿門先生文集》，《茅坤集》（杭州：浙江古籍出版社，1993）

[明]蘭陵笑笑生（生卒不詳，一說為明人汪道昆 1525-1593）：《金瓶梅》（台北：三民書局，1979）

[明]李贄（1527-1602）：《焚書》（北京：中華書局，1961）

[明]陳繼儒（1558-1639）：《晚香堂小品》（上海：貝葉山房，1936）

[明]李日華（約 1565-1635）：《味水軒日記》，收於《續修四庫全書》（上海：上海古籍出版社，2002），558 冊

[明]袁宏道（1568-1610）：《袁中郎全集》（台北：世界書局，1964）

[明]袁宏道：《袁中郎全集》（台北：萬國圖書，1960）

[明]馮夢龍（1574-1646）：《警世通言》（台北：鼎文書局，1974）

[明]錢謙益（1582-1664）：《牧齋初學集》（上海：上海古籍出版社，1985）

[明]張自烈（1597-1673）：《正字通》（東京：東豐書局，1996 影印發行）

[明]張岱（1597-1679）：《西湖夢尋》（台北：金楓出版社，1987）

[明]李漁（約 1610-1680）：《李漁全集·閒情偶寄》（杭州：浙江古籍出版社，1992）

[明]李漁：《肉蒲團》，《明清善本小說叢刊》（台北：天一出版社，1994）

[明]顧炎武（1613-1682）：《日知錄集釋·日知錄之餘》（台北：世界書局，1962）

[明]余懷（1616-1696）：《板橋雜記》（上海：上海古籍出版社，2000）

[明]鴛湖煙水散人（徐震，生卒不詳）著、林海編校：《中國古代小說珍品·珍珠舶》（北京：華齡出版社，1997），第 1 卷

[明]衛泳（生卒不詳）：《悅容編》，收入《筆記小說大觀》（台北：新興，1974），5 編，5 冊

[清]西周生（生卒不詳，一說其為明人丁耀亢 1599-1669）：《醒世姻緣傳》（台北：三民出版社，1999）

[清]葉夢珠（生卒不詳，明末清初人）：《閱世編》（台北：木鐸出版社，1982）

[清]劉廷璣（約 1654-卒不詳）：《在園雜志》（台北：文海出版社，1966）

[清]龔煒（1704-1769）：《巢林筆談》（北京：中華書局，1997 三刷）

[清]袁枚（1716-1797）：《隨園詩話》（台北：廣文書局，1971）

[清]袁枚：《小倉山房文集‧小倉山房續文集》（台北：廣文書局，1972）

[清]戴震（1724-1777）：《孟子字義疏證》（台北：台灣商務印書館，1978）

[清]蔣士銓（1725-1784）著、邵海清校：《忠雅堂集校箋》（上海：上海古
　　籍出版社，1993）

[清]錢大昕（1728-1804）：《十駕齋養新錄》（台北：臺灣商務印書館，1956）

[清]錢大昕：《潛研堂集》（上海：上海古籍出版社，1989）

[清]俞正燮（1775-1840）：《癸巳存稿》（台北：台灣商務印書館，1956）

[清]俞萬春（1764-1849）：《蕩寇志》（北京：人民文學出版社，1985）

[清]昭槤（1776-1833）：《嘯亭雜錄‧嘯亭續錄》（北京：中華書局，1997
　　二刷）

[清]陳森（約 1796-1870）：《品花寶鑑》（台北：三民書局，1998）

[清]陳森（石函氏）：《品花寶鑑》（台北：河洛圖書，1980）

[清]陳森：《品花寶鑑》（台北：廣雅出版社，1984）

[清]陳森：《古本小說集成‧品花寶鑑》（上海：上海古籍出版社，不見出版
　　年份）

[清]陳森：《罕本中國通俗小說叢刊‧品花寶鑑》（台北：天一出版社，1974）

[清]陳其元（1812-1882）：《庸閒齋筆記》（台北：台灣商務印書館，1976）

[清]梁恭辰（1814-卒不詳）撰、吳引孫選：《勸戒錄選》，收自《叢書集成
　　續編‧218》（台北：新文豐出版公司，1989），卷 11

[清]魏秀仁（1819-1874）：《花月痕》（台北：河洛圖書出版社，1980）

[清]韓邦慶（1856-1894）：《海上花列傳》（台北：三民書局，1998）

[清]韓邦慶（花也憐儂）：《海上花列傳》（台北：河洛圖書，1980）

[清]韓邦慶：《海上花列傳》（台北：廣雅出版社，1984）

[清]韓邦慶：《古本小說集成‧海上花列傳》（上海：上海古籍出版社，不見
　　出版年份）

[清]韓邦慶：《罕本中國通俗小說叢刊‧海上花列傳》（台北：天一出版社，
　　1974）

[清]孫玉聲（名家振，1863-1939）：《退醒廬筆記》，輯於《民國筆記小說
　　大觀‧第一輯第六冊》（山西：山西古籍出版社，1995）

[清]孫家振：《海上繁華夢》（南昌：江西人民出版社，1988）

[清]吳沃堯（1866-1910）：《吳趼人小說四種》（吉林：吉林文史出版社，
　　1986）

[清]鄧之誠（1887-1960）：《骨董瑣記》（北京：中國書局，1991）

[清]王韜（1828-1897）：《淞濱瑣話》（濟南：齊魯書社，2004）

[清]淞北玉魷生（王韜）：《舊上海之艷史，一名海陬冶遊錄》（上海棋盤街：
　　廣益書局，1920）

[清]池志澂（1852-1937）：《滬遊夢影》，（上海：上海古籍出版社，1989）

[清]朱一新（1846-1894）：《京城坊巷志稿》（北京：北京古籍出版社，2001
　　二刷）

[清]徐珂（1869-1929）編撰：《清稗類鈔》（海口：海南國際新聞出版中心、
　　誠成文化出版有限公司，1996）

[清]李斗（生不詳-1817）：《揚州畫舫錄》（台北：世界書局，1999 二版）

[清]余達（生不詳-1884）：《青樓夢》（台北：廣雅出版社，1984）

[清]吳友如（生不詳-1893）主筆：《點石齋畫報》（漢鑫圖書縮影，2002）

[清]吳友如著、孫繼林編：《晚清社會風俗百圖》（上海：學林出版社，1996）

[清]吳綺（生卒不詳）撰：《揚州鼓吹詞序》，收錄於《筆記小說大觀‧三編》
　　（台北：新興出版社，1974）

[清]張春帆（生卒不詳）：《九尾龜》（台北：三民書局，2001）

[清]司香舊尉（鄒弢，生卒不詳）：《海上塵天影》（南昌：百花洲文藝出版
　　社，1993）

[清]楊懋建（蕊珠舊史，生卒不詳）：《夢華瑣簿》，錄於張次溪編纂《清代
　　燕都梨園史料》（北京：中國戲劇出版社，1988）

[清]羅浮居士（生卒不詳）：《蜃樓志》（濟南：齊魯書社，1988）

[清]邗上蒙人（生卒不詳）：《風月夢》（台北：漢源文化，1993）

[清]姚公鶴（生卒不詳）：《上海閒話》（上海：上海古籍出版社，1989）

## 二、近人著作

### （一）中文著述（依作者筆畫次序）

干春松：《制度化儒家及其解體》（北京：中國人民大學出版社，2003）

上海通社編：《舊上海史料彙編》（北京：北京圖書館出版社，1998）

水晶：《張愛玲的小說藝術》（台北：大地出版社，1983 六版）

王利器輯錄：《元明清三代禁毀小說戲曲史料》（台北：河洛圖書，1980）

王孝廉：《神話與小說》（台北：時報文化，1986）

王強：《遮蔽的文明：性觀念與古中國文化》（台北：文津出版，2003）

王瑤：《中國新文學史稿》（上海：上海文藝出版社，1982 修訂重版）

王彬：《禁書、文字獄》（北京：中國工人出版社，1992）

王彬主編：《清代禁書總述》（北京：中國書局，1999）

王書奴：《中國娼妓史》（北京：團結出版社，2004）

王溢嘉：《情色的圖譜》（台北：野鵝出版社，1995）

王毅：《園林與中國文化》（上海：上海人民出版社，1991 二刷）

王德威：《小說中國：晚清到當代的中文小說》（台北：麥田出版社，1993）

王德威：《如何現代，怎樣文學：十九、二十世紀中文小說新論》（台北：麥田出版社，1998）

王德威：《被壓抑的現代性：晚清小說新論》（台北：麥田出版社，2003）

牛貴琥：《金瓶梅與封建文化》（北京：人民出版社，2001）

毛文芳：《物・性別・觀看：明末清初文化書寫新探》（台北：臺灣學生書局，2001）

方正耀：《晚清小說研究》（上海：華東師範大學，1991）

司馬新：《張愛玲與賴雅》（台北：大地出版社，1996 二刷）

石昌渝：《中國小說源流論》（北京：生活讀書新知三聯書店，1994 年）

朱天文：《有所思，乃在大海南》（台北：印刻出版社，2008）

朱光潛：《悲劇心理學》（台北：駱駝出版社，1987）

朱立元：《接受美學》（上海：人民出版社，1989）

朱敬先：《學習心理學》（台北：千華出版社，1986）

朱濟主編：《中國風化圖史‧明清卷》（長春：吉林攝影出版社，2001），
　　第 12 冊

向楷：《世情小說史》（杭州：浙江古籍出版社，1998）

汪成華：《黑色蕾絲》（台北：號角出版社，1995）

汪民安：《身體、空間與後現代性》（江蘇：江蘇人民出版社，2006）

李天綱：《人文上海：市民的空間》（上海：上海教育出版社，2004）

李祥林：《戲曲中的性別研究與原型分析》（台北：國家出版社，2006）

李悔吾：《中國小說史漫稿》（武漢：湖北教育出版社，2001 三版）

李悔吾：《中國小說史》（台北：洪葉文化，1995）

李歐梵：《現代性的追求》（台北：麥田出版社，1996）

李歐梵口述、陳建華訪錄：《徘迴在現代合後現代之間》（台北：正中書局，
　　1996）

李榮、葉祥苓編：《蘇州方言詞典》（南京：江蘇教育出版社，1993）

呂實強：《丁日昌與自強運動》（台北：中央研究院近代史研究所，1972）

何滿子：《中國愛情與兩性關係》（台北：台灣商務印書館，1995）

何滿子：《中國愛情小說中的兩性關係》（上海：上海書店，1999）

宋莉華：《明清時期的小說傳播》（北京：中國社會科學出版社，2004）

武潤婷：《中國近代小說演變史》（濟南：山東人民出版社，2000）

林明德：《晚清小說研究》（台北：聯經出版社，1988）

林保淳：《古典小說中的類型人物》（台北：里仁書局，2003）

林海編校：《中國古代小說珍品》（北京：華齡出版社，1997）

林薇：《清代後期的世情小說》（鄭州：大象出版社，2000）

林薇：《清代小說論稿》（北京：北京廣播學院出版社，2000）

阿英：《晚清小說史》（北京：東方出版社，1996）

阿英編纂：《晚清文學叢鈔‧小說戲曲研究卷》（台北：新文豐出版社，1989）

阿英撰、孫遜編選：《阿英說小說》（上海：上海古籍出版社，2005）

吳存存：《明清社會性愛風氣》（北京：人民文學出版社，2000）

吳禮權：《中國言情小說史》（台北：台灣商務印書館，1995）

吳繼文：《世紀末少年愛讀本》（台北：時報出版社，1996）

周作人：《知堂回想錄》（台北：龍文出版社，1989）

周芬伶：《豔異：張愛玲與中國文學》（台北：遠流出版社，1999）

周啟志、羊列容、謝昕合著：《中國通俗小說理論綱要》（台北：文津出版社，1992）

周華山：《同志論》（香港：香港同志研究社，1995）

周華山、趙文宗：《色情現象：我看見色情看見我》（九龍：次文化有限公司，1994）

周蕾：《婦女與中國現代性：東西方之間閱讀記》（台北：麥田出版，1995）

金登才：《清代花部戲研究》（北京：中國戲劇出版社，2006）

金觀濤、劉青峯：《興盛與危機：論中國封建社會的超穩定結構》（台北：風雲時代出版社，1991 二版）

孟瑤：《中國小說史》（台北：傳記文學社，1969）

胡適：《胡適文存》（台北：遠東圖書公司，1975 四版）

胡適：《胡適作品集‧中國古典小說研究》（台北：遠流出版社，1986）

胡適：《胡適古典文學研究論集》（上海：上海古籍出版社，1988）

胡適：《胡適文存》（上海：上海書店，1989）

胡萬川：《話本與才子佳人小說之研究》（台北：大安出版社，1994）

侯仁之、唐曉峰編：《北京城市歷史地理》（北京：北京燕山出版社，2000）

侯仁之著、尹鈞科選編：《侯仁之講北京》（北京：北京出版社，2003）

侯孝賢、朱天文、蔡正泰著：《極上之夢：海上花電影全記錄》（台北：遠流出版社，1998）

侯孝賢導演：《海上花（電影）》（台北：新生代寶信，2004）

侯運華：《晚清狹邪小說新論》（河南：河南大學出版社，2005）

虹影：《上海王》（台北：九歌出版社，2004）

虹影：《上海之死》（台北：九歌出版社，2005）

虹影：《上海魔術師》（台北：九歌出版社，2007）

姜德明編著：《插圖拾翠》（北京：生活・讀書・新知三聯書局，2000）

彥欣編輯：《賣淫嫖娼與社會控制》（北京：朝華出版社，1992）

郁達夫：《郁達夫散文集》（杭州：浙江文藝出版社，1987 二刷）

修君、鑒今：《中國樂伎史》（北京：中國文聯出版社，2003 二版）

高小康：《市民、士人與故事：中國近古社會文化中的敘事》（北京：人民
    出版社，2001）

孫文良：《中國官制史》（台北：文津出版社，1993）

孫定渥：《娼妓與法律》（台北：民眾日報出版社，1980）

孫紹先：《英雄之死與美人遲暮》（北京：社會科學文獻出版社，2000）

孫康宜著、李奭學譯：《陳子龍柳如是詩詞情緣》（台北：允晨文化，1992）

孫康宜：《古典與現代的女性闡釋》（台北：聯合文學，1998）

徐君、楊海：《妓女史》（上海：上海文藝出版社，1995）

徐君慧：《中國小說史》（南寧：廣西教育出版社，1991）

徐復觀：《學術與政治之間》（台中：中央書局，1957）

時萌：《晚清小說》（台北：國文天地，1990）

馬勇：《1894-1915：夢想與困惑》（昆明：雲南人民出版社，2001）

袁念琪：《上海：穿越時代橫馬路》（上海：上海教育出版社，2004）

袁進：《中國小說的近代變革》（北京：中國社會科學出版社，1992）

唐圭璋編：《全宋詞》（北京：中華書局，1995 年 6 刷）

耿劉同：《中國古代園林》（台北：台灣商務印書館，1993）

夏忠憲：《巴赫金狂歡化詩學研究：俄國形式主義研究》（北京：北京師範
    大學出版社，2001）

陸昭環：《雙鐲》（台北：風雲時代出版社，1991）

陸蓉之：《台灣（當代）女性藝術史》（台北：藝術家出版社，2002）

張小虹：《性別越界：女性主義文學理論與批評》（台北：聯合文學出版社，1995）

張大春：《張大春的文學意見》（台北：遠流出版社，1992）

張大春：《小說稗類》（台北：英屬蓋曼群島商網路與書股份有限公司，2004）

張子靜、季季合著：《我的姊姊張愛玲》（台北：印刻出版社，2005）

張次溪編纂：《清代燕都梨園史料・正續編》（北京：中國戲劇出版社，1991年7月二刷）

張京媛主編：《新歷史主義與文學批評》（北京：北京大學出版社，1993）

張盛寅：《細讀張愛玲》（台北：柏室科技藝術，2005）

張愛玲：《張看》（台北：皇冠出版社，1976）

張愛玲：《張愛玲散文系列》（合肥：安徽文藝出版社，1994）

張愛玲：《張愛玲全集・紅樓夢魘》（台北：皇冠出版社，1995四刷）

張愛玲：《張愛玲全集・海上花落》（台北：皇冠出版社，1998年9月九刷）

張愛玲：《張愛玲全集・海上花開》（台北：皇冠出版社，2001十一刷）

張國星編：《中國古代小說中的性描寫》（天津：百花文藝出版社，1993）

張麗珠：《清代義理學新貌》（台北：里仁書局，1999）

陳永健：《初摯海上花》（台北：大地出版社，1997）

陳永健：《三摯海上花：張愛玲與韓邦慶》（上海：上海書店出版社，2007）

陳平原：《中國小說敘事模式的轉變》（台北：久大文化，1990）

陳平原：《小說史：理論與實踐》（北京：北京大學出版社，1993）

陳平原：《小說史：理論與實踐》（台北：淑馨出版社，1998年10月）

陳平原：《陳平原小說史論集》（石家莊：河北人民出版社，1997）

陳平原、夏曉虹編：《二十世紀中國小說理論資料》（北京：北京大學出版社，1997）

陳平原、夏曉虹編：《圖像晚清：點石齋畫報》（天津：百花文藝出版社，2001）

陳平原：《中國現代小說的起點：清末民初小說研究》（北京：北京大學出版社，2005）

陳平原、王德威編：《北京：都市想像與文化記憶》（北京：北京大學出版社，2005）

陳芳明：《後殖民台灣：文學史論及其周邊》（台北：麥田出版社，2002）

陳益源：《古典小說與情色文學》（台北：里仁書局，2001）

陳節：《中國人情小說通史》（南京：江蘇教育出版社，1998）

盛英：《二十世紀中國女性文學史》（天津：天津人民出版社，1995）

盛寧：《新歷史主義》（台北：揚智，1995）

康正果：《重審風月鑑：性與中國古典文學》（台北：麥田出版社，1996）

康來新：《晚清小說理論研究》（台北：大安出版社，1986）

許寶華、陶寰編：《上海方言詞典》（南京：江蘇教育出版社，1997）

梁濃剛：《回歸佛洛伊德：拉康的精神分析學》（台北：遠流出版社，1989）

郭紹虞、羅根澤合編：《中國近代文學論著精選》（台北：華正書局，1982）

曹淑娟：《流變中的書寫：祁彪佳與寓山園林論述》（台北：里仁書局，2006）

彭懷真：《同性戀自殺精神病》（台北：橄欖文化基金會出版，1983）

曾陽晴：《色情書：中國性學報告》（台北：皇冠出版社，1994）

黃子平：《革命‧歷史‧小說》（香港：牛津大學出版社，1996）

黃文英、曹智偉著：《海上繁華錄：海上花的影像美感》（台北：遠流出版社，1998）

黃新亞：《中國文化史概論：長安文化》（西安：陝西師範大學出版社，1989）

黃錦珠：《晚清時期小說觀念之轉變》（台北：文史哲出版社，1995）

黃霖：《近代文學批評史》（上海：上海古籍出版社，1993）

黃書泉：《文學轉型與小說嬗變》（合肥：安徽教育出版社，2004）

費勇：《華麗又蒼涼的手勢》（台北：雅書堂，2003）

費振鐘：《墮落時代：明代文人的集體墮落》（台北：立緒文化，2002）

趙孝萱：《鴛鴦蝴蝶派新論》（宜蘭：佛光人文社會學院，2002）

趙孝萱：《世情小說傳統的承繼與轉化：張恨水小說新論》（台北：台灣學生書局，2002）

趙景深：《中國文學史新編》（台北：華正書局，1974）

趙圓：《北京：城與人》（北京：北京大學出版社，2002）

齊裕焜：《中國古代小說演變史》（蘭州：敦煌文藝，2002 三刷）

雷夢辰：《清代各省禁書彙考》（北京：北京圖書館，1997 二刷）

楊國明：《晚清小說與社會經濟轉型》（上海：東方出版社，2005）

楞嚴閣主：《世界娼妓史話》（香港：繁榮出版社，1990）

魯迅：《中國小說史略》（台北：明倫出版社，1969）

魯迅：《魯迅全集‧中國小說的歷史的變遷》（北京：人民文學出版社，1981）

魯迅：《二心集》（台北：風雲時代出版社，1989）

魯迅：《花邊文學》（台北：風雲時代出版社，1990）

魯迅：《且介亭雜文二集》（台北：風雲時代出版社，1990）

魯迅：《魯迅小說史論文集：中國小說史略及其他》（台北：里仁書局，1992
　　年 07 月）

魯迅：《朝花夕拾》（北京：外文出版社，2000）

熊秉真、呂妙芬編：《禮教與情慾：前近代中國文化中的後／現代性》（台
　　北：中央研究院近代史研究所，1999）

熊秉真、張壽安編：《情欲明清：達情篇》（台北：麥田出版社，2004）

歐陽健：《古代小說禁書漫話》（瀋陽：遼寧教育出版社，1993 二刷）

賴芳伶：《清末小說與社會政治變遷》（台北：大安出版社，1994）

蔣瑞藻：《小說考證》（台北：河洛圖書出版社，1979）

潘麗珠：《清代中期燕都梨園史料評議三論》（台北：里仁書局，1998）

劉人鵬：《近代中國女權論述》（台北：臺灣學生書局，2000）

劉大杰：《中國文學發展史》（上海：上海古籍出版社，1998 二刷）

劉半農：《劉半農文選》（台北：爾雅出版社，1978）

劉康：《對話的喧聲：巴赫汀文化理論評述》（台北：麥田出版社，1998 二刷）

劉慧英：《走出男權傳統的樊籬：文學中男權意識的批判》（北京：三聯書
　　店，1995）

聞一多：《唐詩雜論》（上海：上海古籍出版社，1998）

錢理群等編著：《中國現代文學三十年》（上海：上海文藝出版社，1998 四刷）

薛海燕：《近代女性文學研究》（北京：中國社會科學出版社，2004）

薛理勇：《上海妓女史》（香港：海峰出版社，1996）

薛理勇：《近代中國娼妓史料》（石家莊：河北人民出版社，2001 三刷）

戴忠：《中國性藝術》（銀川：寧夏人民出版社，1998）

魏紹昌：《我看鴛鴦蝴蝶派》（台北：台灣商務印書館，1992）

魏紹昌、吳承惠編：《鴛鴦蝴蝶派研究資料》（上海：上海文藝出版社，1984）

閻奇男、王立鵬：《中國小說觀念的現代化歷程》（北京：中國文聯出版社，1999）

蘇雪林：《中國文學史》（台中：光啟出版社，1980 四版）

蘇興：《西遊記及明清小說研究》（上海：上海古籍出版社，1989）

豐悅：《無邊風月卷中來》（台北：遠流出版社，1991）

嚴明：《中國名伎藝術史》（台北：文津出版社，1992）

羅婷：《女性主義文學批評在西方與中國》（北京：中國社會科學出版社，2004）

關愛和：《19 至 20 世紀中國文學思潮史：悲壯的沉落》（河南：河南大學出版社，1992）

龔鵬程：《中國文人階級史論》（蘭州：蘭州大學出版社，2004）

## （二）外文譯著（依作者字母排序）

[不詳]何根漢（B・R・Hergenhahk）著、王文科主譯：《學習心理學：學習理論導論》（台北：五南圖書出版社，1989）

[法]加斯東・巴舍拉（Gaston Bachelard）著；龔卓軍、王靜慧譯：《空間詩學》（台北：張老師出版社，2003）

[法]熱奈特（Gérard Genette）著、王文融譯《敘事話語・新敘事話語》（北京：中國社會科學出版社，1990）

[美]賀蕭（Gail Hershatter）著，韓敏中、盛寧譯：《危險的逸樂：二十世紀上海的娼妓與現代性》（台北：時英出版社，2005）

[不詳]Jacques Corraze 著、陳浩譯：《同性戀》（台北：遠流出版社，1997 三刷）

[美]凱瑟林・巴里（Kathleen Barry）著、曉征譯：《被奴役的性》（江蘇：江蘇人民出版社，2000）

[美]凱特・米利特（Kate Millett）著、鍾良明譯：《性的政治》（北京：社會科學文獻出版社，1999）

[美]凱特・米利特（Kate Millett）著、宋文偉譯：《性政治》（南京：江蘇人民出版社，2000）

[西班牙]曼威・柯司特（Manuel Castells）著、夏鑄九等譯：《網絡社會之崛起》（台北：唐山出版社，1998）

[西班牙]曼紐爾・卡斯泰爾（Manuel Castells）著、崔保國等譯：《資訊化城市》（南京：江蘇人民出版社，2001）

[法]白吉爾（Marie-Claire Bergère）著；王菊、趙念國譯：《上海史：走向現代之路》（上海：上海社會科學院出版社，2005）

[義大利]馬可波羅（Marco Polo）著、馮承鈞譯：《馬可波羅行記》（台北：臺灣古籍出版社，2003）

[日]內田道夫（Michio Uchida）編：《中國小說世界》（上海：上海古籍出版社，1992）

[德]馬克斯・韋伯（Max Weber）撰；黃憲起、張曉琳選譯：《文明的歷史腳步：韋伯文集》（上海：三聯書店，1988）

[法]皮埃爾・布爾迪厄（Pierre Bourdieu）著、包亞明編譯：《文化資本與社會煉金術：布爾迪厄訪談錄》（上海：人民出版社，1997）

[法]皮埃爾・布迪厄（Pierre Bourdieu）著、劉暉譯：《藝術的法則・文學場域的生成與結構》（北京：中央編輯，2001）

[美]韓南（Patrick Hanan）著、徐俠譯：《中國近代小說的興起》（上海：上海教育出版社，2004 年 05 月）

[美]理查・桑內特（Richard Sennett）著、黃煜文譯：《肉體與石頭：西方文明中的人類身體與城市》（台北：麥田出版社，2003）

[日]北岡誠司（Seiji Kitaoka）著、魏炫譯：《巴赫金：對話與狂歡》（石家莊：河北教育出版社，2001）

[美]曼素恩（Susan Mann）著、楊雅婷譯：《蘭閨寶錄：晚明至盛清時的中國婦女》（台北：左岸文化，2005）

[美]蘇珊‧桑塔格（Susan Sontag）著、姚君偉譯：《在土星的標誌下》（上海：上海譯文出版社，2006）

[日]寺山修司（Terayama Shuji）著、黃碧君譯：《幻想圖書館》（台北：邊城出版，2005）

[印度]筏蹉衍那（Vatsyayana）著、張哲嘉編譯：《印度心愛經：古印度身心靈的性愛哲學》（台北：沃爾文化，2005）

[英]維吉尼亞‧吳爾芙（Virginia Woolf）著、宋偉航譯：《自己的房間》（台北：探索文化，2000）

[英]維吉妮亞‧吳爾芙（Virginia Woolf）著、劉炳善等譯：《普通讀者》（台北：遠流出版社，2005 二版）

[英]維金尼亞‧吳爾芙（Virginia Woolf）著、王葳真譯：《三枚金幣》（台北：天培文化，2001）

[德]瓦爾特‧班雅明（Walter Benjamin）著，張旭東、魏文生譯：《發達資本主義時代的抒情詩人：論波特萊爾》（台北：臉譜出版，2002）

[德]瓦爾特‧班雅明（Walter Benjamin）著，李士勛、徐小青譯：《班雅明作品選‧柏林童年》（台北：允晨文化，2003）


## 三、學位論文（依出版年代次序）

王秀雲：《女性與知識的幾種歷史建構及其比較》（新竹：清華大學歷史研究所碩論，1991）

戚心怡：《晚清小說中女性處境之研究》（台北：淡江大學中文研究所碩論，1994）

徐雅文：《晚清狹邪小說中的主題意識與情節模式》（台北：淡江大學中文研究所碩論，1994）

毛文芳：《晚明閒賞美學研究》（台北：台灣師範大學國文研究所博論，1997）

齊秀玲：《品花寶鑑之戲曲資料研究》（台北：淡江大學中國文學研究所碩論，1998）

陳秀容：《晚清中長篇小說女性人物塑造之研究》（台中：逢甲大學中文研究所碩論，1999）

吳佳真：《晚明清初擬話本之娼妓形象研究》（台北：淡江大學中文系碩論，
　　2000）

辛明芳：《晚清狹邪小說研究》（台北：政治大學中文研究所碩論，2001）

江江明：《從性別政治論海上花列傳中的娼妓生存》（嘉義：南華大學文學
　　研究所碩論，2003）

李慧琳：《晚清狹邪小說海上花列傳研究》（台中：中興大學中國文學系研
　　究所碩論，2002）

呂文翠：《現代性與情色烏托邦：韓邦慶海上花列傳研究》（台北：輔仁大
　　學比較文學研究所博論，2004 年 7 月）

江足滿：《「陰性書寫／圖像」之比較文學論述》（台北：輔仁大學比較文
　　學研究所博士論文，2004）

黃淑貞：《韓邦慶海上花列傳人物研究》（新竹：玄奘大學中國語文研究所
　　碩論，2005）

黃宗潔：《當代台灣文學的家族書寫：以認同為中心的探討》（台灣師範大
　　學博論，2006）

李季娥：《海上花列傳對晚清狹邪小說的承繼與開創》（宜蘭：佛光大學文
　　學研究所碩論，2006）

## 四、單篇文章、期刊與報章（依出版年代次序）

笠堪：〈談明代的妓女〉，收於李又寧、張玉法編《中國婦女史論文集》（台
　　北：臺灣商務印書館，1981）

梁實秋：〈談方言文學：讀海上花列傳〉，《聯合文學》（1985 年 4 月），
　　第 6 期

黃新亞：〈長安文化與現代化〉，《讀書》（北京：生活、讀書、新知三聯
　　書店，1986 年，12 月），總期第 93

孫述宇：〈金瓶梅的藝術〉，《台港金瓶梅研究論文選》（江蘇：江蘇古籍
　　出版社，1986）

陳平原：〈說九尾龜〉，《中國古代近代文學研究》（1989 年），第 3 期

楊義：〈論海派小說〉，《中國現代文學研究叢刊》（1991 年），第 2 期

嚴迪昌：〈市隱心態與吳中明清文化世族〉，《蘇州大學學報・哲學社會科學版》（蘇州：蘇州大學出版社，1991 年），第 1 期

[法]梅洛龐帝（Maurice Merleau Ponty）著、陳梅杏譯：〈什麼是現象學〉，收錄於季鐵男編：《建築現象學》（台北：桂冠出版社，1992）

馬森：〈台灣文學的地位〉，《當代雜誌》（1993 年 1 月），第 89 期

[不詳]芙羅瑞娃（Ghislaine Florival）著、尤煌傑譯：〈梅勞龐迪思想中的身體哲學〉，《哲學與文化》（台北：哲學與文化月刊社，1993 年 6 月），228 期

[法]梅洛龐帝（Maurice Merleau Ponty）著、尤煌傑譯：〈知覺現象學前言〉，《哲學與文化》（台北：哲學與文化月刊雜誌社，1993 年，7 月），229 期

廖咸浩：〈物質主義的叛變：從文學史、女性化、後現代之脈落看夏宇的「陰性詩」〉，收自《當代女性主義文學論》（台北：時報文化，1993）

王方宇：〈關於野叟曝言的兩篇文章兼及品花寶鑑〉，《國立中央圖書館館刊》（1994，6 月）

吳福輝：〈作為文學商品生產的海派期刊〉，《中國現代文學研究叢刊》（1994 年），第 1 期

秦川：〈儒林外史中的名士〉，《九江師專學報》（1994 年），第 2 期

林明德：〈愛情的煉獄〉，收於淡江大學中文系所編《人物類型與中國市井文化》（台北：台灣學生書局，1995）

景秀明：〈試論海派小品的多重文化意識〉，《中國現代文學研究叢刊》（1996 年），第 3 期

蔣勳：〈另一種性慾：柏拉圖〈饗宴〉與希臘的少年愛〉，收錄吳繼文所著《世紀末少年愛讀本》（台北：時報文化，1996）

秦川：〈李漁短篇小說集十二樓的藝術成就〉，《九江師專學報》（1996 年），第 2 期

[西班牙]曼威・柯司特（Manuel Castells）著、王志弘譯：〈流動空間：資訊化社會的空間理論〉，《城市與設計學報》（台北：唐山出版社，1997），第 1 期

[法]梅洛龐帝（Maurice Merleau Ponty）著、鄭吉珉譯：〈一份未發表的文件：梅洛龐帝的著作計劃〉，收錄於龔卓鈞主編：《台灣現象學：性、身體、現象學》（台北：梅洛龐帝讀書會出版，1997）

矛鋒：〈斷袖：漫談紅樓夢、品花寶鑑中的同性情愛〉，《聯合文學》（1997，2月）

陳逸杰：〈「身體－主體」論述的空間性分析〉，《C＋A研究集刊》（1997，3月），第6期

張志維：〈穿越「鏡像誤識」：閱讀品花寶鑑與世紀末少年愛讀本〉，《中外文學》（1997年8月），26卷3期

李幸錦：〈論夏宇詩中的「陰性書寫」〉，《學問集》（台北：淡江大學中國文學研究所，1998年9月），第8期

張大春：〈胡說與張歡：一則小說的方言例〉，《聯合文學》（1998年10月），第168期

顏忠賢：〈場所是欲望可認識自身之處：次文化空間的初步理論思考〉，《不在場：顏忠賢空間學論文集》（台北：田園城市文化，1998）

王鴻泰：〈青樓：中國文化的後花園〉，《當代》（台北：合志文化，1999年1月1日），第137期（復刊第19期）

張英進：〈娼妓文化、都市想像與中國電影〉，《當代》（台北：合志文化，1999年1月1日），第137期（復刊第19期）

張瀛太：〈照花前後鏡，情色交相映：品花寶鑑中的男色世界〉，《中國文學研究》（1999年5月），13期

吳明益：〈空白召喚的致意與交鋒：從海上花到海上花的一種閱讀策略〉，《從傳統到現代：第六屆全國中國文學研究所研究生論文研討會論文集》（桃園：中央大學中文系所，1999）

王鴻泰：〈美感空間的經營：明清間的城市園林與文人文化〉，收於李永熾教授六秩華誕祝壽論文集編輯委員會所編《東亞近代思想與社會：李永熾教授六秩華誕祝壽論文集》（台北：月旦出版，1999）

朱崇儀：〈性別與書寫的關聯：談陰性書寫〉，《中興大學文史學報》（2000年6月），第30期

張靄珠：〈性別反串、異質空間、與後殖民變裝皇后的性別認同〉，《中外文學》（2000 年 12 月），第 29 卷，第 7 期

周作人：〈上海氣〉，錄自《聯合文學》（2001 年 10 月），204 期

[日]芥川龍之介著、夏丏尊譯：〈上海遊記〉，錄於《聯合文學》（2001 年 10 月），204 期

張小虹：〈幽冥海上花：表面美學與時間褶襉〉，《電影欣賞》（2002 年 3 月），卷 110

許道軍：〈「才子佳人」模式及其在革命文學裡的置換變形〉，《安慶師範學院學報》21 卷 4 期（2002 年 7 月）

葉凱蒂：〈文化記憶的負擔：晚清上海文人對晚明理想的建構〉，收於陳平原、王德威等編《晚明與晚清：歷史傳承與文化創新》（武漢；湖北教育出版社，2002）

方迎九：〈韓邦慶佚詩佚文鈎沉〉，《明清小說研究》（南京：明清小說研究編輯部，2002 年），64 期

施曄：〈明清的同性戀現象及其在小說中的反映〉，《明清小說研究》（南京：明清小說研究出版社，2002），第 63 期

蔡英俊：〈「擬古」與「用事」：試論六朝文學現象中「經驗」的借代與詮釋〉，收入李豐楙所編《文學、文化與世變》（台北：中央研究院中國文哲研究所，2002）

駱水玉：〈時代考驗小說，小說創造時代：清末「新小說」的小說美學〉，《建構與反思：中國文學史的探索學術研討會論文集》（台北：台灣學生書局，2002）

柳恕涵：〈同志的社會處境〉，收自謝臥龍編：《性別・解讀與跨越》（台北：五南出版社，2002）

唐諾：〈唯物者班雅明〉，收於《發達資本主義時代的抒情詩人：論波特萊爾》（台北：臉譜出版，2002）

周質平：〈母語化還是孤島化？〉，《聯合報副刊》（2003 年 10 月 2 日）

羅崗：〈性別移動與上海流動空間的建構：從海上花列傳中的馬車談開去〉，《華東師範大學學報・哲學社會科學版》（上海：華東師範大學學報期刊社，2003），第 1 期，總 165 期

鄭祖邦：〈對布迪厄社會學知識進展的考察〉，《社會理論學報》（2003），
　　第6卷，第1期

李介立：〈論海上花列傳的寫實精神〉，《中正大學中國文學研究所研究生
　　論文集刊》（2003年5月）

呂文翠：〈情色烏托邦的回歸與消解：韓邦慶海上花列傳的現代性閱讀〉，
　　《中外文學》（2004年4月），32卷11期

蔣興儀：〈源自於想像性同化的「自我」形塑過程：拉崗「鏡子階段」理論
　　之分析〉，《新竹師院學報》（2004年6月），18卷

心笛（浦麗琳）：〈張愛玲‧夏志清‧海上花〉，《中央日報‧中央副刊》
　　（2004年8月21日）

張體：〈同志的言說：對比閱讀品花寶鑑和東宮西宮〉，《二十一世紀》（2004
　　年10月），85卷

羅崗：〈再生與毀滅之地：上海的殖民經驗與空間生產〉，《思與文網刊》
　　（2004年11月）

傅及光：〈從品花寶鑑探討清代相公之研究〉，《嘉義大學通識學報》（2004，
　　12月）

袁進：〈略談海上花列傳在小說城市化上的意義〉，《明清小說研究》（2005
　　年），第4期，總期78

王照璵：〈從清代燕都梨園史料與品花寶鑑看清代中葉以後北京劇壇優伶品
　　評文化〉，《中極學刊》（2005年，12月）

欒梅健：〈論海上花的現代性特質〉，《政大中文學報》（2006年6月）

陳碩文：〈身體、異國情調、城市空間：論二、三零年代海派浪蕩子美學〉，
　　《文化研究月報》（2006年，8月25日），第59期

張德建：〈明代隱逸思想的變遷〉，《中國文化研究》（北京：北京語言大
　　學出版社，2007），總卷57期

郭玉雯：〈海上花列傳與紅樓夢〉，《漢學研究》（2007年6月）

[美]白睿文（Michael Berry）：〈訪談朱天文與侯孝賢〉，收自朱天文：《有
　　所思，乃在大海南》（台北：印刻出版社，2008）

晚清文人的風月陷溺與自覺——《品花寶鑑》和《海上花列傳》

國家圖書館出版品預行編目

晚清文人的風月陷溺與自覺：《品花寶鑑》和
《海上花列傳》/ 莊仁傑著. -- 一版. -- 臺北市：
秀威資訊科技, 2010.05
　面；　公分. -- (語言文學類；AG0129)
BOD 版
參考書目：面
ISBN 978-986-221-431-2 (平裝)

1. 晚清小說　2. 文學評論

820.9707　　　　　　　　　　　　　99004618

語言文學類　AG0129

# 晚清文人的風月陷溺與自覺
## ————《品花寶鑑》和《海上花列傳》

作　　者 / 莊仁傑
發 行 人 / 宋政坤
執行編輯 / 林世玲
圖文排版 / 黃莉珊
封面設計 / 蕭玉蘋
數位轉譯 / 徐真玉　沈裕閔
圖書銷售 / 林怡君
法律顧問 / 毛國樑　律師
出版印製 / 秀威資訊科技股份有限公司
　　　　　台北市內湖區瑞光路 583 巷 25 號 1 樓
　　　　　電話：02-2657-9211　　　傳真：02-2657-9106
　　　　　E-mail：service@showwe.com.tw
經 銷 商 / 紅螞蟻圖書有限公司
　　　　　台北市內湖區舊宗路二段 121 巷 28、32 號 4 樓
　　　　　電話：02-2795-3656　　　傳真：02-2795-4100
　　　　　http://www.e-redant.com

2010 年 5 月 BOD 一版
定價：400 元

# 讀 者 回 函 卡

感謝您購買本書，為提升服務品質，煩請填寫以下問卷，收到您的寶貴意見後，我們會仔細收藏記錄並回贈紀念品，謝謝！

1.您購買的書名：＿＿＿＿＿＿＿＿＿＿＿＿＿＿＿＿＿＿

2.您從何得知本書的消息？

　　□網路書店　□部落格　□資料庫搜尋　□書訊　□電子報　□書店

　　□平面媒體　□ 朋友推薦　□網站推薦　□其他＿＿＿＿＿＿

3.您對本書的評價：(請填代號　1.非常滿意 2.滿意 3.尚可 4.再改進)

　　封面設計＿＿　版面編排＿＿　內容＿＿　文/譯筆＿＿　價格＿＿

4.讀完書後您覺得：

　　□很有收獲　□有收獲　□收獲不多　□沒收獲

5.您會推薦本書給朋友嗎？

　　□會　□不會，為什麼？＿＿＿＿＿＿＿＿＿＿＿＿＿＿＿＿＿＿

6.其他寶貴的意見：＿＿＿＿＿＿＿＿＿＿＿＿＿＿＿＿＿＿＿＿＿

＿＿＿＿＿＿＿＿＿＿＿＿＿＿＿＿＿＿＿＿＿＿＿＿＿＿＿＿＿＿＿

＿＿＿＿＿＿＿＿＿＿＿＿＿＿＿＿＿＿＿＿＿＿＿＿＿＿＿＿＿＿＿

＿＿＿＿＿＿＿＿＿＿＿＿＿＿＿＿＿＿＿＿＿＿＿＿＿＿＿＿＿＿＿

## 讀者基本資料

姓名：＿＿＿＿＿＿＿＿＿＿　年齡：＿＿＿＿　性別：□女 □男

聯絡電話：＿＿＿＿＿＿＿＿＿　E-mail：＿＿＿＿＿＿＿＿＿＿

地址：＿＿＿＿＿＿＿＿＿＿＿＿＿＿＿＿＿＿＿＿＿＿＿＿＿＿＿

學歷：□高中(含)以下　　□高中　□專科學校　□大學

　　　□研究所(含)以上 □其他＿＿＿＿＿＿＿＿

職業：□製造業 □金融業 □資訊業 □軍警 □傳播業 □自由業

　　　□服務業 □公務員 □教職　□學生 □其他＿＿＿＿＿＿

秀威與 BOD

BOD（Books On Demand）是數位出版的大趨勢，秀威資訊率先運用 POD 數位印刷設備來生產書籍，並提供作者全程數位出版服務，致使書籍產銷零庫存，知識傳承不絕版，目前已開闢以下書系：

一、BOD 學術著作—專業論述的閱讀延伸
二、BOD 個人著作—分享生命的心路歷程
三、BOD 旅遊著作—個人深度旅遊文學創作
四、BOD 大陸學者—大陸專業學者學術出版
五、POD 獨家經銷—數位產製的代發行書籍

BOD 秀威網路書店：www.showwe.com.tw
政府出版品網路書店：www.govbooks.com.tw

永不絕版的故事·自己寫·永不休止的音符·自己唱